管理信息系统

邓洪涛 编著

清华大学出版社

北京

内 容 简 介

本书系统、全面地介绍了管理信息系统的一般理论及应用、开发等知识。全书共分 8 章，包括概论、信息技术基础、管理信息系统的各种应用、信息系统的开发过程等内容。

本书完全站在文科生的角度去讲解，内容生动，案例丰富，图文并茂，紧跟前沿，充分重视管理信息系统在组织管理中的作用。本书适合作为 MBA 教材，同时也可作为高等院校文科专业教材和读者自学参考书。

图书在版编目（CIP）数据

管理信息系统 / 邓洪涛编著. —北京：清华大学出版社，2011.7
ISBN 978-7-302-24744-9

Ⅰ. ①管…　Ⅱ. ①邓…　Ⅲ. ①管理信息系统　Ⅳ. ①C931.6

中国版本图书馆 CIP 数据核字（2011）第 021426 号

责任编辑：闫红梅
责任校对：白　蕾
责任印制：何　芊

出版发行：清华大学出版社　　　　　　　　地　　址：北京清华大学学研大厦 A 座
　　　　　http://www.tup.com.cn　　　　　邮　　编：100084
社　总　机：010-62770175　　邮　　购：010-62786544
投稿与读者服务：010-62795954，jsjjc@tup.tsinghua.edu.cn
质 量 反 馈：010-62772015，zhiliang@tup.tsinghua.edu.cn
印　刷　者：北京市清华园胶印厂
装　订　者：三河市新茂装订有限公司
经　　销：全国新华书店
开　　本：185×230　　印　张：22.25　　字　数：489 千字
版　　次：2011 年 7 月第 1 版　　印　次：2011 年 7 月第 1 次印刷
印　　数：1～3000
定　　价：33.00 元

产品编号：036903-01

前　言

1967 年，在信息时代对信息人才的需求驱动下，美国明尼苏达大学率先开设了管理信息系统（Management Information System，MIS）课程。在此后的 50 多年里，各国都纷纷开展 MIS 的教学与研究。现在，管理信息系统已经成为我国高校的一门重要课程，尤其是一些文科生，比如商学院、财经学院和管理学院的学生，都要学习这门课。

作者在教学过程中，深感**文科生学习管理信息系统的目的，是充分认识 MIS 在组织管理中的作用，深刻理解信息技术如何提高管理水平，深刻认识 MIS 不仅是一个技术系统，而且是一个社会系统。**

对于文科生来说，不必对技术有过于深入的了解，因为文科生主要从事的是管理、营销、经济、金融、会计等工作，而不是具体的信息技术工作。因此作者认为，如果教材过于深究技术，不仅容易偏离课程的本质，而且会让文科生感到厌倦。作者在教学过程中，深感目前缺乏适合文科生的 MIS 教材，因此根据多年的教学经验，尽自己所能写出本书，希望能为文科生的学习和 MIS 的教学尽一份微薄之力。

经过深入思考，作者将本书内容分成以下四部分。

第一部分（第 1 章）是概论。概论是任何教材都有的章节，本书也不例外。和一般教材不同的是，本书先介绍了一个案例，目的是让读者对 MIS 有一个形象直观的认识，然后再介绍一些基本概念。

第二部分（第 2、3 章）是信息技术介绍。MIS 毕竟是用信息技术建立的，如果没有计算机软硬件，没有网络，就没有 MIS，因此讲 MIS 必须讲信息技术。不了解信息技术的人，不可能深刻理解 MIS，从而很难充分发挥 MIS 的作用。

但是，本书讲解技术的角度又和一般教材有所不同。本书是面向文科生的教材，大多数文科生对技术缺乏兴趣，或者有一种畏惧心理，因此为了便于文科生学习，作者尽量按照历史的发展脉络讲解，并尽量结合人、管理和营销讲解，让这部分内容尽量人性化。而且，本书在讲解技术知识尤其是网络时，重视从宏观上把握网络结构，让读者尽量消除对技术的神秘感。

第三部分（第 4、5 章）是 MIS 在组织中的各种应用。讲解方式和第二部分类似：尽量按照历史的发展脉络讲解，并尽量结合人、结合管理与营销理论的发展讲解。这部分内容详细介绍了很多面向特定应用的信息系统，以便让读者了解 MIS 在组织中的种类繁多的应用。作者认为，只有这样，才能让读者更好地了解 MIS 在组织和企业管理中到底能发挥哪些具体作用。

第四部分（第 6、7、8 章）讲解 MIS 的开发过程。其中，第 6 章总体讲解信息化建设的步骤，然后通过大量案例，详细论述信息化建设的复杂性和艰巨性。这部分内容不吝篇幅，是希望读者能充分认识到，要让 MIS 充分发挥作用，组织和个人都要付出艰苦的努力。然后，在第 7 章讲解 IT 战略规划和需求分析，第 8 章讲信息系统的设计、开发与运行。第 8 章的很多内容属于计算机学科中的数据库和软件工程领域，更加技术化，因此作者尽力讲得浅显易懂。

本书的特色是**内容生动、图文并茂、紧跟前沿**，并具有中国特色，充分考虑到了我国信息化建设的特点。而且，**本书的内容设置符合 MIS 教学的发展方向，即技术是手段、组织是主体、人是根本**。另外，本书相当重视案例教学，对案例的介绍深入细致，可以让读者从细节中充分认识到信息化建设的艰巨性，更好地理解 MIS。

为了写好本书，作者广泛涉猎了最近几十年管理学和信息技术的发展成果，并与在信息化建设一线工作的专家和顾问有过广泛的交流，在此一并表示感谢！本书课件可在清华大学出版社网站（www.tup.com.cn）或者作者个人网站（www.denghongtao.com）上下载。限于作者水平，本书难免存在一些错误和疏漏；同时，本书也未必能完全契合文科生的需要，因此，作者恳请各位读者和专家提出宝贵意见，以便纠正。作者的信箱是 denghongtao@hotmail.com。

邓洪涛

2011 年 2 月

目　　录

第1章 管理信息系统概述

自计算机发明以来，就在不断地深入人们的生产生活。目前人类已经跨入 21 世纪，计算机和网络技术已经广泛应用于企业、事业单位的生产经营和管理，也在日益影响着人们的思维方式，逐渐成为人们生活中不可缺少的一部分。

在所有技术中，信息技术（Information Technology，IT）始终是影响全球经济的强大的力量。绿色能源目前是依靠政府补贴得以为继，还只是一方小市场。生物技术由于需要长期孕育才能孵化为成熟产品，因此发展受限。唯有 IT 却以相当快的速度在发展。

经济全球化，凸显了 IT 在全球经济发展中的战略意义。失去 IT，很难想象跨国公司怎么能够将零件加工外包至多国生产，再运到一个国家组装，进而在别国销售。发展中国家利用其剩余劳动力从事出口生产，从这种经济方式中获得收益。不断发展的 IT 会进一步缩短发展中国家和发达国家的差距，这是大势所趋。

因此，如何充分利用 IT，提高我国企业、事业单位和各种组织的信息化水平，是我国经济发展所面临的重要课题。这也是本书的目的，是管理信息系统这门学科需要解决的问题。下面，介绍一个案例。

1.1 案例：合嘉连锁超市

合嘉连锁超市是我国西部地区的一个小型连锁超市，现有 20 多家门店，每家门店面积在 200~300 平方米之间，每天早上 7 点开门，晚上 11 点关门。门店人员分成两班工作，店内商品陈设如图 1.1 所示。

1. 店面工作

早上 7 点，张祖珍和她的店员就会来到他们所在的店面准时上班。每天上午和下午，公司物流部都有送货车到达。员工在顾客少的时候就打扫卫生、整理货架、收货验货、补充销售掉的商品。

张祖珍 40 岁左右，已经在合嘉工作了 10 年，算是老员工了，目前是店长。每天早上她都要开一个简短的会议（此时顾客很少），布置当天的工作，如哪些商品要促销，哪些商品要适当变更陈列位置等。

超市的工作很琐碎，陈列商品是一门学问，要根据季节、销量、客户的需要，经常进行调整。比如夏天快到了，就把一部分收银机旁边的三层陈列架上的口香糖、巧克力等商品换成湿巾纸、手帕纸、创可贴、风油精、棉签之类。

图1.1　合嘉超市内部

凡是工作久的员工，都知道哪些事情该先做，哪些事情后做。例如，有经验的员工会先补"关东煮"，因为"关东煮"需要时间煮熟。把"关东煮"放到锅里煮熟的过程中，员工可以再整理饮料。这就是"统筹兼顾"或"时间管理"。工作如果能统筹兼顾，可以提高销售业绩。

张祖珍将工作人员分成5个小组，分别管理食品、饮料、粮油、化妆品和其他日用百货，并将商品管理与促销落实到人。张祖珍强调"面销"，也就是当面推销，这需要仔细观察顾客，揣摩顾客的需求。例如，经常有一些长途汽车路过超市，当看到司机进来买东西时，负责销售饮料的小王就会迎上去说："先生，要不要买一箱矿泉水放车上？天热了，车上备一箱水比较方便。"小王是大学生，来合嘉实习的，组长给她定的任务量是每天卖掉5箱。

2. 员工培训

合嘉对于新来的员工都要培训，一般是趁顾客少的时候由老员工培训，边培训边工作。培训工作分三个阶段，每个阶段大概半个月。第一阶段主要学习收货、退货、报损等相关业务流程，还要学习无线速录机①（见图1.2）和无线电子磅秤的使用、残损仓和退货仓货物管理，以及使用管理信息系统的相关功能，进行录入、修改以及传递财务单据等。

图1.2　某款无线速录机

第二阶段主要是成长期，通过重复工作，进一步熟悉相关流程和工作技巧，提高工作效率。同时接受上级布置的一些比较重

---

① 无线速录机可以无线联网，也可通过 USB 接口连接计算机，在商品进、销、存时实现快速录入。速录机的价格在几百元和几千元之间，是大多数超市的必备设备。

要的工作进行锻炼，比如对退货单、报损单等有关单据进行审核，配合总部的商品部进行
重点商品盘点等。

第三阶段是相对成熟期，主要是进一步熟悉某一部门的各种详细工作，并从事更多的
验收、审核工作。

3．店面使用的信息系统

合嘉用的管理软件是某软件公司开发的连锁超市系统，该系统可以实现统一采购、统
一编码、统一配送、统一促销、统一会员、统一门店和统一价格管理。

其中，收银台是最容易与顾客发生摩擦和争执的地方。顾客等待付款的时间过长，在
找付金额上有出入，或是顾客携带未付款商品准备出超市，都有可能引起摩擦。因此，合
嘉在超市的各个部分以及收银台墙角，都安装了网络摄像机和拾音器，都是联网的，既可
以监控顾客，也能监控收银台员工与顾客的交流和收款情况。当然，摄像机小巧美观，可
以很好地与环境融为一体。

合嘉和绝大多数超市一样，用 POS 机进行收银。POS（Point of Sales）的意思是"销
售点"，在零售业中普遍使用，已成为管理信息系统中的重要组成部分。从本质上说，POS
机就是计算机，图 1.3 是一款 POS 机的外观及其使用界面。

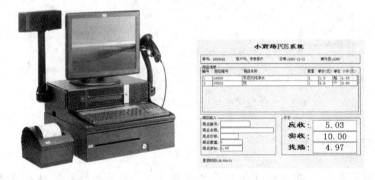

图 1.3　一款 POS 机及其使用界面

但为了突出收银功能，POS 机和一般的计算机又不一样，POS 机具有以下特点。

（1）显示器小，而且是单色显示器，这是为了节省空间，而且没必要用彩显。研究早
已表明，人眼如果长时间频繁地在显示器屏幕和物体之间切换，单显更好。

（2）外接一台小型的票据打印机，用于打印购物清单或发票。

（3）有扫描设备，用于扫描商品编码，实现快速录入。

（4）有钱箱，打印机打完小票后，钱箱自动弹出，以便收钱找零。

（5）有读卡设备，用于读写客户的银行卡。

一般 POS 机的价格在 2500～5000 元。合嘉超市 20 多家门店配备有 50 多台 POS 机。

　　身为店长，张祖珍的工作非常琐碎。从大的方面说，既要保持超市的销售业绩，又要严格控制店内的损耗，因此在细节方面，要在总部的管理下，制订门店销售计划，并指导落实。除了关注商品的陈列外，还要激励和管理员工，保持工作的高效率；要监督管理本超市的进、销、存状况，并和总部随时保持联系。

　　店面销售主要在白天进行，每一笔销售数据都会进入店面的信息系统，每销售出一件商品，系统就会自动冲减店面库存。这些数据最终都会进入总部的信息系统。

　　合嘉超市使用的管理信息系统如图 1.4 所示。张祖珍通过该系统可以查看本店每天的详细销售记录，还可以按天、周、月，以及按商品种类甚至具体商品统计销售额，以便从中发现问题或机会，将本店做得更好。

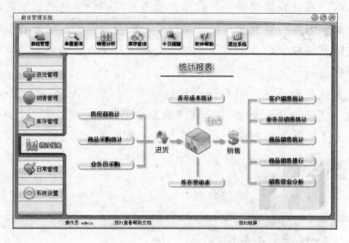

图 1.4　合嘉超市使用的管理信息系统的一部分

4．总部使用的信息系统

　　合嘉总部有商品部、物流部（包括仓库管理）、人力资源部和财务部等部门。商品部负责统一采购和退货管理，以降低进货成本；物流部负责商品的配送；人力资源部负责人员的招聘、离职、报酬和升迁；财务部按月对几十家超市的销售、800 多名员工的工资、上游供货商进行各种数据统计和结算工作。

　　合嘉超市实行的是三级管理体系：总部对 20 多个店的店长，以及商品部、物流部、人力资源部、财务部进行考核，各店长以总部管理章程为依据，对本店的小组长和员工进行考核。每个月的第二个星期一，张祖珍都要和其他店长到总部开会，公司总经理会公布上个月各店的业绩，对各店进行奖惩，并根据宏观经济环境和竞争对手的情况，商讨并布置下一步的工作。

　　为了便于高级经理使用，合嘉总部的管理信息系统可以从几十个角度进行汇总统计，例如可以按周、月、季度、年份，统计出各个门店、各个品类、重要商品的销售数字，以及整个公司各项收入和支出的情况，以便从中发现问题。这些功能都是软件开发商进行深入调查，并按照合嘉超市管理层的要求实现的。作为公司总经理，彭超华每天在计算机上除了查看本公司的各种管理数据外，还会上网看一些商业网站、超市行业网站和竞争对手的站点，了解最新信息。

5. 物流管理

合嘉超市 20 多个店面每天会销售各类商品 3 万～6 万个（件/条/只/瓶/包）。当某个店面的某种商品的店面库存低于某一数字时，管理信息系统就会依照一定的算法，给该店面生成一条补货信息。公司总部的商品部，每天都会根据各个店面的补货信息，考虑是否补充新品种、淘汰老品种，再生成各个店面的配货单。然后交给物流部，由物流部在公司仓库配货，并给各店面送货。

总部的仓库在城郊一个大房子里，有将近 2000 平方米，这里租金便宜。如果总部的库存低于某一数字，商品部就通知供货商送货。对于量大且生产厂商就在本地的商品（如本地产的矿泉水、速冻食品等），就由厂商直接给各个店面送货，由总部统一结算。

因此，合嘉超市的管理已经离不开信息系统。公司总部的管理人员每人都配有一台计算机。整个合嘉超市的计算机系统是二级结构：每个超市各有一个局域网，并设一台服务器，通过 Internet 和总部传递信息。总部也有一个局域网，并有功能更强大的服务器，和各个分店的服务器保持通信。各种数据都在总部汇集。当初公司在计算机、网络硬件和管理信息系统上的投资超过 400 万元，对于一家小型连锁超市来说，这不是一个小数目。

6. 总经理的工作

彭超华总是很忙。据管理专家统计，企业的总经理要从事至少 42 项不同的工作，大块时间很少。彭超华对此深有体会，他每天都要至少和公司几十名经理和员工谈话，还要和供货商、政府各个部门的人交流，培养感情和友谊。企业内外部的会议很多。在食品、饮料、粮油、化妆品等每个领域，合嘉至少有五六家著名品牌，因此经常联系的供货商有 30 家以上，二、三线品牌就更多了。虽然相对具体的工作由商品部经理负责，但企业间的高层沟通，很多时候还得总经理出面。

除了和各种各样的人打交道外，彭超华对宏观经济也十分关心。做连锁超市的利润并不丰厚，他深知宏观经济和中国发展的大方向对超市的经营至关重要。因此在制订公司战略计划前，他都要仔细思考宏观经济形势。彭超华认为，中国的城市化进程还将进行下去，因此在 3000 人以上的大型居民区里建立面积 200 平方米左右的小型超市，应该大有可为。

为了不断提高自己的思维和管理能力，彭超华会尽量抽出时间读一些书和文章，并鼓励其他高管和店长也这么做。

当然，彭超华最关心的还是销售，没有销售就没有业绩。因此他每天上班后都要打开计算机，看看各门店前一天的销售情况，以及合嘉超市现有的资金、库存和物流等情况。

公司还有一个小型信息部，专门从事数据管理和维护工作，公司每年用于系统维护、设备更新等方面的费用大约是 15 万元。因此，彭超华非常重视充分发挥信息系统的作用，不让这笔钱白费。

但也不能什么都依赖信息系统。彭超华每个月都要走访至少十家门店，还会去竞争对手的超市看看竞争对手都在干什么。只要有机会出差去北京、上海等大城市，他就会去沃尔玛、家乐福看看。公司总部还会不定期地派出"秘密顾客"，到各个门店匿名调查并购买东西，以便更好地了解基层情况。

因此，张祖珍等 20 多名店长必须始终认真地对待工作，抓好店面管理。最近几年，张祖珍也越来越多地使用管理信息系统提供的统计功能，分析本店的销售情况。以前张祖珍只会简单地使用计算机，但现在已经用了好几年公司的管理信息系统，早已驾轻就熟，觉得管理信息系统确实可以极大地提高管理效率。

1.2　数据、信息和"三论"

通过上一节的案例，相信读者已经初步了解了管理信息系统的作用。但各行各业的管理信息系统差别很大，企业进行信息化建设，也绝不是一件容易的事。因此管理信息系统现在已经是一门独立的、内容丰富的学科。既然是一门学科，我们就必须先学习它的一些基础知识。

1.2.1　什么是数据和信息

简单地说，**数据（Data）就是记录下来的可以被识别的符号**。它本身没有任何含义，例如我们说"5"是一个数据，它被识别成一个数字符号。它表示什么呢？这要看上下文，是 5 个人、5 头牛，还是别的什么。再如"红色"表示了对一种属性的抽象，它也是一个数据符号，可以是红色的火焰、红色的血液等。但单纯的"红色"，不能说明什么问题。

所以，**数据是客观事物的属性、数量、位置及其相互关系的抽象表示**。数据是多样的，既可以是数值的，也可以是文字的、图表的、图形的等。

那么，信息（Information）又是什么呢？

这个问题貌似简单，但很难回答。信息的概念不仅涉及人类政治、经济、社会、生活等各个方面，而且涉及自然科学、社会科学、生命科学、思维科学及系统科学、哲学等几乎所有科学领域。人们从不同领域、不同层次和不同角度对信息的概念进行研究，给出的定义不下百种，但没有哪一种令所有人满意，因为必须在深刻揭示和深入分析信息概念本质内涵的基础上，无歧义地明确回答：信息究竟是什么？

黄梯云教授主编的《管理信息系统》（第三版）认为：**信息是关于客观事实的可通信的知识**。但这又引出一个概念：什么是知识？这又是一个充满争议的概念。一些学者认为"凡是有用的信息都是知识"，这不仅不是对知识的定义，而且还会引出"无用的信息是不是知识"等问题。《中国大百科全书·教育》中"知识"条目是这样表述的："所谓知识，就它反映的内容而言，是对客观事物的属性与联系的反映，是客观世界在人脑中的主观映像。就它的反映活动形式而言，有时表现为主体对事物的感性知觉或表象，属于感性知识，有时表现为关于事物的概念或规律，属于理性知识。"

这个定义比较冗长，而且本书没有必要陷入学术化的讨论，所以虽然无法精确定义什么是信息，但还是可以归纳出对信息的几种描述。

（1）信息是有一定含义的数据，是对客观事物特征的反映。

（2）信息是加工处理后的数据。

（3）信息对决策有价值。

（4）信息是可以获取、识别、存储和通信的数据。

（5）信息是人（或生物）和外界相互作用过程中相互交换的内容表述。

信息不同于数据。数据是根据客观事物记录下来的、可以鉴别的符号。**只有经过解释，数据才有意义，才能成为信息**。所以，**信息是经过加工的数据**。数据和信息的关系如图 1.5 所示。

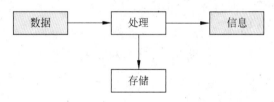

图 1.5　数据和信息的关系

1.2.2　信息的特点

信息还具有以下特点。

（1）**价值性**。信息是有价值的。

（2）**事实性**，或称**真伪性**。真实客观地反映现实世界的信息具有真实性的一面。相反，不符合事实的"信息"不仅没有价值，而且可能价值为负，这种信息俗称"虚假信息"，但并不符合学术界对信息的认识。

（3）**时效性**。信息是有时效的，过期的信息往往价值不大，例如股票市场上的信息。

（4）**不完全性**。信息不可能完全反映客观事物的全貌，这与人的认识程度有关系。

（5）**等级性**或**层次性**。信息是分等级的，可分为战略级、策略级、执行级三级，也可分为经营决策类、管理决策类、业务类信息三级。

（6）**变换性**。信息可以用不同的方法和不同的载体来负载，这就是变换性。

（7）**共享性**。信息是可以共享的，但共享后的信息价值会减少。比如股票信息，如果大家都知道某只股票将上涨，则任何人都很难从容投机了。如果大家都知道某行业正处于低谷，可以投资，从而纷纷涌入，则这个行业可能会立刻产能过剩，前景不再乐观。

（8）**信息量是可以计算的**。这是美国科学家香农（Claude Elwood Shannon, 1916—2001）于 1948 年得出的结论，也是信息论基础。此结论令人震惊，因为信息量计算公式与热力学第二定律中熵的公式一致。通俗地说，信息的不确定程度越高，则信息量越小，反之则越大。例如，说某人在"清华大学"，而清华大学有 50 000 人，则不确定程度还是比较高的；而说某人在"清华大学经济管理学院"，假设清华大学经济管理学院只有2000 人，则不确定程度就小多了，因此信息量更大。

图 1.6 香农

香农（见图 1.6）出生于美国密歇根州，在电子学、数学、遗传学方面都有贡献。1938 年，香农已经注意到电话交换电路与逻辑代数之间的类似性，即把逻辑代数的"真"与"假"和电路系统的"开"与"关"对应起来，并用"1"和"0"表示。1948 年，香农和威沃（Warren Weaver，1894—1978）在《贝尔系统技术杂志》上发表了《通信的数学理论》（*A Mathematical Theory of Communication*）的著名论文，宣告了信息论的诞生。香农在该文中提出了计算信息量的公式，即信息量：

$$H(x) = -\sum_{i=1}^{n} P(X_i) \log_2 P(X_i)$$

其中，X_i 表示第 i 个状态（总共有 n 种状态）；$P(X_i)$ 表示第 i 个状态出现的概率。这个公式恰好与热力学第二定律中计算熵的公式一致。

比如向空中投掷硬币，落地后有两种可能的状态，一个是正面朝上，另一个是反面朝上，每个状态出现的概率为 1/2，则信息量：

$$H(x) = -\sum_{i=1}^{2} P(X_i) \log_2 P(X_i) = -\left[\frac{1}{2} \log_2 \frac{1}{2} + \frac{1}{2} \log_2 \frac{1}{2} \right] = -\left(-\frac{1}{2} - \frac{1}{2} \right) = 1$$

也就是说，投掷硬币的信息量可以用 1 比特表示。

香农明确地把信息量定义为随机不定性程度的减少。这就表明了他对信息的理解：**信息是用来减少随机不定性的东西**，或者说，信息是确定性的增加。现在，质量、能量和信息量，已经成为科学研究领域的三个非常重要的量。

1.2.3　系统

系统（System）指在一定环境中，为了达到某一目的而相互联系、相互作用的若干个

要素所组成的有机整体。

现实世界中有各种各样的系统，可分为自然系统、人造系统和复合系统三大类。血液循环系统、天体系统、生态系统等都属于自然系统，计算机硬件系统、自动化生产系统属于人造系统，而管理信息系统的建立、运行和发展往往不以设计者的意志为转移，有其内在的规律，所以属于自然系统和人造系统相结合的复合系统。

1．系统的特征

大多数系统属于复合系统，复合系统的一个重要特征是人的参与。

几十年来，人们对系统做了很多研究，发展出一门新兴学科——系统科学。系统科学的核心和基础是一般系统论。一般系统论认为系统有以下特征。

（1）**整体性**。一个系统由多个要素所组成，所有要素的集合构成一个有机整体，缺一不可，并且它不是各个部分的机械组合或简单相加。这是系统论的核心思想。系统的整体功能是各要素在孤立状态下所没有的"新质"。例如，自行车的各个零部件适当地组合在一起，形成一辆自行车，它能实现它的各个零部件不能单独实现的新功能。

（2）**目的性**。系统的发生和发展有着强烈的目的性，是系统的主导，决定着系统要素的组成和结构。例如，自行车系统的目的是使人类方便地移动位置。

（3）**关联性**。系统中各要素不是孤立地存在着，而是存在着密切的联系，这种联系决定了整个系统的机制，它在一定时期相对稳定。例如，自行车系统中的各个部件都有联系，拆卸掉一个轮子或其他部件，将导致整个系统瘫痪或不能稳定运行。

（4）**层次性**。一个系统被包含在更大的系统内，系统的组成要素也可能是一个小系统。例如，当人骑上自行车后，人和自行车就构成了一个动态移动的系统，自行车本身是这个系统的子系统。自行车的轮子（包含铁圈、内带、外带、中心轴承、链条）也是自行车的一个子系统。

（5）**环境适应性**。系统与环境相互作用、相互影响，进行物质、能量、信息交换，不适应环境变化的系统没有生命力。例如，自行车系统要和人、马路、马路上的各种杂物、风雨进行相互作用，所以自行车必须要适应这样的环境。如果自行车的部件锈蚀严重，或者车胎被扎，漏气严重，自行车就不能骑了。

2．系统的要素

系统包含以下要素。

- **系统所在的外部环境（Environment）**：环境和系统应互有一定影响。
- **边界（Border）**：它是系统与环境分开的假想线，系统和环境通过边界实现物质、能量和信息的交换。
- **输入/输出（Input/Output）**：系统要与环境发生联系，必然有输入输出。

- **组成要素（Element）**：系统为完成特定功能而必不可少的工作单元，可以是子系统（Subsystem）。
- **系统结构（System Structure）**：系统的组成要素和要素之间的关系。
- **接口（Interface）**：子系统之间的信息交换的部分。

因此，系统的一般模型如图 1.7 所示。

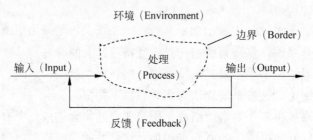

图 1.7　系统的一般模型

3．系统的分类

按照要素构成及其与环境之间的相互关系，又可以将系统分为以下两类。

- 具体系统和抽象系统。
- 开放系统和封闭系统。

系统论的思想要求一切从全局出发，着眼于整体的最优运行。

系统论是加拿大籍奥地利裔的路德维希·冯·贝塔朗菲（Ludwig von Bertalanffy，1901—1972，见图 1.8）于 1937 年创立的，但他长期在美国的大学任职。贝塔朗菲还是现代著名理论生物学家。1968 年，贝塔朗菲发表的著作《一般系统理论基础、发展和应用》（*General System Theory*: *Foundations, Development, Applications*）影响极为深远。

图 1.8　贝塔朗菲

贝塔朗菲有着深厚的人文主义情结。最近几百年来，随着科学尤其是技术的进步，人性日益贬值，对此贝塔朗菲深感忧虑。他站在开放系统的立场上，认为人类有一种自我实现的需要，超越了简单的生存需要。所以他认为，设计更好的环境而非更好的人，才是改良社会的根本途径。贝塔朗菲将人文性引入对自然科学的研究之中，在自然科学与人文科学之间架起了一座桥梁，是他对科学研究的最大贡献。

4．设计、分析系统的方法

要设计、分析一个系统，可以分为以下两步。

- **分析（Analysis）**：将整个系统分解为多个易于理解的子系统，直到所得到的子系统的规模易于处理为止。在分析过程中，得到系统的结构。

- **综合（Synthesize）**：解决完每个子系统的问题后，再按系统结构图，将各个子系统综合起来，形成整个问题的一个解决方案。

这就是系统化的处理方法，实质是"分而治之"。

在设计、分析系统的过程中，需要注意以下几点。

（1）目标明确。每个系统均为一个目标而运动。目标可能由一组子目标组成，系统的好坏要看它运动后对目标的贡献。

（2）结构合理。一个系统分解为若干个子系统，子系统又可划分为更细的子系统，其结构应该合理，子系统之间的连接要清晰，路径要畅通，还要减少冗余，以达到合理实现系统目标的目的。

（3）接口清楚。子系统之间的接口、系统和外部环境之间的边界，其定义应十分清楚。

（4）能观能控。可以通过输入输出观测系统的行为。

1.2.4 控制论

1948 年，美国数学家诺伯特·维纳（Norbert Wiener，1894—1964，见图 1.9）出版了《控制论》（*Cybernetics*），宣告了控制论的诞生。控制论的核心内容是：**无论是自动机器，还是神经系统、生命系统，乃至经济系统、社会系统，都可以看作是一个自动控制系统。** 任何一个系统因内部变化与环境影响，都具有不稳定性。因此这类系统中有专门的调节装置来控制系统的运转，才能使之稳定，从而达到预定的目标，这就是控制，如图 1.10 所示。

图 1.9 维纳

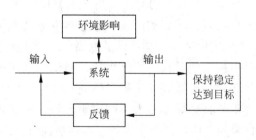

图 1.10 控制的一般原理

控制论的基本思想是通过把一个系统或系统的一部分量化，找出系统中主要要素之间的关系，然后用适当的模型来模拟它，进而对系统的未来或未知状态进行预测和估计。控制是通过信息的传输、变换、加工、处理来实现的，反馈对系统的控制和稳定起着决定性的作用。例如，无论是生物体保持自身的动态平稳（如温度、血压的稳定），还是机器自动保持功能的稳定，都是通过反馈机制实现的，反馈是控制论的核心问题。**控制论就是研究**

如何利用控制器，通过信息的变换和反馈作用，使系统能自动按照人们预定的程序运行，最终达到最优目标的学科。

可以看出，图 1.10 类似于图 1.7，这是因为控制必须从系统角度出发进行研究。而且基础是信息处理。没有信息，控制就会是盲目的，就不能够达到控制的目的。所以，系统论、控制论、信息论三门学科密切相关，它们的关系可以这样表述：**系统论提出系统概念并揭示其一般规律，控制论研究系统演变过程中的规律性，信息论则研究控制的实现过程。**因此，信息论是控制论的基础，二者共同成为系统论的研究方法。

维纳的知识十分广博，并且是科学界少见的神童，18 岁时就获得博士学位。现在我们称维纳是一个数学家，是因为维纳是以数学为出发点开始学术生涯的。

维纳在其 50 年的科学生涯中，先后涉足数学、哲学、物理学和工程学，最后转向生物学，在各个领域中都取得了丰硕成果，属于罕见的科学巨人。在信息论方面，维纳也做出了自己的贡献。对于什么是信息，维纳有一句著名的话："信息就是信息，既不是物质，也不是能量。"这句话的本质是把信息和物质、能量相提并论，充分强调了信息的重要性。维纳的开创性工作推动了信息论的创立，并为信息论的应用开辟了广阔的前景。甚至连信息论的创立者香农也说："光荣应归于维纳教授"。

信息论、控制论、系统论推动了系统科学的研究，并成为系统科学领域的重要组成部分，被称为"老三论"。在 20 世纪 70 年代后期，系统科学又出现了三个重要学科，分别是耗散结构论、协同论和突变论，被称为"新三论"。这六门学科极大地推动了系统科学的研究和发展。

关于系统科学的内容和体系结构的最详尽的框架，是由我国科学家钱学森（1911—2009，见图 1.11）提出的。1948 年维纳的《控制论》出版后，其晦涩的哲学思想难以被人理解，人们更难以透过《控制论》发现其与科学技术的联系，因此引来普遍批评。但《控制论》却引起了钱学森的浓厚兴趣，他认识到《控制论》的价值，迅速意识到其与火箭制导工程问题的相通性，立即运用控制论原理研究解决了一系列喷气技术中的问题。而且钱学森很快发现，在整个工程技术的范围内，几乎到处存在着被控制的系统或被操纵的系统。于是在 1953 年，钱学森写出了《工程控制论》，并于 1954 年在美国出版，由此开创了一门新学科。

图 1.11　钱学森

在《工程控制论》中，钱学森阐述了一个很重要的观点："**通过工程控制协调的方法，即使用不太可靠的元器件，也可以组成一个可靠的系统。**"这个思想在当时远远超出了自动控制领域，而进入了系统科学的范畴。如果把这句话用于管理信息系统，可以这样说："通过项目的组织与协调工作，用不够先进的软硬件，也可以建成一个实用可靠的管理信息系统。"换句话说，一个强大实用的管理信息系统不一定非要用先进的软硬件来实现。

1.3　管理信息系统

1.3.1　管理信息系统的诞生和定义

管理信息系统的三大要素是系统的观点、数学的方法和计算机的支撑。

人类社会早就有信息系统。在古代，政府和各种组织通过组织机构中的人，一般用口头语言或纸介质，用人力或马匹，甚至更原始的工具如烽火台来传递信息，形成早期的信息系统。随着人类社会的不断发展，信息系统也在发展变化。1946 年，世界上第一台计算机 ENIAC 在美国宾夕法尼亚大学诞生。从此，信息系统的发展进入了一个新时代。

计算机自发明以来，功能越来越强大，越来越深入到组织的科研、生产和管理中，对组织的管理和结构产生了深远影响。因此在 20 世纪 60 年代，迫切需要深入研究计算机和组织管理的关系问题。

但是当时在计算机科学领域和传统的管理领域，这个问题都没有引起足够的重视。从计算机学科来看，计算机才诞生 20 多年，计算机专家和编程高手普遍没有足够的管理知识。从管理学科来看，美国管理学家彼得·德鲁克（Peter F. Drucker）于 1954 年出版《管理的实践》一书，标志着现代管理学的正式诞生。所以在 20 世纪 60 年代，管理学也处于飞速发展时期，大多数管理学家没有充分意识到计算机的威力。所以，两个学术圈子的专家都来不及深入思考如何将计算机更好地应用于组织管理。

在这种背景下，美国明尼苏达大学的会计学教授戈登·戴维斯（Gordon B. Davis，见图 1.12）意识到这是一项学术空白，所以他在 1967 年首先为博士开设了面向管理的信息系统课程，这标志着**管理信息系统**（**Management Information System，MIS**）作为一门学科正式创立，并奠定了他作为该学科之父的地位。直到今天，明尼苏达大学仍然是管理信息系统的重要研究中心。

根据薛华成教授的研究，管理信息系统的概念最早开始于 20 世纪 30 年代，柏德在他的一本著作中强调了决策在组织管理中的作用。20 世纪 50 年代，西蒙提出了管理来自于信息和决策的概念，同时计算机已经用于会计工作，并且"数据处理（Data Processing）"一词已经出现。自戈登·戴维斯正式创建这门学科后，管理信息系统的定义最早出现在 20 世纪 70 年代，但并没有强调一定要用计算机，而是强调用信息支持决策（这明显是受了管理大师西蒙的影响）。20 世纪 70年代末 80 年代初，管理信息系统这个词在我国出现，不少学者对它

图 1.12　戈登·戴维斯

进行过定义。

最早的 MIS 是用于企业管理的，但随着时代的发展，政府部门和各种非营利机构都在使用信息系统进行管理。因此研究 MIS 不能局限于企业，而应该考虑各种组织。当然，研究 MIS 在企业的应用，目前仍然是最重要的，本书也以企业 MIS 为核心。

直到 1985 年，戈登·戴维斯在他的经典著作《管理信息系统》一书中，才给出比较完整并被大家普遍接受的定义：**它是一个利用计算机硬件和软件，利用分析、计划、控制和决策模型，通过手工作业的机器系统。它能提供信息，支持企业或组织的运行、管理和决策功能。**

这个定义说明了管理信息系统的目标、功能和组成。目标和功能是支持企业组织的运行、管理和决策，组成是计算机硬件、软件和其他部分。

随着时代的发展，MIS 的概念也在逐步充实和完善。如果结合 20 世纪 90 年代以来信息技术和管理的发展成果，笔者认为可以从如下几个方面来定义 MIS。

（1）**管理信息系统是一个建立在信息技术之上、由人和信息处理软硬件共同组成的系统**。这里的"信息技术"，不仅包括计算机软硬件技术，而且包括网络技术和通信技术。目前，计算机、网络和移动通信技术的结合日益紧密，一个现代化的管理信息系统往往要使用所有这些技术。

而且，一定不能忽视人在 MIS 中的重要地位。MIS 不仅是技术系统，而且是人机系统。

（2）**管理信息系统是进行面向管理的信息收集、传递、存储、加工、维护和使用的系统**。这里的信息是"面向管理的信息"。如果信息对管理无用，对于 MIS 来说根本不必收集。MIS 一定要为组织的管理服务，是一个对组织进行全面管理的综合系统。

（3）**管理信息系统不仅是一个技术系统，而且是一个社会系统**。初学者往往认为，MIS 仅仅是一个以信息技术（尤其是计算机硬件）为基础的技术系统。即使它是人机系统，人也仅仅是依附于机器之上，是被动的，因此不需要过于重视人的作用。退一步说，即使把 MIS 当成一个社会系统，恐怕也仅仅是其技术功能的适当扩展而已。这种认识是完全错误的。因为信息技术只是工具，最终是为管理服务的。归根结底，人占主导地位。因此，管理信息系统虽然首先表现为一个技术系统，但它更是一个社会系统。采用最先进的软硬件技术设计的 MIS，未必会对整个组织的长远发展有利，也未必能带来企业综合绩效的提高。本书第 6 章将用大量篇幅展开讲解，以便让读者深刻地认识到这一点。

1.3.2　事务处理系统

管理信息系统应该具有最基本的信息处理功能，包括信息的收集、存储、传输、加工和查询等。也就是说，它应该包括具体事务的处理系统。**事务处理系统（Transaction**

Processing System，TPS）是执行和记录从事经营活动所必需的日常交易的计算机化系统。例如，销售订单的输入、旅馆房间的预定、客户信息的输入和修改、工资表的生成等。这类系统是计算机信息系统在组织中早期的应用形式，也是最基本的形式。

图 1.13 描绘了工资表的事务处理系统，它是能在绝大多数企事业单位见到的典型的会计事务处理系统。

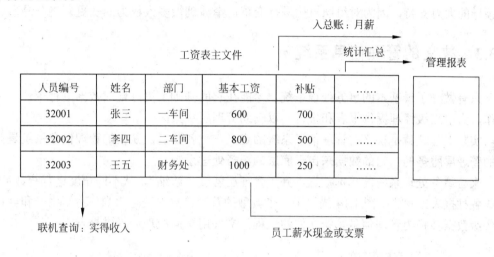

图 1.13　工资表的事务处理

在图 1.13 的工资表主文件中，记录了企业各个员工的人员编号、姓名、所在部门，以及工资的各种详细类别的钱数。在每个月发工资时，会计需要录入或核算这些数据，然后为每个员工生成当月总工资，开成现金或支票发给员工，同时将各员工的最终总月薪入总账。员工可以联机查询自己的实得收入。

为方便高层领导查看，可以把各个部门的员工的工资进行统计汇总，作为管理报表的一部分。企业领导可以通过管理报表，得知当月一共发了多少工资、各部门的总工资又是多少等。管理报表未必只有一张。

一切组织都具有类似的事务处理系统。企业越大、业务种类越多，企业的事务处理系统也就越多、越复杂。所以，**做好管理信息系统的第一步，就是先做好事务处理系统**。试想：如果工资事务处理系统崩溃，企业还如何及时给员工发工资？如果包裹跟踪系统总是出错，快递公司如何及时准确地把包裹送到客户手里？

那么，建立事务处理系统是否很容易呢？

如果企业的某个业务流程相对固定，则信息系统的开发人员只要详细跟踪业务流程的每一步，不忽略任何一个关键细节，并且程序员的编程水平过硬，那么总能开发出切合该业务流程的事务处理系统。

但问题是，如果企业的业务流程错综复杂、互相影响，则开发出相互协调工作的业务处理系统绝非易事。况且，为了适应市场需要，业务流程可能还会不定期地发生变化，所以即使是开发最基本的事务处理系统，也不是一件容易的事。系统设计人员需要仔细分析企业的每一个业务流程、业务流程的每一个细节，抽取出核心的、相对不变的流程作为业务流程的骨架。而且为了提高企业运行效率，一般还需要进行业务流程重组，这样才能把管理信息系统的"地基"打好。

这不仅需要系统设计和分析员对企业极为了解并具有相当高的分析水平，而且需要企业领导的大力支持，因为对组织机构进行变革，牵涉到很多人权力的变更，绝非易事。

1.3.3　狭义的管理信息系统

只有做好了最基本的事务处理系统，才能在它的基础上更好地对数据进行统计、汇总工作，为中高级经理提供报表和报告，以辅助管理层决策。

实际上，这就是狭义的管理信息系统的定义。也就是说，**狭义的管理信息系统是为组织的管理层服务的，它的数据来自于底层的事务处理系统。**

来自事务处理系统的基本数据，到了管理层就被"浓缩"，从不同角度进行统计汇总，形成各种报表或报告。图1.14描绘了一个典型的管理信息系统把来自库存、生产和会计的事务级数据转换为管理信息系统文件的过程。文件用于向经理们提供报表。

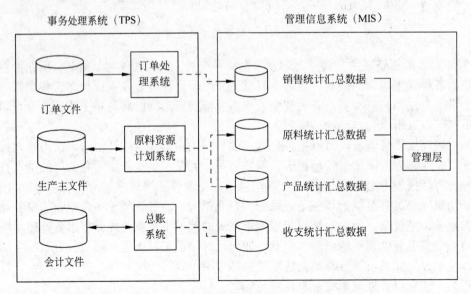

图 1.14　MIS 从 TPS 中获取数据并加工处理以供管理层使用

例如，订单文件中包含各种订单的详细信息，它们由订单处理系统管理。管理信息系统可从这些数据中统计出一段时间内的总销售额、各个地区的销售额，并和前段时间对比得到增长率。示意报表如表 1.1 所示。

表 1.1　管理信息系统中可能产生的报表举例

2011 年 1～6 月销售汇总				
片区	省/直辖市	销售额（元）	去年同期（元）	增长率
东北	黑龙江	350 000	300 000	16.7%
	吉林	288 000	265 000	8.7%
	辽宁	443 000	452 020	−2.0%
东北地区总计		1 071 000	1 017 020	5.31%
西北	新疆	167 000	179 000	−6.7%
	青海	205 000	156 080	31.34%
	甘肃	98 000	46 000	113.04%
西北地区总计		470 000	381 080	23.33%
……（其他地区和省、直辖市的销售汇总，这里省略）……				
全国总计		8 492 000	7 810 280	8.73%

通过表 1.1 所示的报表，经理就可知道哪个地区的增长率高、哪个地区的增长率低甚至负增长，进而寻找原因。

当然，这里给的只是示意报表，实际的情况可能复杂得多，例如还要考虑回款率、退货率、坏账率、销售人员的具体销售业绩等问题。但所有这些数据，都是从基本的业务数据中汇总出来的。

因此，狭义的管理信息系统对一个比较长的时间段（每周、每月、每年甚至数十年）中的数据更有兴趣，它建立在基本的事务处理系统之上，依赖于过去和当前的业务数据，根据管理层的要求和习惯，从各个角度对数据进行统计、汇总和整理，以支持管理层的分析和决策。所以在建立事务处理系统时，应该考虑到今后如何建立管理信息系统。

1.3.4　管理信息系统的结构

管理信息系统的结构是指组成管理信息系统各部件的构成框架，可从逻辑结构和物理结构两方面来考虑。

从逻辑结构来看，既然管理活动可大致分为战略规划、管理控制、作业控制三个层次，或称为战略级、控制级、执行级（也称决策层、计划层、执行控制层），那么，也可以把管理信息系统分为以下三层。

- 作业控制信息系统，也就是事物处理系统 TPS。主要目的是保证作业能有效、高效地完成。
- 管理控制信息系统。这是企业中级负责人所需要的信息系统，有的教材把这一层又细分为管理控制和运行控制两层。
- 战略控制信息系统。辅助企业高层管理人员做出战略决策的系统。

在每一个管理层次再按照职能划分，管理信息系统又可大致由下列子系统构成。

- 生产子系统
- 销售子系统
- 物资供应子系统
- 人事管理子系统
- 财务管理子系统
- 高层管理子系统

因此，管理信息系统的逻辑结构可用图 1.15 表示。

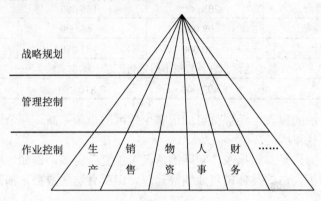

图 1.15　管理信息系统的逻辑结构

管理信息系统的物理结构是指系统的硬件、软件、数据等资源在空间的分布情况。物理结构可以很简单，如单机系统，特点是资源集中、便于管理，资源利用率高；也可以很复杂，如通过计算机网络把不同地点的硬件、软件、数据等资源连在一起的系统，特点是应变能力强、可扩展性强，但投入比较大。

1.3.5　管理信息系统与管理的关系和研究方法

管理信息系统的目的是辅助组织管理，是为管理服务的。在一般的管理学教材中，"管理"的定义是：**管理就是通过计划、组织、领导、控制和创新，协调以人为中心的组织资源与职能活动，以有效实现目标的社会活动。**也就是说，管理的本质是协调，管理的对象是以人为中心的组织资源与职能活动，管理的目的是有效实现目标，实现目标的手段是计划、组织、领导和控制。

1. 管理信息系统与管理的关系

那么，管理信息系统如何帮助管理者进行管理呢？

（1）管理信息系统可以提供大量的基础数据，以支持计划职能，并对计划进行优化。

计划是对未来进行安排的部署。任何组织活动都有计划，只不过有些计划不是正式计划而已。管理信息系统可以快速、准确地提供大量的基础数据，辅助决策者制定计划。功能强大的管理信息系统甚至可以作出一定的预测。管理信息系统还可以对计划进行优化。例如在生产管理中，管理信息系统可以根据数学模型，计算出获得最大利润的进度安排。

（2）**管理信息系统可以优化组织结构，提高组织和个人的效率。**

传统的组织结构是"金字塔"式的，层次多，各项职能分工严格。对于大型组织，这种结构的应变能力差、管理效率低并且成本高昂。管理信息系统可以降低组织内部信息交流的成本，从而使组织的层级减少，让组织"扁平化"。有了功能强大的管理信息系统，很多企业内出现了以项目为单位成立的各种临时工作组，管理起来比过去更为方便。

（3）**管理信息系统可以帮助领导做决策。**

管理者的领导作用主要表现在制定并落实组织目标、指导组织设计并从事人员配备、保证组织的正常运行等方面。管理信息系统可以提供必要的信息，在支持领导职能方面发挥重要作用。

（4）**管理信息系统可以提供系统的监测信息和反馈信息，帮助实现控制功能。**

控制包括质量控制、库存控制、生产控制、行为控制、人员素质控制等多个方面。随着科学技术的发展，自动化、智能化的控制还会进一步发展，因此管理信息系统在这方面将发挥更大作用。

所以，管理信息系统对管理具有重要的辅助和支持作用。

（5）**管理信息系统可以帮助实现管理创新。**

信息技术的不断创新与应用，也在推动管理不断创新。信息化建设的目的是提升管理能力，力求利用信息技术提供的实时性、共享性和公正性，来明确和优化各项管理流程。因此，信息化的核心是管理改革与创新。信息技术改变了人们的工作和生活方式，因此如果不进行管理创新，就不能充分发挥信息技术的优势。

1995 年 5 月，第一架波音 777 飞机问世。对于波音公司而言，波音 757、波音 767 的设计制造周期为 9～10 年，而在 20 世纪 90 年代初，他们决定在波音 777 的设计和制造之中，采用以下信息技术手段（后面都会讲到）。

- 数字化设计与制造技术：CAD/PDM/CAPP/CAM。
- 并行工程和精益生产。

借助于先进的信息技术，波音公司进行了极大的管理创新，使得波音 777 在 4.5 年内就完成了设计制造，获得了巨额利润。

政府也在不断进行管理创新。例如我国很多地区的公安部门已经全面实现了无纸化办公，只要点击鼠标，就可随时上网查阅各种信息；建立了案件监管平台和侦查指挥平台，包括侦查指挥、网络监控、审讯互动和全程不间断录像，领导可以通过该系统进行远程实时监控指挥。

信息技术还可用于居民社区管理。例如，2009 年中国移动为北京宣武区牛街定制了街道社区服务信息化解决方案，涵盖家庭安防监控系统、社区立体化智能安防平台、社区电子信息发布及公示系统等多个项目。家庭安防监控系统建立了全方位、多层次的防护体系，一旦发生盗窃、火警或其他紧急情况，放置在各处的摄像头会拍下现场照片，可在第一时间向客户发送短信报警。社区还推出了便民服务卡——牛街卡，使高龄、"空巢"老人足不出户就可以享受到家政、医疗、代换煤气、理发等一系列上门服务。

"智慧社区"的建设和逐步推广，是信息技术改变居民生活的典型案例。

2. 研究 MIS 的方法

管理信息系统是一门交叉学科，研究方法涉及管理学、计算机科学、运筹学、社会学、经济学以及心理学，如图 1.16 所示。

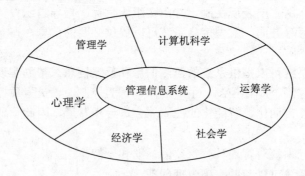

图 1.16　管理信息系统所涉及的领域

研究 MIS 的方法可以分为两大类：技术方法和行为方法。偏重技术方法的学科是计算机科学、运筹学和经济学，计算机科学偏重于研究 MIS 的软硬件性能和系统集成方面的问题，运筹学则关注运输流程、库存控制、生产流程等方面的时间和成本问题，经济学则研究哪些因素影响 MIS 的成本和效益。

偏重行为方法的学科是社会学、心理学和管理学。例如，社会学家研究 MIS 时关注群体和组织是如何影响信息系统开发的，以及信息系统又是如何影响个人、群体和组织的，心理学家则关注决策者如何使用和洞察 MIS 提供的信息，管理学则关注 MIS 和管理的相互作用问题。

因此，只有从不同学科的角度去学习、研究和实施管理信息系统，才能真正深入理解它，真正让它发挥最大作用。

习　　题

一、思考题

1. 什么是信息？信息和数据有什么区别？

2．信息的特点是什么？

3．设计、分析系统的方法是什么？

4．什么是老三论？它们之间有什么关系？

5．管理信息系统的逻辑结构是什么？

6．作为一门学科，管理信息系统是什么时候出现的？背景是什么？

7．什么是事务处理系统？建立事务处理系统是否很容易？

8．管理信息系统是如何支持管理的？

9．研究管理信息系统的方法有哪些？

二、讨论题

如果合嘉超市在没有计算机和网络的时代，将会如何管理？MIS 结合嘉超市在管理和营销方面带来了哪些提高？如果你是总经理，希望 MIS 能增强哪些方面的功能？

第2章　计算机发展简史

现代信息系统都以计算机、网络技术为基础，所以我们必须对信息技术有一定的了解。只有这样，才能深刻理解管理信息系统这门学科存在的必要性和重要作用。本章尽量用生动浅显的语言，讲解计算机技术的发展历史。

2.1　计算机早期的发展

现代计算机并不是凭空发展出来的。在现代计算机诞生以前，人类已经为此探索了几百年时间。

2.1.1　现代计算机诞生前的历史

早在 1642 年，法国哲学家兼数学家布累斯·帕斯卡（Blaise Pascal，1623—1662）就发明了第一台机械计算器——加法器（Pascaline），可以把它视为计算机的雏形。帕斯卡将其命名为"滚轮式加法器"。其外观上有 6 个轮子，分别代表着个、十、百、千、万、十万等，如图 2.1 所示。只需要顺时针拨动轮子，就可以进行加法运算，而逆时针拨动轮子则可以进行减法运算。帕斯卡当初发明它是为了帮助父亲完成税务上的复杂计算工作。

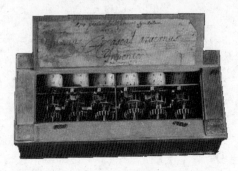

图 2.1　帕斯卡的加法器

18 世纪末，法国政府决定在数学上采用十进制，并重新计算大量数学用表，尤其是三角函数表和对数表。这是一项浩繁的工程，法国集中了大批数学工作者组成人工手算的流水线，编制了长达 17 卷的《数学用表》。但因为人工计算难以消除的缺陷，《数学用表》存在大量的计算错误。这引起了英国人查尔斯·巴贝奇（Charles Babbage，1791—1871）的注意，他在 1812 年认为，可以让机器按照一定的程序完成一系列复杂繁琐的计算工作。经过 10 年的努力，巴贝奇于 1822 年设计出一种能进行加减法运算并能完成数表编制的自动计算装置，他把它称为"差分机"，如图 2.2 所示。

图 2.2　巴贝奇和他的差分机

差分机能够按照设计者的控制自动完成一连串的运算，这体现出了计算机的程序设计思想，为现代计算机的发展开辟了道路。1834 年，巴贝奇又提出了"分析机"的原理，它是现代通用数字计算机的前身。按照巴贝奇的方案，分析机以蒸汽为动力，通过大量齿轮来传动。为了加快运算速度，他设计了先进的进位机构，并设计了穿孔卡片机来存储信息。他还设计出一种条件转移指令，可以使机器代替人进行逻辑判断。当 20 世纪现代计算机被发明出来后，人们惊奇地发现，巴贝奇早就考虑到计算机应有的各个组成部分，并且对此做出了精心的设计。

但是分析机太庞大了，英国政府又在 1842 年拒绝进一步提供财政支持，所以巴贝奇的分析机未能完成。

巴贝奇不仅是一位数学家和发明家，而且在管理方面也提出了很多创见和措施，是首先将数学方法应用于管理研究的人。他提出了一种观察制造业的方法，就是观察者在考察工厂时，使用一种印好的标准提问表，表中的项目包括生产所用的材料、工具、各种耗费和费用、价格、最终市场、工人、工资、需要的技术、工作周期的时间长度等各个方面。巴贝奇还进一步发展了亚当·斯密关于劳动分工的理论，并认为脑力劳动也一样可以进行分工。他指出，法国桥梁和道路学校校长普隆尼把他的工作人员分成技术性、半技术性、非技术性三类，把复杂的工作交给能力强的数学家去做，把简单的工作交给只能从事加减运算的人去做，可以大大提高整个工作的效率。

巴贝奇的许多观点和泰罗极为相似。所以，后来有人曾经误以为是泰罗"抄袭"了巴贝奇。但巴贝奇并没有像泰罗那样提出一整套系统的关于工厂制度的思想。

在巴贝奇之后，还有很多人致力于计算器的发展。进入 20 世纪，随着电子技术的发展，计算机的发明也进入了一个新的阶段。1931 年，美国人 Vannevar Bush 研制成功了"微分分析仪"（Differential Analyzer）；1938 年，德国人 Konrad Zuse 发明了 Z1 电子机械二进制计算机；1939 年，Zuse 又和 Schreyer 发明了 Z2；1941 年 Zuse 又发明了 Z3，可惜它毁于"二战"轰炸；1942 年，美国爱荷华州立学院物理兼数学教授 John Vincent Atanasoff 和他的助手 Clifford Berry 发明了第一台真空管计算机 ABC（Atanasoff Berry Computer）。

1943 年，英国政府制造出世界上第一台可编程的计算机 Colossus，英国科学家阿兰·图灵参与了研制。Colossus 主要是用来破译德国人的密码。据说在第二次世界大战结束的时候，时任英国首相的丘吉尔命令拆毁了 12 台中的 10 台，另两台在 1961 年被拆毁。

1944 年，美国人 Howard H. Aiken 在哈佛大学设计出"自动按序控制计算器（Automatic Sequence Controlled Calculator, ASCC）"，后来命名为 Havard Mark Ⅰ。在研究过程中，Aiken 得到了 IBM 公司的资助。

由此可以看出，在计算机产生之前，工业界已经研制出很多辅助计算的机械和电子设备，并得到广泛应用。**计算机的横空出世，是量变发生质变的结果，并让人类正式进入信息时代**。现在，普遍认为 1946 年美国宾夕法尼亚大学研制的 ENIAC（恩尼亚克）才是世界上第一台计算机，现代计算机的历史由此开始。

2.1.2　ENIAC

第二次世界大战期间，美国军方要求宾夕法尼亚大学的约翰·莫奇来（John Mauchly，1907—1980）博士和他的学生埃克特（John Adam Presper "Pres" Eckert，1919—1995）设计用真空电子管（简称真空管，有二极管、三极管等类别）制造的"电子化"电脑——ENIAC（Electronic Numerical Integrator and Calculator，电子数字积分器与计算器），目的是取代人工，计算炮弹弹道落点。这需要计算非常复杂的非线性方程组，这些方程组没有办法求出准确解，只能用数值方法进行近似计算，因此研究一种快捷准确计算的办法很有必要。

1946 年 2 月 15 日，ENIAC 正式诞生。这部机器使用了 18 800 个真空管，长 15 米，宽 9 米，重达 30 吨，其外观如图 2.3 所示。它每秒可以进行 5000 次加法运算，还能进行平方和立方运算，计算正弦和余弦等三角函数的值。这样的技术在当时代表了人类智慧的最高水平，让绝大多数人感到匪夷所思。所以当 Mark Ⅰ 被发明后，1945 年 IBM 公司的董事长托马斯·沃森说："我想，全世界只要五台计算机就够了"。

图 2.3　莫奇来、埃克特和正在运行程序的 ENIAC

ENIAC 很耗电，每个电子管有普通 25 瓦灯泡那么大。据说它每开一次机，整个美国费城西区的电灯都黯然失色。而且真空管的损耗率相当高，几乎每 15 分钟就可能烧掉一支真空管。操作人员需要花 15 分钟以上才能找出坏掉的真空管，使用上极不方便。

2.1.3　冯·诺依曼和阿兰·图灵

提起计算机的早期发展，有两个人不能不提，那就是冯·诺依曼和阿兰·图灵。

冯·诺依曼（J. Von Neuman，1903—1957，见图 2.4）是美籍匈牙利人，从小就天资过人，在数学、物理学、化学、经济学博弈论等方面都有卓越贡献。在计算机方面，他的主要贡献有两点：二进制思想和计算机的体系结构。在 20 世纪 30 年代中期，当时还是德国科学家的冯·诺依曼大胆提出，应该抛弃十进制而采用二进制作为数字计算机的数制基础，因为这符合电子元件双稳态工作的特点，在物理上可以很容易实现。

1944 年，冯·诺依曼参加了原子弹的研制工作，该工作也需要极为复杂困难的计算。1944 年夏，冯·诺依曼参加了 ENIAC 研制小组。通过对 ENIAC 的考察，他敏锐地抓住了它的最大弱点——没有真正的存储器。

图 2.4　冯·诺依曼

ENIAC 没有存储器，它用布线接板进行控制，所以运行一段程序，需要专业人士搭接几天，而运行程序可能只需要几分钟，所以综合效率大为降低（这和今天用鼠标点击运行程序完全不同）。ENIAC 研制组的莫奇来和埃克特也意识到了这一点，他们想尽快着手研制另一台计算机。

针对这个问题，冯·诺依曼提出了"**存储程序**"的思想：把运算程序存储在计算机的存储器中，程序设计员只需要在存储器中寻找运算指令，机器就会自行计算。这样就不必每个问题都重新编程和接线，从而大大加快了运算过程。1945 年，由他领导的研究小组发表了一个全新的"离散变量电子自动计算机"方案 EDVAC（Electronic Discrete Variable Automatic Computer）。

EDVAC 方案主要包括以下两大改进。

（1）**采用二进制**。不但数据采用二进制，指令也采用二进制。

（2）**明确提出计算机应该由五个部分组成**，它们是运算器、逻辑控制装置、存储器、**输入和输出设备**，并描述了这五部分的职能和相互关系。

1946 年 7、8 月间，冯·诺依曼和戈尔德斯廷、勃克斯在 EDVAC 方案的基础上，为普林斯顿大学高级研究所研制 IAS 计算机时，又提出了一个更加完善的设计报告《电子计算机逻辑设计初探》。以上两份既有理论又有具体设计的文件，在全世界掀起了一股计算机热，它们的综合设计思想，后来被称为"冯·诺依曼体系结构"，其中心就是有存储程序。

冯·诺依曼体系结构如图 2.5 所示。

1949 年，世界上第一台存储程序计算机 EDSAC 在英国剑桥大学投入运行。1952 年 1 月，冯·诺依曼设计的 IAS 计算机 EDVAC（见图 2.6）问世。这台计算机总共使用了 2300 个电子管，运算速度却比拥有 18 000 个电子管的 ENIAC 提高了 10 倍。冯·诺依曼体系结构在这台计算机上得到了圆满体现。当今绝大多数计算机都采用冯·诺依曼体系结构。

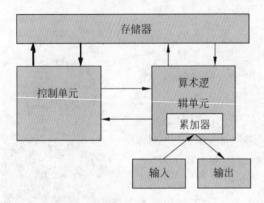

图 2.5　冯·诺依曼体系结构

图 2.6　冯·诺依曼和 EDVAC 计算机

因此，冯·诺依曼被称为计算机之父。常用的微型计算机和笔记本电脑，算术逻辑单元和核心控制单元就在 CPU（Central Processing Unit，中央处理器）中，微机的 CPU 主要由美国 Intel 和 AMD 公司生产；存储器包括内存和 CPU 内部更高速的存储器，内存一般由一条或多条内存条组成。CPU 和内存条如图 2.7 所示。输入设备主要有键盘和鼠标，输出设备主要有显示器和外接的打印机等。硬盘属于外部存储器，也可以作为输入或输出设备的一部分。这些设备都插在机箱内部的主板上，主板是一块和 16 开书差不多大小的电路板，用于连接计算机的各个部件。图 2.8 所示的是目前微机使用的一块普通主板。

图 2.7　微机上的 CPU 和内存条

现在的微型计算机不仅体积很小，而且性能也强得多。目前微机的性能，比 20 世纪 60 年代的大型机还要快 5000 倍以上。

阿兰·图灵（Alan M. Turing，1912—1954，见图 2.9）是英国数学家和逻辑学家，"二战"时曾协助英国军方破解德国著名的密码系统 Enigma。

阿兰·图灵对计算机理论的重要贡献是他提出了"有限状态自动机"理论，也被称为"图灵机"。1936 年，阿兰·图灵发表了题为《论数字计算在决断难题中的应用》的开创性论文，给"可计算性"下了一个严格的数学定义，并提出著名的"图灵机"（Turing Machine）的设想。"图灵机"不是一种具体的机器，而是一种思想模型，用来计算所有能想象到的可计算函数。图灵机被公认为现代计算机的原型，这台机器可以读入一系列 0 和 1，代表解决某一问题所需要的步骤，按这个步骤走下去，就可以解决某一特定的问题。这种观念在当时具有革命性的意义，因此图灵也被称为"计算机之父"。如果说冯·诺依曼体系结构更接近于硬件解决方案的话，那么图灵机则更抽象，更侧重于软件解决方案。

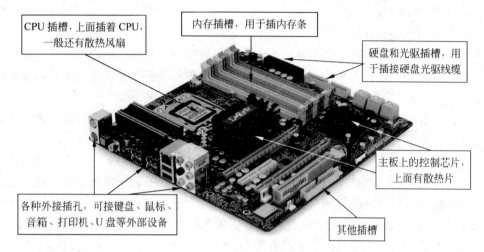

图 2.8　微机的主板

1950 年 10 月，图灵又发表了一篇题为《机器能思考吗？》的论文，为他赢得了"人工智能之父"的称号。

为了纪念这位伟大的科学家，美国计算机协会于 1966 年设立了图灵奖，专门奖励那些对计算机科学做出重要贡献的人。图灵奖是计算机界的最高奖，相当于诺贝尔奖。冯·诺依曼和阿兰·图灵为计算机科学奠定了理论基础。

图 2.9　阿兰·图灵

2.1.4　穿孔卡片、磁带机、键盘和显示器

冯·诺依曼提出计算机体系架构之后，程序虽然在内存中运行，但它是怎么进入内存的呢？

我们先介绍一下比特、字节等概念。

计算机用二进制表示数据，**每个二进制位叫做"比特（bit）"**。因此，一个比特不是 0 就是 1。但比特这个单位实在太小了，所以人们把 **8 比特叫做一个"字节（byte）"**。至于为什么是 8 比特而不是 7、9、10 或者 12、16 比特什么的，主要是为了换算方便：8 是 2 的 3 次方，所以用 8 比特作为一个字节更好，而 4 比特太小，16 比特又太大了。

人们把 **1024（2^{10}）个字节叫做 1KB（Kilobyte）**。当时内存容量很小，还不到 4KB。

随着计算机的发展，后来人们觉得 KB 也太小，又把 **1024KB 叫做 1MB**（Megabyte），读作"兆字节"，简称"兆"；把 **1024MB 叫做 1GB**（Gigabyte），读作"吉字节"，简称"吉"或"G"。因此：

$1K = 2^{10} \approx 1\ 000 = 10^3$

$1M = 2^{20} \approx 1\ 000\ 000 = 10^6$

$1G = 2^{30} \approx 1\ 000\ 000\ 000 = 10^9$

当时程序员编程，需要记忆由 0 和 1 组成的机器指令，然后写出程序，打孔机根据这些程序和数据，决定是否在一些硬纸卡片上穿孔。程序和数据都是二进制数，从计算机的观点来看没有区别。因此，当时的程序和穿孔卡片如图 2.10 所示。

最早的计算机就是用卡片进行数据处理的，程序的运行结果在纸上打印出来，或者制成穿孔卡片。数据管理就是对所有这些穿孔卡片进行物理储存和处理。

到了 1951 年，发明 ENIAC 的莫奇利和埃克特再次联手，在 ENIAC 的基础上研制出 UNIVAC 计算机。UNIVAC 推出了一种一秒钟可以输入数百条记录的磁带驱动器，这是数据管理技术的巨大进步。磁带和穿孔卡片一样，只能顺序存取数据。有了磁带之后，可以将磁带机和计算机相连，将磁带上的程序和数据传入内存，或者将程序和数据写到磁带上。

在计算机发明后的几年时间里还没有配备键盘，这很不方便。还是在 1951 年，麻省理工学院为美国空军研制出第一台可以随时进行人机交互的电脑"旋风Ⅰ"（WhirlwindⅠ，见图 2.11），首次使用了传统打字机上的键盘。通过键盘，操作者可以输入程序和命令，计算机会立即执行。从此，键盘才成为计算机必备的外部设备之一。

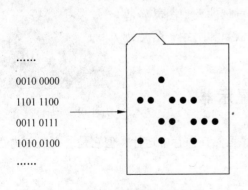

图 2.10　程序和对应的穿孔卡片　　　　　　图 2.11　WhirlwindⅠ计算机

图 2.12 是旋风Ⅰ计算机核心存储单元的电路指示器和由核心存储单元组成的存储器堆栈。当时的指示器和灯泡差不多大，内存的体积也十分庞大，却只能存储 512B。和目前的内存条相比根本不可同日而语。现在一条内存条的容量一般在 512MB 以上。

当时的显示器也十分原始，采用的技术和很老的电视一样，都是阴极射线管显示器，而且屏幕很小，还是圆形的。图 2.6 中冯·诺依曼的前方、图片下面的东西就是显示器。在图 2.11 中，旋风 I 的一个操作员正在显示器前面的键盘上工作。图 2.13 是 1960 年美国 DEC 公司推出的小型机 PDP-1，它比老式大型计算机小多了，已经接近目前的台式机，但显示器仍很原始。

图 2.12　Whirlwind I 计算机的电路指示器和存储器堆栈

图 2.13　DEC 公司的小型机 PDP-1

现在的显示器已经以液晶显示器为主了。1968 年美国发明了液晶显示器件，随后液晶显示屏正式面世。日本掌握液晶技术后，对液晶显示器的发展做出了很大贡献。自 1985 年世界上第一台笔记本电脑诞生以来，液晶技术又有了很大提高，液晶显示器逐渐成为计算机的主流配置。

2.1.5　硬盘

硬盘的发明，绝对是信息技术领域的一次革命。

1956 年，IBM 公司向世界展示了第一台磁盘存储系统 350 RAMAC（Random Access Method of Accounting and Control，会计和控制的随机访问方法），它的容量为 5MB，一共使用了 50 张 24 英寸的碟片（见图 2.14）。在当时这是极为先进的产品，相对于同时期的电脑应用模式而言，5MB 的容量可以称得上是"海量"。

图 2.14　用在计算机中的 350 RAMAC 硬盘

以"磁"作为存储介质的存储方式在硬盘之前有磁带。但磁带是顺序存储设备，查找数据的效率很低。而硬盘的结构和磁带完全不同，它由多个碟片组成，每个碟片上有一个悬浮的磁头，用于读写数据。盘片高速旋转，磁头沿盘片半径移动，可以快速定位数据，比磁带快几千倍。图 2.15 左边是现代硬盘的内部结构图，右边是机械示意图。

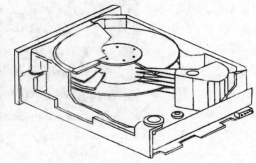

图 2.15　硬盘的内部结构

IBM 发明硬盘后，始终处于硬盘技术的领先地位，多次对硬盘进行重大改进。1968年，IBM 发明了温彻斯特（Winchester）技术，1979 年又发明了薄膜磁头，20 世纪 80 年代末期又发明了巨磁阻（Magneto Resistive）技术。在经过 50 多年的技术进步后，如今的硬盘不仅体积小，而且容量巨大。

目前微机上使用的硬盘重量已经不到 1kg，但容量在几百 GB 以上，每分钟可转动 7200转（120 转/秒）甚至 15 000 转以上，磁盘的磁头可悬浮在碟片上方几微米处读写数据。盘面和磁头的距离，比一粒尘埃的直径还要小得多。

硬盘内部的结构很精密，需要在高度无尘的环境中生产，因此图 2.15 所示的硬盘实际上已经损坏了。

2.1.6 IBM 简介

在此简要介绍一下信息技术发展史上极为重要的 IBM 公司。IBM 的前身是 1911 年成立的 C-T-R 公司，主要生产商业领域使用的计算尺和各种财务处理机器。托马斯·约翰·沃森（Thomas John Watson，1874—1956）加入 C-T-R 公司后，凭借卓绝的销售能力成为公司总裁兼总经理。1924 年，沃森将 C-T-R 公司改名为 IBM（Internation Business Machine，国际商用机器），IBM 正式诞生。

之后，IBM 占据了大部分制表机市场，成为美国举足轻重的大公司。沃森也成为著名企业家，在 20 世纪 30 年代成为罗斯福的密友和代言人。在计算机发展早期，IBM 还资助了 Aiken 于 1944 年设计出 Mark I，并捐赠给哈佛大学。

第二次世界大战开始后，沃森的长子小托马斯·约翰·沃森（Thomas John Watson，1914—1993）于 1942 年到美国空军服役，经受了锻炼。1946 年小沃森重返 IBM，认识到计算机才是未来的发展方向。因此在 1949 年小沃森成为 IBM 执行副总裁之后，ZBM 开始全面转向商用计算机的研究，高薪聘请业界最好的工程师。1951 年，IBM 聘请冯·诺依曼担任公司的科学顾问，1952 年 12 月研制出 IBM 第一台存储程序计算机 IBM 701。凭借雄厚的实力、严谨的管理和高超的销售技巧，IBM 完成战略转移，逐渐开始称雄计算机市场。

1956 年 5 月，老沃森正式将 IBM 的权力移交给小沃森（见图 2.16），这时 IBM 已是美国排名第 37 位的大公司了。之后，IBM 在小沃森的带领下继续飞速前进。到了 20 世纪 70 年代，IBM 占有信息产业 70%的市场份额，成为名副其实的垄断者。1971 年小沃森因为身体原因辞去董事长职务。

1981 年，IBM 再现辉煌，采用微软（Microsoft）的 DOS 作为操作系统、Intel 的 8086 作为 CPU，推出了个人电脑（Personal Computer，PC），让普通人都可以购买和使用电脑，从此世界进入个人计算机时代，IBM 的声誉也达到顶峰。

但长期的成功导致了机构的日益庞大和官僚化。IBM 没有认识到 PC 开创了信息产业的新时代，日益保守，唯我独尊，不愿意开放自己的技术。所以在 PC 时代群雄并起，微软和 Intel 逐渐成为巨人，IBM 遭到重创，1992 年亏损 50 亿美元，濒临倒闭，换了几任 CEO 都不能走出泥潭。

1993 年，天生缺乏技术天赋、之前担任过美国运通（主营业务是旅游和金融）和一家食品烟草公司总裁的郭士纳（Louis V. Gerstner, 1942—，见图 2.17），成为 IBM 的董事长兼 CEO。在他的带领下，IBM 进行了大刀阔斧的改革，在 1994 年就获得赢利，之后重振雄风。到 2006 年，IBM 始终是信息产业界最大的公司[①]，在大型机、存储器、网络中间件、

---

① 2006 年，IBM 被美国惠普（HP）公司超过。当年惠普的营收是 917 亿美元，而 IBM 是 914 亿美元。惠普成为最大 IT 公司的原因是它的发展速度也很快，2001 年它以 250 亿美元收购当时和它规模差不多的微机巨头康柏（Compaq），也是一个重要原因。

数据库、商业应用软件等多个领域保持领先地位，2009 年的营收为 958 亿美元。

图 2.16　1956 年沃森将权力移交给小沃森　　　图 2.17　郭士纳

在此介绍 IBM 的目的主要有以下三个。

（1）**IBM 在信息产业界举足轻重**，计算机前 40 年的发展史，在很大程度上可以说是 IBM 的历史。直到现在，很多企业都采用 IBM 的产品。学习管理信息系统，应该对信息产业界有一定的了解。

（2）即使在没有技术就不行的信息产业界，**一个企业要想取得成功，归根结底还要靠战略、管理和营销**。不精通或不懂技术的沃森父子和郭士纳，都能带领 IBM 走向成功，这本身就值得思考和研究，而且这也可以帮助很多对技术畏惧的人克服"技术恐惧症"，对学习管理信息系统有重要借鉴意义。实际上，不懂或不精通技术的人却带领企业走向成功的例子，在信息产业界屡见不鲜，技术专家反而更容易自恃技术了得，从而客观上阻碍企业的发展。今后还会见到很多这样的例子。

（3）既然这些人都能领导信息技术公司走向成功，那么将信息技术作为辅助手段、使用管理信息系统的组织，就更没有理由失败，更没有理由不让管理信息系统发挥其应有的作用。**计算机、网络等信息技术，归根结底是促进人类生产力发展的工具。**

2.2　软件业的发展

早期计算机的发展重点是硬件。没有硬件，计算机就无从谈起。但是，功能强大的软件可以充分发挥计算机硬件的作用，给人类社会和生活带来深远的变化。所以，随着硬件技术的不断发展，软件开始发挥越来越大的作用。

2.2.1　操作系统的产生

最早的软件就是程序员用机器语言写的程序。当时的程序主要做科学计算，比如计算炮弹的落点。冯·诺依曼体系结构出现后，计算机开始有了内存（当时的内存就叫"存储器"，后来才叫"内存"，这是因为有磁带、硬盘等"外存"）。在 20 世纪 50 年代，计算机的内存还很小，一开始只有几百字节。

内存和外存相比，速度快得多，但每字节的价格也贵得多。所以运行程序的最好方法是：先把程序存储在外存，等需要运行时再调入内存。在硬盘诞生前，程序和数据都保存在磁带上。考虑到内存很小，所以计算机一次只能运行一个程序（程序也很小）。运行完毕，就把程序调出内存，再调另一个程序进来。

那么，程序是如何从外存调入内存的？又怎样在内存中运行？在计算机开机运行后，在宝贵的内存空间中驻留一个"监督调度程序"，通过它就可以完成以上功能。这个程序很小，因为内存必须装得下，还要留一些空间给程序运行。

早期的计算机系统非常庞大和昂贵，一般要超过百万美元，一个大型机构能有一台就不错了。而计算任务又多，所以常常是几十个程序员各自编写自己的程序，然后通过磁带机，把程序和相关数据（计算机专业的术语叫做"作业"）保存在磁带上，这个保存工作不需要计算机参与。等磁带保存了一批作业后，再和计算机联机，在内存中的调度程序控制下，这批作业能一个接一个地连续被处理。处理过程如图 2.18 所示。

在图 2.18 中有一个计算机专业的术语"单道批处理系统"。所谓"单道"，指的是一次只能调入运行一个程序；所谓"批处理"，就是把这些作业看成一个批次，计算机在一个大循环中将它们都"处理"掉。可以将这个处理流程理解为一群病人排队等候一个医生看病。如果要了解信息技术是怎么发展到目前如此复杂的水平，并且要更好地理解管理信息系统，必须了解一些计算机专业术语。但另一方面，笔者会尽量使用浅显的语言，少用计算机术语。例如在图 2.18 中，有"对源程序进行预处理"和"再进行一定的处理"两个框，如果用专业术语来说，应该是"将源程序转化为目标程序"和"装配目标程序"。

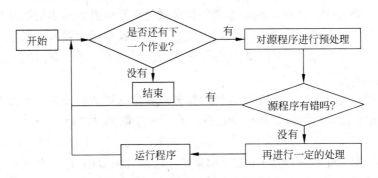

图 2.18　单道批处理系统的处理流程

这个驻留在内存中的调度程序，可以看成最早的操作系统。**操作系统（Operating System, OS）是最底层的软件，管理着硬件和其他软件的运行。**最早的操作系统的功能就是管理 CPU 和各种核心硬件，并负责程序在内存中的调入、调出和运行。这始终是操作系统的核心功能。

2.2.2 分时系统

硬盘发明后，无论是存储还是查找数据，硬盘都比磁带快得多。程序员可以方便地把程序和数据保存在硬盘上，再从硬盘调入内存执行。随着硬件技术的发展，硬盘和内存容量都在快速增大，硬盘容量向几十 MB 发展，内存容量也逐渐从 4KB 向 8KB、16KB、32KB 发展。

硬件技术的发展推动了软件技术的进步。为了更好地发挥 CPU 的性能，人们想到了两个问题。

（1）CPU 的速度总是最快的，而调入、调出程序的速度则比较慢。既然内存已经可以容纳多个程序，能不能让多个程序同时在内存中运行？也就是说，让内存中驻留并运行多个程序。这样可以尽量减少程序调入、调出内存的操作，从而节省时间，并进一步提高 CPU 的利用率。

（2）如果内存驻留多个程序，系统该如何区分它们？

为了区分各个程序，操作系统引入了"文件（File）"的概念。所谓**文件，就是对相互有关系的程序和数据的统称**。例如，为了更好地管理学校，可以把多名学生编成一个"班级"，"班级"就是对一群学生的统称，是更高级的概念。计算机中的文件也是一样：一个程序员编写的多行程序，可以存储为一个单独的文件；一组有关联的数据，也可以存储为一个单独的文件。文件有文件名、创建日期、文件大小等属性，如同一个班级有班级名、创建日期、班级人数等属性一样。

因此，操作系统可以把一组程序和数据当成一个文件，作为一个整体调入和调出内存。当内存中可以并存多个文件时，操作系统从单道批处理系统发展为多道批处理系统，最终发展为分时系统，并且在内存管理和文件管理技术方面都有很大发展。操作系统变得日益复杂，最终成为一个技术壁垒很高的软件。今天最常用的操作系统是微软开发的 Windows 系列，它们都是分时系统。

所谓"分时"，就是 **CPU 把它的运行时间分成多个极短的时间片**（比如每个时间片为 0.01 秒），**然后在每个时间片执行一个程序，在下一个时间片执行下一个程序，如此循环往复**。

例如内存中有三个程序 A、B、C，如果每个时间片为 0.01 秒，系统在第一个时间片执行程序 A，第二个时间片执行程序 B，第三个时间片执行程序 C，第四个时间片又执行程序 A……微观运行情况如图 2.19 所示。

为什么要用分时系统呢？

因为人的反应速度和 CPU 的速度相比太慢了。如果系统以极短的时间快速在多个程序之间切换运行，人们会觉得这几个程序在"同时"运行。例如使用 Windows，可以一边用

Word 或 Excel 处理文档，一边开着浏览器看网页，一边看视频，还可以开着 QQ 上网聊天，从网上下载资料等。我们可能会觉得 Word、浏览器、视频、QQ、下载软件是"同时"运行的，但实际上在 Windows 的管理下，这些程序是以极快的速度切换运行的。用计算机的术语来说，这叫"并发"。所谓**并发，就是各个程序在微观上是串行的，但宏观上给人的感觉是并行的**。如果将图 2.19 中的时间尺度放大 100 倍，并省略 CPU 在各个程序之间的切换动作，三个程序的执行情况如图 2.20 所示。

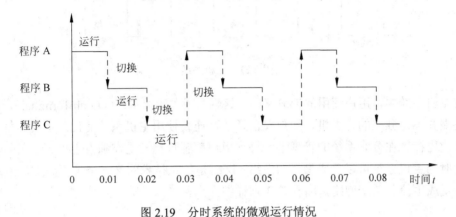

图 2.19　分时系统的微观运行情况

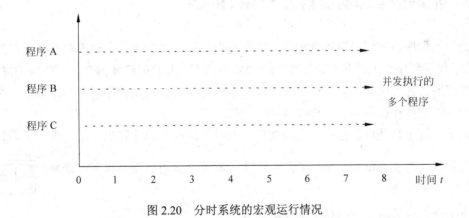

图 2.20　分时系统的宏观运行情况

　　虽然这里是以 Windows 为例讲解分时系统的，但原理和 20 世纪 60 年代的分时系统完全一样。但 20 世纪 60 年代的分时系统，主要是为了多用户终端更好地分享主机资源，如图 2.21 所示。

　　从前面的图片可以看出，早期的计算机很庞大，数量较少，但程序员却相对较多。为了让更多的人有机会使用计算机，人们开发出了新技术，可以让一台计算机外接多个显示器和键盘，每个人通过一个键盘和显示器使用计算机（此时叫"主机"），而主机是用分时操作系统管理的，这样每个人都好像"独占"主机一样，如图 2.21 所示。

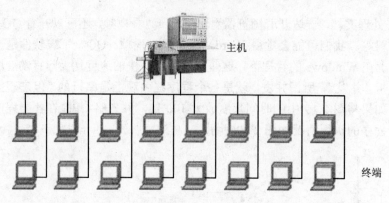

图 2.21　主机系统

在主机系统中，用户使用的部分又叫"终端"或"哑终端"（Dumb Terminal），因为此时的终端并不是独立的计算机，用户仅仅是通过连线使用主机系统而已。主机为每个用户开辟一块内存，在分时系统的管理下，每个用户都感觉自己是在独占主机。

此时的主机系统可以看成最早的网络。网络是信息技术的又一个重要分支，1990 年之后逐渐变成主流。关于网络，将在第 3 章详细介绍。

2.2.3　汇编语言和高级语言 FORTRAN

最早的程序员使用机器语言编程，也就是直接写二进制代码。这确实是一项艰苦的工作。为了便于程序员编程和阅读程序，在 1950 年以后，人们**把机器指令用一些助记符表示，这就是汇编语言**。因此，汇编语言在本质上是机器语言，汇编程序的每一句指令，对应着计算机在微观操作过程中的一个很细微的动作。

由于汇编语言是机器指令的直接翻译，所以不同种类的计算机，汇编语言不同。

例如，一个和 Intel 生产的 CPU 兼容的 X86 处理器可以执行以下二进制代码：

10110000 01100001　　（写成十六进制是 B061）

等价的汇编指令是：

MOV AL, 61h

它的意思是：将十六进制数 61（十进制数 97），移动到寄存器 AL 中。

用汇编语言写完的程序并不能直接运行，需要"翻译"成机器语言，这个过程叫做"汇编"。人们为了编程方便又开发出一些高级技术，所以，汇编后得到的"目标程序"还需要经过"链接"才能得到可执行程序。其中的细节就不需要深究了。

可以看出，要用好汇编语言，程序员必须对计算机的硬件非常了解，尤其是 CPU 内部的结构，这需要很深的专业知识。汇编源程序一般也比较冗长复杂，容易出错。但汇编语言的优点也很突出，就是最终生成的可执行文件不仅比较小，而且执行速度很快，因为汇编语言最接近机器语言。

学习机器语言和汇编语言非常痛苦，人们意识到应该设计一种这样的语言，它更接近于数学语言或人的自然语言，同时又不依赖于计算机硬件，编出的程序能在所有机器上通用，这就是高级语言。高级语言是相对于汇编语言而说的，第一种高级语言是 FORTRAN。

1951 年，IBM 公司的约翰·贝克斯（John Backus，1924—2007）针对汇编语言的缺点，着手研究开发 FORTRAN 语言，并于 1954 年在纽约正式对外发布，史称 FORTRAN Ⅰ。虽然它功能简单，但其开创性工作在社会上引起了极大反响，之后又经过多次更新和变化，成为最流行的高级语言之一，目前广泛应用于并行计算和高性能计算领域。

FORTRAN 是 "FORmula TRANslator" 的缩写，即 "公式翻译器"。作为第一种高级语言，FORTRAN 主要面向科学计算，最大的特点是接近数学公式的自然描述，以适应当时程序员最主要的工作。

一个计算两个整数乘积的 FORTRAN 程序段如下：

小案例

```
integer a, b
read(5,501) a, b
501 format(3I5)
area = a * b
write(6,601) a, b, area
```

在学习过 FORTRAN 的人看来，这段代码比汇编语言容易得多。当然，普通读者仍难以读懂，不过看到 area = a * b，就会大致明白它是计算两个数的乘积。

要想运行 FORTRAN 源程序，需要把它 "翻译" 成目标程序，然后还要 "链接"，最后成为可执行程序。源程序 "翻译" 成目标程序的过程，叫做 "编译"，执行编译过程的程序，叫做 "编译程序"。

对于非计算机专业的读者来说，上面这段话可能难以理解，因此你只需要明白以下内容就可以了：由于高级语言更接近于自然语言，在软件中的层次更高，因此通过 "编译" 和 "链接" 得到的可执行程序，执行速度明显要低于实现同样功能的汇编程序。

但由于高级语言比汇编语言容易学习，同时硬件速度一直在飞速发展，所以在大多数情况下牺牲一些效率无所谓。更重要的是，高级语言可以让程序员不必考虑底层硬件的细节和差异，这在硬件越来越复杂的今天，已经成为一个极为重要的因素。所以高级语言越来越普及，种类也越来越多。目前只有从事底层编程的程序员才使用汇编语言，而且往往针对某些特定硬件编程，程序不具有普适性。

2.2.4　COBOL 语言

早期计算机的工作就是科学计算，但随着硬件的速度越来越快，硬盘和内存的容量越来越大，操作系统的功能越来越完善，人们开始考虑能否将计算机更广泛地应用于商业，以充分发挥其强大的功能。

计算机诞生后的几年，它的影响力还局限在极少数知识精英和国家核心层面，大众虽然知道出现了一种具有超级计算能力的机器，但觉得离自己尚远。很多专家也怀疑，计算机除了能帮助科学家完成一些复杂的计算，还能有多大用处。但一件事情的发生大大提高了计算机的知名度，这就是 1952 年的美国总统选举。

小案例

1951 年，莫奇来和埃克特研制的 UNIVAC 计算机卖出了 50 台，其中一台卖给了美国兰德公司。1952 年下半年适逢美国总统大选，于是美国哥伦比亚广播公司（CBS）租用了兰德公司的 UNIVAC，对选举资料进行处理，用于预测大选胜负。为此，CBS 还聘请了宾夕法尼亚大学的数学家 Max Woodbury 一起工作，为 UNIVAC 搜集数据，编写程序。

在大选前，几乎所有的专家和媒体从不同角度、运用各种方式预测的结果都是共和党竞选人艾森豪威尔和民主党竞选人史蒂文森旗鼓相当、势均力敌。然而在选举结束后仅仅 45 分钟，UNIVAC 就计算出艾森豪威尔将有 99% 的可能赢得选举。由于这个结果和过去的预测相差太远，所以 CBS 拒绝报道。Woodbury 给计算机输入了第二组数据，结果仍然一样。UNIVAC 甚至计算出艾森豪威尔将得票 438 张，而史蒂文森为 93 张。

选举结果正式揭晓后，艾森豪威尔的实际得票数为 442，和计算机预测的结果只差 4 票！媒体和大众为这一事实所震惊。CBS 一反常态，夸 UNIVAC 是"无与伦比的电子大脑"。一夜之间，计算机被推到了万众瞩目的地位。

从此，专家们认识到计算机完全可以在人类社会发挥更大作用。计算机开始从科学家的实验室中走出，越来越多地应用于大众事业。1954 年，美国通用电气公司首次使用计算机计算职工的薪金，这是计算机首次应用于企业管理。在媒体界，由于 CBS 挑起了使用计算机的竞赛，所以到 1956 年美国大选的时候，有 3 家广播公司使用了计算机。

那么，Woodbury 是怎么编写出预测程序的？为什么计算机的预测结果和其他专家、媒体大不相同？

说起来也很简单。计算机收集了美国人口的统计数据，根据统计学原理，可以得出计算过程，再用计算机实现计算过程，最后将具体数据代入，即可得到结果。虽然这比较繁琐，但对于数学家来说并不困难。而其他专家们之所以错，是因为他们的抽样调查没有严格建立在人口统计学的基础上，而且缺少一个数学家和一台计算机能为之正确和快速地计算。

这件事情不仅有趣，而且对学习管理信息系统很有启发。一个成功的管理信息系统，一定不能忽视搜集数据。如果要有预测功能的话，正确的算法也很重要。

要把计算机广泛应用于商业领域，需要开发新的高级语言，因为 FORTRAN 语言适合科学计算，并不适合商业应用。在这种背景下，COBOL 语言诞生了。

COBOL 是 "Common Business Oriented Langauge（面向商业的通用语言）" 的缩写，是世界上第一个商用语言，1960 年正式发布。COBOL 是一种面向商业应用的高级语言，适用于具有循环处理周期（如打印工资支票）和数据量相当大的环境。在数学计算方面，它只提供了加、减、乘、除和乘方这五种简单的运算，因此不适合进行科学计算。

那么，科学计算和商业应用中的数据有什么不同呢？

简而言之，**科学计算的数据量小，但计算量大；而商业应用的数据量大，计算简单，计算量相对较小**。

例如，数学上已经证明，一元五次和五次以上的方程并无通用的公式解，因此要计算方程：

$$ax^5 + bx^4 + cx^3 + dx^2 + ex + f = 0$$

的根，必须用迭代法做近似计算，往往需要多次迭代。所以科学计算的数据量小，计算量大。

而要计算一个有 5000 人的企业中每个人的月工资，就要考虑每个人的基本工资、当月奖金、差旅费、误工费、纳税比例等各种数据，最终通过简单的加减乘除，得出每个人的实发工资。因此商业应用的数据量大，但计算简单，和数据量相比，计算量相对较小。

经过 50 年的不断修改、丰富完善和标准化，COBOL 已发展为多种版本的庞大语言，在会计、统计报表、计划编制、情报检索、人事管理等领域，都有广泛的应用。随着技术的日益进步，COBOL 确实有日益落伍之嫌，但即使到了今天，COBOL 仍然有生命力，因为全球目前在 COBOL 方面的投资已经超过 3 万亿美元，据说用 COBOL 编写的程序超过了 1000 亿行。

使用 COBOL 的程序员的主要工作包括以下两个方面。

（1）在旧的 COBOL 代码和新程序之间充当桥梁，这要求程序员既懂 COBOL，又懂新的编程语言如 Java。

（2）维护旧 COBOL 程序，并编写新 COBOL 程序。

但是，COBOL 并不是理想的处理商业数据的语言。真正适合商业应用的是数据库管理系统。在介绍它之前，要首先看看软件业和软件工程的发展。

2.2.5　应用软件的发展

在 20 世纪 50～60 年代，越来越多的企业和机构开始使用计算机，这导致了应用软件业的出现和发展。

在 20 世纪 80 年代 IBM PC 出现之前，应用软件的发展可以分为三个阶段。第一阶段是大客户定做软件项目，第二阶段是独立软件产品的出现，第三阶段则出现了提供行业解

决方案的大型软件公司。

第一阶段的时间是 1949—1959 年，出现了第一批独立于计算机硬件销售商的软件公司，它们是为单个客户开发定制解决方案的专业软件服务公司。在美国，这个发展过程是由美国政府主导的几个大软件项目推进的，这些巨型项目为第一批独立的软件公司提供了重要的学习机会。

例如，开发于 1949 年到 1962 年间的 SAGE（Semi-Automatic Ground Environment）防空系统是第一个极大的计算机应用项目，是为美国军方开发的，总开支最终达到了 80 亿美元。1959 年，兰德公司甚至为此建立了一个独立的公司，以进一步开发这个估计需要 100 万行代码的软件。当时美国程序员的数目大约为 1200 名，其中就有 700 人为 SAGE 项目工作。SAGE 导致了交互式实时计算技术的诞生，这些技术后来对商业数据处理的贡献巨大。

1954 年，美国航空公司要求 IBM 开发 SABRE 航空预订系统，这是第一个工业企业出资的软件项目。该项目雇用了大约 200 名软件工程师，耗资 3000 万美元。SARBE 于 1964 年完成，是一个高效的在线订购系统，每年出售和跟踪数百万张机票。

SAGE 和 SABRE 系统成了程序员的"大学"。此后许多程序员散布于美国各地，用在这些大项目上学到的知识创立了他们自己的软件公司。由于当时世界其他地方没有相应的大型项目，所以 SAGE 和 SABRE 奠定了美国应用软件业的基础。

1. IBM S/360

1964 年，IBM S/360 的问世给计算机尤其是软件业的发展带来了深远影响。

自 1956 年小沃森接手 IBM 后，带领 IBM 在五年内把公司规模翻了两番。到了 1961 年，在全美 6000 台正在运行的计算机中，IBM 就占了 4000 台。

然而就在此时，小沃森对 IBM 的发展产生了危机感，他认为 IBM 处于一个可怕的停滞阶段。虽然公司在扩大，但发展速度已经放慢。在 1960 年，IBM 的增长率只有 9%，而整个计算机市场的增长率则在 30% 以上。当 IBM 市场年销售额达到 20 亿美元、预计将占领更大市场时，增长率却下降了。

小沃森敏锐地看到了问题出在技术开发上。于是他召来了公司的副总裁利尔森，下达指令：研制由集成电路组成的系列电脑，淘汰过时的第二代晶体管计算机（第一代是电子管）。利尔森马上组建了一个专门的工程师小组研究新机器方案，新机器命名为"IBM 系统 360 电子计算机"。用 360 为名表示一圈 360°，既代表着 360 电脑从工商业到科学界的全方位应用，也表示 IBM 的宗旨是为用户提供全方位服务。根据利尔森粗略的估算：360 计划总共需要投资 50 亿美元。而美国研制第一颗原子弹的"曼哈顿工程"也才用了 20 亿美元。

美国新闻界惊呆了。《幸福》杂志的通栏标题是："IBM 的 50 亿美元大赌博！"小沃森自己也承认，这是他一生中所做的"一项最大、最冒险的决策"。利尔森物色了布鲁克斯(Fred Brooks，1931—　　　)和阿姆达尔（Gene Amdahl，1922—　　　）两位总设计师（见图 2.22），三个人多次就 S/360 系统的技术问题进行商讨，他们提出了一些在当时看来是破天荒的设计思想。

图 2.22 布鲁克斯（左）和阿姆达尔（右）

反映这些新设计思想的课题有以下三个方面。

（1）必须使原来彼此独立的产品具有兼容性，并把它们纳入一个系列中（局限在 IBM 内）。

兼容性将意味着，尽管 S/360 系统电脑在型号上有巨大区别，但它们都必须能够用相同的方式处理相同的指令，享用相同的软件，配置相同的磁盘机、磁带机和打印机，而且能够相互连接在一起工作。当时，仅 IBM 公司的晶体管电脑就有 7 个种类 20 多个型号，软件和外部设备都不能互换使用，给用户带来极大的不便。"兼容性"是一个伟大的观念变革，它给现代电脑发展带来的技术进步，至今还在发挥着巨大作用。

（2）必须超出原有产品的应用范围，使新产品真正具有通用性。

（3）对于构成系统的每个机型，都应具有标准的输入输出接口，使之能互相连接。

研制 S/360 的第一个难题，是 IBM 必须自己制造集成电路。因为当时还是晶体管时代，他们买不到现成的芯片。但是，新建一个集成电路制造厂，生产环境要求极为苛刻。这还是次要的，研制 S/360 电脑最大的障碍还是软件。为了让软件能适用于所有的电脑，必须编制几百万条电脑指令，这在当时规模空前。投入编写程序的软件工程师越来越多，最后多达 2000 人，使软件开发的费用急剧膨胀。巨大的开支连小沃森也感到震惊。IBM 花在 360 电脑软件上的巨额费用，总共超过了 5 亿美元。

1964 年 4 月 7 日，就在老沃森创建 IBM 公司 50 周年之际，IBM 提前发布了 IBM S/360 型系列电脑，立即引起世界性的强烈反响。IBM S/360 共有 6 个型号的大、中、小型电脑和 44 种新式的配套设备，其主机系统如图 2.23 所示。

图 2.23 IBM S/360 主机系统

IBM S/360 标志着第三代电脑（集成电路）正式登上了历史舞台，并取得了空前成功。1966 年，公司的年收入超过 40 亿美元，税前纯利达 10 亿美元。5 年之内，IBM S/360 共售出 32 300 台，创造了计算机销售史上的奇迹。不久后，与 S/360 兼容的 S/370 接踵而至，其中最高档的 S/370/168 机型，运算速度已达到每秒 250 万次。

由于 S/360 的成功，IBM 确立了在计算机领域的绝对领导地位，导致了世界计算机领域的重组。到 20 世纪 70 年代初期，美国通用电气公司、美国无线电公司、塞洛克斯公司、津加公司等 IBM 的老竞争对手，纷纷宣布退出计算机生产领域。作为 IBM S/360 的总设计师和总指挥，布鲁克斯获得了 1999 年图灵奖。

了解 IBM S/360 的历史，不仅可以让我们体会到一个系统会大到什么程度，而且由于 S/360 在计算机史上的重要地位，可以帮助我们看清计算机发展的脉络。另外，其精彩程度也不亚于今天的任何商业传奇。

在计算机领域，IBM S/360 的出现有以下三个划时代意义。

（1）在硬件方面，IBM S/360 的两种机型实现了半导体集成电路化，从此计算机进入第三代。

（2）在计算机体系结构上，首创世界上任何厂家都未曾设想过的"单一和平线"概念，其实就是总线。所谓**总线（Bus）**，就是**"总的线路"，所有部件都通过接口和总线相连，通过总线传递数据**。总线类似于城市中的主干道。

（3）软件兼容性的目标基本上实现，人们开始对大规模软件开发进行认真的思考。

2. 软件业的发展

在 20 世纪 60 年代上半叶，计算机的运行速度和数量都有了巨大提高，体积大为缩小，产生了一个对软件如饥似渴的环境，导致软件服务业迅速发展。一些计算机生产商将自己的一些软件开发项目转包出去，例如当时的一个软件公司 CUC 有一支 20 人的队伍为 IBM S/360 系统开发软件。到了 1965 年，美国有大约 45 个有一定规模的独立软件开发公司，有些公司雇用了 100 多名程序员，年收入达到 1 亿美元。小软件公司有几千家。

当时的软件公司一般附属于 IBM 这样的大型企业，为它们编写程序，软件在特定的硬件和操作系统上运行。大多数计算机界的管理者认为，不会存在一个独立的软件产品市场，没有人能单靠卖软件赚钱。

但是有一些人不这么看，他们相信可以编写更通用的应用软件，出售给更多客户。于是，一种围绕软件的开发和营销的新型软件公司诞生了，它们有自己相对独立和成熟的软件产品，可以靠卖软件生存。应用软件的开发进入了第二阶段。

例如，一个叫 ADR 的软件公司成立于 1959 年，1964 年为一个硬件厂商　　　小案例　　RCA 开发了一个画逻辑流程图的程序 Autoflow。但 RCA 对此没有兴趣，于是 ADR 改变策略，为 IBM 1401 计算机和 IBM S/360 重写了程序。此举大获成功，在几年里有几千家购买 IBM 计算机的客户也购买了 Autoflow 软件。又如，1962 年 3 月，3 名程序员创立了 Informatics 公司，开发了一个叫 Mark Ⅳ 的软件。该软件于 1967 年 11 月发布，单价 3 万美元，一年内销售额就突破了 100 万美元。后来，Mark Ⅳ 成为第一个销售额超过 1 亿美元的软件产品。

随后，欧洲和世界其他地方的软件公司也发展起来了，但总体上落后于美国。

和后来的软件业相比，当时的软件产业还很小。到了 1970 年，独立软件产品的年销售收入估计不超过 2 亿美元。

随着美国政府对 IBM 涉嫌垄断计算机产业的调查，IBM 感受到越来越大的压力。于是在 1969 年 6 月 23 日，IBM 宣布从 1970 年 1 月起，将软件和服务与硬件分开定价。

这对软件业产生了深远影响，因为在此之前，大型计算机公司的软件主要是自己开发的，客户会一起购买硬件和软件，只有少数软件从第三方软件公司购买。IBM 的行为让客户认识到，软件是和硬件独立的产品，理论上完全可以从硬件厂商购买硬件，再从别的软件厂商购买软件。软件业的发展由此进入了第三阶段，出现了世界级的大型软件公司。

1972 年春，IBM 的五名前员工在德国成立 SAP，专门为大企业开发大型商用软件，因为他们相信这是一条很有前途的道路。到了 1980 年，SAP 的年销售额已经达到 6000 万美元。目前，SAP 已经成为世界第三大独立软件厂商，也是最大的 ERP（Enterprise Resource Planning，企业资源规划，将在第 5 章讲解）厂商，2009 年的营收是 106.6 亿欧元。

小案例

自 IBM PC 出现之后，软件业的发展进入第四阶段，这部分内容将在第 2.4 节介绍。

2.2.6　软件工程基础

早期的程序相对较小，一个程序员凭借自己的聪明才智就可完成，因此早期的编程工作主要看程序员的个人能力。早期的编程更像是一门艺术，程序员可以随心所欲，只要程序能正确运行就可以了。

随着软硬件的发展，一个程序员已经很难独自完成一个功能强大的软件的编写，往往需要多人合作。软件系统越来越大，合作的人数也越来越多，开始是几个人，然后是几十人，最后是成百上千人。此时又该如何管理呢？

此时需要解决以下问题。

（1）程序员之间该如何交流和合作？具体地说，就是如何保证相互之间更容易读懂对方的代码？如果一个程序员离职，别的程序员必须能在尽量短的时间里读懂他的代码，接替他的工作。

（2）小组和小组之间、大组和大组之间、部门和部门之间，又该如何协调进度？

软件越大，管理越重要。对于大型软件来说，整个项目的管理水平将决定软件的成败。从事具体编程的单个程序员即使十分优秀，在大型软件中的作用也很小。即使是计算机专业人员，如果没有在大型组织中工作过，也难以体会一个大型软件的工作量。

20 世纪 60 年代是一个软件大发展时期，当时的商业软件越来越多，越来越复杂，维护的难度也越来越大，开发成本越来越高，失败的项目更是越来越多。计算机专业人员感觉越来越难以控制局面。于是人们想出各种方法，来解决软件开发中的管理问题。

1. 结构化程序设计

在具体编程中，人们首先提出了**结构化程序设计方法**，也就是说，**程序设计要自顶向下，逐步细化**。用高级语言编写的程序，只需要由顺序、选择和循环结构组成（见图 2.24），不需要扰乱程序逻辑的跳转指令。这个理论由计算机专家迪杰斯拉特（E.W.Dijikstra）在 1965 年首次提出，是软件发展的一个重要里程碑。三种结构的简要示意图如图 2.24 所示。

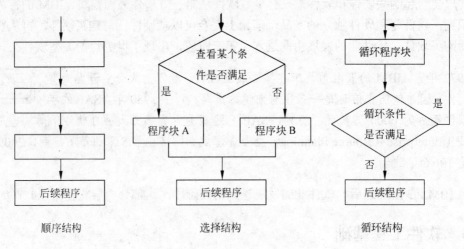

图 2.24   程序的三种结构

人们已经证明，在高级语言中可以在选择中套循环，循环中套选择，再加上顺序结构，就可以完成各种功能的程序，根本不必使用跳转指令。

因此在 20 世纪 60 年代，人们渐渐不再认为大量使用编程技巧（主要是精妙地使用跳转指令）的难以读懂的程序是“高水平”的程序。硬件速度的提高让越来越多的人认为，采用结构化编程方法，并在程序中添加更多说明语句（注释语句）的程序，才是“好”程序，因为它更容易读懂，并可以更好地维护。

经过了大约 10 年的争论，到了 20 世纪 70 年代，结构化程序设计方法已经被大多数人所接受。

2. 软件工程

结构化程序设计只是在编程的微观层面进行的改进，当很多开发人员协同开发一个大型软件时，整个项目将遇到更多、更复杂的问题，远远不是改善编程风格所能解决的。于是在 1968 年，北大西洋公约组织的计算机科学家在前联邦德国召开的国际学术会议上，第一次提出了软件危机（Software Crisis）和**软件工程（Software Engineering）**的概念，计算机专家们希望解决以下两方面的问题。

（1）如何开发软件，以满足不断增长、日趋复杂的需求。

（2）如何维护数量不断膨胀的软件产品。

"软件危机"使得人们开始对软件及其特性进行更深一步的研究，人们改变了早期对软件的不正确看法。早期的优秀程序是那些短小精悍、充满了编程技巧，但又很难被别人读懂的程序。现在人们普遍认为，优秀的程序除了功能正确、性能优良之外，还应该容易读懂、容易修改和扩充。

软件工程是一门研究用工程化的方法构建和维护有效、实用和高质量的软件的学科，它是一门交叉性的工程学科，将计算机科学、数学、工程学和管理学等基本原理应用于软件的开发与维护中，重点在于大型软件的分析与评价、规格说明、设计和演化，同时涉及管理、质量、创新、标准、个人技能、团队协作和专业实践等范畴。结构化程序设计理论只是软件工程最基础的知识而已。

随着信息技术的发展，软件工程也在不断发展和完善。在很多方面，软件工程和管理信息系统有相似之处。但**软件工程是从计算机和工程设计人员的角度来研究软件系统的，而管理信息系统是把软件当成辅助企业和组织管理的工具，用管理的眼光看待软件系统的，**因此它们并不一样。在此介绍软件工程，对学习管理信息系统将有借鉴作用。

最近几年微软在开发 Windows 7 时，核心开发团队大约有 1000 人，这 1000 人又分成两大部门，一个部门开发内核，另一个部门开发用户界面（早 期的用户界面是字符方式的，很难看。现在几乎所有操作系统的用户界面都是图形方式的，叫做"图形用户界面（Graphical User Interface，GUI）"。和字符界面相比，GUI 要生动漂亮得多，但开发难度也大得多）。这两大部门又分成 20 多个分部，每个分部大约有 40 人，又分成几个小组，由三部分人员组成：程序经理、软件开发工程师和软件测试工程师。

微软还有一些其他部门，如编写帮助和说明文档的编辑组，还有产品研究、产品计划、可用性反馈三个小组。

另外，微软另一项重量级产品 Office 的开发团队，长期在编人员有 2000 人左右。

2.3　数据库管理系统的产生和发展

COBOL 语言虽然可以为人们编写商业软件提供极大的帮助，但还是有些不方便。以一个有 5000 人的企业来说，不仅会计要计算每个人的每月工资，而且企业主管很可能想了解最高、最低、平均工资各是多少，各部门的平均工资又是多少，这个月一共发了多少差旅费，和上个月相比增减趋势如何，等等。这就需要在操作系统或者编程语言中进一步增加数据管理功能。

经过深思熟虑，计算机专家认为数据管理的功能不应该过多地集成在操作系统中，而应该在更高层中实现。于是在 20 世纪 60 年代出现了数据库技术。

所谓**数据库（Database）**，就是通用化的相关数据的集合，它不仅包含数据本身，而且**包含数据之间的联系**。

数据管理技术的发展分为四个阶段：人工管理阶段、文件系统阶段、数据库系统阶段和分布式数据库系统阶段。下面我们从数据管理角度出发，重新审视软件的发展。

2.3.1　人工管理阶段

在 20 世纪 50 年代中期之前，计算机主要用于科学计算，当时没有专门管理数据的软件，也没有磁盘之类的可以随机访问、直接存取的外部存储设备，数据处理方式基本是批处理（一批一批地处理）。无论是用机器语言还是汇编语言编程，程序和数据都作为一个整体被输入到内存中。数据和应用程序之间的关系如图 2.25 所示。

图 2.25　人工管理阶段数据与程序的关系

这个时期数据管理的特点主要有以下两个。

（1）**数据与程序不具有独立性**。

这是因为一组数据对应一个程序。程序也依赖于数据，如果数据的类型、格式或存取方法等发生改变，必须修改程序。

（2）**没有统一的数据管理软件**。

数据面向应用程序，主要依靠应用程序管理数据。因此，程序员不仅要规定数据的逻辑结构，还要设计数据的物理存储结构。

2.3.2　文件系统阶段

20 世纪 50 年代后期到 60 年代，计算机软硬件技术有了飞速发展。在硬件方面，出现了能存储大量数据的磁鼓、磁盘；在软件方面，出现了高级语言和操作系统，尤其是操作系统提供了文件管理的功能，让数据管理进入文件管理阶段。

文件系统是操作系统的高层部分。用户和应用程序通过文件系统，对文件中的数据进行存取和加工。此时，程序与数据有了一定的独立性，有了程序文件和数据文件之分，如图 2.26 所示。

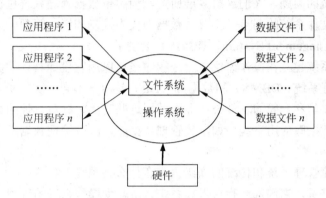

图 2.26　文件系统阶段程序和数据的关系

和人工管理相比，文件系统的优点主要有以下两个。

（1）**数据可以以文件的形式长期保存在磁盘等辅助存储器中。**数据文件由操作系统管理。

（2）**数据与程序之间的独立性增强了。**

数据不再属于某个特定的应用程序，不同的应用程序也可以使用相同的数据，一个应用程序也可以使用多个文件中的数据。通过操作系统中的文件系统，应用程序可以采用统一的方法对数据进行存取操作。

不过，文件系统只是简单地管理文件，文件之间并没有有机的联系。文件系统有以下缺点。

（1）**数据冗余度大。**

数据冗余，是指不必要的重复存储。文件系统缺乏对更加细微的数据元素的管理功能，同一数据项会经常出现在多个文件中。

（2）**缺乏数据独立性。**

因为数据没有集中管理，所以数据和程序文件之间仍有很强的相互依赖性。此外，数据的安全性也得不到很好的保证。

以美国在 20 世纪 60 年代初制定的阿波罗登月计划为例，阿波罗飞船大约由 200 万个零部件组成，它们被分散在世界各地制造生产。为了掌握计划进度及协调工程进展，阿波罗计划的主要合约者 Rockwell 公司开发了一个基于磁带的零部件生产计算机管理系统，存储该系统的数据共用了 18 盘磁带，虽然可以工作，但效率极低。18 盘磁带中 60% 的数据是冗余数据，维护十分困难。这个系统的状况一度成为实现阿波罗

小案例

计划的重大障碍之一。

2.3.3　数据库系统阶段

针对文件系统的问题，人们纷纷开展研究，为改革数据处理系统进行探索与试验，目标主要就是突破文件系统的弱点，实现对数据的集中控制和统一管理。于是**数据库管理系统（DataBase Management System，DBMS）**诞生了。

数据库管理系统建立在操作系统之上，程序员可以用它设计具体的**数据库应用系统**。所以，数据库管理系统（DBMS）和数据库（DB）是两个不同层次的概念。数据库管理系统十分复杂，程序员和一般的软件公司需要使用这些产品，针对具体的企业或组织，开发面向具体应用的数据库应用系统，如学校管理数据库、医院管理数据库等。这些数据库由DBMS 管理。

那么，数据库管理系统和传统的高级语言有什么关系呢？

从运行层次来看，它们都运行在操作系统之上，受操作系统的管理，程序员都可以使用它们开发应用程序。因此，可以把计算机的整个软件系统划分成三个层次，最底层的是操作系统，然后是 DBMS 和各种高级语言（更广泛的概念叫支撑软件）等用于开发最终应用系统的软件，它们处于中间层，外层则是用户直接使用的各种应用软件，如图 2.27 所示。

我们所要学习的管理信息系统，都是处于外层的应用系统。一般来说，现在的管理信息系统都是以 DBMS 为核心开发的。

目前，微软的 Office、其他软件厂商开发的和 Office 竞争的产品、上网使用的浏览器、媒体播放软件、各种汉字输入软件，都是应用软件，因为普通用户可以方便地使用它们，学习难度较低，一般不需要编程。而软件开发平台.NET、Java，以及著名的数据库管理系统（如微软的 SQL Server、IBM 的 DB2），都是中间软件，普通用户的学习难度较高，一般需要编程。

图 2.27　软件系统的层次结构

因此，管理信息系统一般是以数据库为基础和核心的计算机应用系统，是利用 DBMS 提供的编程语言或其他独立的编程语言开发的。

在数据库管理系统的支持下，数据与程序的关系如图 2.28 所示。

数据库管理系统具有如下特点。

（1）采用数据模型表示复杂的数据结构。

数据模型不仅可以描述数据本身的特征，而且可以描述数据之间的联系。也就是说，数据库系统中的数据是有结构的。

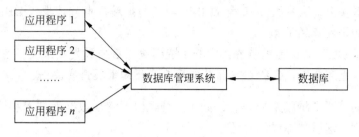

图 2.28　应用程序、DBMS 和数据库的关系

（2）**实现数据共享，减少数据冗余。**

在数据库系统中，数据的定义和描述可以和应用程序分离。

（3）**有较高的数据独立性。**

这是数据库系统的一个最基本的优点：数据的结构分为逻辑结构和物理结构两个层次，因此数据的独立性又分为物理独立性和逻辑独立性两个方面。物理独立性是指数据的存储格式和组织方式发生改变时（如数据库文件从一个硬盘移到了另一个硬盘），应用程序不必改变；逻辑独立性是指数据库的逻辑结构发生变化时（如数据之间的联系发生了变化），应用程序不必改变。

（4）**提供了数据安全性、完整性等控制功能。**

DBMS 加入了安全保密机制，防止对数据的非法存取。另外，DBMS 还采取了一系列措施来维护系统的稳定，并在系统遭到破坏时恢复系统（但任何保护和恢复措施都不可能完美无缺）。

这些都是 DBMS 的内在功能，用户和程序员只需要使用这些功能就可以了。

（5）**数据的并发控制功能。**

由于网络的日益普及，多用户同时操作同一个数据库的情况非常普遍。数据库系统必须具有并发控制功能，以维护数据的一致性和完整性。

因此，数据库管理系统的数据管理功能比传统的编程语言强大得多。有了数据库管理系统后，程序员只需要重点关注商业逻辑，用 DBMS 本身提供的强大功能编写应用系统即可。如果用传统的高级语言来实现，则费时费力得多。

在计算机界，流行的做法是把**程序设计语言划分成 4 代**。第一代是汇编语言，称为 First Generation Programming Language 或 First-generation Language，简写为 1GL（而不是 FGPL 或 FGL）；第二代（2GL）是高级语言，如 FORTRAN、COBOL、ALGOL、BASIC、LISP 等语言；第三代（3GL）是增强型的高级语言，如 PASCAL、ALGOL 68、FORTRAN 77 等；第四代语言（4GL）是在计算机科学理论指导下设计出来的结构化编程语言，如 ADA、MODULA-2、SMALLTALK-80 等。

4GL 的主要应用领域是商务。商务处理领域中需要大量的数据，没有 DBMS 的支持是很难想象的。事实上，大多数 4GL 是 DBMS 功能的扩展，也就是现代 DBMS 都提供内嵌编程语言，这些语言都属于 4GL。

有一种叫做"C"的语言很特殊，它是中级语言，后来又发展成 C++。C 和 C++ 具有很多优点，所以直到今天，C 和 C++ 都是使用最广泛的编程语言之一。

数据管理的第四个阶段是分布式数据库系统阶段，它是数据库技术和计算机网络技术紧密结合的产物，这里就不详细介绍了。

2.3.4　层次和网状数据库

数据模型是数据库系统的核心和基础，各种 DBMS 都是基于某种数据模型建立的。根据数据库理论，数据模型由数据结构、数据操作和数据约束三部分组成。在本课程中，我们不必被这些过于学术化的语言所吓倒，只需要知道数据结构是数据模型的核心即可，它对数据操作和数据约束有根本性的影响。

所谓**数据结构，就是数据的组织方式**。由于世界是普遍联系的，数据之间也存在千丝万缕的联系，所以最早的 DBMS 中的数据模型是网状数据模型，它用网状结构表示数据的组织方式，如图 2.29 所示。

1964 年，美国通用电气公司的查尔斯·巴赫曼（Charles W. Bachman，1924— 见图 2.30）成功开发出世界上第一个网状 DBMS，他把它叫做集成数据系统（Integrated Data System，IDS）。IDS 推出后就成为最受欢迎的数据库产品之一，而且它的设计思想和实现技术被后来的许多数据库产品所仿效。巴赫曼由于在数据库领域的杰出贡献，于 1973 年获得图灵奖。

与此同时，Rockwell 公司与 IBM 公司合作，在当时新推出的 IBM 360 系列基础上研制基于层次模型的 DBMS——信息管理系统（Information Management System，IMS）。层次模型认为数据的组织是层次化的，如图 2.31 所示。

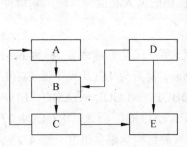

图 2.29　网状模型

图 2.30　查尔斯·巴赫曼

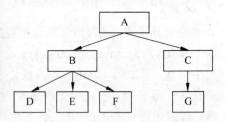

图 2.31　层次模型

不过 IMS 在 1968 年才研制出来。该系统也参与到阿波罗飞船项目中，为阿波罗飞船于 1969 年顺利登月做出了贡献。IMS 直到今天还在与时俱进，在 Internet 环境下和商务智能应用中继续发挥作用。

IDS 和 IMS 出现后，又出现了几种基于网状和层次模型的数据库管理系统。

层次和网状数据模型都是人们基于直觉发展起来的，由于网状模型对于层次和非层次结构的事物都能比较自然地模拟，因此当时网状 DBMS 要比层次 DBMS 用得普遍。在数据库发展史上，网状数据库管理系统占有重要地位。

2.3.5　关系数据库

1970 年 6 月，IBM 的研究员 E.F.Codd（Edgar Frank Codd，1923—2003，见图 2.32）博士发表了题为《大型共享数据库的关系模型》的论文，首次提出数据库的关系模型，在 DBMS 领域引发了一场深刻的革命。关系模型初看并不直观，但它建立在坚实的数学基础之上，所以 20 世纪 80 年代以来，关系型 DBMS 占据了主流市场，关系模型也成为最重要的数据模型。由于 E. F. Codd 的杰出贡献，他于 1981 年获得图灵奖。

图 2.32　Codd

通俗地说，**关系就是二维表**，关系模型是用二维表的形式来表示**实体和实体间联系的数据模型**。

现实世界的实体和实体间的各种联系，均可用二维表来表示，在磁盘上以文件的形式存储。例如，一所大学有若干个学院，如表 2.1 所示，它就是一个关系，不妨把它命名为"学院"关系。

表 2.1　"学院"关系

学 院 编 号	学 院 名
1	商学院
2	计算机学院
3	物理学院
4	法学院
……	

在"学院"关系中有若干行，每一行有两列，分别存储一所大学的所有学院编号和名称。在数据库理论中，表中的行称为**记录**，更学术化的名称叫**元组**；表中的列称为**字段**或**属性**。对关系的描述称为**关系模式**，格式为：

关系名（属性名 1，属性名 2，…，属性名 n）

因此，表 2.1 的关系模式为：学院（学院编号，学院名）。

简单得似乎令人难以置信，但这就是正宗的关系数据库理论。

我们可以建立多个关系。例如，每个学院又有若干个系，因此可以建立一个"系"关系，如表 2.2 所示。

表 2.2 "系"关系

系 编 号	所属学院编号	系 名
1	1	会计系
2	1	工商管理系
3	1	国际经济与贸易系
4	2	计算机科学与技术系
5	2	信息管理系
6	3	理论物理系
7	3	地球物理系
8	3	天文学系
……		

在现实世界中，一个学院可以有多个系，但一个系只能属于一个学院。因此在表 2.2 中，用"所属学院编号"字段表示某个系属于哪个学院。如果从集合论的观点来看，可以把"学院"和"系"的关系看成两个实体集，这两个实体集之间是"一对多"的联系。

如果以层次化的观点来看，"学院"表是主表，"系"表是子表，"所属学院编号"字段就是反映"学院"关系和"系"关系之间关系的字段。因此，"系"表中的记录"所属学院编号"字段的取值不是任意的，必须是"学院"表中的某个学院的编号。也就是说，一个表中的记录，不一定能随意增加、修改和删除，还必须参照别的表中的相关数据才行，在数据库理论中这叫**参照完整性**。

在计算机专业中，数据库理论是一门大课，这里就不继续讲解了。另外一些稍微深入的入门理论将在第 8 章讲解，现在只需要知道，和网状、层次 DBMS 相比，关系型 DBMS 具有巨大优势，这是它成为主流 DBMS 的根本原因。

但 IBM 却并不是第一个发布关系型数据库产品的公司，因为当时它们的层次型数据库产品 IMS 销售情况不错，如果推出一个竞争性的产品，会影响 IMS 的销售。不过在 1973 年，IBM 启动了 System R 项目，研究多用户与大量数据下关系型数据库的实际可行性。1976 年，E. F. Codd 又发表了一篇里程碑意义的论文《R 系统：数据库关系理论》，介绍了关系数据库理论和查询语言 SQL。

这篇论文对商业界的影响似乎更大。当时正在硅谷一家电脑公司工作的拉里·埃里森（Lawrence Joseph "Larry" Ellison，1944— ）看到它并仔细阅读后，被其内容深深震惊，敏锐地意识到在这个研究基础上可以开发商用软件系统。于是埃里森（见

图 2.33 拉里·埃里森

图 2.33）在 1977 年创立了 Oracle 公司，发布了世界上第一个关系数据库管理系统 Oracle。

当时，大多数专家认为关系数据库理论看上去很漂亮，但它太简单，而且速度太慢，不可能满足处理大规模数据的需要，因此没有商业价值。埃里森却认为这是一个绝好的机会，决定全力进军。目前 Oracle 已经是世界第二大独立软件厂商，也是第二大 ERP 厂商，2009 年的营收达到 233 亿美元。

反观 IBM，直到 1983 年才发布关系型数据库产品 DB2，此时 Oracle 已经站稳了脚跟。目前，全球有影响力的关系型 DBMS 有 Oracle、SQL Server、Sybase、DB2、MySQL 等产品。

2.4　计算机的小型化和微型化潮流

早期的计算机十分庞大，但硬件技术的发展，尤其是集成电路的出现，使得计算机在速度大为提高的同时，体积也大为缩小。例如 IBM S/360 的速度是 ENIAC 的 500 倍，但主机的体积只相当于普通家庭使用的一台大号冰箱。计算机体积的不断缩小导致小型机的出现，并最终导致微型计算机的出现。

1. 小型计算机

小型机是美国人肯·奥尔森（Ken Olsen，1926—　　）发明的。肯·奥尔森（见图 2.34）出生于 1926 年，是一名优秀的电子工程师，曾经参加过旋风（WhirlWind）计算机的开发。1957 年，31 岁的肯·奥尔森和他的同事、28 岁的哈兰·安德森（Harlan Anderson，1929—　　）创建了 DEC 公司。肯·奥尔森的梦想是制造自己的计算机，他知道大型机的大部分任务可以由小型机来完成。为了不引起 IBM 和当时另外一家著名计算机公司 RCA 的注意，他们将自己制造的计算机称作"程控数据处理机" PDP-1。1959 年 12 月，第一台 PDP-1 问世了，销售情况很好。

1966 年，DEC 推出了 PDP-8 小型机（见图 2.35），获得了巨大成功。此后 DEC 公司继续发展，成为仅次于 IBM 的第二大计算机公司。小型机比大型机便宜得多，当时 DEC 的小型机价格一般在 12 万美元左右，而 IBM S/360/370 每台价格在 200 万～300 万美元之间，所以 DEC 的小型机销量很好。

20 世纪 80 年代 DEC 公司进入鼎盛时期，1986 年肯·奥尔森成为美国《财富》杂志的封面人物，并被该刊评为"全美最成功的企业家"，其他媒体也尊称肯·奥尔森为"小型机之父"，肯·奥尔森成为计算机界的传奇人物。到了 20 世纪 80 年代末，DEC 公司的年收入达到 130 亿美元，员工数量也发展到 12 万，因此获得了"小型机之王"的美称。

在 DEC 的带动下，包括 IBM 在内的一些计算机公司都生产了小型机，但 DEC 在小型机市场始终处于领导地位。

图 2.34　肯·奥尔森

图 2.35　PDP-8 小型机

2. 微型计算机

随着芯片集成度的进一步提高，在 20 世纪 70 年代，微型计算机问世了。所谓**微型计算机，就是比小型机还要小（因此功能也弱得多）的计算机**。在 IBM 推出个人计算机（Personal Computer）后，微机经常被称为 PC。因此，按照运算速度和体积，计算机可以分为巨型机、大型机、中型机、小型机和微型机五类。巨型机是运算速度最快的计算机，销量很少。在 20 世纪 60～70 年代，以销售额计算，销量最大的是大中型计算机，IBM 在这些领域处于绝对领先地位。

而在微型机领域，起初是一些电子技术爱好者在组装，形不成规模。1974 年，爱德华·罗伯茨（Edward Roberts，1941—2010）推出了基于 Intel 微处理器的微机 Altair 8800。虽然 Altair 的生命非常短暂，却点燃了创新之火，当时很年轻的史蒂夫·乔布斯和比尔·盖茨就是被他的发明所激励，进入信息产业界的。因此，罗伯茨无愧于"微型机之父"的称号。

1976 年，史蒂夫·乔布斯（Steve Jobs，1955—　）和史蒂夫·沃兹尼亚克（Steve Wozniak，1950—　）共同创立了苹果电脑公司，开发并销售 Apple Ⅰ 型电脑（见图 2.37 左），这让微型计算机真正进入大众视野。这两个史蒂夫（见图 2.36）后来都成了业界传奇人物。

图 2.36　乔布斯（左）和沃兹尼亚克

　　1977 年，苹果公司又推出了性能卓越的 Apple Ⅱ（见图 2.37 右），极大地普及了微型机。从 1978 到 1980 年，苹果公司的销售额以每年 700% 的速度猛增，Apple Ⅱ 的销售额达到 1.39 亿美元。这引起了 IBM 的注意，于是 IBM 决定推出自己的微型机。

图 2.37　Apple Ⅰ（左）和 Apple Ⅱ 电脑（右）

　　1981 年 8 月 12 日，IBM 的微型机正式推出，它使用 Intel 公司的 8088 作为 CPU，主频为 4.77MHz（兆赫兹），内存为 64KB，采用微软公司的 MS-DOS 作为操作系统，基本价格是 1565 美元。IBM 将它的计算机称为 PC（见图 2.38），掀起了微型机的狂潮，从此 PC 成为微机的代名词，计算机正式进入微型机时代。

　　IBM 为什么有如此巨大的影响力？因为当时 IBM 一家公司的年营业额就占计算机界的 70%，是无可争议的霸主。所以当 IBM PC 推出后，苹果公司的影响力大为减弱。但苹果公司始终是计算机界最具创造力的公司之一，它于 1984 年推出的 Macintosh、1998 年推出的 iMac，都是微型计算机领域极为优秀的产品，引领了发展潮流。但是由于微软和 Intel 的高歌猛进，苹果公司在计算机领域被继续边缘化，直到进入 21 世纪，苹果公司在乔布斯带领下大举进入消费电子和电子商务领域，才又重振雄风。

　　IBM PC 成功的另一个重要原因是：它的最核心部分——CPU 和操作系统，分别是 Intel 和微软的产品。所以，别的电脑公司也可以使用 Intel 的 CPU 和微软的操作系统，推出和 IBM PC"兼容"的计算机。而苹果公司则是软硬件一起研发，在当时不如众人联合的力量大。

　　从 1981 年到现在，微型计算机一直处于高速发展阶段。不仅硬件的速度越来越快，而且软件的功能也越来越强大。人们借鉴大中型计算机上的软件，在微机上开发出了各种简易版本，并逐渐完善，推陈出新，导致微机的吸引力越来越大，市场也越来越大。微机逐步蚕食小型机乃至更高级计算机的市场，

图 2.38　IBM PC

最终成为计算机界的主流产品。2008 年 6 月 23 日，全球知名的 IT 市场和咨询机构 Garnter 发布的一份研究报告指出，全球正在使用的计算机已达 10 亿台，并且仍以每年 12% 的速度在增加。其中绝大部分都是 PC。

从技术角度来看，在很长一段时间内，微型计算机的软硬件技术根本无法和小型机相比，更不用说和大型机比较了。因此在微机发展的早期，IBM完全有能力独自研制出知识产权全部属于自己的PC，那样历史将被完全改写。

那么，为什么IBM在一开始就准备"拼凑"出一台个人计算机呢？除了研发时间紧张外，更主要的原因是IBM没把微机当回事。

从技术的眼光来看，这是合理的。因为和大型机相比，当初的PC简直就是玩具。但是IBM恰恰犯了最严重的错误，它严重低估了PC的巨大潜力，对PC的发展趋势完全没有正确的预期。当时IBM想把PC作为家用电脑销售，但它没想到大量购买PC的却是众多企业。到了1982年，市场对PC的需求已超过预测值，IBM一个月可以卖出20万台，比公司原先的预测高出一倍多，加班加点生产也不能满足市场需求。

此时IBM才意识到PC的巨大潜力。但它又犯了一个严重错误：想仿照大型机的思路搞自己的一套，没有意识到由PC引导的开放潮流已经不可逆转。因此在Intel推出80386 CPU后，IBM拒绝采用，在1987年发明了一个叫做"微通道"的技术标准，别人要用就需要交高昂的专利使用费，并开始研制自己的微机操作系统OS/2（它在出现后的几年时间里比微软的Windows更强大，但由于缺乏用户，IBM后来停止开发）。

这惹恼了正在崛起的兼容机厂商。1987年，九家兼容机厂商联合推出了另外一种叫做"EISA"的标准，和IBM的"微通道"抗衡，并紧密团结在微软和Intel周围。其结果是：IBM彻底失败，在PC市场上逐渐被边缘化。2005年5月1日，长期亏损的IBM PC事业部被我国联想集团以12.5亿美元收购。

对于DEC公司来说，它之所以可以发展壮大，根本原因就是适应了潮流，推出并发展了小型机。但当更加小型的PC出现后，奥尔森居然也认为PC没有什么价值。1977年，已经是著名计算机专家的奥尔森在世界未来社区会议上发表了著名的行业观点："没有任何理由让任何人都在家里拥有一台计算机。"而微软的创始人之一比尔·盖茨（Bill Gates，1955—　　　）的想法是："每个工作台和每家都有一台PC"。

随着微机的迅猛发展，1984年11月，奥尔森在《波士顿环球》上终于承认："在PC方面，我们贡献甚微"，但仍将PC描述为"便宜的、短命的、不够精确的机器"。当时微机的功能确实比小型机少很多，但价格也便宜得多，这种情况和20世纪60年代DEC的小型机与IBM的大型机相比是类似的。所以，奥尔森一直看不起微机就显得不奇怪了。

由于奥尔森的错误和顽固，DEC公司在微机领域始终没有太大作为。到了1992年，小型机市场已经被大量蚕食，DEC一年亏损20亿美元，奥尔森被董事会解职。1998年，DEC被微机巨头康柏（Compaq）①收购，从此不复存在。

比微机更小的是笔记本电脑（严格来说它是微机的更轻便版本）。随着液晶技术的成熟，笔记本电脑在2005年之后成为主流产品。

---

① 2001年康柏又被惠普（HP）收购。

从 1981 年到 1994 年，伴随着 PC 的迅速普及，基于 PC 的软件业也迅猛发展，出现了一批靠微机软件起家的大型软件公司，软件业的发展进入第四阶段。最著名的软件企业就是微软。微软始终围绕 PC 开发软件，以操作系统为基础（先是 DOS 然后是 Windows），逐渐向软件开发工具和应用软件领域渗透，最终成为世界上最大的独立软件公司。2008 年微软的营收为 604 亿美元。但在 2009 年由于受经济危机的影响，公司营收为 584 亿美元。

微软营收下滑的另一个原因是在互联网领域受到了强烈挑战。计算机网络是在计算机技术发展到一定阶段产生的，如果没有计算机，就没有现代计算机网络。但在最近二十年，网络对人类的影响已经超过了计算机。关于网络的发展历史，请看下一章。

习　　题

一、思考题

1. 计算机、计算机程序和计算机系统有什么不同？

2. 什么是分时系统？并发和并行有什么区别？

3. 什么是高级语言？

4. 软件工程和管理信息系统的主要区别是什么？

5. 沃森父子、郭士纳、埃里森等人的成功，对你理解信息技术和企业运作有什么帮助？

6. 软件业发展经历了几个阶段？IBM 将软件和硬件分开销售，对软件业的发展产生了什么深远影响？

7. 什么是软件危机和软件工程？

8. 什么是结构化程序设计？

9. 数据管理经历了哪几个阶段？

10. 什么是第四代语言？

11. 什么是 DBMS 和 DB？两者有什么区别？

12. 什么是关系型 DBMS？什么是关系、关系模型、元组和属性？

二、讨论题

随着信息技术（IT）的发展，计算机技术是如何日益深入到管理中的？

第3章 网络技术的发展

现在如果说网络是人类的一种生活方式，相信不会有人反对。不仅各种企业和组织使用的管理信息系统基本上都已网络化，而且互联网在世界范围内已经普及。

3.1 前三代计算机网络

在第 2 章已经讲过，主机系统可以看成最简单的计算机网络。计算机网络和其他事物的发展一样，也经历了从简单到复杂、从低级到高级的过程。在这一过程中，计算机技术与通信技术紧密结合，相互促进，共同发展，最终产生了计算机网络。

总体来看，计算机网络的发展可以分为四个阶段。

3.1.1 第一代计算机网络——面向终端

第一代计算机网络的时期主要在 20 世纪 50～60 年代。那时计算机和通信还没什么联系，计算机体积十分庞大，不便使用。为了便于更多的人使用昂贵的计算机，人们开发了远程终端。但在 20 世纪 50 年代中期和 60 年代初，作为远程终端的收发器和电传打字机，通过电话线和调制解调器与计算机相连，并用通信控制器控制（又分单重控制器和多重控制器两种），可以使一台主机和多个终端相连。后来，为了提高主机的处理能力，在主机前又设置了一个前端处理机（Front End Processor，FEP）或集中器（Concentrator），专门负责处理主机和终端的通信问题。当时的计算机网络如图 3.1 所示。

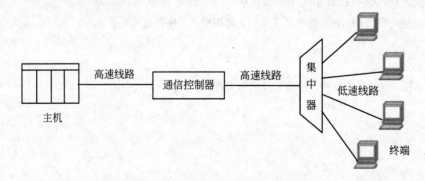

图 3.1 利用通信控制器实现通信

这就是第一代计算机网络。它的特点是：**以单个主机为中心，终端设备没有自主处理能力。**

联机终端网络典型的范例就是第 2 章介绍的 SARBE 系统。

3.1.2　第二代计算机网络——以通信子网为中心

在 20 世纪 60 年代，美国希望建立一个类似于蜘蛛网（Web）的网络系统，使其在现代战争中，如果通信网中的某一个节点被破坏，系统能够自动寻找其他路径，从而保证通信的畅通。美国国防部高级研究计划局（Advanced Research Project Agency，ARPA）开始着手该项目，采用分组交换技术，并于 1969 年 8 月成功推出了由 4 个交换节点组成的分组交换网络 ARPAnet。这是世界上第一个采用分组交换技术的长距离计算机网络，也是今天互联网的前身。

什么是分组交换呢？就是把要传送的数据分成多个小数据包，这些小数据包叫做分组（Packet）[①]。每个分组一般为几百 B，然后各个分组分别寻找路径，各自到达目的地，再重新"组装"起来，形成原来的数据包。分组交换的原理图如图 3.2 所示。

在图 3.2 中，发送数据的计算机将数据分成 A、B、C 三个分组，分别寻找网络路径，到达终点后再组装成原来的数据包。因此，分组交换要解决分组在网上各自寻址的问题、到达终点后按原来的顺序组装的问题，以及传输过程中的丢包、纠错等问题，所以还是相当复杂的。但分组交换和以前电话所用的电路交换相比，有巨大的优越性。

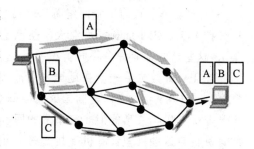

图 3.2　分组交换的原理

了解 ARPAnet 的具体发展过程，对理解互联网很重要。20 世纪 50 年代后期，美国和前苏联正在进行激烈的冷战。1957 年 10 月，前苏联发射了人类历史上第一颗人造地球卫星，美国觉得丢尽颜面，并充满了危机感。当时美国总统艾森豪威尔的第一反应是建立一个专门的国防研究组织 ARPA。ARPA 没有科学家和实验室，它通过发放许可和签约的方式，让技术思想先进的大学或公司来完成它的工作。

当时，美国所有的军事通信都使用公共电话网络，而电话网络比较脆弱，因为一旦几个关键的长途电话局遭到破坏，整个系统就可能被分成多个孤立的小系统。美国国防部希望建立一个通信网络，即使一个局部的通信中心遭到敌人核导弹的摧毁，整个通信系统也不至于瘫痪。1960 年，美国国防部委托兰德公司寻找一个解决方案。

[①] 将 Packet 翻译为"分组"已在业界统一。但从字面看，"分组"有动词之意，而且似乎无法完全体现出"小数据包交换"的意思，但英文 Packet Switching 却相当精确。所以读者要对"分组交换"从技术上理解，而不能局限于汉字字面意思。

1964 年 8 月，兰德公司的雇员 Paul Baran 提出了一个高度分布式和容错的设计方案，如图 3.3 中的右图所示。Baran 还建议采用数字的分组交换技术，由于任何两个电话交换局之间的路径都超过了模拟信号不失真的距离，所以为避免信号失真，美国军方接受了这个概念，并请当时美国最大的电话公司——AT&T 公司建立一个原型系统。但是，AT&T 公司说 Baran 的网络不可能建立起来，于是 Baran 的想法被束之高阁。

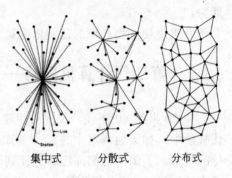

集中式　　　分散式　　　分布式

到了 1967 年，ARPA 的负责人 Larry Roberts 将注意力也转到网络技术上。有专家建议他建立一个分组交换的网络，给每个主机都配一个路由器

图 3.3　Baran 提出的分布式交换系统

（Router）。Roberts 接受了这个想法。此时，英国的国家物理实验室在 Donald Davies 的领导下，已经在几年前 Baran 思想的启发下建立了一个小型系统，证实了分组交换的思想是可以实现的。

因此 Roberts 决定建立一个规模大得多的网络，后来被称为 ARPAnet。1969 年 8 月，一个包含 4 个节点的试验网络可以运行了。这四个节点是：UCLA（加利福尼亚大学洛杉矶分校）、UCSB（加利福尼亚大学圣巴巴拉分校）、SRI（斯坦福研究所）和 Utah（犹他大学），这些地方都有许多不同类型并且完全不兼容的主机。

ARPAnet 建立后一直在迅速发展。

到了 1985 年，当时美国国家科学基金会（National Science Foundation，NSF）为鼓励大学与研究机构共享他们非常昂贵的四台主机，希望通过计算机网络把各大学与研究机构的计算机与这些巨型计算机连接起来。开始的时候，他们想用现成的 ARPAnet，不过他们发觉与美国军方打交道不是一件容易的事情，于是决定利用 ARPAnet 发展出来的叫做 TCP/IP 的通信协议，自己出资于 1986 年建成名叫 NSFnet 的广域网。由于美国国家科学资金的鼓励和资助，许多大学、政府资助的研究机构，甚至私营的研究机构纷纷把自己的局域网并入 NSFnet，于是 NSFnet 又改叫 INTERNET，后来成为全球化的 Internet，也就是因特网。与此同时，美国军方建立了自己的网络 Milnet，到 1990 年，ARPAnet 退出了历史舞台。

回顾过去，ARPAnet 的主要贡献是产生了今日因特网的通信架构——传输控制协议/网际协议，也就是 TCP/IP。

由于网络的日益复杂，人们把网络划分为通信子网和资源子网，**资源子网**由服务器和客户计算机组成，**通信子网**由通信线路（或称通道）、网络互联设备（路由器、交换机、Hub 等）组成，如图 3.4 所示。

第二代计算机网络具有以下特点。

（1）网络的核心是通信子网。

（2）强调资源共享。

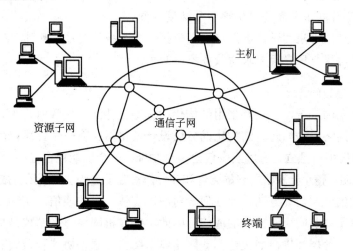

图 3.4　第二代计算机网络

3.1.3　第三代计算机网络——网络体系结构与协议标准化

在 ARPAnet 出现后相当长的时间内，它都局限于美国军方，所以各计算机和网络公司都在发展自己的网络技术和规范并大力推广，如 1974 年 IBM 公司推出的（System Network Architecture，SNA），DEC 公司推出的 DNA（Digital Network Architecture）等分层网络体系结构。网络体系结构的出现，使同一体系结构的网络产品互联很容易，但不同结构的产品却很难实现互联。

因此，国际标准化组织（International Standards Organization，ISO）于 1977 年成立了专门的研究机构，从事网络体系结构与网络协议国际标准问题的研究，仔细划分了网络层次，并于 1984 年推出了开放系统互联参考模型（Open System Interconnection Reference Model，OSI/RM），即 ISO 7498 标准，简称 OSI。

为什么要对网络结构分层呢？分层的指导思想又是什么？要回答这个问题，首先要了解什么是网络协议。

随着网络软硬件的日益丰富，不同传输介质、不同类型计算机和相关设备进行通信变得越来越复杂。因此人们制定了网络协议。**网络协议是通信的对等实体必须遵守的规则或标准的集合**。所谓**实体**，在计算机网络中是指能完成某一种功能的进程或程序。在网络系统中，**对等实体**是指在计算机网络体系结构中处于不同系统中相同层次的实体。还有一些具体的规则或标准，明确规定了所传输数据的格式、表达的意义以及传输顺序。

具体地说，网络协议由以下三个基本要素组成。

● 语法：数据与控制信息的结构和格式。

- 语义：用于协调和进行差错处理的控制信息。如需要发出何种控制信息、完成什么动作、作出何种应答等。
- 同步：事件实现顺序的详细说明和速度匹配。

网络协议必须从语法和语义上严格定义数据信息交换的时序、规则，以及有关的过程，否则会造成协议功能与用户所要求的服务不一致。

现在回答分层的问题。

人类对于复杂的系统，一般都采用结构化的分层设计法，如政府、大公司，都是层次化管理。计算机网络也是如此。**结构化的分层设计法是指：将一个计算机网络按逻辑功能分成若干层，各层相对独立，每层至少包含多个功能，每个功能包含在一个或多个层次上，各层协议界限分明，整个计算机网络的硬件和软件都对应于这些层次，划分成若干的子系统。**

这种结构化的分层设计方法，使任何一对应用实体之间的通信，实际上都变成各个不同层次上的对等实体共同协调工作的通信。因此，计算机网络体系结构是指计算机网络的分层、各层协议和各层间接口的集合。即**网络体系结构由层、协议和接口三要素组成。**

网络体系结构＝{层，协议，接口}

不同的计算机网络可能具有不同的网络体系结构，其层次的数量和各层的名字、内容、功能以及相邻层的接口都不一样。但是在任何网络中，每一层协议都向与它相邻的上层协议提供一定的服务，**相邻的高层通过使用低层提供的服务，完成本层的功能**，而且每层都对上层屏蔽该层协议的具体细节，使人们可以从某一层协议开始，屏蔽低层协议和相关硬件之间的差异。这样，网络体系结构与具体的物理实现就无关了。

这样，尽管连接到网络中的计算机和各种设备的型号、性能各不相同，传输介质也不相同，但只要它们遵循相同的协议，就能互相通信。即**每层协议是透明的，屏蔽了下层实体的差异**。网络分层结构如图 3.5 所示。

在网络中有两个常用术语："透明"和"虚拟"。**透明**表示某一个实际存在的事物看起来好像不存在一样。如"透明地传输比特流"，表示经过实际线路传送后的比特流没有发生任何变化，电路没有产生任何影响，好像不存在一样。**虚拟**表示一个不存在的事物看起来好像存在一样，例如对网络层次的划分，这些层次人们看不见、摸不着，但它们抽象地存在于人脑中，可以帮助人们更好地理解和使用网络。

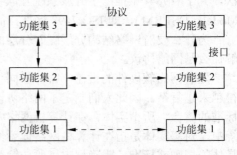

图 3.5 网络分层结构示意图

无论哪一种网络体系结构，其层次的划分一般都遵守以下原则。

（1）功能明确，界限分明。

（2）各层独立稳定。每一层在逻辑上应该是独立的，在划分层次时，原则上将可能变化的部分和相对稳定的部分划分到不同层次上。这样，某层协议的变更不至于影响其他各层，只要调整层间接口即可。

（3）接口清晰简洁。分层边界的确定应着眼于使通过界面的信息量最小，接口开销最小。

（4）层次数量适中。太多的层次会造成系统的繁琐和协议的复杂化。

（5）着眼于标准化。标准化应包括现有的国际标准和即将出台的国际标准。

通过分析网络体系结构的分层结构可知，网络上任意两个系统之间的通信都可以分解为网络各层对等实体之间的分层通信。**除了在物理传输介质上进行的是实际通信外，其余在各对等层之间进行的都是虚拟通信**，对等层的虚拟通信必须遵循该层的协议。

对等层的虚拟通信是指：n 层对等实体之间的通信，并不是发送方的第 n 层和接收方的第 n 层直接进行通信，而是在发送端，每一层都将数据单元加上本层控制信息，传递给下一层，依次类推，直到物理传输介质，再通过物理传输介质将数据传送到接收端；在接收端，每一层从它的下一层接收相应的数据单元，去掉与本层有关的控制信息后交给邻接上层，依次类推，直到第 n 层。对于 n 层实体来说，这一复杂过程都被屏蔽了，好像它们是在直接通信。

因此在计算机网络中，真实的数据传输是在物理传输介质中进行的，而其他各对等层之间的通信都是虚拟的。两个用户进程 AP（Application Process）之间的数据传送过程如图 3.6 所示。

所谓**进程**（Process），可以看成程序的一次动态执行过程，这是一个计算机术语。

OSI 体系结构把网络一共分成了七层。但到了 20 世纪 90 年代初期，由于互联网已呈星火燎原之势，而与此同时，却几乎找不到厂商生产出符合 OSI 标准的商用产品。因此，OSI 只获得了一些理论上的研究成果，在市场上却是失败的。

我们将在 3.2 节结合分层理论，讲解互联网的层次划分。学习分层理论不仅有助于理解互联网，而且有助于理解 MIS，因为分层理论是通用的，并不局限于计算机网络。复杂的 MIS 也可以划分成若干层次。

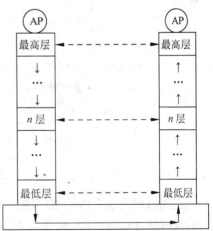

图 3.6　两个用户进程之间的数据传输过程

第三代计算机网络的标志是网络体系结构的形成和标准化。除此之外，局域网技术也出现了突破性进展，网络通信速度大大加快。

3.1.4　最重要的局域网——以太网

网络的发展有两条主线，一条是 ARPAnet 发展到 Internet，另一条则是各大计算机和网络公司探索和建立自己的专用网络的过程。如果按距离分类，这些网络可以划分为**广域网**（Wide Area Network，WAN）、**局域网**（Local Area Network，LAN）和**城域网**（Metropolitan Area Network，MAN）。广域网的覆盖范围通常在数十公里以上，甚至达几千公里，规模大，传输延迟也较大。局域网的覆盖范围在几公里以内，一般限于组织内部或建筑物内，规模小，传输延迟也小。城域网的覆盖范围一般是一个城市，介于局域网和广域网之间。

局域网最为重要。因为一个组织内部的信息，往往具有相对封闭性，而且投资较少，适合广大中小组织建立。因此，往往是在组织内部建立局域网（如果是地理跨度较大的组织，可以建立多个局域网），然后再通过专门技术建成广域网，或者和互联网相连。

1．局域网的拓扑结构

如果按网络的拓扑结构分类，则分为总线型网、环型网、星型网、扩展星型网、树型网、混合型网等，如图 3.7 所示。

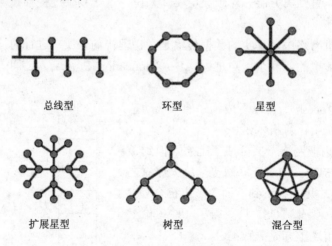

总线型　　　　　　环型　　　　　　星型

扩展星型　　　　　　树型　　　　　　混合型

图 3.7　网络的拓扑结构

在局域网飞速发展的 20 世纪 70～80 年代，IBM 的局域网是环型结构，惠普（HP）公司的局域网是星型结构。经过将近 20 年的竞争，最终在市场上取得统治地位的是总线型的以太网。目前所用的局域网（包括无线局域网），几乎都是以太网。

20 世纪 70 年代末已经出现了几十种局域网技术，最终使以太网坐上局域网宝座的，不是因为它有技术和速度优势，而是它成了产业标准。1979 年，Xerox（施乐）、DEC 和 Intel 一起推广以太网，Xerox 提供以太网技术，DEC 也有雄厚的技术力量，而且是以太网硬件的强有力供应商，Intel 的芯片技术强大，提供以太网芯片硬件。1980 年 9 月 30 日，施乐、DEC 和 Intel 公司一起发布了以太网标准 DIX 1.0，DIX 是三家公司名字的第一个字母。

在 DIX 开展以太网标准化工作的同时，IEEE（美国电气和电子工程师学会）组成了一个定义与促进工业局域网标准的委员会，后来以 DIX 1.0 的成果为基础，于 1982 年 12 月推出了以太网的国际标准 IEEE 802.3。1989 年，国际标准化组织 ISO 采纳了 802.3 以太网标准，至此，IEEE 标准 802.3 正式得到国际上的认可，直到今天都是以以太网为国际标准。

早期以太网的速度是 2.94Mbps（million bit per second），也就是每秒 2.94 兆比特，后来陆续出现 10Mbps、100Mbps、1000Mbps，甚至万兆以太网。目前最成熟、用得最多的还是百兆以太网（又叫快速以太网）。

2. 如何组建以太网

要组建一个由 PC 组成的以太网，不仅需要计算机，而且需要以下软硬件。
- **传输媒体**。用于将计算机互联在一起，可以使用同轴电缆、双绞线、光缆，一般可以采用双绞线。
- **网卡**。也称为网络适配器，插在计算机内部。但现在很多 PC 的主板已经集成了以太网卡，所以就不需要单独的网卡了。
- **各种连接设备**。如在传输媒体两端和计算机上的插头座（DB-15、RJ-45 水晶头等）。
- **集线器和网桥**。集线器（Hub）用于和所有计算机相连，是以太网的中心设备。因此以太网看起来像星型结构，但由于其内部设计，以太网仍然是总线型结构。网桥比集线器复杂一些，用于连接局域网的多段，形成更大的局域网。
- **网络操作系统**。常用的有 Windows 服务器版、UNIX 等操作系统。

例如，图 3.8 所示的就是某种双绞线（业界叫做"超五类屏蔽双绞线"）以及和它连接的 RJ-45 水晶头。双绞线的两端都要有这样的水晶头，一端插在计算机内部的网卡的插口上，另一端插到集线器的端口上。

 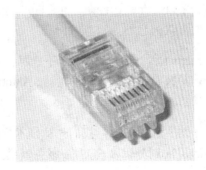

图 3.8　双绞线和水晶头

集线器如图 3.9 左图所示，这是一款有 24 个端口的集线器。通过集线器连接的局域网如图 3.9 右图所示。

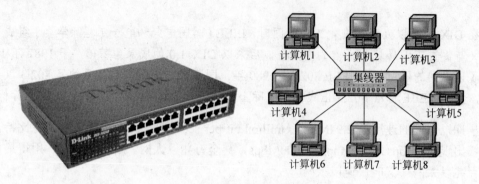

图 3.9 集线器（左）和由集线器连接的局域网（右）

硬件连好后，再进行一些软件设置，局域网就可以使用了。

20 世纪 90 年代以后，计算机和通信技术得到迅猛发展。1993 年美国政府发布了国家信息基础设施（National Information Infrastructure，NII）计划，后来又发布了全球信息基础设施（Global Information Infrastructure，GII）计划，使计算机网络发展进入第四代。**第四代网络的特点是：高速化、综合化以及全球网络化，最主要的特征就是互联网的崛起和迅猛发展。**

3.2 第四代计算机网络——互联网（Internet）

自从 NSFnet 成为 Internet 的主干网之后，Internet 获得了极为迅猛的发展，并在 20 世纪 90 年代席卷全球，成为连接数亿台电脑的超级网络。由于这个网络太过巨大，上面连接着数千万家公司、政府机构和各种组织的各种不同的广域网、局域网以及无数个人计算机，因此在人们心中，Internet 已经是一个独立的概念。我国权威机构把它专门翻译为"因特网"，但大众还是更喜欢把它称为"互联网"。

注意，internet 和 Internet 的意思不一样。internet（互联网或互连网）是一个通用名词，泛指由多个计算机网络互联而成的网络。Internet 则是一个专用名词，指以 ARPAnet 为前身的全球互联网。

为了更好地了解互联网，我们先从技术角度出发，根据上一节的层次划分理论，继续讲解互联网的层次划分以及客户机/服务器模式，然后再从商业和技术角度看看互联网的发展。

3.2.1　TCP/IP 体系结构

TCP/IP（Transmission Control Protocol/Internet Protocol）是**传输控制协议/网际协议**的缩写，现在已经成为事实上的标准。TCP/IP 当初是为 ARPAnet 设计的，后来 ARPAnet 发展成为国际性的互联网，TCP/IP 仍是通信协议。经过多年的开发与研究，TCP/IP 已经充分显示出它强大的联网能力和对多种应用环境的适应能力。

不过，TCP/IP 协议原先并没有一个明确的体系结构。TCP/IP 是一个四层结构，但也可以说是五层。不过从实质上讲，TCP/IP 只有三层。

TCP/IP 体系结构如图 3.10 所示。

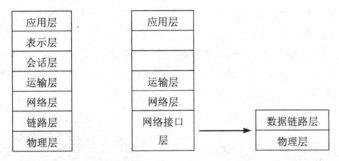

图 3.10　TCP/IP 的体系结构

从图 3.10 中可以看出 TCP/IP 体系结构和 OSI 七层结构的对应关系，中间显示是四层，可以将主机—网络层细分，变成五层。但是，实质上属于 TCP/IP 协议的只有应用层、运输层和网络层，因为最下面的主机—网络层并没有具体内容。如果看成四层，从上到下分别是：

- **应用层（Application Layer）**：是最高层。很多和用户直接打交道的网络应用程序都属于这一层。由于应用层的应用程序种类很多，所以在互联网中的应用层协议也很多，以支持不同种类的应用程序。如支持浏览器浏览网页的 HTTP 协议、支持电子邮件的 SMTP 协议、支持文件传送的 FTP 协议等。

可见，这里的应用层，包括 OSI 结构中的应用层功能和表示层的一部分功能。

- **运输层（Transport Layer）**，又可翻译为传输层。运输层的任务就是负责主机中的两个进程之间的通信。它包括 OSI 结构中的会话层和运输层的功能。

运输层非常重要，因为它只存在于主机之中，互联网上的交换机都没有运输层。

- **网络层（Network Layer）**。主要功能是为数据分组进行**路由选择**，并负责通信子网的**流量控制**。和七层协议的网络层功能基本一样。

互联网由大量的异构（Heterogeneous）网络通过**路由器（Router）**连接起来。网络层的主要协议是无连接的**网际协议 IP（Internet Protocol）**和许多种路由选择协议，因此因特网的网络层也叫**网际层**或 **IP 层**。

- **网络接口层**。网络接口层并没有具体内容，本质上是一个接口，因此一般采用折中的办法，将它分为和 ISO 层次模型一样的数据链路层和物理层。

所谓"路由"，是指把数据从一个地方传送到另一个地方的行为和动作，而路由器（Router）正是执行这种行为动作的机器。路由器工作在网络层，用于互联局域网和广域网，实现不同网络的通信，并在数据转发时执行其他数据处理功能，如加密、压缩、过滤数据等。路由器还具有对路由器配置管理、性能管理、容错管理和流量控制等功能。

如果一个组织或家庭有几台电脑需要通过宽带上网，可以买一个简易路由器，一般在200 元以下。某款路由器如图 3.11 所示。路由器的一个端口（WAN 端口）和宽带相连，其他并列的端口可以连接多台电脑，再经过一定的软件设置就可以了。

交换机则没有一个确切的定义。早期的交换机工作在数据链路层，但后来出现了可以在网络层工作的交换机，业内叫做"三层交换机"。某些交换机甚至号称"四层交换机"，实际上仅在网络层上增加了辨别第四层协议端口的能力，并非工作在运输层。相比较而言，路由器的功能比交换机要强大，但速度相对较慢，价格较贵。交换机相对便宜，低端产品的价格一般是几十元，形状和低端路由器差不多，但高端交换机的功能也很强大，价格在10 万元以上。某款高端交换机如图 3.12 所示。

图 3.11　路由器

图 3.12　交换机

集线器则工作在物理层，网桥稍微复杂一些，工作在数据链路层，两者都用于局域网内的连接。比集线器、网桥、路由器、交换机更复杂的网络互联设备是网关（Gateway），它的结构和路由器类似，但工作在运输层。网关既可以用于广域网互联，也可以用于局域网互联，功能最强大。

如果认为 TCP/IP 是四层结构，假设互联网上的两台主机通过两个路由器相连，则数据传输的过程如图 3.13 所示。

请注意，当数据从主机 A 传送到主机 B 时，主机 A 中的应用层数据要"打包"，或者叫"数据封装"，根据不同运输层协议的要求，封装成一些可以交给运输层的数据包，然后向下交给运输层。运输层再进行"打包"，封装成可以交给网络层的数据包，然后交给网络层。网络层再"打包",交给网络接口层。经过层层封装后的数据在网络上传输时,路由器或交换机要进行网络层以下的"解包"和"重新打包"操作。只有到了主机 B,数据才会被逐层解包,直到应用层打开最后一层包,得到原始数据为止。数据封装和解封的过程如图 3.14 所示。

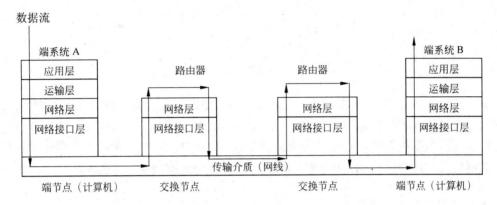

图 3.13 用 TCP/IP 四层协议表示数据传输举例

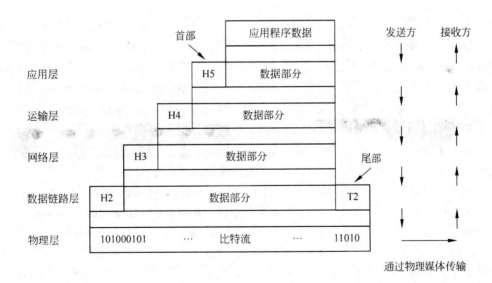

图 3.14 数据在各层之间的封装和解封过程

互联网使用的协议很多,最重要和最著名的就是运输层的 TCP 协议和网络层的 IP 协议。因此,"TCP/IP"代表的不是 TCP 和 IP 这两个具体的协议,而是互联网所使用的体系结构,或者指整个 **TCP/IP 协议族**或**协议簇**(**Protocol Suite**)。如果分层画出具体的协议来表示 TCP/IP 协议簇,则如图 3.15 所示。

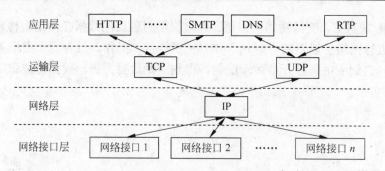

图 3.15　沙漏状的 TCP/IP 协议簇

　　它的特点是上下两头大而中间小：应用层和网络接口层都有很多协议，而中间的 IP 层很小，上层的各种协议都向下会聚到一个 IP 协议中。这种很像沙漏状的 TCP/IP 协议簇表明：**它可以为各种各样的应用提供服务（Everything Over IP），同时也可以连接到各种各样的网络上（IP Over Everything）**，所以互联网才会发展到今天的规模。

3.2.2　C/S 和 B/S 模式

　　TCP/IP 的应用层协议使用的是 Client/Server 模式或体系结构，简写为 C/S 模式，一般读作**客户机服务器模式**。客户机（**Client**）和服务器（**Server**）都是指通信中涉及的两个应用进程。C/S 模式所描述的是进程之间的服务和被服务关系。当进程 A 需要进程 B 的服务时，就主动呼叫进程 B，在这种情况下，A 是客户机而 B 是服务器。但在下一次通信中，可能 B 需要 A 的服务，B 就主动呼叫 A，这时 B 就是客户机而 A 是服务器。所以，C/S 模式最主要的特征是：**客户机是服务请求方，服务器是服务提供方**。

　　例如用 QQ 聊天，你登录 QQ 后和好友打招呼，你就是客户机，你的好友就是服务器。但利用 QQ 聊天是一个交互过程，此后就很难说谁是客户机谁是服务器了。

　　因此我们可以以浏览器上网为例。用 Internet Explorer、Firefox 等浏览器浏览网页时，在应用层使用的是 HTTP 协议，即**超文本传输协议**（**HyperText Transfer Protocol**）。在浏览器的地址栏输入网址（如 www.sohu.com）后回车，浏览器在网上搜索到相应的网络服务器，然后向目的主机发出请求网页申请。目的主机响应，送回需要的页面，在浏览器中就可以显示了。在这个过程中，用户是客户机（具体地说，用户的浏览器程序是客户机），而目的主机是服务器（具体地说，目的主机有一个服务器进程，它不断地监听网上是否有浏览器（即客户进程）向它发出请求，然后做出响应）。

　　因为浏览器是上网使用最多的软件，所以后来人们经常把用浏览器访问服务器的方式，叫做 Browser/Server 模式，简写为 B/S 模式，一般读作**浏览器服务器模式**或者"BS 模式"。

　　C/S 模式在互联网繁荣前就很流行了。在局域网或广域网中往往选一台功能强大的计算机作为主机或服务器（又叫"后台"），其他功能较弱的计算机作为客户机（又叫"前台"）。然后将需要集中运行的程序和集中管理的数据放在后台，而不需要集中运行和管理的程序和数据放在前台，以便综合发挥两端硬件环境的优势，并降低系统的通信开销。例如，在局域网环境下可以让一台小型机作为后台服务器，运行 UNIX 操作系统和 Oracle、Sybase、DB2 等数据库管理系统，然后让多台 PC 作为前台，采用 Windows 作为操作系统，用 PowerBuilder、VB、Delphi 等语言开发客户端应用程序。这是 20 世纪 90 年代很多小型和中型管理信息系统的开发模式，如图 3.16 所示。

随着互联网的日益普及，编程语言又有了巨大发展和变化，现在的常用做法是管理信息系统的前台使用浏览器来操作数据，后台仍然是数据库管理系统，这就是 B/S 模式。在 B/S 模式下，任何连在互联网上的电脑都可浏览数据，最简单的 B/S 模式如图 3.17 所示。

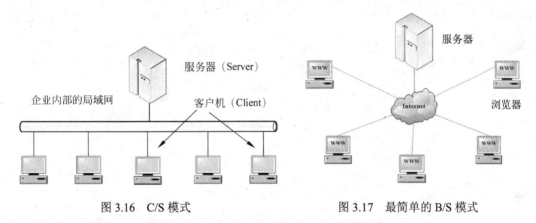

图 3.16　C/S 模式　　　　　　　　图 3.17　最简单的 B/S 模式

因此，如果一个组织的多台电脑都连在互联网上，为了保证数据的私密性，可以通过专门的技术组成"虚拟局域网"。这是局域网技术在互联网环境下的进一步发展，这里不再详细讲解了。

3.2.3　IP 地址

在 TCP/IP 体系结构中，IP 地址是一个基本概念。如果把互联网看成一个单一的、抽象的网络，**IP 地址就是给每个互联网上的主机（或路由器）分配的一个全球唯一的 32 位的标识符**，以便区分各台主机。

例如，某台连在互联网上的计算机的 IP 地址可以为：

11010010 01001001 10001100 00000010

但是这些二进制数字不太好记。因此，人们将 IP 地址的 32 位二进制分成四部分，每部分 8 比特，中间用小数点隔开，然后将各部分写成十进制数，这叫**点分十进制**。因此，上述 IP 地址的点分十进制写法就是 210.73.140.2。

　　IP 地址需要统一管理与分配。最初 IP 地址是由美国政府指导下的互联网号码分配机构 IANA（Internet Assigned Numbers Authority）以及其他一些组织分配的，随着网络的日益庞大，全球网络界商业、技术及学术各领域的专家，于 1998 年 10 月成立了一个非营利国际组织**互联网名字与号码指派公司 ICANN（Internet Corporation for Assigned Names and Numbers）**，负责在全球范围内分配 IP 地址和其他相关工作。ICANN 由一个具有国际多样化的董事会管理，在世界各地开展工作。

　　IP 地址是网络层的概念，每一个在互联网上传送的数据包（也就是分组），都有源地址和目的地址，它们是数据分组的发送主机和接收主机的 IP 地址。在互联网上的**路由器就是根据数据分组的目的 IP 地址，通过一系列寻址和转发操作，将数据分组传送给目的主机的**，如图 3.18 所示。

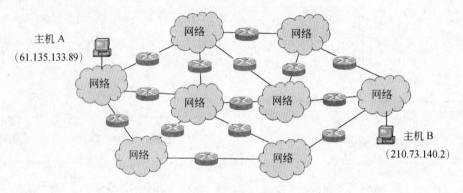

图 3.18　路由器在互联网中的地位

　　从源主机到目的主机的路由一般不止一条。路由器可以根据网络流量的情况，决定数据分组的下一步走向。所以，如果从源主机发送多个数据分组到同一个目的主机，各分组所走的路径很可能是不同的，到达目的主机的先后顺序也很可能不一致。所以，目的主机必须能将这些分组按照原来的发送顺序重新组织起来，交给上一层（运输层），这是设计网络体系结构时必须考虑的问题。TCP/IP 体系结构已经考虑到了这些。

　　为了更好地管理 IP 地址，可以将 IP 地址划分为若干固定类，每一类地址都由两个固定长度的字段组成，第一个字段是**网络号（Net-id）**，表示主机（或路由器）所连接到的网络，第二个字段是**主机号（Host-id）**，表示该主机（或路由器）在网络中的地址。也就是说，IP 地址可以表示成"{网络号，主机号}"的形式。ICANN 在分配 IP 地址时，只需要分配网络号，而网络中的主机号，由各机构自己分配。

　　引入网络号的概念后，传统做法是将网址划分成 A、B、C、D、E 五类，如图 3.19 所示。

　　可以看出，A 类网址的网络号字段为 1B，并且网络号以 0 开始，所以 A 类网址最多有 126 个（去掉全 0 和全 1 的情况）；A 类地址的主机标识的长度为 24 位，所以主机数可以达到 1600 多万台，适用于大型网络。同理，B、C 类网址适用于中小型网络。

　　D 类地址用于多播（一对多通信），而 E 类地址保留为今后使用。

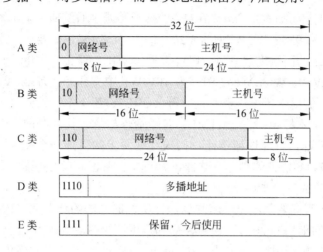

图 3.19　IP 地址的分类

　　还可以对网络进一步划分子网，但这种分类方式过于刻板，所以早在 1987 年，人们就提出了无分类编址的方法，消除了传统的 A、B、C 类地址以及划分子网的概念，可以更加有效地利用 IP 地址空间。但随着互联网的进一步发展，传统的 IP 地址资源越来越紧张，所以在 20 世纪 90 年代，人们又提出了 IPv6 的编址方法（目前的 32 位编址称为 IPv4）。IPv6 采用 128 位来表示主机的 IP 地址，绝对够用了，但目前还处于试验阶段。

3.2.4　WWW、URL、HTTP 和 HTML

　　在 20 世纪 80 年代末，越来越多的国家把自己的局域网连入 Internet。由于多种学术团体、企业研究机构甚至个人用户的进入，互联网的使用者不再限于电脑专业人员。新的使用者发现，加入互联网除了可共享 NSFnet 的巨型机之外，还能进行相互间的通信，而这种通信对他们来讲更有吸引力。于是他们逐步把互联网作为一种交流与通信的工具，互联网的科研性质逐渐发生了变化。

　　这种变化绝非 NSF 的初衷，但互联网此时已经初具规模，NSF 已经不能控制它的发展了。尤其是 1991 年，美国有三家公司，分别经营着互联网的三个子网 CERFnet、PSInet 和 Alternet，它们组成了"商用互联网协会（CIEA）"，宣布用户可以把它们的互联网子网用于任何商业用途，这使得企业终于可以堂堂正正地进入互联网，进而发现它在通信、资料检索、客户服务等方面的巨大潜力了。于是，世界各地无数的企业及个人纷纷涌入互联网，使互联网产生了飞跃式发展。

　　万维网 WWW 的出现，是互联网发展史上的一场革命。

1．万维网

1989 年，欧洲核子研究中心（CERN）的雇员蒂姆·伯纳斯·李（Tim Berners-Lee，1955—　　，见图 3.20）认为，CERN 也需要一个类似于 ARPAnet 的网络来共享科学研究数据。李在一篇文章中将自己的发明称作 **World Wide Web，简写为 WWW，**中文翻译为**万维网。**李和他的同事们提出了统一资源定位符（URL）、超文本传输协议（HTTP）和超文本标记语言（HTML）等革命性概念，让互联网上的任何一个文件都可以通过超链接，指向互联网上的另外一个文件。如果有符合 HTTP 协议的浏览器软件，就可以方便地在网上阅读用 HTML 语言编写的各种文件了。

图 3.20　伯纳斯·李

因此伯纳斯·李需要开发出一款软件，证明他的想法的合理性。1990 年 10 月，李以他以前做过的"询问（Enquire）"软件为基础，用两个月时间编写出了世界上第一个超文本浏览程序，也就是最简单的浏览器（Browser）。从此 WWW 正式诞生，为互联网添加了一款最绚丽的应用。

那么，什么是 HTTP、URL 和 HTML 呢？

HTTP 是超文本传输协议（Hypertext Transfer Protocol），用于从 WWW 服务器传输超文本①**到本地浏览器的传送协议，**是最重要的互联网应用层协议。而统一资源定位符 **URL（Uniform/Universal Resource Locator）是互联网文件在网上的地址。**例如：

http://www.sohu.com/index.html

它就是一个 URL。在这个例子中，第一部分"http://"表示的是要访问的文件的类型。http 表示使用的是超文本传输协议（应用层的另一个重要协议是 ftp，它是 File Transfer Protocol 的简写，意为文件传输协议，但现在用得越来越少了）。第二部分"www.sohu.com"是主机的名字，表示要访问的文件存放在名为 www 的服务器里，该服务器登记在 sohu.com **域名**下（有时，还需要在主机名后面加上端口号）。第三部分"index.html"是主机资源的具体地址，它是包含目录路径的文件名。

但上面这个例子在互联网上已经无效了，因为随着网络技术的发展，大网站都采用动态网页技术，还可以设置网站和各子目录的默认主页，所以在很多情况下不需要写文件名。例如，如果要访问搜狐，只需要在浏览器的地址栏键入"www.sohu.com"即可，浏览器默认使用 HTTP 协议，将地址变成"http://www.sohu.com/"的形式。另外，越来越多的网站

---

① 超文本的概念源于万尼瓦尔·布什（Vannevar Bush，1890—1974）。他在 20 世纪 30 年代就预言了文本的一种非线性结构，在此后的 60 多年中产生了重大影响。超文本就是在文字中加入可以链接到其他字段或者文档的链接，允许读者从当前阅读位置直接切换到超文本链接所指向的文字。计算机上最早且使用的超文本系统，是 1984 年苹果公司推出的 Macintosh 微机上的 Hypercard。

在站内建立多级域名，已经不需要再写"www"了。例如"news.sohu.com"可以访问搜狐下的新闻子站，"sports.sina.com.cn"可以访问新浪下的体育子站。

对于网站，我们一般习惯记忆域名，而不会去记 IP 地址。但机器间互相只认 IP 地址，域名与 IP 地址之间的转换工作称为**域名解析**。这项工作由浏览器来完成，当用户在浏览器的地址栏输入域名并回车后，浏览器会自动在互联网上寻找域名服务器，普通用户就不需要了解这些了。

从互联网的层次结构来看，WWW 的核心协议 HTTP 属于应用层，因此万维网是互联网应用层的一个应用，也可以看成互联网应用层的一个抽象子网，目前它早已是互联网最重要的应用了。

2. HTML 语言

HTML 是 Hypertext Marked Language 的缩写，即"超文本标记语言"，是一种用来制作互联网上使用的超文本文档的简单标记语言。用 HTML 编写的超文本文档称为 HTML 文档，它独立于各种操作系统平台。

HTML 语言并不难学。一个完整的 HTML 文件包括标题、段落、列表、表格以及各种嵌入对象，这些对象统称为 **HTML 元素**。在 HTML 中，使用**标记或标签（Tag）**来分割并描述这些元素。因此 HTML 文件就是由各种 HTML 标记和元素组成的。

一个最简单的 HTML 文档如下所示：　　　　　　　　　　　　小案例

```
<HTML>
    <HEAD>
        <TITLE>这是标题</TITLE>
    </HEAD>
    <BODY>
        这是文档主体，正文部分
    </BODY>
</HTML>
```

在这个例子中有以下三对最重要的 HTML 标记。
- <HTML>和</HTML>：它是最外层的标记。任何 HTML 文件都应该以<HTML>开始，以</HTML>结束，表示这对标记间的内容是 HTML 文档。
- <HEAD>和</HEAD>之间是文档的头部信息，如文档标题等（在<TITLE>和</TITLE>之间的部分）。
- <BODY>和</BODY>之间包含文档的正文内容。

可以用 Windows 下的记事本编辑这个文件，保存文件时扩展名必须是.htm 或.html（如 test.html）。存盘后双击文件图标，系统会用浏览器打开它，读者可自行观察效果。

　　最初伯纳斯·李发明的 HTML 只包含大约 20 个标记。随着网络的发展，HTML 的功能也越来越强，目前 HTML 有 300 多个标记，并且还在继续发展之中。详细讲解 HTML 语言就需要一本书，是网络编程的基础。但 HTML 并不是编程语言（因为它缺乏程序设计语言的很多必备内容），它只是用于书写超文本的语言，因此并不难学。

　　由于在互联网上的杰出贡献，蒂姆·伯纳斯·李被业界公认为"互联网之父"。美国《时代》杂志用极为推崇的语言介绍说："与所有推动人类进程的发明不同，WWW 是一件纯粹个人的劳动成果……万维网只属于伯纳斯·李一个人……很难用语言来形容他的发明在信息全球化的发展中有多大的意义，这就像古代印刷术一样，谁又能说得清楚它为全世界带来了怎样的影响。"

　　伯纳斯·李并没有为 WWW 申请专利或限制它的使用，而是无偿向全世界开放。伯纳斯·李说："我想，我没有发明互联网，我只是找到了一种更好的方法。"

3.2.5　Navigator、Java、IE 和.NET

　　伯纳斯·李的浏览器很原始，真正让浏览器走向大众的，是马克·安德森（Marc Andreessen，见图 3.21）。

　　安德森在伊利诺斯大学学习时，每天除了上课，就在学校里的美国国家超级计算中心（NCSA）工作，这使他有机会熟悉互联网。当时的互联网使用起来还很复杂，而且主要用于学术。1990 年伯纳斯·李发明万维网后，安德森和一群大学生通过欧洲核子研究中心 CERN 的 HTTP 协议上传和下载数据，他们突然发现这种通过互联网传输数据的方法能提供前所未有的便捷。

图 3.21　马克·安德森

　　但是早期的万维网只有文本，没有图像和声音，也没有色彩和类似于 Windows 的界面。早已熟悉互联网的安德森觉得设计一个操作简单的图形界面程序更有意思。他和比拉一起苦干 6 个星期，终于在 1993 年 5 月开发出基于 UNIX 操作系统的浏览器 Mosaic（经常翻译成莫塞克、马赛克或莫萨克）。在 Mosaic 中通过鼠标点击，就可以浏览网页。他们把 Mosaic 放在互联网上并允许免费下载，很快，人们便开始在 PC 和苹果机上试用，开始浏览互联网、共享文件、上 BBS（电子公告牌）、发送 E-mail（电子邮件）等。此时安德森才 23 岁。

　　到 1993 年年底，Mosaic 浏览器的全球使用者超过了上百万人，并继续急剧增长。所以在毕业之后，安德森到了美国硅谷，在 1994 年和吉姆·克拉克一起创建了 Netscape 公司。安德森重新编写了一个浏览器，叫做 Navigator（导航者）。一年半之后，Navigator 的用户超过了 6500 万人，引发了互联网的爆炸性增长。

　　此时，另一款重量级软件——Java 面世了。

1. Java 的优点

Java 的最大优点是可以跨平台运行。见图 3.22。Java 的历史可以追溯到 1991 年，当时 Sun 公司开始设计一个小巧的计算机语言，目的是应用于像有线电视转换盒一类的消费设备。该语言必须非常小巧，而且必须能够跨平台，因为不同厂商可以选择不同的 CPU。经过几年的开发，在换了几个名字后最终将其定名为 Java，它是太平洋上一个盛产咖啡的岛屿的名字。1995 年 5 月 23 日，Java 的开发者用 Java 编写了一款浏览器，证明了 Java 的实用性，在产业界引起巨大轰动，激发起一直持续到今天的 Java 热潮。

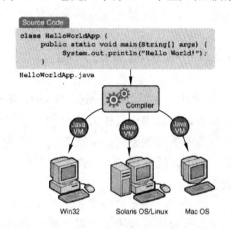

图 3.22　通过 Java 虚拟机，程序可跨平台运行

Netscape 的成功让微软大为震动。因为当时的流行观点认为，既然 Navigator 可以在任何主流的操作系统上运行，如果互联网时代来临，浏览器就是人们上网首先要运行的软件，就没必要使用微软的基于微机的操作系统和应用软件了。此时微软早已成为软件巨人，比尔·盖茨突然意识到，互联网动摇了微软的商业基础。

2. 微软的应对

面对 Navigator 和 Java 掀起的网络热潮，微软迅速全面转向 Internet，实行了三大举措。首先 Windows 要全面支持 TCP/IP 协议，其次是开发免费的浏览器 Internet Explorer（IE），第三要跟上 Java 潮流，取得 Java 许可证，发布了 Java 开发环境的软件产品。

经过几年的努力，微软在浏览器方面后来居上，击败了 Navigator。Netscape 在 1998 年被 AOL 收购，之后由于管理不善，软件开发乏力，和 IE 的技术差距越来越大，因此后来停止开发，IE 浏览器便成为市场主流产品。

但 2000 年之后又出现了 Firefox、Opera、Chrome 等浏览器，继续和 IE 展开竞争（我国有世界之窗、遨游浏览器、腾讯浏览器、搜狗浏览器等，很多是基于 IE 内核开发的），所以现在有多种浏览器可以选择。浏览器的功能现在已经很成熟了，而且都是免费使用的。因此回顾过去，1995 年的时候或许人们把浏览器看得太过重要了。

在 Java 方面，20 世纪 90 年代微软的 IE 浏览器可以浏览包含 Java 代码的网页，Windows 上也安装了 Java 虚拟机，发布了自己的 Java 开发环境 Visual J++，并增加了一些特殊功能。这引起了 Sun 的强烈反击，向微软提出诉讼。所以后来微软放弃了 Visual J++，微软的其他软件也不再主动支持 Java。如果使用的是微软的 Windows 操作系统系列，则 Windows XP

之后的版本需要下载 Java 虚拟机程序，才能正常浏览包含 Java 程序的网页。

为了继续对抗 Java，2000 年 6 月 22 日，微软发布了"Microsoft .NET 战略"，要建立互联网环境下的软件开发平台。这是一个宏大的战略，.NET 上面可以使用多种开发语言进行软件开发，如 VB.NET、ASP.NET、C#等。.NET 是微软紧跟时代潮流的产物，是一个通用的开发平台。而 Java 现在也不是一门单纯的编程语言了，也成了一个开发平台。虽然在 2009 年 4 月，Sun 被 Oracle 以 74 亿美元收购，但 Java 早已羽翼丰满，内容极为丰富，用途十分广泛。所以在互联网编程软件领域，Java 和.NET 是两大主流软件开发平台。

3.2.6　电子商务的兴起

1990 年之后，**电子商务（Electronic Commerce 或 Electronic Business）** 成了一个流行的新名词。但电子商务并非一种全新的事物，广义地看，电子商务是指人们应用电子手段从事商务活动的方式，因此在 1839 年电报刚出现的时候，人们就开始使用电子手段从事商务活动了。随着电话、传真等工具的发明和应用，商务活动越来越多地与电子技术密切联系在一起。

但是，对电子商务真正意义上的研究始于 20 世纪 70 年代末。当时出现了作为企业间电子商务应用系统雏形的**电子数据交换（Electronic Data Interchange，EDI）**，实用的 EDI 商务在 20 世纪 80 年代得到了较大发展，90 年代已经较为成熟。EDI 使企业实现了无纸贸易，大大提高了工作效率，降低了交易的成本。众多银行、航空公司、大型企业等均纷纷建立了自己的 EDI 系统，在贸易界甚至提出了"没有 EDI 就没有订单"、"EDI 引发了贸易领域的革命"等口号。

但是当时网络技术的局限性限制了 EDI 应用范围的扩大；同时，EDI 对技术、设备、人员有较高要求，并且价格比较昂贵。因此，大多数中小企业难以应用 EDI 开展电子商务活动。

随着互联网的蓬勃发展，应用互联网开展电子商务的活动应运而生。现在，**电子商务是指利用计算机和网络技术，实现整个贸易活动的电子化、数字化和网络化的商务形式。**

1．电子商务的优点

和传统的商务形式相比，电子商务具有如下优点。

（1）市场全球化。凡是能够上网的人，都有可能成为上网企业的客户。

（2）交易的快捷化和虚拟化。电子商务能在世界各地瞬间完成传递与计算机自动处理工作，而且双方从开始的洽谈、签约到订货、支付等过程，都无须当面进行，整个交易过程可以完全虚拟化。

（3）交易连续化。互联网可以实现全天 24 小时服务。

（4）降低了交易成本。电子商务减少了商品流通的中间环节，降低了商品流通和交易的成本。

因此电子商务出现之后一直处于迅猛发展之中。据统计，1995 年全球通过 Internet 实现的销售额仅有 5 亿美元，1996 年猛增到 26 亿美元，1998 年达到 430 亿美元。之后由于各国都在大力发展电子商务，总体数字已经难于统计。我国国务院新闻办公室于 2010 年 6 月 8 日发布的《中国互联网状况》白皮书显示，2009 年中国电子商务交易额超过了 3.6 万亿元人民币。

当然，电子商务也有缺点，主要是人们担心支付的安全问题，以及某些产品不太适合网络交易（如人们必须亲自看到和触摸才会放心购买的商品）。但电子商务已经有了多年的发展，网络支付已经相当安全，人们的消费心理也日益成熟，因此电子商务始终处于高速发展中，在全世界的范围内已经形成了一个巨大的电子商务市场。

2．电子商务的分类

电子商务一般可以分成以下几类。

- **B2B（Business to Business）**：指企业与企业之间的电子商务，有时也写成 B to B。
- **B2C（Business to Customer）**：指企业与消费者之间的电子商务。通俗地说，就是企业在网上开店，将商品卖给消费者。
- **C2C（Consumer to Consumer）**：指消费者之间互相买卖的商务模式。很多人都有一些自己不再需要的物品，扔掉或当废品卖掉有些可惜，卖给别的消费者更好。这就是 C2C 模式。

我国著名的 B2B 网站有阿里巴巴（www.alibaba.com.cn）、中国制造（www.made-in-china.com）、环球资源（www.globalsources.com.cn）、慧聪网（www.hc360.com）等网站；著名的 B2C 站点有当当网（www.dangdang.com）、卓越亚马逊（www.amazon.cn）、凡客诚品（www.vancl.com）、京东商城（www. www.360buy.com）等；著名的 C2C 站点有淘宝（www.taobao.com）、拍拍（www.paipai.com）、易趣（www.eachnet.com）等网站。

电子商务已经明显改变了各个行业的竞争力量对比，并在继续改变着各行业的市场格局。随着电子商务的日益普及，越来越多的企业建立了自己的网站，并从事 B2B、B2C 等商务活动。互联网已经对企业的生产、营销和管理产生了深远影响，对个人的生活、学习和工作也产生了越来越大的影响。这种影响汇集起来，进而影响到整个社会。因此企业在建立管理信息系统时，必须极为重视互联网方面的建设。

3.3　互联网和局域网的结构

美国国家基金会 NSF 加入到 ARPAnet 之后，NSF 围绕 6 个大型计算机中心建设了广域网 NSFnet，它是一个三级计算机网络，分为主干网、地区网和校园网（或企业网）。此后，NSFnet 成了互联网的主要组成部分。

3.3.1　互联网的多级结构

从 1993 年开始，随着越来越多的公司将本企业的局域网和广域网接入 Internet，NSFnet 逐渐被多个商用的**互联网主干网**替代，美国政府也不再负责互联网的运营。此时出现了**互联网服务提供者 ISP（Internet Service Provider）**。因为 ISP 一般是商业机构，所以又称**互联网服务提供商**。ISP 是提供接驳互联网的中介，拥有从互联网管理机构申请到的多个 IP 地址（IP 地址管理机构不会把单个 IP 地址分配给用户，即不"零售"），需要投入大量资金购置一系列设备，租用国际信道和大量的当地电话线，并通过集中使用、分散压力的方式，向本地用户提供接驳服务。

例如，中国电信、中国联通在我国各地的互联网运营机构就是 ISP。家庭用户和公司如果要上网，需要向当地的 ISP 提出申请。获准之后，ISP 会到相应地点布置网线。用户一般采用包月方式上网，根据地点、带宽（流量）的不同，包月费也会有所不同。

小案例

随着互联网的发展，其结构也从三级发展到多级，逐步形成了多级 ISP 结构，图 3.23 是一个具有三级结构的互联网概念示意图。在图中，**网络接入点 NAP（Network Access Point）**是最顶级的接入点，安装有性能最好的交换设施，用于高速交换互联网上的流量。NAP 主要是向各 ISP 提供交换设施，使它们能够互相通信。NAP 又称为**对等点（Peering Point）**，表示接入到 NAP 的设备都是平等的，不存在从属关系。

时至今日，互联网的规模已经极为庞大，很难对整个网络结构给出细致的描述了。根据国际著名科技跟踪网站 www.techspot.com 的报道，截至 2009 年 9 月，全球共有 17.3 亿互联网用户，比 2008 年增长了 18%。此外，根据中国互联网络信息中心 www.cnnic.com.cn 的《第 25 次中国互联网络发展状况统计报告》，截至 2009 年 12 月，中国网民数量已达 3.84 亿。

3.3.2　局域网的物理结构

在不考虑接入 Internet 以前，**按照规模，局域网可以分为大型、中型和小型局域网三种**。

小型局域网主要是用来实现网内用户全部信息资源共享的。本章图 3.12 只是最简单的局域网，也就是通过集线器相连形成的以太网。但在小企业中的局域网，还应该实现文件共享、打印共享等功能。此类局域网往往接入的计算机节点比较少，一般在 20～50 台之间，而且各节点相对集中，每个站点与集线器或交换机之间的距离不超过 100 米，采用双绞线进行布线就足够了。

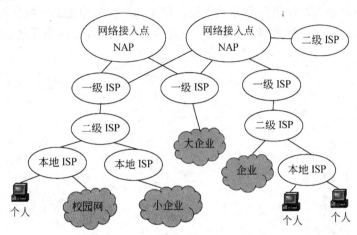

图 3.23　基于 ISP 的多级结构的互联网

在选用硬件方面，由于交换机十分强调端口的交换能力，性能比集线器高出许多，所以可采用交换机提高整个网络的性能。如果网络不大，可使用低档的两层交换机（桌面交换机），这种交换机在数据链路层工作，每个交换机的端口数一般在 12 个以内，只具备最基本的交换机特性。在传输速度上，桌面交换机大都提供多个具有 10/100Mbps 自适应能力的端口。如果计算机数量超过了交换机的端口数，也可以加一台集线器，把集线器接入交换机。

图 3.24 是典型的小型局域网的物理结构。在该局域网中放置一台文件服务器，用于共享局域网内的文件；还有一台打印机服务器，用于统一安排局域网内的打印工作。当然也可以由一台服务器完成这两项工作。

中型局域网包含的计算机一般都在 60 台以上，并且各节点之间的距离也较远，使用双绞线作为传输介质已经远远不够。此时可以使用光纤来连接整个企业园区的主干网络，因为光纤的有效传输距离可以达到两公里（多模光纤）或更长（单模光纤）。

中型局域网可以采用两层结构，即中心交换机层和供各个节点连入的桌面交换机层。中心交换机可以采用一台高档的企业级交换机，提供多个千兆网络端口。各个节点的桌面交换机连接到中心交换机上，这些桌面交换机内部就相当于一个小型局域网。

局域网的各个网段可以有自己的服务器，中心交换机的传输速率在 1000Mbps 以上。在整个局域网也可以设置中心服务器，中心服务器也采用千兆服务器网卡。图 3.25 就是典型的中型局域网。

大型局域网的覆盖范围较广，因此必须采用性能优良、功能强大的设备才能保证整个系统稳定、安全、可靠地运行，一般都把高性能的网络通信放在性能需求的第一位。大型局域网可采用两层或者三层结构，主干应该采用千兆以太网，并采用光纤布线。中心交换机可选用企业级的大容量高密度交换机。如果采用三层结构，一般把直接和外围计算机相连的集线器、网桥和低端交换机群称为**接入层**，和低端交换机相连的交换机群称为**汇聚层**，它们和位于核心的高速交换机群相连，核心高速交换机再互连形成**骨干层**，如图 3.26 所示。

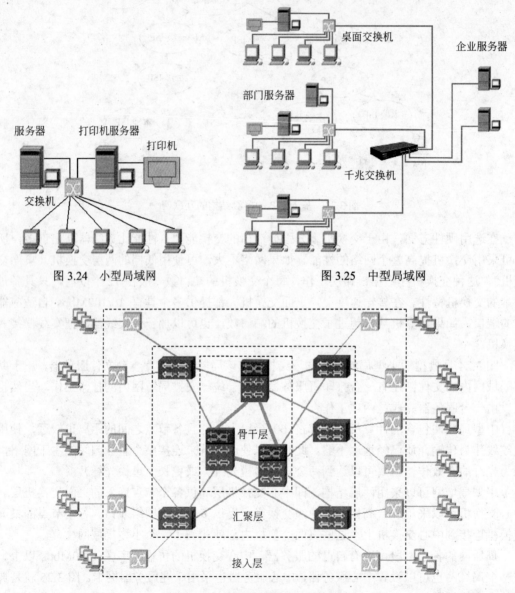

图 3.24　小型局域网　　　　　　　　　图 3.25　中型局域网

图 3.26　大型局域网的三层结构

和桌面交换机相比，骨干交换机的性能非常突出，其数据包转发速率和背板容量都非常巨大，转发速率一般在 10Gbps 以上。骨干交换机往往在网络层（严格来说，此时的交换机就是强大的路由器）甚至运输层工作，功能丰富，具有多层交换能力。

建造大型局域网时需要考虑的因素很多，从技术角度来看，可分为总体局域网的建设、部门局域网的组织、远程广域网的实施等几个部分。对于实时性较强的网络环境，如金融、证券、电子商务等企业的局域网，对网络连接的可靠性和稳定性要求很高，此时中心交换机可以用双电源、双链路冗余的方式来提高安全性。大型网络往往要用到多家公司的软硬件，兼容性也是一个大问题，因此需要组网的公司具有较高的系统集成能力。而且现在的局域网一般都要连入互联网，因此必须考虑互联网接入系统。

3.3.3　互联网下的局域网的物理结构

所有接入互联网的个人用户、局域网和广域网，都属于互联网的一部分。但接入互联网之后，必须考虑来自互联网的安全威胁。

互联网的安全威胁主要体现在以下几个方面。

（1）计算机病毒通过 Internet 进行传播，给上网用户带来极大的危害。计算机病毒是一个可以自动执行、自行复制和蔓延的可执行代码，往往隐蔽在其他可执行程序中，轻则影响机器运行速度，重则使机器瘫痪，给用户带来不可估量的损失。

（2）无论是 Internet 的 TCP/IP 协议，还是 Internet 上的主机所使用的操作系统，都存在安全漏洞。这是因为不可能有绝对的安全，而且当初在设计软件时，对安全性考虑得不够，这导致黑客（Hacker）的流行。黑客是利用网络和操作系统的漏洞，侵入网络上的计算机系统搞破坏或恶作剧的人。

（3）网络上有很多"木马"程序，它们是黑客或计算机高手开发的，普通人稍加学习也能使用。木马不会自我繁殖，也并不"刻意"地去感染其他文件，但它在网络上通过伪装吸引用户下载，并在用户的计算机中隐蔽执行（如隐藏在图形文件中，用户打开文件就会自动执行木马），向远程操控者泄露本机信息（如用户的密码和权限），甚至让本机被远程操控者操纵（如修改注册表、更改计算机配置等）。在很多情况下，木马也被称为特洛伊木马或木马病毒。

（4）其他安全隐患。比如电子邮件存在被拆看、误投和伪造的可能。

因此，局域网如果要接入 Internet，必须考虑相关的安全措施。常用的安全措施有以下几种。

（1）**采取单机安全措施**。例如每台机器都安装防病毒软件（包括查杀木马的软件），这属于传统的安全手段。

（2）局域网内设置代理服务器。**代理服务器（Proxy Server）**是提供转接功能的服务器。**内网的用户如果要访问外网，或者外网的用户要访问内网，都要通过代理服务器进行。**

这样可以为局域网提供更高的安全性。代理服务器中一般安装了入侵检测软件和防病毒软件，可以防止黑客对局域网的攻击。

局域网可以设置多台代理服务器，提供浏览网页、文件传输、电子邮件、视频等服务。

（3）安装防火墙。古时候，人们常在寓所之间砌起一道砖墙，一旦火灾发生，它能够防止火势蔓延到别的房屋，这就是传统的防火墙。与此类似，在局域网中也可以专门安装一个安全软件（也可能集成到芯片中，以硬件形式呈现给用户），以阻断来自 Internet 的用户对本网络的威胁和入侵，它的作用与古时候的防火砖墙有类似之处，故而称为防火墙。因此，**防火墙（Firewall）是一个位于计算机和它所连接的网络之间的软件，可通过监测、限制、更改跨越防火墙的数据流，尽可能地对外部屏蔽网络内部的信息、结构和运行状况。**

防火墙和杀毒软件的区别有以下两方面。

（1）两者定位不同。防火墙是位于计算机和它所连接的网络之间的软件，所有网络流量都要经过防火墙，因此防火墙用于防止黑客攻击（黑客以数据包的形式进行攻击）。而病毒为可执行代码，杀毒软件主要用来防止病毒入侵。

（2）病毒主要利用系统功能，杀毒软件可主动查杀，但黑客更注重利用系统漏洞，防火墙防止黑客攻击是被动的。

防火墙可以内置在代理服务器中，也可以单独存在，还可以集成在路由器中。一个局域网可以有多道防火墙。一个安装了防火墙的局域网如图 3.27 所示。

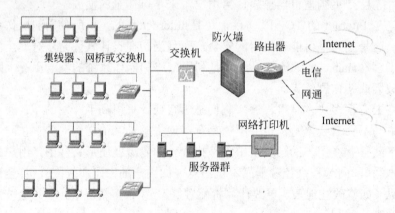

图 3.27　一个中型局域网的物理架构

可以看出，和传统的局域网相比，互联网下的局域网需要增加防火墙、路由器等软硬件。如果是大型网络，在实际工作中可能会更加复杂。

3.3.4　案例：宁夏银行网络建设实施情况

宁夏银行是经中国人民银行批准设立的宁夏回族自治区唯一一家股份制商业银行，实行董事会领导下的行长负责制和自主经营、自负盈亏、自担风险、自我约束的经营管理机制。宁夏银行原名银川市商业银行，成立于 1998 年 10 月，2007 年 12 月 28 日更名为宁夏银行。

宁夏银行既有传统储蓄/支付、外汇结算等综合业务，也有信贷和 13 种不同种类的代理业务，还有银联业务卡业务、现代支付、同城清算等 7 项中国人民银行业务，以及加油卡的托管业务等。2006 年，宁夏银行进行了彻底的全网改造，为未来新增业务（如办公自动化业务、Internet 业务、IP 电话业务、视频业务）扩展空间，以保证宁夏银行更好、更安全地为用户服务。

帮助宁夏银行实施网络建设的是星网锐捷网络有限公司（以下简称锐捷网络）。锐捷网络拥有员工 2000 余名，技术人员占总人数的 60%，开发了自有品牌的交换机、路由器和网络管理软件。

1. 总体结构

此次网络改建工程采用了国际标准技术及协议，应用成熟的网络部署技术，共分 10 个阶段。首先是历时 5 个月的规范 IP 地址、设备硬件验收、设备配置、全网设备联调、测试、监测广域网链路和网络割接共 7 个阶段的工作，在 2006 年五一期间完成。然后是网络初验、网络监测和网络终验阶段。改造后的网络包括两个中心（数据中心和灾难备份中心，简称灾备中心）、4 个管理部（银川、吴忠、石嘴山、中卫市管理部）和 34 家支行局域网。在网络改造工程中，分别被划分为核心层（一级）、管理部层（二级）、支行层（三级），网络的整体结构如图 3.28 所示。

根据银行的特点，网络速度一定要比较快，并对安全性和稳定性的要求极高。因此，所有节点均采用双链路与上级节点连接。在总行局域网，将两台高端交换机作为核心交换机，并配置两台千兆交换机作为大楼的汇聚交换机。全网的核心是数据中心，采用 2 台万兆路由高端交换机（数据传输率达到 10 000Mbps）作为核心交换设备，配置双电源、双引擎，实现热冗余备份。这两台交换机和总部大楼的骨干交换机之间用光纤连接，速度极快，并安装两台高端防火墙，提高网络的安全性。为了提高容错性，采用冗余路由器技术（专业术语叫虚拟路由器冗余协议 VRRP）提供冗余网关。

在 4 个二级节点（银川、吴忠、石嘴山、中卫市管理部）中，银川市管理部相对来说更加重要，而且在市内，其中心机房与一级节点数据中心在一起，因此银川市管理部与数据中心属于本地连接，采用光纤链路，而其余三个二级节点属于远程连接，每个节点采用一条 2Mbps 的 SDH[①]线路与数据中心连接，以及一条 64Kbps 的 DDN[②]线路与灾备中心

---

① SDH 是同步数字体系（Synchronous Digital Hierarchy）的缩写，是一种高速同步光纤网。

② DDN 是数字数据网（Digital Data Network）的缩写，特点是传输速率高、有保障、时延较小，一般用于建立专线连接。

连接。

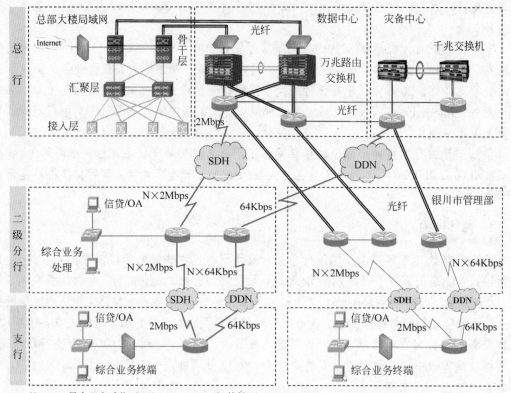

注：OA 是办公自动化（Office Automation）的缩写。

图 3.28　宁夏银行网络结构

34 个支行的局域网属于三级节点。每个节点的本地局域网采用相对简单的二层交换机连接成快速以太网，并通过一个防火墙连接一台路由器。路由器有两个广域网端口，一条连接 2Mbps 的 SDH 线路，另一条连接 64Kbps 的 DDN 线路，分别和二级分行相关的路由器连接。支行路由器采用静态路由，二级分行管理部采用动态路由。所有一、二、三级节点之间均使用高速路由器。

因此银行在正常情况下，各个管理部及支行通过 2Mbps 的 SDH 主线路和总行数据中心实现顺畅通信。在该主线路通信失败时，支行或管理部的综合业务数据可以通过 64Kbps 的 DDN 线路与总行数据中心实现通信。这种双链路结构可以自动切换，以防不测。

总行大楼局域网的三级节点（接入层）是所有楼层的交换机，均采用二层交换机，并应用两条 100Mbps 线路上连至汇聚交换机，汇聚交换机与办公大楼的骨干交换机采用 1000Mbps 全交叉连接，提高了冗余性。

　　为了提高整体外联网络的安全性，针对外联网连接（包括中国人民银行银联和代理机构的连接），在此次二次改造中，把所有代理业务前置设备放置于防火墙的 DMZ①区上，以保证外网对内网数据的非直接访问。

2. 改造效果

　　经过这次改造工程后，宁夏银行的网络拥有了更稳定的性能和更强大的功能，分别表现在以下几个方面。

　　（1）提高了可靠性。此次全网改造均选择高稳定性的网络设备和通信线路，在网络设计上选择可靠的拓扑结构（避免单点失效和进行冗余设计），建设灾备中心，选择可靠的路由协议和技术等。

　　（2）提高了安全性。此次改造着重加固了网络设备本身的安全性，在网络中部署防护系统和防病毒软件，并实施以访问控制为基础的安全策略。保障业务系统与办公系统的分离，同时部署防火墙控制外网对内网的访问。

　　（3）提高了扩展性。网络核心设备具有相当的富余插槽与处理能力，网络边缘设备也具有足够的处理能力，以满足可预见的多种需求。

　　（4）提高了业务保障能力。银行网络中的实时交易为关键业务，为了使关键业务能得到充分的服务质量保证，采用了 QoS 保障方案，可在网络发生拥塞时，保证关键性业务和语音视频业务的服务质量。

　　（5）提高了可管理性和易维护性。采用锐捷自主开发的网络管理平台对全网进行统一管理，可对各种网络参数进行实时监控和历史记录统计，且可减少由于网络故障增加的业务成本。

3. 灾备系统

　　2008 年 5 月，我国四川北部的汶川发生了 8.0 级大地震。这让宁夏银行的领导认识到灾难备份的重要性。信息系统在运行过程中可能出现的故障和危险主要存在以下几类。

- 主机系统故障。
- 存储系统故障。
- 数据库系统无法启动、数据库表丢失、数据库文件丢失。
- 文件丢失。
- 人为导致的系统错误（如黑客、数据删除等）。
- 计划内系统升级。
- 自然灾害、设施故障、停电等针对主机系统的故障。

---

　　① DMZ 是隔离区或非军事化区（Demilitarized Zone）的缩写，是非安全系统与安全系统之间的缓冲区，位于企业内部网络和外部网络之间。DMZ 本来是一块网络区域，但一些网络设备开发商利用这一技术，在防火墙中建立了 DMZ 区域，可以更好地保护内网，但投资成本也是极高的。

如果配置了双机热备份系统，可以实现一定程度的业务连续，但是存储系统的故障将使这一切努力化为乌有。宁夏银行在灾备系统的筹备过程中认识到，大灾的防御固然重要，而高发的故障防御更是不能疏忽，这一点多家银行教训深刻。根据各行业尤其运营商的历史统计，存储系统故障导致应用宕机的情况往往经常发生，因此存储系统的安全性保障及灾难方案是重中之重。

2009 年，宁夏银行将应用级灾备项目建设列入 IT 建设计划，并且灾备中心在 800 公里之外的西安市。经过市场和技术调研，以及对金融系统灾备建设以往经验的分析，宁夏银行选择了美国飞康软件公司（FalconStor Software，以下简称飞康）的 CDP[①]远程容灾方案。整个灾备系统如图 3.29 所示。

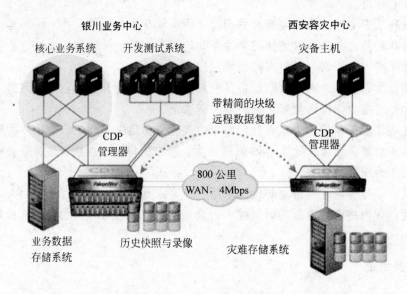

图 3.29　宁夏银行的灾备系统

针对宁夏银行的核心业务系统灾备项目，飞康设计了一套灾难和故障防御并举、用户行使恢复地点选择权、任意历史点恢复、用户自行管理的集备份与远程容灾于一体的综合数据保护解决方案。在西安的灾备机房部署了 CDP 设备，可进行异地连续数据传输（速度4Mbps），一旦发生生产系统故障，用户可以选择在本地立即恢复运行（一般在 10 分钟以内）。

2010 年 4 月 24 日，宁夏银行采用了不同的灾备场景（数据库瘫痪、火灾）进行实战演习，获得成功，项目宣告完成。

---

① CDP 是持续数据保护（Continuous Data Protection）的缩写。传统的数据备份解决方案专注于数据的周期性备份，CDP 系统会不断监测关键数据的变化，从而不断地自动实现数据的保护。当灾难发生后，可实现数据的快速恢复。

3.4　移动互联网

在很长一段时间里，互联网和移动通信技术是独立发展的。两者的差异不仅体现在具体技术和标准方面，更是体现在思想理念、系统设计和商业模型等一些基本方面。

例如，互联网是分布式的网络拓扑结构，而移动通信网采用的是集中式的、严格的层次结构；互联网主张开放和平等，而移动通信网一般主张封闭性更强的"围墙花园"模型和有差别的服务；互联网一般采用包月收费方式，而移动通信网的收费方式多样而复杂。

到了 20 世纪 90 年代末，两者都有了飞速发展，进而有了技术融合的可能，用户也希望能随时随地从互联网上获取信息。针对这种情况，互联网工程任务组（Internet Engineering Task Force，IETF）于 1996 年开始制定支持**移动互联网（Mobile Internet）**的技术标准。随着相关产品的出现，移动互联网就此诞生。

移动互联网自出现以来，发展速度快于互联网，前途十分光明。根据 2010 年 3 月加拿大网络设备供应商 Sandvine 的调查，移动互联网的流量与传统有线互联网的流量日益接近。甚至有人估计，未来互联网上 99%的流量将来自移动设备。

移动互联网也叫无线互联网。移动互联网发展壮大之后，传统的互联网又叫桌面互联网。

3.4.1　移动互联网的体系结构

和互联网一样，移动互联网也是基于 IP 地址和分组交换的网络。通信的基本原理仍然是无线电通信，但移动的设备在通信期间，可能会脱离原有链接，因此需要解决移动设备在不同子网间移动的问题。从本质上说，**移动互联网技术是在互联网上提供移动功能的网络层解决方案**，它可以使移动设备用一个永久的地址与互联网中的任何主机通信，并且在切换子网时不中断正在进行的通信，达到的效果如图 3.30 所示。

从技术上看，移动互联网仍采用传统互联网的层次结构。由于参与研究开发的组织和机构众多，所以存在多种协议和技术标准。主要的协议如图 3.31 所示。

其中，物理层主要解决电磁信号在空间的发送、接收和传输问题，这里就不介绍了。下面对其余各层的主要协议做简要说明。

- 3G：是英文 3rd Generation 的缩写，指第三代移动通信技术。3G 有好几个标准，国际电信联盟（International Telecommunication Union，ITU）在 2000 年 5 月确定 W-CDMA、CDMA2000 和 TD-SCDMA 为三大主流无线接口标准。另外，传统的 2G 标准，如 GSM、TDMA、CDMA 等，也都是数据链路层的协议标准。

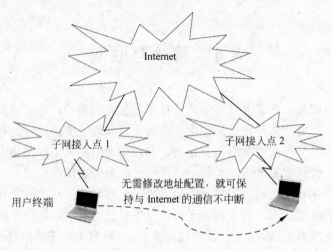

图 3.30　移动互联网的目标

各层	主要协议
应用层	SIP，H.323
传输层	以 TCP 为基础
网络层	MIPv4，MIPv6
数据链路层	3G，WiMax，WiFi
物理层	

图 3.31　移动互联网的体系结构

- WiMax：是 Worldwide Interoperability for Microwave Access 的缩写，即全球微波互联接入协议。WiMAX 的另一个名字是 802.16，是一项宽带无线接入技术。
- WiFi：由 Wi-Fi 联盟（Wi-Fi Alliance）发布的一种无线互联技术标准。
  3G、WiMax 和 WiFi 采用了不同的技术来解决不同的应用问题，在局部会有重合，但要相互取代不太可能。它们的一个主要区别是范围不同：3G 是广域覆盖，WiMax 是城域覆盖，WiFi 是局域覆盖。
- MIPv4 和 MIPv6：是网络层协议，用于移动网络的寻址和导航。
- TCP：以互联网传输层的 TCP 协议为基础，人们提出了 TCPW 和 TCP-Real 等协议。
- SIP：是 Session Initiation Protocol 的缩写，一般翻译为会话发起协议、会话初始化协议。SIP 是应用层的信令控制协议，用于创建、修改和释放一个或多个参与者的会话。SIP 可用于众多应用和服务中，包括交互式游戏、音乐和视频点播以及语音、视频和 Web 会议等。SIP 协议是互联网工程任务组 IETF 力推的无线互联网应用层协议。
- H.323：是通信领域的标准组织——国际电信联盟 ITU 力推的协议。因此，SIP 和

H.323 分别来自互联网和通信两大阵营。两者在应用层都提出了完整的解决方案，它们的主要区别是看问题的角度不同。例如，SIP 协议侧重于将 IP 电话作为互联网的一个应用，而 H.323 企图把 IP 电话当作传统电话，只是传输方式发生了改变。

那么，H.323 和 SIP 到底谁主风流呢？

实践证明：过分强调技术是解决不了现实问题的，决定技术选择的是需求。例如，以指挥、调度通信为主的无线网络，比较适合选择 H.323 为主、SIP 为辅；以省钱、灵活通信为主的无线网络，比较适合选择 SIP 协议为主、H.323 为辅。

过于技术性的内容这里就不再详细讲解了。

以上体系结构中的协议，都是以桌面互联网为基础和出发点提出的，只是 ITU 力推的协议更多地从电信角度考虑问题而已。与此同时，一群传统的移动通信厂商，完全从移动通信的角度，提出了另一种协议——WAP。

3.4.2　WAP——无线应用协议

1997 年，手机已经进入普及阶段，一些手机厂商迫切希望扩展手机的功能，以找到新的卖点。当时互联网已经波涛汹涌，但移动互联网却刚刚起步，一些计算机阵营的专家和厂商不断取得成果。这些手机厂商知道，手机和互联网的结合是大势所趋，如果不能快速行动就会丧失机会，把标准的制定权拱手让与他人，所以一定要快速占领战略制高点。因此在 1997 年 6 月，诺基亚（Nokia）、爱立信（Ericsson）、摩托罗拉（Motorola）等全球移动通信巨头，共同建立了 WAP 论坛，共推 WAP 标准。

WAP（Wireless Application Protocol）翻译成中文就是"无线应用协议"。 WAP 的目标是将互联网的丰富信息和各种先进的应用，引入到移动电话等无线终端中。目前，WAP 已经成为一个全球性的网络通信协议标准，应用十分广泛。

1. WAP 体系结构

WAP 是一套开放、统一的体系结构，是参照互联网的 TCP/IP 体系结构和 OSI 的成果建立的。但 TCP/IP 和 WAP 协议的定位不同，那就是 TCP/IP 是一个全面的协议簇，涉及骨干网和边缘网（接入）的建立，以及各种丰富的应用。而 WAP 协议簇主要是一种接入协议，只适用于无线移动网络的外围。或者说，从层次结构来看，WAP 协议簇只包含 OSI 的传输层、会话层、表示层、应用层的功能。OSI、TCP/IP、WAP 的层次结构如图 3.32 所示。

所以 WAP 协议簇建立在 IP 协议之上，主要面向无线应用的协议簇。

OSI 各层	TCP/IP 主要协议	WAP 主要协议
应用层	HTTP、DNS、FTP、POP3 等	WAE
表示层		WSP
会话层		WTP
	SSL	WTLS
运输层	TCP，UDP	WTP/WDP
网络层	IP	IP
链路层	网络接口层，由各软	使用手机现有通信
物理层	硬件厂商自己开发	方式和链路层协议

图 3.32　用 OSI 七层协议栈对比 TCP/IP 和 WAP 协议簇

下面对图 3.32 做一些简要说明。

（1）在应用层，WAP 提供了无线应用环境（Wireless Application Environment，WAE）。WAE 是一个通用开发框架，借鉴了 Internet 应用层的很多技术，但又有所变化。例如，在桌面互联网上有网站，在无线互联网上也可以建立供手机浏览的网站（手机屏幕小）；在桌面互联网上设计网页需要用 HTTP、JavaScript 等语言，而对手机网站编写网页就要用 WML、WMLScript 等语言；浏览桌面互联网网页需要用浏览器，浏览 WAP 网站的网页也需要专用的 WAP 浏览器。

（2）在表示层，WAP 提供了无线会话协议（Wireless Session Protocol，WSP）。WSP 为上层的 WAP 应用提供服务。

（3）在会话层，WAP 提供了无线事务协议（Wreless Transaction Protocol，WTP）。

也有学者认为，WAP 的 WSP 和 WTP 协议都属于应用层。

（4）随着对安全性的日益重视，人们发现在 OSI 体系结构中对安全问题考虑太少，因此在桌面互联网增加了一个安全层，这就是**安全套接层（Secure Sockets Layer，SSL）**，后来又叫运输层安全（Transport Layer Security，TLS）。WAP 也增加了相当于 TLS 的无线运输层安全（Wireless Transport Layer Security，WTLS）。WTLS 基于 SSL 协议，提供数据完整性、保密性、真实性、拒绝服务保护等功能。

安全层处于运输层和应用层之间，但又无法归于会话层和表示层，因此只能另外表示。如果不太重视安全性，也可以考虑 SSL 和 WTLS 协议。

（5）在无线运输层（Wireless Transport Layer，WTL），WAP 提供了无线数据报协议（Wireless Datagram Protocol，WDP）。

后来，WAP 还定义了无线电话应用（Wireless Telephony Application，WTA），它可以更好地开发基于无线电话的网络应用。WTA 属于应用层。

2．WAP 网站和手机浏览

为了支持无线网络应用，互联网名字与号码指派公司 ICANN 指定 .mobi 域名是专为手机和移动终端设备使用的域名。例如，www.google.mobi 就是 Google 的 mobi 域名。使用手机浏览器可以浏览 mobi 网站，如图 3.33 左边所示。

　　要浏览无线网站，需要用 WAP 浏览器或手机浏览器。顾名思义，WAP/手机浏览器就是支持手机上网浏览网页的浏览器。常见的手机浏览器有 GO、掌上百度、Oprea、YoYo、UCWEB、iPhone、Windows Mobile 等。现在的手机浏览器都内置浏览桌面互联网网站的功能，所以既可以浏览.mobi 网站，也可以浏览.com、.com、.cn 等网站。.mobi 只是专用于无线网站的域名后缀，本质上和.com、.net 没有差别。另外，很多网站都会建立以 wap 开头的子站，专门供手机等移动设备浏览，如 wap.sohu.com、wap.163.com 等，如图 3.33 右边所示。

图 3.33　mobi 站点（左）和 wap 子站（右）

3．建立网站的步骤

　　建立网站并不复杂，无论是企业还是个人，都可建立自己的网站。而且无论是桌面网站，还是无线网站，建站步骤都一样。具体步骤如下。

　　（1）域名申请。

　　国内比较大的域名申请公司有万网（www.net.cn）、新网（www.dns.com.cn）、中华企业网（www.companycn.com）等，也可以找本地的域名注册申请公司。只要在搜索引擎中搜索本地地名加上"域名申请"或"域名注册"，如"苏州　域名注册"（注意：中间有空格），就会找到本地的一些公司，可由它们代为办理。这些域名注册服务公司，一般都是互联网服务提供商 ISP。

　　一般来说，一个域名一年的使用费从几十元到几百元不等。

　　域名简洁易记最好。域名是全球唯一的，因此别人已经占用的域名就不能再用了。

（2）开辟空间。

网站文件需要在硬盘上占据空间，因此购买域名后，还需要开辟网站空间。如果是自己开设服务器，从电信部门租用上网专线，一年 365 天不间断联网，成本相当高，按目前的价格每年至少一万多元。因此如果是个人或小企业建站，可以从 ISP 租用硬盘空间。ISP 都有自己的服务器和上网专线，也提供这项业务。对于 ISP 来说，把空间租给更多用户可以分摊成本和赢利；对于用户来说，租用 ISP 的服务器空间可以大大节约成本。

网站需要多大的空间呢？对于小网站来说，如果仅仅用于显示文本或不多的图片，200MB 空间足够了。一般来说，目前租用 200MB 空间的费用一年只有 200 元左右。但如果要容纳很多图片甚至视频，恐怕几 GB 都不够。所以租用空间的费用差别很大。图 3.34 就是某 ISP 的服务价格。

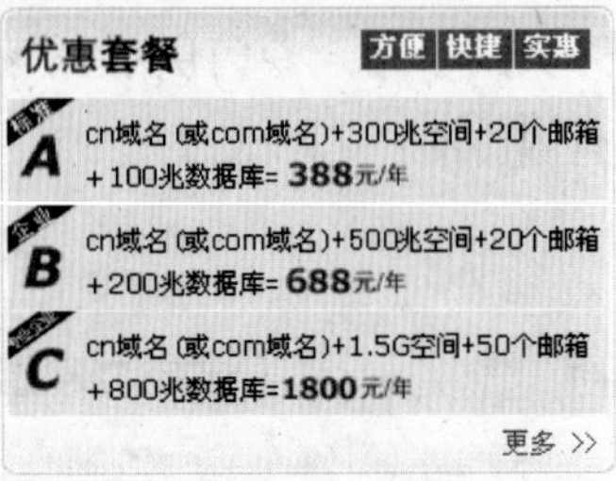

空间有三种：普通空间、数据库空间和邮箱空间。如果网站需要用 SQL Server 等数据库开发，还需要申请数据库空间。另外，邮箱空间也要另算。计算机管理这三种空间的方法不一样，所以要分开。

图 3.34　某 ISP 的服务价格

（3）建立网站。

有了域名和空间，就可以建立网站了。有以下三种方法。

①　自己开发。利用 FrontPage、Dreamweaver、ASP.NET 等软件开发工具，自己当程序员，编写网页和数据库。这么做的好处是自由灵活还免费，坏处是需要花费很多时间，而且可能做得不好。

②　购买或使用建站系统，自己建站。做程序员毕竟是一项技术性很高的工作，因此市场上有一些辅助建站的工具软件。利用这些建站软件不必编程，也能快速建立网站。建站软件根据档次不同，价格也不同，便宜的几百元，贵的也得上万。但也有免费的建站软件。但是对于初学者来说，使用这些建站工具不一定很轻松，而且某些软件的功能可能并不强。

③　请软件公司或程序员帮助建站。如果网站很大，内容很专业，一般来说都得这么做。这种做法的花费最多。

当然，在建立网站前，还需要对网站结构进行具体规划。就像盖房子，事先必须有规划才行。这里面的学问很多，基本上都是专业技术知识。

建完网站之后，就成为**互联网内容提供商（Internet Content Provider，ICP）**了。

在我国建站，还需要向工业和信息化部进行网站备案。备案的目的是防止有人在互联网上从事非法经营活动，打击不良信息的传播。网站备案的网址是 www.miibeian.gov.cn，当然还要咨询 ISP，可能需要到当地的公安、工商部门备案。备案时，需要提供域名所有者的详细信息。

（4）推广网站。

网站建好后，一般还需要推广，让更多的人知道你的站点。这基本上属于网络营销领域。

（5）开展电子商务。

如果网站以赢利为目的，就要开展电子商务活动了。在建站时就要考虑到这一点，因为这会涉及网上开店、网上支付等很多知识。

移动互联网是在互联网和传统通信基础上发展起来的，目前已经建立了丰富的产业链，仍处于迅猛发展阶段。

3.5　Web 2.0 和云计算

就在移动互联网飞速发展的时候，桌面互联网也在发展。最近几年，比较热的话题是Web 2.0 和云计算。

3.5.1　Web 2.0

早期的互联网时代是一个群雄并起、逐鹿网络的时代，虽然各个网站采用的手段和方法不同，但第一代互联网有诸多共同的特征，主要表现在以下几个方面。

（1）基本采用技术创新模式。例如，新浪最初就是以技术平台起家，搜狐以搜索技术起家，腾讯以即时通信起家。在这些网站的创始阶段，技术性的痕迹相当重。

（2）赢利都靠巨大的流量。

（3）都向综合门户方向发展。也就是登录网站首页，可以看到许多新闻和频道，深入下去可以发现海量信息。新浪、搜狐、网易继续坚持门户网站的道路，腾讯、MSN、雅虎也都纷纷转向门户网络。

（4）最主要的特征是，用户只能被动地接受信息。

2004 年 3 月，美国奥莱理媒体公司（O'Reilly Media Inc.）[①]负责在线出版和研究的副总裁戴尔·多尔蒂（Dale Dougherty），在公司的一次筹备会上偶然提出了 Web 2.0 一词。该公司主席兼 CEO 提姆·奥莱理（Tim O'Reilly）立刻被这一说法所吸引，并召集公司相关人员用大脑风暴的方式进行探讨。随后在奥莱理公司的推动下，于 2004 年 10 月和 2005年 10 月在美国旧金山召开了全球 Web 2.0 大会。从此，Web 2.0 这一概念以不可思议的速度在全球传播开来。

Web 2.0 的一个重要特征是极为重视用户的交互。虽然在 Web 1.0 时代也有论坛（BBS）

---

① 是计算机和网络领域里的著名图书出版公司。

等便于用户交流的机制，但总体来说还是网站主导。Web 2.0 出现后，作为对比，2003 年之前的互联网时代又被称为 Web 1.0 时代。

1．什么是 Web 2.0

对于究竟什么是 Web 2.0，学者们至今仍然众说纷纭，没有一个统一的定义。总体来说，Web 2.0 是指互联网的第二代服务，这不仅包括互联网的底层技术变革，更指互联网应用层面的变化。

Web 1.0 到 Web 2.0，具体地说，有以下变化。

（1）从模式上说，是单纯的"读"向"写"、"共同建设"发展，由被动地接收互联网信息向主动创造互联网信息迈进。

（2）从网站基本构成单元上说，是由"只读网页"向"发表/记录的信息的网页"发展。

（3）从工具上看，是由以 IE 浏览器为主，到向各类浏览器、RSS 阅读器等方向发展。

（4）从运行机制上看，是由客户机/服务器体系结构向"基于 Web 的服务"转变。

（5）从内容作者来看，已经由专业人士过渡到全部网民。

（6）从应用上看，出现了大量新的应用。

Web 2.0 不是一下子出现的，而是先后出现了一系列想法新奇、增强用户互动的网站，并且这些网站的影响力越来越大，最终发生质变，导致 Web 2.0 的诞生。

2．Web 2.0 的具体应用

Web 2.0 的重要应用有博客、标签、RSS、SNS、Wiki 等。限于篇幅，简要介绍如下。

（1）博客（Blog）。

Blog 一词本起源于 weblog，意思是网上日志。港台翻译为"部落格"，但我国大陆学者方兴东将它翻译为"博客"。博客可以看成博主（博客的主人）的私人日记（当然可以记录任何东西）。网友阅读了博客，可以对文章发表评论，博主也可以回复，实现网民和博主的交流。

（2）标签（Tag）。

博主在发表博文时，可以为文章加上一些标签，以反映文章的大致内容。例如一篇谈 2008 年北京奥运会的文章，可以用"奥运会 北京 2008 鸟巢"为标签。Web 2.0 网站会提供按标签搜索文章的功能，从而可以搜索出同类的很多文章，使用户之间的交互性大大增强。

（3）SNS。

SNS 是 Social Network Service 的缩写，是一种社交网络服务或网络社交平台。它的理论依据是哈佛大学心理学教授斯坦利·米尔格伦（Stanley Milgram）在 1967 年创立的"六度分隔"理论，也就是说最多通过六个人，你就能够认识任何一个陌生人。根据这个理论，通过 SNS，每个人的社交圈都会不断扩大，最后成为一个大型社会化网络。国外著名的 SNS 网站有 www.Facebook.com、www.Twitter.com 和 www.Myspace.com，国内有名的 SNS 网站有开心网（www.kaixin001.com）、豆瓣网（www.douban.com）、51 网（www.51.com）等。

（4）Wiki。

Wiki 一词源自夏威夷语的 "wee kee wee kee"，本意是 "快点快点"。在这里 Wiki 指的是一种超文本系统，这种超文本系统既支持那些面向社群的协作式写作，同时也包括一组支持这种写作的辅助工具。一个人创建了内容后，别人可以进一步修改和完善，这就是Wiki。

目前网络上有很多百科全书式的网站，如维基百科（www.wikipedia.org）、天下维客（www.allwiki.com）等。

（5）RSS。

RSS 是 Really Simple Syndication 的缩写，是一种内容聚合的方式。用户可以通过 RSS软件或网站，订阅感兴趣的内容。以后打开 RSS 软件，就会看到相关的更新了。

目前 RSS 广泛用于博客、Wiki 和网上新闻频道，世界多数知名新闻社网站都提供 RSS订阅支持。我国常用的 RSS 阅读器有新浪点点通、周博通、FeedDemon 等。

Web 2.0 仍处于继续发展之中，它必将对电子商务的发展、MIS 的建设与应用，产生深远影响。

3.5.2 云计算

2007 年，世界上最大的网上书店——亚马逊（www.amazon.com）推出了名为 "弹性计算云"（Elastic Compute Cloud，EC2）的服务平台。利用这项服务，用户可以使用亚马逊 1000 台以上的服务器，使计算能力极大膨胀，从而完成必要的计算。当然，使用弹性计算云需要付费，费用按照其计算和所消耗的网络资源收取。这就是最早的**云计算**（**Compute Cloud**）。

为了更好地理解云计算，还得从单机计算讲起。

1．从单机计算到分布式计算

第一台计算机诞生后，计算机的计算方式可以看成是单机计算。直到今天，单机计算都处于主导地位。提高计算机的运算速度有三个方法。第一个方法就是不断提高芯片的频率。这是过去几十年最主要的方法。CPU 的计算速度每 18 个月提高 1 倍，价格却下降一半，这就是 "摩尔定律"。

第二个方法就是采用多核技术，也就是一台计算机中设置多个 CPU，或者在一个 CPU中集成多个计算核心，这就是并行计算（Parallel Computing）。多核技术从 20 世纪 80 年代出现后，一直在不断发展。2007 年 2 月，Intel 向外界展示了 80 核处理器的技术细节，每秒可以执行一万亿次（1000G 次）以上的浮点运算。

第三个方法就是联网，让网络上的计算机能够协同计算，提高处理能力，这就是分布式计算（Distributed Computing）。在摩尔定律已经有效了几十年、芯片技术已经逼近物理极限的情况下，通过网络进一步提高整体计算能力，是大势所趋。

1997 年 1 月 28 日，美国 RSA 数据安全公司（以下简称 RSA 公司）公布了一个名为"秘密的密钥挑战"的竞赛项目，悬赏 10 000 美元，破解当时由已经是业界 20 年加密标准的 DES 密码算法加密的信息。RSA 公司发起这场挑战赛的目的是调查在互联网上的分布式计算能力，也是为了测试 DES 算法的强度。

竞赛细节公布后，全美的网民纷纷组成攻关小组，都想抢得头功。科罗拉多州的一位叫作 Rocke Verser 的程序员认为靠单机计算时间将长达万年，根本不行。他想了近 40 天，设计出一个可通过互联网分段运算的密钥穷举攻击程序，穷举所有可能的 DES 密钥（数量大约为 72 亿亿个），直至找到正确的密钥为止。他把这个程序放到网上，让志愿者下载。大学和研究所的年轻人迅速加入，成为中坚力量。麻省理工学院有 226 台计算机参加，佐治亚理工学院的学生也投入了将近 300 台机器。

到了 1997 年 6 月 17 日，即在 RSA 挑战赛公布后的第 140 天，美国盐湖城的一个公司职员在他那台奔腾 90MHz、16MB 内存的 PC 上，成功破解了加密信息。

这次事件轰动一时，让人们充分认识到了互联网的超级计算能力。密码学也面临新的挑战，最近十几年获得了很大发展。

互联网推动了并行计算和分布式计算。分布式计算又衍生出"网格计算"（Grid Computing）。这种计算模式把互联网上每一台参与计算的计算机看成一个节点，整个计算是由成千上万个节点组成的一张"网格"。网格计算是 2002 年 IBM 推出的一项技术，实际上并没有超出分布式计算的范畴，但又有自己的特点。

2. SaaS

与此同时，社会上各种企业的信息化过程一直在继续。对于广大中小企业而言，高昂的软件费用和日后复杂的运行管理，让人望而却步。为了赢得广大中小企业的潜在市场，在 20 世纪 90 年代末，网络信息管理软件厂商提出了**应用服务提供商（Application Service Provider，ASP）**的概念。但是在 2000 年之后互联网泡沫破裂，导致大批 ASP 厂商破产，于是剩下的 ASP 企业又喊出了 SaaS 的口号。**SaaS 是 Software-as-a-service 的缩写，也就是"软件即服务"**，主要做法是把信息系统建立在互联网上，用户完成注册后，按订购的服务和使用时间付费。对用户来说，和传统购买软件动辄投入几万、几十万甚至更多的方式相比，SaaS 属于细水长流。好处是不必一下子投入巨资，感觉不好可以停止使用，成本低；但另一方面，如果软件厂商出了问题（比如网站崩溃或被黑客侵入），用户利益可能会受到严重损害。

SaaS 是美国 ASP 企业于 2001 年提出的。2003 年后，随着美国 Salesforce 等企业 SaaS 模式的成功，国内众多厂商也开始了 SaaS 之路。除了八百客（www.800app.com）、Xtools

（www.xtools.cn）、美髯公（www.miraclesoft.com.cn）等专注于 SaaS 的厂商外，传统企业软件厂商用友、金蝶也都进来了。用友推出了伟库网（www.wecoo.com），金蝶随即推出了友商网（www.youshang.com）。

SaaS 适合中小企业采用，每个月支付几十到几百元费用即可。

和传统软件相比，SaaS 具有如下特点。

（1）互联网特性。SaaS 通过浏览器或基于 Web 服务/Web 2.0 程序，为用户提供服务。用户可以直接和软件厂商交互。

（2）多租户特性。一个 SaaS 软件网站为成千上万个客户（又称租户）提供服务。

（3）服务特性。SaaS 本质上是以互联网为载体的软件服务，软件使用者无需购置额外硬件设备、软件许可证及安装和维护软件系统，通过互联网，就可以在任何时间、任何地点使用软件，并按照使用量定期支付使用费。

对提供 SaaS 服务的软件商来说，网站的性能、稳定性、扩展性都要好，既要有能力应付成千上万名用户的同时访问，也要有为单个用户提供短期的强大计算的能力。

3．云计算

单机计算、SaaS 的发展，再加上互联网的推动，云计算终于成长起来。云计算是对分布式计算、并行计算和网格计算的进一步发展。云计算的基本原理是：**将庞大的计算工作自动分拆成多个任务较轻的工作（大计算进程分成多个较小的子进程），使计算在大量的分布式计算机上进行（而非本地计算机或远程服务器中）**，加速计算过程，并减轻本地系统的负担，使得企业能够将资源切换到需要的应用上。云计算不仅继承了 SaaS 的软件共享、定制方便、服务快捷稳定等优点，而且实现了软硬件共享，是技术和理念的一次进步。云计算示意图见 3.35。

自从亚马逊推出"弹性计算云"之后，Google、IBM、微软、雅虎等公司纷纷跟进，推出了自己的云计算技术。目前 Google 是最大的云计算应用者，Google 的搜索引擎服务器有 100 多万台，分布在全球 200 多个地点。Google 地图、Gmail、Docs 也在向云计算迈进：用户数据会保存在互联网上的某个位置，用户可以通过任何一个与互联网相连的设备，便利地访问这些数据。在 2010 年，云计

图 3.35　云计算示意图

算已经成为网络界最流行的术语，网络公司不推云计算，似乎都有落伍之嫌。

但也有人认为，云计算是 IT 界又一次在玩弄概念。例如在 2010 年 3 月 28 日举办的 2010 中国 IT 领袖峰会上，腾讯 CEO 马化腾认为，现在做云计算显得过早。百度 CEO 李

彦宏则更为直接地表示："它是新瓶装旧酒，没有新东西。"李彦宏认为，互联网的发展趋势是主要的工作在服务器端做，客户端所需要做的事情越来越简单。

不管云计算是不是在玩弄概念，毕竟进一步提高了互联网的计算能力，并会继续改变用户使用电脑的习惯，使用户的各项活动从传统的以桌面为核心，逐渐转到以 Web 为中心上。

从短期来看，云计算所带来的各项变化对个人的影响还比较小。或许和从前的许多技术一样，云计算将首先给企业（尤其是中小企业）带来最为直接的变化，使它们能够快速搭建自己想要的各种应用，而不用再为服务器资源而烦恼。云计算也面临着各种挑战，其中用户的安全和隐私将成为重要问题。

习　　题

一、思考题

1. 计算机网络发展至今，一共经历了几代？
2. 以太网的物理结构是怎样的？
3. 网络为什么要分层？分层原则是什么？
4. TCP/IP 体系结构分了几层？各层的主要功能是什么？
5. 什么是 B/S 模式？
6. 什么是 WWW？为什么 WWW 如此重要？
7. 什么是 HTTP 和 HTML？
8. 什么是电子商务？电子商务的优点是什么？
9. 按照规模划分，局域网可以分为几种？大型局域网的三层结构是怎样的？
10. 什么是防火墙？它和防病毒软件有什么区别？
11. 局域网可以采取哪些安全措施？
12. 什么是 3G？它包含哪些标准？
13. 什么是 WAP？
14. 建立网站有哪些步骤？
15. 什么是 Web 2.0？它有哪些特点？
16. 什么是 SaaS 和云计算？你认为云计算是在玩概念吗？

二、讨论题

结合本章和第 2 章，讨论信息技术发展的趋势。

第4章 制造业企业的信息化

制造业是指对原材料进行加工以及对零部件进行装配的工业部门的总称。没有制造业就没有现代工业文明。虽然现在已经进入了信息社会，但基础仍然是制造业。本章以制造业为中心，讲解制造业企业的信息化知识。

制造业信息系统的发展大致经历了以下几个阶段。

（1）计算机辅助设计与制造。

计算机在企业中的最早应用是会计系统，然后进入制造业的核心——生产。这个阶段以产品为中心，探索计算机在产品设计、生产和管理中的应用，由此发展起来的信息系统是计算机集成制造系统。

（2）物料需求计划（Material Requirements Planning，MRP）阶段。

对于制造业来说，需要借助计算机对客户订单、原材料的订购、库存等方面进行管理，实现减少库存、优化库存的管理目标。MRP 是以物流为起点、营销和管理为重点发展起来的管理系统。

（3）制造资源规划（Manufacture Resource Planning，MRPⅡ）阶段。

在 MRP 管理系统的基础上增加了对企业生产、加工等方面的管理，用计算机安排生产日程，同时也将财务功能集成进来，形成以计算机为核心的闭环管理系统。这种系统已能动态监察产、供、销的全部生产过程。

（4）企业资源规划（Enterprise Resource Planning，ERP）阶段。

这个阶段是 MRPⅡ阶段的进一步发展。随着 Internet 的发展，ERP 的功能也与时俱进，增强了与客户和供应商实现信息共享和直接数据交换的能力，本质上是更好地管理供应链，从而提高跨企业的联合作战能力。

一些学者认为 ERP 高于 MIS，但本书把 CIMS、MRP、MRPⅡ、ERP 都看成是广义的 MIS，因为归根结底，它们都是用计算机和网络技术实现的信息系统。

4.1 计算机辅助设计与制造

4.1.1 制造业基础知识

制造业可以分为金属制品业、电气机械及器材制造业、通信设备、计算机及其他电子设备制造业、石油加工、炼焦及核燃料加工业、化学纤维制造业、橡胶制品业、纺织业、医药制造业、食品制造业、烟草制品等几十个行业，范围十分广泛。制造业的水平直接体现了一个国家的生产力水平，是区别发展中国家和发达国家的重要标志。

制造业可以分为**离散型**和**流程型**。离散型制造业是指生产过程中基本上没有发生物质改变，只是物料的形状和组合发生改变，即最终产品是由各种物料装配而成的。**在离散型制造业中，产品与所需物料之间有确定的数量比例**，如一个产品有多少个部件，一个部件有多少个零件等，典型的行业有机械、汽车、电子、家电、服装业等。**流程型制造业的特点是管道式物料输送**，如化工、炼油厂、水泥、发电等，基本的生产特征是通过一系列的加工装置，使原材料发生化学反应或物理变化，最终得到产品。流程型制造业的生产连续性强，流程比较规范，产品比较单一，原料比较稳定。

在离散型制造业中，可以将企业的多种产品、部件和零件，按照一定的相似性准则（如形状、结构、加工工艺等）分类编组，合理地组织生产的各个环节，这叫做**成组技术**（Group Technology，GT）或群组技术。成组技术不以单一产品为生产对象，而是按照若干产品零件结构和加工工艺的相似性组织生产。成组技术可以与计算机、自动化技术结合，发展为柔性制造系统，使多品种、中小批量生产实现高度自动化。

制造业的信息具有以下特点。

（1）产品信息异常繁多，信息量巨大。

制造业的产品种类之多，远远超出一般人的想象。以电视机为例，仅仅长虹的在产液晶电视就超过 100 种，等离子电视也有 30 多种，市场上电视机的种类有几千种。再以紧固件（用于连接和紧固零部件的元件）为例，紧固件是应用最广泛的机械基础件，需求量很大。紧固件分为螺栓、螺钉、螺柱、螺母、垫圈、木螺钉、自攻螺钉、销等 12 大类，品种规格更是达到 10 万种以上，而且标准化、系列化、通用化的程度极高。这么多种类，每种又有不同的亚种和规格，产品本身的信息量之大可以想象。

（2）既有大量结构化信息，也有大量半结构化、非结构化信息。

所谓**结构化信息**，就是指信息经过分析后可分解成多个互相关联的组成部分，各组成部分间有明确的层次结构，可以通过数据库进行管理的信息。例如，螺栓中的双头螺栓的标准技术规范如图 4.1 所示。

由此可以看出，可以设置一些通用的属性（如螺柱规范、长度、螺纹直径、机械性能是否经过表面处理）来表示双头螺栓的技术规格。

非结构化信息是相对结构化信息而言的，指信息的形式相对不固定，无法用统一的规范和格式来表示。如电子文档、电子邮件、网页、视频文件、多媒体等信息，都是非结构化信息。在制造业中，图片、图纸、缩微胶片、视频演示中拥有大量有价值的信息，都是非结构化信息。

材料		钢	不锈钢	双头螺栓示例图片
普通螺纹	标准	GB196, GB197		
	公差	6g		
机械性能	标准	GB3098.1	GB3098.6	
	等级	4.8, 5.8, 6.8, 8.8, 10.9, 12.9	A2-50，A2-70	
公差	标准	GB 3103.1		
	产品等级	B		
表面处理		（1）不经处理； （2）镀锌钝化 GB5267		
表面缺陷		GB5779.1，GB5779.3		
验收及包装		GB90		

图 4.1　双头螺栓的标准技术规范

半结构化信息是介于结构化和非结构化之间的信息，这种信息具有一定的结构，但却是不严格的、多变的和不完整的结构。在制造业中，产品文档往往具有一定的结构，但并不严格，因此属于半结构化信息。

（3）产品信息的专业化程度很高。

例如在图 4.1 中，诸如"GB"之类规范是国家标准规范，每种规范对产品的规格又有详细的规定。在此不必考虑细节，但由此可以看出，开发制造业的管理信息系统，必须对相关行业的产品规范、生产流程和业务管理有足够的了解。

（4）产品生产信息也十分复杂。

生产产品一般有多道流程，复杂的可以达到几百道，因此会有很多级半成品，这些半成品可能还会在后续工序中进行组合，形成新的半成品。加上生产过程中的日程安排、人员、物流和仓储管理，生产产品过程中产生的各种数据和信息也十分繁多和复杂。

（5）信息具有分布性、实时性和集成性。

产品生产信息广泛分布于各个工厂和车间，而且很多信息具有很强的实时性（如数控机床加工），上游产品的信息会反映到下游产品中，信息的集成性很高。

因此，制造业的信息管理难度很大。如果能做好制造业企业的信息管理，那么别的行业的信息管理会相对容易一些（当然每个行业都有自己的特殊性）。

制造业应用信息化有两条路。一条路是把 IT 用于产品设计和制造本身，另一条路是把 IT 用于产品生产过程的控制与管理。

4.1.2　CAD、CAE、CAPP 和 CAM

在工业设计中，经常需要画机械图、电路图、建筑结构图等各种工程图。工程图是工程师的语言，绘图是工程设计乃至整个工程建设中的一个重要环节。以前工程师采用手工绘图，后来逐渐规范化，形成了一整套规则和制图标准。但项目的多样性和多变性，使得手工绘图周期长、效率低、重复劳动多，因此绘图是一项繁重的工作。

人们当然希望提高绘图的效率。一种方法是编制了大量的标准图集，另一种方法是开发出一些专用软件用于绘制工程图。利用计算机帮助设计人员进行设计工作的软件，就是**计算机辅助设计**（Computer Added Design，CAD）。

CAD 最早产生于 1963 年，在 20 世纪 80 年代获得了极大发展。目前 CAD 软件有很多，常用的有 AutoCAD、Pro/E、SolidWorks、Rhino、Maya、3DSMax 等，而且很多软件公司为各个行业开发专用 CAD 软件。图 4.2 是某款 CAD 软件在绘图时的界面。

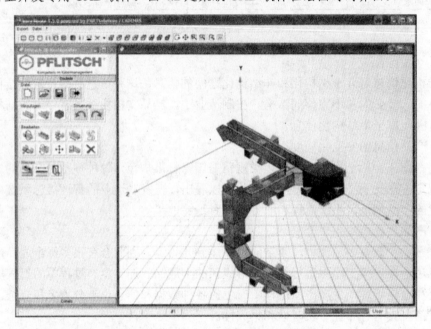

图 4.2　某款 CAD 软件在绘制三维装配图

这些专用软件仅仅是纯粹的设计工具，因此严格来说不属于 MIS 的范畴。

另一个概念是**计算机辅助工程**（**Computer Aided Engineering，CAE**），是用计算机辅助求解复杂工程和产品结构强度、刚度、屈曲稳定性、动力响应、热传导等问题的一种数值分析方法。CAE 从 20 世纪 60 年代初在工程上开始应用到今天，其理论和算法经历了从蓬勃发展到日趋成熟的过程，随着计算机技术的普及和不断提高，产生了很多 CAE 软件，如 Hyperworks、I-DEAS、Ansys、ADINA 等，每一款软件都有专门用途。

计算机辅助工艺过程设计（**Computer Aided Process Planning，CAPP**）的作用是利用计算机来进行零件加工工艺过程的制定。它是通过向计算机输入被加工零件的几何信息（形状、尺寸等）和工艺信息（材料、热处理、批量等），由计算机自动输出零件的工艺路线和工序内容等工艺文件的过程。

在国外还有一些名词，如制造规划（Manufacturing Planning）、材料处理（Material Processing）、工艺工程（Process Engineering）以及加工路线安排（Machine Routing）等，这些术语在很大程度上都是指工艺过程设计，因此大同小异。CAPP 用得较广，强调了工艺过程的自动设计。借助于 CAPP 系统，可以解决手工工艺设计效率低、一致性差、质量不稳定、不易优化等问题。

CAPP 的开发、研制是从 20 世纪 60 年代末开始的，在制造自动化领域，CAPP 的发展是最迟的部分。自从 1965 年尼贝尔（Benjamin W. Niebel）首次提出 CAPP 思想后，世界上最早研究 CAPP 的国家是挪威，始于 1969 年，并于 1969 年正式推出世界上第一个 CAPP 系统 AUTOPROS。

计算机辅助制造（**computer Aided Manufacturing，CAM**）是利用专用计算机来进行生产设备管理控制和操作的过程，核心是用计算机程序实现控制，简称**数控**（**Numerical Control，NC**）。1952 年，美国麻省理工学院首先研制出数控铣床[①]。数控的特征是由编码在穿孔纸带上的程序指令来控制机床。此后发展了一系列的数控机床，有的数控机床能从刀库中自动换刀和自动转换工作位置，并能连续完成多道工序。这些都是通过程序指令控制运作的，只要改变程序指令就可改变加工过程，数控的这种加工灵活性称为"柔性"。

由于流程型制造业的流程比较规范，因此可以说它的工艺柔性比较小。而离散型制造业的柔性比较大。

还有一个术语叫**柔性制造系统**（**Flexible Manufacture System，FMS**），它是一组数控机床和其他自动化的工艺设备，在计算机信息控制系统管理下，和物料自动储运系统有机结合的整体。该系统可以在加工自动化的基础上实现物流和信息流的自动化。FMS 用于高效率地制造中小批量、多品种零部件。

从概念上说，FMS 和 CAM 有所交叉。读者可能已经感觉到在企业信息化部分的概念繁多，这是因为在几十年发展过程中，很多学者、企业从不同角度提出了很多术语，而且目前还都比较流行，因此本书必须做介绍，让大家对 MIS 有更多了解。

数控除了应用于机床之外，还广泛地用于其他各种设备的控制，如冲压机、火焰或等离子弧切割、激光束加工、自动绘图仪、焊接机、装配机、检查机、自动编织机、电脑绣花和服装裁剪等，成为各个相应行业 CAM 的基础。

CAM 系统的组成可以分为硬件和软件两方面。硬件方面有数控机床、加工中心[②]、输

---

① 铣刀是一种旋转式工具钢刀，用于切削金属。铣床指主要用铣刀在工件上加工各种表面的机床，可加工平面、台阶、斜面、沟槽、成形面、齿轮以及切断等，还能钻孔和镗孔（对孔的进一步加工）。

② 由机械设备与数控系统组成的用于加工复杂形状工件的高效率自动化机床，在香港又叫"电脑锣"。第一台加工中心是 1958 年由美国卡尼-特雷克公司首先研制成功的。20 世纪 70 年代以来，加工中心有了很大发展。

送装置、装卸装置、存储装置、检测装置、计算机等，软件方面有数据库、计算机辅助工艺过程设计、计算机辅助数控程序编制、计算机辅助工装[①]设计、资源需求计划和生产计划的制定、计算机辅助质量控制等软件系统。

图 4.3　某网络化 CAM 车间

实际上，CAM 有广义和狭义的两个概念。上面所说的 CAM 系统组成就是广义的 CAM。狭义的 CAM 指为数控机床编程，而把 CAPP 作为一个专门的子系统，至于资源需求计划和生产计划的制定，则划给 MRPⅡ/ERP 系统来完成，相关内容将在本章后面讲解。

一个大规模的计算机辅助制造系统是一个计算机分级结构的网络，它由两级或三级计算机组成，中央计算机控制全局，提供经过处理的信息，主计算机管理某一方面的工作，并对下属的计算机工作站或微型计算机发布指令和进行监控，计算机工作站或微型计算机承担单一的工艺控制过程或管理工作。图 4.3 是某网络化的大型 CAM 车间情况。

4.1.3　案例：北京石油机械厂实施 CAD、CAM 的情况

北京石油机械厂（以下简称北石厂）始建于 1955 年，地处北京市中关村高科技园区中心区，隶属于中国石油集团钻井工程技术研究院，是集开发、设计、制造、销售、服务于一体的现代化石油钻采装备的专业制造企业。企业具有完善的质量管理体系，1996 年在石油设备制造行业就已率先通过 ISO9001 质量体系认证。

北石厂负责开发产品的部门是技术部。根据自身产品开发的特点，北石厂将设计、工艺、管理过程分为两个方向，即传统改型产品组和创新型产品组。企业的组织结构也相应做了变革，如图 4.4 所示，不同的项目组负责不同的产品类型。

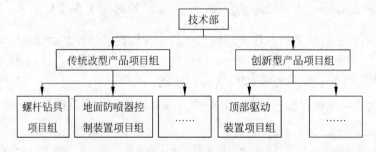

图 4.4　北石厂技术部的组织框架图

---

① 这里的工装不是指工作服，而是制造过程中所用的各种工具的总称，包括刀具、夹具、模具、量具、检具、辅具、钳工工具、工位器具等。

在这两个项目组中，创新型产品组负责的产品在设计初期都没有成型技术，绝大部分的设计生产都是没有图纸可循，只能根据技术参数和设计指标来指导设计，因此整个设计过程相对而言都需要自主创新。由于整个设计完全都是新的开始，因此采用先进的三维设计，因为三维设计的直观性与可模拟分析性更加直观，同时可缩短设计时间，降低试制成本。

传统改型产品组负责老产品的改型设计，经常能找到老图纸来帮助设计。借用老图，如果用二维设计，可让设计过程更加容易，同时辅助以三维设计来对产品进行宣传，将提高老产品改型后的市场竞争力。

北石厂的产品设计、生产、管理过程成为企业信息化的重要组成部分，为企业的产品创新提供了很好的技术保证。他们选择了北京数码大方科技有限公司（CAXA）的 CAD、CAM、CAPP 等产品，以及 CAXA 的图文档管理平台。下面分别用一个例子详细说明开发创新型产品和传统改型产品的设计、生产和管理过程。

图 4.5　顶驱的位置和形状

1. 顶部驱动钻井装置的设计、生产和管理

顶部驱动钻井装置（以下简称顶驱）是 20 世纪 80 年代由美国人发明的，已成为 20 世纪钻井装备的三大新技术之一（另外两项是交直流变频电驱系统和井下钻头增压系统），全世界只有几个国家能生产。顶驱可极大降低工人的劳动强度，节约钻井时间。顶驱高二十米左右，重十几吨，位于石油钻井架上方，其位置和形状如图 4.5 所示。

在北石厂生产顶驱前，顶驱是一项创新型产品，需要全新设计。北石厂设计顶驱一共分 4 大步，如图 4.6 所示。

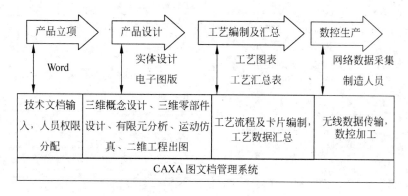

图 4.6　创新型产品的设计、生产、管理过程

第一步：顶驱立项。项目负责人登录 **CAXA** 图文档系统，创建顶驱新型号，设置项目参与人员名单并分配相应权限，同时在文档目录中导入项目任务书和技术指标说明书等文档，以便项目成员可随时调阅。

第二步：顶驱设计。设计工程师可以随时通过网络登录图文档服务器，设计、管理和查询授权文档。顶驱项目组设计工程师的工作可以分成两个阶段，一个阶段是三维原型设计，一个阶段是三维详细设计，这些都要用到 **CAD** 等设计软件。图 4.7 是三维原型设计和三维详细设计样图。

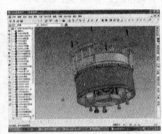

图 4.7　三维原型设计（左）和三维详细设计样图

第三步：工艺编制及汇总。工艺人员可以在图文档系统中调取对应的设计工程图纸，根据要求，利用工艺图表软件，编制工艺路线图和工艺过程卡。另外，利用工艺汇总表软件，可以对图文档系统下的产品大类进行报表统计，自动生成物料清单表。图 4.8 是工艺编制及汇总示意图。

第四步：数控生产。北石厂拥有优良的数控加工设备，加上先进的计算机网络数据采集系统，从而节约了成本和时间。

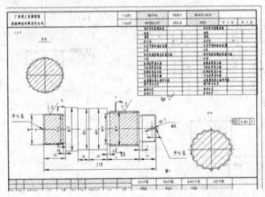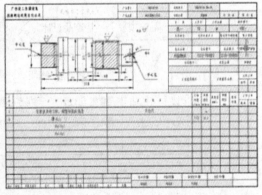

图 4.8　工艺编制及汇总示意图

2. 钻杆的设计、生产和管理

与顶驱相比，钻杆是传统改型产品，项目设计、生产、管理过程的差异主要在于设计部分的重大变化，如图 4.9 所示。

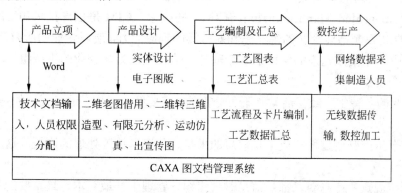

图 4.9　传统改型产品的设计、生产、管理过程

设计工程师接到项目后，通过图文档系统查询所需改型产品对应的老图。由于该项目留存的老图基本都是二维图，因此复制借用后，设计工程师用电子图版软件对这些二维图进行修改编辑即可。

由于是改型，有些设计数据参数需要更改，特别是钻杆长度的变化会导致钻杆材质和截面半径的相应变化，这就需要进行三维设计来做仿真分析。在软件中可以对二维图进行拉升、旋转、放样、扫描等操作，建立三维实体造型。再通过对设计出的三维零部件进行有限元分析、运动仿真来验证设计的合理性，从而保证整个产品设计的准确可靠。图 4.10 是石油钻杆的示意图。

另外，三维设计结果可以对外形成立体的宣传文件，可以让客户直观地看到未来采购产品的外观和结构。

图 4.10　石油钻杆

北石厂下一步将继续加大企业信息化工作的投入和力度，巩固三维设计和有限元分析[①]的成果；开展产品协同设计/产品数据管理，实现真正意义上的网络化制造，进一步加强网络化制造系统的市场销售和服务力度，将网络化制造系统全面应用于企业的实际生产中，为企业创造应用价值。

---

① 是对真实物理系统进行模拟的数学近似方法。

4.1.4　CIM 和 CIMS

1973 年，美国的约瑟夫·哈林顿（Joseph Harrington）博士提出了**计算机集成制造**（**Computer Integrated Manufacturing，CIM**）的概念。**CIM** 是信息技术和生产技术的综合应用，旨在提高制造业企业的生产率和对市场的响应能力，所以企业的所有功能、信息、组织管理都是一个集成起来的整体的各个部分。哈林顿认为，企业的生产组织和管理应该强调以下两个观点。

（1）企业的各种生产经营活动是不可分割的，需要统一考虑。这里强调的是整体观点，即系统观点。

（2）整个生产制造过程实质上是信息的采集、传递和加工处理的过程。这里强调的是信息观点。

由于系统观点和信息观点都是信息时代组织、管理生产最基本、最重要的观点，所以 CIM 是信息时代组织、管理企业生产的一种哲学，是信息时代新型企业的一种生产模式。按照这一哲理和技术构成的具体实现，便是**计算机集成制造系统**（**Computer Integrated Manufacturing Systems，CIMS**）。

CIM 概念从提出到现在已有 30 多年了，CIMS 也从美国等发达国家传播到了发展中国家，从典型的离散型机械制造业扩展到化工、冶金等连续或半连续制造业。20 世纪 80 年代是 CIMS 发展的黄金时期，人们提出了并行工程（Concurrent Engineering，CE）、敏捷制造（Agile Manufacturing，AM）等概念。

1．并行工程

并行工程产生之前，产品功能设计、生产工艺设计、生产准备等步骤以串行方式进行。这种生产方式的缺陷在于：后面的工序只有在前一道工序结束后才能参与到生产链中来，它对前一道工序的反馈信息具有滞后性。一旦发现前面的工作中含有较大的失误，就需要对设计进行重新修改、对半成品进行重新加工，于是会延长产品的生产周期、增加产品的生产成本、造成不必要的浪费。

1988 年，美国国家防御分析研究院（Institute of Defense Analyze，IDA）完整地提出了**并行工程**（**Concurrent Engineering，CE**）的概念，初衷是为了缩短武器等军用产品的生产周期并降低成本。由于该方法的有效性，后来各国的企业界和学术界纷纷开始研究它，并行工程扩展到了民用品生产领域。

并行工程有很多定义，公认的是美国国防分析研究院的定义：**并行工程是对产品及其相关过程（包括制造过程和支持过程）进行并行的一体化设计的一种系统化的工作模式。这种工作模式力图使开发者们从一开始就考虑到产品全生命周期（从概念形成到产品报废）中的所有因素，包括质量、成本、进度和用户需求。**

并行工程在先进制造技术中具有承上启下的作用，这主要体现在以下两个方面。

（1）并行工程在 CAD、CAM、CAPP 等技术和系统的支持下，充分利用原有技术，将原来分别进行的工作，在时间和空间上交叉、重叠，从而提高效率和节约成本。

（2）为了达到并行的目的，必须建立高度集成的主模型，通过它来实现不同部门人员的协同工作。为了建立模型，必须在很多局部进行仿真。这促进了仿真技术的发展，进一步发展为**虚拟制造（Virtual Manufacturing，VM）**技术。虚拟制造又翻译为拟实制造，它利用信息技术和仿真技术，对现实制造活动中的人、物、信息及制造过程进行全面的仿真，以发现制造中可能出现的问题，在产品实际生产前就采取预防措施，从而达到产品一次性制造成功，进而达到降低成本、缩短产品开发周期、增强产品竞争力的目的。

因此，虚拟制造技术不仅需要 CAD、CAE 等软件的支持，而且还需要开发新的软件，如面向装配的设计（Design for Assembly，DFA）、面向兼容性的设计（Design for Compatibility，DFC）、面向服务的设计（Design for Serviceability，DFS）、面向互换性的设计（Design for Interchangeability，DFI）、面向回收的设计（Design for Recyclability，DFR）、绿色设计（Design for Green，DFG）、后勤设计（Design for Logistics，DFL）系统等，统称 DFx。

以汽车及汽车零部件行业为例，目前广泛采用先进产品质量规划（Advanced Product Quality Planning，APQP）的方式，将整个开发过程分为五 〔小案例〕 个阶段：计划和项目的确定、产品设计和开发、过程技术和开发、产品和过程的确认、生产。其中每个阶段都有反馈和纠正措施，并在第 2 阶段和第 3 阶段采用了虚拟制造技术，如图 4.11 所示。

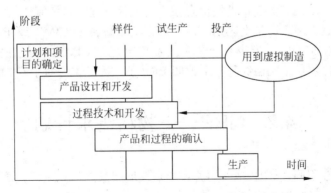

图 4.11 并行工程及虚拟制造的应用

例如，在设计制造汽车发动机底盘托架时，一般采用虚拟焊接技术。通过模拟，可以检验焊接机器人的位置是否合适、能否完成所有焊点、整个过程需要的安全空间和时间等要求。

2. 敏捷制造

敏捷制造（Agile Manufacturing，AM）又翻译为灵敏制造或灵捷制造，它起源于美国国防部支持的一项研究 21 世纪制造业发展方向的计划。该计划始于 1991 年，有 100 多家公司参加，由美国通用汽车公司、波音公司、IBM、德州仪器、摩托罗拉等 15 家著名大公司和国防部代表共 20 人组成了核心研究队伍。研究历时三年，于 1994 年底提出了题为《21 世纪制造企业战略》的报告，提出了既能体现国防部与工业界各自的特殊利益，又能获取他们共同利益的一种新的生产方式，即敏捷制造。

敏捷制造比其他制造方式具有更灵敏、更快捷的反应能力。在生产技术方面，敏捷制造要求生产设备具有高度的柔性，以便完全以市场为导向，按任意需求、任意批量，快速灵活地制造产品。因此对信息技术的要求很高，需要广泛采用计算机仿真和模拟技术。在组织方式方面，企业内部组织也应该柔性化，根据产品不同，灵活建立各种团队，并建立企业间的动态联盟。只要能把分布在不同地方的企业集中起来，就能随时建立"虚拟公司"。在管理手段方面，高素质人才是最宝贵的财富，要充分发挥人的主观能动性。不断对人员进行培训，是企业管理层的一项长期任务。

实际上，敏捷制造的思想很多来自于精益生产和 MRP，因此并没有太多新意，但由于是美国国防部支持的项目而且大腕众多，所以还是有一定影响力的。

3. 现代集成制造系统

CIM 和 CIMS 是以产品制造为起点和核心发展起来的管理信息系统。在当前全球经济环境下，一些学者扩大了 CIMS 的范围，借鉴了 MRP、MRP II、JIT 和 ERP 等管理系统的思想，将 CIMS 发展为**现代集成制造系统（Contemporary Integrated Manufacturing System，CIMS）**。新的 CIMS 可谓集信息技术、现代管理技术和制造技术之大成，和 ERP 越来越像了（当然，两者还是有区别的，一些方法论只属于 CIMS 或 ERP）。有些人认为 CIMS 包含 ERP 和 MRP II，但也有一些人认为 ERP 包含 CIMS。不过在实践中，最近十几年，企业的现代化信息系统已经基本上改叫 ERP 了，因此本书对于 CIMS 不再详细讲解。

4.2 MRP——物料需求计划

和 CIM/CIMS 不同，MRP 是以物流为起点发展起来的信息系统。要了解 MRP 的起源和发展，必须首先了解物流的概念。

4.2.1 物流学简述

物流的概念最早起源于 20 世纪初的美国。从 20 世纪初到现在一个世纪的时间内，物流理论的发展经历了三个阶段。

1．物流概念的孕育阶段

从 20 世纪初到 20 世纪 50 年代，是物流概念的孕育和提出阶段。这一阶段具有以下两个特点。①范围小，主要局限在美国。②是几个人提出来的，而且意见并不一致。主要有两种意见、两个提法，一是美国市场营销学者阿奇·萧（Arch W. Shaw）于 1915 年提出的叫做"Physical Distribution"的物流概念，他是从市场分销的角度提出的；二是美国少校琼西·贝克（Chauncey B.Baker）于 1905 年提出的叫做"Logistics"的物流概念，他是从军事后勤的角度提出的。

应该说，这两个概念的实质内容并不一样。阿奇·萧是从市场营销的角度来定义物流的，"Physical Distribution"的直译是"物资调运，实物分配"，因此可译为"分销物流"，实质上是指把企业的产品如何送到客户手中的活动。而"Logistics"是"后勤学、运筹学、物流"的意思，主要是指物资的供应保障、运输储存等。

这两个概念现在都延续下来了，因为它们分别在各自的专业领域中都得到了一定程度的响应、应用和发展，而且两者之间没有冲突，也没有一个物流学派来进行统一规范，也不需要得到社会的公认。因此这个阶段可以说是物流概念的孕育阶段，是市场营销学和军事后勤孕育了物流学。

2．分销物流学（Physical Distribution）阶段

这个阶段从 20 世纪 50 年代中期开始，大致持续到 80 年代中期，可以叫做分销物流学阶段。

1961 年，美国的斯马凯伊（Edward W. Smykay）、鲍尔索克斯（Donald J.Bowersox）和莫斯曼（Frank H. Mossman）撰写了世界上第一本物流管理的教科书《物流管理》，建立起了比较完整的物流管理学科。20 世纪 60 年代初期，密歇根州立大学和俄亥俄州立大学分别在大学部和研究生院开设了物流课程。

与此同时，分销物流的概念传到了日本，以后又逐渐传到了欧洲，20 世纪 70 年代末也传到了我国。1963 年，美国成立了美国物流管理协会，成为世界上第一个物流专业人员的组织。

因此，这一个阶段的基本特征是分销物流学占据了统治地位，并且从美国走向了全世界，成为各国公认的学科，形成了比较统一的物流概念，并形成和发展了物流管理学。

分销物流学的思想是把物流看成是运输、储存、包装、装卸、加工（包括生产加工和流通加工）、物流信息等各种物流活动的总和。在分销物流学中，主要研究这些物流活动在分销领域的优化问题。在物流理论和应用发展上取得了很大的进展，例如系统理论、运输理论、配送理论、仓储理论、库存理论、包装理论、网点布局理论、信息化理论以及它们的应用技术等。

在分销领域各专业物流理论竞相发展的同时，企业内部物流理论异军突起。1965 年，美国 IBM 公司的约瑟夫·奥列基（Joseph A. Orlicky）博士提出了"独立需求"和"相关

需求"的概念。1970 年，奥列基、普乐叟（George W. Plossl）和维特（Oliver W. Wight）三人在美国生产与存货管制学会（American Production and Inventory Control Society，APICS）的会议中，提出了物料需求规划（MRP）的基本架构。通过计算机实现的 MRP 信息系统，企业对生产制造过程中的"销、产、供"等实现了信息集成，使得企业可在库存管理上进行有效的计划和控制。

与此同时，在 20 世纪 50～60 年代，日本丰田公司创造了准时化生产技术 JIT（Just In Time）以及相应的看板管理技术，这是生产领域物流技术的另一朵奇葩。它不光在生产领域创造了一种革命性的哲学和技术，而且为整个物流管理学提供了一种理想的物流思想理论和技术，现在已经广泛应用到许多生产和物流领域。

企业内部另一个重要的物流领域是设施规划与工厂设计，包括工厂选址、厂区布局、生产线布置、物流搬运系统设计等，也都成为物流学深入应用和发展的领域，形成了物流管理学一个非常重要的分支学科。

3．现代物流学（Logistics）阶段

所有这些企业内部物流理论和技术的强劲发展，逐渐引起了人们的关注。分销物流的概念显然不能包含它们，原来只关注分销物流的人们自然想到，仅使用分销物流的概念已经不太合适了。特别是到了 20 世纪 80 年代中期，随着物流活动的日益集成化、一体化、信息化，改换物流概念的想法就更加强烈了，于是就进入了物流概念发展的第三个阶段。

这一阶段放弃使用"Physical Distribution"，而是采用"Logistics"作为物流学的称呼。但是，此时的"Logistics"已经不是早期军事后勤学上的"Logistics"了，新时期的物流学是在各个专业物流全面高度发展的基础上，基于企业供、产、销等全范围、全方位的物流学，广度和深度都和以前有很大差别。

由此可见，物流管理是企业管理的重要内容。但本书并不打算讲物流学，而是重点讲解其发展过程中的一些和 MRP、MRPⅡ、ERP 有关的概念和知识，首先介绍订货点法。

4.2.2　订货点（Order Point）法

首先讲解"安全库存"的概念。从理论上讲，库存属于闲置的资源，会增加企业成本。但是，企业的生产和销售一般是源源不断地进行的，为了保持连续生产和防范一定的风险（上游延迟交货或客户突然大量订货），必须保持一定的库存。**安全库存（Safety Stock）就是防范不确定风险的缓冲存货。**

显然，安全库存不能太少，但也不能太多。对安全库存的估计要具体问题具体分析。计算安全库存应遵循以下原则。

（1）不缺料，否则会导致停产。

（2）在保证生产的基础上，库存越少越好。

　　订货点法始于 20 世纪 30 年代，指的是对于某种物料或产品，由于生产或销售的原因而逐渐减少，当库存量降低到某一预先设定的点时，就开始发出订货单（或者是采购单、加工单）来补充库存，直到库存量降低到日安全库存时，发出的订单所定购的物料刚好到达仓库，正好可以补充前一时期的消耗。应该订货的数值点称为订货点。

　　因此，订货点法也称为安全库存法。从订货单发出到收到货物这一段时间，称为订货提前期。订货点法的原理如图 4.12 所示。

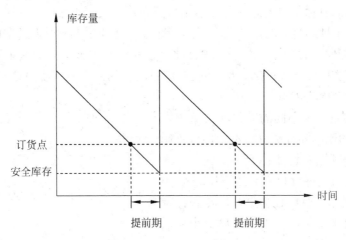

图 4.12　订货点法

　　如果以天为单位，订货点的一个计算公式是：

　　订货点时的库存=每天平均耗用量×（订单从处理到原料就位的天数）+安全库存

　　例如，某种原料一天消耗 10 吨，订单从处理（可能需要领导签字审批）到发给供货商，再到供货商发货、运输，一直到生产现场，一共需要 5 天，安全库存为 20 吨，则订货点时的库存就是：

　　10 吨×5+20 吨=70 吨

　　由于各种原因，原材料的消耗量一般是不固定的，因此订货点法中的原料消耗量应该是对近期生产的一个粗略估算。而且在大型企业中，库存存货的种类通常很多，经常超过10 万种，因此盘点和存量控制非常困难，难以确保准确性。如果实行一把抓式的管理，就可能将目光集中在大量非重要材料上，忽视了对重要材料的控制。因此一般采用 ABC 分析法[①]。

---

　　① 1897 年，意大利经济学家维弗雷多·帕累托（Vilfredo Pareto）在研究个人所得的分布状态时，用坐标曲线反映出"少数人的收入占总收入绝大部分，而多数人收入很少"的规律。1951 年，美国管理学家戴克（H. F. Dickie）发现库存物品中也存在类似的规律，他用曲线描述这一规律，定名为 ABC 分析。1951—1956 年，美国统计学家朱兰（J. M. Juran）在质量管理中应用了这一分析，并取名为帕累托曲线。1964 年，美国管理学家彼得·德鲁克（Peter F. Drucker）在其《成果管理》（*Managing for Results*）一书中，在分析企业经济效果和管理效果时，使用了 ABC 分析法的基本思想，将这一方法推广到更为广泛的领域。目前，ABC 分析法已成为一种重要的技术经济分析方法和企业管理的基础方法。

ABC 分析法

ABC 分析法又称 ABC 分类法、ABC 法则、帕累托分析法、柏拉图分析法、主次因素分析法、分类管理法、重点管理法等，**它是根据事物在技术或经济方面的主要特征进行分类排队，分清重点和一般，从而有区别地确定管理方式的一种分析方法**。在库存管理方面，ABC 分析法包括以下三步。

（1）计算每一种原材料的总金额，然后按照金额由大到小排序。

（2）前面若干种原材料的累计总金额达到库存总金额 60%的，为最重要的 A 类料（它们的种类一般不到物品总类的 10%）；累计比率在 60%～85%的，为次重要的 B 类料（种类一般占物品总类的 20%）；累计比率在 85%～100%的，为不重要的 C 类料（种类繁多，一般占总种类的 70%左右）。

需要注意的是，在不同的教材和文章中，ABC 三类物资的比率和金额有所不同，但不影响本质。ABC 分析法如图 4.13 所示。

（3）三种物料的库存控制方法不同。A 类料需要严密控制，需要精心确定订货点和订货量，使库存既可满足生产要求，又尽量少，以减少资金占压。B 类料的成本占整个物料成本的 25%左右，可采用定量采购法和经济批量采购法结合的方法。C 类料的成本最低，库存管理费用也最低，因此可采用大批量采购来补充大量库存，以尽量减少采购费用。

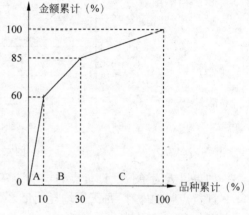

图 4.13　ABC 分析法

无论是订货点法还是 ABC 分析法，都是为了在保证生产的情况下尽量减少库存。从理论上说，总会发生供货中断和生产中断的意外情况，但如果为了保证生产而大量囤积原材料，一旦原料价格大降，就会产生巨额损失。

例如在 2008 年的经济危机前，原料价格节节走高，因此云南云天化股份有限公司（以下简称云天化）囤积了大约百万吨磷肥和 70 万吨硫黄。但 2008 年 8 月经济危机全面爆发。到了 11 月，在短短 3 个月的时间里，磷肥价格从每吨 4000 多元跌至不足 2000 元，硫黄价格从最高点的每吨 810 美元跌至 55 美元。因此云天化的库存损失为 40 亿元左右。当然，这些损失大部分都集中在 2009 年，但 2009 年原料价格大幅反弹，因此云天化的损失没有 40 亿元，但也很惨重。2007 年和 2008 年云天化的利润分别是 6.817 亿元和 6.576 亿元，但 2009 年只有 0.773 亿元，主要是大量囤积高价原料造成的。

2008 年以前资源价格总体是在节节走高，因此云天化囤积资源的想法或许合理，但大量囤积的风险实在太大。可以考虑在订货点法的基础上适当加大订货。任何企业如果过多地参与金融投机，或许出发点是好的，但总体来看弊大于利。

4.2.3　MRP——物料需求计划

订货点法的优点是计算简单，但缺点也同样明显，就是没有按照各种物料真正需用的时间来确定定货日期，因此往往造成较多的库存积压和资金占用。例如，某种物料库存量虽然降低到了订货点，但是可能在近一段时间企业没有收到新订单，所以没有新需求产生，暂时可以不用考虑进货。

因此在 1965 年，约瑟夫·奥列基（Joseph A. Orlicky）提出了"独立需求（Dependent Demand）"和"相关需求（Independent Demand）"的概念。**独立需求是指某一物料的需求与其他物料的需求无关**。换句话说，一种物料的需求，不是任何其他库存物料需求的函数，它是根据预测得到的需求量。**相关需求是指某物料的需求与另一物料或产品的需求直接有关**，可以根据数学关系推算得出。

例如，对成品和维修件的需求是独立需求，而对原材料的需求是相关需求，可以根据客户对成品的需求逆推而得。

在此基础上，奥列基、普乐叟和维特于 1970 年提出了**物料需求计划（Material Requirements Planning，MRP）**的基本架构。**MRP 是在订货点法基础上发展形成的一种新的库存计划与控制方法，是制造业的库存管理信息系统，主要内容包括客户需求管理、产品生产计划、原材料计划以及库存记录，它解决了在正确的时间、按正确的数量得到所需物料这一问题。**MRP 的工作原理如图 4.14 所示。其工作过程分为以下几个步骤。

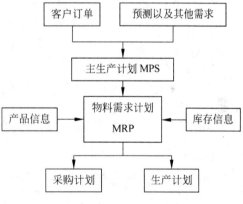

图 4.14　MRP 原理图

首先，根据客户订单、市场预测以及其他需求，制定**主生产计划 MPS（Master Production Schedule）**。主生产计划是驱动 MRP 的一整套计划数据，由主生产计划员负责建立和维护，它可以反映出企业打算生产什么、什么时候生产以及生产多少。

MPS 需要确定每一种具体的产品在每一具体时间段内的生产数量。这里的具体时间段可以以周为单位，也可以以日、旬、月甚至小时为单位。MPS 是独立需求计划。

其次，根据主生产计划、最终产品信息和库存情况，制定物料需求计划。在此过程中，需要产品信息文件和库存状态文件。产品信息文件就是**物料清单（Bill of Materials，BOM）**，它是 MRP 的核心文件，也是制造企业的核心文件。**库存状态文件**包括各种原料、半成品和成品的库存信息。由于这两个文件很重要，因此后面单独讲述。

然后，在 MRP 的指导下，制定采购计划和生产计划。采购计划是每一项采购件的建议计划，包括订货日期和预计到货日期、需求数量等内容；生产计划是每一项加工件的建议计划，包括开始生产日期和预计完工日期、生产数量等内容。

4.2.4 物料清单和库存信息

物料清单（Bill of Materials，BOM）又叫零件结构表、物料表等，是将产品的原材料、零配件、组合件予以拆解，并将各单项材料依材料编号、名称、规格、基本单位、供应厂商、单机用量、产品损耗率等按制造流程的顺序记录下来的一个清单。

要建立物料清单，首先要将产品分解为多层次的半成品和原料，然后制定矩阵式的物料清单。

【例1】　自行车的产品分解图如图 4.15 所示，括号中的数字组成上层产品所需的零件的个数。

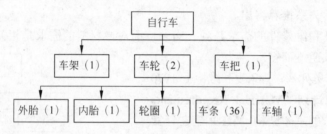

图 4.15　自行车的产品分解图

然后，建立自行车的矩阵式物料清单，如图 4.16 所示。

物料号：10000　　　　图号：101　　　　版次：A　　　　计量单位：辆　　　批量：200　　　现有量：50

物料名称：自行车　　　类型：4　　　　　分类：502　　　　提前期：3　　　累计提前期：18

层次	物料号	物料名称	计量单位	数量	来源	生效日期	失效日期	成品率	累计提前期	ABC码
1	11000	车架	件	1.0	M	20100101	20101231	0.99	15.0	A
1	12000	车轮	个	2.0	M	20100101	99999999	1.00	15.0	A
2	12100	外胎	条	1.0	B	20100101	20101231	0.99	13.0	C
2	12200	内胎	条	1.0	M	20100101	20101231	0.98	12.0	B
2	12300	轮圈	条	1.0	M	20100101	20101231	0.97	12.0	B
2	12400	车条	根	36.0	B	20100101	20110630	0.95	10.0	C
2	14000	车轴	个	1.0	M	20100101	99999999	0.99	14.0	B
1	15000	车把	副	1.0	M	20100101	99999999	0.99	14.0	A

图 4.16　自行车的物料清单

　　图 4.16 是自行车全部物料的物料清单，描述了完整的产品结构。物料清单中的表头和各栏标题信息，都来自物料主文件（信息集成）。它用缩进的层次号说明产品各物料之间的层次关系，同时还说明数量关系、计量单位、自制（M）还是外购（B）、物料的生效日期和失效日期（以 4 位年+2 位月+2 位日表示，99999999 为永不失效）、成品率、累计提前期以及 ABC 分类等。这里为了演示方便，把各项主要信息列在一张表中，实际的物料表可能还会有更多列，在 ERP 软件中也可能是通过几个屏幕分别显示的。

　　对于复杂的产品，可以以它的部件作为顶层物料，建立相应的物料清单。例如，现在的汽车都有上万种零件，如果用一个有七八个层次的物料清单显示，实在太过庞大。因此整车的物料清单一般只显示汽车的主要部件，如发动机、底盘、车身、电气设备等，每一个部件都是一个复杂的子系统，还需要再建立物料清单。

1. 物料清单的作用

　　物料清单是企业所有核心业务都要用到的共享文件。也就是说，它对任何业务来说都是很重要的，不是某一种业务独占的文件。但使用物料清单最频繁的是计划与控制部门。物料清单主要有以下几方面的作用。

　　（1）使系统识别产品结构。

　　用计算机辅助管理，首先要使系统能够"读出"企业制造的产品结构和所有涉及的物料。为了便于计算机识别，必须把用图表达的产品结构转换成数据报表格式，也就是物料清单。物料清单同产品结构图所说明的内容是一致的。

　　（2）是联系与沟通企业各项业务的纽带。

　　物料清单是运行 MRP、MRPⅡ乃至 ERP 的重要文件，企业各个业务部门都要依据统一的物料清单进行工作。对销售部门来说，它是洽谈客户订单和报价的依据；对计划部门来说，它是编制生产计划和采购计划的依据；对仓库部门来说，它是向生产工位配套发料的依据；对财务部门来说，它是计算成本的依据。

　　总之，物料清单体现了信息的集成和共享。**对制造业企业来说，离开物料清单是不可能实现信息化管理的**。

　　除了矩阵式物料清单，还有汇总式物料清单、反查用物料单、成本物料单、计划物料单等多种类型。这里就不详细讲解了。

2. 库存状态文件

　　库存状态文件的数据主要有两部分。一部分是静态的数据，是在运行 MRP 之前就确定的数据，如物料的编号、描述、提前期、安全库存等；另一部分是动态数据，如物料的总需求量、预计到货量、库存量、净需求量、计划发货量、订货日期等，这些是 MRP 在运行时不断变化的数据。下面对相关术语进行解释。

- 总需求量：如果是最终产品级物料，则总需求量由 MPS 决定；如果是零件级物料，则总需求量取决于直接上级物料的需求量。
- 预计到货量：在有的系统中称为在途量，即计划在某一时刻入库但尚在生产或正在采购途中的物料的数量。
- 现有数：表示目前还可以用的库存量。现有数的计算公式是：现有数=上期期末现有数−本期总需求量+本期预计到货量。
- 净需求量：如果现有数减去安全库存后，再加上预计到货量不能满足需求量，则产生净需求。因此净需求量=总需求量−预计到货量−（现有数−安全库存）。
- 计划收货量：当净需求量为正时，就需要订货。计划收货量取决于订货批量的方式，如果采用逐批订货的方式，也就是需要多少就订多少，则计划收货量等于净需求量；如果采用经济批量订货方式，则计划收货量就是每次订货的数量，一般会大于目前的净需求量。
- 计划发货量：一般来说，该值就是每次订货（逐批订货或经济批量订货）的数量，但在时间上有一个提前量，即订货提前期，因为货物在路途上需要时间。因此，订货日期应该是计划收货期减去订货提前期。

　　实际的 MRP 系统的库存状态数据还会包括一些辅助数据项，如订货情况、盘点记录、尚未解决的订货、需求的变化等。对在途的原材料也可分为实际在途（上游厂商已经发货）和计划在途（预计上游厂商会发货）两种情况。因此各种数量的计算公式会更复杂一些。

　　【例2】某种零件 A 现有库存 40 个，其中安全库存为 20 个。从今天（第 1 天）起，预计车间每天的毛需求量分别是 20、20、0、30、30、10 个，在第 2 天计划收到 40 个。如果缺货，就采用逐批订货的方式，订货提前期为 2 天。请计算在哪一天订货，以及订多少。本题可以先画一个表格，如表 4.1 所示。

表 4.1　零件 A 的需求量计算（1）

时段（天）	1	2	3	4	5	6
毛需求量	20	10		30	30	10
计划到货量		40				
现有库存（40）						
净需求量						
订货量						

　　我们知道，车间每天从库房提走所需零件后，库存就会减少；如果收到货物，库存就会增加。因此每天都要计算净需求量（现有数−安全库存+预计到货量−每天的总需求量），如果净需求量为正，则需要提前 2 天订货，每次订货量为净需求量。因此，经过计算后的需求量如表 4.2 所示。

表 4.2　零件 A 的需求量计算（2）

时段（天）	1	2	3	4	5	6
毛需求量	20	10		30	30	10
计划到货量		40				
现有库存（40）	20	50	50	20	20	20
净需求量					30	10
订货量			30	10		

下面简要说明计算过程。

首先要按列计算，前 5 天可以根据毛需求量和计划收货量，算出各天的库存数。第 4 天已经达到了安全库存，第 5 天还将消耗 30 个，如果没有事先订货，库存量将是负值。由于需要提前 2 天订货，所以在第 3 天就应订货 30 个。

因此到第 5 天结束时，库存还有 20 个，但第 6 天还将消耗 10 个，低于安全库存 10 个。因此第 6 天的净需求量是 10 个，需要在第 4 天订货。

4.2.5　MRP 的基本运算逻辑

例 2 已经充分说明了 MRP 是如何计算订货量的。如果再把物料清单结合进来，则 MRP 的基本运算逻辑图如图 4.17 所示。

也就是说，根据客户订货、市场预测等情况，确定产品的需求量，这些是独立需求。然后开始 MRP 计算，根据物料清单和库存现有的一级原材料数量，计算各个时段的一级原材料的需求量、订货量和库存量。一级原材料计算完之后，再根据物料清单和库存状况，计算二级原材料在各个时段的需求量、订货量和库存量。如此循环往复，直到物料清单上的所有物料都计算完毕为止。

在实际应用中，MRP 的计算会很复杂。首先是由于半成品和原料种类繁多，可能多达几千甚至上万种，并具有多层次关系。其次是一些物料需要自己生产，另一些需要外购，订货方式又有逐批订货和经济批量订货两种，所以物流的管理也比较繁琐。另外，一些半成品可能既有相关需求，也有独立需求（如作为维修用的零件）。正是有了计算机的强大计算能力，人们才能编写出复杂的管理软件，可帮助企业进行有效的库存管理。MRP 计划的制定与执行具有很高的难度，必须有强有力的计算机软硬件

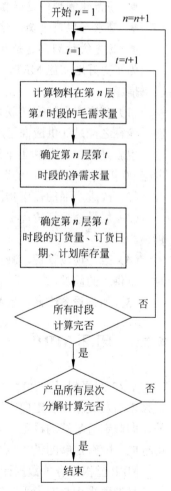

图 4.17　MRP 的运算逻辑

系统，管理也要跟得上，才能达到预期效果。

由此可以看出，MRP 的基本内容是编制零部件和原材料的生产计划和采购计划。主生产计划 MPS、物料清单 BOM 和库存信息，是 MRP 必需的基本信息，其中，主生产计划是推动 MRP 的原动力。要建立一个完善的 MRP，必须详细分析、收集这些信息。

因此，**MRP 不仅是在计算机辅助下的一种新的计划管理方法，而且最终深刻影响了企业的组织方式和生产方式，为企业管理带来了新的内容。**如果说 MRP 体现了先进的管理思想，那么它所体现的主要思想包括以下几个方面。

- 规范化管理。这是信息集成必需的先决条件。
- 需求与供应平衡。这是微观经济学的核心思想。
- 优先级计划。这是合理利用企业资源和增加企业产出的必要前提。

为了更好地实施 MRP，企业除了要仔细分析物料清单、改进库存管理外，还应该采取以下措施。

（1）和客户保持密切联系，尽量获得稳定的产品订单。尽量减少原材料供应的不稳定性。途径之一是让供应商了解生产计划，以便它们能够及早作出安排。

也就是说，企业和上下游的供应商、客户都要尽量建立紧密的联系。这最终导致 20世纪 90 年代供应链理论的诞生。

（2）改进产品的需求预测。预测越准，意外需求发生的可能性就越小。

（3）尽量缩短订货周期与生产周期。周期越短，则在该时间段内发生意外的可能性就越小。

（4）改进现场管理，减少废品或返修品的数量，从而减少由于这种原因造成的不能按时按量供应的问题。

（5）加强设备维修，以减少由于设备故障而引发的供应中断或延迟问题。

4.2.6 闭环 MRP

MRP 的思想早在 20 世纪 40～50 年代就已经产生，只是到了 60～70 年代，随着计算机技术的发展才逐步走向应用。MRP 系统建立在两个假设的基础上：一是生产计划是可行的，即假定有足够的设备、人力和资金来保证生产计划的实现；二是假设物料采购计划是可行的，即有足够的供货能力和运输能力来保证完成物料供应。

MRP 能根据有关数据计算出相关物料需求的准确时间与数量，但它还不够完善，主要缺陷是处理需求与能力平衡的方法不够简捷，操作繁琐，不能迅速回答客户的询问。同时，它也缺乏根据计划实施情况的反馈信息对计划进行调整的功能。正是为了解决以上问题，在 20 世纪 70 年代，MRP 系统发展为闭环 MRP 系统。

闭环 MRP 是一个结构完整的生产资源计划及执行控制系统。**闭环 MRP（Closed Loop MRP）**系统除了物料需求计划外，还将生产能力需求计划、车间作业计划和采购作业计划也全部纳入 MRP，形成一个封闭系统。

闭环 MRP 才是真正"默认"的完整 MRP
系统，其逻辑流程如图 4.18 所示。

1．闭环 MRP 的过程

（1）企业根据发展的需要与市场需求制
定企业经营规划，根据经营规划制定主生产
计划，同时进行生产能力与负荷的分析，制
定资源需求计划。

**在企业中有一些相对自成一体的生产或
加工中心，称为工作中心（Work Center，
WC）。工作中心也是成本计算单元。关键工
作中心的负荷平衡称为资源需求计划，又称
粗能力计划（Rough Cut Capacity Planning，
RCCP）**，它的计划对象为独立需求件，主要
面向主生产计划。所谓"负荷平衡"，是指在
正常生产状态下，投入与产出达到平衡的一
种状态，在这种状态下原材料和成品都没有
积压，员工既不清闲也不太累。

当然，在计划中可能出现能力需求超负
荷或低负荷的情况。如果无法平衡能力，还
可以修改主生产计划。

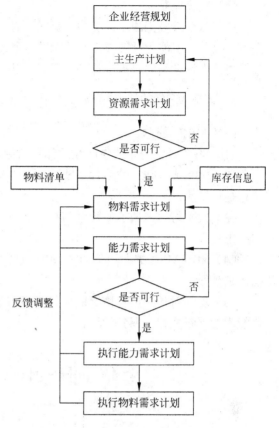

图 4.18　闭环 MRP 的逻辑流程

（2）根据主生产计划、物料清单和库存信息，制定物料需求计划。

（3）制定能力需求计划。

全部工作中心的负荷平衡称为**能力需求计划（Capacity Requirement Planning，CRP）**，
或称为详细能力计划，而它的计划对象为相关需求件，主要面向车间。由于 MRP 和 MPS
之间存在内在联系，所以资源需求计划与能力需求计划之间也是一脉相承的，后者正是在
前者的基础上进行计算的。

制定能力需求计划的依据主要有以下几个方面。

- 工作日历：是用于编制计划的特殊形式的日历，它是由普通日历除去休息日，并
  将日期表示为顺序形式而形成的。
- 工艺路线：是一种反映制造某项物料加工方法及加工次序的文件。它说明加工和
  装配的工序顺序，每道工序使用的工作中心，各项时间定额，外协工序的时间和
  费用等。
- 由 MRP 输出的零部件作业计划。

（4）反馈控制。

如果这个阶段无法平衡能力，就需要修改能力需求计划，甚至修改物料需求计划。工作中心执行平衡能力后的能力和物料需求计划，并根据执行结果进行反馈，以便进一步修改能力需求计划和物料需求计划。正是因为存在多个反馈控制过程，所以才叫闭环 MRP。

2．闭环 MRP 的特点

闭环 MRP 具有如下特点。

（1）MPS 要受企业的生产经营计划指导，这一要求比 MRP 严格。

（2）MPS 与 MRP 的运行（或执行）伴随着能力与负荷的不断调整和反馈，从而保证计划是可靠的。

（3）采购与生产加工的计划与执行是物流的加工变化过程，同时又是控制能力的投入与产出过程。

（4）闭环 MRP 扩大和延伸了 MRP 的功能，把 MRP 进一步向车间作业管理和物料采购计划延伸。

（5）加强对计划执行情况的监控。能力的执行情况最终反馈到计划制定层，整个过程是能力的不断执行与调整的过程。

4.3　MRPⅡ——制造资源计划

4.3.1　MRPⅡ的产生和逻辑流程

在 20 世纪 70 年代末，一些企业希望 MRP 能同时反映财务信息，将经营、财务与生产管理子系统相结合。1977 年 9 月，美国生产管理专家奥利佛·维特（Oliver W. Wight）在美国《现代物料搬运》（*Modern Materials Handling*）月刊上，首先倡议给同财务信息集成的 MRP 系统一个新名称——**制造资源计划**（**Manufacturing Resource Planning，MRPⅡ**），为了同 MRP 区别，加上了后缀"Ⅱ"，说明它是第二代 MRP。因此，MRPⅡ 是 MRP 的发展，MRP 仍然是 MRPⅡ 的核心。

MRPⅡ 就是把企业看成一个有机整体，从整体最优的角度出发，对企业各种制造资源和产、供、销、财各个环节进行有效的计划、组织和控制，以达到最大的客户服务、最小的库存投资和高效率的工厂作业为目的的集成信息系统。其运行逻辑如图 4.19 所示。

在图 4.19 的右侧是计划与控制的流程，它包括了决策层、计划层和执行层，可以理解为经营计划管理的流程；图中的阴影框是基础数据，要储存在计算机系统的数据库中，需要经常使用。这些集成的数据和信息把企业各个部门的业务联系起来，可以理解为计算机数据库系统。图中的双线框是财务系统，这里只列出了应收账、总账、应付账和成本会计系统。图中的各个连线表明信息的流向和相互之间的集成关系。

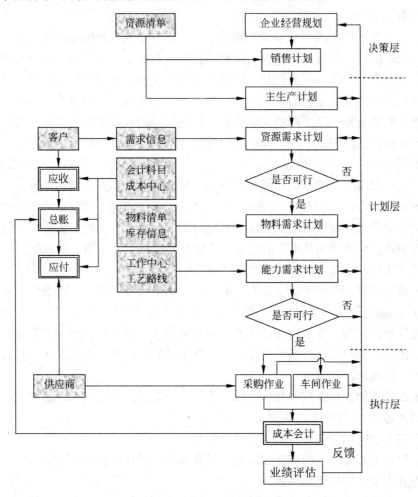

图 4.19　MRP Ⅱ 的逻辑流程

　　MRP Ⅱ 是一个比较完整的生产经营管理计划体系，是实现制造业企业整体效益的有效管理模式。MRP Ⅱ 的主线是计划与控制，包括对物料、成本和资金的计划与控制，这要求高度的信息集成。

4.3.2　信息集成与实时共享

　　信息集成（**Information Integration**）就是任何一项数据或信息，由一个部门的专职员工负责，在规定的时间里录入到信息系统中，然后根据业务流程的要求，按照规定的方法

进行加工处理。也就是说，同样的数据或信息不再需要第二遍录入。所以，信息集成的原则是"信息来源唯一"。只有信息来源准确可靠，内容完整精细，发布传递及时，才有助于做出正确决策。

信息集成要求系统中的各子系统都采用统一的标准、规范和编码，一定要注意标准化工作。我国和国际上很多标准化组织对于相关行业，都制定了很多术语标准和通信标准，以利于企业内部和企业之间交换信息。信息集成时一定要充分遵照这些标准。

信息集成还要求业务流程的规范化，这也是企业管理规范化的要求。**从不规范管理到规范化管理，实质上是一场深刻的管理革命**。规范化管理可以提高公平性，减少腐败。比如采购，如果由 MRP 确定，再对供应商进行评级（根据其以往供货的及时性、合格率、价格方面的情况），盲目采购的现象就不会存在了，从而减少资金占压，加速资金周转。

另外，在计算机应用的早期，每个生产部门都有自己的信息系统存储本部门的产品信息，因此产品的编号、称呼都难以统一，明显不符合信息集成的要求。如果要实现 MRP Ⅱ，就必须实现管理规范化和信息集成。虽然这对整个企业有好处，但往往不是一件容易的事情，因为牵涉到"谁服从谁"的问题，牵涉到复杂的人际关系。所以信息集成既是一件繁琐的技术工作，也是一件头痛的管理工作。

例如，员工信息在企业的很多地方都会用到，比如人事部门、会计部门、车间、集体宿舍、食堂（如果饭卡和员工对应），但是员工的基本信息（员工号、姓名、身份证号、技术职称、照片等）只有人事部门有权录入，相关信息（当月工资、车间工作安排、饭卡余额等）可以由有关部门在信息系统中找到员工基本信息后，建立关联录入，并且关联录入也是唯一的，这就是信息集成。

信息集成的目的是实现实时共享。如果决策依据的是过时的信息，必然会导致严重的后果。所谓"实时"，有以下几重含义。

（1）在需要的时刻能获得必要和及时的信息。

（2）及时预见可能发生的事件和机遇，预防风险，抓住机会。

（3）不延误事件的处理和决策。

要想达到实时性，工作人员要及时收集、整理信息，信息网络也要通畅。

和 MRP 相比，MRP Ⅱ的一个重要改变就是集成了会计系统。会计信息系统是最早的计算机应用系统。现代会计学把主要向企业外部提供财务信息（如资产负债表、损益表和先进流量表）的会计事务称为财务会计，而把面向企业内部各级管理人员提供财务信息的会计事务称为管理会计（如成本控制、本—量—利分析等）。20 世纪 80 年代和 90 年代初的电算化会计软件之所以跟不上管理的要求，原因就是忽视了管理会计。电算化会计软件只提供了国家财政部要求的各种财务报表，却没有给企业提供管理决策的信息。

因此，能否做到资金流信息和物流信息的集成、财务和业务的集成，是判断企业是否实现 MRP Ⅱ的重要标志。

MRP Ⅱ是通过两种方式把物流和资金流的信息集成起来的。

1．静态集成

在产品结构和工艺路线基础上，采用自底向上累加成本的方法，为物料逐个计算成本（即管理会计中的标准成本），同时建立物料分类，使物料成本通过物料分类与会计科目对应起来，从而建立物料和资金的静态集成关系，如图 4.20 所示。

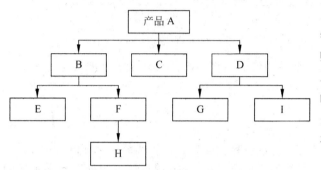

从最底层开始，每一层物料都有材料费和采购费。加工成上层物料后，每层都要加上本层的人工费和各种间接费用，还要加上下层的材料费和采购费

图 4.20　计算产品的物料价值

要得到准确的资金数据，会涉及管理上的许多问题。例如，如果工人的工资和奖金是以工时为依据，那么工时定额就很难准确，因为工人可能某天干得多而某天干得少（自身问题或者上个流程的物料没有及时跟上）；如果企业搞车间承包，车间按定额领料，用不完也不退还仓库，那么还是难以得到准确的材料消耗量。因此，不合理的激励机制对数据的准确性有很大的不利影响。如果一个工厂只在进口处有一个总的流量计，厂房内各个部门都吃大锅饭，成本也很难控制。所以**管理越深越细，成本越准确**。但要做到这一点需要下很大的工夫，遇到的人事问题也会很多。

要合理安排生产线，需要测量工人生产一件产品的精确时间。常用的测量方法是测量十次甚至几十次，然后求平均值。最后根据结果优化和调整生产方式。但一个人站在工人身后拿着秒表计时，工人肯定感到不舒服，也容易引起对立情绪。调整生产方式也可能涉及权力的调整。所以一定要尊重员工，多沟通，各方面都建立起责任感（这不是泰勒制，泰勒制纯粹把工人当成机器）。

"魔鬼在细节中"，工业管理尤其要重视细节。比如物料在加工前和加工后一共可以细分成五种时间（见图 4.21）：排队时间（物料在排队等待加工）、准备时间（物料上工作台，进行紧固、校准等操作的时间）、加工时间（真正的加工）、等待时间（加工后的物料下工作台，排队等待运送到下一道生产线）和传送时间（传送到下一道生产线所需的时间）。在这五种时间中，排队、等待和传送时间不会增加物料价值，但却因为占用了库存资金而增加了成本，因此属于"非增值作业"，需要尽量压缩或消除。据统计，在离散型制造业中，属于"增值作业"的准备时间和加工时间之和，往往只占整个加工周期的 5%～10%。必要的加工时间是必须保证的，应当压缩非增值作业，而且这大有潜力可挖。

排队　　准备　加工　等待　　传送

图 4.21　一道工序的五种作业时间

由此可以看出，要建立一个好的信息系统需要极大地改变管理思想，优化业务流程。这绝不是一件容易的事情。

2. 动态集成

物料是要流动的，每一次流动或者变化相当于一个"事务（Transaction）"，必然会产生新的成本。因此要给每一种事务处理赋予一个代码（或直接使用处理某项事务的程序号），同时定义与此代码相关的会计科目和各个科目上的借贷关系，从而将物流和资金流动态集成。

有些事务是同一件事的两面，如仓库发料和车间领料。MRPⅡ系统对每一项事务处理都会自动建立凭证，记录业务过程，便于追踪和审计。如果业务流程被割断，都会造成信息不完整。

4.3.3　MES——制造执行系统

制造执行系统（**Manufacturing Execution System，MES**）是美国先进制造研究机构（Advanced Manufacturing Research，AMR）在 20 世纪 90 年代初提出的。AMR 对 MES 的定义是：**MES 是位于上层的计划管理系统与底层的工业控制之间的面向车间层的管理信息系统**。MES 旨在加强 MRP/MRPⅡ计划的执行功能，为操作人员/底层管理人员提供计划的执行、跟踪以及所有资源（人、设备、物料、客户需求等）的当前状态。通过执行系统（Execution System），把 MRP 同车间的现场控制联系起来。现场控制设备包括可编程逻辑控制器（Programmable Logic Controller，PLC）、数据采集器、条形码、各种计量及检测仪器、机械手等。为此，MES 系统需要设置必要的软件接口，能和这些控制设备交换数据。

MES 的重点是解决车间生产问题，是针对 MRPⅡ在生产管理方面的限制和不足而产生的（在实际应用中，具体的 MRP/MRPⅡ软件都很难和车间生产结合得很好），是 MRPⅡ的必要补充。

1. MES 的必要性

MES 的必要性可以归纳为以下两点。

（1）MRPⅡ虽然具有成本控制功能，并强调事前计划、事中控制、事后分析相结合，全面进行成本计划与控制，但由于实际生产的复杂性，导致成本分析的误差较大，不能为企业的正常运行提供有力的支持。解决该问题的方法就是需要根据实际的生产情况，获得可靠的成本数据，这就需要生产底层的支持，生产层为成本核算提供物料、设备、人力、工时等基础数据。虽然 MRP Ⅱ 可以通过生产层获得必要的成本数据，但由于生产条件的不断变化，生产产品的直接人工费、直接材料费和制造费等费用也会相应发生变化，所以实际成本数据是动态变化的。

由于 MRP Ⅱ 系统对车间底层的控制能力较差，生产底层的数据并不能实时反馈到上层的管理系统，在时间上存在延迟，因此会造成产品的各项成本的不准确，使其对整个企业的生产管理起不到应有的辅助作用，不能及时地监督、控制车间成本的损耗。

（2）传统的生产管理系统主要负责收集底层控制系统的与生产相关的实时数据，安排短期的生产作业的计划调度、监控、资源调配和生产过程的优化工作，并不包括成本管理，所以不能将生产中的物流和资金流紧密结合起来。因此，将成本管理加入到生产管理系统，并进行各方面的优化，升级为 MES，可以弥补上述不足。MES 可以由生产活动直接产生财务数据，把实物形态的物料流动直接转换为价值形态的资金流动，将生产所需物料的当前位置、数量、状态和价值进行统一管理，实现了物流与资金流的集成和统一，保证了生产和财务数据的一致。财务部门也能及时得到资金信息，用于成本控制，指导和控制生产经营活动。

2．MES 的结构

MES 的逻辑功能结构以及它和 MRP Ⅱ 的关系如图 4.22 所示。

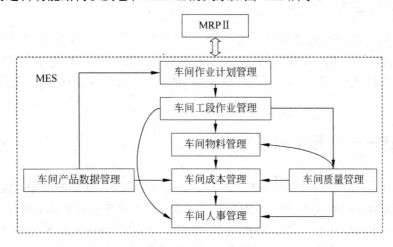

图 4.22　MES 总体模型

MRP Ⅱ 将产品生产需求、BOM/图纸/工艺文件、企业生产资源、库存状态、人力状态、加工计划和配件需求等信息传递到 MES。

在 MES 中，各模块的作用如下。

（1）车间作业计划管理把车间的生产计划拆成零部件生产计划，并根据产品加工工艺，得出各个工段的生产计划。还可以根据 MRPⅡ的车间生产计划查看缺料名细，以便向相关部门催料。

（2）工段作业管理是对工段生产计划的管理，它具有工段日生产计划的编制、对设备和操作人员下达日生产作业任务、工作票的回收管理及统计日生产进度等功能。在各工段组织生产期间，车间调度员可及时查看生产任务的进展和完成情况。

（3）车间物料管理建立有物料台账，对库存物料进行记录、查询和维护；包括物料收发流水账的维护及管理。

（4）物料发放由成本会计控制。物料管理和车间成本管理、车间人事管理进行工时核算、定额核算、指标核算和计划核算，以及职工生产能力平衡核算、个人定额统计、班组定额统计和单位产品实际消耗统计等计算。

（5）车间人事管理根据职工的出勤情况，汇总职工的考勤统计；根据班组、个人的得分情况，进行班组、个人的奖金工资核算。

（6）车间质量管理模块从事质量管理，完成车间班组综合管理考核信息、质量检验数据的管理；对关键工序关键项检验的数据进行维护和分析。并将废品信息传递到车间成本管理、物料管理、人事管理模块。

（7）产品数据管理模块主要是对产品结构数据（BOM）和产品加工工艺数据的管理，维护和管理车间生产中所需的各种基本数据。

3．MES 的定位

MES 可以看成 MIS 的最底层，也可以看成 CIMS 的底层，因此从概念上说并无新意，所以还是称为"底层生产管理系统"更能反映其实质。实际上，MES 是在 ERP 之后提出的，借鉴了 ERP 的很多想法，可以看成 ERP 的组成部分。关于 ERP，将在下一章详细讲解。

4.3.4　EIS——主管信息系统

在 MRPⅡ等复杂的 MIS 系统中，都有一个供高层经理们使用的信息系统，叫做 **EIS**（**Executive Information System**），一般翻译成**主管信息系统**或总裁支持系统；或者叫做 ESS（Executive Support System，主管支持系统）或 SPS（Strategy Planning System，战略计划系统）。总之叫法不一，功能上也略有差别，但一般还是叫 EIS 的多一些。

EIS 是为高级经理提供信息，以支持他们进行决策的系统。EIS 具有如下特点。

（1）可以根据高级经理负责业务的不同来调整系统的模块。例如公司负责存储器业务的副总裁可以看到存储器业务的详细信息，但对其他业务模块只能看到高层信息。

（2）可以访问和集成企业内外的广泛信息。

（3）具有更强的分析能力。从计算机技术上说，EIS 对基本业务数据进行了多级汇总、抽取、过滤、压缩，也就是提供**数据挖掘（Data Mining，DM）**功能，以便让高级经理从各个角度查看宏观信息。并内置根据数学公式进行趋势分析和例外分析的程序，因此可以提供趋势分析报告和例外报告，这就是**商务智能（Business Intelligence，BI）**。

（4）可以用文字、表格、图形等多种方式显示信息。

（5）高级经理直接使用，不需要中间人。

（6）支持电子邮件、传真、文字处理等功能。

（7）提供提高个人工作效率的工具，如电子日历、备忘录等。

在建立 MRP Ⅱ 等系统时，一定要建立 EIS 系统，因为这可以让高级经理和企业的一把手能够随时查询他们所关心的精确信息，以帮助决策。只有让一把手感到他们是实施信息系统的最大受益者，他们才有可能成为实施信息化的有力支持者。EIS 在 MRP Ⅱ 系统中的位置如图 4.23 所示。

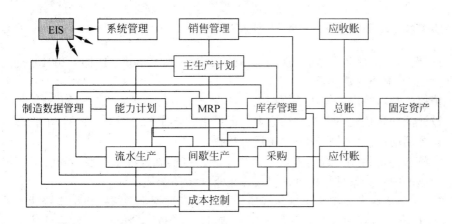

图 4.23 MRP Ⅱ 系统的基本子系统及其相互关系

图 4.23 中每一个子系统都有一些线和其他子系统相连，说明它们之间的信息集成关系。其中，制造数据管理和库存管理的连线最多，说明它们包含了运行 MRP Ⅱ 的主要数据。

EIS 或 SPS 的结构也不像底层系统那样严谨。实际上，它是一个比较灵活的结构。高级的 SPS 往往包含一个专家系统（Expert System，ES）或知识管理系统（Knowledge Management System，KMS）。

专家系统（Expert System，ES）是一个智能计算机程序系统，其内部含有大量的某个领域的知识与经验，可以达到该领域的专家水平。专家系统可以进行推理和判断，模拟人类专家的决策过程，从而可以解决那些需要人类专家处理的复杂问题。

专家系统往往是依据在相当长的一段时间内不变的知识建立的，或者说是静态知识的一个集成系统。例如可以做一个看病的专家系统，它可根据病人的症状，确定病人有什么疾病。此外还有国际象棋专家系统、农业专家系统、美容护肤专家系统等。

至于知识管理系统，将在第 5 章详细讲解。

EIS/ESS/SPS 应该帮助高级经理回答这样的问题：我们的战略方向是什么？我们应当采取什么样的战略行动？如何保持企业的可持续发展？如何长久地获得利润？这些问题的回答需要宏大的视野和深刻的洞察力。实际上，企业内部的信息并不足以帮助决策者回答这些问题，而且探寻这些问题的答案也没有一定的章法可循。

4.3.5　决策支持系统

从 4.3.4 小节的图 4.21 可以看出，MRP II 的基本子系统并不包含决策支持系统。但决策支持系统却可能出现在其子系统中，并且决策支持系统是一个很重要的概念，因此这里顺便讲一下。

1. 决策的过程和类型

美国管理学家和社会学家赫伯特·西蒙（Herbert A. Simon，1916—2001）提出了决策制定过程有以下 4 个主要阶段。

- 情报活动：找出制定决策的理由，即探寻环境，寻求要求决策的条件。
- 设计活动：找出可能的行动方案，即创造、制定和分析采取的行动方案。
- 抉择活动：在各种行动方案中进行抉择。
- 实施与评价活动：选定方案后付诸实施。在实施过程中还要不断收集情报，并对实施的中间结果进行评价，以便作出下一步的决策。

例如，一个企业准备实施信息化战略，事先要广泛搜集情报，包括本企业的管理和以前的信息化情况、行业内竞争对手的情况、信息产业的发展情况、宏观经济情况等。然后在这些信息的基础上，设计出几种信息化战略可选方案；然后由决策者进行抉择，选择一种方案进行实施。在实施过程中要不断反馈并收集新的情报，以便随时调整方向。

西蒙认为，决策按其性质可分为如下 3 类。

- 结构化决策：决策问题相对比较简单、直接，决策过程和方法有固定规律可循，能用明确的语言和模型加以描述，并可实现决策过程的自动化。例如，库存补货决策一般都是结构化决策，只要库存量低于安全库存，就可根据企业需求和一定的时间提前量，向上游企业订货。因此，结构化决策完全可以用计算机来实现。
- 非结构化决策：是指没有固定决策规则和通用模型可依、决策过程复杂、决策方法没有固定规律可循的决策。例如，企业的战略决策显然是非结构化决策。
- 半结构化决策：介于以上二者之间的决策，决策过程和方法有一定的规律可以遵循，但又不能完全确定。这样的决策问题一般可适当建立模型，但无法确定最优方案。例如厂址的选择、产品设计，都属于半结构化决策。

当然，这三类决策之间并无明显的界限，只是像光谱一样的连续统一体。

2. 决策支持系统

决策支持系统（Decision Support System，DSS）是辅助决策者通过数据、模型和知识，以人机交互方式进行半结构化或非结构化决策的计算机应用系统。

决策支持系统的概念是 20 世纪 70 年代由美国麻省理工学院的 G. A. 戈里、M. S. 莫顿和 P. G. 基恩等人提出的，美国卡内基-梅隆大学的赫伯特·西蒙（见图 4.24）教授做出了很大贡献。西蒙既是管理学家，又是著名的计算机和心理学教授，他对经济组织内的决策程序做出了创造性的贡献，因此获得了 1975 年图灵奖和 1978 年诺贝尔经济学奖。能获得这两项顶级大奖的，整个 20 世纪只有西蒙一人。

西蒙是管理决策学派的代表，认为管理的重要职能是决策。因此，西蒙很重视对决策者本身的行为和品质进行研究。西蒙和詹姆斯·马奇（James G. March，1928—　　　）在他们合著的名著《组织》一书中，将"决策人"作为一种独立的管理模式，即认为组织成员都是为实现一定目的而合理选择手段的决策者。

图 4.24　赫伯特·西蒙

传统的管理信息系统主要解决结构化问题的决策，而决策支持系统则以支持半结构化和非结构化问题为目标，为各级管理者提供辅助决策的能力。因此一些学者认为，DSS 是 MIS 向更高一级发展的产物。但目前的 DSS 往往是大型信息系统中的一个子系统，虽然有一定的作用，但决策者绝不能完全依赖于它。因此 DSS 可以算作广义 MIS 的范围之内。

专家系统的发展比 DSS 早，开始于 20 世纪 60 年代中期。1981 年，有专家还提出了 DSS 的三级结构，即语言系统（Language System，LS）、问题处理系统（Problem Processing System，PPS)和知识系统（Knowledge System，KS），但它与专家系统容易混淆。后来又有学者提出"智能决策支持系统"（决策支持系统与专家系统的结合）、"综合决策支持系统"（结合了把数据仓库、联机分析处理、数据挖掘、模型库等技术）等概念。但直到现在，DSS 仍然不够成熟，DSS 中最复杂、最重要的部分是模型和推理部分，其复杂程度是无止境的。

4.4　条码技术与 RFID

在仓库和物流管理中，需要快速区分和辨别不同商品。一个常用做法是对产品进行编码，每一种产品的编码都应该是唯一的。那么该如何给产品编码呢？

这个问题在计算机发明前就有人在思考了，由此诞生了条形码技术。**条形码（Bar Code）**又称条码，是由一组按一定编码规则排列的条、空符号组成的，用以表示一定的字符、数字及符号组成的信息。图4.25就是一个条形码。

图4.25　条形码实例

4.4.1　条形码的历史和特点

在20世纪20年代，一位名叫约翰·科芒德（John Kermode）的发明家想对邮政单据实现自动分拣。他的想法是在信封上做条码标记，条码中的信息是收信人的地址，就像今天的邮政编码。为此科芒德发明了最早的条码标识，然后他又发明了简易的条码识读设备，也就是能够发射光并接收反射光的扫描器。

技术的发展使得条码得到实际应用还是在20世纪70年代。现在，世界上绝大多数的国家和地区都已普遍使用条码技术。

1973年，美国统一编码协会建立了UPC（Universal Product Code）条码系统，实现了UPC码的标准化。1976年在美国和加拿大超级市场上，UPC码的成功应用给人们以很大的鼓舞，尤其是欧洲人对此产生了极大兴趣。次年，欧洲共同体在UPC-A码的基础上制定出欧洲物品编码EAN-13和EAN-8码（EAN是European Article Numbering的缩写，13和8表示分别有13和8个数字），签署了"欧洲物品编码"协议备忘录，并正式成立了欧洲物品编码协会（简称EAN）。到了1981年，EAN已经发展成为一个国际性组织，故改名为"国际物品编码协会"（International Article Numbering），简称IAN。但由于历史原因和习惯，至今仍称为EAN（后又称为EAN-international）。

日本于1978年制定出日本物品编码JAN。同年加入了国际物品编码协会，开始进行厂家登记注册，并全面转入条码技术及其系列产品的开发工作，10年之后成了EAN的最大用户。从20世纪80年代中期开始，我国开始研究和推广条形码。1988年12月28日，国家技术监督局成立了"中国物品编码中心"，任务是研究、推广条码技术，组织、开发、协调、管理我国的条码工作。

从20世纪80年代初，人们围绕提高条码符号的信息密度，开展了多项研究。EAN-128码和EAN-93码就是其中的研究成果。随着条码技术的发展，条形码码制种类不断增加，因而标准化问题显得很突出。同时一些行业也开始建立行业标准，以适应发展需要。到1990年底为止，共有40多种条形码码制，相应的自动识别设备和印刷技术也得到了长足的发展。

1. 条形码的编码规则

无论是哪种条形码，其编码都必须遵循以下规则。

● **唯一性**。同种规格同种产品，对应同一个产品代码，同种产品不同规格，应对应不同的产品代码。根据产品的不同性质，如重量、包装、规格、气味、颜色、形状等，赋予不同的商品代码。

- **永久性**。产品代码一经分配就不再更改，并且是终身的。当此种产品不再生产时，其对应的产品代码只能搁置起来，不得重复起用再分配给其他的商品。
- **无含义**。为了保证代码有足够的容量以适应产品频繁更新换代的需要，最好采用无含义的顺序码。

下面以 EAN-13 的编码规则为例说明这些特点。EAN-13 条码由前缀码、制造厂商代码、商品代码和校验码组成。

（1）前缀码是用来标识国家或地区的代码，由国际物品编码协会定义，如 00～09 代表美国、加拿大，45～49 代表日本，690～695 代表中国大陆，471 代表我国台湾，489 代表我国香港。需要注意的是：前缀码并不代表产品的原产地，只是说明商品的条码是在哪个国家和地区注册的。

（2）制造厂商代码是由各个国家或地区的物品编码组织规定的。在我国，由中国物品编码中心赋予制造厂商代码。

（3）商品代码是用来标识商品的代码，由生产企业自己定义。

（4）最后 1 位是校验码，用来校验商品条形码中前 12 数字代码的正确性。条形码校验码公式是：设前 12 位从左到右分别是第 1、2、3……12 位，把偶数位的数相加再乘以 3，然后加上奇数位的数，再用不小于此数的最小的 10 的倍数去减它，就得到了校验位。

图 4.26　EAN-13 条形码

【例 3】有一个 EAN-13 的条码 6907376500704，如图 4.26 所示。该如何解读它？

该条码的前 3 位是 690，说明是我国大陆的条码。按照中国物品编码中心的规定，如果是 690、691 开头的条码，厂商代码是 4 位；如果是 692、693、694、695 开头的条码，厂商代码是 5 位。所以本例的厂商代码是 7376（4 到 7 位），商品代码是 50070（8 到 1 位），因此该厂商可以自己定义最多 99 999 种商品。条码的最后 1 位是校验位 4。

下面按规则计算一下校验位，看看是否正确。

（1）前 12 位的偶数位相加，再乘以 3：（9＋7＋7＋5＋0＋0）×3＝84

（2）前 12 位的奇数位相加：6＋0＋3＋6＋0＋7＝22

（3）两者相加：84＋22＝106

（4）大于 106 的最小的 10 的倍数是 110，110–106＝4

所以最后的校验位是 4。

实际上，可以在中国物品编码中心的网站（www.ancc.org.cn）上查询到该厂商的名字。在 http://www.ancc.org.cn/Service/Tools/index.aspx?name=Firm_Query.aspx 网页上根据厂商

识别代码查询（此时应录入前 7 位 6907376），可查到厂商是强生中国有限公司。该条码所对应的商品是强生 25 克婴儿牛奶润肤霜（罐装）。遗憾的是，目前很多网站尚未提供按条码查询产品的功能。

因此，可以用条码来唯一标识商品类别。

2．条形码的优点

条形码是迄今为止最为经济、实用的一种自动识别技术，具有以下优点。

（1）可靠准确。键盘输入平均每 300 个字符就有一个错误，而条码输入平均每 15 000 个字符才出现一个错误。如果加上校验位，出错率是千万分之一。

（2）数据输入速度快。一个熟练的打字员要输入 12 个字符需要将近 2 秒时间，而使用条码扫描器，做同样的工作只需 0.3 秒。

（3）经济便宜。与其他自动化识别技术相比较，推广应用条码技术所需费用较低。条码符号识别设备的结构简单，操作容易，无须专门训练。

（4）灵活实用。作为一种识别手段，条码符号可以单独使用，也可以和有关设备组成识别系统实现自动化识别，还可和其他控制设备联系起来，实现整个系统的自动化管理。如果没有自动识别设备，条码也可手工输入。

（5）自由度大。即使条码标签有部分缺欠，仍可以从正常部分输入正确的信息。

（6）易于制作，可印刷。条码被称为"可印刷的计算机语言"。条码标签易于制作，对印刷技术设备和材料没有特殊要求。

在物流和仓库管理方面，从产品的生产到成品下线、销售、运输、仓储、零售等各个环节，都可以应用条码技术。条码应用最直观的例子就是超市。条码技术像一条纽带，把产品生命期中各阶段发生的信息连接在一起。现在手机都可上网，当用户看到满意的产品时，可以用手机在网上实时查询产品信息，避免上当受骗。

4.4.2　RFID——射频识别

射频识别（Radio Frequency Identification，RFID）是一种非接触式的自动识别技术，原理和雷达一样，通过射频信号自动识别目标对象并获取相关数据，无须人工干预，可用于各种恶劣环境。

1．RFID 的发展

1948 年，哈里·斯托克曼（Harry Stockman）发表的《利用反射功率的通信》一文，奠定了射频识别的理论基础。1971—1980 年，RFID 技术处于大发展时期，出现了一些最早的 RFID 应用。20 世纪 80 年代 RFID 技术及产品进入商业应用阶段，20 世纪 90 年代至今，RFID 技术标准化问题日益受到重视，产品种类更加丰富，应用范围不断扩大。我国在 RFID 技术的研究方面也发展很快，市场培育已初步开花结果。典型的例子是在中国铁路车号自动识别系统的建设中，推出了完全拥有自主知识产权的远距离自动识别系统。

一套完整的 RFID 系统由阅读器（Reader，又叫传感器、感应器）、电子标签（Tag）也就是所谓的应答器（Transponder）及应用软件系统三部分组成。其工作原理是：阅读器发射一个特定频率的无线电波给电子标签，以驱动电子标签电路将内部数据送出，然后阅读器依序接收解读数据，送给应用程序做相应的处理。

阅读器和电子标签如图 4.27 所示。其中，电子标签是印刷在塑料纸上的一小块电路板，长宽只有几厘米，但可包装成各种形状，图 4.27 右边所示的就是一种不干胶电子标签。

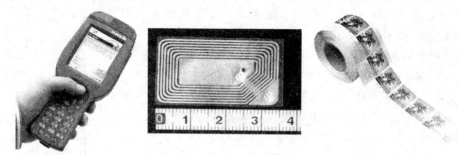

图 4.27 RFID 阅读器和电子标签

2．RFID 与条形码的区别

从概念上来说，RFID 与条形码很相似，目的都是快速准确地确认追踪目标物体。它们的主要区别如下。

（1）两者之间最大的区别是，条形码是"可视技术"，扫描器在人的指导下工作，只能接收它视野范围内的条形码。而射频识别不需要看见目标，只要在阅读器的作用范围内就可以被读取，因此可以对 RFID 标签所附着的物体进行追踪定位。

（2）条形码只能识别生产者和产品，并不能辨认具体的商品，贴在所有同一种产品包装上的条形码都一样，无法辨认哪些产品过期了。而射频标签的芯片内存有该产品的详细信息，包括产品的名称、产地、材料、批次、生产日期等信息。

（3）容量不一样。RFID 标签的最大容量高达几兆字节，而二维条码最大的容量是 2000～3000B。而且条形码的信息不能更改，而电子标签存储器中的信息可以更改。

（4）标签的数据存取有密码保护，安全性更高。

（5）RFID 标签具有"群采"能力，也就是说它可同时辨识读取数个快速移动中的 RFID 标签，而条形码则必须逐一静态扫描。

下面是设想的一个使用 RFID 技术的例子。

小案例

在家的丈夫发现家里的冰箱中存储的食物已经很少，于是通知在下班路上的妻子李小姐去超市采购。而采购的种类和数量，家里的冰箱已经根据在家丈夫的意愿通过无线发射到李小姐的银行卡上。

妻子来到超市，推着超市特制的采购车开始采购。来到葡萄酒货柜前，旁边的屏幕不断出现促销信息和最近产品的价格、产地等信息。妻子拿起一瓶法国的波尔多红酒并靠近旁边的读卡器，红酒的相关信息出现在了屏幕上：产地，法国圣朱丽安区 XX 堡；产品级别，一级；醇化时间：12 个月……会员价格为 8.5 折，并有礼品送，促销日期到本月底。

妻子不经意地拿起旁边的一瓶牛奶，以为是促销品，却发现旁边的一个理货员走了过来，"哦，对不起，小姐，这是别的客人把牛奶误放在了红酒的货架上。"原来读卡器通过扫描牛奶盒上的 RFID 标签，发现位置有误，并通过后台系统通知手持**个人数字助理**（**Personal Digital Assistant，PDA**）①设备的理货员需要理货。

买完了所有的商品，妻子推车经过超市出口，她并不需要像以前一样排队等候结算，每件商品也并不需要逐个扫描，而是信步推出超市出口。扫描器已经通过识别商品上的 RFID 标签，并连接后台结算系统自动给客户计算。

顾客买完货物后，后台系统马上精确地通知各个理货员，A、B、C、D 四种货物需要补充的数量为 3、5、2、1，它们的位置分别是超市 X 区 Y 排 Z 号货架……

统计数据分析显示，该超市通过使用 RFID 及相关技术，员工数量减少了 2/3，因产品过期而引起的库损降低到了 0.2%，因为偷盗造成的损失几乎降低到零，整体效益增长了 35%。

3. RFID 的前景

正是因为 RFID 拥有独特的性能和优势，其应用领域非常广阔。自 2004 年开始，RFID 技术开始引起人们的关注，这是因为全球最大的连锁超市沃尔玛（Wal-Mart）在 2004 年 7 月份要求它的前 100 名供货商，要在 2005 年 1 月份之前全部实行 RFID 管理。从此 RFID 在世界范围内开始了广泛应用。据零售业分析师估计，通过采用 RFID 技术，沃尔玛每年可以节省大约 83.5 亿美元的成本。

RFID 的应用面很广，可应用于生产管理与控制、现代物流与供应链管理、交通管理、公共安全、重大工程与活动等领域。用"无孔不入"来形容 RFID 的应用一点也不过分。可以说，凡是可以想象到的地方都有 RFID 存在的空间。

目前，虽然 RFID 电子标签的价格已经大为降低，但还是比条形码高很多。如果在牙膏、刀片、口香糖之类小物件上使用，很有可能超过物品本身的价值。此外，商家还需要

---

① 顾名思义，PDA 就是辅助个人工作的电子产品，主要提供电子词典、记事、通讯录及行程安排等功能，也会与时俱进地加入新功能。现在 PDA 的界定比较模糊，所有掌上型电子产品都称为 PDA，甚至有人把 PDA 称为掌上电脑。

为 RFID 的应用而采购大量的配套设备，如读码器、软件、网络、计算机等，这将是很大的一笔费用。因此从 RFID 的成熟度和成本方面考虑，RFID 不会取代条码，两者将会长期共存。

4．物联网

2009 年以来，"物联网"成为信息产业界相当热门的词汇。所谓**物联网（Internet of Things）**，就是将各种信息传感设备，如 RFID 装置、红外感应器、全球定位系统、通信设备等种种装置，与互联网结合起来而形成的一个巨大网络，让所有的物品都与网络连接在一起，方便识别和管理。

物联网的概念最早产生于 1999 年美国麻省理工学院的 Auto-ID 中心。2005 年 11 月在突尼斯举行的信息社会世界峰会上，国际电信联盟（International Telecommunication Union，ITU）发布了《ITU 互联网报告 2005：物联网》。报告指出，世界上所有的物体，从轮胎到牙刷、从房屋到纸巾，都可以通过互联网主动交换信息，无所不在的"物联网"时代即将来临。2008 年 11 月，IBM 提出"智慧地球"的概念，即"互联网+物联网=智慧地球"，奥巴马政府进而把"智慧地球"作为国家战略。随后，日、韩等国也出台了类似战略。2009 年 6 月，欧盟委员会提出了针对物联网的行动方案，明确表示在技术层面将给予大量资金支持。所有这些迹象都表明：物联网大潮已经来临。

在物联网中，RFID 标签是关键的技术与产品环节。所以物联网是 RFID 技术的进一步发展和深化，两者之间有深刻的发展逻辑。目前业界比较统一的观点是，物联网基本上具备三个条件：第一个是全面感知，就是让物品会"说话"，将物品信息进行识别、采集。第二个是可靠传递，就是通过现有的 2G、3G 以及未来 4G 通信网络，将信息可靠传输。第三个是智能处理，利用云计算、模糊识别等各种智能计算技术，对海量信息和数据进行分析处理，对物体实施智能化的控制。物联网的体系结构如图 4.28 所示。

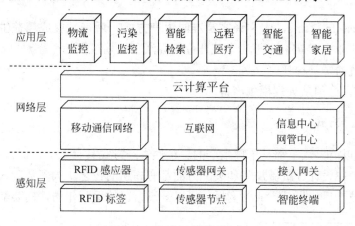

图 4.28　物联网的体系结构

物联网可以划分成三个层面：感知层、网络层和应用层。

（1）感知层是最底层，物体的感知和数据的采集就在这一层。感知层是物联网的基础。

（2）网络层建立在现有的移动通信网和互联网基础上。云计算平台作为海量感知数据的存储、分析平台，是其重要组成部分，也是应用层的基础。

（3）应用层可以开发各种具体应用系统，为用户提供丰富的服务。

在物联网概念下，许多国家和组织制订了 RFID 标准，著名的有 EPC global（全球物品电子编码组织机构）、AIM global（全球自动识别协会）、ISO 和 UID 等，并加速向中国输出。面对国际竞争，我国政府成立了国家传感网标准化工作组，并且形成了完整的"物联网"产业链。

有人认为，物联网是继计算机、互联网与移动通信网络之后的世界信息产业中的第四次浪潮。但也有人认为，物联网是 IT 界制造的又一个时髦名词，目的是推销更多的软硬件产品，过几年可能就销声匿迹了。

不管怎么说，我们都应该对条码、RFID、物联网有所了解，因为这有助于更好地理解信息系统。

4.5　JIT——准时生产方式

当欧美为了解决库存问题而提出 MRP 的时候，日本也在进行类似的探索，最终产生了 JIT 生产方式。

4.5.1　JIT 的起源

JIT 即 **Just in Time**，中文译文是**准时生产方式**，后来发展成**精益生产 LP**（**Lean Production**）①，这是美国麻省理工学院几位国际汽车计划组织的专家对日本在 JIT 基础上建立的生产系统的赞誉称呼。

要了解 JIT，必须从大规模生产讲起。

1. 单件生产方式

在 1900 年以前，汽车都是单件生产的。**单件生产方式**具有以下特征。

（1）劳动力在设计、机械加工和装配方面都有高超的技艺。大多数工人都是从学徒开始，掌握全套技艺后如果希望成为老板，可以开设自己的手工作坊，向装配汽车的公司承

---

① 美国人将丰田生产方式称为 Lean Production，中国汽车工业经济技术信息研究所在 20 世纪 90 年代初将此名词引入我国时，经过艰苦思索和讨论，决定翻译为"精益生产"。

包零件加工业务。

（2）使用通用机床对金属和木材进行加工，然后再用手工进行进一步加工，这导致即使是同一个型号的汽车，零件也很可能没有互换性。从总体上看，没有两辆相同的汽车。

（3）组织结构极为分散。虽然还没有超出一个城市的范围，但汽车的大部分设计和大多数零件都来自于小机械作坊。企业主和所有的有关各方（包括顾客、雇员和协作者）直接联系。

（4）在上述各种条件限制下，一个汽车厂每年的产量不超过 1000 辆。

2. 大规模生产方式

20 世纪初，美国人亨利·福特致力于发明每个人都能驾驶和修理的汽车，这要求零件具有互换性。为了达到互换性，福特坚持每个零件都必须采用同样的计量系统。"互换、简单、组装方便"是福特追求的目标。为此，福特大规模改变了组织结构和生产方式，决定每个工人只承担一项工作。为了减少工人的走动和移动物品造成的时间和体力损耗，福特用传送带传送物品，并发明了一些专用机床，从此进入了**大规模生产方式**时代。大概在 1908 年，福特终于使所有零件都可完全互换，在当时这是令人震惊的成果。在此后大约 20 年时间里，福特发明的 T 型车销售了上千万辆，虽然工人的工资远高于同行，但福特还是有丰厚的利润。

为了提高生产线的效率，福特汽车做出了无数改进和发明。汽车生产流水线的产生和发展，一举把汽车从奢侈品变成了大众化的交通工具，美国汽车工业也由此迅速成长为美国的支柱产业，并带动和促进了钢铁、玻璃、橡胶、机电以至交通服务业等在内的一大批产业的发展。各种工作都在向高度专业化的方向发展。

鉴于福特的巨大成功，当时的理论认为，**大规模生产方式让工业产品和工作行为都标准化了，可以大大降低成本，从而企业可以获得利润。工人只需要做一件工作就行了，改进生产线的工作由专门的工程师来做。**

在 20 世纪 20 年代，福特仍然处于全盛时期，而美国通用汽车公司在阿尔弗雷德·斯隆的领导下，经营从低档到高档的五大品牌车型，每种车型又有几个型号，以图覆盖整个消费群体。随着美国人生活水平的提高，消费者逐渐对 T 型车感到厌倦，因此在 20 世纪 30 年代，通用汽车战胜了福特。但通用汽车依然采用大规模生产方式，因为几乎每个系列的销量都在百万辆甚至千万辆以上（最高档的凯迪拉克除外），而且通用汽车在做设计时，尽量让同一系列的汽车零部件可以通用，保证绝大部分零件都可大规模生产。

为了提高经营的灵活性，斯隆采用了**分权管理**方式：每个品牌都是一个独立的事业部，总部只负责协调与监督，并为各事业部服务，在系统内合理调配资源。斯隆的这种做法解决了阻碍大规模生产方式推广的最迫切问题，那就是现代企业已经极为复杂，集权已经不能很好地管理。而老福特则始终大权独揽，结果差点让福特汽车倒闭，直到 1943 年他的孙子福特二世接任，学习通用汽车的管理方法，才让福特汽车重新焕发青春。

3．丰田生产方式

第二次世界大战后的 1950 年，丰田英二和他的下属大野耐一（1912—1990，见图 4.29）考察了美国底特律的福特公司的轿车厂，该厂每天生产的轿车比丰田公司一年的产量还要多。当时大规模生产方式仍在蒸蒸日上（并在 20 世纪 60 年代初达到顶峰），日本汽车工业要具有国际竞争力，必须采用大规模生产方式。

但大野耐一却认为大规模生产方式不适合日本，原因有如下几个方面。

图 4.29　大野耐一

（1）日本汽车首先要立足于国内市场。但日本国内市场很小，需要的汽车种类却很复杂。

（2）日本劳动力很难被当成可变成本，或被随意更换，尤其是美军占领后的新劳工法大大提高了工人们的谈判地位。

（3）战后的日本经济萧条，缺少资金和外汇，不可能大量购买西方最新的生产技术。

（4）世界上已经充满了生产规模巨大的汽车企业，他们都渴望在日本展开经营。丰田如果斥巨资引入大规模生产线，将更加危险（这一理由让日本政府注意保护本国汽车市场）。

因此，大野耐一需要走一条新道路，而且也找到了这条道路，这就是精益生产方式。

以车身制造为例，是先将大约 300 件钣金件（薄板金属）从钢板上冲出　　　　　**小案例**
来，然后将它们焊接在一起成为车身。汽车制造厂有两种方法来生产这些冲
压件。单件生产方式的小厂，先从金属板（通常是铝板）上切下毛样，然后用手工在模子上将毛样敲打成型。而在大规模生产方式的工厂里，则是从大卷钢板上取材——这些钢板通过冲床，冲出大量比最终尺寸略大的平板坯料，然后再通过具有上下模的庞大冲床，在巨大压力下压成立体型的工件。

大野耐一认为，第二种方法的问题在于：为了降低成本，每次批量必须足够大。而当时丰田的全部产量不过每年几千辆。虽然冲模可以更换，但困难很多，因为这种模具每件重达几吨，工人们需要极其准确地对准位置，否则冲出来的钢板就会起皱纹。

为了避免上述问题，美国汽车厂以前都规定由专门人员来更换模具。但"二战"后汽车销量猛增，所以汽车厂有几百台车床。但丰田的资金只允许大野耐一用几条冲压线来生产整部汽车。

大野耐一的思路是开发简单的换模技术，并经常更换模具，不是两三个月，而是两三个小时换一次。他采用了滚子和简单的调整机构来移动模具。这个新技术易于掌握，而生产工人在换模时又是闲着的，因此大野让生产工人换模。

到了 20 世纪 50 年代后期，大野已经研制出快速换模技术，每次换模时间从美国的一天缩短到了三分钟。而且大野还意外地发现，这样小批量地生产冲压件，每件的生产成本

居然比大规模生产还要低。

这是因为，**大规模生产方式会产生大量库存，引起资金积压，而小批量生产则避免了这个问题**。更重要的是，在汽车组装前只制造少量零件，有利于及早发现冲压中的问题，可极大地节约成本，而大规模生产方式极可能产生大量次品，事后**修复有缺陷的零件，成本巨大**。

大野认为，中间库存只要够工作两小时使用就可以了（这最终发展成"零库存"理论）。要实现这个目标，必须有一支技术精湛、动机明确的劳动力队伍。因此，大野耐一又对组织进行了变革。他把工人分成团队，每个团队从事一套组装工序，团队有一个组长。团队中的工人都要会这些工作。只要组装线出现问题，可以立即让整条组装线停下来，然后整个团队一起解决问题，这培养了互相帮助的精神。

这么做的初期效果就是组装线经常停顿。但经过一段时间后，工人们的技术水平大为提高，组装线已经很少停顿。更为重要的是成品的次品率非常低，极大地节约了返修成本。工人们由于团队协作而培养了友谊，技术提高也带来了更多的满足感。而在大规模生产方式下，发现次品时往往已经生产了很多产品，因此必须提供很大的返修场地，并用更多的人力从事修理工作才行。而且生产线上的工人由于只是从事简单劳动，基本不需要互相帮助，难以培养友谊，也没有技术，因此士气低落，自我评价不高。[①]

又经过十几年的不断优化与革新，到了 20 世纪 70 年代，丰田在各方面都取得了极大进步。大野耐一也被称为精益生产之父。目前，丰田生产方式已成为日本工业竞争战略的重要组成部分，它反映了日本在重复性生产过程中的管理思想。丰田和其他日本企业在国际市场上的成功，引起了西方企业界的浓厚兴趣。20 世纪 80 年代以来，西方国家很重视对丰田生产方式的研究，并将其应用于生产管理。我国也有越来越多的企业学习并采用精益生产方式。

4.5.2　什么是 JIT

准时生产方式 JIT（Just In Time）的核心是追求库存最少的生产系统，可以概括为"**在需要的时候，按需要的量，生产所需要的产品**"。为此而开发了一系列具体方法，并逐渐形成了一套独具特色的生产经营体系。JIT 体系如图 4.30 所示。

JIT 强调现场管理。为了实现 JIT 目标，丰田发明了"**看板管理**"方法。看板管理就是在车间放置一块或多块黑板或电子板，生产组长或工人们在上面书写当天的生产计划等信

① 关于丰田生产方式的详细研究，可以参看大野耐一著的《丰田生产方式》，汉译本由中国铁道出版社 2006 年出版，谢克俭、李颖秋译；以及詹姆斯·沃麦克（James P. Womack）等三人合著的《丰田精益生产方式》，该书对精益生产的各方面都做了深入详细的研究。汉译本由中信出版社 2008 年出版，沈希瑾、李京生等译。

息，进行信息流的传递。传统生产过程是前道工序向后道工序送货，但看板管理则是后道工序根据看板向前道工序取货。看板系统是 JIT 现场控制的核心，因此，JIT 生产方式也被称作看板生产方式，见图 4.31。

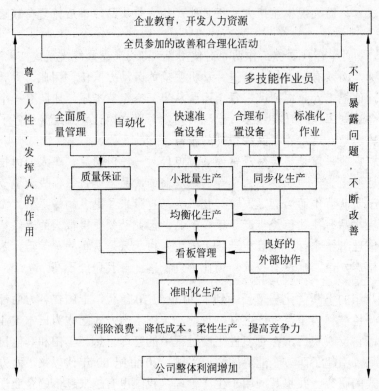

图 4.30　JIT 的体系结构

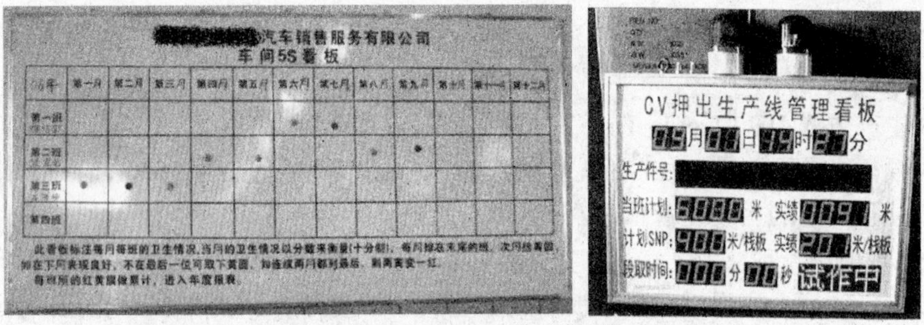

图 4.31　用于看板管理的各种看板

看板最初是丰田于 20 世纪 50 年代从超级市场的运行机制中得到启示，作为一种生产、运送指令的传递工具而被创造出来的，目前已经被广泛应用。看板具有如下功能。

（1）生产及运送工作指令。

这是看板最基本的功能。看板中记载着生产和运送的数量、时间、目的地、放置场所、搬运工具等信息，从装配工序逐次向前一道工序追溯。

（2）改善生产和库存，防止过量生产和过量运送。

看板必须按规则使用。其中的一条规则是："没有看板不能生产，也不能运送。"由于看板所标示的只是必要的量，因此通过看板能够做到自动防止过量生产、过量运送，从而改善生产和库存。

（3）进行"目视管理"。

看板必须放在人人看得见的地方。工作人员只要看到看板上的信息，就可知道作业进展情况、库存情况和人员配置情况等信息。

4.5.3　精益生产的管理理念和全面质量管理

从表面上看，精益生产是为了尽量减少库存、彻底杜绝浪费、用看板管理来实现拉动式生产的小批量生产方式，但要实现精益生产并不容易。精益生产包含的管理理念主要有以下几个方面。

（1）管理人员尤其是企业的高级经理和老板要重视现场管理。

管理人员不能总是坐在办公室里，根据书本上的理论，看着各种图表下达指令。因为实践中的很多问题，并不是理论能解决的。管理者一定要有足够多的时间亲自下基层管理。只有如此，才能对生产流程有真正深入的理解，才能获得现场的第一手资料，不至于瞎指挥。下级管理人员和工人们也会觉得管理层重视生产，从而在思想上更重视。

（2）持续改善。

精益生产不是一蹴而就的，需要不断优化流程，减少库存，持续改善。新技术、新发明层出不穷，所以这是个没有止境的过程。

（3）尊重和关心员工，给员工以公平感。

只有尊重员工，给他们合理的待遇，并重视他们的意见，才能激发他们参与持续改善的热情。员工们长期从事生产，都是相关方面的专家，可以提出真正的好建议。只有管理者进行现场管理，才能分辨出哪些员工提的是好建议，因此可以及时奖励员工，并及时采纳建议，以便持续改善。

（4）企业所有人员都要有正确的态度。

所谓"正确的态度"，就是要具有团队合作精神，要态度积极，克服惰性。对于别人提出的建议，只要有利于持续改善，就要消除抗拒和逆反心理，勇于改变和提高。管理者一定要重视实践，切勿纸上谈兵。

长此以往，企业里必然会形成良好的风气，进入良性循环。丰田汽车长期坚持精益管理，2008 年取代美国通用汽车成为全球销量第一的汽车厂家，就是精益生产的成果。世界上越来越多的国家和企业，都在学习精益管理，并取得了巨大的成效。

日本企业在推行精益生产过程中，管理者每天至少要有 6 小时在现场， 小案例
办公室的事务用两个小时处理足够了，如果处理不完就由秘书分担一部分工
作。为了做到持续改善，日本的管理者经常会坐在现场，集思广益，找不到可以改善的地
方就不能走。最后的结果是 4 个小时也找不到还能改善的地方，大家饥肠辘辘。此时管理
者反而会不安，因为长期不能持续改善就会让员工增长惰性，不利于企业发展，一旦出现
问题很可能就是大问题。

精益生产很强调细节（当然 MRP 等思想也是一样）。这里有一个例子：河北保定先锋
金属表面处理有限公司是丰田汽车的车轮供应商。天津丰田到保定提货，日方负责供应的
高管亲自跟车，从天津丰田厂出发，每走到一个环节，例如出厂门、进入高速路……一直
到提货办完所有手续，把货物拉回天津厂，都做了详细记录。经过分析，他提出了缩短提
货时间的改进措施。

当然，这并不是说采用精益生产就不会犯错误，也不意味着对所有人都是仁慈的。2010
年，精益生产的开创者丰田因安全气囊、油门踏板的质量问题，在全球召回 850 万辆汽车，
损失惨重。丰田的老员工说早在 2006 年他们就提醒上级，丰田汽车在汽车安全性和车间工
作环境等方面存在缺陷，但管理层"置若罔闻"。有专家分析说丰田不断压缩成本，"拧干
毛巾上最后一滴水"，从而忽略了"客户第一"的丰田核心价值，是这次危机的深层原因。

这里用较大篇幅讲解精益生产的管理理念，是因为企业在实施信息化管理的过程中，
这些原则同样适用。

1. 精益生产的弱点

精益生产确实是一种非常优秀的生产管理方法，但是也有一些不足之处，主要表现在
以下几个方面。

（1）难以适应大的需求变化。过大的需求变化将导致生产能力严重过剩或不足，造成
生产资源闲置浪费或失去订单（来不及生产）。因此有专家建议需求变化不宜超过正负 10%。

（2）成功应用精益生产需要很长时间，其中包括产品和工艺流程的重新设计、员工技
能培训等。

（3）生产过程中设备的故障，尤其是瓶颈资源的故障，将严重影响产品的交货期。

2. 全面质量管理

传统质量管理方式称为可接受质量水平（Acceptable-Quality-Level，AQL），即容许缺
陷在预先确定的水平内出现。20 世纪 50 年代后，全球市场由卖方市场转为买方市场。在
这种形势下，美国通用电器公司质量管理部部长菲根堡姆博士走了一条和丰田不同的道路，
他于 1961 年提出了**全面质量管理（Total Quality Management，TQM）**的思想，其核心内
容是企业中的所有部门和人员，都要以产品质量为核心，把专业技术、管理技术、数理统
计技术集合在一起，建立起一套科学、严密、高效的质量保证体系，控制生产过程中影响
质量的因素，以优质的工作、最经济的办法，提供满足用户需要的产品的全部活动。现在，

全面质量管理已经成为一门系统性很强的学科。

通常认为，影响质量的因素主要有五个，即人员、机器、材料、方法和环境，简称人、机、料、法和环，如图 4.32 所示。为了保证和提高产品质量，要把所有影响质量的环节和因素控制起来，形成综合质量管理体系。因此，全面质量管理不仅要求有全面的质量概念，还需要进行全过程的质量管理，并强调全员参与，即"三全"的 TQM。

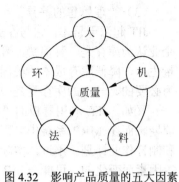

图 4.32 影响产品质量的五大因素

TQM 的原则主要包括以下几个方面。

（1）以顾客为中心。

（2）领导的作用。企业的决策层必须对质量管理给予足够的重视，这样才能够使组织中的所有员工和资源都融入到全面质量管理之中。

（3）全员参与。

（4）过程方法。必须将 TQM 所涉及的相关资源和活动都作为一个过程来进行管理。

（5）系统管理。当进行一项质量改进活动时，首先需要制定、识别和确定目标，理解并统一管理一个有相互关联的过程所组成的体系。产品生产并不仅仅是生产部门的事情。

（6）持续改进。

（7）以事实为基础。背离了事实基础就没有任何意义。

（8）互利的供求方关系。可增进两个组织创造价值的能力，从而为双方的进一步合作提供基础，谋取更大的共同利益。

因此从本质上说，精益生产符合全面质量管理的理念。精益生产不仅要求高质量的产品，还要求高质量的零部件和原材料，为全面质量管理提供了良好的基础。

4.5.4 JIT 和 MRP/MRP Ⅱ 的区别

JIT 和 MRP/MRP Ⅱ 是两种现代化的生产计划与控制系统，它们服务于共同的管理目标，即提高生产效率，减少库存费用和改善用户服务。同时，它们之间也存在明显的差别，各具特点，适用于不同的生产环境。主要区别可简单概括如下。

（1）适用于不同的生产环境。

正如美国库存管理专家瓦尔特·哥达德（Walter Goddard）指出的那样：①JIT 适用于生产高度重复性产品的系统，MRP 则适用于批量生产、按用户订单生产、产品多变等不同的生产环境。②MRP 以计算机为工具，需要一定的硬件，软件投资费用高；而 JIT 的物料计划、能力计划、车间控制都可以由人工系统完成，不一定需要有计算机系统。

（2）管理的范围不同。

MRP Ⅱ 管理的范围比 JIT 广，它能用于计划工具、维修等其他活动的物料需求，辅助财务计划。MRP Ⅱ 集成企业生产管理的许多功能，它能作为一个经营战略计划系统，也可作为一个生产控制系统使用。

（3）管理思想的差异。

JIT 起源于日本，它与在美国发展起来的 MRP 体现了两国不同的管理思想。例如日本企业认为库存是一种浪费，竭尽全力去降低库存（只保留生产库存），为此要努力采用小批量生产、降低库存成本。美国虽然也很重视库存控制，防止产生不必要的库存，但他们认为必要的、一定的库存量是一种保护措施，是维持生产稳定的一个因素。

又如，JIT 利用看板的"拉动"系统，不断促进操作者降低在制品库存、缩短生产提前期。而在 MRP 系统中，则假定提前期是一个已知的定值，系统根据设定的提前期计算和制订作业计划。不过，实际生产操作的提前期是随车间的负荷量大小、作业的优先顺序等因素而变化的，可能与 MRP 假定的情况不相符合。MRP 系统还要求各加工中心按作业计划的要求完成作业，不鼓励操作者提前完工。这样就不能发挥操作者的积极性，这是MRP 的一个主要缺点，也是它受到批评最多的一个方面。

将 MRP 和 JIT 结合的方法

MRP 和 JIT 虽然有区别，但并不对立。MRP 强调的是计划和计划的稳定性，但它并不排除变动，而 JIT 关注的是刚好、及时。MRP 的目标和管理基础恰恰是实时准确，所以两者在很多时候是相辅相成、唇齿相依的关系。

因此可以把 JIT 和 MRP 结合起来，MRP 跑计划，确定交期、数量，供应商或车间生产管理则采用 JIT。计划用 MRP 制定，然后变成生产指令，要的是成品或半成品，在生产时要求拉动领料，采用 JIT。这样可以充分发挥两方面的优势。在实践中，是采用 MRP 多些还是 JIT 多些，要反复摸索确定。

习　　题

一、思考题

1. 制造业信息的特点是什么？
2. 什么是 CAD、CAE、CAPP、CAM、CIM 和 CIMS？
3. 有人说"库存是一个必要的恶魔"，为什么？
4. "零库存"是怎么回事？为什么企业要追求"零库存"？
5. 什么是订货点法？
6. 为什么说 MRP 不仅是一种计划管理方法，而且为企业管理带来了新的内容？
7. 简述 ABC 分类法。
8. 什么是 BOM？它为什么那么重要？
9. 闭环 MRP 的特点是什么？
10. MRP II 比 MRP 增加了哪些内容？为什么信息集成那么重要？
11. 什么是 EIS？你认为 EIS 中的决策支持系统能起多大作用？
12. 决策分哪几类？某企业的营销主管要确定某种产品的营销策略，属于哪一类决策？
13. 条形码的优点有哪些？

14．什么是 JIT？JIT 和 MRP 的区别是什么？

二、计算题

1．某家电卖场对电冰箱的需求量为每周 200 件，交货期为 4 周，安全库存为 200 件，使用订货点法时的订货点应设为多少？

2．某企业年需要某物资量为 14 400 件，该物资单价为 0.40 元，年保管费率为价格的 25%。每次订货成本为 20 元。

试求：经济订货批量为多少？在经济批量订货情况下，一年应该订几次货？假设安全库存为 0，每次都是在订货点订货（也就是货物运到时库存正好为 0），全年库存总成本（包括购货费用）是多少？

3．在上一题基础上，如果订货提前期是 10 天，假设每年按照 240 个工作日计，那么订货点应该是多少？

4．某种物料的产品分解图和各级产品的计划产出量等数据如图 4.33 所示，各级产品的提前期、批量和现有量都在图中有说明。其中 A、B 都是自己生产，但 C 是外购。假设安全库存都为 0，请填写 A、B、C 产品的计划产出量、计划投入量、毛需求量、计划到货量、现有库存量、净需求量、计划订货量等数据。

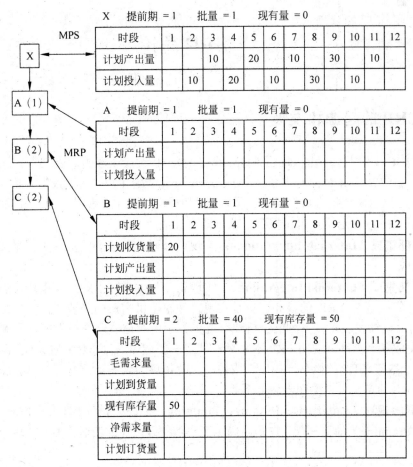

图 4.33　根据 MRP 的原理填写相关数据

第 5 章　企业资源规划

如果说 MIS 是一个最通用、最经典的概念，那么企业资源规划（Enterprise Resource Planning，ERP）则是近 20 年来最流行的词汇。ERP 是在 MRP Ⅱ 的基础上发展起来的，内容极为丰富。

ERP 的发展虽然始于制造业，但现在早已遍及各行各业，成为功能强大的管理信息系统的最流行的代名词。一些学者认为 ERP 高于 MIS，但本书把 CIMS、MRP、MRP Ⅱ、ERP 都看成是广义的 MIS，因为归根结底，它们都是用计算机和网络技术实现的、面向管理的信息系统。

5.1　ERP 总论

5.1.1　ERP 的起源和发展

1990 年 4 月 12 日，美国 Gartner Group 咨询公司①发表了题为《ERP：下一代 MRP Ⅱ 的远景设想》（*ERP：A Vision Of the Next-Generation MRP Ⅱ*）的研究报告，第一次提出了 ERP 的概念。这份研究报告虽然只有 2 页纸，但却提出了一个非常具有前瞻性的精辟设想。Gartner Group 在这份报告中提到了以下两个集成。

- **内部集成（Internal Integration）**：实现产品研发、核心业务和数据采集三方面的集成。
- **外部集成（External Integration）**：实现企业与供需链上所有合作伙伴的集成。

这两个集成既是 ERP 的核心，也是实现管理整个供需链的必要条件。之后，Gartner Group 公司又陆续发表了一系列的分析和研究报告，所有这些研究报告都归于 CIM，也就是计算机集成制造类别，说明 ERP 本来是一种用于制造业的信息化管理系统。

到了 1993 年，ERP 的概念已经比较成熟并且变得更为现实。综合一些早期文献，Gartner Group 对 ERP 的定义可以简明表达如下。

企业资源规划（Enterprise Resource Planning，ERP）是 MRP Ⅱ（Manufacturing Resources Planning）的下一代，它的内涵主要是"打破企业的四壁，把信息集成的范围扩

---

① 中文译为高德纳咨询公司，但国内提到它时一般还是用英文。Gartner Group 是全球最权威的 IT 研究与顾问咨询公司，成立于 1979 年，总部设在美国康涅狄格州斯坦福市。

大到企业的上下游，管理整个供应链。"

换句话说：ERP 是一种企业内部所有业务部门之间，以及企业同外部合作伙伴之间交换和分享信息的系统，是集成供应链管理的工具、技术和应用系统。

1．ERP 产生的背景

ERP 的问世，首先并不是由于信息技术的发展，而是出于管理的需求。ERP 产生的背景是全球经济越发一体化，经济和金融环境越发动荡，这要求企业做到以下两点。

（1）对外，企业必须对其供应商和客户的生产和销售有更多的了解，以减少盲目采购和生产。

（2）对内，产品生命周期缩短，所以制造业要有更大的灵活性，新业务流程的出现越来越频繁，老业务流程也会频繁重组，因此要更好地对业务流程实施监控和优化。产品也要多样化，要快速研发。

因此，提出 ERP 完全是新形势下企业管理的需要。这个时期也是信息技术包括 Internet 迅猛发展的时期，所以也满足了管理创新的需求。

2．从 ERP 衍生出的各种概念

在 Gartner Group 公司 1990 年的研究报告中，列出了"技术环境核对表"和"功能核对表"，前者主要是要实现 ERP 所必须使用的计算机和网络技术，如图形用户界面（GUI）、关系型数据库、第 4 代语言（4GL）、客户机/服务器（C/S）技术等，现在这些技术已经相当成熟了，并且出现了很多更新更好的技术。但功能核对表（Functionality Check List）的内容至今仍有重要意义。

功能核对表有以下几方面的要求。

（1）**ERP 系统要能适应流程型和离散型制造业，也要适合于分销配送型企业。**

（2）**ERP 能采用图解方法处理和分析各种经营生产问题。** 也就是说，ERP 不是简单的事务处理系统，而是要突出整体决策分析的功能。在这个设想指导下，在计算机科学领域陆续出现了数据仓库（Data Warehouse，DW）、数据挖掘（Data Mining，DM）和在线分析处理（On-Line Analytical Processing，OLAP）技术以及商务智能（Business Intelligence，BI）等应用系统。

（3）**在内部集成方面提出了很多新的要求。** 在产品设计方面，在成组技术、CAD 和 CAPP 的基础上，陆续发展出产品数据管理（Product Data Management，PDM）、产品生命周期管理（Product Life Cycle Management，PLM）和电子商务支持下的协同产品商务（Collaborative Product Commerce，CPC）；在核心业务集成方面，在 MRP Ⅱ 的基础上发展出了制造执行系统（Manufacturing Execution System，MES）、人力资源管理（Human Resource Management，HRM）、企业资产管理（Enterprise Asset Management，EAM）和办公自动化（Office Automation，OA）等系统；在数据采集方面，除了质量管理的统计过程控制（Statistical

Process Control，SPC）[1]和结合流程控制的分布控制系统（Distributed Control System，DCS）[2]等外，在条形码基础上，射频识别技术 RFID 有了飞速发展。

（4）**在外部集成方面也衍生出很多新系统**。如客户关系管理（Customer Relationship Management，CRM）、供应链管理（Supply Chain Management，SCM）、供应商关系管理（Supplier Relationship Management，SRM）以及仓库管理系统（Warehouse Management System，WMS）等系统。

Gartner Goup 提出 ERP 概念是在 1990 年，没有网络通信技术是无法实现外部集成的，由此可见网络技术是大势所趋。当时局域网和广域网技术都已经趋于成熟，但互联网的蓬勃发展还是在 1993 年以后，所以后来 ERP 和互联网的结合日益紧密，又出现了企业应用系统集成（Enterprise Application Integration，EAI）和中间件（Middle-Ware）技术。

这些名目繁多的信息系统和技术，大多数都是为了实现表中的功能要求陆续开发出来的，有些后面会讲到。这些概念没有跳出 Gartner Group 最初定义的设想，说明 ERP 原始定义的内涵十分丰富。

5.1.2　ERP 的管理思想

ERP 的核心是供应链管理（**Supply Chain Management，SCM**）。供应链的概念最早来源于彼得·德鲁克提出的"经济链"，后经美国战略管理大师迈克尔·波特（Michael E. Porter，1947—）将其发展成为"价值链"，最终演变为供应链。**供应链（Supply Chain）是围绕核心企业，通过对信息流、物流和资金流的管理，从采购原材料开始，到制成中间产品和最终产品，最后由销售网络把产品送到消费者手中的一条将供应商、制造商、分销商、零售商，直到最终用户连成一体的网链**。所以，一条完整的供应链包括供应商、制造商、分销商、零售商，以及消费者，因此国内有人翻译为"供需链"（如 MRPⅡ和 ERP 专家陈启申先生）。但学术界和商业界已经叫惯了，所以本书还是叫做供应链。

ERP 的管理思想主要体现在以下三个方面。

（1）**对整个供应链资源进行管理**。现代企业竞争已经不再是单一企业与单一企业间的竞争，而是一个企业供应链与另一个企业供应链之间的竞争。ERP 实现了对整个企业供应链的管理，适应了企业在知识经济时代市场竞争的需要。

（2）**吸收容纳了精益生产、全面质量管理、并行工程和敏捷制造思想**。ERP 支持对混

---

① 是指应用统计分析技术对生产过程进行实时监控，科学地分辨出生产过程中产品质量的随机波动与异常波动，从而对生产过程的异常趋势提出预警，以便生产管理人员及时采取措施消除异常，恢复过程的稳定，从而达到提高和控制质量的目的。

② 又翻译为集散控制系统，指由多台计算机分别控制生产过程中的多个控制回路，同时又可集中获取数据、集中管理和集中控制的自动控制系统。通俗地说，就是用计算机控制设备，然后将所有计算机联网。

合型生产方式的管理，过去几十年人类取得的工业管理思想成果，都被 ERP 吸收。

（3）**体现事先计划与事中控制的思想**。信息系统的一个发展方向就是事先计划，ERP在这方面比 MRPⅡ 更进一步，因为它对上下游企业和客户有更多的了解。另一方面，信息技术的发展使得 ERP 可以比过去更好地实现集中控制，使组织结构从"金字塔式"向"扁平式"转变，提高企业对市场变化的响应速度。

但也有人不同意这些说法，例如我国台湾的 ERP 专家柳中冈先生认为 ERP 只是一个管理工具。他说："ERP 首先是工具，它有很多种用法。在这个企业合适了，在那个企业未必合适。""如何利用这个管理工具，需要从高层、从管理入手，也需要有经验的顾问参与才行。"柳先生不愿意给 ERP 戴"高帽"，让企业给它无限期望，到头来又失望多多。笔者认为柳先生的话很有道理，因为信息技术都是工具。但 ERP 使信息技术对企业管理的促进和提升是巨大的，客观上推动了管理的发展和创新，管理跟不上就用不好 ERP。因此笔者认为，从这个角度论述 ERP 的管理思想也是说得通的。

1．ERP 和 MRPⅡ 的区别

ERP 和 MRPⅡ 的主要区别有以下几个方面。

（1）在资源管理方面。MRP 是对物料需求的管理，MRPⅡ 实现了物料信息同资金信息的集成，ERP 在练好内功的基础上，强调供应链管理，也就是充分重视对上下游企业的管理与合作，目的是具有更好的事前控制能力。ERP 系统应该有和上下游企业方便交换信息的软件模块，并由此衍生出众多子系统。

（2）在生产管理方面。ERP 更重视企业业务流程重组。在信息系统建设上，体现为强化支持对工作流（业务流程）的管理，强化生产保障体系的质量管理、实验室管理、设备维修和备品备件管理。

（3）ERP 更加强调信息集成，实时性和分析能力更强。

总之，ERP 的核心是供应链管理，是 MRPⅡ 在逻辑上很自然的发展。

2．ERP 中的一些重要系统

很难像讲解 MRP、MRPⅡ、JIT 那样，用一个图来描述 ERP 的逻辑流程，因为 ERP包含的内容实在太多了。尤其是 20 世纪 90 年代后期以来，很多软件公司为各个行业和组织开发的信息系统都赶时髦似的叫 ERP，国内外都是如此，所以 ERP 的范围早已超出了制造业，成为包罗万象的高级信息系统的代名词。因此从这里开始，本书把 ERP 看成覆盖所有企业、以供应链管理为核心的高级 MIS。

ERP 衍生出了很多子系统，下面我们比较详细地介绍一些重要的子系统。一些软件厂商为了突出卖点，会把这些子系统独立出来，分开销售。也有一些学者认为，它们是和 ERP并列的概念。

先从办公自动化讲起，因为几乎所有行业都有办公室工作。

5.2　OA——办公自动化

办公自动化（**Office Automation，OA**）没有统一的定义。广义地说，凡是在传统的办公室中采用各种新技术、新设备从事办公业务，都属于办公自动化的领域。狭义地说，采用办公软件处理技术生产、存储各种文档，采用其他先进设备，如复印机、传真机等复制、传递文档，或者采用计算机网络传递文档，是办公室自动化的基本特征。

5.2.1　OA 的早期阶段：办公软件的独立使用

进入微型机和网络时代后，办公自动化的发展经历了从简单到复杂、从低级到高级的阶段。为了让读者更好地理解办公自动化，必须从其历史的发展讲起。

自 IBM 于 1981 年推出 PC 后，最早的微机软件比较缺乏。"用计算机写文章"是办公室用户最基本的需求，是办公自动化的最早阶段。因此，当时使用最广泛的是字处理软件如 WordStar，可以用它来录入文字并进行简单的排版。用户写好文章后，就可以用打印机打印了，那种感觉确实很好。

但当时用的还是微软的操作系统 DOS，功能简陋，WordStar 也不能方便地画表格。而在文章中出现表格的情况是很多的，所以在 1983 年，专用的电子表格软件 Lotus 1-2-3 问世了，它比更早的制表软件功能强大得多。Lotus（莲花）公司也凭借这款产品，成为当时最大的独立软件供应商。

Lotus 和 WordStar 的成功让微软看到了应用软件的巨大市场潜力，于是微软开始开发相应的字处理软件和表格软件。其实早在 1981 年，微软创始人比尔·盖茨和保罗·艾伦就打算做一款字处理软件了，他们从施乐挖来了编程天才查尔斯·西蒙尼（Charles Simonyi，1948—　　），1983 年 10 月就在 DOS 下做出了 Microsoft Word 1.0。但 Word 在初期默默无闻，1985 年之后，另一款字处理软件——WordPerfect（"文字完美"）异军突起，逐渐战胜了 WordStar，成为字处理软件市场的老大。

此时数据库管理系统（DBMS）也在微机上出现了。早在 WordStar 出现之前，美国 Ashton-Tate 公司就开发出了微机上用的关系型数据库管理系统 dBASE，发展到 dBASE III 时功能已经颇为强大，获得了巨大成功。人们开始用 dBASE 开发财务软件和初级的 MIS。dBASE III 的成功让人垂涎，美国 Fox 软件公司开发出了和 dBASE III 兼容、功能更为强大的 FoxBASE，后来又发展到 FoxPro，逐渐在市场上战胜了 dBASE 系列，成为微机上最流行的 DBMS。

1984 年，苹果公司发布了划时代的微型计算机 Macintosh，它的一大创举是使用图形化的操作系统。图形界面比文字界面好看得多，所以微软开始全面学习，加紧开发 Windows。
有了一定眉目之后，微软继续开发 Windows 版的 Word 和 Excel。图 5.1 是 DOS 下的 Word
5.5，可以看到字符界面确实远远不如图形界面生动。

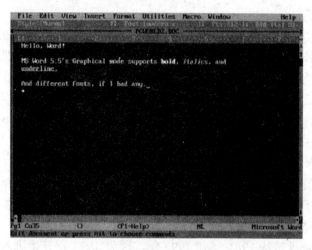

图 5.1　1991 年发布的 DOS 下的 Word 5.5 界面

在 20 世纪 80 年代，我国把美国重要的微机软件都汉化过来，在国内广为使用。我国
的优秀程序员也开发出了一些国产软件。最著名的例子是求伯君（1964—　　），他在 1989
年成功开发出我国第一套字处理软件 WPS，非常适合中国人的使用习惯，因此在 20 世纪
90 年代上半叶，WPS 成为我国字处理市场上使用最广泛的软件。

1990 年，Windows 3.0 正式发布，它比过去的版本稳定得多，因此获得了巨大成功。
从此 PC 软件全面进入到**图形用户界面**（**Graphical User Interface，GUI**）时代（苹果机的
市场份额太小）。微软多线作战，逐渐在各个领域都取得领先。在字处理软件领域，微软的
Word 逐渐战胜了 WordPerfect，此时的 Word 不仅可以制表，还可以插入图片，并可更加灵
活地排版；在电子表格领域，Excel 也逐渐占据了市场第一的位置；在微机 DBMS 领域，
微软收购了 Fox 公司，继续开发 FoxPro 的新版本，并且又开发了另一个微机 DBMS 叫做
Access；微软还开发了演示文稿制作软件 PowerPoint，可以作出幻灯片的效果，很受用户
欢迎。

可能有读者会奇怪：Word 本身就有制表功能，Excel 岂不是没有必要？

在很多情况下，如果用户只是用表格显示数据，此时用 Word 绰绰有余，因为 Word
可以画出很复杂的表格。但如果需要用表格进行计算、排序和筛选，还是用 Excel 更好，
因为 Excel 是专用的制表软件，甚至可以用 Excel 开发一些简单的财务软件。

由于 Word、Excel、PowerPoint 都很有市场，后来微软为了促销，把它们连同 Access

集成到一个叫做 Microsoft Office 的套件中，市场优势更加巨大。用户只要多花一些钱买入 Office 套件，就拥有所有这些功能。

另外，在 Windows 下还出现了专用的图形图像处理软件 Photoshop 和 CorelDRAW，它们也获得了越来越广泛的应用。

这一阶段的典型特征是：**用户为完成特定的任务，使用专用的字处理软件、电子表格软件、演示文稿制作软件、图片处理软件，软件之间缺乏内在的集成机制，缺乏能协调多人工作的功能。**当然，如果企业建立了自己的局域网或广域网，可以在网络环境下实现文档的共享，但也仅此而已。这是 OA 应用的第一个层次。

这一阶段，程序员和编程爱好者会用 dBASE、FoxBASE、FoxPro、Access、Paradox 等 DBMS 开发一些主要是办公室用的 MIS。此外，在办公事务处理级上可以使用多种 OA 子系统，如电子出版系统、电子文档管理系统、智能化的中文检索系统（如全文检索系统）、光学汉字识别系统等。在公用服务业、公司等经营业务方面，使用计算机替代人工处理的工作日益增多，如订票、售票系统，柜台或窗口系统，银行业的储蓄业务系统等。这些 MIS 都属于办公自动化范畴。

通常认为这一阶段是从 1981 年到 1993 年，因为 1993 年开始进入互联网蓬勃发展的时代。但笔者认为这一阶段可以延后几年，因为用户使用办公自动化软件的想法仍然没有从根本上发生改变：用不同的软件完成不同的任务，软件之间缺乏集成。

进入互联网时代后，传统的办公软件仍有较大发展。求伯君后来成立金山软件公司，先后开发出 WPS 97 和 WPS Office，最新版是 WPS Office 2010 套件，有 WPS 文字、WPS 表格、WPS 演示等软件，是我国软件业的一面旗帜。互联网上还有一套免费的跨平台办公软件 OpenOffice.org，包含有 Writer（字处理）、Impress（演示文稿）、Calc（电子表格）、Draw（绘图）、Math（公式）和 Base（数据库）等软件。现在的办公软件越来越有和 Internet 集成的趋势。Google 也发布了在线办公系统，只要登录网站 docs.google.com，注册并登录，就可在线使用 Google 的文档、电子表格、演示文稿和绘图软件。总之，传统的字处理、表格制作和演示软件，已经有了多种不错的选择。而且所有这些软件，都可以和 Microsoft Office 中的相应软件兼容。

5.2.2　群件阶段：办公软件成熟的标志

1993 年世界正式进入互联网时代，新技术层出不穷。此时大多数人突然发现，传统意义上的办公软件竟然缺乏协调人们工作的功能，而这一功能却是很重要的。例如，一个设计小组中的各个成员要设计一款产品的各个部分，他们之间如何及时了解其他人的进展？如何及时相互配合？又如，企业的高级经理往往很忙，相互之间如何及时了解日程安排以便更好沟通？这就是协同工作的问题。虽然用传统方式如经常开会、打电话也能解决，但如果软件能够从机制上保证人们可以更好地协同工作，岂不更好？

满足这种要求的软件就是群件。

1．什么是群件

群件（Group Ware）就是帮助群组协同工作的软件。在群体工作中，各工作者时间和地点的不一致，会造成交流及协调的不便。群件就是针对群体工作而发展出来的技术产品，目的在于促进群体的交流合作和资源分享，充分提高群体的工作效率和质量。

群件的思想早在 20 世纪 70 年代就产生了，目前最著名的群件是 Lotus Notes。下面结合 Lotus Notes 的发展历史讲解群件，因为这对理解群件和协同工作极有帮助。

2．群件的发展历史

早在 1973 年，美国伊利诺伊大学的计算机教育研究实验室（CERL）就发布了一个叫做 PLATO Notes 的产品，以纪念古希腊哲学家柏拉图（Plato）。PLATO Notes 的独特功能是以用户的身份标识号（ID）来标记故障报告，并保护那些不能让其他用户删除的文件的安全。我们知道，note 有"笔记、注解、备忘录"的意思，所以这款软件的名称也算名副其实。当时还是主机时代，用户是在主机架构和分时系统下工作的。

1976 年，CERL 又发布了 PLATO Group Notes，它有以下功能。

（1）创建按主题组织的专用 notes 文件。如果用户对某个主题感兴趣，可以访问相关主题文件（相当于目录），从中再访问各个文件。

（2）有访问控制列表（**Access Control List，ACL**）功能。ACL 用于控制用户能否访问文件，比如表 5.1 就是一个简单的访问表。在该表中，对于 a.txt 文件，鲍勃只能读，爱丽丝可读可写，而杰克不能访问。

ACL 的概念实际上来自于操作系统。PLATO Group Notes 有了这个功能，本质上相当于可以对用户进行分组和分级操作。

（3）用户可以阅读从某一日期开始的所有 notes 和 responses（应答）。

（4）用户可以创建匿名 notes，以便讨论一些不方便实名讨论的话题。

（5）在 notes 文档中可以加注释，也可以让 notes 文件与其他 PLATO 系统建立链接。

表 5.1　一个简单的访问表

文件	用户访问权限（R 表示只读，W 表示可写，为空表示相关用户不能访问该文件）		
	鲍勃	爱丽丝	杰克
a.txt	R	RW	
b.txt	RW		R
c.txt	RW	R	R

从此 PLATO Group Notes 开始逐渐流行起来。

随着 IBM PC 的出现，基于主机体系结构的 PLATO 变得不合时宜。此时年轻的程序员雷·奥兹（Ray Ozzie，1955—　　　）出现了，后来他成为 IT 界的另一个传奇人物。

雷·奥兹 20 世纪 70 年代曾经在 CERL 实验室的 PLATO 系统上工作过，他做出了在 PC 上类似软件的方案，并把软件叫做 Notes。但雷·奥兹没有钱，难以继续开发。1984 年，Lotus（莲花）公司的创建者、CEO 米切尔·卡普尔（Mitchell D. Kapor，1950—　　　）看到了他和这个项目的潜力，于是给他投资招兵买马，雷·奥兹开始了漫长的开发过程。

雷·奥兹最初想把 Notes 开发成包括在线讨论、电子邮件、电话簿和文档数据库的软件。但是当时的网络技术和 PC 的软硬件都还不够成熟，所以开发人员决定把 Notes 定位**为个人信息管理（Personal Information Manager，PIM）**软件，也就是帮助个人管理通信录、日程和工作安排、小提示之类的各种个人信息的软件，必要时可以提醒（弹出窗口或响铃），以防用户疏忽。当然 Notes 也有一些共享功能。PIM 软件直到今天都很有市场，图 5.2 就是某款 PIM 软件的界面。

图 5.2　某款 PIM 软件的界面

又过了几年，随着网络功能越来越强，雷·奥兹决定将 Notes 发展成群件甚至虚拟社区，他决定采用当时很先进的客户机/服务器体系结构。Notes 的另一个关键功能是**定制**（Customization），也就是整个体系结构像积木一样，可以按客户的要求，挑选一些软件模块组合成一个系统。后来，很多 ERP 厂商都采用这种方式销售 ERP 产品。

1986 年 8 月，Notes 的开发初步完成。Lotus 于 1987 买下了 Notes 的版权，并于 1989 年正式发布，产品正式定名为 Lotus Notes。虽然此时距米切尔·卡普尔投资已有 5 年时间，产品的研发速度哪怕在当时都是相当慢的，但事实证明雷·奥兹确实慢工出细活，Lotus Notes 推出后非常受欢迎，1989 年就售出了 35 000 多份。

3. Lotus Notes 的功能

Lotus Notes 1.0 提供了以下功能，大部分功能在 1989 年是具有革命性的。

（1）是采用 RSA 加密的第一种重要的商业产品，采用 RSA 公钥技术进行加密、签名和身份认证。直到今天，RSA 都是最流行的公钥加密标准。

（2）文档之间可创建"热链接（Hotlink）"访问。

（3）可方便地创建新用户，具有成熟的访问控制列表管理能力。

（4）具有世界上第一个功能比较完善的电子邮件系统，允许不打开私人邮件文件就能发送邮件、接收回函。收到新邮件时发出通知。

（5）具备数据导入/导出能力，可以和 Lotus 1-2-3 等软件交换数据。

（6）内置编程语言，可进行二次开发。

在技术上，Lotus 的一个重要贡献是提出了数据库技术的全新概念：**文档数据库**（**Document Database**）。在传统的关系型数据库中，"关系就是二维表"，信息被分割成离散的字段。而在文档数据库中，文档是处理信息的基本单位。一个文档可以很长很复杂，没有具体的结构，或者说结构极为灵活，与随意写长文章类似。Lotus Notes 的文档数据库允许创建许多不同类型的非结构化或任意格式的字段，可以与关系数据库交换数据。Lotus Notes 的大获成功，也让专家们加强了对文档数据库的研究工作。

随后几年他们又开发了几个新版本，使 Lotus Notes 可以在所有操作系统上运行。更多大型公司开始购买，但 Lotus 公司却陷入了危机。

4．Lotus 公司的命运

因为此时的 Lotus 已经有了一大堆产品：Improv、Ami Pro、Freelance、Notes 以及 Symphony，当然还有看家产品 Lotus1-2-3。但 Lotus1-2-3 在市场上却节节败退，收入急剧下降，因为微软的 Excel 已经赢得了市场。Lotus 公司陷入了进退维谷的境地，不知道该继续改进 Lotus1-2-3 反击微软，还是向新的方向迈进。如果转移战场，又转移到哪里？当时 Lotus 公司的很多人都很迷茫。

当时公司的 CEO 曼兹（Jim Manzi，1951—　　　）（卡普尔已于 1986 年离任）经过慎重考虑，又咨询了多位专家，决定转移战场。当时 Internet 时代即将来临，恰好 Lotus 公司有可供网络同步运算所使用的软件 Notes，所以曼兹决定绕开在微机软件领域强大的微软，以 Notes 为重点，将企业定位为群件开发公司。

曼兹为 Lotus 的起死回生做出了巨大努力，事后他用"残酷的搏斗"来形容那一时期。Lotus 有 12 位副总裁先后离职，因为他们无法认同曼兹的观点和举措。转移战略方向所需要的不断投资也引起了董事会的关切，曼兹在公司内外疲于奔命。

但曼兹的努力没有白费，Lotus 逐渐渡过难关。在 1995 年 7 月，时任 IBM CEO 的郭士纳看上了 Lotus Notes，认为它正是 IBM 急需的产品。郭士纳雷厉风行，以 35 亿美元的价格收购了 Lotus。这是一个前所未有的高价，因为 Lotus 只是一家软件公司。Lotus 真的值这么多钱？人们既震惊于 IBM 的大手笔，又担心 IBM 消化不良，还担心 Lotus Notes 从此消失在 IBM 的庞大身躯中。曼兹起初也不愿意被收购，但还是挡不住 IBM 的高价。

事实证明郭士纳做对了。1996 年 1 月，Lotus Notes 4.0 发布。该版本不仅具有全新的界面，而且更易于使用、编程和管理。更重要的是，Lotus Notes 开始与 Web 集成，而当时互联网才刚开始在全世界范围内发展，由此可见雷·奥兹的远见卓识。

1996 年 12 月，Lotus 发布 Notes 4.5 版时，将服务器端的名称改为 Lotus Domino，客户端仍保留 Lotus Notes。直到今天，这个群件产品仍是这样命名的。

在郭士纳的领导下，IBM 给 Lotus 以巨大支持，Notes 和 Domino 也符合 IBM 战略转型的需要，并为 IBM 带来了丰厚利润。在并购前，Notes 的销售量不超过 300 万套，到 1998 年年底，销售数量上升到 3000 万套。曼兹的战略转向和郭士纳的大胆并购，日后都成为商界的经典案例。

当然，并购绝对不是一件简单的事情，郭士纳做了大量工作，他很尊重 Lotus 公司的文化，并极力挽留 Lotus Notes 的总设计师、时年 40 岁的雷·奥兹。德鲁克曾说过："不管并购者预期的结果多么诱人，只有在并购者确信他们能为所并购企业的发展做出贡献，而不是单方面要求被并购公司为他们贡献时，并购才会成功。要想取得成功，并购公司必须尊重被并购方的产品、市场和客户。"IBM 对 Lotus 公司的并购就完美地体现了这一原则。

截止到 2010 年 7 月，Lotus Notes 和 Domino 已经发布到 8.5.1 版，集成并领导了最近十几年各种先进技术的发展。其结构和功能，更是和当年不可同日而语。

5. 微软的行动

Lotus Notes 的发展引来了越来越多的竞争对手。微软也没有闲着，一直不停地往 Microsoft Office 中集成更多的软件，软件之间的集成度也不断提高，并日益加强和 Internet 的集成。2010 年微软发布的 Office 2010 版包括了以下软件。

（1）四大传统软件 Word、Excel、PowerPoint、Access。

（2）电子邮件管理软件 Outlook。

（3）绘图工具 Visio，可以画流程图和各种工程图（Visio 在 IT 咨询界、软件公司的管理中用得相当多，因此本书在后面介绍流程图的画法时以 Visio 的图标为准）。

（4）创建和发布各种出版物的软件 Publisher，可帮助企业创建和发布营销和沟通材料。

（5）用于协同工作的 SharePoint Workspace 软件（它由网页制作软件 FrontPage 演变而来。2007 年，FrontPage 变身为 SharePoint Designer，现在又改为 SharePoint Workspace）。

（6）用于收集笔记和信息的 OneNote，并具有搜索功能。用户还可以共享笔记本（这里指用 OneNote 创建的文件），以便更加有效地管理信息超载和协同工作。

（7）企业级①的制作表单（网页中的一种比较复杂的软件对象）和搜集信息的工具 InfoPath Designer 和 InfoPath Filler。

（8）用于协调组件中各软件工作的 Office 2010 工具。

2000 年微软还发布了 Microsoft Exchange，它是一个基于互联网的邮件系统和协作平台，如果和 Office 结合，就是和 Lotus Notes、Domino 直接竞争的产品。到了 2005 年，Exchange 已经和 Windows、Office 一起，成为微软三大最重要的产品系列。

图 5.3　雷·奥兹

但 Exchange 始终不能在市场上战胜 Notes，所以微软在 2005 年 3 月收购了 Groove 公司。Groove 是雷·奥兹（见图 5.3）在 1997 年离开 Lotus 后创建的，专门研发协同作业与通信的桌面软件。当得知收购成功、雷·奥兹要来微软后，比尔·盖茨说："23 年了，我一直希望他能来，今天终于实现了。23 年里如果我只能雇佣一个人，那一定是雷·奥兹。"

雷·奥兹一到微软就受到重用。2006 年，雷·奥兹接替盖茨，成为微软首席软件架构师和技术灵魂。

雷·奥兹认为，未来的发展方向是以互联网为基础的"软件加服务"，因此领导微软开发了 Windows Live、Office Live，并继续完善 Exchange。Windows Live 可以帮助用户全面管理个人事务，并让用户之间可同步通信和共享各种信息；Office Live 是中小企业在线发布和管理系统。

目前在协同办公软件领域已经涌现出了很多软件，国内也有很多。协同软件在行政办公领域有着越来越广泛的应用。

有人认为协同软件和 OA 软件不一样。**协同软件（Collaboration Software）**的概念来自于 Lotus 公司的群件，只是更加突出团队协作，主要包括群组协作管理。如工作流管理和项目管理，以及各种通信软件如 E-mail、即时通信、VoIP（通过互联网的语音传输）等。而 OA 软件是以计算机技术为基础，对办公资料、工作事项等进行记录和反映。

本书不采用这样的观点，而是把群件或协同软件看成 OA 软件发展的第二个层次。

6．群件产生的基础和基本思想

群件的产生基础在于社会工作模式变革——社会越来越需要人们协同工作，而这种新的工作模式需要群件支持。在现代社会中，经常将不同专业和类型的人员组成工作小组，共同负责某项工程任务。信息技术的发展也促进了工作模式的变革。群件在很大程度上解决了工作小组协同工作时所面临的时空限制问题，释放了人们交流、协调、合作的力量。

---

① 国外经常把最高端的产品叫做"企业级"，因为大型企业往往会花大价钱购买高性能产品。

群件的基本思想是协同计算（**Collaboration Computing**）。在协同计算环境中，网络、通信是底层技术，统领全局的是群件。经过 20 多年的发展，群件和协同软件技术已经相当成熟，市场也相当繁荣。据 Gartner Group 的统计分析，从 2003 年开始，协同软件已成为全球范围内用户应用软件采购的最大热点，位居信息化应用软件首选，年成长速度在 15%以上。

一个大型群件包（如 Lotus Notes 和 Domino）应该具有以下功能。

（1）增进群体合作的功能，如视频会议，共享、共同编辑文件数据库等类型的软件。

（2）全面支持 Internet，支持电子邮件、即时通信等信息传递技术。

（3）支持工作流管理。

那么，什么是工作流呢？这是一个很重要的概念，有助于人们更好地理解协同工作和今后的各种知识，因此有必要专门讲解。

5.2.3　Workflow——工作流

1．什么是工作流

工作流并不是通常意义上的业务流程，而是一个软件概念。

工作流的思想出现在 20 世纪 60 年代，技术则发端于 20 世纪 70 年代中期办公自动化领域的研究工作。当时，人们对工作流技术充满了强烈的乐观情绪，研究者普遍相信新技术可以带来办公效率的巨大提高，然而这种期望最终还是落空了。因为人们观察到这样一种现象：一个成功的组织往往会在适当的时候创造性地打破标准的办公流程；而工作流技术的引入使得人们只能死板地遵守固定的流程，最终导致办公效率低下和人们对技术的反感。另一个失败的原因是技术，当时计算机尚未被社会普遍接受，网络技术远不成熟，群件技术也没有发展起来。

进入 20 世纪 90 年代以后，相关的技术条件逐渐成熟，工作流系统的开发与研究进入了一个新阶段。据调查，截至 1995 年，共有 200 多种软件声称支持工作流管理或者拥有工作流特征。工作流技术被应用于电信业、软件工程、制造业、金融业、银行业、科学试验、卫生保健领域、航运业和办公自动化领域。

什么是工作流呢？1993 年成立的工作流管理联盟（Workflow Management Coalition，WfMC）给工作流下的定义为：**工作流（Workflow）是一类能够完全或者自动执行的经营过程，根据一系列过程规则、文档、信息或任务在不同的执行者之间进行传递与执行。**

这个定义还是有些抽象。我国学者范玉顺教授给出的定义是：**工作流是一种反映业务流程的计算机化的模型**，它是为了在先进计算机环境支持下，实现经营过程集成与经营过程自动化而建立的、可由工作流管理系统执行的业务模型。

工作流属于计算机支持的协同工作（Computer Supported Cooperative Work，CSCW）

的一部分。过去企业采用纸张表单，以手工传递的方式，一级一级审批签字，工作效率非常低下，更不能实现数据的汇总统计。而采用工作流软件，使用者只需在计算机上填写有关表单，只要满足一定的条件，工作会按照定义好的流程自动往下跑，下一级审批者将会收到相关资料，并可根据需要修改、跟踪、管理、查询、统计、打印表单等，可以提高工作效率。

2．工作流举例

为了理解工作流，这里必须举例。因为工作流是一个软件概念，所以尽管笔者尽量使用通俗易懂的语言，但还是不得不提及软件编程环境，并且要写一点代码（这反而会加深读者的理解）。因为不同的软件系统，定义和处理工作流的方法是不一样的。笔者这里使用的是"Java商业流程管理软件（Java Business Process Management，JBPM）"，它是一个公开源代码的简易工作流管理系统。

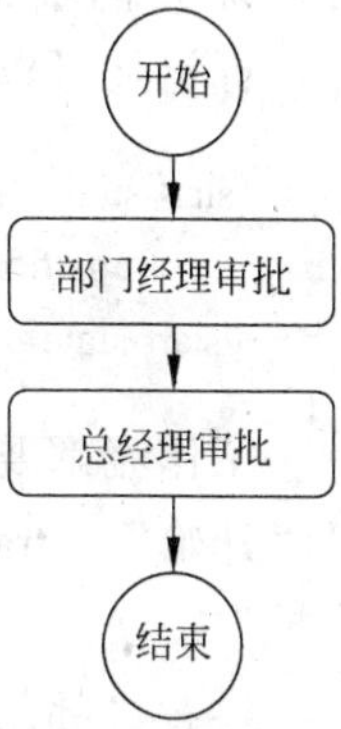

【例 1】 假设公司员工想报销出差费，那么他要将他的申请提交给他的第一级领导——部门主管去审批；部门主管审批完了之后还要交给总经理审批。这就是一个工作流，如图 5.4 所示。对于这个简单的流程，我们应该从哪里下手呢？

第一步是写流程定义文件（用 JBPM 还要先建"工程"，这里忽略），也就是定义工作流的文件。常用方法是用 XML 语言书写。XML 是扩展标记语言（eXtensible Markup Language）的缩写，它可以看成是对 HTML 的补充和发展。HTML 主要用于设计网页，但 XML 可以干很多事情。

用 XML 定义工作流的文件内容如下。

图 5.4　工作流举例

```xml
<?xml   version="1.0"   encoding="UTF-8"?>
<process-definition xmlns=""   name="test">
    <start-state   name="开始">
        <transition   name=""   to="部门经理审批"></transition>
    </start-state>
    <task-node   name="部门经理审批">
        <task> <assigment   actorId="部门经理"></assignment></task>
        <transition   name=""   to="总经理审批"></transition>
    </task-node>
    <task-node   name="总经理审批">
        <task><assigment   actorId="总经理"></assigment></task>
        <transition   name=""   to="结束"></transition>
    </task-node>
    <end-state   name="结束"></end-state>
</process-definition>
```

XML 语言相当简单，里面的英语都不难懂，下面简要解释一下，读者就会很清楚了。例子的第一行是 XML 的一些设置，不用管它。第二行和最后一行是：

```
<process-definition xmlns=""   name="test">
</process-definition>
```

XML（以及 HTML）中的标记是用一对尖括号表示的，而且往往成对出现。不带斜线的标记（如<process-definition>）表示标记的开始，带斜线的标记（如</process-definition>）表示标记的结束。因此，上面两行标记了流程定义（process-definition）的开始和结束的地方，说明中间的内容是流程定义。

标记是可以嵌套的。工作流中的第一个节点定义如下：

```
<start-state   name="开始">
    <transition   name=""   to="部门经理审批"></transition>
</start-state>
```

工作流都要有开始节点和结束节点。看代码就很容易知道，这里给开始节点的命名就是"开始"，"transition"的意思是"过渡，转变"，意思是流程的下一个节点是"部门经理审批"。

再看"部门经理审批"节点：

```
 <task-node   name="部门经理审批">
        <task> <assigment   actorId="部门经理"></assignment></task>
    <transition   name=""   to="总经理审批"></transition>
</task-node>
```

这里给节点的命名是"部门经理审批"，既然要审批，就要执行一定的任务（task），执行任务的人（actorId）是部门经理。执行完毕后，流程的下一个节点是"总经理审批"。

下面的代码就不用讲了，读者很容易看懂。

流程定义文件定义完后，还要把文件"部署"到系统中去，也就是把文件放到数据库中（以便今后随时提取出来），这样系统中就有了这样一个报销流程。第三步就是员工使用这个流程进行报销了（也就是让这个流程"转"起来）。这些都涉及编程方面的很多知识，不再讲解。我们的重点是理解工作流本身。

3．工作流的要求

通过上面的例子，可以总结出软件中的工作流的一些要求。

（1）工作流要有明确的开始和结束。

（2）工作流一般建立在"表单"之上。这里的"表单"可以理解为电子文档，相当于现实生活中的申请报告、提货单、发票等单据。也就是说，工作流要和实际数据相结合。

（3）**工作流有若干个节点（node）**，这些节点相当于工作流的一些"稳定状态"。一个工作流从头到尾，相当于状态连续变化的过程。

（4）**需要按事先制定的规则改变节点状态**，以便前进到下一个状态。例如，审批者查看申请人的报告时，只能批示"同意"或"拒绝"（当然还可以写一些理由），但不能置之不理，否则业务就停顿了。而只要审批人签字了，无论是"同意"还是"拒绝"，申请报告都会按流程走到下一个状态。**只有按事先制定的规则行事，才可以用计算机实现，管理也才能正规化。**

在现实生活中，流程需要人跑腿，但在信息系统中的流程，相关人员只需要操作键盘和鼠标就能实现。例如，一份电子文档需要多级审批，申请人发 E-mail 给甲，甲批完"同意"或"不同意"之后发 E-mail 给乙，乙看到上面有甲的签字（通过权限管理或电子签名实现），知道该自己审批了，批完"同意"或"不同意"之后再发给丙……

在很多情况下，只要满足一定的条件，信息系统也可以自动执行流程，以加快信息处理的速度。如自动导航装置。

改变节点的状态又叫"审批"。工作流的审批分为两种模式：传统模式和比例计算模式。传统模式是指为审批流程的每个节点设定相应的审批人，只有当该节点上的所有人员都通过审批请求后，才可以进入下一个节点。比例计算模式是对于每个审批流程，在建立时先要为其设定一个介于 0～100% 之间的通过比例，只有最终的审批结果等于或大于该比例，该审批才可被认为通过（如董事会表决）。

其实，所有这些要求都来自于现实生活。只有这样，计算机专家才能编写出专业的工作流软件，让程序员对工作流进行编程，让最终用户使用工作流，让工作流"动"起来，使其真正发挥作用。否则工作流只是躺在文档中的静态图片，徒具其形而无其实。目前，很多软件都可对工作流进行编程，国内外很多 ERP 软件及子系统也都支持工作流管理。

4．工作流软件的类型

可以从不同角度对建立工作流的软件进行分类。一般来说，根据工作流系统所采用的任务传递机制，可以把工作流软件划分为以下三类。

（1）**以通信为中心**。这类协同软件以即时通信、电子邮件等为应用中心，Lotus Notes、微软的 Exchange 都属于这一类型。

（2）**以文档为中心**。这类协同软件基于文档的传递路径，比较适合以文档为中心的协同事务。Lotus Domino 就是这类产品。

（3）**以过程为中心**。这类软件将所有的协同管理事务抽象为表单和流程，表单用以记载管理内容，流程用以指定管理过程。同时，可以实现管理表单的任意定义，和管理过程的可视化柔性管理。有人认为这类软件是未来的应用主流，目前很多协同软件的工作流软件都属于这一类型。

5. 工作流的研究现状

工作流的研究始于 20 世纪 80 年代。随着研究的日益繁荣，1993 年 8 月成立了工作流技术标准化的工业组织——工作流管理联盟（Workflow Management Coalition，WfMC）。WfMC 发布了用于工作流管理系统之间相互操作的工作流参考模型，并制定了一系列工业标准。工作流技术的学术研究和实际应用十分活跃。

但目前工作流技术还是不够成熟。WfMC 提出的模型或许过于学术化，导致各个软件厂商都建立了自己的工作流模型（所以笔者在举例时只能结合具体软件）。而且各厂商的工作流管理系统难于和别的软件系统做到真正的集成，实施起来也比较复杂。

尽管如此，但笔者认为工作流还是极为重要的，主要是基于以下原因。

（1）WfMS 的建立是一个重要的里程碑，极大地促进了对工作流的研究。

（2）信息系统的发展趋势就是日益整合企业的物流、资金流和信息流，而协同整合的关键，很可能就是工作流平台。

（3）理解工作流的概念，对深入理解协同工作、理解信息系统的运行极有帮助。

"流"在现代管理中很重要，后面还会有很多地方涉及"流"。

5.2.4 KMS——知识管理系统

面对信息时代迅速变化的市场环境和科技水平，企业的快速响应能力和学习创新能力成为决定企业能否更好地发展和保持竞争优势的关键环节。彼得·德鲁克在 20 世纪 60 年代就提出了"知识工人（Knowledge Worker）"的概念。德鲁克认为：社会将越来越把知识作为基本资源，知识生产力将成为公司、行业、国家竞争力的决定因素。在 2000 年之后的一次访谈中，德鲁克认为"21 世纪最重要的管理将是对知识员工的管理"，因为过去 40 年中成为经济核心的产业，都是将知识与信息的生产与传播作为核心业务的产业。例如制药行业的实际产品是知识，药片和处方只不过是知识的包装。信息产业也是这样，信息技术公司生产的软硬件都是知识的体现。

因此，企业对 OA 系统的更高要求是：能够将知识管理和信息处理、协同工作融于一体，实现基于知识管理的 OA 系统。这是 OA 发展的第三个层次。

这就提出一个问题，什么是知识？什么是知识管理和知识管理系统？

1. 什么是知识

很难给知识下一个大家都接受的定义。我国对知识的定义一般是从哲学角度做出的，如在《中国大百科全书·教育》中"知识"条目是这样表述的："所谓知识，就它反映的内容而言，是客观事物的属性与联系的反映，是客观世界在人脑中的主观映象。就它的反映活动形式而言，有时表现为主体对事物的感性知觉或表象，属于感性知识，有时表现为关于事物的概念或规律，属于理性知识。"

本书不想纠缠于知识的定义。结合本课程，可以将知识分成显性知识和隐性知识两类。**显性知识（Explicit Knowledge）是能用文字和数字表达出来的知识，可以以书面形式交流和共享。隐性知识（Tacit Knowledge）是高度个性化而且难以精确表述的知识，**主观的理解、直觉和预感都属于这一类。

2. 什么是知识管理

知识管理（Knowledge Management，KM）也没有一个被大家普遍接受的定义。所以最好从广义上来理解知识管理。概括地说，知识管理就是利用组织的智力或知识资产创造价值的过程。

虽然 KM 经常需要 IT 技术的帮助，但是 KM 本身并不是一门技术。借助于 IT 技术可以建立**知识管理系统（Knowledge Management System，KMS），它是收集、处理、分享一个组织的全部知识的信息系统，是组织实现知识管理的平台。**KMS 既包含行业内的大量静态知识（可以建立专家系统），也包含很多动态知识和信息，是一个需要员工不断参与、及时更新、普遍共享的知识系统，以促进知识创新，提高员工素质和生产率，从而最终提高组织的竞争力。

有人认为，只要广泛地阅读各种书籍、报纸、杂志，就可以全面了解本行业的相关知识了，因此不需要员工普遍参与的知识管理系统。

这种观点是错误的。凡是有一定的工作经历，在企业从事生产、研发或销售的人都知道，仅靠阅读报纸杂志了解本行业的新知识远远不够，因为每一个行业的人都有大量零散的奇思妙想和"小诀窍"，它们不会出现在报纸杂志中。而且这些知识很多都是隐性知识，知识的发现人或许仅能说个大概，缺乏严密的逻辑或数据论证，因此不可能作为正式文章刊登出来。但如果同行业的人能够互相交流，就会谈及很多这方面的东西，可能会产生出更大成果。美国历史上的贝尔实验室、施乐公司的帕洛阿尔托研究中心，都做出了很多重要发明，一个重要原因是科学家们在一起工作可以经常交流心得。另外，特定企业所面临的特定环境和客户，都和本企业密切相关，别人是不关心的。因此，KMS 的一个重要作用就是提供一个员工互相交流学习的平台，如果用得好，可以极大提高员工素质，促进创新，提高企业竞争力。

KMS 是适应知识经济时代发展的需求而产生的，是管理学科的思想与理念向纵深发展的结果。一个组织能否进行有效的知识管理，关键在于能否建立起一个适合的知识管理体系。在国外，知识管理体系已被成功地实施于众多企业，尤其是咨询业、制造业、IT 业等行业。

3．知识管理体系

知识管理体系的组成部分如图 5.5 所示。其中，知识管理理念分为组织制度和组织文化两个方面。组织制度包括确立组织的知识资产和制定员工激励机制，从而加强管理者对知识管理的重视，并鼓励组织成员积极共享和学习知识。组织文化包括组织共享文化、团队文化和学习文化，帮助成员破除传统独占观念，加强协作和学习。

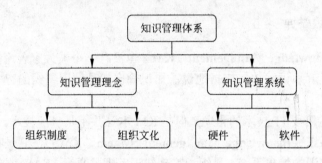

图 5.5　知识管理体系

目前，国内外对知识管理理论的研究日臻成熟，关注的焦点已从理念的认识转移到应用研究方面。从软硬件角度来看，许多著名企业已经建立了自己的知识管理体系架构，利用知识资源来获得竞争优势，巩固其行业领袖地位。例如，IBM/Lotus 围绕着知识管理包含的"人、场所和事件"三要素，建立专家网络和内容管理，方便用户和员工获得所需的知识；设立企业社区供员工共享知识和相互协作；开展企业培训，帮助员工自主学习，以提高企业的整体素质。IBM/Lotus 的知识管理体系框架如图 5.6 所示。

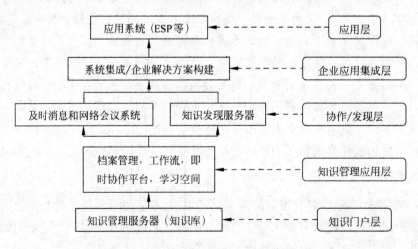

图 5.6　IBM/Lotus 的知识管理体系框架

IBM/Lotus 的 KM 体系框架一共五层，每层都着重介绍了所使用的知识管理技术和工具，当然都是 IBM 的产品。

我国知识管理专业服务商——深圳市蓝凌软件股份有限公司（www.landray.com.cn）提出的知识管理体系框架为三层结构：知识服务层、应用服务层和客户层，如图 5.7 所示。

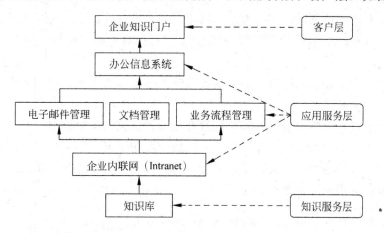

图 5.7　蓝凌公司的知识管理体系框架

4. 建立 KMS 需要了解的事实

要在组织中成功实现并应用知识管理系统，绝不是一件容易的事。从技术角度来考虑，KMS 的核心是知识库。知识库的架构和具体行业、组织的知识密切相关，知识架构可能非常复杂，而且会随着外部环境的变化而变化，因此架构既要保持稳定性，又要有一定的弹性，方便今后修改扩充；从管理角度来考虑，要想用好 KMS，需要在组织制度、管理和文化等方面下大工夫。

具体地说，要建立并应用好 KMS，需要了解以下事实。

（1）**知识管理的代价高昂。**

知识是一种资产，知识的分类、获得、组合、整理都要付出代价，开发 KMS 也要付出代价。还需要对员工进行教育和培训。知识管理毕竟是 OA 的第三个层次，实现起来绝不容易。而一旦成功，给组织和个人的回报也是巨大的。

（2）**有效的知识管理需要人员和技术的结合，需要知识管理者。**

信息技术可以促进人们交流，但如果没有人的参与，再好的 KMS 也不能发挥作用。一般来说，需要专人（往往是知识管理小组）对知识管理工作负责（及时整理知识，并监督评价知识的利用），否则知识不可能得到良好的管理。甚至有人提出**首席知识官（Chief Knowledge Officer，CKO）**的概念，CKO 是指组织内部负责知识管理的官员。

（3）**知识管理绝不仅仅是知识管理。应该建立管理机制，对分享和利用知识的行为进**

行奖励。

"知识就是权力"，知识管理往往牵涉到组织的人际关系和政治斗争，因此知识分享绝不是简单的事情。道理很简单：如果我的知识是一种宝贵资源，为什么我要和人分享？因此，如果不能奖励（甚至重奖）分享和利用知识的行为，KMS 肯定不能充分发挥效用。分享和发现知识不应该被强迫，它在人们自愿合作时才更有效。因此需要在管理机制上进行鼓励。例如，Lotus 公司在对为客户服务的员工进行年终业绩评价时，知识分享占 25%。这个比例相当高。

评价分享和利用知识的行为，应该是知识管理小组和首席知识官的工作，这要求他们谦虚好学，公正无私。

（4）知识管理平台应该营造一种宽松的气氛，要让人们自愿参加。

只有这样，才能实事求是，才能促进人们的交流和学习。如果在知识管理平台上也体现出现实工作中人的等级，广大基层员工参与的愿望就会大为降低。知识管理小组在整理广大员工发现的知识时，也要平等对待。

上海育碧电脑软件有限公司（www.ubisoft.com.cn）是一家娱乐软件制作、出版和发行公司，员工有 300 多人，其中 90%为开发人员，包括程序员、游戏设计员、动画师等。公司总部在法国，2009—2010 财年的全球销售额为 8.71 亿欧元。最近 10 年的年均营收成长率在 20%左右。

【小案例】

育碧公司程序员的一天是这样开始的：早上来到公司，打开电脑读电子邮件，然后登录 Intranet 上的项目计划网页，一方面了解与自己相关联的同事的任务进展，另一方面查看自己该做的任务，工作中间也可以不时查看项目计划网页中的文档。

工作累了就到走廊里抽支烟，回来看 Intranet 上的业界新闻和公司新闻，还有电子公告板（BBS）上的帖子。如果看到公告板上求助栏里提出的问题，正好是自己曾经碰到并解决过的，就跟一个帖子，谈一谈自己的经验。

育碧公司的知识管理系统包括：用 FrontPage 创建的基于 Web 的 Intranet；基于 Outlook 的 BBS；企业内部软件 Task Planner 是用 FrontPage 和 Project 创建的。

基于 Web 的企业 Intranet 是公司的官方信息发布站，其中内容包括：业界动态、公司新闻、公司政策、设定浏览权限的内部资源如项目文档、技术资料等。BBS 则是一个自由论坛，内容从电脑技术到社会新闻、体育运动和幽默笑话，应有尽有。虽然自从 BBS 设立以来，有许多人提议限制员工的访问时间，然而公司采取的却是法国式的不干涉政策。

究其原因，是因为员工虽然有可能在上面浪费时间较多，其中的内容也并不总是对工作有帮助，但是有谁能够一天 8 个小时都在工作呢？而且对于一家游戏公司来说，最重要的是保持员工对任何事物的好奇心。而且公司虽然不能监督员工的零星行为，却能够衡量员工的工作进度和任务完成情况，这是通过 Task Planner 完成的。Task Planner 是一个基于 Web 的项目计划软件，每个员工只要用浏览器登录一个内部站点，就能知道自己当天、本周乃至当月的工作安排。此外，Task Planner 还能让某一项目组的成员查看与该项目相关的历史文档和参考资料。软件的背后是由专职的项目计划人员维护并更新的项目计划数据库。

借助于 Task Planner，主管们能够方便地跟踪每个项目成员的工作进度，外来人员或者中途加入项目的人员也可以在极短的时间内了解项目的过去和将来。

育碧公司的 Intranet、BBS 和 Task Planner 都是各自独立的系统，代表三种不同的沟通风格：正式、非正式和严谨，它们发挥着迥然不同的作用。但这三者的结合是非常成功的，因为不论什么样的 KMS，如果不能够提高员工使用的兴趣，得不到员工的积极参与，即使系统非常先进，也不可能为企业带来预期的效益。

（5）知识管理必须考虑员工离职、泄密等问题。

如果知识向组织内所有员工都无障碍地开放，员工离职、泄密就会造成重大影响。因此可以首先建立公司的文件密级制度，将各种文件分级管理，不同知识层次的文件在 OA 系统里拥有不同的密级。密级由各部门专人负责分配，不能由个人决定。其次，根据员工的岗位和级别，结合文件密级分配不同的权限，由人力资源部确定人员的级别，同时确定可访问的文件密级程度。最后，建立完善的文件归档（存档）制度，文件必须及时归档，同时归档文件不可复制，只可浏览，并按密级程度分级浏览。

但如果在 KMS 中设置过多障碍，又不利于发挥 KMS 的作用。这是一个比较严重的问题；另外，知识的所有权也是一个问题。

许多企业都把雇员的知识（至少在上班时间获得的知识）当作企业的财产。然而，员工的离职和竞争对手的刺探会导致知识流向竞争对手，消弱本企业的竞争力。因此知识管理的一个大问题或许是增加律师的人数。知识产权法成为司法职业方面发展最快的领域。

上海永和豆浆已经在中国大陆成功地发展出连锁经营体系。当初为了发展连锁体系，必须将各种口味配方撰写成"标准作业手册"。业主担心一旦标准化后，员工离职将会培养更多潜在竞争者。但引进国际资金，并衡量利弊得失后，永和豆浆决定采取较为开放的策略，完全以书面标准化的作业程序，辅以密集的人员培训计划，终于使其成功地快速发展成为覆盖上海、北京等城市的大型连锁餐饮企业。

`小案例`

（6）知识管理是没有尽头的。

因为新技术、新规则、新的营销和管理方式层出不穷，消费者的偏好也在不断变化，所以企业的知识也应该不断发展。

5.2.5　学习型组织

学习型组织（Learning Organization）的最初构想源于美国麻省理工大学的佛瑞斯特（J.

W. Forrester，1918——   ）教授。他是系统动力学的创立者。系统动力学是一门分析研究信息反馈系统的学科，它基于系统论，又吸收了控制论、信息论的精髓。1965 年，佛瑞斯特发表了一篇题为《企业的新设计》的论文，运用系统动力学原理，非常具体地构想出未来企业组织的理想形态——层次扁平化、组织信息化、结构开放化。组织要不断学习，不断重新调整内部结构关系。这是关于学习型组织的最初构想。

学习型组织提出的背景是信息化和全球化。包括企业在内的各种组织都要不断学习，才能应对变化和竞争。

彼得·圣吉（Peter M. Senge，1947——   ）是佛瑞斯特的学生，一直致力于研究以系统动力学为基础的更理想的组织，最终成为学习型组织理论的奠基人。他用了近十年的时间对数千家企业进行研究和案例分析，于 1990 年完成了代表作《第五项修炼——学习型组织的艺术与实践》。

该书提供了一套使传统企业转变成学习型企业的方法，使企业通过学习提升"群体智力"和持续的创新能力，成为不断创造未来的组织。该书一出版即在西方产生极大反响，彼得·圣吉也被誉为 20 世纪 90 年代的管理大师。彼得·圣吉认为，未来最成功的企业将是学习型企业。

建立学习型组织分为以下几步。

（1）**从建立适合于学习的组织结构入手**。学习型组织强调组织结构的"扁平化"。另外，项目管理、团队工作以及并行工程等都有利于组织开展系统性的学习。

（2）**在具备了一定的组织结构基础后，就要注意塑造组织的学习文化，培养组织的学习习惯和学习气氛**。要开展经常性的学习，以提高企业整体的学习积极性。

学习型组织的氛围是团结、协调及和谐，充满民主气氛，强调团队学习。团队学习依靠的是深度讨论而不是为争胜负的辩论。深度讨论的目的是一起思考，得出比个人思考更正确、更全面的结论。

（3）**不断完善提高，并注意积极向外界学习**。

限于篇幅，本书对学习型组织就简要介绍到这里，有兴趣的读者可以参看圣吉在 2009 年的扩充修订版，中译本由张成林翻译，中信出版社 2009 年出版。

笔者认为，建立学习型组织不仅可以对知识管理起到根本性的推动作用，而且对管理信息系统的顺利实施、对组织的长远发展，都有重要作用，因此特用一小节作介绍。

5.2.6 案例：知识管理的困境

下面看一个知识管理的失败案例，这是目前中国企业很典型的一种知识管理实施方式。

身为一家通信民营企业——JH 公司信息部的一把手，方明遇到了大麻烦。本来，由于企业管理层对研发力量的大力投入，近几年 JH 不断推陈出新，在电子通信市场上占有了相当大的份额。尽管算不上历史悠久，但 JH 以颇具优势的竞争力在业界小有名气。

　　和所有从事高科技行业的企业一样，JH 也面临着员工离职频繁、流动性大的现实。常常是一个员工跳槽就带走了他掌握的全部客户资料，当然也包括他脑袋里的知识资产。为了保证这些研发成果和核心知识资产的保密性，JH 花了很大力气来确保信息安全：文件加密、屏蔽电脑 USB 接口、设置屏幕和网络监控，还有一系列的管理制度。日子久了，公司成功地打造了信息安全至上的企业文化，力保所有项目都没有泄露信息安全之嫌。

　　很快矛盾就来了。由于扩大规模的需要，公司引进了大批新员工，培训是个巨大的工作量。老总周茂昌意识到，不能因为信息安全而忽视了知识共享。对于知识密集型的高科技企业来说，将知识快速重用和共享才能不断提升企业的生产力。

　　在信息安全的大方针下开展知识交流和共享，就是周总对方明下达的新任务，要他务必在月底之前拿出有效方案，三个月之内改善目前的状况。幸好方明对知识管理早已涉猎一二。初步规划后，他就紧锣密鼓地部署起来。

　　首先，通过公司内网广泛宣传其他企业应用知识管理的成功案例，给员工培养知识共享的意识。其次，在每个业务部门选择一两名业务骨干，给所发布的知识设定安全级别和读者权限，同时对内容质量审核把关。然后，在公司内部的 OA 系统上搭建知识管理平台，所有员工都能在此获取所需知识和发布信息。这一切都通过积分的激励措施和发布流程的管理制度予以规范化。

　　平台刚启动的那个月，访问量迅速上升，最多时曾达到 60%的员工每天都访问，新增文章的数量也与日俱增。方明满以为一切都步入正轨了，谁知道到了第二个月，文章的增长率每日愈下，而且来来回回就是那几个贡献者；最初为了吸引员工，特意在平台中设置了休闲版块，结果眼球都被吸引到了这里，真正目的所在的技能知识、项目经验却鲜有人问津，更别说贡献知识了。

　　经过讨论，知识管理团队成员一致认为激励制度不具有吸引力，于是方明又进一步制订了积分规则，每双周对发布的知识进行统计，奖励前 5 名知识贡献者；并加强了休闲板块的质量审核把关。

　　方明以为这次总算可以走上轨道了，就把精力投入到了其他项目中。不知不觉间三个月过去了，平台又面临了新的尴尬：真正有价值的知识难得一见，团队成员似乎也都热情不再。无奈之下，方明再次召集大家开讨论会，却听到了各种逆耳的声音：

　　"公司信息安全管控得那么严，我们可吃不准哪些资料可以共享，万一没掌握好度，违反了公司规定怎么办？"

　　"发布知识还要自己设定读者权限，我们也搞不清哪些人有阅读权限，还不如谁需要哪个文件就直接用邮件发给他得了。"

　　"那些关键知识都掌握在业务骨干手里，人家都是公司里的大忙人，哪有时间去发布？"

"知识共享要靠自觉就没法继续，一定要把流程固化，强制执行!" ……

早已过了下班时间，但方明仍在办公室苦思冥想。怎样才能把知识管理切实推行下去？把有用的理念真正用起来？他的眉头越锁越紧了。

5.3　SCM——供应链管理

在本章第 1 节就讲过，**供应链管理**（**Supply Chain Management**，**SCM**）是 ERP 的核心。供应链不仅包括上游的供应商，而且包括下游的客户。英国著名供应链专家马丁·克里斯托弗（Martin Christopher）曾说："21 世纪的竞争不是企业和企业之间的竞争，而是供应链和供应链之间的竞争"，"市场上只有供应链而没有企业"。由此可见，供应链的重要性。因此本节详细讲解供应链管理。

SCM 的产生是传统利润源的枯竭、经济组织寻找新的利润源的结果。

20 世纪 80 年代以前，由于新的制造技术和战略（如 JIT、全面质量管理等）的产生，企业的生产成本大幅度降低，竞争优势有了明显提升。于是，更多的企业将大量的资源投入于实施这些战略。其结果是产品价格进一步下降，利润越来越少，逐渐枯竭。20 世纪 90 年代以来，随着传统利润源的萎缩，为了进一步挖掘降低产品成本和满足客户需要的潜力，人们开始将目光从管理企业内部生产过程转向产品的供应环节和整个供应链系统。供应链管理这一新的管理理念应运而生，并逐步得到发展和完善。

技术的进步有力支持了 SCM 的发展。首先是条码技术的普及，其次是电子数据交换技术的发展，最后是蓬勃发展的 Internet。

5.3.1　EDI——电子数据交换

电子数据交换（**Electronic Data Interchange**，**EDI**）是一种在公司之间通过网络传输格式统一订单、发票等文件的手段。国际标准化组织（ISO）将 EDI 描述成"将贸易（商业）或行政事务处理按照一个公认的标准，变成结构化的事务处理或信息数据格式，从计算机到计算机的电子传输"。而国际电信联盟远程通信标准化组织（ITU-T）将 EDI 定义为"从计算机到计算机的结构化的事务数据互换"。又由于使用 EDI 可以减少甚至消除贸易过程中的纸面文件，因此 EDI 又被人们通俗地称为"无纸贸易"。

从上述 EDI 定义不难看出，EDI 包含了三个方面的内容，即计算机应用、通信、网络和数据标准化。这三方面相互衔接、相互依存，构成 EDI 的基础框架。

1. EDI 的产生背景

EDI 产生于 20 世纪 60 年代末，欧洲和美国几乎同时提出 EDI 概念。当时 IBM S360

主机已经问世，计算机网络技术还处于原始阶段，但国际贸易已经空前活跃。在国际贸易中，由于买卖双方地处不同的国家和地区，因此在大多数情况下，不是简单的、直接的、面对面的买卖，而必须由银行进行担保，以各种纸面单证为凭证，方能达到商品与货币交换的目的。这时，纸面单证就代表了货物所有权的转移，因此从某种意义上讲，"纸面单证就是外汇"。

全球贸易额的上升带来了各种贸易单证、文件数量的激增。虽然计算机和其他办公自动化设备可以在一定范围内减轻人工处理纸面单证的劳动强度，但由于各种型号的计算机不能完全兼容，实际上又增加了对纸张的需求。此外，在各类商业贸易单证中有相当一部分数据是重复出现的，需要反复输入。当时有人对此做过统计：一台计算机中平均 70% 的输入来自另一台计算机的输出，且重复输入也使出差错的概率增高。据美国一家大型分销中心统计，有 5% 的单证中存在着错误，同时重复输入浪费人力和时间，降低效率。因此，纸面贸易文件成了阻碍贸易发展的一个比较突出的因素。

另外，市场竞争也出现了新的特征，消费者的口味日益多样化。销售商为了减少风险，要求小批量、多品种、供货快。而在整个贸易链中，绝大多数的企业既是供货商又是销售商，因此提高商业文件传递速度和处理速度，成了所有贸易链中成员的共同需求。

正是在这样的背景下，以计算机应用、通信网络和数据标准化为基础的 EDI 应运而生。EDI 一经出现便显示出了强大的生命力，欧美各国都在研究制定单证标准，使得各个国家的企业都能适用。曾经有一段时间，欧美各有各的标准，但 1997 年以后，全球所有 EDI 标准都逐步采用欧洲倡导的 EDIFACT 标准。

2．EDI 的实现过程

EDI 的实现过程就是用户将相关数据从自己的计算机传送到有关交易方的计算机上的过程。该过程因用户应用系统以及外部通信环境的差异而不同。在有 EDI 增值服务的条件下，这个过程分为以下 6 个步骤，如图 5.8 所示。

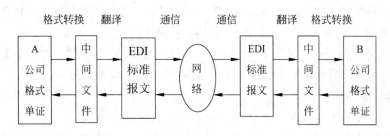

图 5.8　EDI 的实现过程

（1）发送方将要发送的本企业的单据转化为中间文件（专业术语叫平面文件，Flat File）。

（2）将平面文件转换（或翻译）为标准的 EDI 报文。

（3）发送 EDI 标准报文。

（4）接收方从 EDI 信箱中收取信件。

（5）将 EDI 信件中的报文转化为中间文件。

（6）接收方将中间文件转化为本企业的单证格式。

因此，EDI 软件系统包括转换或翻译软件和通信软件。转换软件将用户的文件转换为平面文件，进一步翻译成符合 EDI 标准的报文。例如，图 5.9 就是某款 EDI 软件在执行这三项功能时的界面。

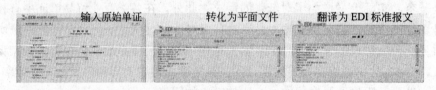

图 5.9　某款 EDI 软件的界面

需要注意的是，欧美在提出并发展 EDI 的时候，网络还处于初级阶段，更不用说互联网了。所以虽然 EDI 以网络（广域网和局域网）为基础平台，但有自己的思路，EDI 一开始就是面向跨国和跨企业的商务手段。

自 20 世纪 90 年代进入互联网时代后，EDI 也与时俱进，广泛采用互联网为基础平台，又有了一些发展。但和互联网大潮相比，EDI 反而像一条支流了，很多原来基于 EDI 的应用逐渐被互联网上的应用所代替。不过 EDI 并没有马上消失，很多企业和政府仍在用 EDI 进行贸易和管理。因此，设计和运行一个大型 MIS，应该慎重考虑是否应该增加 EDI 方面的功能。

3. EDI 在我国的发展

EDI 进入我国是在 1990 年。1991 年，国家科委、外经贸部、海关总署等部门共同组织成立了"中国促进 EDI 应用协调小组"，并以"中国 EDI 理事会"的名义参加了亚洲 EDIFACT 理事会。后来一直以政府为主导，推进 EDI 建设。

1993 年，时任美国总统的克林顿提出了"信息高速公路"计划，要在全美国普及互联网。克林顿的这一举措令世界各国争相向网络进军。我国也不甘落后，同年，国务院提出实施金卡、金关和金税工程，史称"三金"工程。其中，金关工程就是要推动海关报关业务的电子化，取代传统的报关方式以节省单据传送的时间和成本。

经过了八年准备，2001 年"金关"工程正式启动。由海关总署等 12 个部委牵头建立了电子口岸中心（又称"口岸电子执法系统"），借助国家电信公网，将由外经贸、海关、工商、税务、外汇、运输等部门分别掌握的进出口业务信息流、资金流、货物流的电子底账数据，集中存放在一个公共数据中心里，各行政管理机关可以进行跨部门、跨行业的联网数据核查，企业也可以上网办理报关、出口退税、进出口结售汇核销、转关运输等多种进出口手续。

中国电子口岸的建立有重要意义。首先可以加强管理，提高管理效率，打击违法犯罪现象；其次是降低贸易成本，企业间也可以联网，从而实现真正意义上的电子商务。

金关工程的核心是 EDI。企业可以通过中国电子口岸网站（www.chinaport.gov.cn），在网上直接向海关、国检、外贸、外汇、工商、税务等政府管理机关申办各种进出口手续，各政府部门也可以在网上办理各种审批手续，从而真正实现了政府对企业的"一站式"服务。近几年虽然不提"三金"工程了，但金关工程的项目还在继续推进和完善中。2008 年 8 月，海关总署决定率先在上海海关实施 EDI 无纸报关试点，进一步加快口岸通关速度。

5.3.2　SCM 基础理论

本小节将简要介绍一下供应链管理的基础理论，因为这有助于理解企业目前的生存和竞争环境，对 MIS 的建设也有指导作用。

"供应链管理"一词最早出现在 1982 年《金融时代》杂志的一篇文章里，比"价值链"概念出现得早。有学者认为这个词会很快消失，但 SCM 不仅没有消失，还很快地进入了公众领域。SCM 是大势所趋，因为制造业的信息系统和生产方式，无论是 MRP II 还是 JIT，在日益动荡的经济环境下，都日益关注企业和上下游的供应商与客户的协调问题。

1. 供应链的网链结构模型

传统的供应链概念局限于企业的内部操作，注重企业的自身利益目标。随着企业经营的进一步发展，供应链的概念范围扩大到了企业的外部环境。现代供应链的概念更加注重围绕核心企业的网链关系，如核心企业与供应商、供应商的供应商乃至与一切前向的关系，与用户、用户的用户及一切后向的关系。此时供应链的概念已成为一个网链的概念。像丰田、耐克、福特和麦当劳等公司的供应链管理都是从网链的角度来实施的。供应链不仅是一条连接供应商到用户的物料链、信息链、资金链，而且是一条增值链。供应链的结构可以用图 5.10 来表示。

从图 5.10 可以看出，供应链由所有加盟的节点企业组成，一般有一个核心企业（大型制造企业或零售企业）。各企业通过供应链的分工与合作（生产、分销、零售等），以资金流、物流或/和服务流为媒介，实现整个供应链的不断增值。

2. 供应链管理的理念

供应链管理是一种系统的管理思想和方法，它具有供应链中从供应商到最终用户的物流的计划和控制等职能。供应链管理通过前馈的信息流和反馈的物料流，将供应商、制造商、分销商、零售商，直到最终用户，连成一个整体的管理模式。供应链管理注重企业之间的合作，把不同企业集成起来以提高整个供应链的效率。

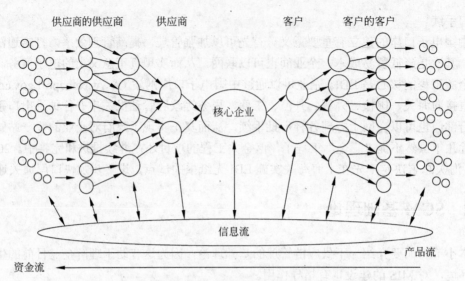

图 5.10　供应链的网链结构模型

供应链管理是一种管理模式，也是一种管理思想。供应链管理强调三种思想：系统思想、合作思想和共赢思想。这是其区别于其他管理模式的根本所在。

其中，合作是供应链管理成功的最基本的要求和条件。合作不仅要求在计划、生产、质量、成本等方面的信息沟通，以及在成本、质量改进上的互相帮助，还要求在产品开发中的相互交流，双方在资金上的相互支援，以及双方在人力资源上的相互交流等。因此它是一种更深层次、更大范围的企业合作。这种全方位、深层次的合作，要求供应链各节点企业有强烈的合作意识和整体意识，把供应链的整体利益当作自身利益，以实现整体利益的最大化为目标。

现代汽车的复杂程度令人难以想象。一辆汽车一般由一万多个零部件组成，每个零件都要有人设计和制造。组织这样一项庞大的工作可以说是汽车业所面临的最大挑战。丰田精益生产方式是怎么做的呢？

丰田构造了一个以它为核心的合作体系，大概有 300 家企业参加。丰田把这些企业称为"协作厂"。第一层协作厂下面有第二层协作厂，第二层协作厂下还有第三、四层协作厂。如果丰田要设计一款汽车，就会邀请第一层协作厂派工程师参加。这些人常驻丰田，因此称为"常驻设计工程师"，参与整车设计。汽车的各部分——悬架、电气系统、照明、空调、座椅、转向器等部件和系统，被移交给一级协作厂做工程设计。协作厂的开发团队在自己的项目主管带领下，和派驻丰田的常驻设计工程师经常沟通，并和二级协作厂派驻自己工厂的常驻设计工程师一起，设计各种部件。以此类推。

为了保证双方能真诚合作，协作厂和总装厂之间会建立一些基本合作准则。最重要的一条是同甘共苦。因此为了制定产品价格，协作厂必须让总装厂了解其技术和成本的机密信息，为的是大家都能获得合理的利润（这和欧美企业极力压低上游供应商的价格有很大区别）。如果产品出了问题，双方都会派工程师到对方工厂解决。如果协作厂做得不好，总装厂不会把它一脚踢开，而是会派人指导，深入参与进去，直到做好为止。因为丰田认为，和一家企业建立长期合作关系，要比不断寻找最低价格、经常换供应商好得多，因此丰田并不希望发展太多的一级协作厂。当然，如果协作厂一直不能令总装厂满意，总装厂就必须终止合作，发展新的合作伙伴。

在 20 世纪 70 年代，丰田已经发展起了这种协作关系，完全符合供应链管理的思想。

3．物流管理与供应链管理的联系与区别

人们最初提出"供应链管理"一词，用来强调物流管理过程中，在减少企业内部库存的同时也应考虑减少企业之间的库存。因此，供应链管理是物流管理的延伸和扩展，它们之间有许多共同之处，如都是由供应商、制造商、分销商以及零售商组成的；都以先进的信息技术作为实现的前提、基础和保证；都是跨越部门、企业甚至是国别的。

现代物流管理与供应链管理的区别主要表现在以下几个方面。

（1）**管理思想和机制不同**。供应链的管理思想是系统、合作和共赢，而物流管理的重点仍然是放在管理库存上，侧重于战术管理和微观层次的管理，把库存作为平衡有限的生产能力和适应用户变化的缓冲手段。在管理机制方面，供应链管理具有自己的合作机制、决策机制、激励机制和自律机制，比物流管理的层次更高。

（2）**范围不同**。1998 年，美国物流管理协会（Council of Logistics Management，CLM）认为，物流是供应链管理的一个子集。供应链管理关心的不仅仅是物流，还必须能够跨越企业间的界限，将许多物流以外的功能有效地整合起来。供应链管理主要有以下内容。

① 战略性供应商和用户合作伙伴的关系管理；

② 基于供应链的用户服务与物流管理；

③ 企业内部与企业之间物料供应与需求管理；

④ 供应链的设计（全球节点企业、资源、设备等的评价、选择和定位）；

⑤ 基于供应链管理的产品设计与制造管理、生产集成化计划、跟踪和控制；

⑥ 企业间资金流管理（汇率、成本）；

⑦ 供应链产品需求预测和计划；

⑧ 基于 Internet/Intranet 的供应链交互信息管理。

由些可见，供应链不仅涵盖了现代物流管理的内容，而且能从更高层次上来解决物流管理的问题。

（3）**目标也不一样**。供应链管理的目标是通过管理库存和合作关系，实现对客户的快速反应和整个供应链上的交易成本最低的目标。而物流管理的目标是确定最优库存，主要任务仍然是管理库存和运输。

4．供应链和价值链

价值链（Value Chain）的概念最早是由迈克尔·波特于 1985 年在其《竞争优势》一书

中提出的。企业的价值创造是企业的一系列活动造成的，这些活动可分为基本活动和辅助活动两类，基本活动包括内部后勤、生产作业、外部后勤、市场和销售、服务等；辅助活动包括采购、技术开发、人力资源管理和企业基础设施等。这些互不相同但又相互关联的生产经营活动，构成了一个创造价值的动态过程，即价值链。

因此，价值链是实行供应链管理的前提。管理供应链，归根结底是创造价值。供应链包括价值链，因为供应链是物流链、资金链、信息链，也是一条增值链。并且供应链将价值链延伸到企业外，形成更高意义上的价值链（供应链强调系统、合作和共赢的观点）。

如果站在价值链角度考虑问题，会对供应链管理更有帮助。对制造业来说，20 世纪90 年代以后，价值最丰厚的区域集中在价值链的两端——研发和售后服务，而处于价值链中间的产品生产和组装的门槛越来越低，创造的价值越来越小。价值链上各阶段创造价值的情况如图 5.11 所示。

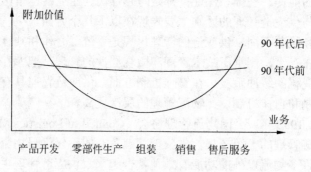

图 5.11　价值链增值曲线

20 世纪 90 年代后，在供应链中间的部分创造的价值越发微小，而两端创造的价值相对来说越来越大。因此，我国台湾宏基集团创始人施振荣先生在 1992 年为了"再造宏基"，将这条价值创造曲线称为"微笑曲线"。施振荣认为，既然价值链的上下游业务创造的价值大，宏基就应该向上下游进军，而不应局限和满足于利润越来越微薄的计算机组装业。

价值链的曲线变化也对 SCM 提出了新的挑战。企业应该更加重视产品研发和最终市场销售和服务，抢占战略制高点，同时将产品生产和组装尽量外包出去。但根据供应链的管理思想，对于产品加工和组装厂商，应该加强合作，追求共赢。

5. 如何更好地管理供应链

要搞好供应链管理，就要充分贯彻 SCM 的管理思想：系统、合作和共赢。因此，需要做好以下几件事。

（1）和重要的上游厂商、下游客户，建立供应链战略合作伙伴关系（Supply Chain Strategic Partnership，SCSP）。从长远来看，这种稳定的关系对双方都有好处。

（2）非核心业务外包。供应链管理强调战略合作，充分发挥链上企业的核心竞争力，创造竞争的整体优势。因此，各个企业可以将非核心业务外包出去，集中精力于核心业务，实现优势互补和资源共享，共生出更强的整体竞争力与竞争优势。

（3）业务流程再造。这非常重要，将在 5.3.3 小节详细讲解。

（4）更好地应用信息技术。

供应链上的企业毕竟是相对独立的，有可能存在目标冲突，因此协调各方面的利益就成为供应链管理的目标之一。而且供应链上的各企业，地理分布可能不那么集中，这也会增加供应链的运作成本，降低效率。为解决这些问题，必须充分采用信息技术，加强供应链企业的沟通。这就需要把先进的管理理念、管理方法和现代信息技术紧密结合起来。

6. 供应链管理系统的组成

在互联网兴起之前，EDI 是供应链管理的主要信息手段。随着互联网的迅猛发展，出现了很多基于互联网的信息系统，用于企业的外部集成。企业内部也为适应供应链管理的需要，进一步发展了信息系统的功能。因此在 ERP 概念产生后，面向某一领域、某一方面的信息系统的功能比过去强大得多，出现了很多独立命名的信息系统。考虑到供应链管理的功能，相应的信息系统应该有以下功能。

（1）应该有管理企业自身各部分功能的子系统，并且要比过去强大。除了过去介绍过的 CAD、CAE、CAPP、CAM、CIMS、MRP/MRPⅡ、MES 和 EIS 等系统外，还发展出了产品数据管理（PDM）系统、企业资产管理（EAM）系统、仓库管理系统（WMS）和人力资源管理（HRM）系统等。

（2）应该有管理上下游企业和客户的功能，由此发展出供应商关系管理（SRM）和客户关系管理（CRM）系统。

由此可以看出，供应链管理确实是 ERP 的核心。

在介绍 PDM、EAM、WMS、SRM、CRM 和 HRM 等系统前，必须首先理解优化企业业务流程的重要性。业务流程牵涉到企业的方方面面，只有优化了业务流程，在一个良好的基础上构建信息系统，才能少走弯路，事半功倍。

5.3.3　BPR——业务流程再造

要想更好地进行供应链管理，和上下游企业或客户进行更好的合作，企业必须充分重视上下游企业或客户的意见，重新考虑本企业的各项业务流程。因此可能需要对业务流程进行大规模的改造、革新和重组，这就是**业务流程再造**（**Business Process Reengineering**，**BPR**）（又翻译为"业务流程重组"）。

为什么要进行 BPR？因为原有的业务流程有很多问题。

1. 传统业务流程的问题

最早的手工业者熟悉产品生产的每一个步骤，一切都由自己管理。到了大规模生产阶段，产业分工异常细致，建立了金字塔形的管理结构。在这种组织环境下，业务流程有以下问题。

（1）分工过细。一项产品或服务的提交活动，要经过若干个部门、环节的处理，整个过程运作时间长、成本高。

（2）无人对整个经营流程负责。各个部门按照专业职能划分，每个部门犹如"铁路警察"，各管一段。只要业务流出本部门，就和自己无关了。同样，设计部门和制造部门缺乏沟通，经常导致许多新产品无法被顺利生产出来。

（3）组织机构臃肿，助长官僚作风。每个部门的员工只了解自己的工作，时间一长，就会站在本部门的立场上思考问题。为了把企业内部各部门、各环节衔接起来，需要许多管理人员作为协调器和监控器。

（4）员工技能单一，适应性差。过细的分工增加了员工工作的单调性，无法学到新的知识，没有刺激，致使工作和服务质量下降，员工缺乏积极性、主动性、责任感差。

（5）内部信息纵向和横向沟通不够，导致资源闲置和浪费。对市场的了解也一次次"归零"重来。

2. BPR 的产生

BPR 的概念最早是 1990 年由美国麻省理工学院的迈克尔·哈默（Michael Hammer，1948—2008）教授在《哈佛商业评论》上发表的题为《再造：不是自动化，而是重新开始》（Reengineering work:Don't Automate, But Obiterate）的文章中提出的。三年后，哈默与 CSC 管理顾问公司董事长詹姆斯·钱皮（James Champy，1941—　　）合作出版了《再造企业——企业革命宣言》（Reengineering Corporation——Manifesto for Business Revolution）一书。该书引起了学术界与企业界的广泛关注，从此 BPR 风靡全球。

两人（见图 5.12 左、中）认为，业务流程再造"是对企业的业务流程做出根本性的思考和彻底性的再设计"，其目的是"在成本、质量、服务和速度等方面取得显著的改善"，使得企业能最大限度地适应以"顾客、竞争、变化"（Customer、Competition、Change，3C）为特征的现代企业经营环境。

BPR 的另一个奠基人是托马斯·达文波特（Thomas H. Davenport，1954—，见图 5.12 右）。1991 年，达文波特发表了《新工业工程：再造和信息技术》一文。与哈默和钱皮不同的是，他在文章中主要用的是"流程创新"（Process Innovation）一词。他认为，业务流程是一系列结构化的可测量的活动集合，并为特定的市场和特定的顾客产生特定的输出。与哈默所提倡的彻底的、根本的流程再造不同，达文波特提倡的流程再造是渐进性的，再造的完成至少需要 2～3 年的时间。

图 5.12 哈默、钱皮和达文波特（自左至右）

如果我们仔细分析企业中的业务流程，就会发现比想象的要复杂得多。例如，从收到一个订单开始，到送货到顾客为止，要经过多少不同的部门和员工？

这么个看似简单的流程，在一个典型的制造企业里，至少会有 15～20 个不同的部门介入，而且还可能更多。例如在一家大型的德国化学制品公司，每个订单要经过 32 个不同的部门。所以如果能充分优化业务流程，对企业的提升是巨大的。

BPR 的火热有一定的必然性。在企业组织理论创新方面，20 世纪 70 到 90 年代之间，欧美企业界、学术界对扁平化的组织机构创新以及流程化的组织机构的研究取得了很大进步，对企业内部的专业分工细化、组织多级分层制展开了猛烈的批评，把这种企业组织机构称为"僵化、官僚主义"。因此，BPR 正好迎合了企业的需要，也满足了学术界在迷茫中寻求管理思想革新的迫切心理。

3. 关于 BPR 的反思

BPR 成为热点之后，很多企业都开始实施 BPR。一些企业通过 BPR 也取得了一定的成绩，但更多的是失败以及微不足道的经济效益。1995 年，哈默承认 70% 的 BPR 项目不仅没有取得预期的成果，反而使事情变得更糟。更有甚者，一些企业实施 BPR 给自己带来了毁灭性打击。钱皮也在 Across the Board 杂志的一篇文章中道了歉，达文波特则为《快公司》（Fast Company）杂志创刊号撰写了一篇带有忏悔意味的封面文章。这三位泰斗达成了一致意见："革命性变化过热，忘记了把'人'的因素考虑在内"是 BPR 失败的主要原因。

如果要找具体原因，20 世纪 90 年代的调查显示，主要有以下三方面的原因造成了 BPR 的失败。

（1）缺乏高层管理人员的支持和参与。

（2）不切实际的实施范围与期望。

（3）组织对变革的抗拒。BPR 引发了困惑、拖延、怨恨和混乱，许多职位通常未经仔细斟酌和考虑就被取消了。

另外，企业不能为了改变而改变，而要为了改进而改变。一定要以问题为导向，找到

BPR 的"切入点"。这个切入点可以是企业战略，可以是信息技术，也可以是流程。要在企业整体发展战略的指导下，建立持续改进的流程体系，以及有力支撑流程运作的管理配套体系，在此基础上建立有力支撑流程运营的信息系统。

经过几年对 BPR 的认真反思和总结，2002 年重组企业的成功率获得了极大提高。根据美国专门从事管理变革研究的机构 Prosci 于 2002 年 6 月出版的《业务流程重组最佳实践报告》显示，2001 年度全球来自 53 个国家的 327 个实施 BPR 项目组织中，有 73%左右的组织认为达到或超过了预期的目标。在信息技术的帮助下，相当多的企业实施 BPR 获得了不错的效果。

4．BPR 的步骤

在 BPR 具体实施中，可以按以下步骤进行。

（1）对原有流程进行全面的功能和效率分析，发现其存在的问题。

根据企业现行的作业程序，绘制细致、明了的流程图。一般地说，原来的作业程序是与过去的市场需求、技术条件相适应的，并有一定的组织结构、作业规范作为其保证的。当市场需求、技术条件发生的变化使现有作业程序难以适应时，作业效率或组织结构的效能就会降低。因此，必须从以下方面分析现行作业流程的问题。

- 功能障碍：随着技术的发展，以前的团队工作现在或许可以由个人完成。
- 重要性：不同的作业流程环节对企业的影响是不同的，要突出顾客的影响。
- 可行性：为了找到流程再造的切入点，必须深入现场，深入思考。

（2）设计新的流程改进方案，并进行评估。

在设计新的流程改进方案时，必须群策群力、集思广益、鼓励创新。要从成本、效益、技术条件和风险程度等方面进行评估，选取可行性强的方案。

（3）制定与流程改进方案相配套的组织结构、人力资源配置和业务规范等方面的改进规划，形成系统的企业再造方案。

企业业务流程的实施，是以相应的组织结构、人力资源配置方式、业务规范、沟通渠道甚至企业文化作为保证的，所以，只有以流程改进为核心形成系统的企业再造方案，才能达到预期的目的。

（4）实施与持续改善。

实施并不容易，因为 BPR 必然会触及原有的利益格局。另外，还要持续改善，这是个没有止境的过程。

福特汽车公司于 1903 年创建，到了 20 世纪 80 年代初，福特和美国许多大企业一样，面临日本竞争对手的严峻挑战。美国公司不得不设法缩减管理费和各种行政开支。由于福特公司 2/3 的汽车零部件都来自外部供应商，福特大力学习丰田精益管理，公司与供应商保持紧密合作，并在适当的时候为供应商提供一定的技术

小案例

培训。

由于合作厂商众多，福特公司的应付账款部有 500 人。按照传统管理理念，像福特这样规模的公司，应付账款部有 500 人很正常。但当福特得知日本马自达公司负责应付账款的人只有五个时，就无法泰然处之了。虽然马自达的规模小于福特，但 5:500 的比例还是有些悬殊。实际上，应付账款部本身只负责核对"三证"：来自采购部门的采购订单副本、来自仓库的入库单副本，以及来自供应商的发票。如果"三证"相符，就同意付款，不符则查，查看其中的 14 项数据是否相符，查清再付。业务流程如图 5.13 所示。

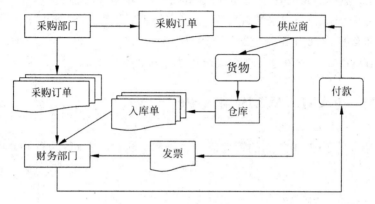

图 5.13　福特公司原来的付款流程

在对业务流程进行分析后，发现员工在具体过程中，大量的时间和精力花在票据的传递和核对上，导致一次循环需要两周时间。为此，福特先后三次修改了业务流程，使用计算机网络和数据库系统，实现了票据处理无纸化。业务重组后，应付账款部不再需要发票，而且只需要核对零部件名称、数量和供应商代码三项。采购部门和仓库部门分别将采购订单和收货确认信息输入到信息系统后，由计算机自动进行数据匹配。新的业务流程如图 5.14 所示。

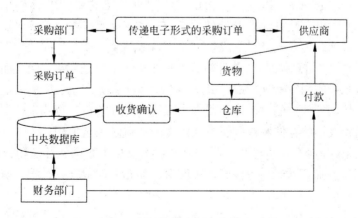

图 5.14　福特公司新的付款流程

实行新的业务流程后，应付账款部的人数减少到 125 人，周期缩短为 2 小时。

这件事发生在 20 世纪 90 年代初。本案例也是 BPR 的经典案例之一。可以看出，福特经过 BPR 之后，虽然成效巨大，和日本精益生产企业相比还是有明显差距。

为了更好地实施 BPR，有必要设置"流程经理"职位。流程经理是公司流程管理的总体策划者、组织者、推进者和协调人。流程经理运用流程管理的思想和方法，在以职能为主的部门组织结构中，从事面向业务流程的梳理、优化、固化、信息化等管理提升、管理创新工作。通常，流程经理会在公司和部门两级设立。根据企业流程管理商品和人员状况，采用兼职或者专职均可。公司级流程经理由公司管理者代表、企业管理部长等管理人员担任，部门级流程经理由部门负责人或者管理骨干兼任。

本章 5.6 节将从另一个角度，继续谈流程的重要性。

5.3.4　PDM、EAM、WMS 和 CPC

本节将介绍一些 ERP 中常用的管理信息系统和概念。比较流行的有 PDM、EAM、WMS 和 CPC。

1. PDM

PDM（**Product Data Management**）的中文名称是**产品数据管理**，PDM 是一种用来管理所有与产品相关信息（包括零件信息、配置、文档、CAD 文件、结构、权限信息等）和所有与产品相关过程（包括过程定义和管理）的软件系统。PDM 或其子系统还被称为工程数据管理（Engineering Data Management，EDM）、文档管理（Document Management，DM）、产品信息管理（Product Information Management，PIM）、技术数据管理（Technical Data Management，TDM）或技术信息管理（Technical Information Management，TIM）以及图像管理（Image Management，IM）等。PDM 是以上所有名称中使用最广的。

在 20 世纪 60～70 年代，企业开始使用 CAD、CAM 等技术。对于制造企业而言，虽然各单元的计算机辅助技术已经日益成熟，但都自成体系，彼此之间缺少有效的信息共享和利用，形成所谓的"信息孤岛"；并且随着计算机应用的飞速发展，随之而来的各种数据也急剧膨胀，对企业的相应管理形成巨大压力。随着 CAD 在企业中的广泛应用，工程师们在享受 CAD 带来好处的同时，也不得不将大量的时间浪费在查找设计所需的信息上，因此对电子数据和文档的存储和获取新方法的需求变得越来越迫切。

在这一背景下，PDM 得以产生，目的是解决大量电子数据的存储和管理问题。PDM 就是以软件技术为基础，以产品为核心，实现对产品相关的数据、过程、资源一体化集成管理的系统。

PDM 明确定位为面向制造企业，以产品为管理的核心，以数据、过程和资源为管理信

息的三大要素。PDM 的两条主线是静态的产品结构
和动态的产品设计流程，所有的信息组织和资源管理
都是围绕产品设计展开的，如图 5.15 所示。

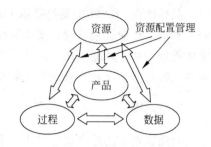

PDM 系统必须可以定义、管理企业的各种流程，
可以管理所有的产品在整个生命周期中的相关信息。
因此，PDM 应该包括**产品生命周期管理**（**Product
Lifecycle Management，PLM**）系统（但也有人认为
PLM 和 PDM 是相互独立的，只是相互之间有交叉）。

图 5.15　产品、过程、数据和资源的关系

从企业投入和销售来看，产品生命周期一般分为产品的投入期、成长期、成熟期和衰退期
四个阶段。

2. EAM

企业资产管理（**Enterprise Asset Management，EAM**），顾名思义，就是对企业资产
进行的管理。Gartner Group 对 EAM 的定义是：EAM 是在资本密集型企业的新建、在建与
运行维护中，在不明显增加维修费用的情况下，采用现代信息技术，降低停机时间、增加
生产产量的一套企业资源计划系统。

所谓资本或资产、资金密集型企业，是指资本投入在产品生产过程中所占份额较高、
劳动力投入相对较低、资本投入起关键作用的企业。石化、冶金、航空航天、机械制造业
企业都属于此类。

一般把企业分成劳动密集型、资本密集型两种。劳动密集型企业是指生产需要大量劳
动力的企业。在劳动密集型企业里工人的平均劳动装备投资不高，如纺织业、服务业、食
品业、日用百货等轻工业企业，都属劳动密集型。

20 世纪 90 年代后，人们又提出了"知识密集型企业"（或知识力密集型企业）的概念，
可以定义为"以大量知识员工为主体，大规模生产知识型高附加值产品的企业"。这些产品
可以是通信设备或汽车发动机的详细设计方案，也可以是动漫公司的动画片等。

为什么对于资本密集型企业，EAM 会如此重要呢？这是因为在资本密集型企业中，如
果要变动生产线，必须付出极高的成本，耗费的资金要远远多于劳动密集型企业。

例如，石化企业将石油炼成各种标准的汽油和柴油，生产流水线都是精心设计的，已
经投入了巨大的资本。虽然科技的进步会导致生产过程发生变化，从而改变生产线，但历
史的积累使得石化企业必须是巨型企业，否则根本无法提供大量资金去升级换代。所以世
界上的石油公司都是大型企业。又如，Intel 在全球有 13 家芯片厂，用于生产 CPU 等
顶级芯片，每家工厂的平均建造成本是 30 亿美元。

因此，资本密集型企业在投资和设计生产线时必须非常慎重，资产管理也显得比其他
企业更加重要。

　　具体地说，EAM 主要包括以下功能：企业基础数据管理、工单管理、预防性维护管理、资产管理、作业计划管理、安全管理、库存管理、采购管理、报表管理、检修管理、数据采集管理等基本功能模块，以及工作流管理、决策分析等可选模块。因此，EAM 和很多其他系统有功能交叉和重叠。有人甚至认为，广义的 EAM 就是资本密集型企业的 ERP。

3. WMS

　　仓储在企业的整个供应链中起着至关重要的作用，如果不能保证正确的进货、库存控制和发货，将会增加管理费用，服务质量难以得到保证，从而影响企业的竞争力。如今的仓库作业和库存控制作业已十分复杂和多样化，仅靠人工记忆和手工输入，不但费时费力，而且容易出错，给企业带来重大损失。这就需要**仓库管理系统（Warehouse Management System，WMS）**的管理。

　　仓库管理系统是通过入库业务、出库业务、仓库调拨、库存调拨等功能，综合批次管理、物料对应、库存盘点、质检管理和即时库存管理等功能综合运用的管理系统，可以实时反映库存物资状况，使管理人员随时了解仓库管理情况。例如，某企业的仓库业务如图 5.16 所示。

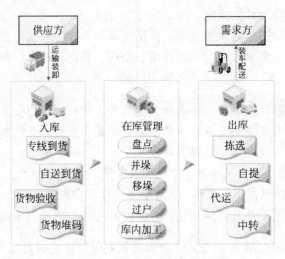

图 5.16　某企业的仓库业务

4. CPC

　　协同产品商务（Collaborative Product Commerce，CPC）的概念是美国咨询公司 Aberdeen Group 于 1999 年提出的。根据 Aberdeen Group 的定义，CPC 是一类软件和服务，它使用 Internet 技术，把产品设计、分析、寻源（Sourcing，包括制造和采购）、销售、市场、现场服务和顾客，连成一个全球的知识网络，使得在产品商业化过程中承担不同角色、使用不同工具、在地理上或供应网络上分布的个人能够协作完成产品的开发、制造以及产品全生命周期的管理。

当世界经济由"短缺经济"发展到"过剩经济"后，顾客的要求越来越高，市场竞争也越来越激烈。在这种情况下，企业为了增强竞争力，不得不主动采取大规模定制、全球化、外包和协作等策略，以获得更短的上市时间、更低的成本，来更敏捷地满足顾客不断变化的需求。互联网技术的发展，使得全球跨企业的产品研发平台成为可能。因此，CPC的提出是人类社会生产力综合发展的结果。CPC的核心理念是价值链的整体优化。

CPC偏向产品设计，它是在CAD、PDM的基础上发展起来的。1997年后，随着Internet的发展，PDM发展为CPC。CPC的理念把传统PDM的功能扩展到了广义企业的信息、流程和管理集成平台的高度。从技术上说，CPC是企业产品和流程的战略性信息源，是企业之间动态交互协作的环境，是集成的企业信息系统，也是已有数据和系统集成的框架。从管理角度来说，CPC是一种激励具有共同商业利益的价值链上的合作伙伴的商业战略，是一组经济实体（制造商、供应商、合作伙伴、顾客）的动态联盟，以便共同开拓市场机会并创造价值的活动的总称。

从工程角度来看，CPC是在并行工程（CE）、集成产品开发（Integrated Product Development，IPD）的基础上发展起来的。其中，IPD是一套产品开发的模式、理念与方法，其思想来源于美国PRTM公司出版的《产品及生命周期优化法》。IPD的核心思想包含以下几个方面。

（1）新产品开发是一项投资决策，要对产品开发进行有效的投资组合分析，并在开发过程中设置检查点，通过阶段性评审来决定项目是继续、暂停、中止还是改变方向。

（2）产品要基于市场需求开发。为此，IPD把正确定义产品概念、市场需求作为流程的第一步，开始就把事情做正确。

（3）强调跨部门、跨系统的协同。建立跨部门的产品开发团队，通过有效的沟通、协调和决策，尽快将产品推向市场。

（4）异步开发模式，也就是并行工程。

（5）重用性。采用公用构建模块提高产品开发的效率。

（6）结构化的流程。产品开发项目的相对不确定性，要求开发流程在非结构化与过于结构化之间找到平衡。

1992年，IBM遭遇到了严重的困难，率先应用了IPD的方法，最终获得成功。后来，国内外许多高科技公司都采用了IPD模式，如美国波音公司和我国深圳的华为技术有限公司等，都取得了较大成功。

因此，产品设计和工程这两条主线在发展过程中相互缠在一起，相互促进，共同发展，形成了比较成熟的CPC概念，如图5.17所示。

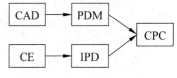

图 5.17　CPC 概念的发展过程

　　自从 CPC 提出以来，在 2000—2005 年曾经热过一阵子，后来就说得越来越少了，因为 CPC 到现在为止还没有很成熟的应用。要达到企业间的信息高度集成与共享，哪怕是产品设计方面，也还有很长的路要走，或许根本走不通。CPC 要求整个供应链的合作更加紧密稳定，甚至建立稳定的合作联盟，实践起来比较困难。因为不同的企业，利益不可能完全一致；研发节奏的加快，也导致企业的优胜劣汰速度在加快。因此供应链上的企业间的信息传输还是以 E-mail、即时通信、开发专门的软件接口为主，达不到软件产品的高度集成。

　　但是，CPC 毕竟是一种企业间的基于互联网技术的高度合作模式，其思想具有一定的前瞻性，对了解 MIS 的发展方向有指导作用。

5.4　SRM 和 CRM

　　供应商关系管理（Supplier Relationship Management，SRM）和客户关系管理（Customer Relationship Management，CRM）是供应链管理的重要内容。如果说 OA 是企业信息化的"内功"，SRM 和 CRM 则是"外功"。在物流与采购中，提出供应商关系管理和客户关系管理并不是什么新概念，在传统的市场营销管理中早就提出了关系营销的思想。

　　但是，在供应链环境下的客户关系和传统的客户关系有很大不同。从供应商与客户关系的特征来看，传统企业的关系表现为两种：竞争性关系与合作性关系，企业之间的竞争多于合作。竞争性关系是价格驱动，买方与供应商保持的是一种短期合同关系。合作性关系首先在日本企业中采用，强调供应商和生产商之间共享信息，互相帮助。我们以前以丰田为例已经讲过。供应链管理的思想是合作与协调，因此建立双赢的合作关系对于实施准时化采购是很重要的。

　　概括地说，双赢关系对于采购中供需双方的作用表现在以下两个方面。

　　（1）对供应商有以下四个作用。

　　① 增加了对整个供应链业务活动的共同责任感和利益的分享。

　　② 提高了对未来需求的可预见性和可控能力，长期的合同关系使供应计划更加稳定。

　　③ 成功的客户有助于供应商的成功。

　　④ 高质量的产品增强了供应商的竞争力。

　　（2）对制造商（客户）有以下三个作用。

　　① 增加了对采购业务的控制能力。

　　② 通过长期的、有信任保证的订货合同保证了满足采购的要求。

　　③ 减少和消除了不必要的对购进产品的检查活动。

　　建立互惠互利的合同是巩固和发展供需合作关系的根本保证。对于企业来说，一定要做好供应商关系管理和客户关系管理。

5.4.1 SRM——供应商关系管理

供应商关系管理是指对供应商的了解、选择、开发、使用和控制等综合性管理工作总称。SRM 的目标主要包括以下几个。

（1）获得符合企业质量和数量要求的产品或服务。

（2）确保供应商提供最优的原材料、服务和及时送货。

（3）发展和维持良好的供应商关系。

（4）成本也是一个重要问题，但要从系统、合作、共赢的角度来看。

（5）开发潜在的供应商。

1. 供应商管理的挑战

在当今变化日益迅速、产品生命周期日益缩短的环境下，对供应商的管理绝不是一个简单的问题，厂商必须具备情报管理和风险管理的能力。同时全球化市场拓展进程也在不断深化，跨地域的采购变得越来越普遍，制造商必须突破文化差异和语言障碍，在全球范围内更加积极地开发与管理合适的供应商。

某电子公司的采购经理刚刚得知，在提供给客户的设计方案中用到的一款集成电路在 3 个月前供应商就已经停产了。但制造部门已经利用该器件的库存进行了生产，并开始陆续交货。客户现在有新的订单进来，而这一器件的库存已经用完。现在需要采用新的器件。因此要重新设计方案并给客户确认，这一过程至少需要一个月的时间，可是新订单却要求下周就要交货。

这是典型的情报管理与风险管理失效的例证。该制造商与供应商的关系只停留在一般的交易买卖阶段，与供应商之间还没有建立基本的沟通机制与信息反馈机制，造成了公司的重大损失。

又如，某家企业开始拓展全球市场，全球的采购比重逐年增加，因此成立了集中采购组织。但是它很快发现，集中采购组织和分散在各地区工厂的分散采购常常存在责任不清的问题。而且，在过去三年的供应商合格清单中，供应商数量每年都在不断增加，已经超过了 600 家。

供应商数量逐年增加，意味着该公司的采购系统没有建立起针对供应商的优胜劣汰的机制，势必造成供应商管理成本的增加。而且，如果要与供应商建立更加紧密的伙伴关系，企业必须对供应基础进行不断更新和优化。因此需要建立科学的供应商绩效评估管理体系。

美国供应管理协会（Institute for Supply Management，ISM）对全球跨国公司采购部门的调研结果显示，在降低采购成本的措施中，采购经理普遍认为降低供应商数量是贡献最大的。全球化的竞争战略需要全球化的采购策略，但是，全球化的采购策略使供应商的管理变得更加复杂，特别是全球采购组织与各分部采购对于供应商管理的职责分配，这涉及对于物料的分散和集中管理的策略。一个解决办法是厂商可以建立许可供应商制度，对于各分部上报的采购需求，可以批量采购的由总部采购（以获得更大折扣），特殊的采购则让分部自己处理，以便提高反应速度。这些都需要信息系统的支持。

2. VMI

VMI 是 Vendor Managed Inventory 的缩写，可译为**供应商管理的库存**。也就是说，企业的库存由上游供应商管理。传统上，由于供应链各个环节都是各自管理自己的库存，都有自己的库存控制目标和相应的策略，而且相互之间缺乏信息沟通，彼此独占库存信息，因此不可避免地产生了需求信息的扭曲和时滞，使供应商无法快速准确地满足用户的需求。因此，VMI 打破了传统的各自为政的库存管理模式，充分体现了供应链管理的核心理念，是一种较新的、有代表性的库存管理思想。目前 VMI 在分销链中的作用十分重要，被越来越多的人所重视。

在 1998 年英国举办的供应链管理专题会议上，一位与会者提到，在他的欧洲日杂公司，从渔场码头得到原材料，经过加工、配送到产品的最终销售需要 150 天时间，而产品加工的整个过程仅仅需要 45 分钟。另有统计资料表明，在供应链的增值过程中，只有 10% 的活动时间是产生增值的，其他 90% 的时间都是浪费。造成这些问题的一个重要原因是落后的分销与库存管理方法。因此，VMI 是供应链管理发展的一种必然趋势。VMI 意味着供应链下游企业放弃库存管理权，这对他们来说似乎是一种损失，但是，他们从中得到的远比失去的多得多。

小案例

实施 VMI 后，上下游企业的信息系统必须有更紧密的联系与整合。

3. 评价供应商的指标体系

供应商关系管理的指标体系包括七个方面：质量（Quality）、成本（Cost）、交货（Delivery）、服务（Service）、技术（Technology）、资产（Asset）、员工与流程（People and Process），合称 QCDSTAP，即各英文单词的第一个字母。其中前三个指标各行各业通用，相对易于统计，属硬性指标；后三个指标相对难于量化，是软性指标，但却是保证前三个指标的根本。服务指标介于中间，是供应商增加价值的重要表现。一般来说，在具体实施 SRM 时，各个行业和企业的标准各有不同，需要制定详细的考核项和量化的评分标准，以消除主观评价。

我国 A 股的上市公司——广西柳工机械股份有限公司（柳工）对供应商考核的标准如表 5.2 所示。

小案例

根据综合评价的结果，柳工把供应商分为 5 级，分别采取以下不同的措施。

A 级：90～100 分，提高采购量。

B 级：80～89 分，保持现状。

C 级：70～79 分，提出书面改进意见，降低采购量。

D 级：60～69 分，有明显改进后，方可采购。

E 级：60 分以下，立即终止供货关系。

表 5.2　柳工对供应商的考核标准

项目	评定内容	标准分	最低分	评定部门
质量评定	1．进货检验和质量评定	15	8	质量控制部
	2．内反馈评定	10	5	质量控制部
	3．外反馈评定	15	8	质量控制部
售后服务	1．处理生产现场质量问题	5	3	质量控制部
	2．配合处理三包质量问题	5	0	销售分公司
	3．三包旧件及其他退货处理	4	0	销售分公司
	4．三包履赔率	3	0	销售分公司
	5．生产损失赔偿	3	0	物资部
均衡供货	1．按数量供货	6	0	物资部
	2．按时间供货	6	0	物资部
	3．按品种、规格供货	6	0	物资部
	4．对增减供货变化要求的反应	4	0	物资部
技术能力评定	1．对技术质量问题的处理能力	10	5	质量控制部
	2．质量改进能力	5	3	质量控制部
	3．新产品开发	3	0	技术研究开发部

可以看出，柳工对供应商的考核标准相当详细，但缺乏价格（成本）方面的评价。在价格方面，可以按产品类别制定一个合理价格，再用供货商的产品价格和合理价格对比，给出评分标准。

关于供应商关系管理方面的详细内容，本书不再赘述，因为这是管理和物流课程的内容。下面说一说 SRM 软件的功能设置。

4．SRM 软件的功能设置

一般来说，SRM 软件应该提供以下功能。

（1）协同采购。目的是实现企业与供应商的高效协同。SRM 要与企业内部其他的信息系统紧密结合，灵活支持 JIT、自主采购、VMI 等多种采购模式。通过电子化交互手段，提高采购人员的效率，降低企业的采购运作成本，提高双方的协作效率。利用信息的实时分享，实现供应与生产的高度配合。有效建立与供应商紧密协同的伙伴关系。

（2）采购寻源。企业不能满足于已有供应商，要寻找新的潜在供应商，"吃着碗里的，看着锅里的"，以防特殊情况下断货。要基于企业的总体战略，利用电子化手段，全球寻源、科学评估、充分认证、网上竞标，帮助企业建立战略性供应体系。

（3）供应商绩效评估。系统要有科学完善的供应商绩效评估体系，对供应商绩效进行全面评估。以客观定量评价为基础，结合人工灵活评判数据，形成综合评价分析。评估结果能进行多纬度分析，帮助企业制订供应商发展策略。

典型的 SRM 软件的功能设置如图 5.18 所示。

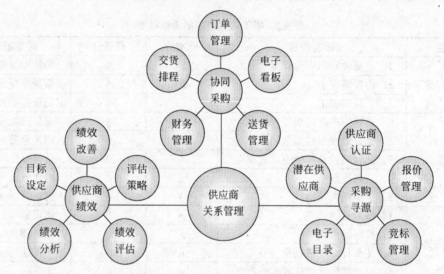

图 5.18　SRM 软件的功能设置

5.4.2　CRM——客户关系管理

当企业和上游供应商打交道时，企业是客户，因此需要"管理"供应商；当企业和下游厂商或终端客户打交道时，企业是供应商，因此需要"管理"客户。企业的角色变化后，管理这两种关系的思路也会不同。

1．CRM 的定义

客户关系管理（**Customer Relationship Management，CRM**）的概念最初是由 Gartner Group 提出的，1999 年以后在企业电子商务中开始流行。Gartner Group 对 CRM 给出的定义是：**CRM 是代表增进赢利、收入和客户满意度而设计的、企业范围的商业战略。**

可以看出，Gartner Group 强调 CRM 是一种商业战略（而不是一个软件系统），它涉及的范围是整个企业（而不是一个部门），它的战略目标是增进赢利、销售收入，提升客户满意度。

Gartner Group 的定义更多的是从战略角度出发，而另一个从战术角度出发的权威定义是：CRM 是一种以客户为中心的经营策略，它以信息技术为手段，通过交流沟通，理解并影响客户行为，最终实现提高客户获得、客户保留、客户忠诚和客户创利的目的。为实现这一目的，还需要对业务功能进行重新设计，并对工作流程进行重组。

这个定义说明：CRM 是以客户为中心的，不再以产品导向而是以客户需求导向，充分强调了企业与客户的互动沟通，从而达到创造价值的目的；信息技术是 CRM 实现所凭借的一种手段，并需要重新设计业务流程。

CRM 将多种与客户交流的渠道，如面对面、电话、传真以及互联网上的各种联系方式融为一体，希望从根本上提高员工与客户或潜在客户进行交流的有效性。CRM 可改善员工对客户的反应能力，并对客户有更为全面的了解。与企业 ERP 系统直接集成在一起的 CRM 系统，使得企业可满足客户的需求，从而可以更好地把握住潜在客户和现有客户。

2. CRM 软件的内容

CRM 的核心是客户数据的管理与分析。首先需要建立一个复杂的客户数据库，然后企业可以用它记录在整个市场与销售过程中和客户发生的各种活动，跟踪各类活动的状态，建立各类数据的统计模型用于后期的分析和决策支持。针对客户的分析主要有以下几方面内容（简称 7P）。

- 客户概况分析（Profiling），包括客户的层次、风险、爱好、习惯等。
- 客户忠诚度分析（Persistency），指客户对某个产品或商业机构的忠实程度、持久性、变动情况等。
- 客户利润分析（Profitability），指不同客户所消费的产品的边缘利润、总利润额、净利润等。
- 客户表现分析（Performance），指不同客户所消费的产品按种类、渠道、销售地点等指标划分的销售额。
- 客户未来分析（Prospecting），包括客户数量、类别等情况的未来发展趋势、争取客户的手段等。
- 客户产品分析（Product），为了满足客户需求，产品应该如何设计。
- 客户促销分析（Promotion），包括广告、宣传等促销活动的分析和管理。

从软件功能来看，一套 CRM 系统大都具备市场管理、销售管理、销售支持与服务和竞争对象记录与分析的功能。

（1）在市场管理方面，要有对现有客户数据的多方面分析功能（如 7P），可提供个性化的市场信息，并有销售预测功能。

（2）在销售支持与服务方面，提供呼叫中心①服务（Call Center Service），可提供订单

---

① 呼叫中心就是通过通信与计算机技术建成的系统，由一批服务人员接听顾客来电，为顾客提供一系列服务的地方。例如在 IT 行业中的技术支持中心、保险行业中的电话理赔中心等。在目前的企业应用中，呼叫中心逐渐被认为是电话营销中心。

与合同的处理状态及执行情况跟踪，可实时处理发票，提供产品的保修与维修处理情况，记录产品的索赔及退货情况。

（3）在销售管理方面，能提供有效、快速、安全的交易方式，可以管理订单与合同。

（4）在竞争者分析方面，可记录主要竞争对手的情况和产品，作出一系列分析。

不难看出，CRM 集成系统的功能不应当是独立存在的，它是供应链管理的一部分，从而保证 CRM 系统中的每一张订单在保证利润的前提下，有效、及时地得到确认并确保执行。每一笔销售交易的达成都有赖于企业后台的支撑平台，包括分销与运输管理、生产与服务计划、信用与风险控制、成本与利润分析等功能。典型的 CRM 软件的功能设置如图 5.19 所示。

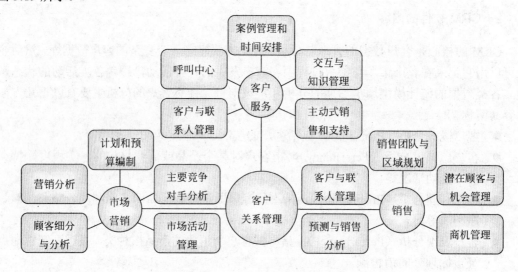

图 5.19　CRM 软件的功能设置

CRM 的实现要有一个较好的环境基础。如果一个企业的管理水平低下，员工意识落后，信息化水平很低，就算是上了 CRM 也难以奏效。因此有人说 CRM 的作用是"锦上添花"。

3. 追加销售和交叉销售

（1）追加销售

追加销售就是指当发现客户有新的、更大的购买需求和经济能力时，企业趁势抓住这一机会，说服客户继续购买商品。例如去餐厅吃饭，点完菜后有些服务员会问："请问要喝点什么酒水饮料？"；在商场购物时，在付账时营业员可能会问："先生，父亲节快到了，您需要购买要一套××作为礼物送给您的父亲吗？"；在快餐店点餐时，营业员可能会说："您只要再追加 2 元，就可以……"。就是因为多问了这么一句话，可能会有相当一部分顾客会增加购买。这就是追加销售。

（2）交叉销售

交叉销售就是通过发现并满足顾客的多种需求，从而销售多种相关服务或产品的一种营销方式。交叉销售是在同一个客户身上挖掘、开拓更多的顾客需求，而不是只满足于客户某次的购买需求。例如在汽车销售中，销售员将汽车保险和其他一揽子服务都销售给顾客；在顾客购买电脑时发现顾客还需要打印机，因此将打印机一起卖掉；客户采购企业培训时，高级主管指导和会议也被打包销售出去，等等。

在传统方式下，企业可能没有掌握详尽有效的客户资料，也就不能很好地实现追加销售和交叉销售。借助于 CRM，企业可从客户信息数据库中分析出哪位客户近期可能会有新需求，并能了解他的经济状况，于是可以在适当的时机抓住客户，实现追加销售和交叉销售。

5.4.3　案例：SF 公司实施 CRM 的情况

SF 公司是一家中型机电设备制造企业。按照计划，销售部、客服部先后推进"以客户为中心"的管理模式。他们选择了北京起点信息技术有限公司（Synlead）的 CRM 软件。系统建立起来后，开始实施 CRM 客服管理。

1. CRM 客服管理实施内容

系统实施目标是：发挥出 CRM 客服管理的效能——把客服管理作为完整营销的继续，提高客户满意度，在客户关系生命周期内扩大追加/交叉销售，努力保持、增进销售净收益。而产生效果取决于客户对差别化服务、解决问题效率/效果/代价等体验后，是否有潜力进一步购买产品；也取决于客服部门能否合理实现服务创收、能否有效控制一对一服务的费用，能否在销售/服务部门之间及时传递有价值信息等因素。

SF 公司 CRM 客服管理实施方案内容如下。

（1）客服差别化。SF 公司决定，按照客户对设备、部件、服务的历史采购额，划分出 VIP 客户、大客户和小客户等几类。客户根据类别不同，享受不同的服务合约、零部件和工时报价和折扣。

（2）客服业务流程按主要业务环节、人员岗位进行设计，便于准确授权与考核。

① 客服经理。

对客户的服务请求要能够快速辨别客户——可能是直接/间接用户，也可能是代理商寻求支援；快速查验客户购买的设备和关键部件信息——客户资产可能是 SF 公司的产品，也可能包含配套的第三方产品。

对指明的设备或部件，能够快速查验是否存在特定的服务合约。若无特定的服务合约，则依据质保期内、外默认规定予以处理。

记录问题或故障现象，对客户咨询进行解答。解答问题时能够查询知识库获得帮助。

疑难问题应及时转交客服工程师处理。需要提供现场服务或者需要对运达设备或部件进行维修时，能够方便地为客服工程师指派任务并予以提醒，做好业务调度。

可受理零部件或工时订单和报价，负责编制与客户的服务合约。

在公司授权范围内，提供、安排差别化服务。

调查客户满意度，定量综合评测。确定某服务请求是否结案。

及时向销售部反映来自客户的新生意信号或机会。

② 现场服务的客服工程师。

执行客服经理的任务指派，提供上门现场服务。提供现场服务前，应进一步向客户了解问题或故障现象，进行经验值判断和知识准备；查阅 CRM 系统，了解客户设备或部件当前状态及各种情况，了解服务合约；准备可能需要的部件和控制软件。

在客户现场服务时遇到疑难问题，应及时向公司高级工程师寻求援助。

在工单或验收单上记录现场第一手处理情况，由客户填写建议或意见。返回公司后及时反馈任务执行状况、实际工作量等，及时记录客户设备或部件的配置更新、缺陷、维护处理信息。对于无法现场解决的情况，应向客户及客服经理说明，另行商定进一步维修事宜。

应及时维护、更新 CRM 系统知识库，及时向销售部反映来自客户的新生意信号或机会。

③ 非现场服务客服工程师。

执行客服经理的调度，对运达的设备或部件进行维修。通报维修零部件、工时等情况，及时记录客户设备或部件的配置更新、缺陷、维护处理信息。

对客服经理、现场服务工程师、最终用户、代理商提出的疑难问题予以诊断和支援。

维护、更新 CRM 系统知识库，及时向销售部反映来自客户的新生意信号或机会。

④ 客服部经理。

监控、审核、管理客服部内、外业务流程各环节的运作，从多方面了解不同客户对客服工作量、工作强度带来的影响，对业务记录进行筛选、统计、分析。

例如，图 5.20 所示的是一张客户的服务请求明细表，其中有客户基本信息、客户从供应商购买的本企业产品的基本情况。每一个服务都有一个唯一编号，是由 CRM 系统根据一定的规则自动生成的。

从图中可以看出，客户的 SY3240 平衡机出了问题，该机器的质保期截至 2005 年 5 月 31 日。由于服务请求是在质保期内，因此应该受理。本次服务的受理日期是 2005 年 2 月 22 日，结案日期是 2005 年 2 月 23 日。

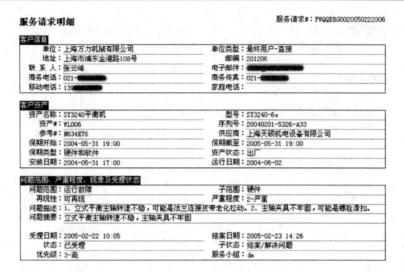

图 5.20　客户的服务请求明细表

　　图 5.21 是 SF 公司和客户（万力）签订的服务合约（FWHYBRG0020050223001）以及这次服务的详细内容。每一个服务合约也有一个唯一编号。从图中可以看出，这次服务又被分成两次任务，记录了任务的方式、要求开始时间、实际开始时间、实际结束时间、执行人（lxb 和 elitor）和备注等信息。

图 5.21　服务合约和一次服务的详细内容

　　图 5.22 是客户的反馈信息以及本次维修时使用的零部件及工时、金额等情况。这次维修从属于图 5.21 中的服务合约（因为合约号都相同），使用的几种产品和工时费都有明细记录，去掉几角几分后的总价为 1322.00 元。客户付款方式是支票，尚在执行中。

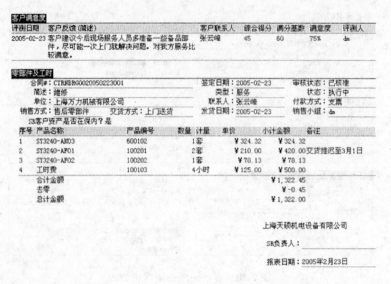

图 5.22   客户反馈和服务金额的详细情况

客服部经理看到这些报表，就会对这次客服情况有更全面的了解，有助于提高服务水平，并可与销售部经理定期交流信息和意见，观察客户满意度变化对追加销售、交叉销售的影响。

客服部经理还要定期抽取一些客户进行回访，听取客户的意见建议，切身体验客户感受。

（3）客服费用。

要对客服费用报销进行审核和控制。一对一的直接客服费用会影响来自于不同客户的销售利润，对客户价值辨识也有影响。例如，某家客户在设备质保期内要求现场服务的次数较为频繁，差旅费的增加会大为削减当初的销售利润。

总的来说，SF 公司 CRM 客服管理实施内容比较明确清晰，涉及客服业务的主要环节和关键要素已形成"客服管理体系"运作架构。

2. 出现的问题

但经过一段时期的运作，客服部的实际运作状况并不理想，达不到预期的设计效果。每个人对每种工作几乎都有抱怨。经过研究，专家和管理人员针对这些抱怨，找到了原因并提出了改进建议。例如，表 5.3 就是客服经理的工作内容、抱怨、原因和改进建议等情况。

内容比较繁琐，建议读者仔细阅读，以便体会实际工作时的情况。至于现场服务和非现场服务的客服工程师、客服部经理的问题情况，同样各是一张比较大的表格，这里从略。

综合来看，问题表现在以下几个方面。

表 5.3　客服经理的问题

工作内容	抱怨	原因和改进建议
识别客户	1. 代理商没有及时提交新用户及相关信息，用户今天就打来了电话 2. 系统中对间接用户（代理商发展的）缺乏分类和评估	1. 应该要求代理商及时反馈信息 2. 由于间接用户没有直接向 SF 公司采购设备，不适合采用上面说的客户价值分类方法，应另外划分类别，并制定评估标准
验证服务合约 编写服务合约	1. 明明与客户签过服务合约，可有些却查验不到 2. 系统中有些客户单位未指明属于 VIP 客户、大客户还是间接客户，给编写差别化服务合约带来困难	CRM 系统中，查验服务合约只需点击一个按钮就可以。SF 公司规定，如果与客户就其资产维护没有签订过特定服务合约，则一律按设备/部件的质保默认规定处理。经调查，一些特定的服务合约因工作疏忽缺少关键信息，造成自动查验没有检索到 客户单位、合约名称、简述、状态、类型、起始日期、截止日期、服务响应方式、响应时间让客服手里人员一目了然
查询知识库	对一些问题经常查询不到解决方案	SF 公司交给客服工程师来共同维护，但知识库内容尚不丰富。实际上，如果客服工程师能够及时把解决方案添加进知识库中，那么客服经理将会分担更多客服工程师的工作量，对重复性的问题直接予以解决
……	……	……
客户满意度	每次服务请求过程中或者结束后，向客户发出的客户满意度 E-mail、传真或问卷，很多都没有反馈。为客户满意度评测带来困难	1. 重新审视 SF 公司制定的客户满意度调查表后，发现很多问题不是站在客户接受服务的切身体验和感受角度去考虑的，并且疑似形式主义。建议 SF 公司改进 2. 除了现场服务人员每次带回满意度调查表，或者客户来店面维修设备当场填写调查表外，建议客服经理向更多的客户当事人分别了解感受，对每个当事人只询问少量问题。E-mail、传真或信函可能更适合定期调查，不一定适合即时获得反馈

（1）客服人员对差别化服务的应对方法单调。

（2）客服部门内、外业务流程的整体运转效率较低，经常没有及时、全面解决问题。

（3）客服部和销售部的部门协调还不够好。

（4）一方面客服部门运行成本不断增加，另一方面公司却没能赢得更多的追加/交叉销售，在老客户身上的长期净收益不断被售后服务支出削减。客服管理效能体现不出来。

3. 解决办法

经过调查研究，发现深层次的原因主要有两点，一是员工掌握的 CRM 客服管理知识不够深入，二是执行力不够。

对于第一点，应该让员工认识到客户服务并不简单，绝不是上了 CRM 系统就结束了，而且待人接物、回答问题都有很多技巧。只有多加培训、思考和交流，才能灵活运用有价值的客户信息和业务信息，更好地为客户服务。

对于第二点，主要是一些客服人员不愿意将自己的经验和体会录入到 CRM 系统中（这些经验体会是知识库的一部分），有"只想索取、使用信息，不想给予、补充信息"之嫌。"录入数据增加我的工作量"或者"我还没来得及录入数据"就是最典型的托词和挡箭牌。因此应建立奖惩制度，奖励那些及时、准确和完整录入工作记录的员工，让客服人员感觉到提供有价值的信息能够得到物质和精神等方面的回报。还要加强部门协调，都要及时向 CRM 系统录入信息。让 CRM 中的信息更加丰富，反映当前状况，从而发挥更大作用。

以上是 SF 公司使用 CRM 系统后的一些情况。至于进一步的成效，还需要观察评估。

5.5　HRM——人力资源管理

企业和组织的一切问题，归根结底是人的问题。MIS 的规划、实施和应用，归根结底也是人的问题。人，是组织最重要的资源。没有合适的人，一切都实现不了。

所谓人力资源，是在一定的时间和空间条件下，现实和潜在的劳动力的数量和质量的总和。**人力资源管理**（**Human Resource Management，HRM**）是指根据组织发展战略的要求，有计划地对人力资源进行合理配置，通过对员工的招聘、培训、使用、考核、激励、调整等一系列措施，调动员工的积极性，挖掘员工的潜能，为组织创造价值，确保组织战略目标的实现。

5.5.1　人力资源管理概述

早在 1954 年，"人力资源"这一概念首先由彼得·德鲁克在其名著《管理的实践》中提出。美国芝加哥大学教授、诺贝尔经济学奖获得者西奥多·舒尔茨（T.T.Schultz）在 20 世纪 50 年代末 60 年代初，提出了人力资源的基本理论。自 20 世纪 70 年代末以来，随着组织中从事知识方面工作的人的增加，传统的人事管理让位于 HRM，并成为管理学的一门内容丰富的学科。限于篇幅，本书只阐述 HRM 的基本理论，并考虑如何用 MIS 实现 HRM。21 世纪是全球化、市场化、信息化的世纪，HRM 必然建立在更多的数字和信息分析的基础上，因此，HRM 系统将构建在 Internet/Intranet 计算机网络平台上。

但是，如果仅仅把人员的基本信息、把对人员的一些考核指标做在信息系统中，远远称不上是人力资源管理。**实际上，组织的高层管理者，一定要对 HRM 有正确认识，其次要慎重考虑组织的业务流程，最后才是用计算机系统实现。**

传统的人事管理主要包括人员招聘、工资定级和档案管理，当人事管理进步到 HRM 后，提出了很多新的管理理论，引入了越来越复杂的管理制度。从基本内容来看，在组织中，人力资源管理需要处理的范畴可以分为四个部分，即人与事的匹配、人的需求与工作报酬的匹配、人与人的协调合作、工作与工作的协调合作，如图 5.23 所示。

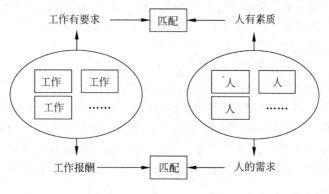

图 5.23　人力资源管理的范畴

因此，人力资源管理具有以下基本功能。

（1）**获取**。根据企业目标确定的所需员工条件，通过规划、招聘、考试、测评、选拔，获取企业所需人员。

（2）**整合**。通过企业文化、信息沟通、人际关系和谐、矛盾冲突的化解等有效整合，使企业内部的个体、群众的目标、行为、态度趋向企业的要求和理念，使之形成高度的合作与协调，发挥集体优势，提高企业的生产力和效益。

（3）**保持**。通过薪酬、考核、晋升等一系列管理活动，保持员工的积极性、主动性、创造性，维护劳动者的合法权益，保证员工在工作场所有安全、健康、舒适的工作环境，以增进员工的满意感，使之安心满意地工作。

（4）**评价**。对员工工作成果、劳动态度、技能水平以及其他方面作出全面考核、鉴定和评价，为作出相应的奖惩、升降、去留等决策提供依据。

（5）**发展**。通过员工培训、工作丰富化、职业生涯规划与开发，促进员工知识、技巧和其他方面素质的提高，使其劳动能力得到增强和发挥，最大限度地实现其个人价值和对企业的贡献率，达到员工个人和企业共同发展的目的。

以上五项基本职能是相辅相成的。

1. 人力资源管理者的职责

美国佛罗里达国际大学管理学教授加里·德斯勒在他撰写的名著《人力资源管理》一书中，认为一家大公司的人力资源管理者，在人力资源管理方面应该负以下十方面的责任。

（1）把合适的人配置到适当的工作岗位上。

（2）引导新雇员进入组织（熟悉环境）。

（3）培训新雇员适应新的工作岗位。

（4）提高每位新雇员的工作绩效。

（5）争取实现创造性的合作，建立和谐的工作关系。

（6）解释公司政策和工作程序。

（7）控制劳动力成本。

（8）开发每位雇员的工作技能。

（9）创造并维持部门内雇员的士气。

（10）保护雇员的健康以及改善工作的物质环境。

这些职责说起来容易，但做起来却并不容易。比如第（1）条，如何把合适的人配置到合适的工作岗位上？如何招聘到合适的人？这要求人力资源经理具有很高的素质。而且要实现所有这 10 条，仅靠人力资源经理并不行，而是要靠从最高管理者往下的所有管理人员，因此，企业的管理层，尤其是最高领导人，一定要对人力资源管理有正确的认识。

2. 人力资源管理的体系结构

如果和中国国情相结合，并且更具体一些，按照我国人力资源专家刘春霖的说法，HRM就应该包含以下几部分内容：组织架构、流程优化、部门职能、定岗定编、岗位职责、绩效体系、薪酬体系、权限设计、能力素质模型、招聘甄选、培训体系、任职与晋升资格、人力资源规划、核心员工职业生涯规划等内容，其大致内容如图 5.24 所示。

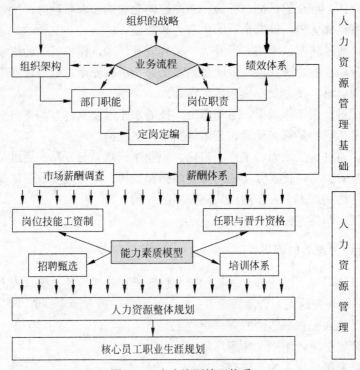

图 5.24　人力资源管理体系

从图 5.24 可以看出，HRM 宏观上可以分为人力资源管理基础和相对具体的人力资源管理两部分。在没有夯实管理基础的情况下，就制定具体的人力资源管理措施，进而开发软件系统，是不可能取得满意效果的。

其中，**组织的战略是人力资源管理的总指导**。HRM 的各项工作都和组织战略密切相关，其中尤以和组织架构、业务流程、绩效体系的关系最为密切。

组织架构是组织战略的载体。组织的战略目标逐级分解，是设置绩效指标的重要方式之一。因此，如果一个企业没有明确的发展战略，贸然进行正规的人力资源管理是非常危险的，不仅要花费很多精力，而且员工可能失望大于希望。所以当企业处于初创和早期发展阶段时，可以进行简单的人事管理，以后再逐步完善。

在人力资源管理的基础中，定下组织的战略目标后，业务流程是最为重要的。

5.5.2　再论业务流程

要进行人力资源管理，首先要打好基础，也就是制定好组织架构、业务流程、部门职能、定岗定编、岗位职责、绩效体系、薪酬体系、权限设计这八个模块。在这八个模块中，除了薪酬体系外，其余七个模块都可采用以流程为主线的"一体化运作"模式来解决。有专家认为，职务分析是人力资源管理的核心。但笔者认为，结合现代化的管理思想和信息技术手段，**流程才是现代组织管理的基础**。一个组织的业务流程设置得是否合理，是衡量管理水平的重要标志。

流程蕴含的信息包括工作任务、责任者、先后逻辑关系，可以分为主观流程和客观流程。在组织成立之初，公司战略确定后，主要工作任务和先后顺序就已经客观存在了。比如制造业和服务业的工作不同，自主研发和来图来样加工不同，至于责任者是一个人还是多个人、一个部门还是多个部门，是哪个部门、哪个岗位、哪个人负责，则完全是主观行为。之所以成立部门，首先是需要完成某些功能，即部门职能定位，明确该部门应该做哪些工作，存在的价值是什么，这项工作就是设置组织架构。但是这些主观定位是否合理，要通过流程来验证（该工作即业务流程优化）。

因此，流程、架构、职能的先后顺序是：组织战略→主要流程设置→组织架构（职能定位）→详细流程→流程优化，达到流程、组织架构、部门职能的相对稳定，如图 5.25 所示。

部门职能是完成流程中工作任务的集合，在将所有

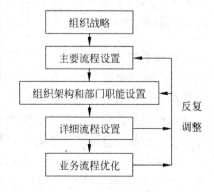

图 5.25　组织的流程、架构和职能设置

跨部门的流程整理出来后，每个部门做什么一目了然。

1. 定岗定编和流程优化

定岗又叫"二级架构"、"岗位架构"或"岗位设置"。定岗的过程和组织架构确定的过程一样，在组织架构确定后，先有（岗位）职责定位，明确该岗位应该做哪些工作，存在的价值是什么；岗位职责是完成流程中工作任务的集合，和部门职能一样，将所有跨部门的流程整理出来，责任人落实到岗位，则每个岗位做什么一目了然。然后通过流程来验证。

定编就是每个岗位需要几个人。定编的方法有很多种，其中之一是工作量定编法，该岗位有多少工作要做，每项工作发生的频率和消耗的时间是多少，根据这些计算出最终的人数。在实际工作中不要追求定编的精确，员工个体的差异和工作的差异决定了定编是弹性的。正规的管理要求有明确的岗位说明书，说明某个岗位是干什么的，有什么工作任务，各项工作的要求是什么。

但在实际工作中，很多组织即使编写出岗位说明书，也难以让初上岗的人明白。目前流行的岗位说明书大多是文字描述，往往言简意赅。因此，新人很难领悟出内涵，不知道自己应该做什么。至于应该怎样做，不论是新员工还是老员工，岗位说明书更是不能提供任何指导，因为缺乏标准化的流程。

因此，在编写岗位说明书时，一定要注意对业务流程的详细描述。这不仅可以让员工立即明白做什么，而且为今后的流程优化、绩效考核和用信息系统管理带来了很大方便。

这里重点说一下绩效考核，因为这往往是人力资源管理一个很头疼的问题。考什么？谁来考？处理不好就会极大地影响士气。如果以业务流程为基础，就能很好地解决这个问题。因为流程包含的信息有工作任务、责任者、先后逻辑关系。工作任务就是考什么（可以从时间、质量、成本、工、料、机器、安全等维度提取指标），先后逻辑关系就是谁来考——直接的后续部门/岗位考前面的，这样可以避免自己考自己，而且会让员工尽量做好每一道工序，否则下一道工序就会给你"差评"。最后一道工序可以由质监部门负责考核，对他们的考核是市场——顾客的退货率、满意度和对产品的各种评价等指标。

绩效考核的宗旨是培养员工的主人翁精神，提高组织的整体效率。但在现实中经常出现的情况是：绩效考核一开始虽然推行得风风火火，但员工怨声载道，出了问题相互推诿，相互指责，公司整体效益没有提高，最后考核流于形式。

原因之一是组织架构是纵向划分的，这导致部门分割严重。如果考核指标是部门、岗位层面，指标设置者在设置指标时不能通盘考虑，关注的只是本部门和岗位，就会导致最终无人关心组织的整体利益。因此，在绩效设计时不仅要把流程纳入其中，而且在绩效管理过程中，应成立跨部门的、以某个流程为核心的绩效改善小组，以推动整体绩效的提高。

2．权限管理和薪酬体系

人员的权限可以分为业务权限和行政权限。业务权限的具体表现是职能、职责，行政权限的具体表现是谁来拟定、提请、审核、签字。其实质都是流程。

薪酬体系大致可分为以下六种薪酬制度（各种分法不一）。

- 计件工资制：适用于生产一线员工。
- 岗位绩效工资制：突出岗位的价值，适用于职能部门、研发人员，常和绩效考核连用。
- 岗位技能工资制：突出岗位和技能的价值，适用于研发人员、职能部门，常和能力素质模型、绩效考核连用。
- 销售提成制：适用于销售人员。
- 年薪制：适用于高层管理人员及特殊人才。
- 股票期权：严格意义上不能称其为一种薪酬制度，它往往和其他薪酬制度连用，是薪酬结构的一部分，适用面可大可小。

薪酬体系也是人力资源管理的基础。虽然一个组织有很多人，但却可以按薪酬体系划分成几种类别，针对不同的人群要设计不同的薪酬制度。因此，一个组织的薪酬体系建设也是一个复杂的过程。

组织架构、业务流程、部门职能、定岗定编、岗位职责、绩效体系、薪酬体系、权限设计是人力资源管理基础，没有这些，组织管理就会发生混乱。但是有了基础只能保证不乱，却不能保证带来效益，还需要具体的人，去从事具体的人力资源管理工作。

5.5.3　能力素质模型

具体的人力资源管理工作，包含能力素质模型的建立、招聘甄选、培训体系、任职与晋升资格、岗位技能工资制、人力资源整体规划、核心员工职业生涯规划等模块，核心是能力素质模型。

能力素质（Competency）是驱动员工产生优秀工作绩效的各种个性特征的集合，反映的是可以通过不同方式表现出来的知识、技能、个性与内驱力等。著名心理学家、哈佛大学教授大卫·麦克里兰（David McClelland，1917—1998）博士是国际上公认的能力素质模型方法的创始人。

1973 年，大卫·麦克里兰博士在《美国心理学家》杂志上发表了题为《更应测试能力素质而不是智力》（*Testing for Competency Rather Than Intelligence*）的文章。他引用大量的研究结果证明，滥用智力测验来判断个人能力是不合理的，而且传统的学术能力和知识技能测评并不能预示工作绩效的高低和个人生涯的成功。因此，他强调要回归现实，从第一手材料入手，直接发掘那些能真正影响工作业绩的个人条件和行为特征。

大卫·麦克里兰及其研究小组发现，从根本上影响个人绩效的是诸如"成就动机"、"人际理解"、"团队领导"、"影响能力"等的一些东西，他把这种个人条件和行为特征称为Competency。

能力素质模型（**Competency Model**）是指担任某一特定的任务角色，所需要具备的能力素质的总和，是从组织战略发展的需要出发，以强化竞争力、提高实际业绩为目标的一种人力资源管理的思维方式、工作方法和操作流程。

通常根据能力素质的适用范围，可将能力素质划分为核心能力素质（Core Competency）和专业能力素质（Specific Competency）。核心能力素质是针对组织中所有员工的、基础而且重要的要求；专业能力素质是为完成某类部门职责或是岗位职责，员工应具有的综合素质，它因岗位或部门的不同而有所不同。

要建立能力素质模型，首先要分析职位的胜任能力要素组成，通常包括三类能力：通用能力、可转移的能力和独特的能力。其次是胜任能力的等级描述，以区分普通员工和优秀员工。不同的行业、不同的组织，能力素质模型都各不相同。

将岗位分级，不仅是能力素质模型的特点，而且招聘甄选、培训体系、任职与晋升资格、岗位技能工资制四个模块，也要分级，能力素质模型起穿针引线的作用。

例如，表 5.4 是某企业的部分能力素质模型。

表 5.4　能力素质模型分解矩阵使用实例

能力素质模型	岗位名称	见习工程师	实习工程师	助理工程师	工程师	高级工程师	资深工程师
知识	物理	7	7	8	8	9	9
	工程力学	7	7	8	9	9	9
	电子技术	9	9	9	9	9	9
	材料知识	9	9	9	9	10	10
技能	OA 使用	5	7	8	9	9	8
	CAD 使用	5	7	8	9	9	8
	沟通能力	7	7	7	7	8	8
	连续工作	9	9	9	8	7	6
	质量控制	6	7	8	8	9	10
	研发创新	6	7	7	8	9	9
职业素养	进取心	8	8	8	8	7	7
	诚信意识	9	9	9	9	10	10
	团队精神	8	8	9	9	9	8
	决策力	7	8	8	9	9	10
	服务意识	9	9	9	10	9	8

目前，国外在能力素质模型的设计上已经非常成熟，不少咨询公司也有国际知名企业的素质模型以及"素质辞典"。例如，目前流行的通用素质类型有服务能力、培养人才的能力、监控能力、影响能力等，每种能力又分成若干个级别。这样也有利于计算机管理。总之，人力资源管理已经有丰富的理论和实践，正规的组织应该对此有足够重视。

5.5.4 人力资源管理信息系统的建立

通过前面的学习可以知道，建立一个人力资源管理信息系统绝不是一件简单的事情。要建立一个能充分发挥作用的人力资源 MIS，开发者至少需要学习人力资源管理的基础理论（这属于管理学的专业课，内容要比这里介绍的丰富得多），才能在理论指导下，给具体的组织或企业，设计出功能比较完善的人力资源 MIS。

1. 建立人力资源 MIS 的步骤

在我国，由于很多企业对员工的管理理念仍不成熟，因此建立人力资源 MIS 绝不可一蹴而就，而应适应中国国情，一步一步来。一般可以分成以下三大步。

首先，是建立好人员基本信息管理、工资管理、档案管理等基本系统。这是人事管理的基础。

其次，要建立好人力资源管理基础，也就是建立好组织架构、业务流程、部门职能、定岗定编、岗位职责、绩效体系、薪酬体系、权限设计这八个模块。这将体现出组织的综合管理水平。

最后，建立并完善能力素质模型，并以此为核心建立人力资源 MIS。例如增加考勤管理、绩效考核、人员培训等子系统，并将人力资源 MIS 和 ERP 系统的其他子系统建立更加紧密的联系。

2. 人力资源 MIS 的内容

从功能上说，人力资源 MIS 应该包括以下内容。

- 基础信息管理，包括机构、岗位、人员等实体的各种基础信息的录入、修改、删除、查询等工作，还应具有相关的统计分析、制作机构/岗位说明书、人员登记表等功能。
- 人事档案管理，包括档案的编码设置、人事档案的建立、借阅、转出、查询等功能。
- 薪酬福利管理，包括薪酬类别、薪酬标准的管理、薪酬发放审核、个人所得税计算、薪酬分析、奖金管理、社会保险方面的管理、福利管理、人员成本核算等内容。
- 绩效考核管理，包括考核体系的建立、发布、评测、汇总、分析、维护等功能。
- 教育培训管理，包括培训需求调查、培训计划管理、受训情况管理、培训效果评估等内容。

- 招聘管理，包括人员需求分析、招聘信息发布、招聘甄选、录用审批、试用期评估等内容。
- 人员调配管理，包括人员入职、离职、内部调动等功能。
- 劳动合同管理，包括合同的模板管理、合同签订、变更、续签、解除等功能。
- 考勤管理，包括考勤记录、请销假管理、统计分析等功能。
- 信息发布，包括传统电话、传真、手机、互联网的信息发布等内容。
- 系统维护，包括各种数据的维护工作，以及系统权限管理、日志管理等工作。
- 员工自助服务，员工可以通过系统查询政策法规和个人信息。
- 综合查询与统计，包括各种查询和统计分析功能。
- 人力资源规划，这是一个需要更多人工智能以辅助管理者进行决策的模块，灵活性很大。

由此可见，人力资源 MIS 包含的内容相当丰富。

3．人力资源管理的误区

在现实工作中，组织的高层管理者往往容易陷入以下误区。

（1）对人力资源管理的期望太高。在人力资源管理中，核心应当是绩效考核而非简单的人事管理。因此很多高层管理者希望通过绩效考核等制度，从根本上提升经营绩效。这是不对的，因为绩效考核只能起到一定的效果，决定企业经营绩效的，归根结底是组织的战略眼光、产品质量、营销策略和组织的综合管理水平。反映到人力资源 MIS 上，是一定要建立好人力资源管理的基础。

（2）人力资源经理过于迷信和依赖制度。制度确实很重要，但如果过于迷信和依赖制度，就会导致官僚主义和大企业病。最终，越来越多的繁琐规范会使员工只注意组织内部，而忽视了组织归根结底需要和外部交流，才能长久生存下去的根本原则。管理者要学会用智慧（而不是用越来越复杂的制度）来做好人力资源管理。反映到人力资源 MIS 上，是系统一定要具有的灵活性。

5.6　EIP——企业信息门户

互联网和 Web 技术的发展极大推动了电子商务的发展，也为企业带来了新商机。每家企业都想抓住这一商机，获取更大利润。企业和组织需要一个网站来宣传自己，从事电子商务，并和内部管理信息系统紧密集成。由此产生了企业信息门户（Enterprise Information Portal，EIP）的概念。

5.6.1　EIP 基础知识

1998 年 11 月，美国美林公司（Merril Lynch）[1]的 Christopher Shilakes 和 Julie Tylman 发表了一份关于题为《超越 YAHOO!：企业信息门户已经上路》的报告，首先提出了**企业信息门户**的概念。他们认为："EIP 是一个应用系统，它将企业内部和外部所有的信息，以单一的访问渠道为用户提供用于商业决策的个性化信息"。

如果把企业或组织看成是一个相对于外界独立的"城堡"，那么要让外界看到企业内部的一些情况，就需要开一个"门户"。EIP 是建立在 Internet 上的信息门户，它把企业各种应用系统、数据资源集成到一起，用浏览器来观看，并根据用户的使用特点和角色的不同（分为外部用户、内部用户，内部用户还可以继续细分），形成个性化的应用界面。因此，一个企业的 EIP 对外是企业网站，对内则是管理和查询日常业务的公用平台。

因此有人认为，EIP 是以门户为出发点提出的信息系统概念，它超越了传统的 MIS 概念，也超过了普通意义的网站，是企业 MIS 与电子商务两大应用的结合点。但本书仍然认为 EIP 属于广义 MIS 的范畴，因为 EIP 毕竟仍是以企业或组织为中心，为本企业或组织服务的。

自美林公司提出 EIP 的概念后，EIP 得到了美国 Sybase 公司的大力倡导。Sybase 公司认为，企业应该着力把内部现有的各种系统和资源集成起来，以一个专用门户站点的形式，为企业的所有雇员、客户、供应商和合作伙伴提供其所需的全部信息与服务。另外，协同产品商务 CPC 也要求对电子商务应用集成。到了 2000 年，Delphi Group[2]对全球 800 家企业进行了调查，结果发现 55%的调查企业已经开始了 EIP 的建设。2003 年 1 月，Meta Group[3]认为"门户技术正给 IT 团体带来风暴"。实际上，**EIP 就是一个聚焦的企业访问点**。2008 年以后，越来越多的企业在开发 MIS 时，都把 EIP 作为一个重要的出发点。

1. EIP 的逻辑结构

对外，EIP 应该起到宣传企业形象、展示企业产品、从事电子商务、更好地为客户提供服务等作用；对内，EIP 应该和企业的各种内部管理系统对接（或者内部系统直接建立在 EIP 内部，通过权限管理，只允许内部人员操作）。因此，EIP 的逻辑结构如图 5.26 所示。

---

① 位于美国的全球著名金融管理咨询公司，1914 年 1 月 7 日成立，2008 年 9 月 14 日以大约 440 亿美元的价格出售给美国银行（Bank of America）。
② 一家美国咨询公司，目的是帮助组织建立长远的战略和组织文化，网站是 www.thedelphigroup.com。
③ 一家 1993 年成立的互联网咨询机构。

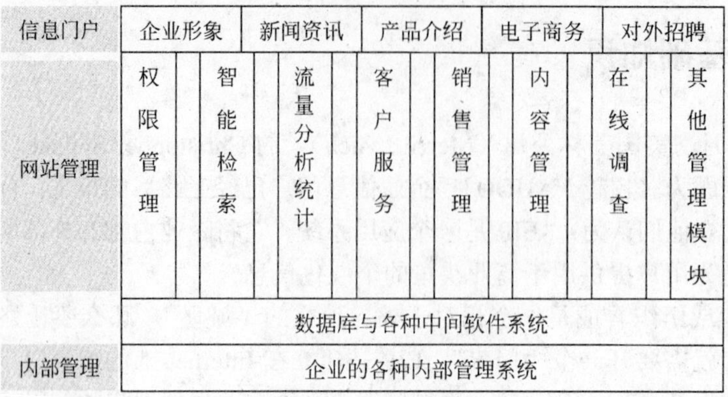

信息门户	企业形象		新闻资讯		产品介绍		电子商务		对外招聘	
网站管理	权限管理	智能检索	流量分析统计	客户服务	销售管理	内容管理	在线调查	其他管理模块		
	数据库与各种中间软件系统									
内部管理	企业的各种内部管理系统									

图 5.26　EIP 的逻辑结构

2. EIP 的优势

EIP 是一个以网站为出发点的信息系统，而 ERP 以及传统的 MIS 并非如此。这是 EIP 的一个巨大优点，因为互联网是一个遍及全球的网络，企业的员工无论何时何地，只要能连上互联网，都可访问 EIP。因此，以 EIP 为出发点构建信息系统，或者把 EIP 看成信息系统最重要的组成部分，已经是大势所趋。

总体而言，EIP 使得企业获得了以下三大优势。

（1）EIP 可提高企业的应变能力，提升知识管理。

企业只有借助于网络才能以快打慢，获得发展的先机，这已经成为信息产业界的共识。但是在大小企业先后触网之后，新的加速度来自何方，这就要看谁能够以最迅捷的动作联系客户、供应商和代理商，组织生产和销售了。毫无疑问，企业信息门户就是产生新加速度的原动力。而且，企业迫切需要充分利用网络，加速知识的积累，掌握技术发展趋势。而企业信息门户恰恰能够成为企业获取知识、整合知识和积累知识的有效途径。

（2）EIP 提高了资源利用的效率，相对降低了成本。

以互联网为基础构建企业的信息网络，减少了硬件成本，也减少了多种未经集成的应用软件的总体维护成本。而且，企业信息门户将现有的资源加以整合，集成到一个统一的平台上，企业可以实现集中维护，从而降低维护成本。EIP 还降低了通信费用。

（3）EIP 对商业产生了积极影响。

EIP 对商业的最大影响是能够把企业内的各个信息系统集成起来，通过用户自己个性化的界面提供给用户，如合作伙伴和员工使用的门户，虽然界面是不同的，但入口是唯一的。他们使用的这种高效的门户至少在以下两个方面提高了竞争优势。

① 随时随地访问，提高了交流速度，因此可以更有效地发挥联盟的作用。

② 员工的自助服务可以提高解决外部业务问题的效率。

因此和传统的信息系统相比，EIP 在 B2B、B2C 等电子商务方面有巨大优势。

5.6.2 案例：同程网的信息门户

苏州同程旅游网络科技有限公司（以下简称"同程网"）创立于 2004 年，是目前中国拥有 B2B 旅游企业间平台和 B2C 大众旅游平台的旅游电子商务网站。

公司有两个网站：www.17u.com 面向大众，专注于 B2C，拥有 580 万注册会员，提供酒店、机票、景点门票、演出门票、租车、旅游度假等服务，并形成了以点评、问答、博客为特色的旅游社区。www.17u.net 主要从事 B2B 电子商务，是包括旅行社、酒店、景区、交通、票务等在内的旅游企业间的交流交易平台，目前注册旅游企业会员 14 万余家。

请注意，由于网站更新频率较快，因此这里对其企业门户的点评具有比较强的时效性，主要从客户观点出发，从网站的网页设计、导航结构、内容质量、电子商务等方面来粗略衡量。而且由于网站页面太大，所以这里不能全部显示。

打开同程网 B2C 网站主页（www.17u.com），如图 5.27 所示。

图 5.27 同程网的 B2C 网站主页

总体来看，网页设计比较活泼，让人感觉本站人气比较旺。主要功能都显示在页面上方，导航功能比较清晰。而且无论进入什么页面，为个人服务的酒店预订、机票预订等功能以及地区选项，都会列在页面上方。由此可以看出同程网很重视电子商务。

同程网的主页还有一个特点：它会自动判断你所在的地区，然后重点显示该地区的旅游服务（从技术角度来说，系统会获取访问该网站的 IP 地址，然后根据 IP 地址所在的地区，再进行详细处理）。例如在图 5.27 中，可以看到显示的城市是苏州（在主页下方显示了很多苏州本地游和从苏州出发的国内游线路，以及地处苏州的"同城金牌旅行社"，还有相关的游记，一般都是驴友们的博客文章，网友可以先看看别人的经验。但在图 5.27 中看不到），这正是作者所在的城市；如果用户想看别的城市或地区，可以手动切换。

在页面底端，同程网有"关于我们"、"网站地图"等链接，还有网站备案等信息。这是网站的常用做法，如图 5.28 所示。

图 5.28　同程网 www.17u.com 主页的底端信息

现在，有一定规模的网站一般都会提供博客、群组等 Web 2.0 功能。同程网也在不断增加新功能，不断改进和完善。

再看看同程网的面向旅游企业的 www.17u.net，如图 5.29 所示。

图 5.29　同程网 www.17u.net 的主页

其导航栏目有旅游企业、资讯商机、增值服务、交流合作、旅游者栏目，每个栏目还有多级子栏目。在主页下方是和价格有关的各种资讯，主页下面（图 5.27 看不见）还有很多内容。总体感觉是，同程网针对旅游企业的服务内容十分丰富。旅游企业对同程网的评价也比较高，因为企业的服务费续签率比较高。

通过多年的努力，同程网在 B 网（www.17u.net）获得了大量的商户，随着 C 网

（www.17u.com）人气的不断上升，B 网不断有更多优惠低价的产品向 C 网输送，形成了有力互补，进入良性循环。在内部管理上，同程网在努力成为学习型组织。同程网有自己的内网系统（OA 系统），员工每天都必须登录到网络上写工作日志，每个月还要阅读一本书，并发布读后感，相互交流学习，优秀的内容会进入企业内部培训教材。在网络营销方面，同程网也有大量举措。因此同程网自成立以来发展速度较快，目前已经有 1000 余名员工，成为国内著名的旅游电子商务企业之一[①]。

可能有一些读者会奇怪：旅游行业有这么复杂吗？能让如此多的网站生存吗？实际上，每一个行业如果深入了解下去，都是很复杂的，可以为企业用户和最终用户提供很多服务。旅游行业也一样。

5.7　小结：信息化的发展趋势

本章，以 ERP 为核心和起点，结合管理和营销，比较详细地介绍了 OA、SCM、SRM、CRM、HRM 和 EIP 等信息系统和概念。广义地看，这些信息系统都属于 MIS 的范畴。信息系统本身的内容十分丰富。

通过本章和前几章的学习，读者应该对管理信息系统有了更多认识和了解。结合目前信息化的实践和管理界的研究，未来企业信息化的发展趋势有以下几个方面。

（1）**理性投资，注重效益。**

自 20 世纪 80 年代以来，我国企业的信息化建设已经有 20 多年了。随着管理水平的提高，随着越来越多的企业和人对信息技术越来越了解，理性投资、注重效益，将成为未来企业信息化的发展方向。

在具体业务层面，企业信息化回归理性最明显的表现，一是越来越多的企业从企业战略的高度，对信息化进行整体规划；二是企业走出了唯技术论的误区，开始认识到信息化的关键不是技术，而是管理和应用。

（2）**标准化是企业信息化发展的必由之路。**

现在的世界经济越来越一体化，为了更好地和各国企业和客户交换信息，信息标准化是企业发展的必由之路。因此，在设计信息系统时（或采购软件公司的信息管理软件时），一定要结合本企业、本行业的实际情况，看看信息系统是否考虑到了国家和国际上的信息标准规范。

信息标准化是信息化的基础性工作，它之所以重要，是因为信息的载体——数据是信

---

① 其他著名的旅游电子商务网站有携程网 www.ctrip.com、艺龙网 www.elong.com、中青旅遨游网 www.aoyou.com、去哪儿 www.qunar.com 等十几个站点，其中携程网和艺龙网已在美国纳斯达克上市。另外，著名门户网站也都有自己的旅游频道，如 travel.sina.com.cn、travel.sohu.com 等。

息系统唯一接收和处理的对象。数据是否准确与规范，是信息系统实施成败的关键因素之一。

信息标准化的主要任务就是建立健全企业信息标准化体系，根据体系框架制定一系列企业信息规范和标准。加强信息标准化工作，对于规范数据和信息，保证信息化建设的一致性，整合信息系统内部、外部的各种信息资源，实现信息资源共享，提高信息交换效率，增强信息系统的开放性，保障项目顺利实施和运行，促进企业的长远发展具有十分重要的意义。

（3）**企业将越来越重视供应链管理。**

如果现在对企业信息化的理解还停留在采用一套财务软件，将手工记账变为电脑记账的阶段，那就太落伍了。未来，通过供应链信息化，实现企业与企业之间的业务流程协同，已成为领先企业的信息化需求，成为未来企业信息化的一个发展方向。

供应链管理也是 ERP 的核心，本章已有大量讲解。供应链管理要求企业一定要提高自身的管理水平，要具有系统、合作和共赢思想，这是用信息技术辅助企业做好供应链管理的基础和前提。

（4）**电子商务将成为企业和组织信息化的核心。**

当今世界已经进入网络经济时代，各国都在积极发展电子商务，逐步从工业经济转向信息经济。现在一个有点规模的企业如果还不搞电子商务，实在是太落伍了。实际上，越来越多的新企业直接从网络上起家，电子商务已经越来越成为企业信息化的核心，EIP 就是这一思想的体现。

而且在电子商务领域，不仅要重视传统的桌面互联网，还要重视移动互联网的建设。从 2010 年开始，企业信息化将在移动互联网方面进入迅猛发展阶段。

那么，组织或企业该如何建立自己的管理信息系统呢？建立一个适合本组织、能充分发挥组织作用的管理信息系统，绝不是一件容易的事。首先，必须对信息化这项工作的艰巨性有清醒的认识，这将在下一章讲解。

习　题

一、思考题

1. ERP 的管理思想主要体现在哪些方面？为什么说 ERP 的核心是供应链管理？
2. ERP 和 MRP Ⅱ 有哪些主要区别？
3. 物流管理与供应链管理有什么区别？
4. 什么是群件？群件的基本思想是什么？
5. 什么是工作流？工作流有什么要求？

6．什么是 KMS？如果要建立 KMS，需要了解哪些事实？

7．对于本章"知识管理的困境"案例，如果你是方明，你该如何把知识管理真正推行下去？

8．供应链管理强调哪些思想？

9．供应链管理和物流管理有什么区别？

10．什么是 BPR？BPR 的步骤是什么？如何尽量保证 BPR 成功实施？

11．什么是 PDM、EAM、WMS 和 CPC？

12．什么是 SRM、VMI 和 CRM？

13．CRM 软件一般包含哪些内容？

14．为什么在人力资源管理中，梳理好业务流程最为重要？

15．人力资源管理的基本功能是什么？

16．什么是能力素质模型？

17．HRM 都包括哪些内容？

18．要建立一个 HRM 系统，一般需要哪些步骤？

19．什么是 EIP？EIP 的逻辑结构是怎样的？

二、讨论题

1．本章讲完 ERP 总论之后，作者为什么要先讲 OA，并在 OA 中讲完知识管理和学习型组织等内容之后才讲 ERP 的核心 SCM 以及 SRM 和 CRM？你认为 OA 属于 ERP 的范畴吗？

2．结合本章和第 4 章的内容，本章末尾的信息化的发展趋势，以及最新形势，谈谈信息化的新发展趋势。

第6章 信息化建设总论

前面几章，我们学习了一些必要的 IT 知识和 MRP II、ERP 等很多信息系统。本章，我们学习企业和组织该如何进行信息化建设，也就是信息化建设的步骤。本章还用了大量篇幅，讲解信息化建设中的各种困难，目的是让读者深刻地认识到：管理信息系统不仅是一个技术系统，而且是一个社会系统，因此信息化建设是一项艰巨的任务。最后，讲解了CIO（首席信息官）在企业中的地位和作用。

6.1 信息化建设的步骤和组织的战略规划

信息化建设一般有两种方法，一种是原型法，另一种是结构化生命周期法。

6.1.2 原型法

原型法（Prototyping）是系统开发人员根据组织的核心功能，迅速开发出一个小型系统，称为"原型"，然后不断对原型进行修改、完善，直到满足要求为止的一种信息化方法。

原型法的特点是：事先并无详细规划，往往是组织内部对编程感兴趣的人员，凭借对业务的了解，逐步建立信息系统。初步建立的系统往往是针对组织的物流（进销存）或现金流（会计）的核心功能的小型系统，很不完善，因此需要不断改错并增加更多功能，使系统功能越来越强。原型法的一般过程如图 6.1 所示。

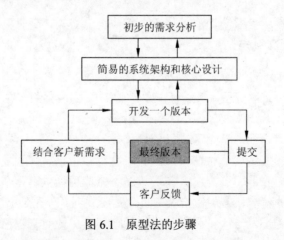

图 6.1 原型法的步骤

原型法具有以下优点。

（1）从认识论的角度看，原型法更符合人们认识事物的规律，因而更容易被人们普遍接受。

（2）系统开发循序渐进，反复修改，可以确保较好的用户满意度。

（3）开发周期短，初始成本低。

（4）用户往往直接参与，系统更加贴近实际。

（5）由于初始系统简陋，所以易学易用。

原型法还有一个好处，就是可以以很低的成本对员工进行信息化教育。员工在使用原型法开发的简易信息系统的过程中，会增加对信息系统的感性认识，提高计算机操作能力，有利于进一步实施正规的信息化建设。即使组织原来的管理不完善，也可以用原型法开发一个简易的系统，在使用中，有利于人们发现管理的问题。如果组织以前没有用过 MIS，一上来就用结构化生命周期法进行信息化建设，由于员工缺乏对信息化的了解，所以往往很难成功。

原型法具有以下缺点。

（1）不适合大型系统的开发。

（2）开发人员倾向于不做需求分析，或做简陋的需求分析，缺乏规范化的文档资料。

20 世纪 90 年代初，面积 20 多平方米、只有两个人的、专卖计算机书的秋实书店还是以手工记账的形式管理图书的进销存。书店老板宏盛以前学过一些编程，觉得每天用计算器计算销售额十分不便，于是便用 FoxPro 做了一个进销存系统。这个系统非常简单，可以记录图书的进货、库存和销售数据，也可以统计库存，并能按日期和品种统计销售额和毛利，功能仅此而已。

两年之后，随着计算机热的持续升温，秋实书店销售额屡创新高。于是宏盛在附近租了一个面积 60 多平方米的门面，又招聘了几名员工。为了招揽顾客，秋实书店还推出了租书服务。因此宏盛对原系统进行了完善，增加了人员管理和租书功能。

到了 1998 年，税务局要求书店提供规范的会计报表，便于纳税。宏盛不懂会计，于是请教专业人士，继续完善系统，让系统可以打印会计报表。经过几年的不断完善，秋实书店管理系统的功能已经越来越强大了。

原型法适合小型组织的信息化建设。随着组织的不断发展壮大，业务规模和种类的不断增多，用原型法可以继续完善系统。但由于当初缺乏总体规划，所以随着系统的不断复杂化，修修补补的工作会越来越多，成本急剧上升。此时，已经不再适合用原型法了，而是需要采用结构化生命周期法，重新进行信息化建设。

原型法过渡到正规的结构化生命周期法，符合组织由小到大的发展规律，和管理要循序渐进是一个道理。以企业发展为例，作坊式的小企业可能只有几个人，此时老板负责一切，可以灵活处理各种事情。如果企业从三四个人发展到"十几条枪"，可能就需要增加一些部门了；如果发展到五六十人，就必须增加管理层次。此时老板已经不能面面俱到了，因此管理必须日益正规化。

6.1.2 结构化生命周期法

结构化生命周期法是正规的信息化建设方法。它和原型法的最大不同是：有严格的步骤，并且重视企业和企业 IT 的战略规划。本章主要谈的就是结构化生命周期法。

所谓生命周期法，就是将信息化建设看成一轮一轮的大周期，每一周期有若干个阶段，如同生物的生、老、病、死一样。前面的章节讲过产品生命周期的概念，MIS 也是一样的。所谓结构化方法，是指方法有一系列比较严格的规定。因此，结构化生命周期法一般有以下几个步骤（见图 6.2）。

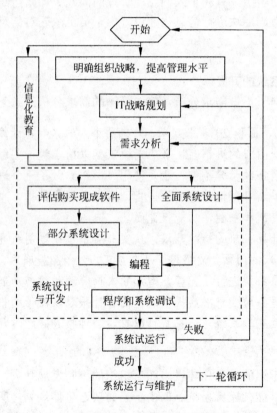

图 6.2　结构化生命周期法的步骤

（1）明确组织的发展战略，建立良好的管理基础。

组织的发展战略可以理解为组织根据内外部环境和可获得的资源情况，为求得长期生存和持续发展而进行的总体性管理与谋略。

要制定组织的发展战略，首先要深入分析组织所处的国内外宏观环境和行业环境，然后分析企业的能力现状和 IT 能力现状,分析组织的优势与劣势、面临的发展机遇与威胁等。在此基础上,明确组织的发展目标和战略。

只有首先对组织本身进行战略分析,明确未来一段时期的大方向,才能对后面的工作起指导作用。

(2) IT 战略规划。在组织战略指导下,制定组织适应未来发展的信息化战略。在此阶段应该成立**项目组**,项目组成员由组织的领导者、组织内部或外部的 IT 专家和第三方咨询顾问组成,组长可以由组织的高级管理者或外部 IT 专家担任。

如果说明确组织的发展战略是组织最高管理者(一把手)责无旁贷的职责的话,从这一步开始,一把手就要大力支持项目组的工作,以克服组织内的各种阻力。

(3) 需求分析。在 IT 战略规划指导下,对组织的各项业务进行极为详细的调查研究,了解每一项流程的细微环节,了解每一个部门的所有业务。如果组织的规模较大,这项工作将极为繁琐。

IT 战略规划和需求分析没有明显的界限。要建立信息系统的总体结构,必须对组织进行比较宏观的需求分析,因此 IT 战略规划实际上包含了宏观需求分析过程。宏观需求分析之后,就要进行微观需求分析,两者之间并没有明显的界限。因此,在第 7 章将把 IT 战略规划和需求分析合并讲解。

在需求分析中,如果发现组织的业务流程或结构不合理,还要进行业务流程再造和机构重组,提升组织管理水平,为后面信息化的具体实施打下坚实的基础。这绝不是一件容易的事情,因为改动流程或组织结构,必然会变更管理人员的权力,调整工作人员的工作。一旦处理不好,会对组织的长远发展造成重大伤害。

因此在前三步中,还需要**对组织的各级管理者和员工进行信息化教育,教育的内容是让员工对信息化树立正确的观念,以及了解一些必要的 IT 知识。**因为制定组织的发展战略和 IT 战略规划不仅需要最高领导参加,而且后面的一系列步骤都需要各级管理者和员工积极、深入地参与。如果不对员工进行信息化教育,在需求分析中和后面的信息化建设步骤中可能会遇到很大阻力。

(4) 系统设计与开发。

系统设计与开发是在需求分析的基础上,建立具体的信息系统。这又有以下几种方法。

① 组织可以对软件公司开发的现有软件(一般是行业通用软件)进行评估购买(业内人士叫做"系统选型",一般需要项目小组),软件公司针对组织的特殊性进行二次开发,然后交给组织使用。

② 组织可以建立自己的软件开发队伍自行开发,也可以让软件公司从头开发。在这种情况下,必须在需求分析的基础上,针对具体的编程软件和数据库管理系统,进行系统设计和编程。

因此,无论是在现成软件基础上进行二次开发,还是从头开发,都需要系统分析员和程序员的参与。因此系统实施是计算机专业人员的工作。

（5）系统运行与维护。

MIS 建立好之后，首先要进行试运行。如果效果达标，就在组织内全面推行新的 MIS 系统。否则需要修改完善，可能会返回系统设计与开发，检查当初的设计是否有问题，在计算机技术领域是否有误；也可能会返回需求分析阶段，检查当初的需求分析是否有误。

如果时间拖得太久，甚至有可能返回 IT 战略规划阶段，如果是这样的话，说明这次信息化建设已经彻底失败。

如果经过一次或多次修改之后，达到事先的标准，则投入运行；否则项目失败。

当 MIS 投入运行之后，使用人员在操作上，必然会出现各种各样的问题，数据也需要定期备份和维护，计算机系统的软硬件也可能会出现问题，因此需要进行维护工作。这是一项长期任务，一般需要组织安排专业人员来完成。

在系统的运行维护过程中，随着时间的推移，组织内外部的环境都在发生变化，因此组织的战略、MIS 的战略、结构和功能越来越需要做重大改变。这说明 MIS 的生命周期已经结束，应该设计新的 MIS 了。

系统设计与开发、运行与维护的内容将在第 8 章讲解。

6.1.3　组织的战略规划概述

战略的核心是定位，即选择组织的发展方向，选择就意味着"取舍"。迈克尔•波特在《什么是战略》一文中指出："战略就是在竞争中做出取舍，其实质就是选择不做哪些事情。"目前普遍的观点是：要基于核心竞争力来取舍——有助于组织培养核心竞争力的就"取"，否则就"舍"。

核心竞争力（Core Competence） 这个概念是 1990 年由普拉哈拉德（C. K. Prahalad，1941—2010）和哈默尔（Gary Hamel，1954—　　）在他们发表在《哈佛商业评论》上的《企业核心竞争力》（*The Core Competence of the Corporation*）一文中提出的。他们认为，随着企业竞争加剧、产品生命周期缩短以及全球经济一体化的加强，企业的成功不再归功于短暂或偶然的产品或灵机一动的市场战略，而是企业核心竞争力的外在表现。按照他们给出的定义，**核心竞争力是能使企业或组织为客户带来特殊利益的一种独有技能或技术，应该围绕核心竞争力来构建和发展企业。**

对于不是企业的其他组织来说，核心竞争力往往体现在组织独特的职能上。

但究竟什么是核心竞争力？到现在为止，学术界也没有给出大家一个一致赞同的、明确的定义。一般认为，核心竞争力是组织在发展过程中形成的不易被竞争对手仿效并能带来超额利润的独特能力。核心竞争力应该具有价值性、稀缺性、不可替代性和难以模仿性。

例如，腾讯的核心竞争力体现在其即时通信产品 QQ 和其管理团队的管理风格和企业文化上。在即时通信领域，QQ 已经在我国拥有最多用户，用户迁移成本较高。因此腾讯只要始终以 QQ 为核心，及时采纳比较成熟的新技术和新思想，围绕 QQ 推出新产品，就会让用户产生更大的依赖性。

又如，大家都知道美国戴尔（Dell）公司是做计算机直销起家的，互联网兴起后，戴尔如鱼得水，取得了巨大成功。很多企业都在学习并试图超越戴尔，包括曾经比戴尔实力强大得多的企业。但从 1999 年到 2010 年，戴尔一直是世界上最大的计算机组装和销售厂商（2002 年刚刚收购了康柏的惠普公司曾经取代了戴尔的地位，但到了 2003 年第一季度，戴尔再次取得领先）。戴尔的核心竞争力是什么？难道仅仅是直销或电子商务？没有人说得清。有人认为，戴尔公司的创始人迈克尔·戴尔（Michael Dell，1965—　　　）是戴尔公司核心竞争力的重要组成部分，因为他是有价值的、稀缺的、不可替代和难以模仿的。

组织该如何制定战略，已有很多管理学家做过大量论述。这不是本书的重点，本书仅略作介绍。一般来说，组织的战略规划需要考虑以下一些问题。

首先要分析组织所处的宏观环境和行业环境，主要包括以下方面。

（1）本国乃至全球的人口形势。

德鲁克在《成果管理》一书中认为，战略分析首先要分析的是人口趋势，包括各个国家和地区的出生率、男女比例，以及在新生儿中民族和种族的比例等问题。人口变化是最重要的，因为人口变化具有深远影响。高瞻远瞩的企业，都会重视人口分析。

例如，在 20 世纪 60 年代初，美国人已经认识到美国的人口在年龄结构、基本文化习惯和期望值上发生了巨大变化。真正的变化从 20 世纪 60 年代末才产生，因为"二战"后美国出现了一个出生高峰，当年出生的婴儿到了 60 年代末已经成长为青年，成为美国有史以来最大的劳动和消费大军。

（2）全球、本国、本地区的政治经济形势，今后若干年的可能发展趋势。

（3）企业所在的行业以及相关行业的中长期发展趋势及风险分析。

然后就是分析企业或组织本身的重大战略问题：在外部环境和相关行业中的战略定位，和在消费者心目中形象的战略定位问题。

作为组织的领导者，需要花费巨大精力认真考虑组织战略，其重要性怎么强调都不为过。

然后，还要从管理角度考虑，为支持组织实现战略目标，组织是否需要进行重大的结构和流程调整，以及如何调整；如何进行管理模式的转变。

关于企业和组织的发展战略问题，可以参看明茨伯格、迈克尔·波特等管理学家的书籍或管理专业的相关教材。本书假定组织的战略规划已经基本制定好，在组织战略的指导下，考虑信息化建设。

6.1.4 案例：上海集优的战略规划和信息化建设

上海集优机械股份有限公司（以下简称"上海集优"）是中国装备制造业的大型企业上海电气下面的重要产业，拥有九家子公司和四个加工中心，是精密工业零件、元件、配件的综合供应商，主要从事设计、制造、销售汽轮机叶片、轴承、切削刀具、电动机以及紧固件五大类产品，拥有中国最大的专业叶片和切削刀具生产基地、最大的紧固件出口基地和物流中心。

上海集优以制造紧固件产品为主，仅紧固件产品就有 11 个大类 3 万多种规格，其"古鼎"牌紧固件一直是中国驰名品牌。

早在 1987 年，当时还是 PC 为主的时代，公司就以自主开发为主，使用管理信息系统辅助管理，主要是货物的进销存管理。1998 年到 2004 年，随着 Internet 的普及和发展，公司转变信息化建设方法，采用自主开发加上外包形式，使用了 ERP，基本能指导管理过程，并覆盖报价和销售等外包厂商的核心模块。但还是存在一些问题难以解决，而且从 2002 年开始，上海集优的紧固件业务就面临一系列的挑战。

首先，这是一个劳动密集型行业，入行门槛并不高，所以很多长三角地区的民企都纷纷加入紧固件制造行业，同时台资也进入了该行业。

其次，在上海，劳动力成本、生产、办公的土地租赁成本、交通成本都在持续快速上涨，对产品价格形成了很大压力。即使能够承受成本上涨的压力，上海也不能再承受上海集优的紧固件业务继续发展，因为上海集优属于耗能大户，在节能减排压力下需要迁出上海，而且必须缩减高耗能的紧固件制造。

所以在 ERP 使用后期，公司高层已经在考虑重新进行战略定位和发展的问题。

经过思考，上海集优决定进一步整合上下游供应链，转型为紧固件的物流仓储服务提供商。公司建设了 8.3 万平方米的物流配送中心，有从日本引进的全自动立体仓库设备和多达 7 万只托盘的仓储配送能力，这个全自动立体仓库被公司视为新的核心竞争力所在。向物流仓储转型后，上海集优将大量制造工作合作或外包给其他合作伙伴，专注于仓储配送（但上海集优仍是紧固件的主要生产商）。

因此，上海集优必须重新进行大规模信息化建设，不仅要解决前两个阶段的遗留问题，而且还需要大规模提升物流管理水平。由于上海集优已经有了多年的信息化经验，所以他们花了 3 个月时间来选择软件供应商，主要考虑厂商有无成熟产品、知名度、沟通难易程度和项目预算金额等方面的问题。

最终，上海集优委托用友定制开发 ERP 升级产品。用友用了两年时间开发，在 2007 年 6 月份完成并上线，实现了自动统计、辅助决策、电子商务等功能，财务系统和生产管理系统也实现了对接（在此过程中，上海集优于 2006 年在香港上市）。

新的 ERP 系统在接单、生产派工、排产等方面做了较大改进。原来工单只能排到车间，再由车间主任手排统筹；现在则能直接排到个人，车间主任自动报流程。然后，ERP 系统和日本的全自动立体仓库软件实行对接（用友派出 8 人团队）。项目建设完成后，上海集优的劳动成本明显降低，并且将供货周期从原来的 65 天缩短到 54 天，甚至 45 天。另外，公司还开通了网站（www.pmcsh.com），实现了电子商务。

　　2007 年 11 月，欧洲工业紧固件协会发起针对中国钢铁紧固件的反倾销调查，上海集优也名列其中。但此时公司已经实现了战略转型，因此在 2008 年，上海集优的全年销售依然保持了 20% 的增长。但在 2008—2009 年的金融危机中还是受到了影响，2009 年的营收是 21.06 亿人民币，同比下降 35%；利润 1.51 亿，同比下降 37%。但由于核心业务已经及时转到了物流，并且在信息化管理方面取得了成功，所以业绩还是相当不错的。在金融危机中，公司加强了防范经营风险工作，并努力扩大内销市场。在紧固件业务方面，注重为客户提供个性化与便利化的服务，积极拓展终端客户，进一步优化紧固件业务的市场结构。

　　下一步，上海集优希望将 ERP 和所有的供应商系统对接，同时让下端的销售尽可能接近终端用户，以提高议价能力和毛利率。但上海集优也发现，这一步是最困难的，因为上海集优的供应商多达 220 家，涉及产品 3.5 万种，系统要覆盖销售、接订单、装船运输，而客户又以国外中小企业批发商为主。

　　上海集优的信息化建设是成功的，本案例突出了它的战略规划，并没有叙述其中的艰难曲折过程。信息化建设绝不是一件容易的事，在实施信息化的早期阶段，很有必要对组织中的所有员工进行信息化教育。一个重要的教育内容就是树立正确的观念，否则信息化建设失败的概率非常高。那么，什么观念才是正确观念呢？下面结合我国信息化建设的艰难过程，并结合相当多的失败案例，使读者多获得一些感性认识，看看应该树立怎样的观念。

6.2　我国信息化建设的发展历程

　　1978 年，我国政府作出了实行改革开放的重大决策。到了 20 世纪 80 年代初，随着 IBM PC 的发布和我国改革开放的日益深入，我国也掀起了计算机和信息化热潮。

　　学术界首先需要把国外管理信息系统的思想引入国内。1982 年，华北计算所出版的《计算机工程与应用》上刊登了题为《一种建立管理信息系统的方法》的文章（署名丁炳光、马应章等），主要是从计算机专业的角度，向我国企业界介绍了开发 MIS 的方法。随后，一些专家学者出版了有关方面的著作，介绍了更多开发 MIS 的方法。

　　随着国外的 MIS 开发方法的不断引入，在我国引发了 MIS 研究和实践的热潮，出现了商业 MIS 产品，国外比较成熟的 MIS 产品也越来越多地进入我国。总体来说，我国信息化建设大致经历了四个阶段。

6.2.1　MIS 的初步引进与本地化阶段

这一阶段大致是 1978—1990 年。

MIS 在国内的应用是从机械工业开始的。在 20 世纪 80 年代，中国刚刚进入市场经济的转型阶段，企业参与市场竞争的意识尚不具备或不强烈。企业的生产管理问题重重，机械制造业的人均劳动生产率只有发达国家的几十分之一，产品交货周期长，库存多。为了改变这种落后状况，沈阳鼓风机厂、沈阳第一机床厂、济南第一机床厂、杭州汽轮机厂、洛阳矿山机械厂等一批企业，把计算机用于本企业的生产、计划、物资、经营等方面的管理，在信息化建设方面做了初步探索。这批实施 MIS 的企业，一般都是首先从国外引进现成的管理信息系统，然后才是企业自行开发，或者是与国内的科研单位、高校联合开发。作为信息化建设的先驱者，它们曾经走过一段坎坷曲折的路。

沈阳鼓风机厂（以下简称"沈鼓"）是国家重点大型风机生产厂，始建于 1948 年，专业生产风机产品，目前产品有 70 多个系列 200 多个品种，主要用户是石油、化工、煤炭、冶金、电力、环保、国防、科研等行业和部门。

沈鼓的信息化建设起步于 1978 年。从 1978 年到现在，沈鼓的信息化经历了三个发展阶段。

20 世纪 70 到 80 年代是沈鼓信息化发展的第一阶段，这期间主要是引进 IBM 370/138，后来又陆续升级为 IBM 4331、IBM 4381 等大型机。当时 IBM 的大型机在业界很有名，但其系统的封闭性也给沈鼓的应用带来了很大麻烦。1980 年，沈鼓从美国引进了生产管理软件 Copics，但没有用起来，因为不能输出汉字。车间工作人员看不懂打出来的英文指令单，工序没法进行下去。

第一次失败没有动摇厂领导的决心。1983 年，沈鼓决定开发自己的管理软件，成立了北方电脑应用开发公司，形成了 70 多个人的软件开发队伍。经过几年时间，开发和应用了 CAD、CAM、MRP II 等软件系统。北方电脑应用开发公司总工程师曹钺认为，那是一段非常艰难的时光，"那时开发工具用的是汇编语言和 COBOL 语言，每个人都有写上十几万条语句的经历。"

20 世纪 90 年代是第二个发展阶段。1991 年，沈鼓的生产管理完全摆脱了手工操作。此时 CIMS 观念已经在国内流行了好几年，于是沈鼓又开始建设 CIMS，并成为国家首批 CIMS 工程试点企业，获得国家 863 专项资金 300 万元。加上自筹资金，沈鼓再次投入 2200 万元用于软件、硬件扩充和底层机床设备购置。

自 1999 年开始，沈鼓（此时更名为沈阳鼓风机集团有限公司）的信息化建设进入了第三阶段。1999 年，沈鼓再次引进更高性能的 IBM 的高级主机服务器 IBMS/390。这台大型机的终端可以运行 Windows，也有了更多的开发工具，所以 IBMS/390 可以说是"沈鼓信息化的一个里程碑"。沈鼓进一步完善软件，并将新系统命名为沈鼓 ERP。到了 2000 年，沈鼓实现了以分布式关系数据库为集成平台的企业信息集成。进入 21 世纪，沈鼓又将 CAD 的覆盖率从 80%提高到 100%，建成了一个 100Mbps 的高速以太光纤主干网和八个以太局域网，主服务器系统由 IBM S/390、IBM RISC/6000、HP LH4 等组成，几百台联网的计算机构成了沈鼓 Intranet 网。同时，互联网应用也进一步深化，沈鼓建立了自己的网站 http://www.shengu.com.cn，作为企业信息门户，如图 6.3 所示。

图 6.3　沈鼓的网站

在信息化过程中，沈鼓的市场占有率和企业经济效益得到了显著提高，成为国际同行业中的知名企业。

曹钺认为，沈鼓信息化之所以成功，是因为有正确的指导思想，就是"企业的信息化一定要和企业的生产管理融为一体"。他说："我们也考察了很多企业，发现他们信息化的主要问题是不能很好地和生产、管理结合起来，结果是'管理'与'信息化'两层皮，信息化没有起到应有的作用。"而且曹钺认为，企业的一把手十分重要，"当初如果不是厂长下了这么大的决心，不会有沈鼓今天的成就"。

信息化也不是一劳永逸的事情，沈鼓的信息化就是滚动式发展起来的。曹钺说："企业搞信息化就像滚雪球一样，可以说是一件与时俱进的长期工程。"

在我国企业中，MIS 建设是从单项管理起步的，大多为生产计划管理、财务会计管理、物资供应管理、劳动工资管理等中的单项或几项管理。这样，便在一个企业局部形成了一个个信息化"孤岛"。

此时，大连雅奇、大连王特、合肥科力、北京晶智等公司，在数据库管理系统的基础上，推出了更加简易的 MIS 生成工具，协力商霸、打天下、明星进销存等一批软件也进入商业领域。同时，中国软件与技术服务股份有限公司（中软）、北大青鸟、深圳远望城也都推出了国产 MIS 产品。

从技术上讲，用数据库管理系统（DBMS）开发 MIS，要比用一般的编程语言容易得多，因为其内嵌的编程语言是 4GL。但如果要成为开发高手，也必须花费大量的时间深入学习数据库理论和编程技术。因此，有人就设想在 DBMS 的基础上进行二次开发，做出更加方便人们编程的软件工具，这属于**计算机辅助软件工程（Computer Aided Software Engineering，CASE）**的范畴，相关的软件一般称为 CASE 工具。

CASE 是帮助用户进行应用程序开发的软件。CASE 工具主要分成两组：支持开发生命期中的需求分析、系统分析的称为前端或高端 CASE 工具；主要帮助程序员编程的称为后端或低端 CASE 工具。有学者把它列为 MIS 开发的技术方法之一。CASE 确实可以提供一定的帮助，在计算机专业的软件工程课程中有比较详细的讲解。

在我国 20 世纪 80 年代后期到 90 年代中期，CASE 工具比较热，大连雅奇、大连王特都是那时的明星企业。但实践证明，如果要开发复杂的 MIS，后端 CASE 工具仍然帮不上太大的忙。因此，目前对 CASE 工具的研究和使用，主要局限在计算机专业和程序员范围内。

在此阶段，国外正在流行 MRP II。1985 年，机械部设计研究院的陈启申、金达仁等研究人员，开始研究 MRP II 在我国的应用并开展推广工作。机械部自动化所开发的 CAPMS，成为我国开发的 MRP II 最早产品。其后出现了更多 MRP II 软件，如上海启明 MRP II，山西经纬纺织机械厂的 JWMRP II 等。

从企业的基本情况看，MRP II 在机械、汽车、电气、制药、电子等行业应用为多。当时，国内有数百家企业已经或正在实施 MRP II 系统。这些使用了 MRP II 软件的企业，已全部或部分使用了软件的功能。大部分企业没有达到 MRP II 本应达到的应用效果，其中也不乏失败者。

首先，从国外引进的软件本身存在技术问题，而且耗资巨大。当时引进的国外软件，大都是运行在大中型计算机上，多是相对封闭的专用系统，开放性、通用性极差，设备庞大，操作复杂，系统性能提升困难，而且国外软件没有完成本地化的开发工作。其次，我国企业缺少 MRP II 应用与实施的经验。最后，存在思想认识上的障碍。当时的企业领导都将信息化看做一项单纯的计算机项目。因此虽然有一些企业获得了一些收益，但从整体上看，企业所得的效益与巨大的投资不成比例，与当初的宏伟蓝图也相去甚远。

为此，有人认为国外的 MRP II 软件不适合中国国情，三分之一可以用，三分之一修改之后可以用，三分之一不能用。这就是人们戏称的"三个三分之一"论。

6.2.2　我国信息化建设的成长阶段

1991—1996 年，是我国信息化建设的成长阶段。

1986 年 3 月 3 日，王大珩、王淦昌、杨嘉墀、陈芳允四位老科学家给中央写信，提出要跟踪世界先进水平，发展我国高技术的建议。这封信得到了中央的高度重视，后来批准了《高技术研究发展计划（863 计划）纲要》，这就是 863 计划。863 计划是在世界高技术蓬勃发展、国际竞争日趋激烈的时期，我国政府组织实施的一项高技术研究发展计划，在我国科技事业发展中占有重要位置。863 计划投资 100 亿元，其中信息技术相关项目的投资约占三分之二。

CIMS 就是 863 计划在自动化领域的一个主题，任务是促进我国制造业的现代化。为此，国家在清华大学建立 CIMS 实验工程研究中心和 7 个单元技术实验室，并在全国 13 个典型应用工厂试点。沈阳鼓风机厂、北京第一机床厂、成都飞机制造厂、邯郸钢铁公司都开发了自己的 CIMS 系统，并取得了较好的成绩。1994 年，清华大学国家 CIMS 中心获得总部设在美国的制造工程师协会（SME）颁发的 CIMS 应用与开发"大学领先奖"；1995 年，北京第一机床厂获得该协会颁发的 CIMS 应用与开发"工业领先奖"。很多 MRP II 系统都在帮助用户获得更多收益。

之所以取得这样的成绩，主要有以下原因。

（1）计算机技术的发展。如客户机/服务器体系结构的推出、计算机网络技术的发展与普及，软件系统也日益成熟和通用。

（2）中国企业已全面进入体制转变和创新阶段，我国的财务制度和市场机制逐渐向国际化靠拢，企业在积极革新管理制度和方法，增强企业的综合实力。

（3）一些国外软件公司逐渐完成了本地化工作，其产品在开放性和通用性方面也做了很多改善。

（4）一些国内软件公司已经成长起来。一些软件公司在对国外软件进行二次开发和改型后，形成了国内版本并推向市场，另一些则走自主开发之路，MIS 软件的功能越来越强大。为此，业界有人认为，"三个三分之一"论"可以休矣"，进而对 MRP II 在我国的推广和应用给予了肯定。

在此期间，我国管理软件的两大公司——用友和金蝶，发展壮大起来。1988 年 10 月，王文京从机关辞职，和苏启强一起创办了用友软件公司（苏启强后来离开用友搞连邦软件专卖店），主要做财务软件。1992 年之后，用友进入高速成长期。2001 年，用友软件在我国 A 股市场上市，公司网站是 www.ufida.com.cn。

1991 年 7 月，徐少春创办了深圳爱普电脑技术有限公司，也是以财务软件起家。1993 年，爱普公司先是与别人合资成立深圳远见科技发展有限公司，后来更名为深圳金蝶软件科技有限公司，2001 年在香港创业板上市，公司网站是 www.kingdee.com。

目前，用友和金蝶都有种类丰富的 ERP 软件和其他管理软件，是我国最大的两家管理软件厂商。

随着互联网热潮的兴起，政府也越来越重视信息化工作。1993 年，美国提出"信息高速公路"计划，我国政府也启动了金卡、金桥、金关等重大信息化工程。1996 年以后，中央和地方都确立了信息化在国民经济和社会发展中的重要地位，信息化在各领域、各地区都形成了强劲的发展潮流。

这一阶段虽然取得了较大成绩，但进入 20 世纪 90 年代后，随着信息技术和管理思想的发展，以 MRP Ⅱ、CIMS 和财务软件应用为主的 MIS，也进入了更高的发展阶段。

6.2.3　ERP 在我国的探索阶段

1997—2002 年 ERP 全面进入我国，我国在信息化建设方面又经历了一段探索阶段。

1996 年之后，伴随着信息技术热潮，ERP 的开发与应用也在我国企业中掀起一阵热潮。国外著名 ERP 厂商 SAP、Oracle 等纷纷进入我国，我国也有很多软件企业推出了自己的 ERP 产品。除了用友和金蝶，著名的还有安易、浪潮、利玛、开思、金航联和并捷等，可谓琳琅满目。1998 年 6 月，金蝶、用友等国内八大著名管理软件厂商在北京联合发布"全面进军企业管理软件"，标志着中国企业管理软件市场的全面启动。

这一阶段的主要特点是：ERP 成为企业信息化的主角，并从制造业广泛扩展到其他行业，特别是金融、通信、高科技和零售等行业。ERP 表面上是软件，但它所体现的管理思想和管理方法才是其真正的价值所在。因此，ERP 的先进理念和中国企业应用存在着较大落差，ERP 在中国的早期发展，存在"炒着热，吃着凉"的现象，我国企业应用 ERP 的失败率很高。

下面来看一些失败的例子。

1. 国内第一起 ERP 官司——三露联想"婚变"

北京市三露厂在 1998 年 3 月 20 日与联想集成系统公司（后来划归到神州数码）签订了 ERP 实施合同。根据合同，实施时间为 1998 年 4 月 1 日到 9 月 30 日（6 个月），试运行时间是 1998 年 10 月 1 日到 12 月 31 日（3 个月），正式运行 ┌─────┐ 小案例 └─────┘ 时间是 1999 年 1 月 1 日，验收时间是 1999 年 3 月 30 日。合同还约定了违约责任：1998 年 9 月 30 日之前，如不能完成合同有关事项，每延期一天，联想集成每天应向三露厂支付全部价款千分之五的赔偿金。ERP 软件是联想集成独家代理瑞典 Intentia 公司的 MOVEX。

合作的双方，一方是化妆品行业的著名企业，1998 年销售额超过 7 亿元，有职工 1200 多人。另一方是国内 IT 业领头羊的直属子公司。总合同金额 160 万元。

这场本应美满的"婚姻"在实施阶段出了问题，导致项目没能按时交付。三露厂认为，首先是 Intentia 软件产品汉化不彻底，操作界面和表单中有英文出现，致使员工难以使用；其次是系统提供的后台报表和数据采集的方式不符合国内财务制度和需求习惯；最后，是软件实施商对软件不熟悉，没有按照软件厂商标准流程和实施方法论来实施。在参数的设置上出现错误，造成了一些表单无法正确生成。

到了 1999 年 11 月 15 日，三露厂决定向联想集团最高层投诉，直接给柳传志发去了一纸紧急传真，主要问题是根据合同，现在已经产生了 325 万元违约金，损失该如何处理？柳传志是否收到了投诉信无从考证，但是三露厂的传真显然引起了联想集团的重视。11 月 25 日，三露厂管理层、联想集成副总和 Intentia 公司技术人员召开了三方会议，旨在解决问题，推动项目进行。后来联想又给三露发传真道歉，并承诺后续实施不再收取费用。

到了 2000 年 7 月。汉化、报表生成等关键问题仍无法彻底解决。三露厂在试运行 MOVEX 有关模块的同时，总是并行原有的管理信息系统，加大了员工的工作量。双方显然都已经被这场冗长的 ERP 实施拖得筋疲力尽了。

2000 年 7 月 20 日，联想集成再次通过传真给三露厂提出了变通方案：保留 IBM AS/400 小型机系统，用其他 ERP 软件替代 MOVEX 重新实施项目，并用 Visual FoxPro 等前台小型 DBMS 编制报表，费用由联想集成承担。三露厂认为，这些意见说明对方已经对 MOVEX 无能为力，项目已经失败。同时，三露厂不接受对方提出的解决方案，因为这和签订合同的初衷不符。

在之后的 4 个月中，双方始终无法在赔偿金额数量（三露厂坚持在 325 万元人民币的基础上进行谈判）等问题上达成一致。并且由于经历了多次徒劳的谈判和商讨，气氛日趋紧张。2000 年 12 月 11 日，三露厂正式向北京崇文区法院提起诉讼，要求得到赔偿。

14 个月之后，在 2002 年春节前夕，双方达成庭内调解：三露厂退还 MOVEX 计算机系统软硬件，并获得 200 万元的赔偿。

这个失败案例是在我国实施 ERP 早期发生的，表面上看是技术的原因。但合作双方低估了 ERP 实施的难度，是内在的重要原因。联想集成在签单之前的承诺："千分之五赔偿金的问题"事实上是对实施 ERP 周期和风险及困难估计不足，在对三露厂的情况、人员没有充分了解，并且对产品实施与标准没有精细化的前提下，联想承诺在 6 个月内完成实施，以及提供永久免费的服务，都欠考虑。

实施方本身的变化也是导致这起案件长时间没有解决的一个重要因素。1999 年年底，联想集团进行调整，原来的集成系统公司并入神州数码，原联想集成系统公司所有债权与债务问题都由神州数码来承担。另一方面，据有关方面介绍，三露厂有些部门由于 ERP 模块"不符合使用习惯"而拒绝使用，似乎也不全对。从三露厂人的反应来看，ERP 究竟是一个管理项目，还是一个软件项目，似乎始终并不明确。

当然，这是 2000 年之前的事。自此之后，北京三露厂在继续发展，并在 2006 年获得

ISO 9001 质量保证体系认证证书。神州数码也已成为国内最大的系统集成公司之一，并在香港上市。

2. 哈药两次上马 ERP 的过程

2000 年，哈尔滨医药集团决定投资 1000 万元上 ERP 项目。哈药集团除了上市公司哈药股份所包括的 9 个工厂和两个商业公司外，还有 13 家非主体企业，规模庞大。

参与软件争夺的两个主要对手是 Oracle 与北京利玛。一开始，两家在 ERP 软件上打得难解难分，一年之后，Oracle 击败利玛，哈药决定选择 Oracle 的 ERP 软件。然而极具戏剧性的是，尽管软件选型已经确定，但是为了争夺哈药实施 ERP 项目的"另一半"，2001 年 10 月，利玛联手哈尔滨凯纳击败哈尔滨本地的一家公司华旭，成为哈药 ERP 项目实施服务的"总包头"。

这让业内人士极为惊讶，因为北京利玛在医药行业毫无经验。而且哈药在没有真正实施业务流程再造的情况下就开始实施 ERP，这一切都让人觉得哈药管理层对待 ERP 并不认真。

到了 2002 年 3 月份，哈药 ERP 实施出现了更加戏剧性的变化：利玛在哈药 ERP 项目的实施团队全部离职，整个哈药项目也被迫终止。这在国内医药界、IT 界和商业界都掀起了不大不小的波澜。

2002 年 5 月，哈药高层痛定思痛，决定慎重开始第二次 ERP 项目，开始频繁和国内的咨询公司接触，同时也去 Oracle 的另一个"标杆"用户——山东鲁抗医药集团有限公司取经，因为山东鲁抗以上海汉德为实施方、采用 Oracle 的数据库实施 ERP，获得了成功。

经过几个月的招标评估，到了 9 月底，哈药集团最终选择汉德为实施方，显然是看中了汉德在医药行业的经验。

但在设计系统总体架构时，技术专家建议哈药把服务器集中到集团，各个分厂共用一套软件。因为 Oracle 的产品支持集中式管理，Oracle 本身就是这样，它们全球的分公司都在共用一套软件和同一地点的服务器，而且集中式管理可以让管理者看到一套账，软硬件实施费用、维护费用也相对低廉。技术专家认为，哈药的分厂都在哈尔滨方圆几百公里的地方，各个分厂之间又有业务往来，在这种情况下，采用集中式结构是最佳选择。

但哈药并未采纳集中式结构，而是决定分别实施 ERP。每个厂的 ERP 都自成系统，集团看数据要从各厂和总厂的系统里调用。一位咨询顾问解释说："这和哈药集团本身的组织结构、历史有关。哈药集团是由于非市场化因素的影响，而将各个分厂整合在一起的。各个厂的经营相对独立，集团对下面单位的管理相对松散。"

哈药在二次实施 ERP 过程中极为低调，在项目实施期间，多家媒体记者的多次采访请求均被哈药人用客气的"无可奉告"拒绝。

2005 年之后，哈药集团在经营管理上又有很多变化。通过增资扩股，哈药成为国有控股的中外合资企业，拥有两家 A 股上市公司（另一家是三精制药）和 27 家全资、控股及参股公司。因此 ERP 建设也必然要与时俱进，不断完善。效果究竟如何，难以准确评估。从哈药集团的网站 www.hayao.com（见图 6.4）上看，各个重要分厂和子公司都有自己独立的网站，至少说明信息并没有高度集成到一起。

图 6.4　哈药集团的网站

哈药第一次实施 ERP 显然失败了。失败的主要原因是，哈尔滨医药集团把一个项目分给两家各做一半，而其中一家公司由于管理原因，开发人员全部离职。但即使他们不离职，两个一半的系统如何对接仍然是个巨大问题，因为这牵涉到昔日竞争的两大软件公司如何合作，这并非很简单的事情。总之，虽然表面原因出自利玛，但主要原因还是出自哈尔滨医药集团。据了解，哈药集团当时并没有提出项目成功实施的标准，而且对于实施标准缺乏必要的法律、责任、义务方面的支撑。

哈药集团是我国 512 家重点企业之一，规模在同行业中位居全国第二。利玛公司也颇具实力，是首批通过国家 863/CIMS 系统集成和咨询服务的企业，并通过了 ISO9001 质量管理体系认证。

3．许继项目的潮起潮落

河南许继电气集团是国家大型电力装备企业，有几十家子公司和合资公司。1998 年年初，许继想上 ERP，希望能解决三个问题：第一是通过 ERP 规范业务流程；第二是让信息的收集整理更通畅；第三是使产品成本的计算更准确。

企业在实施 ERP 之前就有这么明确的想法，确实难能可贵。在 ERP 选型时，许继先接触了 SAP 公司，但是 SAP 的出价是软件费 100 万美元、实施服务费 100 万美元，把许继吓回去了，因为当时许继只计划投入 500 万元人民币。于是许继又考察了浪潮通软、利玛等几家国内厂商,觉得国内厂商的设计思路和自己企业开发设计的软件已实现的功能相差不大。最终,许继选择了美国 Symix 公司^①的产品。因为许继当时的年产值是 15 亿元,与美国的中小企业相当,而 Symix 在中小企业做得不错,价位也比较适中。

从 1998 年初签单,到同年 7 月份,许继实施 ERP 的进展都很顺利,包括数据整理、业务流程再造,以及物料清单的建立都很顺利。厂商的售后服务工作也还算到位,基本完成了产品的知识转移。另外,在培养许继自己的二次开发队伍方面也做了一定的工作。如果这样发展下去,或许许继会成为国内成功实施 ERP 企业的典范。

负责实施的是许继信息中心。许继集团要求各部门积极配合,谁不配合谁下岗。然而信息中心发现,其他部门仍然没有按照他们的整体布局执行。

而且计划赶不上变化。到了 1998 年 8 月份,许继内部为了适应市场变化,开始进行重大的机构调整。但是许继高层在调整的过程中,更多的是关注企业的生存(这显然是合理的),没有认真考虑结构调整对 ERP 项目的影响。企业的组织结构、关键业务流程都发生了巨大的变化,而当时所用的 ERP 软件流程却已经定死了,Symix 厂商也无能为力,想不出很好的解决方案。于是许继不得不与 Symix 公司友好协商,项目暂停。

一年多以后,经过深思熟虑,许继集团认为"这套系统在单一工厂能够推行,只是不能在集团层面全面铺开,需要逐步找到一个适应集团发展需要的解决方法。"于是在 2000 年,许继在解决了当时关键的"千年虫"问题之后,再次启动了这套系统的实施工作。而后,部分分公司一直使用至今。这实际上是一个折中方案,而且这一方案还包括了许继自主研发的一套生产经营管理系统。从那时起,两套系统都在配合使用。

之后,许继集团仍然高速发展,2009 年实现营收 120.66 亿元,各方面都发生了很大变化。因此在 2009 年年底,许继集团明确战略定位,要"成为一流的电力装备制造商和电力装备系统集成商",把战略方向聚焦在四大领域(电力系统、轨道交通、绿色环保能源发电、工业配用电)和三大核心技术(信息化自动化、电力电子、一次设备开关变压器设计制造),并形成三个研发基地和三个生产制造基地。

面对新的战略规划,原有的 ERP 系统再也无力支撑了,因此许继集团需要启动新一轮 ERP 建设。说起十多年前的那段 ERP 经历,集团信息中心主任郝子现用"插曲"来形容。郝子现认为,那套系统确实解决了当时集团发展中的一些问题,而且当时是集团主动叫停,没有大范围铺开,是为了再争取一些时间以冷静思考 ERP 究竟应该怎么建设,而不是因为项目进展不下去而被迫中止。

总体来看,许继第一次施行 ERP 是比较"吝啬"的,只计划投入 500 万元。事后来看,反而增加了损失。因为软件的适应性都是有限的,即使 SAP 的适应性较强,但企业遇到重大机构调整,恐怕 SAP 也很难玩得转。

---

① Symix 公司后来更名为 Frontstep 公司,在 2002 年又被 Mapics 公司并购。2005 年,Mapics 公司又被 Infor 公司并购。Infor 是目前 SAP、Oracle 之后的世界第三大 ERP 厂商。

总体结果难以令人满意，值得改进的地方很多。企业的一把手对信息中心的支持力度也不够。更主要的问题是：许继事先把业务流程看得最重要，但在实施过程中，偏偏是业务流程改得最多，导致项目无法实施。显然，许继高层在实施 ERP 前，没有预料到会遇到重大机构调整。在这一点上，许继高层确实有责任，对外部环境和企业的重大变化考虑不周。但许继事后亡羊补牢，取得了一定的成果，说明实施 ERP 并没有完全失败。

下面再看一个综合案例，里面对 ERP 的实施过程有更细致的描述。

6.2.4　案例：某企业失败的信息化建设

天极网（www.yesky.com）曾发表了作者柳松根据亲身经历写的一篇叫作《千万元工程的陨落——国企 ERP 实施亲历记》的文章，讲述的是 20 世纪 90 年代末，某国有大型制造企业实施 ERP 的过程。在实施过程中，作者有很多思考和议论。本书作者经过适当改写，将此案例呈现给大家。

20 世纪 90 年代末的一个春天，我当时在一家知名软件开发公司工作。一家大型制造企业（后文称为 A 企业）投资近千万元，进行信息化建设。本人作为 ERP 实施顾问，参与了该项目长达一年半的实施全过程，对 ERP 有了更深的认识，特别是对国企实施 ERP 有了深切认识和切肤之痛，正是这些问题直接导致了实施的失败。

1．项目背景

A 企业年产值 8 亿元左右，有职工 7000 多人，其中技术人员 600 多人。组织结构为五个事业部、十七处、三室、九个分厂、一个科研所，还有附属医院、小学、幼儿园、招待所等机构。20 世纪 90 年代中期以来，企业连年亏损，好在树大根深，尚未大伤元气。近年来由于外部形势变化，订货激增，企业又恢复了生机，产品一时供不应求。但由于管理粗放，成本节节上升，因此产值虽大，效益却很一般。这是企业准备上 ERP 的原因之一。

该项目经国家立项，列入 863 CIMS 计划，因此项目资金来源为自筹、上级主管拨款和国家拨款。

2．实施过程中的具体问题

在 ERP 实施过程中，我们将实施过程分为八个阶段。只有在每个阶段都做好，才能保证 ERP 的实施成功。

（1）领导培训

对企业高层领导的培训是一项目十分重要的工作。应该说，开发商从一开始就十分重视对企业一把手的工作，但不是进行先进管理理念方面的导入，而是把大量精力放在公关上了。这个价值近千万元的项目理所当然地引起了多家软件商的角逐，而且此项目居然不进行招标，这就为各家公司的公关工作留下了宽阔的表演舞台。极为重要的 ERP 理念导入的工作相当马虎地一带而过，只是请了一位机械制造专家作了 CIMS 原理的专题讲演，而没有讲解 ERP 方面的任何知识，从一开始就为今后的失败种下了祸根。

造成这种情况有以下两方面原因。

一方面，开发商实施队伍尚未完善。我作为唯一具有开发经验和管理经历的实施顾问，既要从事软件开发工作，又要主持多个项目的实施，困难很大。开发商缺少既懂现代制造业管理，又具备较高计算机水平的两栖人才。而且开发商主观上认为自己在公关活动中的工作，足以保证后续工作的顺利进行，也不愿意在这方面投入太大的人力物力，希望尽可能减少开支。

另一方面，企业领导上 ERP 项目的动机复杂。企业当然想通过 ERP 提高管理水平，但也有攀比跟风以及显示政绩等更深的动机。企业的各级管理人员对此也是心知肚明，所以上下都对 ERP 项目缺乏应有的信心和工作热情。

（2）需求分析

开发商确信自己的公关投入可以保证项目成功（开发商理解的成功就是收到项目款），因此需求分析工作极为马虎。开发商尽可能减少成本，前期的需求分析工作基本上是为了应付立项报批而做的，对后续开发基本没有什么意义。

（3）BPR

在项目实施过程中，无论是开发商还是用户，都没有提出要进行企业业务流程的重组工作。我深知，在国企要对企业业务流程作根本性重组几乎是不可能的，因为这牵涉到权力的再分配，必然遇到巨大阻力。

但一点改进都没有而要成功地实施 ERP，同样几乎不可能。作为实施顾问，我曾提出过对工作流程进行改进的建议，但却泥牛入海。尤其令人不解的是，在我们进驻企业的时候，企业刚完成了对组织机构的调整，似乎这项工作与我们根本无关，与 ERP 无关。企业自己按老一套三下五除二就搞定了，其组织结构仍然是层次众多，部门林立。我们就是在这样的管理环境下，开展 ERP 实施工作的。

（4）项目组织

从形式上看，项目组织最像回事，成立了三级项目组织，企业一把手出任领导小组组长，核心小组、各部门的项目组也由重量级人物出任组长。但实际工作起来就不是那么一回事了。一把手虽说是组长，但从头到尾只参加过两次会议，而且只是说些不着边际的官话套话，说完就走人。而其余负责人对 ERP 的知识极为欠缺，往往不知所云地说些牛头不对马嘴的话，解决不了任何问题。

最可笑的是，该企业的信息中心主任、项目的具体负责人，居然是一个不学无术的人。他虽然是计算机专业毕业，但很少钻研业务，满脑子想的是如何巴结领导。我在那里工作一年多，从未看见他用电脑做过一件正事。如果偶尔坐在电脑前，肯定是在打游戏。

（5）实施计划

由于 CIMS 涉及多个系统，头绪极多，计划的组织工作极为繁重，应该采用 PERT 网络分析法[①]进行项目管理。但实际上却没有这样做，仍按传统方法管理项目。整个计划极为概略，只有一个粗线条的时间表，各系统分头进行，互不沟通。加之在发包[②]项目时，CAD、CAPP、PDM 系统包给另一家驰名的软件开发商。不同的软件开发商所用的开发工具不一、工作方式各异，协调起来十分困难，经常出现混乱。而且开发出来的系统与我们的 ERP 系统不能有效集成，形成信息孤岛。

（6）培训工作

前面已经提到了管理理念培训的问题，这里谈谈操作培训工作的问题。应该说，这方面的培训工作要好得多。我们组织了针对各部门操作员的培训班，从计算机基础知识开始，进行了系统培训和较为严格的考试，合格的颁发了上岗证。参加培训的是一些基层女工，她们表现出较高的学习热情，常常主动加班学到深夜，这和领导的麻木与懒惰完全不同。正是由于她们的帮助，我们才能在不利环境下坚持正常工作。

但存在的一个问题是培训面不宽，没有进行持续扩大范围的培训；另一个问题是没有各级管理人员参加，直接影响了实施工作。

（7）数据准备

数据准备的重要性无须赘言。作为实施顾问，我在各种场合反复强调了基础数据的重要性，并要求企业采取切实措施来保证这一点。由于我们的坚持，企业方面也对这个问题表现出了极大关注。布置了全厂的库存盘存，对库存账、物进行了一次彻底清查。

应该说，经过这次全厂大盘点，企业的家底查得较为清楚，但仍不能达到系统上线的要求。其原因是，企业多年来实行的是较为粗放的生产管理方式，系统要求的一些基础数据，企业没有完整的记录。比如各零部件的制造提前期、采购提前期，没有准确数据，尤其是采购提前期没有历史记录资料，也没有制造经济批量和采购经济批量的概念。我不得不亲自整理浩如烟海的数据，进行分析，勉强确定出每次订货成本、库存成本，为制定出

---

① PERT（Project Evaluation and Review Technique）即计划评审技术，属运筹学。PERT 网络是一种类似流程图的箭线图。

② 发包是指项目招标单位（一般称为甲方），遵循公开、公正、公平的原则，通过采用公告或邀请书等方式，提出项目内容及其条件和要求，有兴趣参与竞争的单位就会按规定条件提出实施计划、方案和价格等。项目招标单位再进行评估，选定实施方（乙方），最后双方签订合同。

经济制造批量、经济采购批量打下了基础。

我们在工作中还发现,该厂很多零部件的工艺标准、成本标准和损耗标准,均制定于20世纪70年代,早已不适应现在的市场情况。

总之,数据准备是认真的,但由于管理的基础工作较差,总体上不能达到系统上线要求。

(8) 二次开发

由于没有对企业业务流程进行重组,我们不得不对软件作了较大修改。在实施初期,我们坚持要求企业的业务流程按 ERP 的要求进行改造,双方爆发了激烈争执。

经过一段时间的僵持,开发商的老板给我们发来训示:用户是上帝,用户要我们怎么办就怎么办,不要再进行无谓的争执了。于是我们对软件进行了较大修改,使 ERP 软件带上了浓重的国企特色。

3. 管理模式的冲突

上面谈的是实施 ERP 各阶段中存在的问题,这些问题直接引出两种管理模式的一系列冲突,体现为观念之争、利益之争、粗放与精确之争和采购方针之争等方面。

(1) 观念之争

在实施过程中,我们一直处在先进与实用的观念之争的中心。企业中的怀疑派承认我的管理思想是先进的,但他们又说他们那一套却很实用有效,理由是如果按 ERP 的要求重新组织生产,将会给已经超负荷的生产运转体制带来混乱。我明确告诉他们,正是企业延续30年不变的管理体制,才使企业不能应付新的挑战;正是旧的生产运转体制使企业不得不超负荷运转,而且这种超负荷是低效益的,不可能应付市场日益严峻的挑战,总有一天会彻底崩溃。如果等到企业完全丧失竞争力再重组,可能为时已晚。

为了说服他们,我以企业的排产模式为例,从 ERP 理论出发,明确指出其中的问题。多年来,该企业排产的模式是总厂制定计划目标或订货合同目标→查半成品库存数→下达各分厂的月生产计划→分厂的生产处给各车间下达生产指令→各车间自拟 MRP→生产处审批→分厂审批→各车间执行。

可以看出,总厂在下达月生产计划时只考虑了一个影响因素,即在制定计划这个时点上,马上可以用于装配成品的半成品库存数,而 BOM 上的下层物料库存数量则不在考虑范围内,而是交给下级分厂或车间自行决定。由于各部门的信息不能共享,再加上出于自身利益考虑,下级提出的 MRP 常常出现多报、漏报现象,很不准确。而且,以上库存数据均为静态数据,没有考虑到上游供货商即将送到的物料数量。而且制定计划的部门多,审批也比较繁琐,造成对市场的变化反应迟缓。另一个大问题是传统的生产管理模式没有进行生产能力与负荷分析,只是粗略地凭经验估计,因此没有制定出能力需求计划或详细能力计划。

我的分析虽然对他们有所触动，然而由于体制关系，企业难以对业务流程进行根本性的再思考和再设计。

（2）利益之争

即使没有进行 BPR，没有出现利益再分配的大动荡，我仍然察觉到了 ERP 给企业各级管理人员带来的利益之争。主要原因是总厂厂长的领导风格为专制型，重大决策由厂长决定，包括上马 ERP 项目和选定实施方。因此引起了其他领导的不满，特别是主管生产的副厂长，在系统选型时居然被排除在外，因此怨恨极深，一直对实施 ERP 采取消极态度。而各分厂、车间的很多管理者则担心 ERP 的实施会使管理太过规范和透明，不利于他们运用权谋来治理下属，因此也采取了消极观望的态度。

（3）粗放与精确之争

根据 ERP 原理，我们要对制造的各环节进行精确控制。关于如何制定产品的 BOM，我们与生产管理部门爆发了激烈的争执。

以 α 产品为例，最先我们和企业有关人员研究决定，根据 α 产品的零件表，把 BOM 划分为 17 层共 127 个物料，其中有自制件、委托加工件和采购件。生产管理部门起初对 ERP 的工作原理不甚了了，也没有提出反对意见。但在实践中一实行，便爆发出一片反对声。

这是因为，企业的管理长期处于粗放状态。制造业的工序多、流程长、环节多，因此在过程中常有各种损耗，由于管理不严、责任不清，发生差错时经常互相推诿，弄得原因不明，也不清楚责任人。因此车间与车间之间、车间与分厂之间、分厂与总厂之间的统计数字长期不一致，整个制造的过程如同一个黑箱，主管生产的领导只知道从源头投入了多少原材料，最后产出了多少成品，而中间损耗的详情却不清楚。

因此，企业领导极想通过 ERP 系统来控制生产的全过程，搞清以上问题。要做到这一点，就必须把 BOM 层次分得尽可能细，当然就要求对 BOM 上每一层次的物料进行控制，要求每一个责任人每天录入收到原料数、加工完成数、加工损耗数、未加工完成数、检验合格数、加工损耗原因等数据。生产线上的每个环节、每个责任人都处于受控状态，这当然与原有随意、散漫的工作方式大相径庭。于是，从生产管理部门的管理人员到生产线上的工人，都以种种理由拒不执行。其中一个荒唐可笑的理由是，ERP 系统的工作模式产生控制单据过多，浪费纸张。

面临一片反对声，我冷静分析，原因固然有两种管理模式更迭带来的必然振荡，但更有各级利益的深刻冲突。作为企业的高层领导，当然希望通过 ERP 系统更有效地对下面的工作情况进行监督，而中下层的管理人员和工人，当然不愿意接受这种单方面的监督。高层与中下层之间、中下层与工人之间，原本就存在矛盾冲突，而 ERP 系统的实施在某种程度上加剧了这一冲突。这也是事先没有进行领导培训和 BPR 所带来的一个明显恶果。如果事先进行了合理的管理改进，把各方利益结合起来，就不会导致这种普遍反对的结果。

面对来自中下层的强烈反对，高层领导也不敢强行推行，国有企业的管理弱点暴露无遗。最后，由开发商与企业的领导商讨后决定，适当减少层次，减少控制环节。于是 α 产品的 BOM 结构降为 9 层 86 个物料。

（4）采购方针之争

根据 ERP 的管理思想，应当在需要的时间，向需要的部门提供需要数量和品种的物料，原则上要求物料不能断供也不能早供。

然而，企业的实际情况却是生产所需的原材料，是以季度为单位进行采购的。也就是说，本季度生产中所需的大多数原材料，在上季度末采购到位。这就造成企业长期库存大、周转慢，而一旦市场发生变化，很容易造成断供和库存积压，而调整生产后所急需的原材料又无钱购买。为解决此问题，我提出了严格按 ERP 的物料需求计划生成的采购订单进行采购的解决方案。

但采购部门却认为，由于 A 企业采购资金紧张，通常采用赊购的方法，而赊购某些较为紧俏的物料，要依赖业务人员的业务能力，其订货周期不能确定。这就导致不能制定正确的采购提前期。

针对采购部门提出的问题，我结合自己的工作经验判断，采购部门提出的问题肯定有夸大的成分。我请采购部门列出不能保证准时供应的物料的清单，采购部门提供的物料种类多达 26 种，而且几乎都是对生产有重大影响的物料。在拿到这份清单后，我并没有被吓倒，而是对这 26 种物料的市场情况进行了详细调查。经过我半个多月的工作，得出的结论是只有两种物料的采购提前期是难以确定的，另外 18 种能很方便地确定，还有 6 种经过努力也能确定。

然而，由于国有企业固有的管理障碍，我的调查结论被束之高阁，并没有带来应有的采购方针的调整。

4．题外话

果然不出开发商所料，尽管存在上面所说的种种问题，项目还是实施"成功"了。在开发商和企业共同努力下，此项目通过了鉴定，并在各种媒体大吹大擂。开发商如愿以偿地挣到了钱，有关人士也得到了不少好处。而留给企业的是什么呢？

后来，我与在实施中结下友谊的 A 企业的朋友们通过电话，知道 CAPP、PDM 早已废置一旁，ERP 中的生产计划、销售、采购模块仍然没有发挥作用。倒是库存管理、人事管理、财务管理系统还能起一些作用，但企业付出的与得到的实在不成比例。

6.2.5　案例：联想实施 ERP 的过程

读了上面的案例，或许让人感觉心情灰暗。下面再看一个成功案例，详细介绍了我国最大的电脑公司——联想集团实施 ERP 的艰苦历程。

1．ERP 实施背景

早在 1992 年，作为电脑公司的联想集团就开发了自己的 MIS 系统，完成了销售小票的电子化，开始使用机器打印代替手工开票。"但是这个时候，销售、库存、财务系统都是分开的，高峰期间，销售小票和库存单据要用麻袋送到财务部。"联想集团公司供应链管理部副总经理杨京海回忆。

由于联想的管理能力很强，注重销售业务，因此在 1994—1998 年，联想年销售额平均增长率达到 43%。1995 年，联想已发展成一艘"大船"，成为国内的企业明星。联想的业务甚至跨到了海外，多语言、多币制问题都提上日程。企业大了之后，一个最基本的需求就是各级管理者要实时了解企业的运营情况，因此对于 MIS 的要求越来越高。1997 年，联想在对香港的三家公司和北京的三家公司进行整合的时候，发现了以下一连串的问题。

（1）在不同管理方式下成长起来的这几家公司，其 MIS 系统很难整合在一起。几个系统相互隔离，系统管理效果很差。要获得完整信息，需要从不同的数据库和不同系统中抽取。

（2）销售量、库存量不清，生产与财务报表滞后。联想财务截止日和出表日的时间间距越来越长，由 15 天直到超过 30 天。

对外，20 世纪 90 年代正是 Intel 和 AMD 进行 CPU 大战的时候，新产品推出速度加快。内存、硬盘也都是如此，PC 市场竞争越发剧烈，联想也面临适应市场环境变化的挑战。

（1）IT 业上游原材料价格以惊人的速度下降。这直接导致制造商大量积压库存的市价已远远低于账面的价值，在无形中会虚增企业的存货价值。

（2）大量欠款销售的风险。

（3）来自下游客户的个性化需求，成为 PC 制造商的另一大挑战。因此，如何根据客户的个性化需求安排生产计划？采购计划又依据什么来制订？这是摆在联想面前日益艰巨的问题。

于是，联想想到了 ERP。在当时联想人的心目中，ERP 可以准确反映出联想资金流与业务流，描述从客户下订单开始到给送货结束为止的整个业务运作过程，每一个环节的资金状态都在系统的控制之下，是解决问题的万能"水晶球"。

2．艰难的选型与决策

但上 ERP 需要大量资金，估计要几千万。值得付出如此大的成本吗？事实上，联想公司一直在为这个问题烦恼。当时，ERP 在中国存在着"炒着热，吃着凉"的现象，ERP 的实施难度更是让很多厂家望而却步，其成功率在国内只有 20%。ERP 项目风险极大，在巨大的资金成本和失败风险的压力下，模糊的收益使企业高层难以决策。

联想认为自身无法投入大量人力进行 ERP 的大规模开发，也缺乏相关经验，因此他们决定购买成熟的 ERP 产品，来完成信息化建设。当时国内的 ERP 产品普遍规模较小，而且功能不够完善，因此联想决定购买国际上先进的 ERP 软件。

1997 年 8 月到 1998 年 4 月，联想开始接触 SAP、Oracle、Baan 和 SSA 等软件厂商，拉开了 ERP 调研、选型和评估的序幕。1998 年 4 月到 1998 年 11 月，联想 ERP 项目经历了漫长的决策过程。期间，联想的决策者们出国考察了许多大公司，他们发现财富 500 强里有 60% 已经用了 SAP 或其他品牌的 ERP 系统。联想高管李勤带领联想 IT 部的员工到 HP 学习取经。

联想在其调研、选型、评估和确定合作伙伴的过程中，一直在反复重点考虑以下问题。

- 回报：联想实施 ERP 究竟能否实现？能实现多少预期的目标？
- 时机：现在上 ERP 是早了还是晚了？到底什么时候上最适合联想？
- 投入：联想以前从未在类似的项目中一次投入这么大的资金，投资 ERP 对联想是否值得？

为了增加联想对 ERP 项目的信心，1998 年 5 月，德勤和 SAP 组成的顾问组为联想作了为期三周的调研，初步界定了系统的范围、计划与风险、收益等。但调研的结论依旧没有说服时为联想集团总裁的柳传志最终签约。"我很尖锐，开会的时候，我会突然指出他的问题，我觉得年轻人和我说话的时候会紧张……"，柳传志的明察秋毫在联想人人皆知，在外人面前也丝毫不减弱。柳传志认为调研报告没有从根本上讲清楚问题所在，没有明确的成本利润分析。

客观地讲，ERP 项目的成本利益分析是非常困难的，这里涉及管理和人的问题，不可量化，如何度量 IT 的价值？除了显性的投入产出之外，IT 会带来许多隐性的变革和变化。没有被说服的柳传志依旧没有作决策，但时间已经不允许再拖延了，此时再不作决策将贻误战机，项目已经选型半年多，老系统已经不能再支撑日益庞大的数据，形势逼迫联想必须作出抉择。柳传志最终想通了："上 ERP 是找死，不上 ERP 是等死。"最终下决心上 ERP，因为等死是必死，找死可能还有活路。

1998 年 11 月 9 日，联想 ERP 项目正式启动，柳传志立下军令状：只能成功不能失败。联想决定采用世界上最大的 ERP 厂商 SAP 的大型 ERP 软件——R/3 系统，作为联想的基础平台。联想 ERP 系统由五大部模块组成：财务会计（FI）、管理会计（CO）、销售和分销（SD）、物料管理（包括采购和库存）（MM）及生产（PP）。

3. 项目五阶段

在联想 ERP 项目中，SAP 倡导 "Team SAP" 概念，即由软件供应厂商、咨询顾问公司共同为客户完成系统实施服务，这是国外企业实施 ERP 等信息系统时惯常采用的合作方式。SAP 认为自己不可能独立完成这样一个宏大的 ERP 项目，遂将世界四大会计事务所之一的德勤公司引进来。SAP 认为引进德勤的理由有二：首先是德勤在 BPR 方面有深厚经验，而这并不是 SAP 的核心能力；其次是德勤拥有很好的 ERP 实施方法论——Fast track 项目实施方法论和流程改造与设计模板。

在制定项目总工程书之前，德勤公司首先为联想做项目的整体咨询。按照德勤的方法论，该项目需要通过以下五个阶段来实现。

第一阶段是范围评估，评估实施 ERP 的范围。

第二阶段是目标确认，实施 ERP 之后要达到什么目标。

第三阶段是流程设计。

第四阶段是系统配置与测试。

第五阶段是交付使用。

与此同时，SAP 公司也花了半年时间，对联想现有的成熟管理方法进行了充分的调查和分析，决定将 SAP R/3 与现有系统进行整合。

4．流程再造

德勤制定的五个阶段都很重要，但最重要的还是第三阶段，也就是流程设计。联想 ERP 的实施，一定要对原有关键业务流程进行调整。

例如财务部门，从 SAP 的角度来看，联想原来的财务部是一个大型的职能部门，并且有一套很完善的财务系统，用于单据处理与财务分析等。但问题在于：这个职能部门与其他业务部门是脱节的，业务部门向财务部门报单据有一个滞后时间，另外也很难保证准确性。

从 SAP 的角度来看，财务流程就是联想实施 ERP 所要重点解决的关键流程。这是因为 ERP 的重点就是控制价值流，由于财务部与其他业务部门脱节，集团想从财务角度对其他业务部门以及集团资源进行监控和指导，就存在很多问题。例如，由于成本控制不够细，所有的业务信息都处于滞后和散乱的状态。所以集团根本不能实现从成本方面控制集团资源的目标。找出联想的关键流程之后，就可以利用 SAP 的强项，对其财务部门进行改造，同时还可以对其相关联的成本管理系统进行改造。

SAP 的成本管理包括以下几部分。

（1）成本中心将所有的费用管理起来。

（2）利润中心把国内企业的每一个事业部当做一个利润中心来看。

（3）生产成本管理也是很多企业非常需要的，根据原材料状况、生产费用状况推算出销售成本，对定价起基础参考作用。

这几块合起来，就构成了一个整体的成本管理解决方案，不仅能控制成本，而且将整体业务通过成本管理这几个关键模块管理起来。总之，依据 SAP 的模式，对于联想的财务控制帮助很大。

按照最初的项目进度安排，所有的流程设计都必须在整体分析阶段完成，包括系统培训在内。但是，这种进度要求的首要前提是实施人员对 R/3 非常了解。由于实施如此庞大的系统对于联想还是第一次，实施人员对于德勤的方法论和 SAP 的 R/3 都是陌生的，所以到了项目实施的下一阶段，也就是系统开发与设计阶段，联想项目组的人才真正了解整体分析阶段的要求。

在系统开发与设计阶段，项目组的人又回过头来，对上一阶段的缺陷进行弥补和修正。通过 ERP 的实施，他们认识到："对一个事物的认识绝不是完全按顺序发展的，而是在不断实践的过程中螺旋式上升、反复交错的；ERP 的实施方法论本身只是一个理念，对于这个理念的理解就像游泳一样，无论老师如何强调姿势和要领，只要你没有下过水，你就永远不会真正了解那些要领的含义。只有在实践过程中，才能够完成对动作要领的领悟和完善。"

后来的联想项目总监王晓岩认为，对于流程设计，联想主要关注以下三个层面的工作。

第一层是清理、规范现有流程，找出缺少的流程，把不规范的流程规范化。

第二层是对流程的系统化、集成化。例如，利用 R/3 中的物料管理模块，将所有业务部原来不统一的做法标准化；又如采购系统，原来的做法是一种零散的做法，即在临近采购时才拿出单据直接报账，而 R/3 是每一个部门在采购前必须经过系统审查，然后订单才可以到部门；在财务、销售、生产和制造领域也是这样。规范流程能够使公司内部真正形成几个相互协同作业的支持子系统。

第三层是将这些优化统一的流程在计算机系统中实现，以达到信息的集成、准确和实时。

5. 系统整合

为了使系统具有足够的灵活性，国外大型 ERP 系统往往有几千个参数，掌握这些参数的意义和相互联系，是一件极为困难的事。而且王晓岩认为，对于一个中国的大企业来说，不可能所有的功能都通过调整参数来实现。对于 R/3 系统中极富特色的部分，联想都不计代价地引进到自己的 ERP 系统中。如信用管理，过去联想对信用管理的认识仅限于认为它是支持销售的手段，由于国内企业资金普遍较为紧张，因此常常将信用额度[①]作为支持销售的手段，长期以来，信用额度一直由各个产品销售部门自行掌握。但从国际标准来看，信用额度代表一个企业的资金状况，在这一方面联想吸收了 R/3 的宝贵经验，将信用额度集中到事业部一级进行管理。

当然，联想也并非完全采用了 R/3 系统原有的做法。因为经过多年的实践和摸索，联

---

① 信用额度又称"信用限额"，是指银行或上游厂商给予其客户一定金额的信用限度，就是在规定的一段时间内，下游企业最多可以赊欠的金额。

想自行开发的财务系统体现了一些非常适合国情的做法。例如，在 1998 年之后，根据当时的财务状况，财务部的一位经理发现：公司购买的元器件随着库存时间的增加，其价值也会发生变化（贬值）。因此不能按原值冲损，但在库存账目上所反映的却仍然是购进时的价格，没有体现出亏损。这使得大家都不关心对库存的处理，库存越积越多，给企业造成很大的经营风险。另外由于国内的特殊性，许多企业的应收账款长期不能回收，最终成为坏账。针对这种情况，财务部门制定了一项"计提两面金"制度，即"计提削价准备金"和"计提坏账准备金"。"计提削价准备金"的具体操作方法是：当产品进入库存后如果三个月还没卖出去，就开始计算损耗，在损益上减去 10%，一年以后无论是否卖出，在账面上价值归零。而"计提坏账准备金"也是同样方法，将可能成为坏账的资金先行计提，一旦回收可以反冲。所有这些措施都和销售部的工资奖金挂钩。

联想的这些做法都体现在原来的财务系统中，也都在 ERP 中得到了保留，并与 R/3 开发了相应的接口。正因为联想是一个 IT 企业，本身对 IT 技术的把握能力很强，因此在系统的二次开发过程中，联想的科技人员发挥了极大的作用。

6. 陷入僵局

上面说的都是项目实施中后期的事情。在实施早期，联想 ERP 差点夭折。

项目虽然是由 SAP 和德勤共同实施的，但强强组合并未减少任何随着项目进展而陆续出现的风险。德勤认为，联想 ERP 项目遇到的第一个风险是"不实际的期待"。当时德勤和 SAP 项目组为联想定下以下三个目标。

（1）实施集成的信息系统。

（2）业务流程再造。

（3）引进国外先进的经营管理理念和方法，把联想培养成为国际化的公司，进军世界500 强。

客观地分析这三个目标，我们不难发现，实施集成的信息系统是理所当然的，而要达到 BPR 的目标，实现难度则很大。因为要达到 BPR 的目标，首先要求项目参与者对 BPR 理论有深刻的理解和认识，其次要求项目参与者尤其是咨询顾问，对中国特有的企业管理和业务流程甚至企业文化有非常精准的理解和把握。

而当时现实的情况是：SAP 和德勤的顾问都无法两者兼而有之，SAP 的强项在于技术，德勤的顾问能够对信息系统的部分作优化和调整，但无力从集团整体上把握。联想则信心满满，认为自己是国内管理水平很高的公司，拥有优秀的管理经验，又选择了最好的资源，总投入 3000 万元，没有理由不成功，因此从一开始有些轻视 ERP 项目的艰巨性，认为不需要进行大规模的流程再造。所以第二层目标在项目实施的第三阶段，只达到了对流程的梳理和规范，尚未达到重组的目标。第三层目标从当时来讲，各方面条件都不具备，所以未达到第三层目标情有可原。

期望越大，失望也就越大。联想 ERP 项目开头难，难在高预期下理想和现实的落差。

第一是沟通问题。ERP 项目成功要求三方精诚合作，但外国顾问和联想方面，存在文化和观念、思维模式以及语言等方面的沟通障碍。1998 年 11 月底，德勤为联想作了最后一次调研讲解。讲解员是德勤第一任 ERP 项目组项目经理，他具备系统实施的深厚经验和 IT 行业背景，但讲解中运用了大量专业的技术术语，据说中英文混说的讲解令柳传志不快。沟通的障碍从一开始就表现得比较激烈。

另外，联想的项目组成员是从不同的部门抽调过来的，这些人员之间也存在沟通问题，而且他们总体上没有归宿感和成就感，因为付出 120%的努力，结果可能只能达到 60 分甚至 50 分。归根结底，这说明高层并未从行动上真正重视 ERP 建设。

第二是文化冲突。联想、德勤和 SAP 三家公司的企业文化有比较大的差异，缺乏中国本土的文化背景使顾问对许多事情无法理解。例如，SAP 的资深顾问并不了解联想的事业部制（模拟法人制），为了解释清楚联想为什么要实行模拟法人制度，ERP 项目组的联想成员为他翻译了大量的资料文档，并费尽口舌，可是这位资深顾问依旧不能理解。文化冲突第一次集中爆发，资深顾问无功而返。

第三是合同风波。因为付款问题，SAP 和德勤在付款条件上产生分歧，并来到联想就合同问题进行商谈，但由于种种原因致使商务谈判一拖再拖。1999 年 1 月 26 日，德勤咨询项目经理突然辞职，同时德勤总部明确要求在没有签署协议并收到付款的条件下，禁止使用其标准模板 IndustryPrint。而此时项目正进入最关键的时期，下面唯一的工作就是讲解和利用 IndustryPrint，设计未来业务流程草案。ERP 项目事实上被迫中止。

联想 ERP 陷入了僵局。

7. 将 ERP 进行到底

此时，联想才切身体会到实施 ERP 的难度。联想对项目进行了深刻的总结，认为三方都有不可推卸的责任。

（1）SAP 没有及时解决合同问题，在发生危机时未及时与联想方面沟通。

（2）德勤公司虽情有可原，但部分人员采取极端做法，也似乎有失规范和职业的风范。

（3）联想则缺乏经验，没有建立起起码的信任与团队工作方式，沟通过于生硬，归根结底还是没把 ERP 当回事。

柳传志还发现，最困难的是打破原来的业务流程，向先进的流程靠拢并用 ERP 实现。因为"对有的企业来说，比如说有宗派的企业，总经理有自己的一套人，副总经理也有自己的亲信，还有党委书记等，这种情况在中国不是瞎说，确实很多企业存在。""这个原因还就是在业务流程冲突上。因为 ERP 要做的时候必须是各个业务部门第一把手参加到 ERP 小组里面工作……可是那个时候正是业务很紧张的时候，每个部门都没有把一把手派来，都是第二把手或者代表，这些代表在这总是会说似是而非的话，也许行也许不行，这样把项目拖住了，一拖就是两个月。"

因此，项目必须在内外两方面都进行革命性"手术"。对外，积极与德勤、SAP 公司联系，为确保项目成功，联想宁愿在付款方式上做出重大让步。与高层建立了必要的信任与联系机制，签订了补充协议，增强约束；对内，寻找合适的项目推动与管理人选，全面改组项目组，加大业务部门的参与。柳传志召开了公司各个部门总经理会，大概 300 多个人，所有领导都参加了。柳传志在会上做了动员并宣布：如果 ERP 项目不能定期完成，他本人将被大幅度扣发年薪，然后下边主持工作和有关的负责人一律受到重罚，一直罚到最后当事人。

经过努力，项目于 1999 年 3 月恢复。4 月初，时任联想电脑公司副总经理的王晓岩担任 ERP 项目总监，并由集团业务发展部参与，增加对项目的推进力度。从此，联想 ERP 项目才算真正走上正轨。

8．成功上线

2000 年 1 月 5 日，在经历了 14 个月的痛苦变革之后，联想 ERP 系统终于正式上线，并与原系统并行运行。2000 年 2 月 14 日，新系统独立运行。2000 年 5 月 8 日，联想 ERP 项目实施宣告完成。

2000 年 8 月 15 日，北京的中国大饭店豪华的会议大厅人声鼎沸。联想集团与 SAP、德勤联合召开成功实施 ERP 新闻发布会。联想集团常务副总裁李勤大步走上讲台，郑重宣布："联想集团 ERP 于 5 月 17 日已经成功上线，目前运行状况良好！"

据统计，ERP 系统正常运营后，联想为客户的平均交货时间从 11 天缩短到 5.7 天，应收账周转天数从 23 天降到 15 天，订单人均日处理量从 13 件增加到 314 件，集团结账天数从 30 天降低到 6 天，平均打款时间由 11.7 天缩减到 10.4 天，订单周期由 75 小时缩减到 58 小时，结账天数由 20 天降到 1 天，加班人次从 70 人削减为 7 人，财务报表从 30 天缩至 12 天。企业的运作成本降低，利润则又有了大幅增长。

应该说，联想 ERP 确实取得了成功。但 ERP 的功效绝不仅仅在于此，它更是一场管理革命。通过 ERP 项目，联想培养了一批国内领先的 IT 管理人才。事后，王晓岩反思了实施 ERP 中的问题，认为联想事先过高估计了自己的管理水平；再者就是对顾问方过分依赖。王晓岩认为，信息化建设的效果不仅仅是提高效率，更重要的是能够降低决策中的不确定性和风险，支持组织结构和管理模式的变革，为企业大规模运作提供有力保障，大大提高企业的核心竞争力，信息化建设的实质是对先进管理思想的理解和应用。

6.2.6 信息化建设的成熟阶段

正是由于以联想为代表的我国很多企业在信息化建设中经历了一些失败，学到了大量经验，因此在 2003 年之后，许多在我国信息化建设第三阶段经历过阵痛和失败的企业，陆续开始了第二次 ERP 建设。ERP 软件厂商也越来越务实，更加重视用户的实际需求，重视实施过程中的管理与控制。因此从 **2003 年至今，我国信息化建设进入了第四阶段**，也就

是成熟阶段。

这里所谓的"成熟阶段",并不是近乎完美、不需要再发展提高了。技术永远在进步,信息化建设也不会有尽头。这里的"成熟"指的是越来越多的企业和软件厂商,都已经充分认识到信息化建设的艰巨性,认识到信息化建设的"深浅",因此可以比过去更好地把握,信息化的成功率不断提高。

这一阶段还有以下几个特点。

(1)软件厂商越来越重视开发行业 ERP,出现了一批面向具体行业的 ERP 软件和厂商。

例如,智成软件(www.gdzc.com)主要做家具商场、家具厂 ERP,创数科技(www.cserp.com)专注于服装业 ERP,致远软件(www.seeyon.com)的航空业 ERP 功能很强,亚盛软件(www.arthen.com)主要做医药行业 ERP,派尔科技(www.hzpal.com)做的是玻璃深加工行业 ERP。另外,我国大型管理软件厂商,都有面向多个行业的 ERP 解决方案。

产品行业化是指 ERP 产品本身要具备行业特性,能满足企业特殊的行业要求。产品行业化包括三个层次,即术语行业化、管理模式行业化和供应链行业化。术语行业化只是表面的行业化,管理模式行业化是第二个层次,主要是 ERP 软件必须适合该行业的管理模式。例如,电子行业目前大量采用委外加工,因此该行业的 ERP 产品就必须为电子企业进行委外管理提供强有力的帮助,具有对外协厂家的产品质量、价格和信誉进行全面跟踪和控制的功能,实现对委外业务从厂商选择、业务询价、进度控制到成本管理的全程管理。供应链行业化是 ERP 产品行业化的最高层次,要求 ERP 产品要能适应该行业上下游厂商的合作模式。

(2)实施 ERP 的企业越来越多,培养了一大批信息化建设人才。

因为 ERP 已经是大势所趋,所以实施 ERP 的厂商越来越多。我国台湾 ERP 专家柳中冈先生认为:"台湾上 ERP 的热潮是在 1995—1999 年,外贸代工的工厂很多,很多厂就是因为没有 ERP 系统而接不到订单,因为客户无法确定你是否可以在准确的交货期交货。上 ERP 就是为了解决这些实际问题的。"因此,2001 年我国加入 WTO 之后,大陆地区上马 ERP 的热潮也就来临了,尤其是外贸、私营企业。

(3)"60 后"、"70 后"逐渐成为高层领导,他们比老一辈更懂信息技术。

基于人口的分析,永远是宏观分析的关键视角。我国"30 后"、"40 后"、"50 后"一代,并没有接受太多的信息化教育,而他们在 1980 年之后居于领导岗位,因此当时我国实行信息化建设,项目的失败率很高。2000 年以后,随着越来越多的"60 后"逐渐成为高管,情况发生了深刻变化。在我国初步改革开放的 20 世纪 80 年代、Internet 风起云涌的 90 年代,"60 后"正是二三十岁的年纪,掌握新知识快,很多人都投身于信息产业。而没有投身于信息产业、但有潜力成为管理者的高素质人才,都会熟练使用电脑和上网,对信息技术的理解和掌握都远胜前辈。所以在 2000 年之后,随着"60 后"逐渐成为社会的领导力量，信息化进程也大大加快了。可以预见，2010 年之后，随着更加精通信息技术的"70后"和"80后"逐渐走上历史舞台，我国的信息化建设还会进一步向深度广度发展。

20 世纪 30～50 年代出生的老一代人，在 80～90 年代也都知道计算机很 ┌─────┐
重要，知道信息化管理是大势所趋。但是由于他们对计算机操作极不熟练， │ 小案例 │
因此潜意识里对计算机有种畏惧感。尤其是企业老板，他们害怕企业用 MIS 管理后失去对企业的控制。而让他们抽出时间学习，在很多情况下并不现实，因为他们总是很忙。在第 1 章的案例中就已经讲过，企业老板和高级经理要处理的事情非常多，缺乏大块的时间思考和学习。

笔者在 20 世纪 90 年代曾经在一家香港上市公司的内地工厂工作过。该工厂大约有 300名工人，做的是貂皮加工，利润比较丰厚。由于每一小块貂皮都很值钱，所以老板用了 20多名会计、几百个账本，把业务的所有方面都管起来。20 多名会计每天都很忙，其账目之复杂，连财务经理都很难弄清楚。老板实际上是想通过这种手段，让员工打消寻找企业漏洞的念头。该工厂也有信息部门，但只有两个程序员，对外围业务做一些管理程序。当时老板 40 岁左右，根本不会操作计算机，因此并不急于用信息系统管理所有业务。

这种情况，以后将越来越少。

6.3　信息化建设的经验

至此为止，我们已经看了不少案例，本节总结一下信息化建设的经验。

6.3.1　信息化建设的八大原则

本小节按照重要程度，列出信息化建设的八大原则。

（1）"一把手"原则

企业的"一把手"如果不能全力、真心支持信息系统的开发工作，信息化建设基本上会以失败告终。这是因为信息化建设不仅仅是信息技术的实施与推广，还涉及企业的各个层面，特别是和企业的战略密切相关，和权力的重新分配密切相关，和资金、人员的调度密切相关。所以，信息化建设需要"一把手"的全力支持与推动。

如果"一把手"重视信息化建设，还会给员工起表率作用。"一把手"重视信息化人才，也会起一个导向作用，使员工加大对信息化的兴趣。这种倾向也会使得信息化观念在企业中被普遍接受，培训工作也易于进行。

在"一把手"的重视和影响下，企业的各级领导要充分认识信息系统的管理思想。例如 ERP 的核心是供应链管理，企业在准备购买和应用 ERP 系统之前，就应清楚地意识到即将应用的 ERP 系统将会对自己原有的管理思想与管理模式产生冲击。企业的领导班子应该富有改革进取、开拓创新的精神。

"一把手"原则绝非"一把手"每天都说信息化多么重要。"一把手"的重视包括两个层次：一是口头上重视，二是身体力行。管理是实践，信息化建设也是实践，"一把手"不能只说不干，必须亲自推动、学习、掌握信息系统的使用。

多年的实践表明，一个企业的信息化水平，不会高于"一把手"的认识水平。

王石，1951 年出生，1984 年组建了深圳现代科教仪器展销中心（万科前身），1988 年任万科董事长兼总经理。目前，万科已成为中国最大的房地产商，2010 年王石仍然是董事长。

万科的信息化建设开始得比许多同行都早，走得也更远。1987 年，万科就开始了财务系统建设。1997 年万科成立了 IT 信息技术中心，并且设立在集团办公室下面，直接接受王石的指挥。王石当时甚至发出了"搞不懂 IT，我就连董事长也辞掉"的宣言。当年万科信息化建设就上了一个大台阶，上马了 OA、电子邮件系统、企业网站和金蝶财务软件，并迅速在全集团普遍实施。

2005 年，王石迷上了博客。于是他在新浪开了博（blog.sina.com.cn/wangshi），亲自写博文并和网友交流。此时王石已经是中国著名企业家，而且已经 54 岁了，还能抽出时间学习并使用信息技术，确实难能可贵。王石不仅在说，而且在做。

在所有原则中，"一把手"原则最重要。

（2）管理是根本，软件是工具

信息管理软件只能"锦上添花"，组织本身的管理水平才起决定作用。一套最好的 MIS 也不能帮助企业解决产品无法销售、企业没有前途的问题，但 MIS 却可以帮助企业解决如何更好地管理销售人员与队伍、提高企业的竞争力等问题。

（3）信息系统要以实用为主，不要贪图技术先进

2003 年，《哈佛商业评论》发表了题为《当 IT 的战略优势已成往事》的文章，曾经引起了广泛关注。这篇文章认为：随着信息技术大众化趋势的继续，铺张浪费所带来的惩罚只会加重。要想以信息技术投资来获得竞争优势越来越难，而招致成本劣势倒是容易得多。

因此，过于追求技术先进，就会趋于超前建设，往往是浪费了更多资金，效果反而不好。要坚持以需求为导向，以应用促发展。企业信息化是一个过程，绝不可能一劳永逸。所以一定要追求实用，管理软件带来的企业运作与管理方式的改变和竞争力的提高，才是企业信息化的目的。

（4）先培训员工，再实行信息化建设

培训可以统一员工的认识，是提高企业整体素质、推进信息化的基础工作。培训的目的有两个，一是使员工接受信息化管理的理念，二是使员工学会使用计算机。当然，现在企业的新员工一般都是"80 后"和"90 后"，很多人对计算机操作已经相当熟练。因此在对员工进行信息化理念的教育之后，可以把员工按计算机操作熟练程度分成两组，对于不熟悉计算机操作的员工，仍然需要培训使用计算机。

培训员工的一个重要内容，是让员工树立对信息化的正确认识。当新技术被引入组织时，许多习惯于在原有环境下工作的人会觉得受到威胁。环境改变了，原有的工作岗位、个人地位和人际关系也都会相应有所改变，因此一些人会产生一种失落感和不安全感。持有这种心态的人员会妨碍新系统的实施，如果新的工作方式和工作程序不被接受，那么新系统就达不到预定的目标。

拒绝变化的另一个原因是目前的工作环境比较舒适，有关管理人员安于现状。如果没有更多的报酬与激励，管理人员会觉得改变工作条件得不偿失，因而产生惰性。

因此，必须对员工进行教育，让员工认识到变化的必要性和紧迫性。通过管理业务调查、技术培训等形式，逐步转变管理人员的观念。完成这项工作要有耐心和恒心。

通俗地说，要让员工认识到企业信息化建设的目的，绝不是要抢走员工的"饭碗"，而是为了提高企业和员工的竞争力。

必须在这点上对员工进行充分教育，因为一个被广泛接受的观点是：先进的信息技术会减少人力、淘汰员工，节约成本。因此员工担心今后被淘汰，也是可以理解的。如果很多员工都有这种心理，必然会抵制或消极对待信息化建设。

但实际上，这个观点是错误的。它的错误在于：没有注意到信息化建设会产生新的工作机会。无论在工业社会还是信息社会，生产力的提高必然会减少原有工作的就业数量，但也会产生大量新的工作机会。以福特为例，当初福特在 1908 年发明结实耐用、价格便宜的 T 型车之后，导致了曾经很兴旺的马车行业的衰退，很多人失业了。但汽车行业却大获发展，并带动了钢铁业、化工业、石油开采与提炼等多个行业的发展，由此又产生了更多新行业，以及更多的就业机会，最终极大改变了社会。

信息产业的发展也是一样。信息化的应用确实进一步提高了生产率，导致传统产业一部分人员相继被淘汰。但这是大势所趋，必须让员工认识到：如果企业和员工都墨守成规，故步自封，最终都会被淘汰。而且，信息化也会产生很多新行业。比如自 20 世纪 80 年代以来，硬件设计、软件开发、电脑组装、IT 产品销售、网页设计、电子商务、网络营销乃至电脑打字行业，都在不断壮大，产生了数千万个就业机会。员工如果顺应时事，也会得到能力上的提升。

例如，当计算机文字处理系统进入到办公室时，许多秘书担心工作会被计算机取代，因此抵制新技术。但实际上，字处理软件不仅没有取代秘书，而且帮助秘书提高了工作效率，为秘书创造出新的和更多的管理事务。

因此，员工最明智的做法是勇于迎接信息化带来的挑战，学习新技术、新方法，不断提高自己。而且这么做的员工，往往会获得更多的机会，收入也会更高。例如，会熟练使用 SAP、Oracle、用友或金蝶等 ERP 软件的人，如果企业不加薪，可以跳槽，可以找到待遇更优厚的工作。

因此从长远来看，信息化建设对于企业和员工来说是双赢的。从本质上说，这符合社会的发展趋势。如果和趋势对抗，长远来看必然会双输。

当然，另一方面，如果真的由于信息化建设而产生了多余员工，企业要妥善解决，例如可以在内部发掘新的就业机会。但在最坏的情况下，淘汰一部分员工也是难免的，这对员工来说是最大的痛苦。此时一定要遵守国家法律法规，做好下岗员工安置工作。

不过笔者观察到的一个现象是：信息化做得好的企业，反而会雇佣更多员工。因为企业的综合实力提高了，可以生产和销售更多产品，因此当然需要更多员工了。

（5）沟通是关键

沟通，既包括软件厂商、企业、咨询顾问三方之间的沟通，也包括企业内部的互相沟通，以及 MIS 项目经理和企业各方的沟通。由于信息化建设的复杂性，沟通非常重要，否则极容易产生误解和不必要的矛盾。从心理学上说，主动找对方沟通，会让对方觉得受到了尊重，因此也就会表现出更合作的态度。因此，沟通做好了，会让信息化建设更加顺利。

项目经理更需要学习沟通技巧。沟通时首先要表现出诚意，其次是考虑问题尽量全面，尤其是尽量站在对方角度考虑问题，然后用精确的语言表达自己的意见。语气要平和，态度要客气。

（6）信息化建设应与 BPR 互相推进

是先进行 BPR，还是先实施信息化，一直是困扰企业进行信息化建设的难点问题。从理想状态说，先进行彻底的业务流程再造，再进行企业信息化建设，可以使企业信息化建设周期短、见效快。但是由于彻底的业务流程再造涉及企业的方方面面，推行起来难度大，风险也大，企业经营者往往望而却步。

所以，对于缺乏信息化经验的企业（往往是小企业）来说，可以采用原型法，也就是先进行局部的信息化建设，在信息化建设过程中，对局部的业务流程进行重组，逐步推进，可以使企业尽早地看到成果，营造乐观、积极参与变革的气氛，减少人们的恐惧心理，促进 MIS 在企业中的推广。

对于大中型企业来说，基本上已经有了信息系统。如果原来的信息系统已经严重不适合，一般需要按照结构化生命周期法进行信息化建设。但如果原来的信息系统基本合适，可以进行局部的 BPR，并在一定程度上完善信息系统。

（7）严格的项目进度管理

ERP 是一个时间长、全员参与的大项目，因此应该分成多个阶段，并实行严格的进度管理，规定每个阶段的完成时间和质量标准。在制定进度时，时间既不可拖得过长，也不能太短，否则容易松垮或急躁，都办不好事。另外，进度也不是不可改变的，归根结底，管理人员一定要认真负责。当不得不改变进度时（一般是滞后），一定要认真总结经验教训，以便调整后的进度能够按期顺利完成。

能否实施严格的项目管理，是对人员素质和企业综合管理水平的考验。

（8）重视第三方顾问的作用

在联想和其他案例中，我们已经看到了咨询顾问在信息化建设中的作用。关于第三方顾问尤其是咨询公司的作用，下面将用一小节详细讲解。

6.3.2 外部管理咨询的意义和作用

信息化建设往往耗资巨大，费时费力，而且在实施中可能存在很多问题。虽然企业本身拥有自己的内部参谋和决策者，也可以自行组织人员进行调研、设计方案，甚至自行实施，但他们在实施过程中仍会遇到相当大的阻力，主要包括以下方面。

（1）利益相关者太多，内部参谋难以有效推动项目的进行。

（2）由于怕承担决策风险，内部参谋做出的决策往往不是最优的，有时甚至连次优也达不到。

（3）受思维定式和各种制约条件的影响，内部参谋往往忽略或未意识到企业中的问题，对企业的需求不能清晰地定义和描述，这就是"当局者迷"。

（4）内部参谋对信息系统尤其是 ERP 产品的接触可能有限。

（5）内部参谋对项目管理的经验可能不够，对信息化实施缺乏成熟的方法论的指导。

（6）管理咨询看似无形，实则价值很高。当涉及调整自己的薪水时，内部参谋一般会毫无底气地在上司面前坚持己见。

所以，基于以上企业自身所根本无法克服的问题，在信息化建设中，专业咨询顾问及咨询公司的产生和存在是必然的。项目越大，则越需要请管理咨询顾问。

管理咨询顾问具有以下优势。

（1）独立于企业之外，可以以更客观的态度看待企业当前的情况和存在的问题。

（2）由于对多个企业进行咨询，所以信息化实施经验丰富。

当然，在我国信息化发展的早期，国内的管理咨询公司并不成熟，国外的咨询公司又不了解国情，所以管理咨询公司也会出错。但随着管理咨询公司承担的企业咨询项目越来越多，经验必然比企业丰富得多，目前已进入成熟阶段。

但另一方面，企业也不能迷信管理咨询顾问的作用，因为外部咨询顾问不一定了解企业及所在行业的详细情况。因此，企业一定要有独立思考能力，归根结底还要靠自己。

2000 年，联想 ERP 成功实施不久，就拆分成联想和神州数码（以下简称"神码"）两家公司。对于神码来说，除了继续实施 ERP 之外，美国某著名咨询公司还为它量身定制了未来五年的发展战略，那就是以 IT 服务为核心，五年内达到年营收 510 亿元。并指出了三条具体措施：一是通过电子商务改造分销体系，成为供应链管理型企业；二是向上游发展，成为合同制造企业；三是继续向上游发展，开发自己的网

小案例

络设备和集成软件。

时为神码总裁的郭为选择了第三条路。这实际上是一条追求迅速扩大规模、在核心业务领域迅速完成战略布局的道路。从此神码开始全面出击，围绕海量分销、手机分销、增值分销、集成、网络、IT服务和软件分别制定了战略计划。

但这一战略很快遭遇挑战。一些上游厂商（如华为）不再让神码销售产品，东芝也不再让神码成为东芝笔记本电脑中国大陆唯一总代理（仍然是总代理，但增加了另外两家）。神码的IT研发力量没有深厚的积累，几年来并没有做出好的产品。而分销部门由于力量投入严重不足，严重影响士气，给了竞争对手大好机会。

五年过去，神码2001—2002年的营收是105.21亿港元，2004—2005年的营收是154.57亿港元，不仅与510亿元相去甚远，而且增长率也明显落后于IT分销业增长率。虽然仍然是中国IT分销业的老大，但市场份额严重下降，失去了更大议价能力的机会。

因此在2006年，神码重新梳理了业务。经过一系列调整，重归IT分销和系统集成，年营收重新以30%左右的速度递增，2008—2009年的营收是423.26亿港元。

1. 外部管理咨询的角色定位

在企业和ERP厂商之间，外部管理咨询顾问是作为独立客观的"第三方"出现的。它们必须具备较好的跨学科的知识结构，并有良好的实施方法论。企业、管理软件厂商、咨询顾问相互独立又相互联系，咨询顾问应处于中立地位，给双方合理的建议和解决方案，尤其要注意平衡双方的利益冲突，其根本目的是为企业更好地实施信息化建设做出自己的贡献。具体地说，外部管理咨询能够为信息化建设做以下工作。

（1）准确把握和描述企业应用需求，为企业制定合理的技术处理方案。

（2）辅助企业选择合适的应用软件。

（3）辅助企业对原有业务处理流程进行重组，制定规范合理的新的业务处理流程。

（4）结合软件功能和新的业务处理流程，组织软件实施过程。

（5）组织用户培训。

（6）负责应用软件在企业中的正常运转，负责系统正常运行的程序审查。

（7）根据应用软件，为企业编制衡量管理绩效的数据监控体系和内部管理报表体系。

（8）为企业编制决策数据体系和决策数据分析方法。

（9）辅助企业建立计算机信息系统的管理制度。

在经济发达国家，管理咨询行业跟随其经济发展，已经变成了一个像律师、税务、投资咨询一样重要并具规模的行业。据统计，世界咨询业的年收入高达4000亿美元。美国有60%的企业要和咨询公司合作，在日本这个比例是50%，而我国还不到10%。德国有6000多家管理咨询企业，70%的欧洲大型企业常年雇佣一家或数家咨询公司。

2. 我国管理咨询业的发展

我国的管理咨询业发端于 20 世纪 80 年代初期，最初以"点子公司"的形式出现。20 世纪 80 年代后期，政府开始创办咨询企业，主要集中在投资、科技和财务咨询领域。随着我国经济向市场化方向发展，90 年代初，一批外资和私营信息咨询、市场调查公司开始涌现。到了 20 世纪 90 年代中期，国外管理咨询公司大批进入中国，如麦肯锡、安达信、罗兰·贝格、波士顿、盖洛普、普华永道等。从此我国管理咨询业进入专业化发展阶段。

我国管理咨询业可以分成两类，一类是著名的跨国咨询公司，另一类是本土的中小型咨询公司。本土咨询又分为学院派咨询和经验派咨询。学院派咨询没有资讯、研发和指导实施的相应环节，咨询模式是导师带领几个学生，特点是有理论高度，方案比较系统，但缺少实践经验；经验派咨询从业人员实践经验丰富。从最近几年的发展来看，本土经验派咨询进步很大，占据了越来越大的市场。

咨询业的收费是很高昂的，咨询顾问一般按小时收费，国外咨询顾问一小时 2000 美元以上是很普遍的。世界著名咨询公司给国内企业做咨询，每个项目一般几百万美元甚至更多。因此，挑选 IT 咨询顾问或公司是很重要的。

3. 怎样挑选 IT 咨询公司

信息化项目和一般的项目一样，要想获得成功，在聘请咨询公司之前，必须首先明确信息化建设的目标。

(1) 企业实现信息系统主要想解决哪些方面的问题？

(2) 信息系统成功的标准是什么？要定义一些量化标准。

(3) 如何才能知道项目完成了？

项目的目标回答了"企业为什么要上信息系统"的问题。根据项目的目标，可以进一步确定更详细的内容，主要包括以下方面。

(1) 项目涉及范围包括哪些部门（财务、生产、人力资源等）？

(2) 每一部分需要实现到何种程度？是否需要进行流程再造？

(3) 项目的预算有多少？预算如何分配？

(4) 项目进度如何安排（时间表）？各个环节如何协调？

(5) 有多少人专门从事这个项目的工作？各个部门需要提供什么样的人员？需要投入多少时间来参与和配合项目的工作？

(6) 咨询公司应该做些什么？

(7) 用什么标准评估咨询公司的工作质量和效果？

企业的管理层应该首先把这些问题想明白（或大致明白），并形成书面文档，让所有高管清楚他们在项目中的角色、承担的责任和义务，从而在企业上下对项目的目标和内容形成共识。很多企业聘请咨询公司的效果不理想，甚至最后大家不欢而散，一个主要的原因就是企业自己没有事先明确定义需求，而是请来了咨询公司之后，由咨询公司来告诉企业该如何做，等项目进行完了，发现并不是自己需要的结果。

下一步就是寻找合适的 IT 咨询公司了。可以进行同行调查，也就是调查与企业所在行业的规模相似、业务相似的其他企业聘请的是什么公司，听听它们对这些咨询公司工作质量的评价、收费情况、服务情况等。也可以请会计事务所推荐，或召开项目发布会进行招标。

6.4　CIO

在企业信息化建设中，CIO 的作用不可或缺，因此本节详细讲解 CIO 的有关知识。

6.4.1　CIO —— 首席信息官

首席信息官（Chief Information Officer，CIO） 是由美国波士顿第一国家银行资深副总裁 William Synott 于 1980 年在信息管理博览会与研讨会上首次提出的。他说："信息系统的管理者必须是一个超人，他既要跟踪技术发展的最新趋势，又要了解商业战略。CIO 的工作相当于一个 CEO 和一个 CFO（首席财务官），他要辨认、收集和管理作为资源的信息，集合公司信息、政策，并影响所有办公和分配的系统。"

CIO 最早出现于美国政府部门。1984 年，美国政府发现信息的正确率很低，于是在每一级机构中设立一名主管信息的高级官员，从比较高的层次上全面负责本部门信息资源的管理开发与利用，直接参与最高决策管理。随后许多美国公司相继效仿，在公司管理者的队伍中便出现了 CIO 的形象。20 世纪 80 年代中期，安达信公司对全美服务业和 500 家最大的公司进行调查发现，已经有 40%的公司设立了 CIO 的职位。现在，世界排名前 500 家的最大企业中普遍已经设置了 CIO。

美国权威的 *CIO* 杂志将 CIO 定义为：负责一个公司或企业信息技术和系统的所有领域的高级官员。我国《企业信息管理师国家职业标准》将企业信息管理师定义为：从事企业信息化建设，并承担信息技术应用和信息系统开发、维护、管理以及信息资源开发利用工作的复合型人员。

CIO 在西方国家受到欢迎主要有以下原因。

（1）日益激烈的企业竞争是 CIO 能够从政府部门引入到企业的重要原因。一个企业能否在激烈的竞争中生存和发展，关键在于企业经营过程中各种决策是否正确。而正确的决策来源于正确的判断，这种正确的判断又需要充分的信息依据。无论是技术革新，还是开发新产品、开拓市场、改进管理，其决策活动要依赖于有关方面的充分的、准确的信息依据。只有这样，企业才能在竞争中立于不败之地，并求得发展。因此，美国和西方企业界为了改善企业信息环境，必然重视 CIO。

（2）CIO 在企业生产、销售和利润方面可以发挥的重要作用，是美国和西方国家企业能够接受 CIO 的关键要因。为了长久地提高生产效率、扩大市场、促进销售、增加利润，就必须从战略高度开发信息资源，使企业的各种决策、生产和营销活动得到有力的信息支持。企业 CIO 职位的设置正符合这种要求。因此，企业必然积极引入 CIO。

（3）现代西方企业的高度信息化，促使 CIO 在企业中越发成为一个普遍职位。从某种意义上讲，人们认为发达的西方企业越来越成为一个信息输入、处理、输出的"社会装置"。这就要求企业要有像 CIO 这样的人物来统一管理信息技术、信息人员、信息资源及企业信息流，提高企业的信息化水平。

在我国，由于政治经济等各方面的原因，CIO 起步较晚。但是随着中国经济的发展，CIO 在我国的出现和发展是必然趋势。

1998 年 12 月，我国首次在上海召开了由信息产业部、科技部批准的"'CIO' 98 信息主管商业会议"。从此，CIO 在我国逐渐成为一个职业。

中国 CIO 面临的困境

目前我国的 CIO 仍然面临以下三大困境。

（1）位低责高。

管理学的一条基本原则是"职权和责任相对称"，二者不对称会导致工作失调或工作失误。从 CIO 的工作职责看，很多信息主管做的工作仅仅局限于最基础的日常工作系统管理，并不能将 IT 转变为带动企业业务发展的核心竞争力。美国的 CIO 与 CFO、COO（首席营业官）、市场与销售副总裁、研发副总裁等地位相当。我国的不少信息主管并不是真正意义上的 CIO，充其量仅是一个技术部门的中层干部，处于"有责无权"、"有名无实"和"有心无力"的尴尬境地。

（2）跟不上业务新需求。

随着企业的信息化建设从简单应用发展到复杂应用，从战术层面上升到战略层面，现有企业的多数 CEO 仍把 CIO 作为技术主管，CIO 不能参与企业的战略与发展决策，不知道如何用 IT 技术来满足企业的发展，面对越来越高的业务需求而无能为力，因而压力越来越大。

（3）IT 技术高手跳槽严重。

IT 部门是个花钱部门，这决定了 IT 人员薪酬水平在企业内部并不很高，和国外 CIO 以及 IT 公司的职员比起来差距较大，因此 IT 人员积极性不高，跳槽严重。

CIO 面临困境有两点原因。除了部分企业还不够重视之外，另一个原因是目前我国的 CIO 对本职工作也认识不清。

6.4.2 CIO 的地位和作用

关于 CIO 的职责和作用问题，国内外不少学者都有很多认识和看法。现在基本上取得了以下共识。

（1）从地位上看，**CIO 应该是副总级，处于最高领导的直接领导之下，和生产、销售、研发、财务主管一起，参与公司的各项战略决策。**只有这样，**CIO** 才能和其他高级主管一样，了解企业的发展战略和瞬息万变的市场环境，增加和其他高层交流的机会，才能更好地考虑如何利用信息技术为公司的发展服务。CIO 所提的建议，也可以直接到达 CEO。

（2）从信息管理角度来看，**CIO 应该从信息技术的角度考虑如何实现企业发展战略。应该领导企业的信息部门，保证信息系统的正常运转。**

CIO 及其技术部门是为其他部门服务的。在企业高级会议上，CIO 应该更多地扮演一个旁听者的角色，倾听别人对企业业务和战略发展的意见和感受，然后再从信息技术的角度考虑如何调整和完善，并提出自己的意见。

保证信息系统的正常运转，这是 CIO 在战术方面的职责。如果企业要上 ERP，就会成立领导小组，CIO 至少应该是企业里的项目负责人。当 ERP 等信息系统投入运行后，信息部门应负责日常管理和维护工作。

（3）从管理角度来看，**CIO 应该深入了解具体业务和业务流程，勤于思考如何利用信息技术改进、重组业务流程，增强企业竞争力。**

一个优秀的 CIO，必须对企业的各种具体业务非常熟悉，这样才能站在全局的角度了解信息系统是否切合实际。并且这项工作非 CIO 莫属，因为 CEO 主要负责企业的发展战略和在宏观上领导各部门，难以从微观上保证各部分运行的最优化；各部门的负责人主要负责本部门的具体业务，难以从全局考虑问题。而 CIO 在领导信息部门维护企业信息系统的同时，应该有大量的空闲时间，因此 CIO 可以精细研究企业各项业务和流程，并思考现有的信息系统应该如何改进，为信息系统的下一次升级换代做准备。

不过，这项工作是难以衡量绩效的。因为 BPR 以及信息系统的重大升级换代，都必须在 CEO 的领导下进行，而且一般要间隔几年以上。只有 CIO 平时勤于思考，才能更好地为 CEO 出谋划策，并在变革中拿出深思熟虑的技术解决方案（或配合咨询公司或软件公司拿出方案）。但 CIO 平时究竟思考了哪些问题？如何衡量他思考的价值？这些都难以定量衡量。

正是因为 CIO 往往欠缺了上面所说的第三项工作，才导致很多企业领导认为 CIO 只负责系统的具体运行维护。

实际上，CEO 如果把 CIO 看成"智囊"或"师爷"，或许能更好地发挥 CIO 的作用。古代的王公贵族一般都会养一些"智囊"，以便在遇到重大问题时有高参指导。这些"智囊"一般都是饱学之士，由于王公贵族尊重"智囊"，所以下面的官员也对"智囊"普遍尊敬。

CIO 开展工作的一般原则

在 CEO 的大力支持下，CIO 在企业开展工作会比较容易。不过，CIO 在开展工作时，还应该遵循一定的管理制度和原则。主要有以下几点。

（1）应该从制度上，保证 CIO 可以随时了解企业的各种非机密业务和工作流程。企业的业务人员，应该积极配合 CIO 的调查研究工作。

如果有 CEO 的大力支持，并且 CIO 处于企业副总地位，再辅以这一制度，CIO 的调查研究工作会比较顺利。

（2）CIO 可以和其他副总一样，参加企业的各种重要会议，并且提议不限于信息技术。这不仅有助于 CIO 了解企业的发展战略和市场形势，而且有助于 CIO 和 CEO 以及其他高级主管的沟通。

（3）在进行调查研究时，CIO 主要以倾听为主，不宜频繁提建议。

这是因为，一般情况下，CIO 只有在深入了解并再三考虑企业各方面的因素之后，才能提出比较合理的解决方案。而且，企业的信息化建设不宜频繁进行局部改动，否则会对业务和员工情绪有较大的不良影响。如果 CIO 的地位比较高，提议更要慎重。

（4）在企业高层会议提出建议之前，CIO 应该和相关部门的主管进行沟通。

例如，如果 CIO 认为某个生产流程需要改进，则应该先和相关主管进行交流。这不仅可以完善方案，而且也是对别人的尊重。在中国的企业尤其如此，因为中国文化重视人际交流。

那么，CIO 应该具备怎样的素质，才能胜任 CIO 的职责和工作呢？

6.4.3　CIO 应该具备的素质

关于 CIO 应该具有什么样的素质，学术界和企业界都有不同意见。相当一部分人认为 CIO 既要精通技术，又要精于管理，还要是一个良好的沟通者，还要长于战略规划、善于学习、具有洞察力、防患于未然等。笔者认为，以这样的标准要求 CIO 显然太高了。虽然可能有极少数 CIO 能做到这一点，但绝大部分 CIO 并非全能的天才。因此应该从 CIO 的职责和工作出发，实事求是地考虑 CIO 应该具备的素质。

笔者认为，CIO 应该具备以下几点素质。

（1）CIO 应该具备比较全面的信息技术知识。

虽然"首席信息官"这个名称本身就说明：CIO 管理的首先是信息，而不是信息技术。但是 CIO 必须具有一定的计算机和网络技术知识，他可以是计算机专业毕业，也可以是其他专业毕业，但应该是对信息技术很有兴趣、能了解目前信息技术总体发展情况的人。这是成为 CIO 的先决条件。

不过，CIO 不必是优秀的技术人员，因为 CIO 的技术知识是为企业管理服务的。如果 CIO 是技术高手，一般来说，反而会不自觉地把技术水平看得比企业的发展更重，而且有一种技术上的优越感。

因此，首席信息官和首席技术官（Chief Technology Officer，CTO）不同，CTO 是企

业内负责技术的最高负责人,这个名称也是从 20 世纪 80 年代开始在美国兴起的。有时 CTO 和 CIO 是同一个人（尤其在软件公司），有时 CTO 在 CIO 手下工作,因为 CTO 更偏于具体的技术。

（2）CIO 应该具备深厚的管理知识。

在 CIO 的工作中,管理占用的时间要比技术多得多。CIO 应该证明预算的合理性,参加高层会议,指导下属完成工作。诸如此类的事务,都需要较强的管理能力,CIO 必须对项目管理有深刻的理解。这是 CIO 和技术人员的本质区别。

CIO 还要善于实行情境管理。因此,CIO 应该多学习当地的传统文化。

（3）CIO 应该具备一定的交际沟通能力。

交际能力也是 CIO 非常重要的基本素质之一。平时多和各部门的同事聊聊天,关系拉近了,工作就会比较顺畅,阻力会减少许多。

不过,CIO 并不需要具备推销员一般高超的交际能力,原因有以下几点。

① 企业要顺利地推行信息化,归根结底离不开 CEO 的大力支持和推动。否则,CIO 就是再长袖善舞,也难以发挥重要作用。在 CEO 的大力支持下,其他人员就会更加主动地配合 CIO 的工作,CIO 的工作就会好做许多。

② 一个管理良好的企业,应该从制度上保证 CIO 能顺利地调查研究,开展自己的工作,而不能指望 CIO 具备超出常人的沟通能力。

③ 在当今信息社会,越来越多的企业员工认识到,只有不断地学习新知识,才能胜任工作并获得提升。因此,优秀员工会比过去更加主动配合 CIO 的工作。

（4）CIO 应该热爱学习,勤于思考。

只有 CIO 热爱学习和思考,才不会把学习信息技术和管理科学的新知识当成负担,并能结合本企业的实际情况,找到比较好的解决方案。而且只有这样,CIO 才能日益具备广博的知识,由一个不合格或勉强合格的 CIO,逐渐变成优秀的 CIO。一个 CIO 能否长久地胜任工作,和他的学习和思考热情是分不开的。

（5）CIO 要具备良好的职业道德。

前四条是 CIO 必须具备的素质和能力,这一条的要求则有点高,甚至是不可能强求的。因为一个人是否具有良好的职业道德,例如不泄露企业机密,在短期内,甚至在一个相当长的时间内,都难以考证。不过,企业可制定完善的管理制度对 CIO 和其他员工进行约束。如果 CIO 在企业内部得到普遍尊重,其道德表现往往会比较好。

6.4.4　CIO 发展趋势分析

随着信息技术的不断发展和信息化建设的不断深入,CIO 已经越来越重要。但 CIO 的工作并不好做,即使在美国,CIO 的平均任期也不超过三年,所以有人把 CIO 戏称为"职业生涯到头（Career Is Over）"。因此，一个优秀的 CIO 要延长职业寿命，应该在对企业的业务有了精深了解，并且在企业的信息化建设比较成熟之后，成为整个企业的**首席知识官**（**Chief Knowledge Officer，CKO**）。

在 5.2.4 小节用了很多篇幅讲解了知识管理，并提到了 CKO。CKO 是知识经济的产物，一般要做如下的工作。

（1）结合企业的业务发展战略，找到知识管理的愿景和目标。

（2）正确定义企业的知识体系，并进行系统的表达。

（3）推动建立合适的 IT 系统工具，以保障"知识之轮"的运转。

（4）将知识管理的流程与业务流程紧密融为一体。

（5）建立合适的知识管理考核与激励机制。

（6）营造适合知识管理的信任、共享、创新的文化氛围。

因此，CKO 和 CIO 的工作在很多方面有重合之处。CIO 及其领导的信息部门掌控着企业的全部信息资源，在对这些信息进行加工处理、分析整合的过程中，必然会挖掘出一些有价值的隐性知识或有所创新。也就是说，此时的 CIO 已经具有了 CKO 的职能。随着分工的日益细化和专业化，CIO 阶层中将会分离出专门从事知识管理的人员，即 CKO。

随着信息技术在各个领域应用的不断深入，电子商务、网络银行等不断发展，对信息技术和信息资源的充分开发与利用将成为世界各国经济发展的新焦点，中国经济的增长需要高速发展的信息产业，中国经济的发展呼唤不断成熟的 CIO。

习　　题

一、思考题

1. 什么是原型法？它有什么优点和缺点？

2. 什么是结构化生命周期法？采用结构化生命周期法，信息化建设一般要经过哪些步骤？

3. 在信息化建设中，一把手原则为什么是首要原则？

4. 在企业实施 ERP 的过程中，外部咨询的意义和作用是什么？

5. 什么是 CIO？CIO 的地位和作用是什么？

二、讨论题

1. 结合本章内容，比较"60 后"、"70 后"、"80 后"和"90 后"的电脑和网络操作水平（可以从 Windows 基本操作、办公软件、浏览器、网上购物、论坛和博客、手机上网等多方面进行比较）。如果 ERP 要包含更多的无线网络功能，这些年龄段的人会如何使用？

2. 讨论本章各个失败案例的失败原因。

3. 通过上海集优和神州数码的信息化建设，你对战略规划怎么看？

4. 根据信息化建设的八大原则和其他理论,讨论下述企业实施 ERP 失败的原因。

上海某医疗企业 UP 在技术上拥有绝对的优势,产品在很多国家都有专利权,其高层领导都是医学博士,技术高手,但对管理知识了解不多。产品技术上的绝对优势不仅吸引了当地政府的投资,还吸引了日资、美资,甚至还有外省政府资金。为了使产品打入欧洲市场,CE 认证①也是其重点项目。2009 年,UP 的重心是引进外资。

由于每次引进外资都会更换财务经理,正好 UP 又需要购买一套财务软件,因此在经过专项论证之后,UP 决定实施 ERP 项目,用于实现财务核算,规范企业管理。在 UP 实施 ERP 项目的当年,当地政府有专项资金,准备给实施 ERP 项目的企业以资金上的支持。所以 UP 的如意算盘是靠政府的资金援助实施 ERP 项目,自己只需要投入少量资金即可。最终,UP 选择了一家软件厂商的 ERP 软件,由软件厂商进厂负责实施,并聘请了几位实施顾问。

在项目组的人员构成上,企业的财务部经理为 ERP 项目经理,该部门的一位老员工为副经理,而且都是非专职人员。项目组中还包括一大堆高级领导,但在实施过程中,真正参与项目实施的高层领导只有一位,就是项目经理。

在员工的先期思想教育方面,软件厂商的项目负责人,在早期仅对 UP 的员工进行过一次教育,企业员工在思想上没有形式正确的认识。培训效果不理想。在 ERP 软件初步培训之后,顾问做了一次问卷调查,发出 15 份问卷,仅仅收回 9 份。其中有个问题是 ERP 项目的实施主体是谁? 5 个人认为实施主体是软件供应商,3 个人认为是双方,只有 1 人认为是企业本身。这样的反馈结果让顾问心寒。

在实施的过程中,由于项目经理权限不够,得不到其他部门的重视和配合。而且由于都是非专职人员,自己还有一些其他工作要做,所以 ERP 中的流程设计和操作,连项目经理本人都不完全清楚,不仅指导不了他人操作,连自己操作都比较困难。而且,由于软件厂商方面没有专职的正、副项目经理,很多事情都由实施顾问代办,加剧了企业意识淡泊的情况。

UP 不是个大企业,所以 ERP 实施时间短。由于时间紧迫,不等物流完全稳定,财务系统就上线了,物流随财务变,这使得物流人员抵触情绪严重。而 UP 和财务有关的主要业务流程就是物流。财务人员重视会计分录,一些必不可少的 ERP 操作正是产生合理会计分录的关键,让本来就刚熟悉一定流程的物流人员屡次改变操作方法和习惯,本身就是一种折磨。

在实施项目的心态上,该项目的经理立功心切、刚愎自用,自认为可以解决很多实际问题。软件厂商的第一任项目经理曾就某重大 BPR 问题,直接找 UP 的最高领导协调,触犯了项目经理的大忌,事后在 UP 的压力下,软件厂商的项目负责人被撤换。

在流程设计思想上,UP 的项目经理只有财务观点,而无物流观点,所以在取舍之间仅凭己见。他又不愿(也不敢)和物流主管沟通,给物流人员在具体操作上带来了巨大的工作量,更加激化了矛盾。

另外,由于 UP 没有专职 ERP 人员,使得现场的 ERP 实施顾问身兼数职:顾问工作、培训工作、高级顾问工作(流程设计),还要做软件的系统设计工作。再加上一些必要的文档整理工作,每位实施顾问都是超负荷工作。

而软件厂商一方,仅有项目负责人有过实施经验。软件厂商售前还对客户有太多承诺,使得项目时间紧迫,很多情况下现场实施顾问没有犹豫的权利,而必须替企业做。另一方面,UP 企业方面的项目经理推行 ERP 的权限不够,因此 UP 指望 ERP 软件尽量迎合现有的业务逻辑,使得 ERP 软件需要做很多修改。在一段时期内,该 ERP 软件错误过多,企业员工在某些功能上无法正常操作,再次打击了对 ERP 项

---

① CE 代表欧洲统一(Conformite Europeenne)。通过 CE 认证的产品可以在欧盟各成员国内自由流通销售。

目的积极性。

这样的软件不仅企业没有信心，就连实施顾问都不太有信心。

就这样，该企业的 ERP 项目在反复多次无果的情况下，以失败而告终。

5. 讨论下述企业实施 ERP 成功的原因。

深圳某外资企业 MT 年产值约为 2 亿人民币，全球 40%的品牌计算机开关由该企业生产。由于处于全球同行业竞争的压力下，所以 MT 在成本核算上精确到分。后来决定淘汰过去的信息系统，实施 ERP。经过选型，他们选择了全球排名前 20 位的国外 ERP 软件，功能非常全面。软件供应商委派大陆的代理公司进行实施服务，每位顾问每天的咨询费是 3000 元。

在这样的高成本压力下，企业对实施顾问的要求非常严格。曾经有初到实施现场的 ERP 顾问被指责"别人可以说不知道，但是你不可以"。为此，软件供应商也派出了 4 位各方面都很全面的 ERP 顾问在现场实施。

该企业上马 ERP 后，在项目组的人员构成上，MT 委派总经理助理为项目的总负责人，位在项目经理之上。这位总经理助理自企业创办之初就一直在企业里，论资历排在第二位。平时他基本不在实施现场，但在项目最紧张的阶段，他总会出现在实施现场。喝喝茶，偶尔聊聊天，在紧张的气氛里偶尔放松一下大家的神经。但是一旦各部门在 BPR 问题上发生纷争，而各个项目经理又无法决定的情况下，该总经理助理一定会拍板决策。

MT 的 ERP 项目经理是 MT 的信息部主任，也在该企业工作多年，不仅有权决策某些流程，而且因为其家世背景，也使得所做出的决策在某种程度上可以得到足够的重视和执行。他除了要参与每一次 BPR 会议之外，还要充分理解流程设计的思想，知道如此设计流程的原因。他还学习了一些复杂的 ERP 操作过程，并组织相关人员参与会议等。

因为 MT 在大陆有三个分厂，所以在实施阶段还有三位该企业的 ERP 人员同时参与。他们的工作就是认真学习各项复杂的操作，可以不太理解流程，但是必须熟练掌握，并且全部掌握 ERP 软件操作技能，将来作为"种子"，培训其他分厂的员工。

在 ERP 实施力度上，MT 制定了专门的制度，并且坚决执行。曾经有位操作员在培训过程中，因为觉得无聊而在电脑机箱上画圈圈，被当场开除。ERP 操作的培训内容多，而且不容易理解，曾经有位员工因为基础问题（专业英语词汇没有掌握——本来就很难）而委屈得哭，但是还得认真学习。

在敬业精神上，该企业的各员工普遍非常认真（画圈都被开除能不认真吗？）。每次 BPR 会议都需要财务部门的相关人员参与，目的是从财务角度考虑流程是否符合相关法律决策、财务原则和企业利益。企业的会计科目表充分地体现了内部记账的原则，也只有主办会计才可以理解设立每一个明细科目的目的。当时该企业的主办会计已经怀有 6 个月身孕，但是参加了所有重要会议。

MT 的业务流程很复杂，整个 ERP 项目持续了两年。第一年各种业务流程上线并稳定，第二年财务上线。事实证明，ERP 项目实施得很成功。

第 7 章　IT 战略规划和需求分析

本章以企业为主，详细讲解 IT 战略规划和需求分析。IT 战略规划和需求分析是 MIS 建设的两个重要阶段。这两个阶段的知识，要比第 8 章更偏重于管理。非计算机专业人员经过必要的学习，都可以掌握。

7.1　IT 战略规划

7.1.1　什么是 IT 战略规划

IT 战略规划是关于企业信息化建设长远发展的计划，是与企业发展战略规划相一致的信息化发展战略。一般来说，IT 战略规划应该在企业的发展战略指导下进行。

企业的 IT 战略是组织战略的一个组成部分，但又相对独立，IT 战略必须为实现企业战略而服务，并会对企业的管理、生产和经营活动，产生越来越大的影响。

IT 战略规划（Information Technology Strategic Planning，ITSP）包含宏观规划和具体的 IT 规划两部分。

- 信息系统（Information System，IS）的宏观规划是在理解企业中长期发展战略、业务规划的基础上，形成信息系统的发展战略，以支持企业业务规划的目标达成，并会影响具体的业务规划。
- 具体的 IT 规划：在宏观规划指导下，更多地从信息技术角度出发，对信息系统进行规划。

IT 战略规划的地位一般如图 7.1 所示。

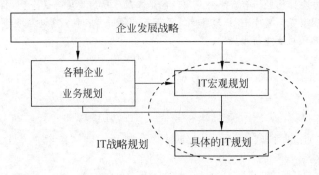

图 7.1　IT 战略规划的地位

从图 7.1 中可以看出，IT 战略是企业的职能战略，信息化项目的具体 IT 规划是在企业发展战略、业务规划和 IT 宏观规划制定完毕之后才进行的。但小企业在信息化的实践中往往没有 IT 战略，信息系统的建设可能也没有规划。这种情况是可以理解的，可能也是最适合小企业的发展策略，因为成本最低。

如果一个企业发展壮大后，仍缺乏 IT 战略，将会带来以下严重的后果。

（1）各个子系统缺乏集成，各自为战，造成大量重复劳动并导致各子系统的信息和数据不一致。

（2）研发或购买的管理信息系统难以支持组织的业务发展，采用的信息技术不适应未来的发展，导致系统的使用寿命比预期的低，升级和开发成本升高等。

（3）无法设定信息系统各部分投入的优先级，因此无法最大程度地利用有限资源。

（4）系统不能充分发挥组织的能力，导致用户满意度下降。

在网络时代，企业更应注重 IT 战略规划。英国经济情报社、BM 咨询和埃森哲咨询 2003 年作的联合调查表明，国外年收入在 10 亿美元以上的大公司当中，95%进行了 IT 战略规划；年收入在 1 亿～9.99 亿美元的中型公司中，91.3%进行了 IT 规划；年收入小于 1 亿美元的小公司中，76.1%进行了 IT 规划。而在国内，进行过 IT 战略规划的企业不足 10%，而这 10%还主要集中在国内的超大型集团公司中。

目前仍有很多企业的信息化建设，恰恰是从如何选硬件和软件开始的。这就是本末倒置，很容易造成投资的巨大浪费，甚至整个项目的失败。只有进行组织的战略规划和 IT 战略规划，才会避免"脚踩西瓜皮，滑到哪儿算哪儿"的情况。

企业高级领导尤其是一把手，一定要充分重视并积极参与到 IT 战略规划的制定中。如果没有一把手发自内心的重视和支持，IT 战略规划很容易流于形式，从而没有任何作用。

某企业曾经邀请一家管理咨询公司提供 IT 战略规划服务。管理咨询公司经过"进场→调研→制作报告→高层汇报"之后，就结束了工作，IT 战略规划的咨询也告一段落。但过了一段时间之后，该企业的信息部门想查阅一下当时的规划报告，却发现怎么也找不到了，只好再请那家咨询公司把文件通过 E-mail 传过来。

小案例

这不仅说明该企业的文档管理不严谨，而且说明高层领导其实并不重视 IT 战略规划，否则文档不会轻易丢失。实际上，在很多单位和企业，能把 IT 战略规划报告看上一遍的领导并不多。

在进行 IT 战略规划的过程中，可能会从组织的各个层次、各个部门听到一些反对意见。反对的情况也可能有多种形式，如"谨慎论"者觉得信息化建设的失败率高，要谨慎从事；"时机论"者认为信息化从长远来看当然要做，但现在的时机还不成熟；"怀疑论"者认为信息化解决不了企业的问题，反而劳民伤财；有些反对者可能担心信息化会打破现有的管理和权力分配格局等。

出现这些反对意见很正常，也有一定的合理性，高层领导要充分重视这些意见，多多沟通，最后达成共识，这是 IT 战略规划的一个重要作用。一个达成共识的、没有很多创新的方案，要远远好于一个有很多创新，但迟迟不能达成共识和落实的方案。

IT 战略规划的内容

IT 战略规划包括以下内容。

（1）企业现状和远景。

（2）业务流程现状。包括存在的问题和在新信息技术下的重组。

（3）信息化建设的可行性研究。也就是从管理、技术、经济方面，进行可行性分析，看看中短期是否有必要进行大规模信息化建设。

（4）如果可以进行信息化建设，就要制定 MIS 的目标和总体结构，并对相关信息技术发展进行预测。例如，预测今后 Internet 和无线网络的发展趋势。

（5）近期规划，一般是一年以内的具体规划，研究具体做什么，如制定 IT 具体架构、聘请软件公司开发软件等。

要制定好 IT 战略规划，需要采取以下措施。

（1）成立规划领导小组。一般来说，需要在一轮信息化建设开始前进行 IT 战略规划，此时应成立项目组，因此规划领导小组往往是项目组的高层核心人员，由企业中的一把手和业务骨干组成。

（2）聘请咨询公司或顾问。

（3）进行人员培训。培训主要针对企业的中高级管理层进行，目的是让他们了解 MIS 为管理带来的变革。

（4）规定进度。这是为了对过程进行严格管理。

7.1.2 安东尼模型和诺兰模型

1. 安东尼模型（Anthony Model）

1965 年，安东尼等企业管理专家通过对欧美制造业长达 15 年的大量实践观察和验证，创立了制造业经营管理业务流程及信息系统构架理论，即著名的"安东尼模型"。该理论认为，**经营管理业务活动即企业管理系统可分为战略规划、战术决策和业务决策三个层次，**

- 战略规划层（Strategic Planning Layer，SPL）：为最高管理层，是指诸如企业组织目标的设定与变更、为实现该目标所采取的资源规划和预算过程。
- 战术决策层（Tactics Decision Layer，TDL）：又叫管理控制层，是中间管理层，是为实现企业目标，使企业能够有效地获得并利用资源的具体过程。
- 业务处理层（Business Treatment Layer，BTL）：又叫运行控制层，是下层管理层，是确定某特定业务能够被有效地、高效地执行的全部过程。

安东尼模型如图 7.2 所示。

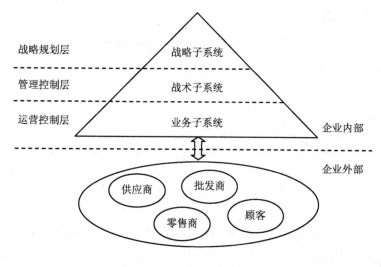

图 7.2　安东尼模型示意图

安东尼等人通过对以组装加工业务为主的制造业企业的观察研究发现，其管理系统业务流程包括了物流、资金流和信息流的双向流动。首先，物流的流程一般体现在从采购部件到产品销售出去的整个过程之中，是自上游向下游流动。其次，资金流的流向与物流相反，是从下游向上游流动。最后，信息流的流动过程要复杂得多。信息流在与物流、资金流互补的同时，又起着管理企业整体活动的作用。

安东尼模型是现代企业管理信息系统的开山鼻祖。与以往其他管理信息系统的本质区别在于，安东尼模型包含和考虑了企业内外部环境因素的相互关联和影响，反映了企业内外供应链的物流、资金流、信息流的真实情况，蕴含了供应链管理的思想。

随着时代的进步，管理信息系统功能已经在安东尼模型基础上不断加以扩展和完善。虽然现在已经进入到网络和电子商务时代，但是 MIS 理论的核心还是安东尼模型。

2. 诺兰模型（Nolan Model）

1973 年，美国管理信息系统专家诺兰（Nolan）和吉布森（Gibson）通过对 200 多个公司、部门发展信息系统的实践和经验的总结，提出了著名的诺兰模型。1980 年，诺兰又对模型进行了完善。诺兰模型如图 7.3 所示。

诺兰认为，任何组织由手工信息系统向以计算机为基础的信息系统发展时，都存在着一条客观的发展道路和规律。诺兰将这条道路划分为六个阶段，分别是**初装**、**传播**、**控制**、**集成**、**数据管理**和**成熟阶段**。并强调任何组织在实现以计算机为基础的信息系统时，都必须从一个阶段发展到下一个阶段，不能实现跳跃式发展。

诺兰模型的初装阶段，是指组织购买第一台计算机并初步开发管理程序的阶段。此时各个职能部门（如财务）的专家致力于发展他们自己的系统。随着信息技术的应用初见成

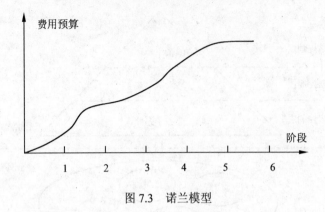

图 7.3　诺兰模型

效，信息系统（管理应用程序）开始扩散，这就进入了蔓延阶段。然后，出于控制数据处理费用的需要，管理者开始召集不同部门的用户组成委员会，对整个组织的系统建设进行统筹规划，这就是控制阶段。诺兰认为，控制阶段是实现从以计算机管理为主到以数据管理为主的转换的关键阶段，一般发展较慢。

当进入第四阶段也就是集成阶段时，一般要重新购买大量硬件设备，并对软件进行大规模重新设计，因此预算费用将急剧增长。集成阶段是一个质的飞跃，因为组织开始使用数据库和远程通信技术，努力整合现有的信息系统。

例如在 20 世纪 90 年代时，我国很多高校的每个系或学院，都有内部的、互不通连的局域网，教务处的学生基本信息不能用于宿舍管理，导致信息难　　　**小案例**
以共享和兼容。美国的很多大企业在 20 世纪 70～80 年代也是这种情况。这是组织在早期应用 IT 技术时普遍出现的问题，因此当一个组织的 IT 应用达到一定程度时，必须从总体上进行规划。

此后将进入数据管理阶段，组织开始全面考察和评估信息系统建设的各种成本和效益，全面分析和解决信息系统投资中各个领域的平衡与协调问题。但在 20 世纪 80 年代，美国尚处于第四阶段，因此诺兰未能对数据管理阶段进行详细描述。

最后，系统将进入第六阶段也就是成熟阶段。

诺兰模型继承了安东尼提出的层次型模型，总结了信息系统发展的经验和规律。诺兰阶段模型对信息系统的建设起到了一定的指导作用，也就是在开发或制定信息系统的规划时，应该首先明确本组织目前处于哪一阶段，进而根据该阶段特征来指导 MIS 建设。

但是，诺兰模型也容易误导管理者，让人幻想有一劳永逸的解决方案。管理者会认为当信息系统的建设完成第四阶段后，就不再需要对信息技术进行大规模投资了，因为第五阶段就是更好地进行数据管理，只要做得足够好，就可以进入"成熟"阶段了，这显然不正确。尤其是 20 世纪 80 年代以来信息技术一直在迅猛发展，何时进入"成熟期"，今天看来还是遥遥无期的。现在学者们基本认为，这个模型过于简单了。

虽然诺兰模型存在一些弊端，但它对于 IT 在组织中的角色演进的描述还是有价值的。

7.2　IT 战略规划方法

企业信息化战略的研究是伴随着企业自身发展的要求以及 IT 及其应用不断发展、变化而逐步深入的。从 20 世纪 60～80 年代初期，IT 在企业中的应用经历了一个重要的飞跃，从数据处理时期进入管理信息系统时期。到了 20 世纪 80 年代中期，在美国很多企业，IT 已经成为核心技术，信息化管理更多地进入了企业战略管理层面。

常见的 IT 战略规划方法有关键成功因素法（Key/Critical Success Factors，K/CSF）、企业系统规划法（Business Systems Planning，BSP）、战略目标集转化法（Strategy Set Transformation，SST）和战略一致性模型（Strategy Alignment Model，SAM），此外还有应用系统组合法（Application Portfolio Approach，APA）、信息工程法（Information Engineering，IE）、战略栅格法（Strategic Grid，SG）、战略系统规划法（Strategic System Planning，SSP）、价值链分析法（Value Chain Analysis，VCA）等。本书讲解前四种。

7.2.1　KSF 或 CSF——关键成功因素法

1970 年，美国哈佛大学的教授威廉姆·泽尼（William Zani）提出了以**关键成功因素（Key Success Factors，KSF**，也经常写成 **Critical Success Factors，CSF**）为依据来确定系统需求的一种信息系统总体规划的方法。10 年后，麻省理工大学教授约翰·罗卡特（John Rockart）把 KSF 提升为管理信息系统的战略，用以满足高层管理的信息需求，特别是解决那些每月收到大量计算机生成的报表，却几乎找不到任何有价值信息的问题。

所谓关键成功因素，是指那些对组织能否成功实现目标起决定作用的因素。关键成功因素法就是通过分析，找出这些关键因素，然后再围绕它们来确定系统的需求，并进行规划的过程。它包括以下几个步骤。

（1）确定组织的战略目标。

（2）识别所有成功因素。主要是分析影响战略目标的各种因素和影响这些因素的子因素。

（3）确定关键成功因素。不同行业的关键成功因素各不相同。即使是同一个行业的组织，由于各自所处的外部环境的差异和内部条件的不同，其关键成功因素也不尽相同。

（4）确定各关键成功因素的性能指标和评估标准的数据。

详见图 7.4 所示。

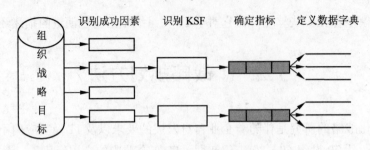

图 7.4　关键成功因素法

关键成功因素法的初始目标是帮助高层管理者确定他们所需的信息，以进行有效的规划和控制。

对于关键成功因素的性能指标和评价标准，常常用**关键业绩指标（Key Performance Indicator，KPI）**来描述和度量。它是把对业绩的评估简化为对几个关键指标的考核，把员工的绩效与关键指标进行比较的评估方法。关键业绩指标必须符合 **SMART** 原则，即：具体（Specific）、可度量（Measurable）、可实现（Achievable）、相关性（Relevant）和时限性（Time-based）。这种方法的优点是标准比较鲜明，易于做出评估；缺点是对简单的工作制定标准难度较大，缺乏一定的定量性；而且只考虑一些关键指标，对于其他内容缺少评估。

利用关键成功因素法，可将公司财务战略绩效评价指标体系分为以下三个层面。

第一个层面为财务战略层。按照公司财务战略组成内容的不同，这一层面又分为筹资战略、投资战略和股利分配战略。

第二个层面为关键因素层。关键因素是指在评级体系中对评价成功起关键作用的因素。对于公司财务战略绩效评价来说，其评价的核心内容是对各财务战略实施的投入产出效率的评价，具体表现为以下两个方面。

（1）各项财务战略实施能否使公司资金使用效率最大化。

（2）各项财务战略实施能否使公司保持良好的财务关系。

因此，可选取资金效率、资金风险、资金成本和财务关系为关键因素，围绕这四个因素综合确定公司财务战略的绩效。

第三个层面为关键业绩指标层。这里的关键业绩指标是能反映某一关键因素财务本质的重点指标。该指标层既包括定量的财务类指标，也包括定性的非财务类指标。其中定量指标主要反映各财务战略实施的成本与效果，如资金成本、总资产周转率等。定性指标主要反映战略方向、财务关系以及战略与环境的适应性等内容，如优势与劣势、公司提供信息的及时性与有用性等指标。因此，该指标体系为定量指标与定性指标的有机结合体。这一层面，将关键因素分解为具体的财务战略评价指标。这三个层面之间的关系如图 7.5 所示。

图 7.5　财务战略三层绩效评价指标体系

　　在进行 IT 战略规划时，首先要了解企业的发展战略及相关问题，然后是识别企业的关键成功因素及性能指标和评价标准，再围绕这些因素确定信息系统需求，进行信息系统规划，最终促进企业战略目标的实现。这个过程形成了一个闭环，如图 7.6 所示。

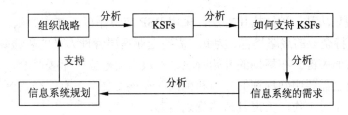

图 7.6　用关键成功因素法进行信息系统规划

　　关键成功因素法的优点是能够突出重点因素，并为这些因素建立良好的衡量标准。然后据此开发对管理者有意义的数据库和信息系统，这样就可以限制收集和分析那些非必要数据的成本。

　　但关键成功因素法的缺点是相对粗糙，它过分注重管理者而不是整个组织的信息需求，而且没有推荐或采用一种数据结构来完成 IT 战略规划和信息需求分析。

7.2.2　BSP——企业系统规划法

　　20 世纪 70 年代，IBM 公司提出了**企业系统规划法（Business Systems Planning, BSP）**，旨在帮助企业制定信息系统的规划，以满足企业近期和长期的信息需求。BSP 是较早运用面向过程管理思想的 IT 规划方法，也是目前影响最广的方法。其基本思路是要求所建立的信息系统支持企业目标，表达所有管理层次的要求，向企业提供一致性信息，对组织机构的变革要具有适应性，即把企业目标转化为信息系统战略的全过程。

1. BSP 的思路和优点

　　BSP 从企业目标入手，逐步将企业目标转化为管理信息系统的目标和结构，从而更好地促进企业目标的实现。图 7.7 是企业系统规划法的思路。

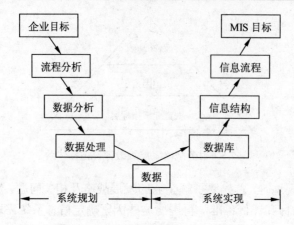

图 7.7　企业系统规划法的主要思路

企业系统规划法是一种结构化方法，采用 BSP 应遵循以下基本原则。

（1）必须支持企业的战略目标。为此，需要企业高层管理人员的积极参与和大力支持，这也是规划成败的关键。在规划的开始阶段，一般需要建立一个委员会，由企业高层管理人员组成。委员会需要明确规划的方向和范围。在该委员会下有一个规划组（或项目组），在战略规划阶段全时工作，负责具体的规划活动。

（2）应当表达出企业各个管理层次的需求。这不仅需要设置委员会和规划组，还需要调查人员深入各个管理层次，详细调查。

（3）应该向整个企业提供一致信息，信息需要结构化。

（4）应该经得起组织机构和管理体制的变化。使信息系统具有对环境变更的适应性。即使将来企业的组织机构或管理体制发生变化，信息系统的体系结构也不会受到太大的冲击。

（5）先"自上而下"识别和分析，再"自下而上"设计。

2．BSP 的工作步骤

用 BSP 制定规划是一项系统工程，具体的工作步骤如下。

（1）**准备工作**。成立由最高领导牵头的委员会，下设一个规划研究组，并提出工作计划。

（2）**调研**。规划组成员通过查阅资料，深入各级管理层，了解企业有关决策过程、组织职能和部门的主要活动和存在的主要问题。

（3）**定义业务流程**（又称业务过程、企业过程或管理功能组）。这是 BSP 方法的核心。

（4）**业务流程再造（BPR）**。在现有业务流程的基础上，找出哪些流程是正确的；哪些流程是低效的，需要在信息技术支持下进行优化处理；还有哪些流程不适合采用计算机信息处理，应当取消。

（5）**定义数据类**。数据类是指支持业务过程所必需的逻辑上的相关数据。对数据的分类是按业务过程进行的，即分别从各项业务过程的角度将与该业务过程有关的输入数据和输出数据按逻辑相关性整理出来归纳成数据类。

（6）**定义信息系统的总体结构**。目的是刻画未来信息系统的框架和相应的数据类。其主要工作是划分子系统。

（7）**确定总体结构中的优先顺序**。即对信息系统总体结构中的子系统，按先后顺序排出开发顺序。

（8）**完成 BSP 研究报告，提出建议书和开发计划**。

BSP 的实施步骤如图 7.8 所示。

企业系统规划法的优点是可以制定出企业未来信息系统的总体规划，保证信息系统独立于企业的组织结构。但它有以下问题。

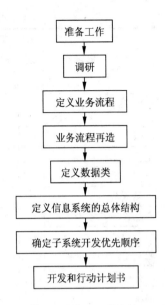

图 7.8　BSP 的主要思路

（1）BSP 的核心是识别业务流程。但在识别流程阶段过于注重局部，没有强调从全局上描述整个企业的业务流程。在定义数据类时，同样没有从全局上考虑整个数据流程。

（2）BSP 在需求分析阶段带有一定的盲目性。例如在识别流程时，它要求尽可能地列出更多流程，导致后期分析工作艰巨，也因此增加了对企业问题的评价和子系统划分的难度。

3. U/C 矩阵

BSP 法将流程和数据类两者作为定义企业信息系统总体结构的基础，具体做法是利用 U/C（Use/Create）矩阵，这是 IBM 公司于 20 世纪 70 年代初伴随 BSP 提出的一种系统化的聚类分析方法。

具体过程是，首先要进行系统化的分析，建立一个矩阵，矩阵中的列表示数据类，行表示业务流程（反过来也行，不影响本质）。然后在矩阵中填入字母 U（Use）或 C（Create），表示相应过程对相应数据类的使用和创建。如果某流程既不创建也不使用某类数据，相应交叉点就什么都不填。第三步就是调整矩阵行列位置，让"C"尽量处于对角线上，并让尽量多的"U"靠近"C"，从而划分出子系统。因为"U"和"C"靠近的业务如果划到一个部门里，可以提高工作效率。

【**例 1**】　某公司对其业务和数据进行调查，划分出 16 个数据类和 18 项业务流程，如表 7.1 所示。

在表 7.1 中，已经填上了"U"和"C"，表示某项业务使用某类数据。然后调换各行和各列的位置，让"C"尽量处于对角线上，并让尽量多的"U"靠近"C"，进而划分出子系统，如表 7.2 所示。

表 7.1　U/C 矩阵（1）

业务功能 ＼ 数据类	计划	客户	订货	产品	零件规格	原材料库存	成品库存	工作令	机器负荷	材料供应	操作顺序	材料表	销售区域	成本	财务	职工
经营计划	C													U	U	
生产能力计划								C	U	U						
资产规模															U	
产品预测	U	U		U									U			
产品设计开发		U		C	C							U				
财务规划	U													U	C	U
产品工艺				U	U	U						C				
库存控制						C	C	U		U						
调度				U				C	U							
发运			U	U			U									
材料需求				U						C		U				
销售区域管理		C	U	U												
销售		U	U	U									C			
订货服务		U	C	U												
通用会计		U														U
操作顺序									U	U	U	C				
成本会计			U											C		
人员计划															C	
招聘/考核																U

本例只是一个很粗略的例子，在实际应用中，U/C 矩阵可能会很复杂。

建立 U/C 矩阵后，一定要对 U/C 矩阵的正确性进行以下三方面的检验。

（1）完备性检验。具体的数据项（或类）必须有一个产生者（即"C"）和至少一个使用者（即"U"），否则 U/C 矩阵是不完备的。这个检验可使我们及时发现表中的功能或数据项的划分是否合理，以及"U"、"C"元素有无填错或填漏的现象。

（2）一致性检验。是指对具体的数据类，有且仅有一个产生者（"C"）。

如果某类数据有多个产生者，将会给后续开发工作带来混乱。

（3）无冗余性检验。即表中不允许有空行空列。

U/C 矩阵的优点是提供了一种结构化的方法来划分子系统，缺点是只适合中小组织分析或大型组织的粗略分析。因为大型组织至少有几百类数据和上千种业务，画 U/C 矩阵将使工作量呈指数增加，甚至根本画不出来。如果先分成若干个小型组织，然后再用 U/C 矩阵分别求解，则事先划分的小型组织是否合理，将缺乏理论上的证明，只能靠人的洞察力去判断。

表 7.2　U/C 矩阵（2）

业务功能	数据类	计划	财务	产品	零件规格	材料表	原材料库存	成品库存	工作令	机器负荷	材料供应	操作顺序	客户	销售区域	订货	成本	职工
经营计划	经营计划	C	U											U			
	财务规划	U	C													U	U
	资产规模		U														
技术准备	产品预测	U		U									U	U			
	产品设计开发			C	C	U							U				
	产品工艺			U	U	C	U										
生产制造	库存控制						C	C	U		U						
	调度			U					C	U							
	生产能力计划									C	U	U					
	材料需求			U		U					C						
	操作顺序								U	U	U	C					
销售	销售区域管理			U									C		U		
	销售			U									U	C	U		
	订货服务			U									U		C		
	发运			U				U							U		
财会	通用会计			U									U				U
	成本会计														U	C	
人事	人员计划															C	
	招聘/考核															U	

7.2.3　SST——战略目标集转化法

战略目标集转化法（**Strategy Set Transformation，SST**）是威廉·金（William King）

于 1978 年提出的，该方法把战略目标看成一个信息集合，识别组织的战略集合，然后转化为 IT 战略。使用战略目标集转化法可以分以下两步走。

（1）需要识别组织的战略目标集合。

组织的总体战略目标在通常情况下均可以分解为几项主要的支持性子目标，而这些更为具体的子目标需要企业的某些主要业务流程的支持，才能在一定程度上达成。因此，在本环节需要完成以下工作。

（1）组织高层确立总体战略目标。

（2）由组织（中）高层将战略目标分解为主要的支持性子目标。

（3）将组织的主要业务流程与支持性子目标之间建立关联。

在分解战略目标时，可采用按部门分解的层次图方式，如图 7.9 所示。

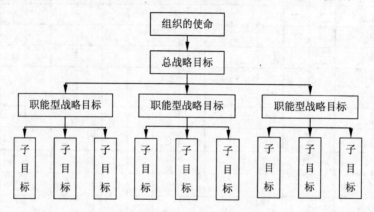

图 7.9　按职能部门分解战略目标

但考虑到可能会进行业务流程和部门重组，所以更常用的是采用鱼骨图[①]方式，如图 7.10 所示。

在分解战略目标时要考虑人的因素。具体地说，要描绘出组织各类人员的结构（如经理、雇员、顾客、供应商、竞争者等），识别每类人员的目标、使命和战略。

（2）将组织的战略集合转化为 IT 战略。 IT 战略包括目标、约束、设计原则等。转化过程包括对应组织战略集的每个元素识别对应的 IT 战略约束，然后提出整个信息系统的结构，如图 7.11 所示。

战略目标集转化法从不同类别人员的角度识别管理目标，反映了不同层次的需求，然后把这些需求转化为信息化战略。由于从不同层次出发，所以该方法能保证目标比较全面，疏漏较少。但是，也正由于需要考虑不同层次人员的需求，该方法在使用过程中不能突出

---

① 鱼骨图是由日本质量管理专家石川馨发明的，因此又叫石川图。通过集思广益，找到问题的各种因素，并按照关联性整理成层次分明、条理清楚的图形，因其形状如鱼骨，所以叫鱼骨图。它是一种透过现象看本质的分析方法。

战略的重点。

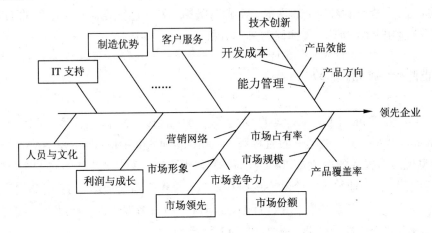

图 7.10　战略目标分解鱼骨图方式示例

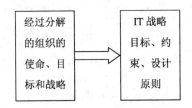

图 7.11　战略目标转化图

KSF、BSP、SST 三种方法的比较

现在比较一下这三种 IT 战略规划方法。

KSF 法能抓住主要矛盾，突出重点。用 KSF 法所确定的目标和传统的方法衔接得比较好，但是一般只对管理者有利。

BSP 法虽然也首先强调目标，但它没有明显的目标引出过程，而是通过管理人员对业务流程的分析，得到 IT 战略目标。组织目标到 IT 战略目标的转换，可以通过 U/C 矩阵分析得到，但绝不能把 BSP 法的中心内容当成 U/C 矩阵。

SST 法反映了各种人的需求，而不是只反映管理者的需求。而且，SST 法给出了按这种要求分层，然后转化为信息系统目标的结构化方法。它能保证目标比较全面，疏漏较少，但它在突出重点方面不如 KSF 法。

可以把这三种方法结合起来使用，叫做"CSB 法"（即 CSF、SST 和 BSP 结合）：先用 KSF 方法确定组织目标，然后用 SST 方法补充完善，并将这些目标转化为信息系统目标；用 BSP 方法校核两个目标，并确定信息系统的结构，这样就弥补了单个方法的不足。当然，这也削弱了单个方法的灵活性，使得 IT 战略规划过于复杂。

应该说，迄今为止，IT 战略规划还没有一种十全十美的方法。由于战略规划本身的非结构性，可能永远也找不到一个通用的、步骤明确的方法。进行任何一个组织的 IT 战略规划，都要灵活运用所学知识，具体问题具体分析。

7.2.4　战略一致性模型

1993 年，美国麻省理工大学的汉德森（Henderson）和印度学者文卡特拉曼（Venkatraman）等人提出了**战略一致性模型（Strategic Alignment Model，SAM）**。两人认为，企业信息化战略投入的价值难以体现的首要原因在于企业的运营战略与 IT 战略之间缺少一致性关系，而且企业缺少一个动态的操作流程，来保证运营战略与 IT 战略之间持久的一致性关系。因此，他们提出了一套进行 IT 战略规划的思考架构，以帮助企业实现业务战略与信息化战略的一致性，框架结构如图 7.12 所示。

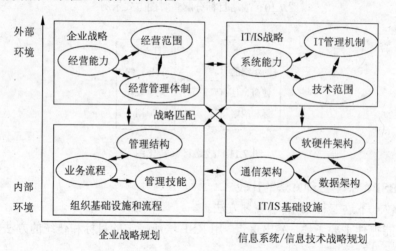

图 7.12　战略一致性模型

两人认为，战略一致性包括"内容"和"过程"两个方面。前者指 IT 战略规划与企业战略规划中需要达到一致性的要素，如组织结构、IS 结构、IT 基础设施、企业战略类型、管理模式、IT 人员等；后者则是战略一致性的实现路径，即企业战略规划与 IT 战略规划的具体实现手段，如 K/CSF、BSP、SST 等。

然后，汉德森认为各种战略对应的模型和方法，事实上都是以权变思想为基础的竞争模型，即内容和结构必须在某种程度上相互适应，这样才是企业获得良好绩效的前提。在此基础上，他们提出的模型得到了学者们的广泛认可，经常被称为 Henderson-Venkatraman SAM，简称为 SAM。

1．SAM 的四大域及相互关系

在 SAM 模型中包含四个域：企业战略、IT/IS（Information System）战略、组织基础设施和流程、IT/IS 基础设施。

（1）企业战略是指一个公司对产品和市场在竞争领域的定位选择问题，包括企业的经营范围、经营能力和管理机制三个方面。

（2）IT/IS（Information System）战略是指企业在 IT 市场中的定位选择，包括企业对 IT 技术的范围、系统能力和管理机制方面的选择。

（3）组织流程构架是指企业的内部资源，它对企业所选择的市场竞争战略提供有效的支持，体现资源整合战略观，包括管理基础设施、业务流程、管理技能三个方面。

（4）IT/IS 基础设施包括软硬件设施、通信系统架构和技术基础设施的数据架构三个方面，它根据业务运作和 IT 战略来确定企业目前和未来的信息系统的应用需求。

传统的思维方式可能会割裂图 7.12 中左右部分的联系。相比之下，战略一致性模型要求，企业的信息主管（往往是 CIO 或 CTO）不能只把目光停留在右上角的 IT 战略方格内，而更应该考虑它与其他三者间的相互关系和影响。

2．信息化建设的三条路线

参照战略一致性模型，企业在进行信息化建设时，会采取以下三种不同的路线。

（1）根据现有的业务流程和组织直接提出信息化需求，信息技术部门按照业务部门各自的需求分别实施。如财务部门提出财务电算化的需求，运作部门提出库存管理的需求，信息技术部门会分别独立实施，即各部门的组织与业务流程→信息架构。这是处于信息化管理初级阶段的企业的典型做法，类似于原型法，基本上对应了诺兰模型的前两个阶段。

（2）企业制定整体的经营战略，业务部门根据公司经营战略和目标的指导，对现有的业务流程和组织进行变革（业务流程再造与组织重构）。然后由不同的业务部门分别提出信息化需求，分别独立地与信息技术部门协作实施，即经营战略→分别考虑组织与业务流程→信息架构。

（3）企业根据整体的经营战略，通盘考虑组织和业务流程，确定各业务部门的信息化需求，制定全局的信息技术战略，统一规划，分步实施。即经营战略→通盘考虑组织与业务流程→信息技术战略→信息架构。这种方法，本质上等同于结构化生命周期法。

这三条路线的比较如表 7.3 所示。

表 7.3　战略一致性路线比较

	路线 1	路线 2	路线 3
IT 投资与企业战略的一致	未考虑	有所考虑	考虑
业务流程和组织的优化	未考虑	考虑	考虑
信息架构的集成	未考虑	未考虑	考虑
信息架构的应变能力	未考虑	未考虑	考虑

不难看出，只有路线（3）整体考虑了信息技术应用过程中的三个重要影响因素：企业经营战略、业务流程与组织、信息架构（集成和应变能力）。而 IT 战略如同桥梁，使企业信息化建设、信息系统的架构与企业经营战略保持一致。

因此，企业和组织应根据自己的战略，认真审视信息与信息技术的作用，思考自身发展的规划。战略规划是非结构化决策。每个企业在组织结构、企业文化、企业 IT 经验、信息资源可用性方面都不相同，因此提出一种通用的、十全十美的规划方法是不可能的。对于企业来说，重要的是具体情况具体分析，从各种方法中选取可取的思想，加以灵活应用，保持 IT 战略与组织发展战略的协调一致。

7.2.5 案例：X 公司的 IT 战略规划过程

1. 项目背景

X 公司是体育用品服装企业，其核心竞争力表现在以下几个方面。

（1）具有敏锐的市场感知和快速响应能力。X 公司现在的模式基本上是基于对市场预先的判断而开发产品，通过营销手段来促进产品销售。

（2）具有很强的产品研发能力和管理能力。

（3）具备快速高效的供应链运作能力。

（4）对企业运营过程具有强大的控制能力。

X 公司正处于快速发展之中，正在形成和强化品牌商的定位，产品销售采用区域总代理模式。以前公司已经应用了一系列 IT 产品，现在迫切需要升级换代，以适应未来的发展。

公司高层对 X 公司的 IT 建设高度重视，在 IT 建设方面更是投入了很大的精力和支持，多次强调 IT 是 X 公司二次创业的关键所在。因此，公司在 2009 年末启动 IT 规划项目，请咨询公司一起进行全面规划，包括 IT 现状评估、IT 未来蓝图规划、投资预算、实施步骤等多个方面。

2. 目前的问题

咨询公司经过调研，发现 X 公司目前有以下问题。

（1）IT 战略不清晰。IT 战略与业务战略难以互动，IT 战略不能很好地支撑公司业务高速发展，不能支撑公司多工厂、多生产模式、品牌运营和区域总代理模式。

（2）IT 实施策略不明确。公司业务管理对 IT 的需求与 IT 建设太不协调，业务部门对 IT 的效果不满意，IT 建设对业务管理的引导能力弱。

（3）IT 组织建设不完善。尚未建立统一的 IT 部门，IT 人员由业务部门管理，考核权也在业务部门，IT 人员对业务的理解和对 IT 的理解都不够深入。

3. IT 战略规划

根据 X 公司的特点，咨询公司制定了 IT 战略规划，分三个阶段实施。

第一，基于 X 公司未来 3~5 年的发展战略，制定 IT 战略、IT 建设方向和 IT 技术发展方向，并且该方向可以根据每年根据业务发展的需要进行更新。

具体来说，在制定 X 公司的 IT 规划过程中，明确方向就是要解决以下三个问题。

（1）建成什么样的 IT 系统？也就是通常所说的管理信息化愿景。根据 X 公司的经营管理模式，硬件结构初步定为每个工厂和区域中心都建立一个局域网，数据中心放在总部，各局域网都连在 Internet 上，和总部随时交换信息。这样的结构比较灵活，便于局部调整和扩充。

（2）花多少钱？也就是投资估算，这是非常重要的。愿景都是美好的，但要花多大代价才能做到，是否值得，这需要判断 IT 战略规划中每个应用系统的商业价值。X 公司的年营收在 10 亿元以上，进行 IT 建设投资规模一般都在 3000 万元以上。因此咨询公司经过调查，初步确认项目总体投资 3000 万元。

（3）如何建成？也就是所谓的项目规划，实际上也就是 X 公司 IT 建设的行动规划。该行动规划不仅仅是 IT 项目建设的规划，还必须考虑 X 公司相应的管理变革；同时需要仔细划分每个子项目的边界，明确各个子项目的目标、范围、各项目的逻辑和时间关系。另外还应当注意的是，信息化建设的周期一般为 1~2 年，投资估算和项目规划一起构成了未来 1~2 年的投资计划。

咨询公司建议，先用三个月时间考察国内 ERP 厂商的现有软件，进行软件和硬件选型，然后 ERP 厂商参与进来，进行需求分析和具体的二次开发工作，为期半年到 9 个月，然后就是软件的试运行，为期 3 个月，最后是上线运行。

第二，公司高层方面达成业务管理和 IT 投资的共识。摒弃众多只应用于各个部门（人力资源、会计等部门）之内的垂直式数据孤岛，取而代之以一个服务于整个企业的水平式技术平台。

凝聚共识包含业务管理和 IT 应用两方面。在 X 公司，虽然高层管理团队已经对信息化下了决心，但仍能听到各种反对声音，这在信息化建设的初期是很常见的现象。其中大多是由于沟通不够、认识不足、观念未转变，对信息化建设的指导思想、工作原则、关键成功因素、重点应用领域等没有达成共识。按照 IT 规划，理清企业管理提升和信息化应用的总体方向，客观分析当前所处的位置，理智分析当前和未来之间的差距，然后制定策略、明确原则、给出路线，再明确每一个信息化建设的项目之间的时序关系和依赖关系，并落实每一个信息化建设的项目的里程碑。关键是不断采集意见、论证探讨，主旋律就是："沟通、沟通、再沟通"。

IT 规划既是一个成果，也是一个过程，是对企业战略、组织、流程、数据/信息/情报、应用系统和信息技术的系统性思考，以达成共识、降低风险、节约成本。制定 IT 规划的过程，是公司上下对"IT支撑管理"的沟通、碰撞。IT规划项目及其团队，是管理信息化的播种机、宣传队、开路先锋。

第三，组建项目组，以绩效为导向，规避风险，逐步落实。这是对IT建设蓝图、实施策略、资源计划和责任人的落实与跟进。对于X公司而言，IT规划如何才能落到实处？关键是一把手支持，找对人、做对事。

根据对国内外IT管理模式的研究，IT部门的组织结构比较有代表性的是分散模式、集中模式、混合模式和外包模式。X公司建立了集中模式的IT部门，对各个分公司或各中心的IT进行强有力的直接管理，从资金、人员、资源调配等各个方面进行规范和统筹。

对于IT部门而言，其指导性原则是：理顺信息管理组织体系，保证IT资产的有效利用。X公司的CIO在人力资源部门的帮助下，按照各部门的具体业务，制定了一套比较合理有效的绩效考评体系。

目前IT规划方案已经在X公司展开实施。按照方案的思路，X公司计划在未来两年内在IT方面投资3000万元，建设能够支撑公司战略的ERP系统。经过咨询公司的培训，公司高层对IT建设投资、计划、实施和资源等有了全新的认识。

如果IT战略规划失败，一般来说是由于提供的资源不足、战略实施不完整、缺乏高层支持、涉及时间过短或过长、用户参与度不够等。尽管上述这些问题和障碍都集中在IT战略规划上，但许多都源于业务战略。由于业务部门过于关注当前需要解决的问题，往往不能将战略观点融入到他们的规划中。这就需要在实际的战略规划和实施中加以引导和纠正，公司高层（包括CIO）要协助业务部门，将战略转变为有效而具体的行动方案。只有这样，才能避免在信息化战略规划和实施中容易发生的种种问题，才能保证战略的最终实现。

7.3　需　求　分　析

IT战略规划完成后，就要进行更具体的工作——需求分析了。

7.3.1　需求分析概论

所谓需求分析（**Requirements Analysis，Demand Analysis，Analysis of Demand**），就是对企业的组织结构、业务流程进行极为详细的分析，包括各个部门的具体业务、业务流程各环节的处理细节、输入什么数据、得到什么结果、经过什么人审批，都要进行仔细分析。

虽然在IT战略规划中已经进行了可行性研究，粗略了解了用户的需求，甚至还提出了一些方案，但是，可行性研究的基本目的是用较小的成本、在较短的时间内确定是否存在可行的解法，因此许多细节被忽略了。然而在进行具体的 IT 建设时，却不能遗漏任何一个微小的细节，所以可行性研究并不能代替需求分析，它实际上并没有准确地回答"系统必须做什么？"的问题。

需求分析的任务并不是确定系统该"怎么做"的问题，这是下一步系统分析与设计（又叫系统开发）的工作。也就是说，需求分析确定"做什么"，是系统开发的基础，系统开发确定"怎么做"。

需求分析的质量，关系到系统开发的成败和最终信息化建设的成败。

1．需求分析的特点

需求分析是一项重要的工作，也是最困难的工作。该阶段工作有以下特点。

（1）用户与开发人员很难进行交流。

目前，我国的需求分析一般是由软件开发人员对企业的业务活动进行分析。软件开发人员不一定了解具体业务，又不可能在短期内搞清楚；而用户不熟悉计算机应用的有关问题，加上担心上马了 MIS 后自己会丢掉饭碗，所以可能不愿意配合，交流时存在障碍。

因此，在需求分析前对用户进行教育和培训是很有必要的。

（2）用户的需求是动态变化的。

对于一个大型组织来说，用户很难精确完整地提出它的功能和性能要求。一开始只能提出一个大概、模糊的要求，只有经过长时间的反复认识才能逐步明确。用户经常会在系统开发甚至软件试运行时，还提出新的要求，这无疑会给软件开发带来困难。

（3）系统变更的代价呈非线性增长。

需求分析是软件开发的基础。假定在该阶段发现一个错误，解决它需要用一小时的时间，到设计、编程、测试和维护阶段解决，则要花几倍甚至几十倍的时间。

因此，需求分析一定要充分和用户沟通，要做得非常细致。

2．需求分析阶段的工作任务

一般来说，需求分析需要按顺序做以下工作。

（1）了解组织结构。

组织结构是一个组织（企业、部门等）的组成以及各组成部分之间隶属关系的结构，通常用组织结构图来表示。

对于大企业来说，组织结构图很复杂，因此需要分层次来画。例如可以把工厂作为一个实体，画在企业的顶级组织结构图中，然后对于工厂内部再画详细的组织结构图。图 7.13 就是某房地产公司的组织结构图。

（2）了解业务流程。

要详细了解各个业务流程。如果企业的业务流程很多，可以从核心部门和核心流程开始，例如从仓储物流开始，然后由里到外，由主要到次要，逐渐调查完所有业务流程。

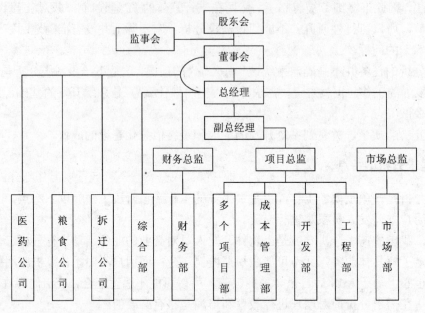

图 7.13　组织结构图

在调查业务流程时，要注意物料的变换（如原料加工得到阶段性产品），注意数据的产生、变换和存储，注意业务单据的流向，注意业务流程各阶段的责任人，他们的责任是什么，会对业务流程产生什么影响（如审批通过或不通过）。因此在调查业务流程时，要画**业务流程图、数据流程图和 E-R 图**。本节将分小节详细讲解这些内容。

了解业务流程的目的是：深刻理解企业的各种运作细节，为系统开发做准备；并要发现不合理的流程，为业务流程再造做准备。

（3）建立物料编码体系。

企业中有原料、产品、零件等多种实体，为了在 MIS 中将各种实体区分开，并为了方便信息的存储、检索和使用，必须对它们进行编码，即用不同的代码与各种物料建立一一对应的关系。

在 ERP 等 MIS 系统中，编码体系一旦建立就不可更改，因为它是辨别各种物料的基石。因此，对实体尤其是工业生产中的产品、零部件进行编码，一开始就要统筹规划。这是一项很繁琐的工作，但如果了解业务流程的工作做得好，会对建立良好的编码体系有极大帮助。

关于编码体系的详细内容，将在本节讲解。

（4）进行业务流程再造（BPR）和组织机构调整。

在进行物料编码的同时或后期，可以针对目前企业的问题，调整业务流程和组织结构。当然，可能也要适当对物料编码进行修改。

前面早已讲过，BPR 是企业信息化的成败关键。如果企业不能让先进的软硬件技术充分发挥作用，而是让 ERP 等 MIS 系统去适合现有的落后管理体制，信息化建设基本会失败。

BPR 在本书 5.3.3 节已经详细讲过，不再赘述。在进行组织机构调整时要注意以下方面。

① 要以流程尤其是重要流程为中心，以充分提高流程工作效率。

② 清晰界定负责人的岗位职责。

③ 实现现有人力资源的高效配置。

进行完 BPR 和机构调整后，企业已经为上马新的 MIS 做好了管理上的准备。此时，如果需求分析是由软件公司做的，就要**提交一份需求分析报告，包括以上几部分内容，以确定项目的精确范围**，由客户签字生效；如果需求分析是企业内部的信息部门做的，也要由高层领导签字生效。签字的目的，是在一定时期内固化需求，不能进行大的改动了，否则会严重影响后续工作。

图 7.13 是某房地产公司以前的组织架构。由于同时上马的房地产项目越 来越多，所以管理起来越来越不方便。该组织结构存在以下问题。

（1）缺乏多项目统领管理的部门。

（2）职能部与项目部管理定位不明晰。

（3）单项目策划功能缺失。

由此还产生了新的管理问题，例如公司多项目管理中的计划管理、成本管理、进度控制都存在不少问题。因此，咨询公司在深入了解企业管理之后，构建了企业"职能制＋项目制"的复合组织结构，突出解决了统筹和管控企业多项目运作的问题。主要变动有以下几个方面。

（1）在企业管理层面设立项目管理中心，负责多项目管理。

（2）将原来的工程部改制为项目管理部，统一协调项目实施阶段的管理，包括质量管理、安全管理、文明施工等，以及多项目之间与规划、预算、市场部门之间的衔接协调。

（3）完善企业项目管理矩阵式组织格局。

（4）完善职责和梳理流程。

改造后的组织结构如图 7.14 所示。

7.3.2　控制客户的需求

企业在进行信息化建设时，一定要在需求分析阶段配合开发人员和咨询公司的调研工作，认真做好需求分析。如果企业自身不重视，今后提出大的改动，所有相关方都会非常疲惫和烦恼。本节将站在软件公司的立场，看看它们该如何控制用户的需求。本节主要内容来自刘义军 2004 年 3 月在网上发表的关于需求控制的文章，写得非常精彩，本书作者仅做了稍许改动。我们学习之后，可以更全面地了解需求分析。

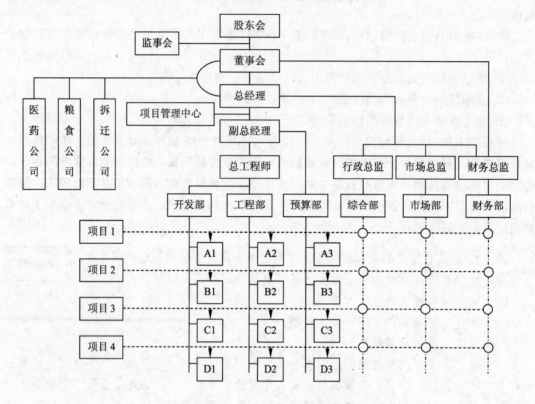

图7.14　调整后的组织结构图

凡是做过不止一个国内项目的项目主管人员，可能都经历过这种场合：公司的销售人员兴冲冲地拿来一份与客户签订的合同交给你，声称这项目又搞定了，但是当你拿过合同（或者任务委托书）来一看，关于项目范围的说明只有寥寥数行，要么是一些高举高打的套话，要么只说项目都包含什么样的模块，而对具体的业务只是一两句话就完事儿了，假如是一位身经百战的管理者，并且对于项目的具体业务还比较熟悉，那还可以。但如果不是这样，该如何开始这个项目呢？还有一种情况，客户在项目进程中，不断对移交的系统提出修改意见；更可气的是，有些问题开始提出更改，某一天客户忽然发现情况不对，又要求你给改回来，看起来客户的需求总是无穷无尽，作为项目的承担者该如何应对这种令人沮丧的局面呢？

1．客户需求为何过度膨胀

作为项目的承担者，在规定时间内用有限的资源来保质保量地完成项目，让公司和最终客户都满意，是其神圣职责。但是为了让客户满意，就要满意客户所有的需求吗？不断满足客户的需求会不会导致项目失败？那又该怎么办？为了弄清楚这些问题，首先应该找到这些问题发生的根源。

（1）签订合约的时候，项目范围描述不清楚。

这是最常见的问题之一，也正是由于早期的这些问题没有引起项目组的足够重视，导致后期项目无穷无尽地修改。

（2）客户和项目组对写成纸面文件的需求理解不一致。

这种情况也较常见，虽然客户已经确认了项目组提交的项目范围说明书，项目组也是完全按照这个文件规定的内容做的，但是客户还要求改，当项目组拿着纸面的文件与客户对质的时候，才发现客户也认可该需求。但是同一件事情，客户的认知和项目组的认知完全不同。举个简单的例子：客户要求系统能够电子签名，项目组的成员就模拟了一个能够在系统中自动产生客户的签名，但是当移交给客户时才发现，客户要求的电子签名实际上是想把原来手写签名的工作也移植到电子化的系统中，让领导能够通过画图的方式，在文档中应该签字的地方产生一个手写签名！有时候就是当初一点点疏忽，导致项目后期大量修改甚至项目延期。

（3）客户总有在结项之前把每一件事情都做得淋漓尽致的初衷。

一般来讲，在项目结项之前，客户都会把所有的想法尽量逼着项目组解决，因为一般的客户都会这么想：一旦结项了，再想找项目组成员对业务系统进行修改可就难了。因为IT 公司人员流动性强的特点，即便以后能够找到承包商，当初做项目的项目组成员也不一定在了；或者很多公司因为业务繁忙，已经顾不得原来已经结款的客户了。

（4）项目组人员总是无条件迁就客户，对客户有求必应。

这种做法的出发点是好的，但是实际上不一定能达到目的。一般的客户需求都是无底洞，这样做会对整个项目带来很多负面影响。当然，假如过分控制客户的需求，客户肯定也不会满意。

2．解决办法

针对上述项目问题以及发生的原因，结合以前一些项目的经验教训，我感觉可以通过以下几点来有效屏蔽客户需求过度膨胀的问题，让项目完成得更加漂亮。

（1）未雨绸缪。

项目初期一定要制定清楚的目标和项目范围，并且让项目主要相关人（最重要的当然是最终客户了）确认。

不管通过什么途径得到的项目，作为项目主管，在项目前期可以分三步走。

第一个想到的问题应该是"为什么"，也就是客户做项目的目的。知道这些以后，才能在工作中更加想客户所想，不至于方向错误，最终争取达到双赢的局面。

知道了"为什么"以后，接下来就要非常清楚地知道"做什么"。一个比较好的办法是用一两句非常简洁的话概括出整个项目，并且能够用这种方法概括出项目的各个子任务，并且能够让前台业务人员和后台研发人员都心领神会，说明项目主管对项目的内容在大方向上已经有很好的把握了。

最后就要弄明白"怎么做"了。对于比较生疏的项目来讲，这一阶段工作量比较大，在这个阶段多花点精力绝对值得。当然，根据具体的情况，也可以在需求分析阶段简化一些不必要的工作，这需要项目主管具备平衡那些彼此冲突的项目目标的能力。

值得注意的是，在需求整理完毕、形成文档以后，最好先让项目组人员把自己总结的需求跟客户具体地讲一遍。在实际操作中，这种做法不仅能够把项目人员与客户在业务层面的歧义问题数量大大降低，还可以很好地发现潜在的问题，并且把握一些沟通技巧，也会让客户更深刻地感觉到软件商对他们的重视。另外，假如项目前期的需求分析人员对技术不了解，根据实际情况，最好在需求每次提交给客户前与研发人员沟通，以便更加准确地界定工作量，避免给客户不必要的承诺。

总之，有效计算出项目范围将会占用一定的时间，但是同样会节省资源、资金，避免项目今后出现令人头疼的问题。

另外一个很值得注重的问题是：项目的需求经过几次确认后，要让有权力的客户确认，最好有书面签字。这个有说服力的文件会在以后客户发生需求变更的时候起到很好的作用。很显然，因为客户已经签字确认，总是反悔肯定理亏，即便因为业务变化，不得不对项目进行大的调整，以至于项目延期，也会使项目组处于有利地位，不至于让自己的公司非常不满，甚至可以以此为依据来要求客户重新考虑项目经费。

当然，对于客户来讲，能听到项目组人员对需求分析的详细讲解，可以更好地理解需求，也会以此作为以后交付产品的依据，消除不必要的疑虑，做到心里有数。因此领导签字的文件对双方具有同等约束力，对双方都有好处。

（2）灵活应变：碰到变更要与客户沟通。

经常有这种情况，项目都已经执行到最后阶段了，客户忽然提出新的要求，或者要求对已有需求进行更改。这会让项目主管非常为难：一方面要尽量满足客户的需求，另一方面又不能对系统做太大改动，影响进度计划。发生这种情况，除了和需求分析阶段有关以外，还说明在后面的实施过程中没有与客户密切联系，缺乏沟通。

从客户心理来分析。由于软件的特殊性，客户通常非常关注后期的服务，尤其是在国内做的软件，绝大多数都是与实际业务紧密相连的。作为项目管理者，非常忌讳在做项目的过程中对客户置之不理，而最后交付的时候才与客户突然大量接触。本来后期的实施过程出现问题的可能性最大，之前与客户又比较生疏，很可能会造成非常大的风险。比较稳妥的办法就是在项目进程中，也要让项目组与客户保持联系，相互了解，建立更加融洽和谐的沟通气氛，为以后重要的实施移交阶段可能与客户发生的冲突做好准备。

值得一提的是：在项目进程中，要阶段性地给客户展示项目的进展情况，让客户对项目有更加直观的认识，也能及早地发现并解决问题，免除后患。在不断沟通的过程中，应该让客户体会到：项目组时时站在客户角度，让客户的主要负责人也能深深感觉到他们是项目组的重要组成部分，荣辱与共，并且项目组能为客户提供完善持续的后续服务。

即使前期工作做得很好，在很多情况下，需求变更还是不可避免的。项目主管应该通过良好的沟通机制，随时把握变更情况和可能发生的变更。一旦发生变更，项目组一定要冷静处理问题，一般可以按照产品分析→成本/收益分析→备选方案→专家判定这四个步骤来评估需求变更，并且尽快形成项目范围变更的书面说明书，它是以后项目决策的基础。当然，比较稳妥的办法还是让客户对明显发生的变更做出确定（选择签字最好），尤其是在评估了变更可能导致的工作量增加以后，让客户了解到过多的变更可能造成项目延期，客户也要负责任。

在客户提出需求变更的时候，一定要把握沟通技巧，不要总是无条件迁就客户。一般来说，客户对 IT 不太了解，他们认为很简单的事情，可能要花费项目组大量的无谓精力，所以千万不要认为客户所说的就一定是他想得到的！大部分客户需求都是第一时间忽然脑海里冒出的火花，所以项目组人员要冷静分析一下：客户到底想要实现什么目的，抓住问题的本质。一般来说，实现客户本质的需求有很多种办法。

在与客户的沟通中，一定要避免与客户正面冲突。在初期认真倾听客户意见，多问一些"您还有什么想法"之类的问题，等客户把他的想法都表述清楚以后，项目组成员最好迅速评估一下客户的建议，假如实现起来实在太困难，可以给客户一些更加中肯的提议，多问些"您看这样行不行？其实可以达到同样的目的"之类的问题。最后还有一个重要的过程，就是要与客户确认这次沟通的结论。

总之，平衡那些彼此冲突的项目目标，是项目管理的一种能力。看起来简单，但实际上很复杂，项目主管在项目进程中要学会如何对常见变更进行控制，控制客户需求的肆意膨胀，保证项目健康稳定地进行。一些要点如下。

（1）在项目启动时，客户要批准通过，以确定一个新阶段的开始。

（2）在范围计划编制的过程中，要制定一份说明书描述具体做什么。

（3）在项目范围定义中，要把项目的主要部分分成更小的部分。

（4）在范围审核时，需要验收项目的范围。

（5）需要对项目范围变更进行监督。

由此可以充分看出，企业自身的管理水平和重视程度，将决定信息化建设的成败。

7.4 需求分析工具

进行需求分析，除了画组织结构图之外，一般还需要画业务流程图、数据流程图和 E-R 图，以及编写物料编码和数据字典。

7.4.1　业务流程图

业务流程图（Transaction Flow Diagram，TFD），**就是用一些规定的符号和连线来表示某个具体业务处理过程的图**。业务流程图要按照业务的实际处理步骤和过程绘制。换句话说，就是用图形方式来反映实际业务处理过程的"流水账"。绘制出业务流程图，对理顺和优化业务流程极有帮助。

业务流程图有多种画法。从本质上说，这些画法大同小异。一个组织在画业务流程图前要商定用统一的符号，以便大家都能很好地理解和沟通。本书主要使用 Microsoft Visio 和 Microsoft Word 的流程图符号，因为 Visio 是目前用得最广的绘流程图软件，而 Word 是用得最广的字处理软件。

在 Visio 和 Word 中，一些常用流程图符号如图 7.15 所示。

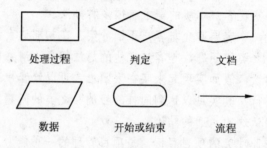

图 7.15　一些表示业务流程图的符号

请注意，在 Visio 和 Word 中，并无表示人员和部门的流程图符号，而业务流程必然和人员、部门有紧密联系，因此，现在一般都是画跨职能流程图。**跨职能流程图显示流程中各步骤之间的关系以及执行它们的职能单位（部门或人）**。跨职能流程图可以清楚地表达流程的运作情况，而且容易学习。跨职能流程图分为垂直和水平布局两种，垂直布局偏重于职能单位，水平布局则更强调进程本身。在垂直布局中，职能单位的带区自上而下，以垂直方式放置；在水平布局中，职能单位的带区以水平方式放置。

下面以两个实例来说明。

【例 2】　秘书编写公文，写好后交给副主任审核，如果没通过，则返回给秘书继续写；如果通过，则交给主任审核。主任如果没通过，则返回副主任，如果通过，则发布公文。

这是一个简单的流程。如果用尽量简化的水平跨职能流程图来画，则如图 7.16 所示。

【例 3】　在某工厂，车间填写领料单到仓库领料，仓库管理人员（库长）根据用料计划审批领料单。未批准的领料单退回车间，已批准的领料单则看看库存是否有货，若有货，则通知车间前来领料，并登记用料流水账，否则通知采购员缺货。采购员根据缺料通知，查阅订货合同单，若已订货，则向供货单位发出催货请求，否则就临时申请补充订货。供货单位发货后，立即向订货单位发出提货通知，采购员收到提货通知单后，就可办理入库手续。然后是库工验收入库，并通知车间领料。

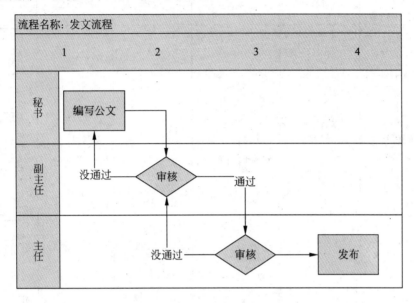

图 7.16　水平跨职能流程图

这是一个比较复杂的业务过程，用垂直跨职能流程图来画则如图 7.17 所示。

为了便于读者理解，这里对图 7.17 做以下说明（水平图类似）。

（1）图中将职能单位水平排列，矩形表示业务处理。矩形属于哪一个职能单位，就说明是哪一个职能单位的行为。流程在各职能单位之间流转。

（2）流程图最左边一列有一系列数字，大致表示处理的顺序，主要是便于阅读。但如果遇到闭环流程，则某些处理未必按时间顺序。本例就有一个闭环流程。

（3）流程图最右边一列，列出了本流程用到或创建的各种表单或文档。表单需要编号，这里采用简单数字并从 1 开始。当职能单位处理某表单时，就在矩形框里写上表单编号。

（4）即使使用跨职能流程图，对于同一个流程也没有固定画法。

（5）流程顶部有一些说明，例如定义了流程名称、编号、主控部门等。一般来说需要给流程编号，但对流程的说明也没有统一规定。

还有一些业务流程图，是把文档图标画在行为矩形框里，并标明文档号。

【例 4】　某软件厂商参加企业信息化建设的招标工作流程是：项目跟踪组（跟踪所有潜在客户）领取招标文件，然后由部门领导进行分析、评估和决策，建立项目投标组，然后由项目投标组编制投标文件。然后对照招标文件，对投标文件汇标（项目组自己讨论），再把两份文件交给部门领导审核，然后参加投标。投标之后要跟踪客户进展，无论成败，都要以招标文件和投标文件为基础，进行投标后总结。

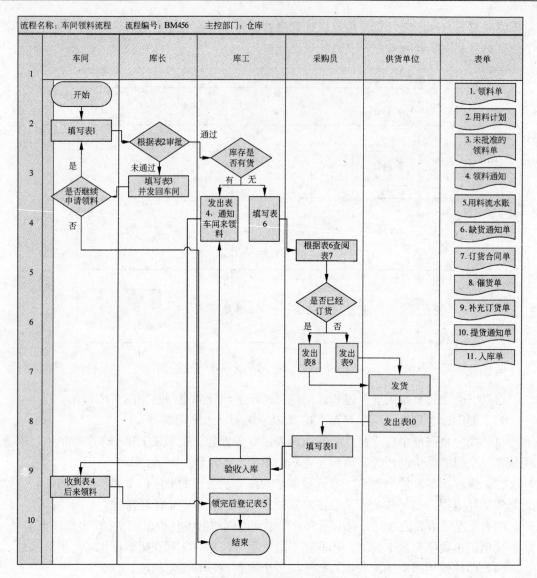

图 7.17 垂直跨职能流程图

用水平跨职能流程图来画，招标流程如图 7.18 所示。

在这个例子中，将文档都画在了各职能单位的处理过程中，人们看了流程图，不仅清楚流程在各职能单位的走向，而且知道每个处理过程都处理什么文档，因此相当简洁明了。

7.4.2 数据流程图

在业务流程图中，数据是相对静态的，附着在业务流程之上。在很多情况下还需要专门跟踪数据的走向，此时就要画数据流程图。

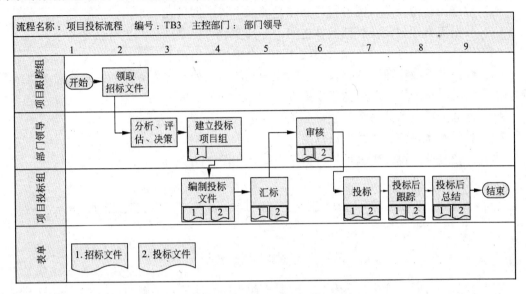

图 7.18　招标流程图

数据流程图（Data Flow Diagram，DFD）是描述系统数据流程的工具，它将数据独立抽象出来，通过图形方式描述信息的来龙去脉和实际流程。数据流程图包括以下几个部分。

（1）指明数据存在的**数据符号**，用于表示外部实体。

（2）指明对数据处理的**处理符号**，这些符号也可指明该处理所用到的机器功能。

（3）数据流走向的**流线符号**。

（4）便于读、写数据流程图的**特殊符号**。

画图时需要注意，在处理符号的前后，都应是数据符号。数据流程图以数据符号开始和结束。

还是以 Visio 和 Word 为主，一些常用的数据流程图符号如图 7.19 所示。

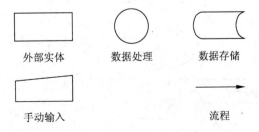

图 7.19　一些表示数据流程图的符号

如果数据流程图很复杂，可以采用分层来画。分层 DFD 有顶层、中间层、底层之分。

对于复杂的大系统，有时可以分七八层。画数据流程图包含以下基本原则。

（1）数据流程图上所有图形符号必须是前面所说的四种元素。

（2）数据流必须封闭在外部实体之间，外部实体可以是一个，也可以是多个。

（3）处理过程至少有一个输入数据流和一个输出数据流。

（4）任何一个数据流子图必须与它的父图上的一个处理过程对应，两者的输入数据流和输出数据流必须一致，即所谓"平衡"。

（5）数据流程图上的每个元素都必须有名字。

【例 5】 对本章例 3 画数据流程图。

本例比较复杂，可以先画顶层数据流程图，如图 7.20 所示。

图 7.20　领料数据流程图（1）

可以看到，如果尽量从高层考虑，数据流程图还是比较容易画的。但底层数据流程图可能就不太容易画了，画详细数据流程图的关键是紧扣数据流程。本例详细的数据流程图如图 7.21 所示。

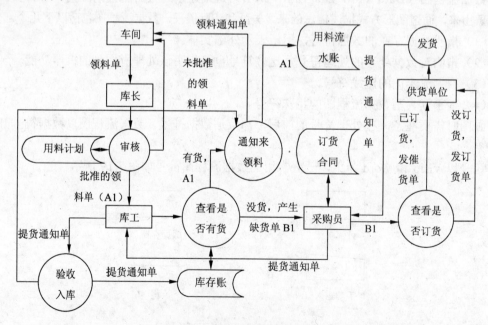

图 7.21　领料数据流程图（2）

请大家认真体会业务流程图和数据流程图的区别。

【**例 6**】 销售系统的功能就是把货物销售给用户。但在细节上，销售处理需要首先判定订货处理方式，根据用户信用情况（查信用表）、库存情况（差库存表）和赊购金额，将订单按以下方式处理：①如果没货，等有货后再发货，输出数据流（订货单）为 D1。②可以赊购，立即发货，同时修改库存表，输出数据流（订货单）为 D2。③要求先付款，输出数据流为 D3。

如果可以发货，就要开发货票。发货票一式三份，分发仓库、用户和财务科。财务科按此记入应收账，然后开付款通知单，通知客户付款。

数据流程图如图 7.22 所示。

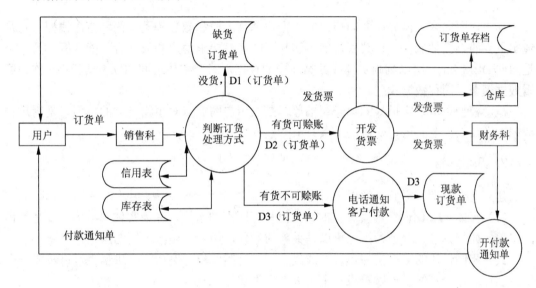

图 7.22　销售子系统数据流程图

7.4.3　E-R 图

如果说业务、数据流程图是动态的，E-R 图就是静态的。在进行需求分析时，既需要画动态的流程图，也需要画静态的 E-R 图。

E-R 图又称 E-R 模型，全称是**实体关系模型（Entity-Relationship Model）**，它是需求分析阶段经常使用的工具，是 P.P.S.Chen 于 1976 年提出的。

1. 三个"世界"

要学习 E-R 模型，需要先了解三个"世界"。现实世界的事物无穷无尽，形态千差万别，将现实世界的事物及其联系转化为计算机及数据库所允许的形式的过程，一般要经过三个阶段，或者说要通过三个"世界"。

首先，分析**现实世界**中的事物及其联系；其次，将现实世界中的客观事物抽象为**信息世界**中的实体；最后，再将实体转化为 DBMS 支持的**数据世界**中的数据，如图 7.23 所示。

图 7.23 三个"世界"之间的关系

其中，面向客观世界、面向用户的数据模型称为**概念数据模型**，简称**概念模型**。它是现实世界的直接抽象，强调其表达能力和易理解性，要求用户和设计者都能理解。另一个是面向 DBMS 的、用以刻画实体在数据库中的存储形式及实体之间的联系的模型，称为**逻辑数据模型**，简称**数据模型**。

概念模型是对现实世界的第一层抽象，是按用户的观点对事物建立的模型，是用户和数据库设计人员之间进行交流的工具。

2．几个术语

建立概念模型，需要了解以下几个术语。

（1）实体（Entity）。客观存在的、可以相互区别的事物，称为实体。实体可以是具体的对象，如一本书、一个人；也可以是抽象的对象，如一次旅游，一场辩论。

具有相同性质的多个实体可以组成集合，称为**实体集**。例如，全班学生可以看成一个学生实体集，全系学生可以看成一个更大的学生实体集。

请注意，这里的实体和本书第 3 章讲的计算机网络中的实体不同。在计算机网络中，实体是进程或程序，是一个软件概念，而这里的实体是对现实世界中的事务的抽象。

（2）联系（Relationship）。实体集之间的关系称为联系。例如，学生和老师实体集之间，存在着"讲授"联系；学生实体集和课程实体集之间，存在着"选课"联系。

实体之间的联系有 3 种：**一对一、一对多、多对多**。例如，如果一个学生只能固定坐一个课桌，一个课桌只能坐一个学生，则课桌实体和学生实体之间就是一对一的联系；如果一个学生只能属于一所学校，而一所学校可以包含多名学生，则学校实体和学生实体之间的联系就是一对多联系；如果一名学生可以选多门课程，一门课程也可以有多名学生听课，则学生实体和课程实体之间就是多对多联系。

一对一、一对多、多对多联系的数学定义如下：假设有两个实体集 X 和 Y，如果 X 中的每一个实体最多和 Y 中的一个实体有联系，Y 中的每一个实体也最多和 X 中的一个实体有联系，则称 X 与 Y 是一对一联系（简记为 1∶1）；如果 X 中的每一个实体和 Y 中的任意个（包括 0 个）实体有联系，而 Y 中的每一个实体最多和 X 中的一个实体有联系，则称 X

与 Y 是一对多联系（简记为 1 : m）; 如果 X 中的每一个实体和 Y 中的任意一个（包括 0 个）实体有联系，Y 中的每一个实体也和 X 中的任意一个实体有联系，则称 X 与 Y 是多对多联系（简记为 m : n）。

（3）**属性（Attribute）**。实体或联系所具有的特征，称为属性。实体可以有多个属性，例如，学生实体可以用学号、姓名、性别、年龄、系别等属性来描述。

（4）**关键字（Key）**。能够唯一标识出实体集中的各个实体的某个属性或属性组合，称为关键字。例如，学号可以作为学生实体集的关键字。姓名一般不能作为关键字，因为可能有重名者存在。

3. E-R 模型

长期以来，使用最广泛的概念模型就是 E-R 模型，或称 E-R 图。在 E-R 图中，用矩形框表示实体集，菱形框表示联系，椭圆形框表示属性。

【**例 7**】　考查学生和考试成绩所组成的系统。学生有学号、姓名等属性，某学生和他取得各门课的成绩之间是一对多联系，联系方式是考试，而成绩实体又包括学号（唯一标识是哪个学生的成绩）、科目、成绩等属性。可以用图 7.24 表示该系统的概念模型。

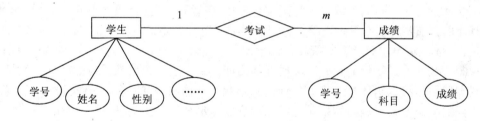

图 7.24　学生与考试成绩实体的 E-R 图

【**例 8**】　一个学生可以选修多门课程，一门课程可以由多名学生选修。学生和课程之间是多对多联系，如图 7.25 所示。

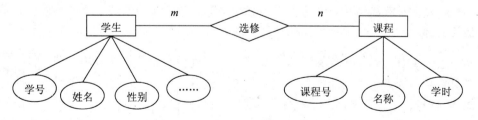

图 7.25　学生与课程实体的 E-R 图

当涉及三个或三个以上的实体发生联系时，应仔细分析它们之间的联系。例如，一个供应商可以给多个项目供应多种材料，每个项目可以由多个供应商供货，每种材料也可由不同的供应商提供。因此，供应商、项目、材料实体之间存在着多对多联系，如图 7.26 所示。

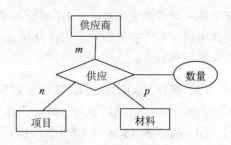

这里，联系"供应"也有属性。这是合理的，因为供应商为某个项目供应某类材料的数量，不属于任一实体，只适合于作为联系的属性。

7.4.4 物料编码

图 7.26　供应商、项目、材料实体的 E-R 图

在确定实体的各种属性时，一般来说需要给每一种不同的实体一个唯一的编码，尤其是在 ERP 中，需要对物料进行编码。**物料编码是计算机系统对物料的唯一识别代码，是以简短的文字、符号来代表物料、品名、规格或类别的一种管理工具。**

1. 物料编码的重要性

很多行业，尤其是制造业，物料类型繁多，型号各异，物料的申购、催货、收发、盘点、存储等工作相当频繁。因此，需要为每一种物料定义一个唯一编码。为了做好这项工作，需要首先确定物料编码的总体原则。定义物料编码原则是 MIS 实施的重中之重，是信息系统最基础的工作，因为编码一旦确定和使用，就再也无法修改和删除。例如 BOM 中的各种物料，都要用物料编码跟踪。所以物料编码可以说是信息系统的 DNA，器官坏了可以移植，一旦 DNA 出问题了，病就非常难治了。

说得夸张一点，物料编码好坏和质量的高低，决定了一个软件系统的好坏和质量。好的物料编码原则及编码体系，可以让 MIS 和企业管理体系井井有条、一目了然、规范高效。一个不好的编码原则或编码体系，也可以让企业管理陷入一团乱麻。

在实际工作中，物料编码是件非常繁琐的工作。如果企业还没有用 MIS 统一管理，可能有几十个小系统在运营，彼此是完全独立的，所以各自的物料编码系统都不同。同一样东西，在库房一个叫法，在生产线是另一个叫法，而且量纲也不一样，这种情况很常见。而且各部门都对自己的叫法习惯了，很难改变使用惯性。因此，统一物料编码不仅仅是技术工作，而且也要做好充分的协调工作，甚至 MIS 都要做一些妥协（严格来说这么做不合适，但在局部可以做一个附加的编码转换系统）。

某企业上 ERP，软件公司由于人手紧张，而且觉得难度不大，老项目经理负责更重要的项目去了，新来了个项目经理继续负责实施。项目经理接手 时，BOM 已经编了一段时间，所以他没有再过问物料编码原则的事。

过了一段时间，ERP 初步完成，开始试运行。试运行没两天，所有 ERP 使用部门都开始沸腾了，因为找不到物料编码，找到了也普遍出错，现状差点失控。各部门说 ERP 中的物料叫法他们不知道是什么东西，他们的物料在 ERP 中找不到相应的名称、规格，所以没办法做了。于是，软件公司不得不将客户以前的物料编码导入 ERP，可是这会导致一物多

码。业务部门要求保留后面导入的物料编码，但先前的编码人肯定不愿意，毕竟 BOM 的录入花了大家很长时间和大量心血。

最后，软件公司还是折中设计了物料编码。

2. 物料编码的总体原则

因此，物料编码最好遵循以下原则。

- 唯一性：即物料编码不能重复，且同一编码只能代表一种物料。保证编码的唯一性，是编码的根本原则。
- 简单性：代码结构要简单明了，位数少（一般不超过 20 位），没有必要在编码中体现所有的物料信息。
- 易用性：便于使用，容易记忆。
- 分类展开性：如果物料种类繁多，物料编码大分类后还要加以细分。可以考虑使用数字或英文字母。
- 完整性：所有物料都应有物料编码可归类。
- 一贯性：物料编码要有一贯性，如以年限分类为标准时，就应一直沿用下去。
- 伸缩性：要考虑到未来新产品的发展以及产品规格的变更，因此要预留物料的伸缩余地。物料编码必须便于扩充，扩充后不会引起原来的体系混乱。
- 组织性：物料编码可依其编码的系统，作井然有序的组织与排列，以便随时可从物料编码查知某项物料账卡或数据。
- 效率性：要适宜计算机处理，适宜快速录入和辨认，因此不要将编码设计得太长。

3. 物料编码方法

目前常用的物料编码方法主要有下列几种：阿拉伯数字法、英文字母法、暗示法和混合法。

（1）阿拉伯数字法。

顾名思义，阿拉伯数字法以阿拉伯数字作为物料编码，用一个或数个阿拉伯数字代表一项物料。具体又可分为下列几种。

① 连续数字编码法。又称顺序码，是先将所有物料依某种方式大致排列，然后自 1 号起依顺序编码的方法。

② 分级式数字编码法。又称区间码，是先将物料主要属性分为大类并编定其号码，再将各大类根据次要属性细分为较次级的类别，并编定其号码的方法。

区间码的优点是清楚可靠，排序、分类、检索等操作用计算机实现的效率较高。但编码长度较大。

③ 区段数字编码法。是介于连续数字编码法与分级式数字编码法之间的方法，使用位数比分级式数字编码法更少，而仍能达到物料编码的目的。

【例9】 假设物料有64种，分为5大类，分别是：A类12项，B类10项，C类17项，D类15项，E类10项，合计64项。这种情况如果采用分级式数字编码法，必须3位数，但如果改为区段数字编码，则仅需二位数即可，如表7.4所示。

表7.4 区段数字编码举例

类 别	分 配 编 码	剩余备用编码
A类	12项（01-18）	6项
B类	10项（19-34）	5项
C类	17项（35-62）	10项
D类	15项（63-84）	6项
E类	10项（85-99）	4项

④ 国际十进制分类法（Universal Decimal Classification，UDC）。这种方法由美国的杜威（M. Dewey）于1876年首创，其方法新颖独到，可以无限展开，颇受欧洲大陆国家的重视。后经众多专家的研究与发展，最后成为国际十进制分类法，目前已被许多国家采用为国家分类法。

该方法是将所有物料分为十大类，分别用0到9表示，然后每大类物料再划分为十个中类，再用0到9表示。如此进行下去，按金字塔形态展开。如果编码超过三位数字，应该加"."符号划分。

【例10】 采用国际十进制分类法的例子如表7.5所示。

表7.5 国际十进制分类法举例

6	应用科学	621.882	螺丝、螺帽
62.	工业技术	621.882.2	各种小螺丝
621.	机械工业技术	621.882.21	金属用小螺丝
621.8	动力传动	621.882.215	丸螺丝
621.88	挟具	621.882.215.3	平螺丝

国际十进制分类法可以无限展开，任何新物料编码均可插入到原有物料编码系统中，而不会混淆原有编码系统。但这种方法会让编码趋长，而且没有暗示作用，可谓美中不足。

（2）英文字母法。

也就是以英文字母作为物料编码的方法。但英文字母中I、O、Q、S、Z等字母，与阿拉伯数字1、0、9、5、2等容易混淆，所以可以不用。除此之外还有21个字母可用，因此每位可以代表更多种类。

（3）暗示法。

暗示法是指物料编码代表物料的意义，可以从编码本身联想出来。又可分为字母暗示法和数字暗示法。

字母暗示法是从物料的字母当中，选取重要且有代表性的一个或数个英文字母（通常取主要文字的第一个字母）作为编码的方法。例如：VC = Variable Capaciter（可变电容器）；

IC = Integrated Circuit（集成电路）；SW = Switch（开关）等。

数字暗示法是直接以物料的数字为物料编码的号码，或将物料的数字按照一个固定规则转换成物料编码的号码。例如，41cm×49cm 的铜板可以编码为 410490。

（4）混合法。

混合法是联合使用以上几种方法的编码方法，用得相当普遍。

另外，每个行业的产品和原材料都有自己的特点，具有很强的专业性。因此在制定编码原则时，一定要深入了解行业知识。

对于 PCB（Printed Circuit Board，印制电路板）行业而言，作为层板压合的覆铜板、铜箔、纤维（P 片）称为主材，而油墨、干膜、药水是必不可少的辅料。物料编码的第一步是对物料进行分类，并确定分类码。按物料形态及作用，可以将 PCB 物料分为以下十类，且每个类型都以其英文缩写为分类编码。 【小案例】

覆铜板（CB），铜箔（CF），纤维（PP），油墨（IN），干膜（DF），药水（MT），钻嘴（DR），维修用品（MA），消耗品（OT），产成品（FP）。

下面为覆铜板定义编码规则。覆铜板是 PCB 行业最主要的材料，其编码规则一般要考虑铜板型号、铜板性质、铜板水印、铜板厚度、铜面厚度、铜板尺寸、板料颜色等因素，因此覆铜板的编码是 PCB 行业物料编码最复杂也是最困难的工作。

经过思考，可以定义覆铜板的编码规则是：铜板型号+性质+有无水印+铜板厚度+铜面厚度+尺寸+板料颜色。例如，铜板 S1141，双面有水印，1.50mm 2/20Z 41cm×49cm 黄料，可以编为：CB01DY15020011，如图 7.27 所示。

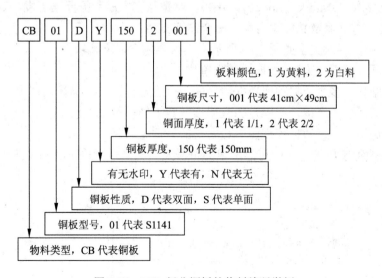

图 7.27　PCB 行业铜板的物料编码举例

本规则定义的编码共 14 位，可以完整地反映物料属性和特点，并有良好的扩展性。

在铜板尺寸方面，也有人喜欢把铜板长宽尺寸直接作为编码，如 41cm×49cm 的铜板，编码为 410490。虽然编码长度增加了三位，但编码更加直观。这也可以。

又如，油墨的编码要考虑其型号、颜色和所用工序。根据工序区分油墨用途，也是 PCB 行业的特别之处。经过思考，可以定义油墨的编码规则是：油墨型号 + 油墨颜色 + 所用工序。

例如，油墨 R-500G-32B 白色湿菲林用，可以编为 IN010102，如图 7.28 所示。

这里不必关注行业知识，只需关注编码规则的制定即可。

图 7.28　PCB 行业油墨的物料编码举例　　　　图 7.29　DD 中数据的层次关系

7.4.5　数据字典

所谓**数据字典（Data Dictionary，DD）**，就是从基本的数据元素出发，定义了数据元素、数据结构、数据流及文件等内容的一个详细文档。

数据字典中的层次关系如图 7.29 所示，其内容包含以下几项。

● 数据项（数据元素）：数据的最小单位。

● 数据结构：多个数据项或数据结构的一个组合体，用于描述数据项之间的关系。

● 数据流：由一个或一组固定的数据项或数据结构组成。

● 处理逻辑：定义数据流程图中最底层的处理逻辑。

通常，在数据字典的定义中可能出现的符号及其含义包括以下几种（设 x 和 a、b 都是数据元素）。

x = a + b	x 由 a 和 b 构成
x = [a | b]	x 由 a 或 b 构成
x = (a)	数据元素 a 在 x 中可出现，也可不出现
x = {a}	x 由 0 个或多个重复的 a 构成

（1）数据项

定义数据项时，一般要定义数据项的名称、别名和简述，也要定义数据类型和取值范围。例如：

> 数据项编号：AF1
> 　　名称：产品编号
> 　　别名：1 号动力车间的产品编号
> 　　简述：某种产品类型的编号
> 数据类型及长度：字符型，12 位
> 　取值范围：未定义

又如：

> 数据项名称：PK25
> 　　名称：凭证号
> 　　别名：凭证号
> 　　简述：无
> 数据类型及长度：字符型，9 位
> 　取值范围："00000000"～"99999999"

（2）数据结构

多个数据项可以组成一个数据结构，例如职工基本情况由以下几个数据项组成。

> 数据结构编号：ZG03
> 　　名称：职工基本信息
> 　　简述：职工基本信息
> 数据结构组成：职工编号，姓名，性别，出生日期，入职时间，所属部门编号

至于数据结构中每一个数据项的数据类型和长度，可以在数据项中定义，也可以直接在数据结构中定义。

> 数据结构编号：ZG03
> 　　名称：职工基本信息
> 　　简述：职工基本信息
> 数据结构组成：职工编号（char（10）），姓名（char（8）），性别（char（2）），
> 　　　　　　　出生日期（date），入职时间（date），所属部门编号（integer）

这样更加清晰。

数据结构定义好之后，也可以用它定义其他更复杂的数据结构。

（3）数据流

主要说明数据流是由哪些数据项和数据结构组成的，还要说明数据流的名称、来源、去向和数据流量等。

> 数据流编号：LA05
> 　　名称：银行对账单

　　　　简述：银行的对账单
　　　　组成：月份＋日期＋银行支票＋金额
　　　　来源：开户银行
　　　　去向：资金管理组
　　　　流量：3 天大约 2 张，每张约 40 笔数据

（4）处理逻辑

说明底层数据流的输入数据、输出数据及其处理逻辑等。

　　处理逻辑编号：CLA21
　　　　　名称：A21 物料的计算
　　　输入数据：A21 的物料清单和各种实际物料数量
　　　输出数据：A21 的最低成品数
　　　处理逻辑：每种实际物料数量除以物料清单上的相应物料数，得到相应的成品数
　　　　　　　　最小值就是 A21 的最低成品数

　　和一般的词典类似，数据字典中的各种条目，都按编号顺序排列，以方便使用。当然，不允许两个条目的编号相同。

　　数据字典主要包含这四项内容。但这并不是固定的，在实践中，由于有数据流程图，所以可能不会建立数据流，也可能会把处理逻辑放入业务流程图或数据流程图，以简化数据字典。但另一方面，可能还会增加数据的逻辑存储结构、外部实体等定义。

　　数据字典的建立和维护是件细致而复杂的工作。大型 MIS 系统的需求分析，在数据字典上投入的工作量是相当可观的。

7.4.6　描述处理逻辑的工具

　　在业务流程图或数据流程图中，如何更清晰地表示处理逻辑，是需求分析阶段需要学习的内容。如果用文字表达处理逻辑，可能会比较繁琐，而且难以读懂。为了让管理人员、系统分析员和以后的程序员都能接受，一般来说，可以用决策树、决策表和结构化的伪代码加以描述。

1．决策树

　　决策树就是用树形结构来表示判断，又称判断树。

　　【例 11】　有一笔 100 万元的资金，有两种方案：一是存入银行，每年可获得 7% 的利息；二是投资实业，年获利 20 万元，概率是 0.2；年获利 10 万元，概率是 0.5；年亏损 15 万元，概率是 0.3。请问是存入银行还是投资？

　　本题可用决策树来做，如图 7.30 所示。

　　可以看出，存银行的利润是 7 万元，而投资的平均利润是 4.5 万，所以应该存银行。

　　决策树的缺点是当条件多时，不容易画清楚整个判断过程。

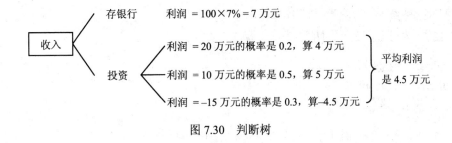

图 7.30　判断树

2. 决策表

决策表是采用表格方式来表示处理逻辑的工具，又称判断表。

【例 12】　下游客户欠款的情况是比较常见的。如果此时下游客户又来要货，业务员的处理方式应该遵循以下条件。

（1）如果欠款时间≤60 天，并且需求量≤库存量，立即发货。

（2）如果欠款时间≤60 天，但需求量>库存量，则先按库存发货，进货后再补发。

（3）如果 60 天<欠款时间≤180 天，并且需求量≤库存量，先付清欠款，再发货。

（4）如果 60 天<欠款时间≤180 天，但需求量>库存量，则先付清欠款，再按库存发货，进货后再补发。

（5）如果欠款时间>180 天，则需先付清欠款，如果需求量≤库存量，则本次先款后货，也就是预付款，再发货。

（6）如果欠款时间>180 天，则需先付清欠款，如果需求量>库存量，则本次先款后货，款到后先按库存发货，进货后再补发。

本题看似条件众多，但条件有规律，而且可以采取不同的策略，策略是以下几种单独策略的一种或组合：①发货。②先按库存发货，进货后再补发。③付清欠款。④预付款。

因此，可以设计决策表，如表 7.6 所示。

表 7.6　业务员给客户发货的策略

需求量≤库存量			需求量>库存量		
$t \leq 60$	$60 < t \leq 180$	$t > 180$	$t \leq 60$	$60 < t \leq 180$	$t > 180$
①	③①	③④①	②	③②	③④②

注：t 为欠款时间。各种基本策略如下。
①发货。②先按库存发货，进货后再补发。③付清欠款。④预付款。

3. 结构化的伪代码表示法

伪代码（Pseudo Code）接近于真实的高级编程语言，但又不是，因此叫伪代码，用于更好地描述处理逻辑。伪代码必须结构清晰、代码简单、可读性好，一般要近似自然语言。

所谓"结构化"，是指用伪代码描述处理逻辑时，必须采用结构化程序设计的顺序、选择、循环三种结构，而不能有跳转指令。

【例 13】 对于例 12，用伪代码书写算法，如下所示。

```
if  需要量≤库存量
    if  欠款时间≤30 天
        then  发货
    else
        if  （欠款时间>60 天）and  （欠款时间≤180 天）
            付清欠款，发货
        else
            付清欠款，预付款，发货
        endif
    endif
else
    if  欠款时间≤30 天
        then  先按库存发货，进货后再补发
    else
        if  （欠款时间>60 天） and  （欠款时间≤180 天）
            付清欠款，先按库存发货，进货后再补发
        else
            付清欠款，预付款，先按库存发货，进货后再补发
        endif
    endif
endif
```

书写伪代码一般要采用缩进方式，也就是内层处理逻辑要更加靠右，以体现更分明的层次感，读起来一目了然。

【例 14】 某企业要对员工加工资，工作 10 年以上的，基本工资加 30%；工作 10 年以下的，基本工资加 25%，请用伪代码写出处理逻辑。

本题要用到循环结构，示例代码如下。

```
打开员工工资表，走到第一条记录
while（员工工资表还没处理完）{
    对当前记录的员工工龄做判断
    if  工龄 > 10 年
        基本工资加 30%
    else
        基本工资加 25%
    endif
    前进到下一条员工记录
}
```

这里，用"while（）{}"表示一个循环体，小括号中是循环条件，大括号中是循环体。一旦循环条件不能得到满足，就退出循环体。

用伪代码书写处理逻辑是程序员常用的方法，而且对伪代码的语法并没有严格要求。例如上面的条件和循环处理，只要写得通顺，怎么写都行。

习　题

一、思考题

1．什么是 IT 战略规划？它又分哪两个层面？
2．什么是安东尼模型？
3．什么是诺兰模型？它有什么积极意义和局限性？
4．什么是关键成功因素法？
5．什么是企业系统规划法？大致分哪几个步骤？
6．什么是战略目标集转化法？
7．根据战略一致性模型，信息化建设有哪三条路线？
8．分析本章 X 公司的 IT 战略规划，它用了哪些战略规划方法？是否是严格的企业系统规划法？
9．什么是需求分析？需求分析阶段的任务是什么？
10．软件公司为什么要控制用户的需求？该如何控制？
11．需求分析的描述工具有哪些？
12．什么是业务流程图和数据流程图？
13．什么是 E-R 图？
14．什么是物料编码？编码都有哪些规则？
15．数据字典包括哪些内容?它的作用是什么？

二、画图与分析题

1．假设学生实体集的属性是学号、姓名、性别、出生日期、所属学院、所属系，图书实体集的属性是书号、书名、作者、译者、单价、出版日期。一个学生可以借多本书，一本书可以被多个学生借。请画出 E-R 图。

2．学生去图书馆借书和还书的业务流程是：持借书证到图书馆，挑书，然后在借书部借书。最多可以借 5 本。当学生要借书时，图书管理员先扫描学生借书证号码，系统会自动显示出他能否借书。如果以前有过期的书（超过三个月未还），或者借书数量已满 5 本，则不能借书，必须还掉再借。如果借书超期，则按每本每天 1 毛钱罚款，缴完罚款并归还超期书后，才可借书。如果书丢了，则按原价 5 倍赔偿。罚款和赔偿金都交到图书馆财务部，录入罚款和赔偿文档。

学生每借出一本书，该学生的借书数量就多一本，反之就少一本。同时图书馆的库存也发生变化，因此需要修改相关文档。

画出借书和还书的业务流程图和数据流程图，并画出罚款的决策树和决策表，并尽量用伪代码写出罚款算法。

第8章 系统设计与运行

需求分析完成后，就要把需求分析文档交给软件开发人员，使用具体的数据库管理系统和编程软件，进行系统设计与开发工作，然后是试运行。如果通过，就进入正式运行阶段，在运行过程中进行日常维护工作。

8.1 系统设计概论

8.1.1 系统设计的工作内容和原则

如果是全新开发一个新系统，系统设计主要包含以下工作。

（1）进行系统的全局硬件和基础软件结构设计。包括计算机、集线器、路由器、交换机、网络服务器、网线等硬件设计和操作系统、DBMS、其他办公软件的选择。

由于硬件价格降低较快，而且厂商往往每隔几个月就会推出功能更强大的硬件，因此定下选型后可以不买，或购买少量硬件，搭建一个小型环境供开发使用。等真正上线运行了，再大规模购买不迟，这样往往可以节省大量资金。现在厂商推出的硬件系统，往往可以兼容前期的硬件系统。

（2）针对具体的 DBMS，设计数据库的结构。也就是把 E-R 模型转化为面向具体 DBMS 的数据库模型，这是最困难的一步。

（3）定义编程时所有程序员都要遵守的编码规范。

（4）软件系统架构设计。

（5）编程，并完善以程序为中心的文档。

（6）软件测试，尽量减少各种错误。

（7）试运行。

如果是在软件厂商的现有管理软件的基础上进行二次开发，系统设计的主要工作也差不多，只是第（1）步的选择范围可能已大为缩小，而且第（4）步编程的工作量可能小很多。

系统设计与开发的第（1）步，可以据项目预算，由企业、软件公司共同参与，由资深的硬件、网络、软件系统专家来选择，并搭建硬件和软件基础运行环境。因此，本章主要讲解后面五步。

系统设计的原则

在进行系统设计时，要遵循以下原则。

（1）简单性。系统应尽量简单，这样可减少处理费用，提高系统效益，便于实现和管理。

（2）灵活性和适应性。目前，企业的外部环境变化越来越快，因此系统要有一定的灵活性和适应性，而且系统本身也需要不断修改和完善。

（3）一致性和完整性。一致性是指系统中信息的编码、采集和通信，应该具有一致的设计规范标准；完整性是指系统功能应尽量完整。

（4）可靠性。系统应该可靠，衡量可靠性的指标是平均故障间隔时间和平均维护时间。前者指前后两次发生故障的平均时间间隔，后者是指平均每次排除故障所用的时间，反映了系统可维护性的好坏。

提高系统可靠性主要有以下途径。

（1）选取可靠性较高的主机和外部设备。

（2）硬件结构的冗余设计，即在高可靠性的应用场合，应采取双机运行方案，或配备不间断电源。

（3）软件措施。如对输入数据进行校检、建立运行监督程序、规定用户的文件使用级别、禁止对重要文件进行复制等。

8.1.2　项目软件开发经理

针对具体信息化项目的软件开发，应该设置一个单独的部门或小组，由程序员、软件测试人员、美工组成，并设置项目软件开发经理，负责软件的具体开发工作。项目软件开发经理的核心职责是确保项目完成，也就是在指定期限内、以客户满意的质量完成指定的功能。

1．项目软件开发经理的工作

项目软件开发经理应该负责以下工作。

（1）经常与客户沟通，了解项目的整体需求。虽然有需求分析书在手，但开发经理还是应该经常和客户沟通（如一两个星期一次），以便让客户了解进展情况，并随时满足客户提出的合理需求。

（2）制定项目开发计划文档，将任务量化，并合理分配给相应人员（主要是程序员）。

（3）紧密跟踪项目进度，协调项目组成员之间的合作。

（4）经常了解软件测试结果，根据软件测试的错误严重程度，重新调整开发计划。与质量评审（Quality Assurance，QA）人员或小组随时沟通，监督软件质量。

（5）督促项目组成员的文档编写工作，保证文档的完整性和规范性。完整和规范的程序文档要便于所有程序员学习，以便在某些程序员离职时别的程序员能迅速接手，继续实施。

（6）定期向上级汇报项目进展情况、需求变更等所有项目信息。

（7）项目完成后，需要写项目总结文档。

2．项目软件开发经理的权力和素质

项目经理有以下权力。

（1）对项目开发人员具有指挥权。

（2）要有技术决策权。主要是审查和批准重大技术措施和技术方案。

（3）申请合作权。当项目开发出现不能解决的问题时，可以向上级申请更高级别的合作。

（4）应具有对项目组成员的业绩考核权力。

项目经理通常要具备以下素质。

（1）具备一定的管理能力，尤其是项目管理能力。

（2）具备较强的沟通能力。

（3）具备合作精神。在开发过程中团队要紧密合作，因此项目经理一定要具有合作精神，率先垂范，以身作则。否则，一旦出了问题，项目组成员可能互相推诿，产生并加剧矛盾。

如果项目组成员能在轻松愉快、互相帮助和信任的氛围下工作，可以极大地提高工作效率。因此，项目经理一定要具备足够的管理素质，在项目组中营造出这种氛围。

理论上说，项目经理不必对相关的软硬件技术相当熟悉，虽然具有这种
素质在很多情况下是很有帮助的。

例如，印度许多软件公司的项目经理根本就不懂技术，而且程序员的年流动率可能达到30%，但印度的软件产品不依赖任何一个人，谁都可以立即辞职，由此可见文档管理和项目管理的水平。许多印度程序员加入一个公司很长时间都不知道自己整天编的代码是干什么用的。给他们的任务可能就是一个函数声明以及该函数要实现的功能。而在我国经常出现的情况是：项目经理如果不精通技术，不能在技术上压服下属，下属就会和他搞鬼。本质上说，这是管理水平的差距，领导和下属都需要提高认识水平。

高水平的项目管理应该仔细规划工作安排，制定多个工作阶段，每个阶段定死最后完成时间，甚至精确到小时级。项目经理一定要密切关注项目的进度。但计划不是不可改变的，如果情况有变，要及时修改计划。

微软进行软件项目管理的方法是：项目经理（微软叫 Program Manager，
也就是程序经理，简称 PM）先开会讨论，以便充分发挥集体智慧，充分调动开发人员的积极性。并且由于是大家协调的结果，也比较容易实施。

微软的项目组除了 PM 外，还包括程序员（Developer）和软件测试人员（Tester）。程

序经理只管事不管人，对 Developer 和 Tester 没有人事上的管理权，但是必须要推动整个项目流程。PM 分为两类，一类是由 Developer 转化而来，常常负责具体的程序设计；另一类是过程 PM，类似传统意义上的项目经理，不精通编程，但也可推动整个项目进行。PM（根据众人的意见）制作软件设计文档，Developer 根据文档做开发，Tester 根据文档做测试。凡是和设计文档不一致的地方都当作是错误（Bug），在 Developer 和 Tester 之间出现的冲突和矛盾，由 PM 负责仲裁协调。

微软这种流程设计的作用就是用法治来代替人治。微软把这种团队结构当成"三权分立"：程序经理是立法权，开发人员是执行权，测试人员是监督权。

在我国，项目经理经常是由软件开发人员转化而来的，具有丰富的编程经验，这样可以让程序员服气；而且往往是需求分析阶段的重要人物，可以节约沟通转换成本。因此，集编程高手、沟通高手、管理能力于一身的项目经理，是比较稀缺的资源。

3．系统划分的原则

结构化系统分析与设计的基本思想，就是自顶向下地将整个系统划分为若干个子系统（或模块），子系统再分为更细的子系统，然后再自上而下地逐步设计。项目经理的一个重要职责是划分系统模块，然后分配给各程序员开发。

系统划分应满足以下基本原则。

（1）低耦合、高内聚。

子系统的划分必须使子系统的内部功能、信息等各方面的凝聚性较好，将联系比较密切、功能近似的程序集中，和别的子系统具有相对简单的关系，使子系统之间数据的依赖性尽量小，子系统之间的接口简单明确，便于今后维护。

（2）要具有一定的灵活性，考虑今后管理发展的需要。

（3）应便于系统分阶段实现。

信息系统的开发都要分期分步进行。所以子系统的划分应该考虑到这种要求，适应这种分期分步的实施。另外，子系统的划分还必须兼顾组织机构的要求（但又不能完全依赖于组织，因为体制可能改革），以便系统更好地运行。

8.1.3　技术人员应该以客户为中心

一般来说，技术人员往往更加看重技术，以拥有高超的技术自豪，因此会不自觉地以技术为中心。要自觉地转到以客户为中心有一段艰难历程，因为技术人员往往觉得客户"笨拙"。如果客户提出意见，技术人员经常会认为是客户不能理解和掌握自己的"先进"思想。这肯定会引起客户不满，并给信息化建设带来麻烦。

以技术为中心的价值观，和以客户为中心的价值观，有以下重要区别。

（1）思维模式的区别。前者以技术为中心，以己度人：因为我技术好，所以产品好，产品为技术服务；后者以客户为中心，产品设计要满足客户需求，技术为产品服务。

（2）组织体系的区别。前者往往是松散的项目组织建制，强调和谐、轻松产生创造性，允许个人英雄主义；后者强调先分工，后沟通与协调，强调团队的成功才是个人的成功，个人服从组织。当然，和谐的气氛也很重要。

在 20 世纪 80 年代的电子表格市场，Lotus1-2-3、微软的 Excel 和 Borland 公司的 Quattro Pro 有一段时间三强鼎立。当时 Borland 开发的 Quattro Pro 具有最高的速度，但是 Borland 没有想到电子表格的用户一般是办公室人员，这些人注重的是易用性、方便性和功能的丰富性，而不是执行速度。Borland 的编译器效率卓越，开发者以技术为中心，也强调速度。因此在评比时，功能领先的都是 Excel 和 Lotus1-2-3，在执行效率方面领先的是 Excel 和 Quattro Pro，最终 Excel 胜出。

　小案例

以技术为中心而不是以客户为中心，这种现象并不局限于 IT 领域。但在 IT 领域，这种现象好像更为普遍。因此，微软前 Internet Explorer 5.0 的程序经理斯科特·伯肯（Scott Berkun）在 2000 年 9 月为软件公司的高级主管写了一篇文章——《为什么伟大的技术不能做出伟大的产品》（*Why Great Technologies Don't Make Great Products*），其中心论点是：做软件和做其他工程没有本质不同，都是为用户服务的。只有变成一个用户至上的人，才有可能做出一个伟大的产品，因为做技术的人是"压倒性的少数"。

下面基本上全文引用这篇文章，读者可以看看 Scott Berkun 是如何劝导程序员的，这有助于我们对软件行业、对 MIS 的开发与建设有更多了解。

我们都热爱技术，这正是我们从事这个行业的原因。我们有一个心照不宣的信念，认为技术可以拯救世界。我们精于创造技术，并把它们包装进软件的盒子或放到网站上，但我们在让我们的顾客容易使用，并以顾客欣赏的方式将软件集成起来方面，却经常失败。有时我们会对很难实施或很难创建的东西感到敬畏，却没有对用它们来实现的目标给予尊重。

多年来,我注意到我们对技术的热爱并不总是带领我们走在正确的方向上，在此我将尝试去描述这个问题。

1．玩乐雇佣条款

你的经理可能已经对你表达了一个愿望，做很酷的项目并玩得开心。这不是故事的全部，隐含的真相是所谓的"玩乐雇佣条款"：如果（而且只有如果）你能确保用户对产品有一个愉快的体验，你才是被雇佣来玩的。这是因为最终用户支付你的工资——他们支付我们所有人的工资。这意味着你所做的一切应该最终让用户获得好处，你的公司也因此受益。你想要去扩大你公司的目标与用户的目标之间的交集。

你写的每一行代码，你发现的每一个 Bug（错误），你所做的任何市场调研，都应该以某种形式帮助用户。无论你的工作多么不显眼，多么间接，你还是被"玩乐雇佣条款"所约束。例如，你修补一个设备驱动程序、改进可靠性或优化服务器性能，将使产品变得让用户感到更好。做市场研究能够帮助产品定位于合适的对象，从而可以满足他们的需求。如果你没能把你的工作与怎样帮助客户联系起来，那么把你的时间花在别的地方。你越是经常从最终用户的角度来思考你和你的团队的工作，你就越有可能创造一个伟大的产品。

2. 我们不是我们的用户

在这个行业中，我们形成了相似的思维方式。在大部分时间里我们是和那些在数学测试中获得高分的人一起度过的，我们认识那些有股票期权的人，我们和那些能从拆卸计算机中获得乐趣的人在一起工作。我们忘记了在我们这个行业中的人，跟世界上其他人是非常不一样的。这正是为什么进入易用性实验室似乎就像一次进入模糊地带的旅行，似乎那些用户是少数，是从某个扭曲和更缓慢的宇宙来参观我们的。而现实是，我们是压倒性的少数，那些在易用性实验室的参观者才是多数，他们是使用我们的产品，并支付我们薪水的人。

并没有其他方式可以替代观看某个人使用你创造的东西，这是可以验证你设想的目标是否和现实匹配的唯一方式。你愿意一个外科医生在手术前和手术后都不对你进行检查吗？你希望一个建筑合同商在没有和你讨论计划、且不能确保你能得到你所要的结果的情况下，就重新装修你的厨房吗？好的工匠在制造产品之前，愿意首先考虑产品将被如何使用。我们具有惊人的创造力，也容易掉入陷阱，掉入所创造的产品只吸引我们自己而不吸引客户这种陷阱。除了通过易用性测试和其他形式的客户反馈，并没有其他方式可以了解你有多么偏离方向。你必须在整个产品周期花时间与用户沟通，反复更新开发团队对于他们正在做什么以及是在为谁做的看法。

3. 什么更重要？用户还是技术？

技术专家和真正的设计人员在对于怎样做产品的方式上有根本差异。技术人员倾向于以技术开始。我们让开发团队开发一项技术，然后硬塞进一个用户界面，对整个框架的用户体验完全被技术所支配。产品将不是被设计为用户使用的产品，而是被设计为一堆技术的载体，这样用户体验肯定会成为一个糟糕的妥协。我们的所作所为显得好像技术比产品更重要。伟大的产品是以这种方式设计的吗？大师级的厨师直到最后一分钟才弄清顾客要求的食品是什么味道吗？裁缝是在衣服都被缝好以后才去量顾客的尺寸吗？

任何行业中的好工匠，都明白用户将会使用他们的作品，他们将考虑用户所想、所做的每一个决定。传统软件和 Web 开发并无不同，去餐厅吃饭或去电影院看电影的人，和使用我们产品的人是同样的人。我们需要培养一种兴趣，即去了解其他领域中的产品是如何开发的，他们是如何实现所需效果的。汽车、CD 播放器、器具等制造商，除了他们做那个行业比我们做软件的时间更长之外，都会面临和我们同样的挑战，需要在工程、商务、易用性之间实现平衡。通过了解他们开发方式的差异，我们可以从他们的成功和失败中学到很多。

4．为什么简单的产品是伟大的产品？

最强有力的工程技术是那种我们不会留意到的技术。工程师和开发人员的真正力量体现在把非常复杂的东西转换为难以置信的简单事物。汽车中的自动传动系统显然比手动传动系统有更多的工程技术含量。汽车工业、城市建筑、消费类电子产品中的最佳作品，都体现出伟大的工程是聚焦于隐藏复杂性而不是显现它们。

增加产品价值的最佳方式是：增加它的功能，却没有增加复杂性。当你想增加一个新的特性或功能时，是否有办法不为它增加一个用户界面？它能被可靠地自动化吗？或者，为了包含新功能，是否可以通过新的、改进过的方式替代旧方式，来调整甚至去掉原先的功能？想一下汽车工业是怎么做的，想一下他们怎样以对用户影响最小的方式来增加重大功能。就像对于普通方向盘来说，动力方向盘是一个新功能一样，防锁死刹车系统也是对标准刹车踏板使用界面的补充。能获得新特性的好处，司机还不需要训练或重新学习。这种设计努力——使复杂的特性让用户看起来很简单，这就制造出了伟大的产品。

5．将软件作为服务的真正含义

当你走进一家运动用品商店，询问一个关于背包的问题时，你期待得到尊重，希望售货员按你的水平和你交谈，并以礼貌和公平的方式来处理和解决你的问题。软件用户或Web用户也是一样，他们期待被尊重，并得到优质服务。客户总是正确的。

当我们把出现的一个错误信息认为是用户的错误而不是开发人员的错误时，我们就犯了个严重错误。如果一个用户试图从一个网站上购物，出现了服务器数据库问题，这是谁的错？是我们的错误！我们没有足够聪明到去确保用户从不遇到这样的问题。要么是因为项目经理和设计师没能做出恰当的界面设计，要么是因为开发和测试组没能发现重大缺陷。网站上的错误信息比用户在软件中遇到的错误信息更糟。当我们的产品中出现错误的时候，我们提供了礼貌和有帮助的支持了吗？我们是否以顾客至上的方式对待客户了？几乎从来没有。通常我们以这样的错误信息做出回应："Server error 152432. Scripting service failure"（服务器错误152432，脚本服务错误）。图8.1所示为某网站链接失效后的情形。

每一条错误信息，都意味着一个用户陷入麻烦中了。想象一下你的用户，沮丧地坐在那里，因为他们没有完成他们非常想完成的事情而导致会议迟到。你希望让你的用户在那一刻看到什么？他们应该得到哪种服务？

你放到产品中的每一个错误信息，都是一个提供良好服务的机会。如果你想把提供优质服务作为你的网站或产品的一部分的话，就必须把错误信息和错误处理规划在你的项目开发日程中。项目经理应该把错误信息处理作为一个任务添加到开发、测试团队的日程中。

但是记住：没有什么伟大的错误信息，一个伟大的错误是一个通过一流的产品设计和错误处理代码所消除的错误。

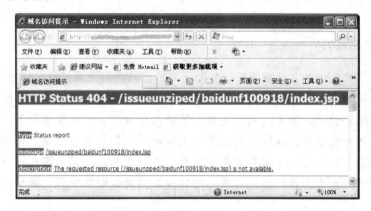

图 8.1　某网站的链接失效后的情形

　　超越只提供错误信息的服务不是去责备用户，而是向用户提供很大的帮助。在用户的体验过程中，可以有很多机会提供给用户好的服务。观看某人使用你的网站的主要功能，自问它能否达到在一家好的商店或餐厅中得到的服务水平，一个好的服务员知道何时打断你、何时让你一个人待在那里、知道如何以彬彬有礼的方式服务你。你的网站或软件质量越是能接近用户日常生活中得到的良好服务水平，你就越接近于拥有一个伟大的产品。

6. 投入时间去创造伟大的产品

　　把什么都做好是困难的，写好代码比写烂代码要花更多时间。如果你的团队的管理部门致力于制造伟大的产品，那么他们应该采取措施去调整团队的目标和日程，以便真正能做出伟大的产品。这是他们的工作，如果他们没能那么做，让他们知道这些就是你——高级经理的工作。如果问题是你想了解如何把用户界面的交互性设计或易用性集成到开发流程中，就要去询问团队中从事设计和易用性测试工作的人员。好的产品设计来自于好的流程，很多团队还没有认识到这点。在很多情况下，在易用性工程上投资，最终能节约时间和金钱，因为你开始就设计得很好，而不是在产品发布之后试图去打补丁。

　　领导得很好的团队，会让每个人都明白他们个人的所作所为是怎样影响客户的。针对用户的问题，在功能和技术上怎样去解决用户的问题，在产品开发流程开始前，就应该把产品管理、产品计划和易用性测试等包含在一个日程框架里。没有一个框架，你肯定是在构建一个不解决任何顾客问题的技术体系。你应该每天问自己：我正在解决什么样的问题？它是谁的问题？把我的时间投在里面是否合理？

　　如果你的目标是让产品易用，而且你知道怎么做，你就应该安排你的项目进度日程，以保证实现目标。说"我没有时间"去开发产品，是一种逃避，它意味着你的团队没有很好的计划，或者目标和计划没有很好地匹配。如果你把用户对产品的体验作为低优先级事项，那么也许你应该重新评估你的项目的优先级。如果你确信哪些事是重要的，可以为其制定计划日程。

7. 伟大来自何方？

变成一个用户至上的鼓吹者，可以有助于你做出伟大的产品。我坚信整个团队都重视，并致力于满足用户需求，才是产生重大差别的原因。把这篇文章发给你团队中的同事，让他们进行易用性测试吧。如果团队中没有人了解怎么做的话，就要学习怎么做：和产品设计师讨论什么地方出错了？询问你的易用性工程师，他们是怎么从事工作的？询问你怎样才可以帮助他们？你的正式工作头衔并不重要，用户支付你的薪水跟你做什么无关。如果你从事用户界面方面的工作，帮助团队中的其他人拓展他们的视野、邀请他们参与吧。

8.2　关系的规范化理论

系统设计最重要的一步，是针对具体的 DBMS 设计数据库的结构。一般来说，现在用的都是关系型数据库，因此需要把 E-R 模型中的各种实体、属性和关系转化为关系型数据库中的表、字段和参照完整性关系，这就是数据库的逻辑结构设计。

关于数据库以及关系型 DBMS 的各种基本概念，本书第 2 章第 3 节已经讲过，在此不再赘述。本节讲一下关系的规范化理论，它是人们提出的一些数学和数据库理论，以便设计出高效、冗余度小、便于维护和管理的数据库系统。

首先回顾一下关系模型的形式化定义。在第 2 章已经讲过，关系就是二维表，一个关系是元组的集合，对关系的描述称为关系模式。

元组的实质是一个 n 目谓词（n 是属性集中属性的个数），每个谓词都有一个取值范围，因此元组的最大取值范围是这 n 目谓词各取值范围的笛卡儿乘积[①]。但是，由于现实世界中有各种约束关系，这些约束或者通过对属性取值范围的限定，或者通过属性值之间的相互关联反映出来。后者称为**数据依赖**。因此，元组的取值范围一般要小于 n 目谓词各取值范围的笛卡儿乘积，关系模式应该刻画出这些完整性约束条件。

8.2.1　关系模式和第一范式（1NF）

一般来说，可以把一个关系模式定义成一个三元组：

---

① 例如，一个二目谓词（a, b）中，a 的取值范围是 $\{1, 2, 3\}$，一共三个值；b 的取值范围是 $\{x, y\}$，一共 100 个值。则元组（a, b）的各种可能的组合有 $3 \times 2 = 6$ 种，分别是（$1, x$）、（$1, y$）、（$2, x$）、（$2, y$）、（$3, x$）、（$3, y$）。这就是笛卡儿乘积，也是该元组的最大取值范围。

R（U, F）

其中，**R** 是关系名，它是符号化的元组语义。U 是一组属性，F 是属性组 U 上的一组数据依赖。当且仅当 U 上的一个关系 r 满足 F 时，r 称为关系模式 **R**（U, F）的一个关系。

对于作为一张二维表的关系 **R**，有一个最起码的要求：关系 **R** 的每一个分量（属性）必须是不可分的数据项。满足了这个条件的关系模式 **R** 就属于**第一范式（1NF）**，可以写为 **R**∈1NF。

关系数据库中的关系是要满足一定要求的，满足不同程度要求的为不同范式。满足最低要求的叫第一范式，简称 1NF。在第一范式中满足进一步要求的称为第二范式，其余以此类推。

范式主要是 E.F.Codd 做的工作。他在 1971—1972 年系统地提出了 1NF、2NF、3NF 的概念，以后又和 Boyce 提出了 BCNF。以后，有人又提出了 4NF 和 5NF，每一种范式都比以前严格，因此适用范围就更小。我们只需要学习到 3NF，前三种范式之间的关系如图 8.2 所示。

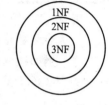

图 8.2　范式的范围

在任何一个关系数据库中，第一范式是对关系模式的最起码要求。不满足第一范式的数据库模式不能称为关系数据库。

8.2.2　函数依赖

数据依赖是关系中属性之间值的依赖关系，它是现实世界属性之间相互联系的抽象，是数据的内在性质，是语义的体现。最重要的数据依赖是函数依赖。

1．函数依赖

设 **R**（U）是属性集 U 上的关系模式，X，Y 是 U 的子集。若对于 **R**（U）的任意一个可能的关系 r，r 中不可能存在两个元组，它们在 X 上的属性值相等，而在 Y 上的属性值不等，则称 **X 函数确定 Y 或 Y 函数依赖于 X**，记为 $X \rightarrow Y$。

【例 1】　假设学生关系 student_info 有如下属性：

student_id（学号）	sex（性别）
class_name（班级名）	birthday（出生日期）
student_name（姓名）	resume（备注）

请指出该关系中的一个函数依赖。

由现实世界可知，在学生关系中，学生可能会重名，也可能出生日期相同；同一个班级包括多个学生；也可能有很多学生的备注内容一样。但每个学生只能有唯一的学号，即学号 student_id 确定后，学生的姓名 student_name 等值也就唯一确定了。因此可以得出如下函数依赖：

student_id→class_name（班级名）　　student_id→birthday（出生日期）

student_id→student_name（姓名）　　student_id→resume（备注）

student_id→sex（性别）

或者说，在 student_info 关系模式中，属性集合（class_name，student_name，sex，birthday，resume）函数依赖于属性集合（student_id）。

2. 完全函数依赖和部分函数依赖

在 R（U）中，如果 $X{\rightarrow}Y$，并且对于 X 的任何一个真子集 X'，都有 $X'{\nrightarrow}Y$，则称 Y 对 X **完全函数依赖**，记作 $X\xrightarrow{F}Y$。

若 $X{\rightarrow}Y$，但 Y 不完全函数依赖于 X，则称 Y 对 X **部分函数依赖**，记作 $X\xrightarrow{P}Y$。

在完全函数依赖中，X 是能函数确定 Y 的最小属性集合，否则 Y 对 X 只是部分函数依赖关系。例如在例 1 中，属性集合（class_name，sex，birthday，resume）部分函数依赖于属性集合（student_id，student_name），即：

$$（student\_id，student\_name）\xrightarrow{P}（class\_name，sex，birthday，resume）$$

因为存在（student_id，student_name）的一个真子集（student_id），它函数决定（class_name，sex，birthday，resume）。

3. 传递函数依赖

在 R（U）中，如果 $X{\rightarrow}Y$（$Y\nsubseteq X$），$Y{\nrightarrow}X$，$Y{\rightarrow}Z$，则称 Z 对 X **传递函数依赖**。

这里之所以加上条件 $Y{\nrightarrow}X$，是因为如果 $Y{\rightarrow}X$，则 $X{\leftarrow}{\rightarrow}Y$，实际上是 $X\xrightarrow{\text{直接}}Z$，是直接函数依赖而不是传递函数依赖。

例如，假设学生姓名不能相同的话，则（student_id）$\leftarrow{\rightarrow}$（student_name），即它们互相函数依赖或函数确定。如果唯一的学号能得到一个确定的（class_name，sex，birthday，resume）值，则相应唯一的学生姓名也能得到这个确定的组合。

【例 2】　假设在例 1 的学生关系中增加系名属性 dept_name，指出其中的传递函数依赖。

由现实世界可知，一个学生属于一个班，一个班又属于一个系；但反过来，一个系可以包含多个班，一个班又可包含多名学生。因此在 student_info 关系中，存在如下函数依赖：

student_id→class_name　　　　　class_name→dept_name

因此，dept_name 传递函数依赖于 student_id。

4. 码

能够唯一标识出一个关系中各个元组的某个属性或属性组合，称为**关键字**（**Key**）。例如，学号 student_id 可以作为学生关系的关键字。姓名一般不能作为关键字，因为可能有重名者存在。Key 也可以翻译或简称为**码**。这里，用函数依赖的概念来重新定义码。

设 K 为 **R**（U, F）中的属性或属性组合，如果 $K \xrightarrow{F} U$，则 K 为 R 的**候选码**（Candidate Key）。如果候选码多于一个，则选定其中的一个为**主码**（Primary Key）。包含在任何一个候选码中的属性，叫做**主属性**（Prime Attribute）。不包含在任何码中的属性，称为**非主属性**（Nonprime Attribute）或**非码属性**（Non-key Attribute）。

最简单、最普通的情况是单个属性就是码，例如在例 1 的 student_info 关系中，student_id 属性就是码。

比较普通的是一个关系的两个或两个以上的属性组合是码，例如，考虑学生成绩关系 student_cj：

student_id（学号）
course_id（课程号）
cj（成绩）

在此关系中，单个属性不是码，但属性组合（student_id，course_id）是码。

5. 第一范式的缺点

满足第一范式的关系模式，不一定是一个好的关系模式。

【例 3】　假设学生基本信息关系 student_info 具有如下属性：

student_id（学号）	birthday（出生日期）
class_name（班级名）	course_id（课程号）
dept_name（所属系名）	cj（对应课程的成绩）
student_name（姓名）	resume（备注）
sex（性别）	

分析该范式的函数依赖关系。

显然，该关系满足第一范式：每个数据项都是不可再分的。但和例 1 相比，这个关系模式增加了 dept_name、course_id 和 cj 三个属性，属性组合（student_id，course_id）是码。

在该关系中，主码（student_id，course_id）决定了 cj，也决定了其他各属性的值，但实际上仅 student_id 就可以决定 class_name、dept_name、student_name、sex、birthday、resume 等属性值，因此这些属性部分函数依赖于主码（student_id，course_id）。另外，在非主属性中，dept_name 通过 class_name，传递函数依赖于主属性 student_id。所以，该关系中的函数依赖关系如图 8.3 所示。

图中实线是完全函数依赖，虚线是部分函数依赖。

在例 3 的关系中，存在以下四个问题。

（1）插入异常。假如要插入一条没有选课的学生元组（如新生入学），因为 course_id

是主属性不能为空，所以这样的元组无法插入到 student_info 关系的表中。

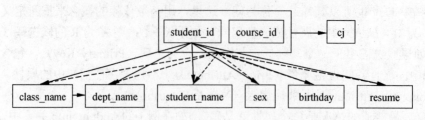

图 8.3　student_info 关系中的函数依赖

（2）删除异常。假定某个学生只选了一门课，现在他又不打算学这门课了，就需要将包含该课程的元组从关系中删除，这就会把该学生在该关系中的唯一记录删除，从而无法在 student_info 关系中找到该学生的任何信息。

（3）冗余度大。如果一个学生学习了 20 门课程，那么他的学号、班级编号、系名、姓名等属性值就要重复存储 20 次。

（4）修改复杂。如果要修改一个学生的姓名、备注等属性，就需要修改该学生的所有元组中的相应属性值。

例 3 出现以上问题的主要原因是存在大量的部分函数依赖。为了消除部分函数依赖，人们提出了第二范式。

8.2.3　第二范式（2NF）

若 $R \in 1NF$，并且每一个非主属性完全函数依赖于码，则 $R \in 2NF$。

【例 4】　改进例 3 中的关系 student_info，消除部分函数依赖。

可以采用投影分解法，将 student_info 分解为两个关系：

student_info（student_id, class_name, dept_name, student_name, sex, birthday, resume）student_cj
　（student_id, course_id, cj）

其中 student_info 的主码是（student_id），student_cj（学生成绩）的主码是（student_id, course_id）。这两个关系模式的函数依赖如图 8.4 所示。

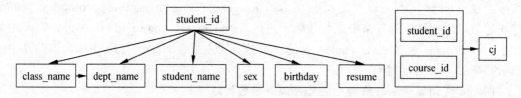

图 8.4　student_info 关系（左）和 student_cj 关系（右）的函数依赖

　　显然，在分解后的关系模式中，非主属性都完全函数依赖于主码了。消除了插入异常、删除异常等缺陷。在很多情况下，修改也变得简单了，冗余度也大为降低。

　　但是，在例 4 中并未将冗余度降低到令人满意的程度。例如，一个系往往有几百上千名学生，系名 dept_name 属性值就要重复存储几百上千次。不仅仍显得很冗余，而且如果要修改系名，就要更新几百上千条记录的相应属性值，修改工作繁重。

　　例 4 出现以上问题的原因是存在传递函数依赖。为了消除传递函数依赖，人们提出了第三范式。

8.2.4　第三范式（3NF）

　　若 $R \in 2NF$，并且不存在这样的码 X，属性组 Y 及非主属性 Z（$Z \nsubseteq Y$），使得 $X \rightarrow Y$，$Y \nrightarrow X$，$Y \rightarrow Z$ 成立，则 $R \in 3NF$。

　　数学上可以证明，若 $R \in 3NF$，则每一个非主属性既不部分函数依赖于码，也不传递函数依赖于码，这里从略。

　　【例 5】　改进例 4 中的关系 student_info，消除传递函数依赖。

　　仍采用投影分解法，将 student_info 继续分解为两个关系：

student_info（student_id，class_name，student_name，sex，birthday，resume）
banji（class_name，dept_name）

　　其中 student_info 的主码是（student_id），banji（班级）的主码是（class_name）。这两个关系模式的函数依赖如图 8.5 所示。

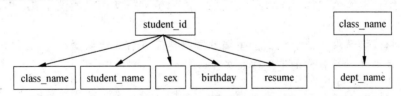

图 8.5　student_info 关系（左）和 banji 关系（右）的函数依赖

　　假如平均一个班有 50 个人，一个系有 30 个班，则在例 4 中，一个系名平均要存储 1500次，而在本例中，一个系名平均要存储 30 次，冗余度大为降低。

　　若关系模式 R 中的属性或属性组 X 并非 R 的码，但 X 却是另一个关系模式的码，则称 X 是 R 的**外部码（Foreign Key）**，简称外码。

　　因此在例 5 中，属性 class_name 是关系模式 student_info 的外部码。

　　在实际设计数据库时，经常需要为实体增加额外的编号字段。例如，很多学校的系并无编号（军校除外），因为系名肯定不会重复，而且并不难记。但在设计关系模式时，一般都要增加一个简单的编号字段。

因此在 student 数据库中，对例 5 中的关系模式又进行了改进：在 banji 关系中人为地增加了班级编号属性 banji_id，并用此属性作为 banji 关系模式的主码，并作为 student_id 关系模式的外码。同样，为系也建立了实体，并增加了系编号属性 dept_id 作为主码（在 banji 关系中是 dept_id 作为外码）。改进后的 student_info、banji、department 关系模式如图 8.6 所示。

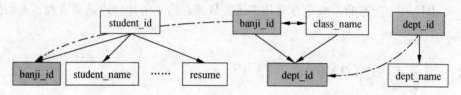

图 8.6　student_info 关系（左）、banji 关系（中）和 department 关系（右）

在图 8.6 中，修改和增加后的属性用灰色的框表示，参照完整性用虚线表示。

增加编号属性有以下四大好处。

（1）因为增加的单个编号属性一般作为主表的主码，所以轻易地保证了关系至少属于第二范式。

（2）进一步方便了修改。例如，班级编号或系编号可以隐藏在数据库中固定不变，仅仅供程序员使用，用户看到和操作的仅仅是班级名或系名本身。如果要修改班级名或系名，仅需要通过连接，修改 banji 或 department 关系中的一个元组的属性值而已。

（3）进一步节省了存储空间。如果班级名的平均长度是 20B，而班级号的长度是 4B，则在 student_info 关系中，每个元组就可节省 16 B。系名/系号属性也类似。在有成千上万条记录的表中，节省的空间相当可观。而在主表中增加编号作为主码，增加的空间是微不足道的。

（4）加快查询速度。系统对数值型编号字段建立索引并进行查询，比按照字符型的名称字段建立索引并进行查询的速度快得多。

在实际开发应用系统时，一般来说，让关系模式满足第三范式就足够了。因此更加高级的 BCNF、4NF、5NF 范式本书从略，有兴趣的读者可以参看计算机专业的数据库理论教材。

8.3　软 件 架 构

开发 MIS，不仅需要定义网络硬件系统架构、业务系统架构（需求分析）和数据库的结构（数据库设计），而且还需要定义软件系统的架构，或称软件架构。

要学习软件架构，很有必要先学习一些面向对象程序设计的知识。

8.3.1　面向对象程序设计基础

面向对象的理论，首先要把现实世界中的各种事物划分为不同的**类（Class）**。类是抽象的概念。类有"**状态**"和"**行为**"，"**状态**"是类的静态属性，但可以通过动态的"**行为**"来改变。例如，"人"可以看成一个类，可以为"人"类定义姓名、性别、身高、体重等静态属性，也可以定义行走、睡觉、吃饭等行为。

一个类的具体实例就是**对象（Object）**。类是抽象的，而对象是具体的。对象具有该类的状态和行为。例如，一个具体的人有姓名、性别、身高、体重等属性值，这个人也具有行走、睡觉、吃饭等行为。因此，**对象是类的具体实例，而类是定义了对象特征以及对象外观和行为的模板**。

1．面向对象的程序设计

当把面向对象的理论用于程序设计时，就是**面向对象的程序设计（Object-Oriented Programming）**，简称 OOP。在 OOP 中，类或对象的"状态"或特征称为**属性（Property）**。属性具有属性名和属性值，通过属性名，可以访问属性值。例如，在 Windows 中，命令按钮类的某个具体对象"CommandButton1"，他的"name"属性的值是"CommandButton1"，"width"属性的值是"100"，表示 100 像素宽，等等。类或对象可能执行或发生的行为，称为**事件（Event）**。例如，命令按钮对象 CommandButton1 被单击、被双击等，都是发生在该对象上的事件。

OOP 的核心思路是：首先定义一些类（或者软件系统预先提供一些定义好的类），然后用类生成一些具体对象，再为类和对象的某些事件书写程序代码，在代码中可以改变对象的一些属性值，并让对象做出我们所期望的反应。

还有一个术语叫**方法（Method）**，它是指对象所固有的、完成某种任务的功能，是对象能够执行的一个操作。因此，"方法"类似于面向过程程序设计中的"过程"和"函数"。

从面向对象的理论看，"方法"与"事件"本质是相同的。"事件"可以看成系统预先定义的空"方法"，可以在事件中调用用户定义的方法，也可以在用户自定义方法中激活特定事件。

2．封装

这种将对象的方法和属性包装在一起的方法，称为**封装（Encapsulation）**。封装可将操作对象的内部复杂性与应用程序的其他部分隔离开来。例如，当用户为一个命令按钮对象设置 name 属性时，不必了解 name 属性字符串是如何存储的。

类的结构的形象说明如图 8.7 所示。

为了便于开发系统，面向对象的开发工具（如 Visual Basic、PowerBuilder、Java 等）

一般都会提供很多预先定义好的类和对象，并为这些类和对象预先设置足够多的属性、事件和方法，供程序员自由调用。一般来说，一个功能强大的开发工具，应该提供几百个类和对象，每个类和对象有上百个属性和事件，并提供几百个甚至上千个方法。Java 甚至有几千个类。

面向对象的开发工具也允许程序员定义自己的类和对象，并为对象和类增加所需要的属性和事件。

图 8.7　类的结构

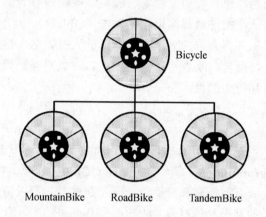

图 8.8　自行车的层级关系

3．继承和多态

类具有继承、封装和多态三大特性。

上面已经讲过封装。所谓**继承（Inheritance）**，就是一个类可以在另一个类的基础上建立，继承该类的所有属性和事件。被继承的类称为**父类（Parent Class）**或**超类（Superclass）**，继承父类建立的类称为**子类（Subclass）**。在子类中，不仅可以继承父类的所有特性，而且还可以增加自己的属性和方法程序。这样可以很好地实现代码重用，加快开发程序的速度。

例如，可以把自行车（Bicycle）类作为山地车（MountainBike）、公路车（RoadBike）和双人车（TandemBike）的父类，如图 8.8 所示。

类可以实现多层次的继承关系。例如，类 B 继承了类 A，类 C 又继承了类 B。因此，类 B 既是类 A 的子类，也是类 C 的父类。另外，在一个层次结构中，如果有一个类，所有的其他的类都是由它直接或间接派生出来的，这个类就称为**基类（Base Class）**。

在继承中自然就会有这样一个问题：如果子类的方法程序或属性，和父类或基类的方法程序或属性同名，当调用子类创建的对象的方法时，系统到底调用的是哪个方法呢？是父类的方法还是子类的方法？

例如，在某种 OO 编程环境下，A 是 B 的父类，两个类中都有自己的方法 method1。这样，类 B 中实际上有两个 method1 方法：一个是继承父类 A 的，另一个是自己增加的。

假如用类 B 生成的一个具体对象 Bobject 的某段事件代码中有如下语句：

Bobject.method1( )

它究竟调用的是类 B 继承类 A 的方法 method1？还是类 B 自己增加的方法 method1？

这就是类或对象的**多态性（Polymorphism）**，在具体编程时相当让人迷惑。相对于继承和封装，类的多态性较难掌握。但任何面向对象的开发系统，都有一套比较完善的机制，保证当程序并不明显地说明是调用哪个类的方法时，系统会根据某种规则，自动调用相应的方法，而不会混淆出错。

4．面向对象方法的优点

20 世纪 80 年代中期以来，人们开始注意面向对象程序设计的研究，并在 90 年代成为主流开发方法，其原因主要有以下几个方面。

（1）从认知学角度来看，面向对象方法符合人们对客观世界的认识规律。

（2）面向对象方法开发的软件系统，相对易于维护，其体系结构易于理解、扩充和修改。

（3）面向对象方法中的继承机制可以有力支持软件的复用。

在开发一个软件系统时，可以将某些经常使用的、处于顶端的类作为基类，并仔细定义其属性和方法。然后通过继承机制，派生出一系列子类，子类可以直接调用父类的属性和方法，这样就不用重复编程了。当然，也可以在子类中定义新的属性和方法，使系统更加灵活。

除了 OOP 外，人们还经常使用两个术语：**面向对象的分析（Object-Oriented Analysis，OOA）**和**面向对象的设计（Object-Oriented Design，OOD）**，前者是分析出各种类，以及类之间的层次关系，后者是把 OOA 所创建的分析模型化为设计模型。实际上，OOD 和 OOA 没有明显的分界线。

8.3.2 什么是软件架构

学习了基本的 OO 理论之后，就可以学习软件架构了，因为现在的软件架构都是基于 OO 理论，用一系列类搭建起来的。

1．软件架构

软件架构（Software Architecture）是一系列相关的抽象模式，用于指导大型软件系统各个方面的设计。软件架构描述的对象是直接构成系统的抽象软件组件，各个组件之间的连接则明确和相对细致地描述出组件之间的通信关系。在实现阶段，这些抽象组件被细化为实际的组件，比如具体某个类或对象。组件之间的连接通常用接口（Interface）来实现。

　　构造软件架构是软件开发中最基础的工作，和构造数据架构同样重要。软件架构一般是由系统中不易改变的部分组成，因此要构造软件架构，必须极为深入地理解项目需求和项目中的各种概念，因为软件的基础架构一旦决定，就很难甚至无法更改。

　　软件架构看似容易理解，但架构不仅仅是结构。美国电气和电子工程师协会（IEEE）的架构工作组对架构（Architecture）的定义是：系统在其环境中的最高层概念。构架还包括"符合"系统完整性、经济约束条件、审美需求和样式。它不仅注重对内部的考虑，而且还在系统的用户环境和开发环境中对系统进行整体考虑，即同时注重对外部的考虑。

　　软件架构是项目经理分配任务、开始具体编程的基础。一个经验丰富的软件系统架构师，不仅要熟悉编程系统，而且要熟悉业务系统。但即使如此，他用经验、心得体会构建的系统架构也可能很难被其他程序员和系统架构师理解。而且在构造软件架构时，一定要考虑可靠性、安全性、可扩展性、可定制化和可维护性。因此，构建软件架构是相当困难的工作。

　　可以让技术水平较高、经验丰富的程序员来设计软件架构，这就是所谓的架构师。在很多软件公司中，架构师不是一个专门和正式的职务，但越来越多的公司已经认识到架构工作的重要性。

2．软件架构的组成要素

　　软件架构由架构元件（Architecture Component）、联接器（Connector）和任务流（Task-flow）组成。所谓架构元素，也就是组成系统的"砖瓦"，联接器用来表达元件之间的通信，任务流则描述系统如何使用这些元件和联接器来完成某一工作。

　　如果软件架构很复杂，同样要进行分层。本书 3.1.3 小节讲的网络分层理论，完全适用于软件架构的分层。

　　【例 6】　某软件系统被划分成三个逻辑层次，分别是表象层、商业层和数据持久层，如图 8.9 所示。

　　在图 8.9 中，每一个层都包含多个逻辑元件。比如 Web 服务器层次中有 HTML 服务元件、Session 服务元件、安全服务元件、系统管理元件等。我们不必关心各种软件细节，但从图 8.9 中可以看出，软件架构确实和硬件架构、业务架构、数据架构都不相同，它是从编程角度看问题的。

　　实际上，例 6 中的软件架构主要借鉴了主流软件开发平台的体系结构架构。目前主的软件开发平台有两个：J2EE 和 Microsoft .NET。

8.3.3　J2EE 体系结构

　　J2EE 是 Java2 平台企业版（Java 2 Platform Enterprise Edition） 的简称，本质上是一个分布式的服务器应用程序设计环境，是一个企业级的开发平台，用来建设大型的分布式企业级应用程序。这些企业可能大到拥有中心数据库服务器、Web 服务器集群和遍布全球的办公终端，也可能小到只不过想做一个网站。

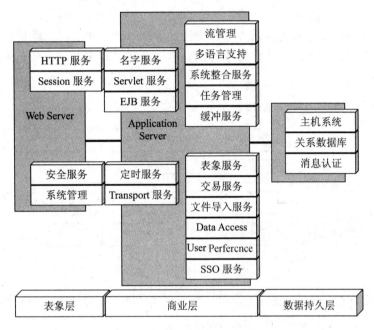

图 8.9　某软件系统的架构

J2EE 是许多技术的集合体，并且一直在不断成长中。例如，很多专业名词 Servlet/JSP、JDBC、JMS、JNDI、EJB、XML、Web Service……或者是 J2EE 的一部分，或者和 J2EE 密切相关。因此，要想成为 J2EE 编程高手，需要学很多东西。

在 J2EE 之前的基于浏览器的应用系统，也就是传统的 B/S 体系结构，如图 8.10 所示。

图 8.10　B/S 体系结构

在 B/S 系统中，用户通过客户机上的浏览器来访问后台的 Web 服务器，Web 服务器再把相应的请求转发给应用服务器来处理，应用服务器再将其中的数据访问请求转发给数据库服务器进行处理。

在 Web 开发中，人们为了简化开发过程，提高效率，陆续发明了很多新技术。在页面开发上，基于 JavaScript 发明了如 prototype、jQuery、Ajax 等框架；基于 Java 技术，发明了 J2EE；基于 J2EE 架构，又发明了 Struts、WebWork、Spring、Hibernate、Itabtis 等无数框架产品。

程序员面临的困境，就是技术本身在快速发展，不时有新名词、新概念出现，现有技术也在快速演化中。另外一个头疼的事情，就是技术架构的变化，一旦底层的平台变了，还得重新学习。

J2EE 出现后，其四层体系结构如图 8.11 所示。

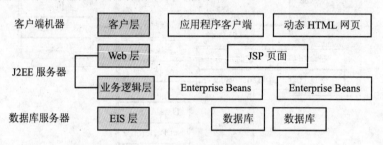

图 8.11　J2EE 体系结构

（1）**客户层**（**Client Layer**）组件运行在客户端机器上，是 J2EE 的应用程序，可以基于 Web 方式建立，也可以是基于传统桌面方式建立。

（2）**Web 层**（**Web Layer**）组件可以是 JSP 页面或 Servlets。Web 层可能包含某些 JavaBean 对象来处理用户输入，并把输入发送给运行在业务层上的 Enterprise Bean（"企业豆"）来进行处理。相关术语都是 Java 中的专业术语，读者不必掌握。

（3）**业务逻辑层**（**Business Logic Layer**）组件用于编写业务代码，用来满足银行、零售等商务领域的需要，由 Enterprise Bean 进行处理，这是 J2EE 中的一个面向对象的分布式软件模型。

（4）**EIS 层**（**Enterprise Information System，企业信息系统**）处理企业信息系统软件，例如 ERP、大型机事务处理、数据库系统和其他老的信息系统。

J2EE 的优点是性价比较高，具有良好的可扩展性。J2EE 体现了以服务器为中心的设计思想：一切工作都在服务器上完成和实现，客户端是为服务器来服务的。在 J2EE 的整个理论体系里面，没有考虑用户界面应该如何优化，也没有考虑用户的实际体验，J2EE 关注的重点和核心是后台的服务器。当然，软件开发小组可以配置专门的界面美工人员来解决这个问题。

作为一个理论体系，J2EE 是完整的，但也相当复杂，难以全部掌握。

J2EE 是一个体系结构，各软件厂商都可以推出符合 J2EE 规范的产品，其核心就是中间层，也就是 J2EE 服务器，或称 J2EE 应用服务器。不仅国外著名厂商 IBM、BEA、Oracle 等早已推出了自己的应用服务器，而且国内软件厂商也推出了相关产品，如金蝶的 Apusic、东方通科技的 TongWeb、中创软件的 InforWeb 应用服务器等。从技术上讲，我国的 J2EE 应用服务器已经可以和国外主流产品一争高下了。目前，J2EE 技术已经进入成熟阶段，各应用服务器产品的基本功能已经趋于同质化。

基于 J2EE 的开发模式

采用 J2EE 为软件开发平台的开发模式一般有以下两种。

（1）按功能垂直划分，每个开发人员负责某个功能点的多层开发。优点是功能模块划分清晰，责任明确。缺点是各个方面都要做，对程序员的要求比较高，

（2）按 J2EE 的层次来划分，客户层、Web 层、业务逻辑层、EIS 层分别由一些程序员开发。优点是适合大型软件的开发，对开发人员要求较低，每个开发人员只要懂自己要做的工作即可。缺点是开发人员之间的交流成本增大，因此系统架构和项目管理显得很关键。

8.3.4　Microsoft .NET 体系结构

在第 3 章曾经讲过，为了对抗 Java，微软公司于 2000 年 6 月 22 日发布了".NET 战略"，要建立互联网环境下的软件开发平台，可以使用多种开发语言进行软件开发。可以说，.NET 是微软自从发布 Windows 3.0 以来最为激动人心的新技术。对于.NET，微软的定义是："用于构架、配置、运行网络服务及其他应用程序的开发环境，该平台包括三个主要部分：公共语言运行时、框架类和 ASP.NET。".NET 框架如图 8.12 所示。

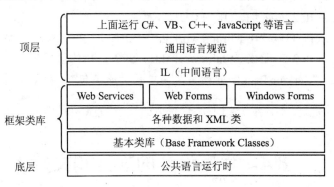

图 8.12　Microsoft .NET 框架

.NET 框架是以一种类似于 Java 虚拟机方式运行和管理的编程平台，以公共语言运行时（Common Language Runtime，CLR）为基础，通过框架类库（Framework Class Library，FCL），支持多种语言（C#、VB.NET、C++、Python 等）的开发。.NET 框架为开发人员提供了统一的、面向对象的、层次化的、可扩展的框架类库，开发人员不再需要学习多种架

构，只要学习.NET 框架，就能灵活采用各种不同的编程语言进行开发了。在.NET 框架下，不仅可以开发传统的基于 Windows 平台的应用系统，还可以开发基于 Smart Phone、Pocket PC、Tablet PC 等运行微软软件的应用系统。

2006 年 11 月 6 日，微软正式发布 Microsoft .NET 3.0。.NET 3.0 的框架如图 8.13 所示。

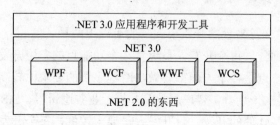

图 8.13　Microsoft .NET 3.0 框架

从总体来看，.NET 3.0 框架主要是引入了以下四种适应未来发展的基本新技术。

● Windows 描述基础（Windows Presentation Foundation，WPF）。
● Windows 通信基础（Windows Communication Foundation，WCF）。
● Windows 工作流基础（Windows Workflow Foundation，WWF）。
● Windows CardSpace（WCS），用于使用和管理不同的数字标识。

.NET 也在不断发展之中，2008 年微软又发布了.NET Framework 3.5。

有人总结.NET Framework 2.0、3.0 和 3.5 之间的关系是这样的：

.NET Framework 2.0 = CLR 2.0 + FCL

.NET Framework 3.0 = .NET Framework 2.0 + SP1 + WPF + WCF + WWF + WCS

.NET Framework 3.5 = .NET Framework 3.0 + SP2 + 新的编译器

其中，SP 是 "Service Pack" 的缩写，意思是 "服务包"，也就是补丁程序。

限于篇幅，这里就不详细介绍了，有兴趣的读者可以参看相关书籍和文章。

8.4　程序设计的规范和文档

程序员在编写程序时，必须遵循一定的规范，而且还要书写各种和程序有关的文档，因此需要对文档进行编号。

1. 文档编号

给文档编号的规则可以很灵活，但一定要保证每份文档有一个唯一编号。文档编号规则可以参照本书 7.4.4 小节曾经讲过的物料编码规则。

一个给文档编码的方法是用"年份 + 部门（编号或简称）+ n 位顺序号"组成编码。例如，假设销售部的简称是 XS，则销售部 2010 年发布的第 15 号文档可以编号为"2010XS00015"，这里的顺序号占 5 位，在绝大多数情况下应该够用了。文档编码也可以由"年份 + 部门（编号或简称）+ n 位顺序号 + m 位员工号"组成，以表示是谁编写或最后修改了文档。例如，假设销售部小李的职工编号是 2003015，是他起草了销售部 2010 年第 15 号文档，则文档编号为"2010XS00015-2003015"，这里加一条折线，是为了辨认起来更加方便。

更细致的文档编码方法是：将年份、公司缩写、部门缩写、流水号、部门中的分类号、员工号、文件类型识别号、版本号等组合起来，这样便于从各种角度对文档进行统计。当然，这样的文档编号可能超过 20 位。

2. 单个程序的说明文档

程序员在编写程序时，应该为每一个模块写一份说明，这就是单个程序的说明文档。在这方面，IBM 公司发明了 **IPO（Input Process Output）图**，用于对每个程序模块进行详细的说明。IPO 图是用来说明每个程序的输入、输出数据和数据处理的重要工具。目前常用的 IPO 图的结构如图 8.14 所示。

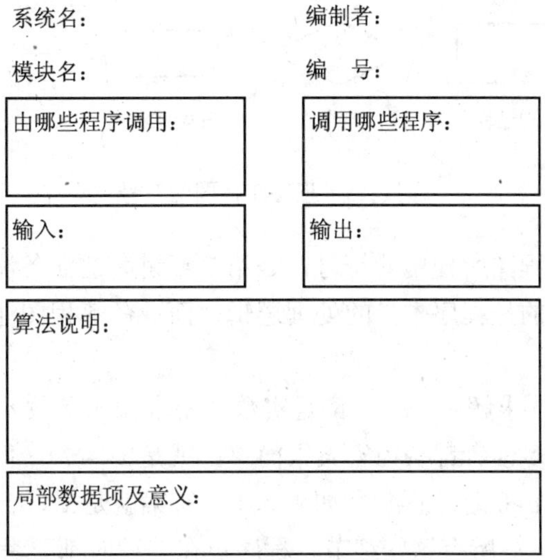

图 8.14　IPO 图

IPO 图的主体是算法说明部分，该部分既可以用语言说明，也可以采用程序流程图、决策表、决策树等工具来画。一定要准确而简明地描述模块执行的细节。

在 IPO 图中，输入、输出数据来源于数据字典，局部数据项是指模块内部使用的数据，用编程专业术语来说，可以是临时变量、局部变量或局部对象，与系统的其他部分无关。

　　程序员在编写程序时，可以在编程前画好 IPO 图，也可以在编完程序、经过初步调试没有问题后，再画 IPO 图。但不管怎样，IPO 图绝不应该晚于程序员编好程序，否则程序员容易遗忘自己的编程思路。今后画 IPO 图时，还需要重新阅读程序，浪费时间，效率低下。

　　一些程序员在编程时，不愿意编写 IPO 图之类的程序文档，以为程序是自己编的，应该随时都能看懂。有经验的程序员都知道这是错误的，最多几个月后，就可能对自己当时的编程思路忘得精光。所以程序员必须及时编写程序文档，而且算法要详细说明，以便出现意外（自己离职或别人离职）时，能迅速接上以前的工作。

　　程序员的一个良好习惯是：在程序头部就写上一些注释，内容包括本程序的功能、输入参数、输出参数、算法梗概、编写人、编写日期或最后修改日期等。在程序中也要多写注释，以增强可读性。这貌似浪费时间，但从长远来看，事半功倍。

　　程序文档是系统设计阶段的重要文档资料。

3．程序流程图

　　流程程序图是程序走向的流程图，采用的符号一般如图 8.15 所示。

　　处理过程　　　　判定　　　开始或结束　　　流程

图 8.15　程序流程图的符号

　　可以看出，程序流程图所使用的符号，是第 7 章讲解的业务流程图所用符号的一个子集。但程序流程图注重的是程序本身的处理逻辑，而业务流程图注重的是业务流程，两者在很多情况下并不一样。

　　【例 7】　$ax + b < 0$，求解 x。a，b 都是实数，要求输入参数 a、b 的值。

　　对于本题，可能很多读者都认为答案很简单，就是 $x < -b/a$。但事实并非如此。从数学上看，以上情况只有在 $a>0$ 时才正确；如果 $a<0$，答案就是 $x >-b/a$；如果 $a=0$，还要看 b 究竟是大于还是小于 0……所有这些细节，程序员在编程时都要考虑到。

　　本题的参考程序流程图如图 8.16 所示。

　　可以看出，程序员在编程时必须考虑得很细致，否则程序就会出错。

　　上例的流程图考虑到了每一个细微的处理细节，精确到变量级。如果程序比较大，流程图也很大，这么画流程图肯定非常累。因此往往可以画一个粗线条的流程图，再局部继续细化。

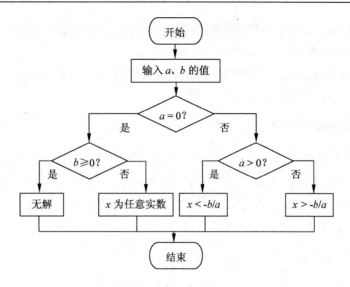

图 8.16　程序流程图示例

【例 8】　基于某芯片的发动机直接点火控制的主程序流程图如图 8.17 所示。

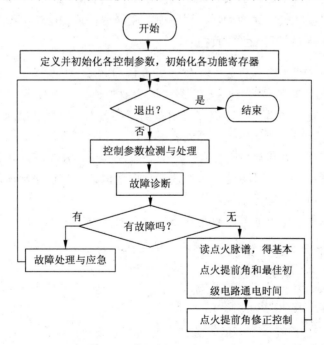

图 8.17　点火控制主程序流程图

这里，我们不必关心点火的技术细节，只需要关注程序流程图即可。本例的程序流程图显然是粗线条的，可以对各个步骤继续细化。这里就不再画了。总之，程序员在编程前后，应该画程序流程图。

另外，用画程序流程图的思路也可以画业务流程图。前6章的一些例子或案例就是用这种方法画的，这里不再赘述。

4．软件模块的说明文档

项目经理给程序员分配任务时，往往是以多个程序组成的软件模块为单位进行分配的。因此，程序员不仅要编写单个程序的说明文档，而且还要编写软件模块的说明文档，各个程序名是文档的元素。软件模块的说明文档主要由模块总体说明、模块结构图、子模块之间的相互关系和其他更详细的内容组成。

5．程序编写规范

为了便于软件公司管理，也便于程序员之间能尽快读懂对方的程序，在编程时应该遵循统一的代码书写规范。

统一代码书写规范不是为了限制程序员的创造性。实际上，高水平的程序员一般都有良好的代码书写习惯，代码结构清晰，程序中的注释也很清楚明白。经验丰富的程序员，绝不会把按代码规范书写程序当成负担。

华为技术有限公司（以下简称"华为"）是我国为数不多的注重技术研发 〔小案例〕的公司，截止到2008年，华为连续6年获得中国企业申请专利数量第一，2008年申请专利数量更是全球第一，2009年再创新高，达到1847件。但2009年华为的申请专利数量为全球第二，中兴通讯第一，可见我国在自主创新方面已经有很大进步。

华为很重视管理。在代码管理方面，华为在程序排版、注释、标识符命名、可读性、变量与结构、函数和过程、可测性、程序效率、质量保证、代码编辑编译审查、代码测试维护、宏十二个方面，都有详细规定。

例如在排版方面，华为的某个规定如下。

1-6：不允许把多个段语句写在一行中，即一行只写一条语句。
示例：如下例子不符合规范。

rect.length = 0; rect.width = 0;

应如下书写：

rect.length = 0;
rect.width = 0;

又如：

1-7：**if**、**for**、**do**、**while**、**case**、**switch**、**default** 等语句独自占一行，且 **if**、**for**、**do**、**while** 等语句的执行语句部分无论多少，都要加括号**{}**。

示例：如下例子不符合规范。

```
if (pUserCR == NULL) return;
```

应如下书写：

```
if (pUserCR == NULL)
{
    return;
}
```

又如，在可读性方面，某个规定如下。

4-2：避免使用不易理解的数字，用有意义的标识来替代。涉及物理状态或者含有物理意义的常量，不应直接使用数字，必须用有意义的枚举或宏来代替。

示例：如下的程序可读性差。

```
if (Trunk[index].trunk_state == 0)
{
    Trunk[index].trunk_state = 1;
    … //程序代码
}
```

应改为如下形式：

```
#define TRUNK_IDLE 0
#define TRUNK_BUSY 1
if (Trunk[index].trunk_state == TRUNK_IDLE)
{
    Trunk[index].trunk_state = TRUNK_BUSY;
    … //程序代码
}
```

又如，在函数和过程方面，某个规定如下。

6-3：编写可重入函数时，应注意局部变量的使用（如编写 **C/C++**语言的可重入函数时，应使用 **auto** 即默认态局部变量或寄存器变量）。

说明：编写 C/C++语言的可重入函数时，不应使用 static 局部变量，否则必须经过特殊处理，才能使函数具有可重入性。

华为的这个编程规范文档有将近 60 页，非常详细，从中可以看出华为的管理是多么严格和规范。

8.5　系统调试、运行与维护

在系统开发过程中，应该不断地进行软件调试或测试。系统初步完成后，还要进行更全面的测试工作，并编写用户手册，培训用户，然后就是试运行阶段了。

8.5.1　程序和系统调试

程序和系统调试的目的，是发现程序和系统中的错误并及时予以纠正。发现错误的方法主要有两种，即理论法和实验法。理论法是对程序的正确性进行证明，在实践中一般采用实验法，就是经过各种角度的调试。但是，即使经过极其详尽的调试，也只能保证软件基本正确，这是人类在软件工程领域始终没有解决的问题。

软件测试从范围来说可以分为三步：程序调试、分调和总调，当然还有一些特殊调试。

1．程序调试

程序员在编写程序后，应该进行初步调试，看看程序是否有漏洞，是否能正常运行。调试内容包括以下几个方面。

（1）用正常数据进行调试。

（2）用各种不合理、不合法的数据进行调试。

（3）考虑用户的各种可能操作，例如用户的操作步骤不合理所引起的错误。

（4）考虑硬件和基础软件可能的错误，例如磁盘错误、显示器分辨率带来的错误。

程序员的主要工作是编程和初步测试。正规的软件公司还有专门的测试人员，他们可以用更具想象力的测试方法，对程序进行更严格的测试。测试人员也要编写**测试文档**，写明测试的程序、测试人、测试条件、出现的错误现象、问题的严重性等，以便程序员改正错误。然后，测试人员再对修改后的程序继续测试，如此循环往复，直到很难发现错误为止。

微软的软件测试工程师的主要责任是：理解产品的功能要求，然后对其进行测试，检查软件有没有错误、是否稳定，并写出相应的测试规范和测试案例。在微软内部，软件测试人员与开发人员的比率一般为 1∶2 左右，也就是一个开发人员对应两个测试人员。当然，微软开发的主要是可以在各种环境下应用的底层软件，我国的软件公司以开发应用软件为主，能做到 3∶1 就不错了。

一般情况下，测试人员都是程序员出身，但微软认为测试员不必是程序员，因为专业知识可能会限制他们的思维。测试人员甚至可以不懂计算机，但一定要具有丰富的想象力，

小案例

能以常人想不到的方法测试程序，以便发现更多错误。因此，微软在招聘测试人员时可能会拿出一个简单物品，比如一个喝水的纸杯，让应聘人为它设计出尽可能多的测试方面。

微软会为软件测试员工进行各种培训，如性能测试、代码覆盖率研究和安全测试等。还有专门的测试软件。但在我国软件企业，测试人员的地位还不够高，在项目中的地位好像是"打杂的"。随着时间的推移，这种情况正在日益改善。

2．分调

分调就是对系统的各个模块分别测试，以保证模块内的各个程序在相互调用时能正确运行，同时也要保证模块的运行效率。

3．总调

总调又称为"联调"，是对整个系统进行测试。如果系统很庞大，这个工作是很艰苦的，因为要用近似真实的数据、大流量数据，对整个系统进行测试，此时可能会发现过去从没有遇到过的问题和错误。因此，总调一般由项目经理亲自带队，所有开发人员都要参加，进行封闭式的调试，工作强度很大。

4．特殊调试

总调通过后，还要经过一些特殊调试，比如对系统的某个部分进行峰值负载测试、容量测试、响应时间测试等。

最后，为了保险起见，再用真实的数据跑一遍，也就是进行实况测试。对于大系统来说，测试一遍的工作量也是很大的。

8.5.2　用户培训、试运行和系统切换

在开发 MIS 过程的中后期，软件已经基本定型，此时可以开始编写用户使用手册了。用户使用手册又叫用户手册、使用手册，也可以叫培训教材。用户手册是从用户使用的观点出发编写的软件使用教材，所用的语言是诸如"双击……图标，打开……程序，输入用户名和密码，进入系统后点击……菜单，打开……窗口"等的操作过程描述，和书店里的软件使用教材的本质是一样的。

在软件开发完毕、调试通过后，使用手册也应该完成编写，此时系统就进入试运行阶段了。在试运行阶段（或之前的一段时间），MIS 项目组的人员要以使用手册为基础，对用户进行培训，让用户学习使用 MIS 系统。因此，如果用户手册编写得很优秀，用户就可以快速学习掌握 MIS 的用法了。

需要注意的是，这里要参加培训的用户，绝大部分是企业基层工作人员，因为 MIS 最底层的事务处理系统需要输入大量的业务数据，这都是基层员工的工作，基层员工才是使

用 MIS 最多的人。和高级管理人员相比，基层员工的文化水平往往不高，因此用户手册要编写得条理清楚、直观详细、图文并茂，但又不能太啰唆和拖沓。

因此，在 MIS 开发初期和后期的用户培训有以下几点不同。

（1）内容不同。初期是培养用户对信息化的正确认识和观念，以顺利推进信息化建设；后期主要是培训用户使用 MIS，以更好地发挥 MIS 的功能。

（2）对象不同。初期主要是对高层进行培训，后期主要是对基层员工进行培训。当然，在初期也应该对基层员工进行信息化教育，但还是针对高层的培训内容更多一些，因为信息化的推动力主要在高层，在一把手。

系统切换

现在一般的企业和组织，在上马新 MIS 之前都有老 MIS 在运行，因此需要系统切换，从老系统切换到新系统。

系统切换一般有以下三种方式。

（1）直接切换法（Cut-over Method）。就是在某一个时间点，原系统停止运行，新系统投入运行。直接切换法要求系统有很好的可靠性，新系统一般要经过较严格的测试和模拟运行才行。

（2）并行切换法（Parallel Systems Method）。就是在一段时间内（一般是三个月到半年），新老系统同时运行，员工在输入数据时，既要在新系统中输入，也要在老系统中输入，也就是什么工作都做两遍。一段时间后，新系统已经被证明是准确可靠的，此时才可以放弃老系统，全面转向新系统。

并行切换法更加稳妥，现在很多企业都采用这种方法上线。但并行切换法加重了员工的工作负担，因此作为企业的管理者，一定要考虑为员工提供物质和精神上的奖励，这也是企业信息化建设的成本。

（3）试点过渡法（Pilot Systems Method）。顾名思义，试点过渡法是选用新系统的某一个子系统来代替老系统的一部分，以作为试点，成功之后再逐步推广到更多的子系统，直到最后完全取代老系统。

无论采用哪一种转换方式，都要注意处理好以下问题。

- 数据问题。大量的基础数据和文档要及早准备、尽快完成。大型 MIS 在正式运行前，都要灌入很多基础数据，准备相当数量的基础文档。作为软件开发方，不仅要提交用户手册，而且还要提供各种系统设计、系统实施说明等文档。
- 人员问题。系统切换不仅仅是机器和软件的转换，也是人员的转换，包括业务流程再造之后的组织变动，所以应提前做好人员培训工作。

系统运行时出现一些局部问题是正常现象，系统工作人员对此应有足够的准备，并及时妥善解决。但是，如果出现全局性的致命问题，则说明需求分析、系统设计做得不好，甚至整个系统都要重新设计。

8.5.3　系统运行与维护

MIS 正式运行后，应该加强对 MIS 的日常管理，以便让 MIS 长期高效工作。这些工作主要由企业中负责信息技术的系统管理员来完成。要事先制定规章制度，将工作和责任分派到有关人员。另外，在系统运行阶段，可能会对系统进行一定的修改（软件错误或业务变化），这就是维护工作。除了修改程序外，数据文件和设备也需要维护。

因此运行管理主要有以下任务。

（1）信息系统的日常运行管理。包括数据收集、整理等内容，员工如果使用系统遇到使用问题，要及时解决；也要对硬件设施进行管理，坏了就要维修或更换。要有日常运行情况的记录。记录包含以下内容。

① 正常的工作记录，包括计算机的开启、关闭时间，数据备份、存档时间等。

② 故障维护记录，对异常现象的时间、地点、原因、处理结果的记录。

系统运行记录应作为基本的系统文档长期保存，以备系统维护时参考。可在 MIS 中提供一些自动记录功能，如日志，以便数据备份和恢复。

（2）紧急情况处理。例如发生了水灾、火灾、地震等自然灾害，严重破坏了系统运行，此时系统管理员已经无能为力了，可以向高层汇报，求助于专业 IT 公司。

（3）安全保密问题。企业和组织一般都有一些数据和信息是不能被破坏、窃取、伪造的，因此在软件、硬件设置中都可采取一些安全措施，例如软件及数据要定期备份并保管好；敏感数据尽可能以隔离方式存放，由专人保管；配备必要的安全设备如稳压电源、电源保护装置等。企业也应该制定信息系统安全与保密制度。

（4）软件的修改。如果企业的研发力量强大，可在一定程度上自行修改；但也可以联系软件开发方修改软件。事实证明，来自用户要求的扩充、加强系统功能、性能的维护活动约占整个维护工作的 50%。但这种修改的规模一定不能大，否则相当于重新开发一次，说明前期工作是失败的。当累积的修改已经不能再适应形势时，可能就需要考虑下一轮对软件的升级换代和信息化了。

对系统的修改往往会"牵一发而动全身"，因此必须通过一定的批准手续。通常应执行以下步骤：①提出书面修改申请，充分考虑修改的必要性、可行性、影响范围等。②领导批准。③分配任务，说明修改的内容、要求、期限。④验收成果。⑤登记修改情况。

系统评价

信息系统运行一段时间后，就要对其进行评价，目的是检查系统是否达到了预期目标，并为今后的改进与扩展提出意见。

一般采用多指标评价体系的方法：先提出信息系统的若干评价指标，然后对各指标评出表示系统优劣程度的值，最后用加权等方法将各指标组合成一个综合指标。参与评价的人员有用户（包括普通用户和高层领导）、开发人员、系统管理与维护人员和第三方专家，评价的方式可以是鉴定，也可以是评审。

一般来说，主要从技术与经济两方面进行系统评价。技术上的评价内容主要是系统性能，具体包含以下内容。

（1）信息系统的总体水平。包括系统响应时间、处理速度、人机交互的灵活性与方便性、与其他系统交互或集成的难易程度等。

（2）系统功能的范围与层次。

（3）信息资源开发与利用的范围和深度。

（4）系统的质量，可以用单位时间内的故障次数，或故障时间在工作时间中的比例来衡量。

（5）系统的安全与保密性。

（6）系统文档的完备性。

经济上的评价主要是系统带来的成果与效益，包括定量和定性两方面。定量的评价主要有以下内容。

（1）系统的投资额和日常运行费用。

（2）系统运行所带来的新增效益，例如成本、库存降低多少、流动资金周转速度、销售利润的增加、人力的减少等方面的指标。

定性的评价主要有以下内容。

（1）对企业形象的改观、员工素质的提高所起的作用。

（2）对企业的体制与组织机构的改革、管理流程的优化所起的作用

（3）对企业各部门间、人员间协作精神的加强所起的作用。

8.5.4 案例：某企业的 ERP 上线过程

作为本章、也是本书的结束，我们看一个 ERP 上线的案例，进一步认识信息化建设的艰巨性和复杂性。

ST 公司是一家专业薄膜制造企业，经营业务包括包装膜、香烟膜、防伪激光膜等 50 多个种类产品，是国内最大的包装薄膜民营生产企业。2007 年起，公司业务快速扩张，于是开始内部优化运营。在此过程中，公司决定上马 ERP。

在上马 ERP 之前，ST 已经有一个小软件商开发的辅助生产系统；在财务方面，用的是某著名软件公司的财务软件；在销售方面，用的是企业的 IT 部员工开发的销售系统。但这些都局限在很小的范围内，已经不能满足高速发展的需要，因此 ST 公司决定购买一套标准的 ERP 软件，并进行定制化开发。最终，他们选择了国内 LC 软件公司的 ERP 软件。ST 公司成立了项目组，由公司的财务总监担任项目组组长，和 LC 公司一起，制定了 ERP

开发计划。

LC 软件公司认为，ST 的项目不大，难度也不算大，因此派了个经验不足的年轻人来做顾问。虽然是 ST 的财务总监做项目组组长，但主要工作都是 LC 的顾问带着一帮人做的，财务总监只从大面上控制。

1. 危机来临，走马换将

第一阶段是 BPR，项目组完成了对公司 130 多个流程的梳理，第二阶段是对采购、销售和库存系统的建设，第三阶段是将这些模块连起来。一切都进行得很顺利。

但在第四阶段，也就是实现 ERP 的生产核心模块——MRP 时，出现了很大的麻烦。财务总监并不懂生产，LC 公司的顾问水平也有限，因此在 MRP 阶段举步维艰。ST 公司怨声载道，此时 LC 公司逐渐意识到问题的严重性，眼看离系统上线期越来越近，于是将原来的顾问调离，换来公司经验丰富的 X 顾问接手接近完成、但潜在问题很多的 ERP 项目。

X 顾问到达 ST 公司后，马不停蹄地走访各个车间，和各种人进行谈话。通过了解，X 顾问认为 ST 公司有以下问题。

（1）在上马 ERP 之前，ST 公司并没有对员工进行信息化教育，LC 公司也忽视了这一点。因此许多中层和低层员工连 ERP 是什么都不知道，工厂里很多人还是手工做账，而且还是纸质的。许多地方没有电脑，但可以见到一大堆手工填写的单据，效率低下。很多员工没有合作意识，也不追求更好。这种意识和态度需要转变。

（2）需求分析不过关。项目组成员已经经过多次更换，导致没有人能控制整个局面。做需求分析时，没有把客户所有业务和重点关注的问题进行深入了解，所以试运行后出现大量问题，没有大问题，但小问题不断。最多的就是流程处理的功能不足。如果调研充分，所有流程不应该存在这么多漏洞。但现在如果要反省，X 顾问连责任人都找不着。

（3）上线规划有问题。如果规划得当，给客户上线哪些内容、怎么上线，都应该一步步非常清晰，整个大盘中的各个细节应该布局到位。

上线日期已到，到底是否按时上线？X 顾问陷入沉思。

2. 按计划上线

最终，X 顾问决定按时上线。因为他认为：逆水行舟，不进则退。客户最需要的是去做，只有动起来才行，说得再多不如行动。讲不明白，就试着在行动中弄明白。而且通过上线，X 顾问希望告诉所有人：企业拟定的目标，我们一定能做到，企业的管理也一定要进步。

但是 X 顾问并不莽撞，而是将上线做了规划，先采用试点过渡法，先上一部分，解决了问题再上一部分。并且从总体上采用并行切换法，等整个系统总体运行成功一段时间后，再撤掉老系统。

上线之后，首先要让流程跑起来。这是目前最重要的。X 顾问告诉所有同事，上线这几天，大家不要想别的，只想怎么让各操作点会操作，单据每天能及时录进去就可以了。其他的，等半个月后再说。

3．BOM 的问题

其次是发现 BOM 有问题。MRP 要建立 BOM，相关部门导入了五万个物料编码，并建立了各种物料的 BOM。客户为了输入这些 BOM 花了很大精力，一方面安排了 40 多名学生来协助，另一方面从车间调入了两个有经验的师傅，项目组也有四个人投入到输入 BOM 中。但是到上线时，物料信息各业务部门不能使用！我们知道，BOM 是极为重要的基础数据，一定要在需求分析阶段分析清楚。X 顾问看到 BOM 出了那么大问题，觉得项目接近完蛋了。但还是抱有一线希望，和有关人员谈话，聊天的结果让 X 顾问松了口气，认为定义 BOM 时的管理工作出了问题。

客户做 BOM 的思路是：先做基础产品的 BOM，再做非标准的产品 BOM。这个思路没有问题，后来到了上线前期，他们又对生产、销售的产品 BOM 进行了统计和梳理，列出了要用的产品 BOM 来赶工。同时为了应对 BOM 的工作量，他们也组织了相应人员。因此至少思路没有出现很大偏差。但是为什么没有效果呢？X 顾问认为，客户在管理一个大型团队时（四五十个人），没有对团队成员进行职能分析和角色定义，成员太多，但没有人进行分工和派活，结果出现了非专业人员做专业的事的情况，BOM 当然错误百出。而且他们又没有及时分析问题原因，而是一如既往地苦干。因为大家干得非常辛苦，所以实在没有精力去思考问题。最后累倒一大片，但 BOM 一个也不能用，还不知道为什么。但也有人没活干，整天嬉戏吵闹，影响别人工作。如果对学生们进行有效管理和分工，还是可以分摊一部分工作的。

时间紧迫。X 顾问发现必须拼了，于是带领人先弄物料编码，弄好后再梳理 BOM。3 天只睡了 10 个小时，最后总算弄好了。在梳理 BOM 的时候要问很多人，因此要在厂里来回跑路。当时正是 7 月初，天气炎热，汗流浃背，还没有水喝，也没时间出去买水。渴得 X 顾问最后已经没有汗了，晚上干完后吃了一大碗汤面，才又开始出汗。X 顾问还提醒女同事这几天不要穿高跟鞋，一个女同事为此很感谢他，因为腿都快跑断了，渴得见了汽油都想喝。

累是一方面，另一方面是不断受挫导致的心理问题。项目组的一个人可能感到 X 顾问的强大压力，心理负担很重。X 顾问后来也感觉到了，觉得很郁闷，因为他觉得自己一切都是为了工作，没有别的意思。但 X 顾问也觉得自己的心态有点差，拼命工作还要安抚客户，因此经常对下属发火。X 顾问觉得应该先把自己的心态调整好，这样才能安抚整个工作团队，进而以良好的情绪去影响客户，共渡难关。

BOM 弄好后，库存上线又发现了严重问题。

4．库存问题

ERP 上线的一个重要事项就是库存的初期数字（库存期初）。ST 公司的人说他们仓库多，难以盘点。X 顾问说他去过仓库现场，比如机物料库应该有七八千种物料，正常盘点两三个人应该在一两天内可以盘完。客户却说可能要盘十几天也盘不完。为此，双方商定选取一个有代表性的仓库进行试盘，当时定的是轴子库。

X 顾问第二天去了现场，轴子库是由车间现场隔离出来的一个现场仓库，很大程度上满足了车间现场生产的领料、入库的便利要求，减少了运输时间和人力物力。X 顾问待了一个多小时后，发现这个仓库的主要问题是库容不足。库容不足主要有以下原因。

（1）轴子种类很多，有些种类存量也很大。

（2）有些品种体形大、占地面积大。

（3）有些呆滞、废旧物料与正常物料没有分开或分区域管理。

（4）有台加工机床也占据了一定的库容。

为此，X 顾问提出了一些建议，例如分类管理、增设货架、使用新的工具，可以增加库容 50%以上。但这些并不能马上实行，紧急工作还是盘点。因此 X 顾问组织了一批实习生，第二天早上 8 点半又到轴子仓盘点。仓库师傅没在，X 顾问就亲自上阵，讲解安全第一，以及黄线、行车和各种器件知识，还讲了盘点方法。方法很重要，得当就会事半功倍。最基本的方法就是"先认准再点数"，ERP 术语叫"先盘物再盘量"。而且先盘容易的，再盘难的，有助于提高信心。谁穿的衣服最脏，就盘中间最脏的轴子，衣服比较干净的就在空间大一点的地方盘。

两个多小时后，居然盘了一半多，而且学生们熟能生巧，自创了一些方法，比如五个一组。方法虽然简单，但很有效。仓库师傅也被学生们的工作热情所感动，专门买来绿茶给大家喝。下午三点多，学生们盘点完回来，衣服很脏，汗水湿透，但大家都很开心和自豪。

X 顾问根据学生们的工作效率进行计算，认为可以按时盘完所有仓库。

5．下一步的工作

经过了将近一个月的折腾，ST 公司的 ERP 总算全都跑起来了。基本上是边上线边培训，还要整理文档、准备各种基础数据。X 顾问认为，这次 ERP 的实施难度并不大，但却是最累的一次，主要原因是前期工作没有做好。从效果上看，这次救急算是及格了，但也仅仅是及格。今后还要进一步弄清楚各种库存数据，ERP 也需要进行很多零星的修改，才能达到让客户基本满意的程度。

习　　题

一、思考题

1．系统设计的主要工作是什么？

2．系统设计的原则是什么？

3．项目软件开发经理的主要工作是什么？

4．在系统设计时需要将系统划分为子系统，系统划分的原则是什么？

5．技术人员一般的思维特点是什么？该如何改进？

6．简述关系数据库理论中的 1NF、2NF 和 3NF 的概念。

7．面向对象程序设计的核心思路是什么？

8．面向对象方法的优点是什么？

9．什么是软件架构？简述 J2EE 的四层体系结构。

10．程序设计的文档一般有哪几种？

11．按范围分，程序和系统调试有哪几种？

12．系统切换有几种方式？

13．信息化项目即将结束时的用户培训，和信息化项目开始时的培训有何不同？

14．系统评价包括哪些内容？

二、分析题

假设有三个关系，学生关系是：{学号、姓名、性别、出生日期、所属学院、所属系}，图书关系是：{书号、书名、作者、译者、单价、出版日期}，图书馆的库存关系是：{书号，数量}，表示某本书在图书馆的数量。这三个关系都符合第三范式吗？指出这三个关系的主码。

如果一个学生可以借多本书，一本书可以被多个学生借，是否需要建立一个学生借书表？该表由哪些属性或字段组成？如何让此关系符合第三范式？假设这四个关系都用关系数据库中的表来实现了，当学生借书和还书时，应该对学生借书表，以及馆藏数量关系表做怎样的操作？

在这四个表中，存在参照完整性吗？如果存在，请指出来。

三、讨论题

1．根据本章 ST 公司的 ERP 上线情况，谈谈 ST 公司和 LC 软件公司都犯了哪些错误，以及上线时要注意哪些问题。

2．学习完本书后，谈谈对信息化的综合认识。

主要参考文献

[1] 陈启申. ERP——从内部集成起步（第2版）. 北京：电子工业出版社，2005

[2] James P. Womack，Daniel T. Jones，Daniel Roos 著. 沈希瑾等译. 丰田精益生产方式. 北京：中信出版社，2008

[3] 杨志. 企业信息管理. 北京：清华大学出版社，2005

[4] 彼得·德鲁克著. 朱雁斌译. 成果管理. 北京：机械工业出版社，2006

[5] 周宏桥. 就这么做产品——IT产品实战工具与全景案例. 北京：机械工业出版社，2009

[6] 陈启申. 成功实施ERP的规范流程. 北京：电子工业出版社，2009

[7] 黄梯云，李一军. 管理信息系统（第四版）. 北京：高等教育出版社，2009

[8] 邓晶. 管理信息系统及应用实例. 北京：中国电力出版社，2003

[9] 李宇宁，贾文玉. 企业信息化初阶. 北京：电子工业出版社，2004

[10] Kenneth C. Laudon，Jane P. Laudon 著. 薛华成等译. 管理信息系统（原书第9版）. 北京：机械工业出版社，2007

[11] 彼得·德鲁克著. 蔡文燕译. 创新与企业家精神. 北京：机械工业出版社，2006

[12] 彼得·德鲁克著. 李亚，邓宏图等译. 管理未来. 北京：机械工业出版社，2006

[13] 大野耐一著. 谢克俭，李颖秋译. 丰田生产方式. 北京：中国铁道出版社，2006.

[14] 方兴东. IT史记1（网络英雄篇、软件英雄篇及华人英雄篇）. 北京：中信出版社，2004

[15] 方兴东. IT史记2（创业先驱篇、技术天才篇）. 北京：中信出版社，2004

[16] 方兴东. IT史记3（电脑英雄篇、芯片英雄篇及通讯英雄篇）. 北京：中信出版社，2004

[17] 俞立平. 电子商务（第二版）. 北京：中国经济时代出版社，2007

[18] 彼得·德鲁克著. 齐若兰译. 管理的实践. 北京：机械工业出版社，2006

[19] 彼得·德鲁克著. 朱雁斌译. 巨变时代的管理. 北京：机械工业出版社，2006

[20] 仲秋雁，刘友德. 管理信息系统（第二版）. 大连：大连理工大学出版社，1998

[21] W. 钱·金等著. 吉宓译. 蓝海战略：超越产业竞争，开创全新市场. 北京：商务印书馆，2005

[22] Peter M. Senge 著. 张成林译. 第五项修炼：学习型组织的艺术与实践（新世纪全新扩充修订版）. 北京：中信出版社，2009

[23] AI Ries，Jack Trout 著. 李正栓等译. 商战. 北京：中国财政经济出版社，2007

[24] Thomas John Watson Jr 等著. 梁卿译. 小沃森自传. 北京：中信出版社，2005

[25] Alfred P. Sloan 著. 刘昕译. 我在通用汽车的岁月：斯隆自传. 北京：华夏出版社，2005

[26] Louis V. Gerstner 著. 张秀琴，音正权译. 谁说大象不能跳舞. 北京：中信出版社，2004

[27] 薛华成. 管理信息系统（第5版）. 北京：清华大学出版社，2007

[28] 吴文钊. 大变革（CIO实战方法）. 北京：企业管理出版社，2006

[29] 范玉顺. 信息化管理战略与方法. 北京：清华大学出版社，2008

[30] 范玉顺. 工作流管理技术基础. 北京：清华大学出版社，2001

[31] 柳中冈. 漫话ERP. 北京：清华大学出版社，2005

[32] 尹小山. 本土雄心：用友与中国的世界级. 北京：中信出版社，2008

[33] Teng，J.T.C. 著. 梅绍祖译. 流程再造：理论、方法和技术. 北京：清华大学出版社，2004

[34] Michael E. Porter 著，刘宁等译．竞争论：北京：中信出版社，2009

[35] Stephen Haag, Maeve Cummings, Donald J.Mccubbrey 著．严建援等译．信息时代的管理信息系统．北京：机械工业出版社，2004

[36] 柳松．千万元工程的陨落——国企 ERP 实施亲历记．home.donews.com/donews/article/1/17481.html

[37] 刘义军．更好地控制客户需求．www.knowsky.com/396378.html

[38] Scott Berkun．为什么伟大的技术不能做出伟大的产品？forum.chinaui.com/showtopic-2980.aspx

[39] 刘春霖．回到起点：什么是人力资源管理．liuyangtdr.blog.163.com/blog/static/1263286382009722114743799/

[40] 陈永涛．ERP 项目成败的 7 个关键点．blog.sina.com.cn/s/blog_691153320100j1ov.html

[41] 肖江国．思路和方法——实施问题探讨．blog.e-works.net.cn/26197/articles/90009.html

[42] 肖江国．编码原则——软件实施的根中之根．blog.e-works.net.cn/26197/articles/90739.html

[43] 肖江国．成功在手上，总结在心中——ERP 实施上线杂谈．blog.e-works.net.cn/26197/articles/89970.html

[44] 肖江国．不怕慢只怕站——分解目标，巩固心态．blog.e-works.net.cn/26197/articles/89602.html

[45] 肖江国．实施与实战——我带人员盘现场．blog.e-works.net.cn/26197/articles/88917.html

[46] 安迪．深度报道：联想实施 ERP 项目台前幕后．《软件世界》2002 年第 1 期．fun.ccidnet.com/market/world/2002/01/09/88_4029.html

[47] 辛红．举例分析 PCB 行业物料编码规则．articles.e-works.net.cn/erp/Article44403_1.htm

[48] 未名．发展才是硬道理．有话好好说．www.langchao.com.cn/erp/lctr/fuwu/www/dispbbs.asp?BoardID=45&id=3784

[49] 未名．ERP 在我国的应用与发展．qygl.zjwchc.com/jpkc/kao/admin/jiex.asp?id=120

[50] 未名．哈药 ERP 的启示：两次 ERP 革命，症结究竟在哪里．《财经时报》．www.mie168.com/htmlcontent.asp

[51] 王强．许继 ERP 兵败如山倒．《计算机世界》2001 年第 4 期 C14．www2.ccw.com.cn/02/0204/c/0204c19_8.asp

[52] 未名．华为内部编码规范．wenku.baidu.com/view/32ac876a561252d380eb6e40.html

[53] 苗祥波．法国式的知识管理．portal.vsharing.com/k/KM/2004-12/485920.html

[54] 全面质量管理．百度文库．wenku.baidu.com/view/a723a9ea998fcc22bcd10d04.html

[55] 畅想．2010 年 CIO 实施 ERP 的战略思考．erp.ctocio.com.cn/400/9377400.shtml

[56] 未名．CRM 制造业案例：客服差别、业务效率与管理效能．solution.chinabyte.com/93/1918093.shtml

[57] AMT Consulting．"烂尾"的知识管理．news.ccidnet.com/art/1032/20070830/1195577_1.html

[58] 姚贤涛．沃尔玛：利用信息技术成全其零售业霸主地位．solution.chinabyte.com/89/1605589.shtml

[59] 陶青．国外大学 MIS 课程建设研究．现代情报 [J]，2006，（7）．

[60] W. Huang, K. K. Wei, R. Watson．管理信息系统（MIS）：背景、核心课程、学术流派及主要国际学术会议于刊物评介．管理科学学报 [J]，2003，（12）．

[61] 田茂永，刘湘明．中国 CIO 生存状况．IT 经理世界 [J]，2004，（11）．

[62] 许永哲，马秀玉，徐海燕．谈西方国家企业的 CIO 现象．现代情报 [J]，1999，（10）．

[63] 俞小芸，吴颖峰．浅析 CIO 在中国的发展现状及趋势．浙江交通职业技术学院学报，第 7 卷增刊，2006，（10）．

[64] 杨大寨．当前 CIO 面临的五大困境．信息系统工程[J]2006，（10）．

[65] 海燕，赵玉东．企业 CIO 机制浅探．企业活力[J]2006，（11）．

[66] 窦彦莉．CIO 消弭难题于无形．信息系统工程[J]2006，（11）．